THE MILLENNIUM WAR

DRAGON STRIKE

드래곤 스트라이크

밀·레·니·엄·전·쟁

험프리 헉슬리 · 사이먼 홀버튼 지음
박 병 우 옮김

韓國經濟新聞社

This book is originally published in English under the title,
DRAGONSTRIKE : THE MILLENNIUM WAR /
Humphrey Hawksley & Simon Holberton
by Sidgwick & Jackson

Copyright © 1997 by Humphrey Hawksley & Simon Holberton
All rights reserved.

Korean Translation Copyright © 1997 by The Korea Economic Daily
This edition published by arrangement with Macmillan Publishers Limited, London,
through Eric Yang Agency, Seoul.

이 책은 한국경제신문사가 저작권자와의 독점계약에 따라 발행한 것으로
본사의 허락없이 임의로 이 책의 일부 혹은 전체를 복사하거나
전재하는 등의 저작권 침해 행위를 금합니다.

역자의 말

　20세기를 마무리하는 역사적인 이벤트 중에서도 가장 극적이고 의미있는 것은 누가 뭐래도 2000년을 불과 2년 반 남겨 두고 이루어진 홍콩의 주권 반환이다.

　19세기 아편전쟁에서 패배한 중국이 영국에게 지배권을 넘겨 준 뒤, 실로 156년만의 일인 것이다. 유사 이래로 수많은 전쟁이 있었으며, 대부분의 전쟁에는 필연적으로 영토나 주권의 다툼이 있었다. 이미 몇 세대 선조들 사이에 이루어졌던 전쟁과 그 결과로 맺었던 약속이, 그것도 힘의 논리가 지배하는 강대국들의 경연장에서, 이처럼 1초의 어김도 없이 되돌려 주고받는 일이 이루어졌다는 것이 참으로 놀랍다는 생각뿐이다. 남의 영토인 독도를 자기네 땅이라고 우기는 섬나라와 비교하면 실로 그 차이가 더욱 크게 느껴진다.

　오늘날 홍콩을 돌려받게 된 중국은 전쟁에 지고서도 참으로 멋진 거래를 성사시켰다. 그들이 움켜쥐고 키웠다면 기껏해야 상하이 정도밖에는 성장하지 못했을 것을, 양부(養父)에게 맡김으로써 그처럼 훌륭한 경제 중심지로 키워 낸 것이 아닌가.

　중국의 경제력은 홍콩이라는 멋진 창구를 십분 활용하여 지금까지와는 전혀 다른 속도로 급성장할 가능성이 있어 보인다. 그러나 그런 성장을 위해서는 다른 무엇보다도 에너지가 필수적이며, 이 책의 저자는 그 에너지를 불씨로 하여 전세계를 들먹이는 대규모 핵전쟁 직전까지 이야기를 이끌어 나간다. 실로 섬세하고 예리한 통찰력이다. 석유자원이 풍부한 남중국해에 대한 주권을 주장하면서 같은 지역에서 패권을 잡고자 하는 중국의 시도도 상당히 설득력 있게 들리거니와, 이해관계가 얽히고 설키는 주변국가들과 미국, 일본의 반응도 추론적이긴 하지만 상당한 근거를 갖고 있는 것으로 판단된다.

그 와중에 상황을 오판한 북한이 남한에서 국지적인 테러를 감행하고, 남한은 기다렸다는 듯 북한을 초토화시킨다. 남북의 싸움에서 중국이 남한편에 서지만, 이는 승자가 될 수밖에 없는 남한 편에 서면서 반대급부로 미국의 세력을 한반도에서 몰아내고자 하는 고도의 정략이라고 할 수 있다. 그리고 남한은 한동안 북한을 식민지로써 통치한다. 과연 그렇게 될까? 옳고 그름을 떠나 현실에 기반을 둔 가능성 있는 하나의 시나리오임에는 틀림없을 것이다.

그러나 다른 무엇보다도, 세계적인 장사꾼 기질을 갖고 있는 중국인들이 자신들이 벌인 전쟁을 이용하여 엄청난 돈벌이를 한다는 대목에 전율하면서도 한편으로는 공감이 간다. 인민해방군 당국은 전쟁에 대해 사전 정보를 갖는 소위 내부자로서, 전쟁과 함께 치솟을 원유 가격, 그리고 곤두박질을 칠 엔화에 대해 선물시장과 주식시장, 외환시장을 넘나들면서 상상을 초월하는 돈을 줍는 것이다. 어찌보면 중국으로서는 너무나 당연한 처사가 아닌가 하는 생각도 든다. 어차피 도덕성이 결여되어 있는 전쟁이니 말이다.

저자는 상황을 마지막 순간까지 추정하고 있는데, 궁극적으로는 그런 식으로밖에 결말이 날 수 없는 당연한 것으로 보인다. 결국은 타협할 수밖에 없지 않은가.

작가의 해박한 지식과 뛰어난 구성 그리고 다원적인 이야기를 긴

장감 있게 풀어 가는 문장력에도 불구하고, 역자의 부족한 지식과
말솜씨로 하여 다소 어색하거나 매끄럽지 못한 부분도 있을 것이라
고 생각된다. 이 점에 대해서는 머리 숙여 읽는 분들의 양해를 구하
고자 한다.

박 병 우

머리말

이 책에서 기술하고 있는 사건들은 아직 발생되지 않은 것들이다……. 이 책은 미래의 역사를 미리 써 보는 하나의 습작 혹은 상상에 의한 허구로서, 20세기 후반에 가장 중요하고 새로운 사태라고 할 수 있는, 세계의 강대국으로 부상한 한 나라에 대한 이야기이다. 중국의 세계무대 등장은 세계의 민주주의 국가들이 50년 이상 경험해 보지 못했던 그런 문제점을 안고 있었다.

금세기 초반에 야심만만한 독일의 도전을 받았던 유럽처럼 아시아는 이제 중국의 도전을 받고 있다. 중국인들은 티벳, 남중국해 그리고 대만에 대한 권리 주장을 통해 자신들의 확장계획을 서서히 구체화시켰다. 1996년 봄에는 인민해방군이 중국의 동쪽 해안을 따라 대규모 군사훈련을 실시한 적이 있는데, 이는 대만 침략 훈련이라고 해도 부족함이 없었을 정도로 지나친 것이었다. 남중국해에서 소규모 접전이 있기 전 해 중국이 그 지역에 대한 권리를 주장하여 많은 논란을 불러일으켰다.

중국은 그와 동시에 미국이 자신들의 성장을 억제하고 있을 뿐 아니라 새로운 냉전시대를 시작하려는 계획을 갖고 있다고 주장했다. 큰 소리로 이런 주장을 편 사람들 중에는 온건한 학자들로부터 오늘날의 지도자들인 장쩌민(江澤民) 주석이나 리펑(李鵬) 국무원 총리 등도 포함되어 있다. 1996년에 베스트셀러가 된 『중국은 NO라고 말할 수 있다』는 책에서, 다섯 명의 공저자들은 미국과의 무력충돌을 불가피한 것으로 간주하고 있었으며, 호전적인 중국의 국수주의라는 새로운 물결을 태동시키는 역할을 담당했다.

우리는 『드래곤 스트라이크』에서 현재의 추세를 받아들여 토대로 삼고, 그 위에 시나리오를 구성하여 그 상황을 마지막 순간까지 추정해 보았다. 우리는 중국 정책이 갖고 있는 위협적인 측면을 예증하기 위해 이미 발간된 출판물들을 인용했다. 특히 남중국해에 대해 권리를 주장하고, 그것을 되찾을 수 있는 군사계획을 보여 주는 각종 군사 신문 등의 출판물로부터 자료를 얻었다. 가상의 중국 주석인 왕펑의 입을 통해 우리가 말하고자 했던 대부분의 내용은 지난 수년 동안 중국의 장교들이 이미 말했거나 혹은 공식적인 공산당 언론 매체에 이미 실린 적이 있는 것들이다. 우리는 그와 비슷한 방법으로 가상의 일본 수상인 노부로 히야시를 통해 믿을 만한 일본의 소리를 대변했다. 제3부(도쿄, 2월 20일 14 : 00)에 나오는 앰버 시스템에 대한 그의 이야기나 제5부(도쿄, 2월 21일 12 : 30)의 대(對)국민 발표는 아키오 모리타와 신타로 이시하라가 공동으로 지은 『NO라고 말할 수 있는 일본』에서 발췌한 것들이다.

정치적인 문제나 군사적인 문제 그리고 재정적인 문제들은 각각의 전문가들과 함께 장시간의 논의를 거쳐 정리했다. 영국 해군의 공격 잠수함 〈오포섬〉의 작전장교였던 데이비드 테이트가 잠수함전의 기술적인 면들을 도와주었고, 중국의 디젤-전기 잠수함의 기술적인 특성도 말해 주었다. 영국 해군의 잠수함 함장이었던 존 마이어스와 핵잠수함 함장이었으며 『제인의 전함』이라는 저서의 편집인이었던 리차드 샤프가 우리의 초안을 읽고 정통성을 부여하는 데 도움을 주었다. 영국 해군의 특공부대 장교였던 데이비드 던바는 드래곤 스트라이크 첫날에 있었던 해병대와 헬리콥터 공격을 기획하는 데 도움을 주었다. 무엇보다도 공군의 장비나 공중전에 대해 도움을 주었던 영국 공군의 전직 전투기 시험 조종사 이언 스트라찬에게 감사를 드린다. 또한 이 책에 나오는 정보 관련 장비나 기술에 대해 도움을 준, 영국 해군 정보장교였던 존 다우닝에게도 고마움을 전한다. 그 외에도 하늘, 바다, 육지의 전투에서 신빙성과 정확성을 기하는 데 시간을 아끼지 않고 도움을 준 유럽과 미국의 군인들과 정보장교들에게 감사를 드리지만, 비밀을 지켜 달라는 본인들의 요청에 의해 이 자리에서는 이름을 밝히지 않는다. 이 책에서 혹시 라도 실수나 잘못이 있다면, 그 책임은 물론 우리에게 있다.

패트리샤 루이스가 일본의 핵폭탄을 설계하는 데 도움이 되는 의견을 주었으며, 스티브 토마스가 일본 핵무기의 특성에 대해 조언을 주었다. 같은 주제에 대해 다몬 모그렌과 사운 버니도 문건과 조언을 제공했다. 한편 닉 로우는 핵전쟁이 터졌을 경우에 일반 시민들이나 지방의 관리들이 어떤 반응을 보일지에 대해 세부적인 사항들을 추론해 주었다. 우리의 조사원들 중에는 찰리 휘플과 진 코프로프스키, 커트 핸슨, 게이코 방 그리고 그 외에도 이름 밝히기를 꺼리는 많은 사람들이 있다.

외교관들이 서방 정부 내에서의 회의장면들을 구성해 주었으며, 드래곤 스트라이크가 금융시장에 미칠 충격에 대해 홍콩과 런던에 있는 전문가들의 조언을 다각적으로 취합했다. 피터 지그녹스, 존 멀카히, 로즈마리 새프레네크 등이 중국인들이 벌일 시장조작 방법에 대해 다각적으로 조언해 주었다. 우리는 많은 인쇄된 자료들을 이용했으며, 남중국해 석유 탐사의 장래성과 석유시장의 전망에 대한 폭넓은 견해를 얻기 위해 익명을 요구하는 석유회사 중역들의 의견을 종합했다. 이언 하우드와 존 쉐퍼드가 세계경제와 주요 주식시장들이 2001년에는 어떤 모습일지 조언을 해 주었으며, 폴 처트코우와 아드리안 파웰이 외환시장에 대해 도움을 주었다.

　중국의 진정한 잠재력은 클린턴 대통령 시절에 더욱 분명해졌다. 그러나 이 글을 쓰고 있는 시점까지, 미국은 이 문제를 처리할 수 있는 포괄적인 정책을 작성하는 데 실패하고 있다. 소련이 멸망한 지 십 년 뒤에 또 다른 권력 블록이 출현하고 있다. 그 나라는 부강하고 또한 확대주의자이다. 그들은 서방과의 문화적 차별화를 갈망한다. 그들은 과거에 대해 몹시 기분이 상해 있다. 중국은 비민주주의 일당 독재국이며, 그 정부는 스스로 살아 남을 수 있음을 증명했다. 이 책은 서방, 그 중에서도 특히 미국의 중국 정책이 표류할 경우에 어떠한 일이 발생할 수 있는지에 대한 경고를 담고 있다.

험프리 헉슬리, 사이먼 홀버튼

차   례

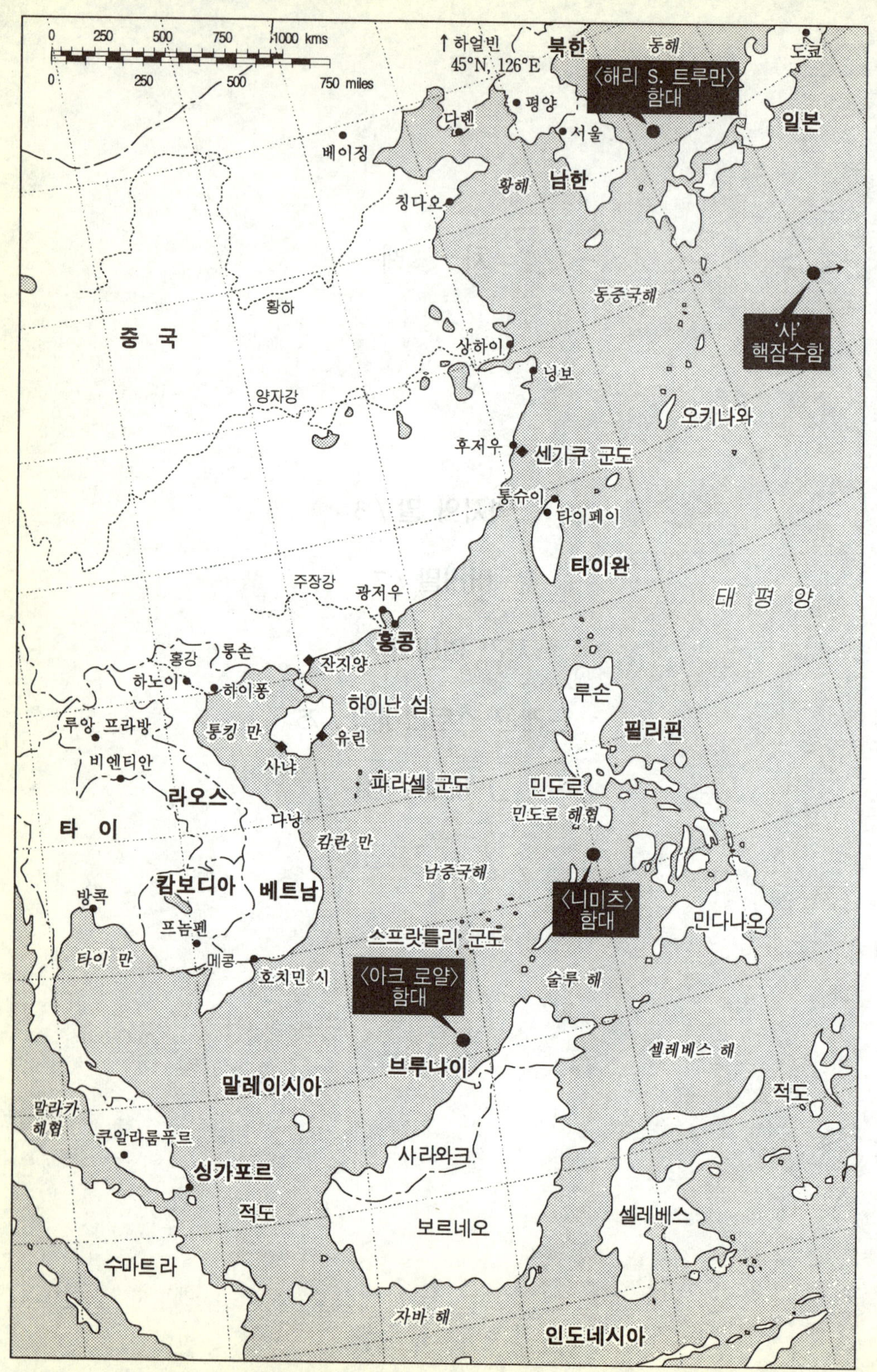
0 250 500 750 1000 kms
0 250 500 750 miles
↑ 하얼빈
45°N, 126°E
북한
동해
도쿄
〈해리 S. 트루만〉
함대
평양
다롄
서울
일본
베이징
남한
청다오
황해
동중국해
'샤'
핵잠수함
황하
중국
상하이
닝보
오키나와
양자강
후저우
센가쿠 군도
통슈이
타이페이
타이완
태 평 양
주장강
광저우
홍콩
롱손
홍강
잔지양
하노이
하이퐁
하이난 섬
루손
루앙 프라방
통킹 만
유린
필리핀
비엔티안
사냐
라오스
파라셀 군도
민도로
민도로 해협
타 이
다낭
캄란 만
남중국해
캄보디아
베트남
스프랏틀리 군도
〈니미츠〉
함대
민다나오
방콕
프놈펜
타이 만
메콩
호치민 시
〈아크 로얄〉
함대
술루 해
말레이시아
브루나이
셀레베스 해
적도
말라카
해협
쿠알라룸푸르
싱가포르
사라와크
적도
보르네오
셀레베스
수마트라
자바 해
인도네시아

사건 연대기

　『드래곤 스트라이크』에서는 일련의 세계적인 규모의 사건들을 기술하고 있다. 다음에 나오는 표 중에 세계에서 가장 중요한 6개의 시간대(도시의 이름으로 표기)에 쓰여 있는 시각은 각 부(部)의 사건이 시작된 시간이다.

　프랑스와 독일의 시간은 GMT보다 1시간이 빠르다. 또 중국 표준시간에 비해 모스크바는 2시간, 스프랏틀리 군도나 파라셀 군도는 8시간 빠르다. 표에 시간이 나와 있긴 하지만, 세계시간 지도에 나온 숫자와는 다르다. 이를테면 +8을 -8로 보아야 하는데, 태양이 그곳을 8시간 일찍 정오에 통과하기 때문이다.

시애틀 −8	워싱턴 −5	GMT 0	베트남 +7	중국 +8	도쿄 +9
토 17	토 17	토 17	일 18	일 18	일 18
1300	1600	2100	0400	0500	0600
1500	1800	2300	0600	0700	0800
1500	1800	2300	0600	0700	0800
1500	1800	2300	0600	0700	0800
1545	1845	2345	0645	0745	0845
		일 18			
1615	1915	0015	0715	0815	0915
1630	1930	0030	0730	0830	0930
1700	2000	0100	0800	0900	1000
1755	2055	0155	0855	0955	1055
1800	2100	0200	0900	1000	1100
1830	2130	0230	0930	1030	1130
1900	2200	0300	1000	1100	1200
1930	2230	0330	1030	1130	1230
일 18	일 18		월 19	월 19	월 19
1100	1400	1900	0200	0300	0400
1300	1600	2100	0400	0500	0600
1415	1715	2215	0515	0615	0715
1445	1745	2245	0545	0645	0745
1500	1800	2300	0600	0700	0800
1545	1845	2345	0645	0745	0845
1600	1900	2400	0700	0800	0900
		월 19			
1700	2000	0100	0800	0900	0800
월 19	월 19				
0200	0500	1000	1700	1800	1900
0300	0600	1100	1800	1900	2000
0530	0830	1330	2030	2130	2230
					화 20

시애틀 −8	워싱턴 −5	GMT 0	베트남 +7	중국 +8	도쿄 +9
0730	1030	**1530**	2230	2330	0030
0730	**1030**	1530	2230	2330	0030
0730	1030	1530	2230	2330	0030
0745	1045	1545	2245	2345	0045
				화 20	
0810	1110	1610	2310	**0010**	0110
			화 20		
0945	1245	1745	0045	0145	0245
1500	1800	2300	**0600**	0700	0800
1500	1800	2300	0600	0700	**0800**
		화 20			
1700	2000	0100	0800	**0900**	1000
		2000년 10월 23일, 월요일			
1830	2130	0230	0930	**1030**	1130
1900	2200	0300	1000	**1100**	1200
2100	2400	0500	1200	1300	**1400**
	화 20				
2200	0100	0600	1300	**1400**	1500
2300	0200	0700	1400	1500	1600
화 20					
0030	0330	0830	1530	**1630**	1730
0030	0330	0830	1530	1630	1730
0300	0600	1100	1800	**1900**	2000
0320	**0620**	1120	1820	1920	2020
0400	0700	1200	1900	**2000**	2100
0430	**0730**	1230	1930	2030	2130
0430	0730	1230	1930	**2030**	2130
0500	0800	**1300**	2000	2100	2200
0500	0800	1300	2000	**2100**	2200
0520	0820	1320	**2020**	2120	2220
0600	0900	1400	2100	**2200**	2300
0700	1000	1500	2200	**2300**	2400
					수 21

시애틀 -8	워싱턴 -5	GMT 0	베트남 +7	중국 +8	도쿄 +9
0715	**1015**	1515	2215	2315	0015
0730	1030	**1530**	2230	2330	0030
			수 21	수 21	
1100	1400	1900	0200	0300	**0400**
1130	1430	1930	0230	0330	0430
1230	1530	2030	0330	0430	0530
1245	**1545**	2045	0345	0445	0545
1300	1600	2100	0400	0500	0600
		수 21			
1800	2100	**0200**	0900	1000	1100
1830	**2130**	0230	0930	1030	1130
1900	2200	0300	**1000**	1100	1200
1930	2230	0330	1030	1130	**1230**
2000	2300	0400	1100	1200	**1300**
2045	2345	0445	1145	**1245**	1345
2050	2350	0450	1150	1250	**1350**
	수 21				
2200	0100	0600	**1300**	1400	1500
2230	0130	0630	1330	**1430**	1530
수 21					
0100	0400	0900	1600	1700	**1800**
0100	0400	**0900**	1600	1700	1800
0400	**0700**	1200	1900	2000	2100
0400	0700	1200	1900	**2000**	2100
0700	1000	1500	2200	2300	[0300] [1]
0700	1000	1500	2200	2300	2400
					목 22
0800	**1100**	1600	2300	2400	0100
				목 22	
0900	1200	1700	2400	**0100**	0200
			목 22		
1200	1500	2000	0300	0400	**0500**
1600	1900	2400	0700	**0800**	0900
		목 22			

[1] 그리니치보다 12시간 늦은 웨이크 아일랜드 서쪽의 한 지점.

시애틀 −8	워싱턴 −5	GMT 0	베트남 +7	중국 +8	도쿄 +9
1730	2030	0130	0830	0930	1030
1800	2100	0200	0900	1000	1100
1800	2100	0200	0900	1000	1100
1800	2100	0200	0900	1000	1100
1800	2100	0200	0900	1000	1100
1800	2100	0200	0900	1000	1100
1815	2115	0215	0915	1015	1115
1900	2200	0300	1000	1100	1200
1930	2230	0330	1030	1130	1230
[1645] [2]	2245	0345	1045	1145	1245
[2100] [3]	2300	0400	1100	1200	1300
2030	2330	0430	1130	1230	1330
2100	2400	0500	1200	1300	1400
	목 22				
2200	0100	0600	1300	1400	1500
목 22					
0100	0400	1000	1700	1800	1900
0200	0500	1100	1800	1900	2000
0400	0700	1300	2000	2100	2200
0530	0830	1330	2030	2130	2230
0545	0845	1345	2045	2145	2245
0600	0900	1400	2100	2200	2300
0600	0900	1400	2100	2200	2300
0700	1000	1500	2200	2300	2400
0700	1000	1500	2200	2300	2400
				금 23	금 23
0900	1200	1700	2400	0100	0200
0900	1200	1700	2400	0100	0200
			금 23		
0930	1230	1730	0030	0130	0230
1000	1300	1800	0100	0200	0300
1000	1300	1800	0100	0200	0300
1200	1500	2000	0300	0400	0500

[2] 알류샨 열도(알래스카 서쪽 끝) 시간, 그리니치보다 11시간 빠름.

[3] 미 항공사령부가 있는 콜로라도 산의 시간.

시애틀 -8	워싱턴 -5	GMT 0	베트남 +7	중국 +8	도쿄 +9
1300	1600	2100	0400	0500	0600
1330	1630	2130	0430	0530	0630
3월 3일	3월 3일	3월 3일	3월 4일	3월 4일	3월 4일
1530	1830	2330	0630	0730	0830
3월 14일	3월 14일	3월 14일	3월 15일	3월 15일	3월 15일
1515	1815	2315	0615	0715	0815
1530	1830	2330	0630	0730	0830
1530	1830	2330	0630	0730	0830
1800	2100	2400	0700	0800	0900
		3월 15일			
1800	2100	0200	0900	1000	1100
2100	2300	0500	1200	1300	1400
4월 30일	4월 30일	4월 30일	4월 30일	5월 1일	5월 1일
0830	1130	1630	2330	0030	0130
			5월 1일		
1600	1900	2400	0700	0800	0900

DRAGON STRIKE

THE MILLENNIUM WAR

베이징, 중국

현지시간 : 2001년 2월 18일 일요일 05 : 00
G M T : 2001년 2월 17일 토요일 21 : 00

중국 공산당 권력의 가장 기억할 만한 상징물인 톈안먼(天安門) 광장 주위의 포장도로를 옅은 서리가 살짝 덮고 있었다. 도로 가장자리로 도시를 통째로 뒤덮고 있는 스모그를 헤치고 불빛이 희미하게 빛나고 있었다. 광장의 주위에는 따분한 표정의 젊은 군인들이 얼어붙은 동상처럼 서 있었는데, 이들도 공산당이 중국 본토를 성공적으로 통치하고 있음을 증명하는 하나의 기념물 같은 존재라고 할 수 있다. 그들을 빼고는 광장은 그야말로 텅 비어 있었다. 100에이커에 달하는 넓은 광장과 주변의 건물에는 은밀하고도 으스스한 정적이 감돌고 있었다.

그 남쪽으로는 20세기의 황제였던 마오쩌둥의 장엄한 무덤이 있다. 그가 이끈 과격한 혁명이 오늘날 중국으로 하여금 확고한 일당 독재 국가가 되도록 한 씨앗이 되었던 것이다. 그는 인민의 순교자들을 기리기 위해 화강암으로 기념탑을 건설했는데, 30미터 높이의 이 탑에는 170명이 실물 크기로 조각되어 있었다. 초석에는 '인민의 영웅들에게 영원한 영광을'이라는 비문이 마오쩌둥의 친필로 씌어 있었다.

동쪽으로는 거대한 중국 혁명박물관과 중국 역사박물관이 있다. 서쪽으로는 인민 대회당 건물의 기둥과 계단이 길게 펼쳐져 있는데, 한쪽 끝에서 다른 쪽 끝까지 300미터 이상은 족히 될 것이었다. 이 회당에 있는 연회장은 5,000명이 한꺼번에 들어갈 수 있을 정도로 컸다. 그 안에는 홍콩이나 마카오 혹은 대만의 이름이 붙은 작은 방들이 있고, 이는 중국이 한때 영토를 빼앗겼다는 사실과 본토가 분할되었다는 수치심을 상기시켰다.

북쪽의 톈안먼은 바로 1949년에 마오쩌둥이 공산당의 승리를 선언했던 곳이며, 고색 창연한 그의 초상화가 아직도 걸려 있는 곳이기도 하다. 그곳으로부터 '금단의 도시'로 통하는 문을 향해 다섯 개의 다리가 놓여 있다. 톈안먼은 중국의 새로운 황제와 옛날의 황제 사이를 잇는 고리 역할을 하고 있다. '금단의 도시'란 내성(內城)을 일컫는 말이다. 250에이커에 달하는 넓은 내성에는 9,000개의 방이 있었고 황제들을 모시기 위해 7만 명에 달하는 내시들이 득시글거리던 곳이다. 그 문들은 모두 광장 쪽을 향해 열려 있으며, 그곳으로부터 권력과 전체로서의 중국에 대한 애국심이 흘러나오는 것이다.

서쪽으로 몇 백 미터만 가면 '금단의 도시'와 인접해서 중난하이(中南海)의 붉게 칠해진 높은 담장이 있다. 지금의 중산공원(中山公園) 자리에 새로 지은 정부종합청사인 중난하이의 정문 안쪽에는 선언이라도 하듯 큼직한 한자로 '인민에게 봉사하라!'라고 쓰여 있었다. 문의 서쪽 벽에는 '위대한 중국 공산당 만세!'라는 슬로건이 있었고, 동쪽 벽은 또 다른 목적, 즉 '마오쩌둥 주석의 탁월한 사상이여 영원하라!'라는 구호가 새겨지는 데 사용되었다. 널찍하고 질서 정연한 도로, 축 늘어진 버드나무들, 얼어붙은 호수, 접견실들 그리고 호화로운 주택들 모두가 보다 현대적인 것들이기는 하다. 그러나 그렇다고 해서 황제시대의 '금단의 도시'에 비해 신비함이 덜하다거나 금지사항이 많이 풀어진 것은 결코 아니었다. 현대화된 국가권력을 상징하는 암호들(감시 카메라, 마이크로웨이브용 접시형 안테나, 무선송수신기)은 어디서나 찾을 수 있었다.

푸른 제복에 무장한 채 정문을 지키는 사내들은 한때 전설적인 8341부대로 알려졌던 중앙 수비연대 소속이었다. 이 부대는 혁명기간 중에 중국의 지도자들을 보호했다. 그들이 보유한 성공적인 기록들은 그토록 교란에 빠졌던 국가로서는 참으로 괄목할 만한 것이었다. 8,000명이 넘는 병력을 가진 이 부대는 공산당의 비밀을 안전하게 방비했다. 중국은 서방의 지식인들에게 세계에서 가장 침투하기 어려운 권력의 핵심 중 하나이다. 수비연대의 신병보충은 문맹자나 거의 교육을 받지 못한 사람들로 이루어지는데, 대체로 외딴 산간지방에서 농사를 짓던 젊은이들이었다. 1949년 이후로 중국 고위 지도층 중에서 암살을 당한 사람은 단 한 명도 없었다.

수비대는 중국의 국가 주석이 새벽 5시가 되기 바로 직전에 출발할 것이라는 통보를 받았다. 88시리즈급 메르세데스 벤츠 세 대가 줄지어 접근하자, 육중한 나무문이 활짝 열렸다. 1,100CC급 터보엔진의 BMW 오토바이를 탄 네 명의 호위경관이 앞뒤로 엄호를 했다. 그들은 경광등(警光燈)을 깜빡이거나 사이렌을 울리지 않고 조용히 달렸다. 비밀스러운 엄호였기 때문이다.

달이 매연으로 오염된 대기를 헤집고 희미하게 모습을 드러냈다. 거리는 개미 한 마리 없이 텅 비어 있었다. 집 없는 부랑자들이 고가도로 밑에 피워 놓은 모닥불 주위에 모여서 몸을 녹이고 있었다. 공산당 정치국에 보고된 최종적인 실업인구는 현재 2억 5,000만명에 달한다. 집도 절도 없이 무일푼으로 지친 몸을 이끌고 전국을 헤매는 이들의 수는 미국의 인구와 맞먹을 정도였다. 그나마 다행스러운 것은, 이들이 아직 폭력적이지 않다는 것이었다. 그러나 극심한 빈곤은 그들과 공산당 사이의 연대감을 완전히 단절시켜 버렸다. 그들을 침묵하도록 만들고 있는 것은 오직 두려움뿐인 것이다.

중국의 지도자들은 대체로 지하에 건설된, 거미줄처럼 얽혀 있는 도로나 지하철을 이용하여 여행하는 것을 선호한다. 그러나 왕 주석도 오늘밤만큼은 자신이 영원히 변모시켜 버리려 하는 도시의 마지막 운치를 완상(玩賞)하고 싶었던 것이다.

운전사는 좌회전하여 영원한 평화의 거리 장안가(長安街)로 접어들었다. 무척이나 교묘한 솜씨로 해외 투자가들을 유혹하여 대규모의 국내투자를 유치한 상무성 건물이 왼편으로 스쳐 지나갔다. 보잉이나 모토롤라, 맥도널드 같은 미국의 우량 대기업들이 수십 억 달러 규모의 투자와 20년 장기대출 계획에 참여하게 되었다. 사회주의자들의 건물 위에는 켄우드, 디지털, 레미 마르땡 같은 서방 회사의 네온사인이 표지 역할을 해 주고 있었다. 투자기업 모두 인권단체들의 탄원을 못 들은 척 무시하면서 세계에서 가장 크고 독재적인 정부와 비즈니스를 계속했다. 오른쪽으로는 에어차이나 사무실과 민쭈호텔(民族飯店), 중국은행 등이 지나가고 있다. 그들은 제2 순환도로를 가로질러 군사박물관 옆을 지났다. 또 다른 영광스러운 승리가 거기에 소장된 전시물에 새로 추가될 것이다.

서쪽으로 더 내려간 곳에 중국 중앙 TV 방송국이 있었다. 방송국 밖을 지키고 있던 경비병들도 수비연대 소속 군인들로 교체되었다. 그 군인들은 뉴스 에이전트인 신화사의 건물 밖에서도 역시 경계를 서고 있었다.

그들은 불과 30분도 지나기 전에 19세기에 서양의 군대들이 약탈했던 황제의 휴양지인 '여름 궁전'을 지나치고 있었다. 도로는 식물원을 향해 크게 굽어져 있었는데, 일행은 식물원을 끼고 돌면서 좌회전을 하여 복숭아 농장으로 포위된 시골길로 접어들었다. 군사용 안테나들이 땅 위로 불쑥 솟아 있었다. 안테나들은 멀리 보이는 언덕 위에도 있었다. 인민해방군의 작전사령부는 산을 깎은 그 비탈에 구축되었다. 미국으로부터 핵위협을 받고 있다고 믿었던 1950년대의 중국인들이 당시에 만든 것이었다. 동굴처럼 만들어진 방들은 현재도 사용되고 있었다.

이 모든 것은 왕펑 주석의 경력 중에 정점을 이루는 것이어서, 그가 아버지로부터 처음으로 권총을 받았던 다섯 살 때부터 이미 싹트기 시작했다. 그는 1940년대 초에 옌안(延安) 지방의 산골에서 태어났다. 그곳은 마오쩌둥이 국수주의자들과 내전을 벌인 곳이기도 했다. 왕 주석의 아버지 왕페이는 중국 공산당의 대장정(大長征: 1934년 화남과 화중에서 산시(陝西) 지방으로의 대이동을 개시하여 1939년에 이동을 완료했음)을 이끈 역전의 용사로, 원수(元帥)까지 올랐다. 공산당이 권력의 보호를 받기 시작하자, 젊은 왕펑은 지도층의 아들딸들과 우호관계를 맺었다. 그는 엘리트들의 요람인 101중등학교에 입학했고, 재학시절에는 축구팀의 인기 스타였다. 그는 군대시절에 남서쪽에 있는 윈난 성(雲南省)에서 근무한 적이 있으며, 멀리 북동쪽으로 러시아와의 국경선에 위치한 헤이룽징 성(黑龍江省)에서도 근무했다.

그러나 그의 경력에 전환점이 온 것은 1979년에 베트남과 교전 중에 있던 부대의 사령관으로 임명되었을 때였다. 그 전쟁은 군사적으로 큰 재앙이었다. 처음 시작은 중국이 지원하는 캄보디아의 크메르 루즈 정부를 베트남이 전복시킨 데 보복하느라 따끔한 맛을 보여 주려던 것이었다. 그러나 당초의 의도와는 달리, 오랜 전쟁으로 단련된 베트남의 전사들은 인해전술로 국경을 넘어 물밀듯이 돌진해 오는 중공군을 무참하게 살상했다. 중국은 그 공격에서 1만 5,000명

내지 2만명의 군사를 잃었다. 왕평은 우여곡절 끝에 주요 국경도시인 랑손을 점령하는 데 성공했다. 그는 철수하기 직전에 도시의 중심부를 폭파시켜 버렸으며, 그 때의 경험으로 중국도 현대화된 군사력이 필요하다는 확신을 갖게 되었다. 다시는 외국의 군사적인 위협으로부터 굴욕을 당하는 일이 없어야 했기 때문이다.

왕은 이제 거의 사반 세기가 지난 뒤에야 자신의 끔찍한 복수를 시작할 준비를 마친 것이다. 이번 주가 끝나기 전에 태평양 연안의 전략적 지도가 다시 그려지게 될 것이다. 중국의 명예는 다시 회복될 것이며, 탁월한 지도자로서 왕의 입지는 어느 누구도 넘보지 못할 정도로 확고해질 것이다.

자동차 행렬은 도로를 벗어나 우측으로 방향을 틀어, 한가운데 커다란 붉은 별이 장식된 아치 밑의 곧게 뻗은 간선도로로 접어들었다. 이 행렬을 기다리는 사람들이 있었다. 보초들이 경례를 했다. 호위대들은 안전한 철근 콘크리트 건물 앞에 정렬했다. 지하의 작전본부로 내려가는 엘리베이터가 대기하고 있었다.

왕 주석은 엘리베이터에서 나와 통제실을 한눈에 내려다볼 수 있는 회랑으로 발걸음을 옮겼다. 그의 발밑으로는 조명을 높인 커다란 장방형의 방이 있었으며, 건너편에는 벽 거의 전부를 덮을 정도로 길게 펼쳐진 스크린이 있었다. 거기에는 중국의 남반부와 동남아시아 그리고 더 남쪽의 호주 해안에 이르는 지역이 그려져 있었다.

작전장교들은 제어판에 붙어 있는 마우스를 이용하여 지목된 어떤 목표물이라도 선택할 수 있고, 그렇게 되면 정치 지도자들의 현재 위치를 포함하여 그때까지의 모든 관련 정보를 불러 낼 수 있다. 그들은 또 전쟁영화관에 자료로 보관된 어떤 지역이라도 불러낼 수 있다. 이를테면, 티벳과 접경지대인 인도 북부에 배치된 병력이나 러시아 국경의 움직임, 북태평양의 러시아 해군 배치도 등이 그것이었다. 인민해방군의 공군이나 해군의 병력배치 상황도 모두 지도상의 붉은 별로 표시되어 알 수 있다. 화면의 대화박스 옆에는 문제 병력의 규모와 형태, 위치가 상세히 확인되고 있다. 확인되고 있는 주요 적군의 위치는 주로 베트남과 필리핀, 인도네시아, 타이, 싱가포르 그리고 말레이시아의 공군과 군함들이다. 대만의 방어 경계단계가 면밀하게 모니터 되고 있다. 정보원들은 대만과 홍콩은 물론 중국 남부의 통제불가능한 지방에서 발생하는 민중들의 사소한 소란까지도 정기적으로 보고하여 최신 정보로 갱신토록 하고 있었다. 특수 분석 팀에서는 다른 군사대국들의 군사적인 움직임을 감시하고 있다. 따라서 필리핀 서쪽 해안에서 멀리 떨어진 술루 해(海)에서 펼쳐지는 미해군 항공모함 〈니미츠〉호의 군사훈련, 브루나이를 친선방문하는 영국이나 호주, 뉴질랜드의 항공모함들, 동중국해에 배치된 미국이나 일본의 공군과 해군 병력의 움직임이 면밀히 체크되었다.

보좌관 한 명이 작전실로 내려가는 층계로 왕 주석을 인도했다. 그가 계단을 내려감에 따라 아래층에서는 무거운 침묵이 감돌았다. 이윽고 바닥에 내려선 그는 곧장 오성홍기(五星紅旗)로 장식된 연단을 향해 걸음을 옮겼다. 장교 한 명이 모여 있는 다른 장교들과 민간인들의 주의를 집중시켰다.

"친애하는 동무들, 우리 중국의 적들은 난샤(스프랏틀리) 군도와 시샤(파라셀) 군도의 주변 바다에 매장된 풍부한 석유를 상당히 오랫동안 강점해 왔습니다. 과학자들의 추정에 의하면, 우리의 광활한 남쪽 바닷속에는 100억톤에 달하는 석유가 매장되어 있다고 합니다. 이것은 중국의 석유이고, 13억 중국인들은 이 석유를 절실하게 필요로 하고 있습니다. 중국은 가난하고 개발 중에 있는 국가입니다. 우리의 경제발전에서 요구되는 수요를 충족시키기 위해 계속해서 현재의 수준으로 석유를 수입할 수는 없는 노릇입니다.

베트남은 불법적으로 난샤와 시샤를 강점하고 있습니다. 베트남은 중국 정부의 한결같은 입장을 무시하고 있으며, 우리의 합법적인 행동을 지속적으로 방해하고 있습니다. 중국인들은 평화를 사랑합니다. 우리는 전쟁을 원치 않습니다. 그러나 우리가 평화를 갈망하고 있다는 단순한 이유 때문에 중국을 약한 나라로 생각한다거나 마음대로 협박할 수 있다고 생각하는 베트남 정부는 중대한 오판을 하고 있는 것입니다. 여러분들이 오늘 아침에 착수하려는 임무는 일차적으로 구엔 베트남 대통령에게 경고를 주는 것입니다. 앞으로는 어떠한 일이 있더라도 중국의 신성한 영토를 집어삼키려는 야욕을 절대로 갖지 못하도록 만들기 위한 것입니다.

동무들, 지금은 역사적인 순간입니다. 잠시 뒤에 우리의 영웅적인 공군과 해군이 과거 우리의 막강한 혁명적 군대가 수행했던 그 어느 것보다도 더 중요한 임무에 착수할 것입니다. 우리가 이 전투에서 승리하게 되면, 당과 조국 그리고 인민들에게 밝은 미래를 보장하게 될 것입니다. ”

캄란 만 ⑲ 해군기지, 베트남

현지시간 : 2001년 2월 18일 일요일 06 : 00
G M T : 2001년 2월 17일 토요일 23 : 00

중국 항공방위대 소속의 SU-27 플랭커 전투기 12대의 엔진이 동시에 뿜어내는 울부짖음이 베트남 영공을 갈가리 찢어 놓고 있었다. 이제 오래지 않아 목표지점인 캄란 만 북쪽 해안의 상공을 날게 될 것이다. 플랭커기(機)들은 러시아제 SU-24 펜서를 개량하여 중국이 독자적으로 만든 전투기로, 새로운 세대의 지상 공격용 항공기인 20대의 A-7 요격기들을 엄호하는 역할을 맡고 있었다. 그들은 지세(地勢) 추적 레이더에 낮게 줄지어 나타났다. 조종사들은 아래를 내려다볼 필요없이 정면으로 읽을 수 있는 조종실 디스플레이를 사용하고 있었다.

목표지점 상공에 이르게 되자, 중국군은 베트남의 방어 시스템 위로 치명적인 무기들로 조합된 '무기 칵테일'을 무차별적으로 퍼부었다. 이번 작전에서 선택된 무기들 중에는 이른바 '꽃송이 폭탄'으로 불리는 것도 있었다. 일단 투하하게 되면 수없이 많은 조그만 소폭탄으로 분해되면서 씨앗이 뿌려지듯 널리 흩어지는 것이었다. 그 소폭탄에는 적의 은폐물까지 구멍낼 수 있는 고성능의 지발성(遲發

性) 지뢰가 고체상태로 탄두에 장착되었고, 노출된 비행기나 자동차 혹은 사람 같은 '가벼운 구조물들'에게 손상을 입힐 수 있도록 파편이 사방으로 흩어지게 설계되었다. 고막을 찢는 소음에 놀라 잠을 깬 사람들은 대부분 폭탄이 터지기 전에 대피할 만한 시간적인 여유가 없었다. 하늘에서 떨어진 지뢰들이 나중에 더 큰 피해를 입혔는데, 불의의 작전으로 인한 참화를 깨끗하게 치우고 정돈하는 시간을 지연시켰던 것이다.

펜서기들이 첫번째 공습을 하고 물러나자마자, 기관총을 장착한 편대가 뒤이어 덮쳤다. 이 편대는 해군기지의 활주로를 따라 줄지어 있는 베트남 공군의 노후한 MIG-21 피쉬베드 전투기 겸 지상 공격기들 중에서 아직도 멀쩡한 것들에 기총소사를 가했다. 베트남 군은 비행기를 소개시켜 공격하기 어렵게 하는 기본적인 방어조치조차 취하지 못했기 때문에, 불과 5분도 채 안 되어 베트남의 항공 방어 시스템의 일부가 엉망진창이 되어 널브러졌다. 많은 건물과 레이더가 손상되었으며, 관제탑도 당분간 사용할 수 없게 되었다.

그러나 기지를 완전히 박살내기 위해서는 집중공격이 필요했다. 일차 공격에 성공한 중국 조종사들은 잽싸게 물러나 시속 1,000킬로미터의 속력으로 치솟았다. 폭탄을 투하하고 난 비행기들은 한결 가볍고 조종하기 쉬운 상태였다. 중국 공군사령관으로부터 무선을 타고 전갈이 왔다. '드래곤(龍)'. 이것은 다음 공격으로 적의 방어능력을 완전히 말살시키라는 암호였다.

즉각적으로 엔진에서 나오는 소음의 톤이 완전히 달라졌다. 소련제 TU-16 뱃저기를 복사해 만든 중국제 H-6 폭격기 24대가 한꺼번에 윙윙거리는 소리였다. 남쪽의 하이난(海南) 섬에 있는 하이커우(海口) 공군기지로부터 발진한 폭격기들은 5,000킬로그램의 폭탄을 탑재하고 2,000킬로미터의 행동반경 내에서 비행하는 정도의 임무라면 충분히 감당할 수 있었다. 지상에서 판단하기에는 폭격 편대가 기동성도 현격히 떨어지고 반격을 받기 쉬운 것처럼 보인다. 음속 이하의 속력을 갖고 있기 때문에 그럴지도 모르겠지만, 어쨌든 충분한 보호를 받고 있었다. 중국인이 설계한 쉔양 J-8II라는 삼각날개의 요격기 12대가 그들을 호위하고 있었던 것이다. 그 요격기들에 장착된 러시아제 주크 레이더 시스템은 적의 항공기 10대를 동시에 추적할 수 있을 뿐 아니라, 대공포화가 빗나가도록 유도하는 기능도 있었다. 그곳으로부터 500킬로미터 떨어진 곳에서는 급유기들이 선회하고 있었는데, 공습을 마친 뒤에 기지로 귀환할 수 있을 만큼 연료를 공급해 주려는 것이었다.

'드래곤 스트라이크'의 첫번째 공중전은 30초도 채 지속되지 못했다. J-8Ⅱ기 조종사 한 명이 정기적인 아침 순찰을 마치고 돌아오는 베트남의 노후한 MIG-21 피쉬베드 2대를 레이더로 포착하여 즉각적으로 두 발의 미사일을 발사했다. 그들은 첫번째 비행기가 미사일에 맞을 때까지도 자신들을 향해 날아오는 것이 무엇인지 몰랐을 것이 틀림없다. 두 번째 비행기는 운이 좋았다. 적어도 처음에는 그랬다. 아마도 미사일을 발사했던 전자장치가 편대를 이룬 2대의 비행기 때문에 혼돈을 일으켰던 모양이었다. 그 때문에 미사일은 두 비행기 사이로 그냥 지나갔다. 그러나 불행스럽게도 너무 가깝게 밀집해서 편대를 이루었던 때문인지, 제어력을 잃은 첫번째 비행기가 옆에 있던 두 번째 비행기에 부딪치면서 한꺼번에 폭발하고 말았다. 그러나 불덩이는 그리 크지 않았다. 연료가 거의 바닥이 난 상태였기 때문이다.

06시 10분이었다.

폭격기들은 3대씩 편대를 이루어 해군기지에 접근했다. 그들은 비록 가벼운 것이긴 하지만 처음으로 대공포화를 맞게 되었는데, 펜서의 공습에서 간신히 벗어났던 두 군데의 진지에서 발사되는 것들이었다. 그러나 호위하던 J-8Ⅱ기 2대의 집중사격이 그들을 순식간에 잠재웠다. 화재로 인해 훤하게 밝아진 저 아래 기지에서는 얼떨결에 잠에서 막 깨어난 사람들이 옷을 반쯤만 걸친 채, 꽁지에 불붙은 쥐새끼처럼 어지럽게 이리저리 뛰어다니고 있었다. 더러는 소총을 들고 쓸데없이 총질을 해댔지만, 번번이 비행기가 지나간 다음에야 쏘고 마는 것이었다. 그러나 그들마저도 불과 수초 뒤에 터진 폭탄으로 곧 연옥의 불꽃에 휩싸였다. 거의 대부분이 죽었다.

첫번째 H-6기들이 펜서기들의 임무를 완벽하게 해치웠다. 기착해 있는 적의 비행기와 그 일대 지역을 아수라장으로 만든 것이다. 비행기의 연료탱크들이 연쇄적으로 폭발하기 시작했다. 화염이 기지 주변을 에워싸고 있는 편편한 풀밭의 건조한 풀로 옮겨 붙었다. 두 번째 편대가 전통적인 단일 탄두 폭탄을 투하하여 지휘본부를 쑥밭으로 만들었다. 전통적이라고는 하지만, 건물 같은 구조물에 더 폭넓은 손상을 입히기 위해 레이더로 공중폭발시킬 수 있는 특수 신관을 장착한 것들이었다. 세 번째 편대는 꽃송이 폭탄과 공중 폭발용 무기들을 혼합 사용하여 연료저장소와 탄약창고를 폭격했다. 공중폭발로 인한 충격파 때문에 이미 약화된데다가 가뜩이나 대충 지은 형편없는 막사들이 순식간에 화염에 휩싸였다. 이런 상황을 상상하지 못했기 때문에 충분히 깊게 묻지 않았던 도시가스 관들도 이내 불이 붙으면서 끔찍한 지옥의 불길에 가세했다. 이것은 NATO의 군사기지라면 절대로 일어나지 않았을 그런 참담한 정경이었다. 캄란 만의 시설은 미국인들이 건조한 것이었지만, 1979년에 소련이 무력으로 이를 탈취했었다.

H-6 폭격기들이 임무를 완수하기 훨씬 이전에 또 다른 펜서기 편대가 기지에 접근했다. 각 비행기들은 C-802 함선 공격용 미사일을

신고 있었다. 불과 수분 안에 캄란 만의 항구와 그 앞의 바닷물까지 불타기 시작했다. 아수라장이 된 기지의 정경에 혼돈이라도 일으켰는지, 몇몇 발사기들이 예기치 않은 전혀 엉뚱한 목표를 향해 미사일을 발사하기는 했지만 말이다. 그렇게 해서 얻은 것이 있다면, 혼란을 더욱 가중시켰다는 것뿐이다. 이번에도 공군사령관으로부터 날아온 전갈은 단지 '드래곤'이라는 단어 하나뿐이었다.

한편, 800킬로미터 북쪽에서는 중국 조종사들이 성공을 거두는 데 다소 어려움을 겪고 있었다. 짙은 구름이 다낭에 있는 베트남 공군 본부 위에 무겁게 드리워져 있었다. SU-27기 12대, 펜서기 12대, 인민해방군 해군 소속의 장홍7 전투 폭격기 12대가 06시 20분으로 예정된 기습을 위해 목표에 접근하고 있었다. 그러나 그 곳에서는 치명적이라 할 만한 10분간의 지연사태가 벌어졌다. 속도가 늦은 JH-7기들이 전체 그룹의 행보를 더디게 했던 것이다.

인민해방군의 공군은 해군과의 합동작전을 별로 달갑게 여기지 않았다. 시대에 뒤떨어진 기체와 항공 전자공학, 그리고 현재의 기준으로는 형편없이 출력이 떨어지는 롤스로이스 스페이 엔진을 장착한 JH-7기를 공군에서는 벌써 오래 전에 퇴짜를 놓았다. 그러나 군사위원회에서 이들의 합동작전을 강력하게 주장했던 것이다. 정치논리가 현실의 실용적인 이유를 압도했으며, 공군기들의 조종실은 증오심으로 가득 찼다. 기상 상황은 소름이 오싹 끼칠 정도로 험악했다. 시계가 지극히 나빴기 때문에 자칫하다가는 땅바닥으로 곤두박질할 위험이 있었다. JH-7 그룹의 지휘관은 저공비행이 불안해서였는지 아니면 지세 추적 레이더를 잘못 읽었는지는 몰라도 너무 높게 치솟아 올라갔다. 먼저 목적지에 도착한 비행기들은 어쩔 수 없이 수분 동안 시간을 끌 수밖에 없었으며, 그래서 SU-27기들이 베트남 측의 레이더에 잡히게 되었다. 수분의 시간이라면, 베트남 공군이 전투기를 이륙시키기에 충분한 시간이었다.

베트남의 MIG기는 훨씬 더 빠를 뿐 아니라 한결 다양한 기능에 뛰어난 조작능력을 갖고 있는 SU-27기와는 애당초 상대가 되지 않았다. 중국 비행기들이 장착한 항공 전자장치의 성능이나 공격능력은 MIG기에 비해 월등하게 뛰어났다. 그러나 베트남의 조종사들은 비록 낡기는 했어도 자신들의 비행기에 익숙했으며, 실제적인 공중전 기술이나 전략에 있어서도 한결 많은 훈련을 받고 있었다. 베트남에서는 조종사들에게 한 달에 최소한 16시간의 연습비행을 의무화하고 있었다. 그것은 한 달에 33시간 이상 비행하는 미국 C-1(전투태세 완비상태)의 절반 수준에 불과한 것이지만, 중국인들의 훈련시간에 비하면 거의 두 배였다. 중국측의 첫번째 희생은 기동성이 현격하게 떨어지는 JH-7기 2대였다. 날렵한 SU-27기가 방향을 바로잡고 보호할 채비를 하기도 전에 한 대가 먼저 베트남의 공대공(空對空) 미사일에 얻어맞았다. 또 다른 JH-7기는 지대공(地對空) 미사일 SA-6을 맞고 추락했다.

그러나 일차적으로 승리한 베트남의 조종사들이 모두 서쪽으로 기수를 돌렸다. 그 뒤로 30분 동안, 전투기 긴급발진 경보가 남북으로 좁고 길다란 베트남 전역에 울려 퍼졌다. 전국에 있는 조종사들이 각 기지로부터 비행기를 발진시켰다. 그들의 비행기는 베트남을 떠나서 자신들이 전통적으로 전쟁의 성역으로 이용해 온 두 나라를 향해 비행했다. 바로 라오스와 캄보디아였다. 베트남은 20세기에 프랑스, 미국 그리고 중국처럼 강력했던 적과 전쟁을 할 때도 자신들이 원하는 장소와 시기에 싸울 수 있도록 그곳에 전투병력을 감추거나 아껴 두었다. 일부 전투에서는 적들이 승리했다. 그러나 궁극적으로 전쟁에서 승리한 것은 베트남이었다.

중국 조종사들은 다낭 공군기지에 심각한 피해를 입혔다. 그러나 군사적인 성공사례를 상세히 기술하는 '인민일보'도 베트남의 비행기가 몇 대나 파괴되었는지 전혀 언급하지 않았다. 또 중국측의 손실이 얼마인지에 대해서도 함구했다. 베트남 조종사들이 캄보디아와 라오스에서 날개를 접었을 즈음, 중국의 공격에 대한 뉴스가 처음으로 백악관에 전달되었다.

그 때가 06시 45분이었다.

파라셀 군도(群島), 남중국해

현지시간 : 2001년 2월 18일 일요일 07 : 00
G M T : 2001년 2월 17일 토요일 23 : 00

러시아제 M-17형 수송용 헬리콥터에서 내려다보니, 파라셀 군도의 디스커버리 산호초는 두 개의 말발굽을 서로 맞댄 것처럼 보였다. 그 가운데쯤 물이 얕은 곳에 '디스커버리 1' 유정이 있었는데, 이곳은 성분검사와 생산성 검증이 거의 끝나가는 유정으로 4월부터 생산을 시작할 예정이었다.

그곳에서 일하던 30명의 인부들이 맨 처음 들은 것은 회전날개의 진동 소리였다. 그 다음 순간, 그들은 자신들을 향해 덮칠 듯이 고개를 숙이고 달려드는 헬리콥터를 보았다. 멀리 남중국해의 파도 속에서는 150마력짜리 엔진 2개를 장착한 특공대용 화이버글래스 상륙정 6척이 유칸급 탱크 양력선 927호로부터 빠른 속도로 멀어지고 있었다. 10명의 특공대를 실은 각 상륙정들은 물 위에 떠 있는 것 같은 바위투성이의 지역으로 향했다. 헬리콥터가 위협적인 모습으로 상공을 선회하다가 바다에 대고 위협사격을 했다. 40노트로 달리던 보트들은 급격히 속력을 줄였다. 중국 해군 특공대는 별로 반가운 기색이 아닌 거친 바위와 산호초 사이를 뚫고 해안에 상륙하여 거점을 확보했다. 인민해방군의 특별영화 팀이 그들과 함께 움직이고 있었다. 그들은 문화혁명 때부터 중국군의 역사를 기록해 왔다. 오늘 아침, 중국은 파라셀 군도와 인근에 있는 바위투성이 산호섬들에 대해 총괄적인 지배권을 선언했다.

특공대원들은 가급적 출혈을 최소한으로 줄이라는 지시를 받았다. '디스커버리 1'은 영국과 일본이 합작한 회사의 관할로, 영국의 브리티시 페트롤륨 사와 일본의 닛본 오일이 관련되어 있었다. 상륙한 중국 해군이 섬을 점령하자, 20명의 군인을 태운 헬리콥터가 유정 굴착장치에 설치된 헬기 발착장에 착륙했다. 허공에 쏘아대는 기관총 소리가 몽키스패너나 펜치 같은 공구로는 자동화 무기에 대적할 수 없다는 엄연한 현실을 정비공들에게 일깨웠다. 중국 해군이 총구를 들이대고 주파수를 강제로 바꾸기 전까지, 통신병들에게는 중국의 기습에 대한 경고방송을 할 만큼 충분한 시간적인 여유가 있었다.

이제 헬기는 떠났다. 상륙정도 2대만 남겨 놓고 모두 모함(母艦)으로 돌아갔다. 인민해방군의 특별영화 팀은 중국군이 국기를 게양하는 장면을 필름에 담았다. 특공대원들은 모두 국가를 불렀다. 그 뒤, 공격자들이나 포로들 공히 갑자기 입을 다물었다. 해군 통신병이 라디오를 이용하여 임시로 조립한 확성장치를 통해 왕펑 주석의 연설을 틀었기 때문이다.

'홍콩이나 마카오, 대만 그리고 티벳과 마찬가지로, 동무들이 오늘 되찾은 영토는 어느 누구에게도 절대로 양도할 수 없는 우리 조국의 일부분입니다. 최근 수년 동안, 남중국해에 있는 군도나 작은 섬들이 외국인들에 의해 점령당하는 사례가 빈번했습니다. 우리의 영해를 마음대로 분할 점거하는가 하면 우리의

자원을 약탈했으며, 바다에 대한 우리의 권리와 권익을 제멋대
로 침해하는 세력들이 있었습니다. 그럼에도 우리는 해군력을
증강하고 공군력을 구축하는 데 지극한 관심을 기울여 왔습니
다. 그래서 오늘 값진 승리를 선언하고자 하는 것입니다. 동무
들도 자신이 이룬 업적에 자부심을 느껴야 합니다. 비단 여러분
이 오늘 이룩한 성공 때문만이 아니라, 향후 우리 조국이 1000
년 동안 누릴 지위의 향상과 앞으로 태어날 우리 후세에게 미치
게 될 직접적인 의미 때문입니다. '

이런 선언은 중국이 파라셀 군도 전체를 확보하기 위해 취해야 할
마지막 조치였으며, 중국 해군에게 주어진 가장 손쉬운 임무였다.
그로부터 800킬로미터 떨어져 있는 스프랏틀리 군도에서는 공격이
그리 쉽게 이루어지지 않고 있었다.

스프랏틀리 군도(群島), 남중국해

현지시간 : 2001년 2월 18일 일요일 07 : 00
G M T : 2001년 2월 17일 토요일 23 : 00

중국은 유사 이래 이런 규모로 공군과 해군의 합동작전을 실시한 적이 없었다. 그들이 점령하여 관리해야 할 지역만 해도 줄잡아 34만평방킬로미터는 될 것이다. 목표물이라고 할 수 있는 것은 21개의 섬과 산호초, 반쯤 물에 잠긴 모래톱 50여 개, 암초 28개였지만 대부분 물에 잠겨 있었다. 이처럼 바위투성이에다 황폐한 장소이긴 하지만, 전략적인 기지로나 석유와 값진 광물의 원천으로써는 아주 유용한 곳이었다. 오직 군인들만이 그곳에서 생활하고 있었으며, 그들의 벗이라고는 국기밖에 없었다. 대부분의 막사들은 수상가옥이었으며 지주 위에 세워져 있었고, 바위뿐인 뭍을 간간이 핥고 가는 파도를 피하기에는 충분할 정도로 높이 자리하고 있었다. 어쨌거나 스프랏틀리 군도에 배치된 군인들은 재수가 없다거나 악몽쯤으로 여겼다.
　필리핀은 북쪽이나 최동단(最東端)에 있는 사주(砂洲)에 대해 소유권을 주장하고 있었다. 최남단의 섬들은 말레이시아 군인들이 점령하고 있었다. 테럼비 라양-라양이라는 섬만이 활주로와 해군기지를 갖고 있으며, 서쪽으로는 베트남 군대가 주둔해 있었다.

실질적인 의미를 부여할 만한 중국군 전초기지가 있다면, 그것은 '피어리 크로스' 모래톱이었다. 이 섬은 길이 26킬로미터에 폭 7.5킬로미터였다. 1988년 중국의 엔지니어들이 군함을 접안시킬 수 있도록 산호들을 폭파하는 등 공사를 했었다. 그들은 부두와 도로, 헬리콥터 격납고와 착륙장 등을 건설했으며, 1,000평방미터에 달하는 2층짜리 막사도 지었다. 그러나 유지 보수상태는 조잡하기 짝이 없었다. 위생시설이나 식수 공급시설은 오래 전부터 고장이 나 있었다. 서로 얼굴을 맞댈 정도로 붙어살던 해군들은 새로운 명령을 접하고는 뛸 듯이 기뻐했다. 사실 그들은 '피어리 크로스'만 아니라면 세상 어디라도 마다하지 않고 가고픈 심정이었다.

중국의 Z-8 수퍼 프렐론 헬리콥터가 10명의 해군을 태우고 기지에서 처음 이륙한 것은 06시 20분이었다. 곧 이어 모두 8대의 헬기가 이륙하여, 동쪽으로 70킬로미터 떨어진 곳에 옹기종기 모여 있는 베트남 군 점령 하의 산호초군(珊瑚礁群)이 있는 곳으로 향했다. 헬기들을 공중지원하기 위해 하이난 섬의 링슈이에 있는 기지로부터 7대의 SU-27 플랭커기가 거의 같은 시간에 발진하여 일행에 가담했다. 그들은 120킬로미터 떨어진 곳에서 수송기를 개조하여 만든 차이니스 Il-76 탱커 3대로부터 재급유를 받았다. 각 비행기에서는 깔때기 모양의 급유용 급유구(給油口)가 달린 세 개의 연료 파이프를 풀어낼 수가 있었는데, 양쪽 날개에서 하나씩, 다른 하나는 동체 밑에서 뽑을 수 있게 되어 있었다.

SU-27기들은 교전지역의 상공에서 적어도 30분 이상 체류할 수 있었으며, 급유기의 지원을 받을 경우에는 1,500킬로미터의 왕복비행도 충분히 가능했다. 수개월 전에만 해도 공산당의 지도층 사이에서는 쉽게 결론을 내리기 곤란한 불협화음이 있었다. 항공모함을 출동시켜서 남중국해 전 지역에서 군사력을 과시할 수 있는 그런 상황이 아닌 현실을 감안할 때, 인민해방군이 ‘드래곤 스트라이크 작전’을 감행하는 것이 과연 승산이 있느냐 하는 점을 두고 의견이 대립했던 것이다. 중앙 군사위원회에서 유출된 한 서류를 보면, 항공기 40대를 탑재한 항공모함의 위용은 최소 200대에서 최대 800대에 달하는 육상기지 전투기의 전투효율과 맞먹을 정도라고 주장하고 있다. 그러나 항공모함을 확보하고 필요한 장비들을 갖춰 선원을 훈련시키는 데는 몇 년의 기간이 소요될 것이다. 항공모함이 전투태세를 완비하기까지 걸리는 소요시간에 대한 의견도 각각이어서, 길게는 2015년에서 짧게는 2005년까지라는 의견이 있었다. 그 때쯤이면 해리어 수직 이착륙기를 십분 활용하는 작전을 구사할 수 있을 것이다. 그러나 공산당 지도층의 분위기는 2005년도 너무 늦다는 것이었다.

‘그 때쯤이면 19세기에 유럽의 군사강국들이 그랬던 것처럼 미국의 패권주의가 우리의 해안도시들을 인수하고 난 뒤일 것이다. 미국은 수단과 방법을 가리지 않고 우리 중국을 갈라놓으려고 할 것이고, 조국은 또다시 분할되는 비운을 맞게 될 것이다.’

1990년대 중반, 중국 공군은 수차에 걸쳐 공중급유 실험을 했다. 그들은 필요한 기술을 얻기 위해 이스라엘과 협상을 시도했다. 그러나 이스라엘이 워싱턴으로부터 압력을 받는 바람에 더 이상의 진전은 없었다. 서방국가의 정보국들은 ‘드래곤 스트라이크’에서 사용한 급유기술이 파키스탄으로부터 도입된 것이라고 믿고 있었다. 그러나 급유구를 포함한 급유 세트는 순수하게 중국에서 만들어진 것이었다. 연료를 받아들이는 주유 파이프는 전투기나 헬리콥터에 달린 급유 파이프에 연결장치만 추가로 달았을 뿐이었다. 그리고 밸브의 주둥이는 NATO에서 사용하는 표준형을 복사하여 사용했다. 그렇게 누더기 식으로 기워 만든 것이지만 성능에는 이상이 없었으며, 따라서 전투기들의 비행거리나 상황 적응력에 무한한 잠재력을 부여했다.

베트남 군대가 점령하고 있는 스프랏틀리 군도 남쪽에 위치한 뱅가드 뱅크를 향해 7대의 SU-27기가 출발했다. 그러나 조종사들은 처음에 짙은 구름과 극도로 불량한 시계 때문에 목표로 잡은 섬들을 정확하게 인식하지 못했다. 그들은 섬을 지나친 뒤에야 잘못을 깨달았고, 베트남 방어병력에게 어쩔 수 없이 기선을 넘겨주게 되었다. 거의 반사적으로 지상에서 SA-6 미사일 3대가 발사되었다. 그러자 중국 조종사들은 레이더 탐지 방해용인 얇은 금속편을 서둘러 분사하는 한편, 가속도를 최대한으로 증가시켰다. 조종사들은 내가속도복(耐加速度服)을 입긴 했지만, 급작스런 선회 때문에 조종석 안쪽으로 훨씬 밀려났다. 내가속복은 급가속을 할 때 피가 다리로 몰린다거나 산소가 고갈되는 것을 방지하기 위해 사지와 복부를 강하게 압박하도록 설계되었다.

SAM는 아슬아슬하게 빗나갔다. 곧이어 베트남 공군의 MIG-21 피쉬베드 전투기 4대가 호치민 기지를 출발하여 교전지역으로 진입해서 SAM을 피하는 데 정신이 팔려 있던 SU-27기 2대를 공대공(空對空) 미사일로 격추시켰다. 살아 남은 중국측 비행기들이 즉시 소개(疏開)하는가 했더니, 압도적으로 우수한 기동성과 조작능력으로 피쉬베드 2대를 사격권 내에 가두었다. 베트남 조종사들은 꽁무니에 붙은 적기한테서 벗어나려고 했으나 2대 모두 적의 레이더 자동 추적장치에서 벗어나지 못했다. 피쉬베드 한 대는 미사일을 정통으로 맞고 그 즉시 폭발했지만, 날개를 맞은 다른 한 대에서는 조종사가 사출(射出)되는 모습이 보였다. 비행기는 나선형으로 돌며 바다로 곤두박질쳤다. 이 광경에 잠시 넋을 빼앗기고 있던 SU-27기 조종사 한 명이 조종석에 날아든 SA-6 미사일에 맞아 전사했다.

그 아래 바다에서는 중국 해군의 루후급 구축함 〈하리빙〉호 뱃머리로부터 2기의 100밀리 포가 베트남 군의 진지를 향해 불을 뿜었다. 구축함에는 프랑스제 지대지(地對地) 미사일, 이태리제 어뢰와 미국제 엔진이 장착되었는데, 이는 여러 나라의 시스템을 되는 대로 가져다 혼합한 중국 군대의 단면을 극명하게 보여 주는 한 실례였다. 따라서 훈련을 시킨다거나 부품을 교환하고 보충하고 유지 보수를 하는 데 어려움을 겪을 수밖에 없었다.

공중전이 계속되고 있는 동안에도 15킬로그램짜리 폭탄들이 4분 동안 지속적으로 모래톱 위에 퍼부어졌다. 그러자 베트남 해군의 구축함 한 대가 전투에 끼여들더니 〈하리빙〉호를 향해 45노트의 속력으로 달려들었다. 구축함 상황실의 베트남 해군 작전사령관이 처음에는 함대공(艦對空) 미사일을 발사하라고 지시했다. 그 결과 SU-27기 또 한 대가 파괴되었다. 그는 5초 뒤에 〈하리빙〉호를 향해 533밀리 어뢰 2발을 발사했다. 한 발은 뱃머리 앞쪽을 스쳐 지나갔으나 두 번째 것은 명중했다. 베트남 군함이 빠른 속력으로 도망가는 동안, 〈하리빙〉호는 함대함 미사일을 쏘았다. ZHI-9A 하이툰 헬리콥터 한 대가 뒤늦게 가까스로 이륙하여 베트남 구축함을 따라잡았다. 그러나 갑자기 쏟아지는 폭우에 휩싸여 전방을 볼 수 없게 되었다. 그러니 그들이 할 수 있는 것이라고는 바다에 곤두박질치지 않으려고 노력하는 것뿐이었다. 당연한 결과겠지만 함대함 미사일은 궤도를 벗어났으며, 베트남 군함은 스콜 덕분에 무사히 빠져나갈 수 있었다.

〈하리빙〉호가 입은 피해는 그리 심각한 것은 아니었다. 비록 대잠수함 전투에서 사용되는 구포(臼砲)는 못쓰게 되었지만, 함포만은 아직도 작동이 가능했다. 또다시 SU-27기 7대가 하이난으로부터 방금 교전지역에 도착했다. 공중전은 금방 끝이 났다.

피어리 크로스 모래톱에서 발진한 8대의 수송용 헬리콥터는 이제 마음놓고 특공대를 내려놓을 수 있게 되었다. 처음에 그들은 포화

속을 뚫고 도착했지만, 베트남 군대는 이미 많은 사상자를 내고 상처를 입었다. 중국군이 잡은 포로는 고작 23명뿐이었지만, 찾아낸 시체는 무려 106구나 됐다. 뱅가드 뱅크에 중국의 오성홍기가 게양된 것은 06시 45분이었다. 한 시간이 채 못 돼서 인근에 있는 베트남의 전초기지들에도 모두 중국 국기가 나부끼게 되었다.

스프랏틀리 군도 전역에서는 그날 오전 내내 치열한 전투가 벌어졌다. 중국은 우세한 군사력으로 모래톱과 산호섬들을 하나씩 밀치고 올라가면서 소유권을 선언했다. 한편, 필리핀 군대는 저항다운 저항도 못하고 맥없이 항복했다. 말레이시아나 브루나이 정부에서는 주둔 중인 그들의 군대에게 아무런 저항도 하지 말고 그냥 진지를 내주라고 지시했다.

뱅가드 뱅크를 제외한다면, 샌디 케이에 있는 이투 아부 섬의 바위투성이 해안과 스프랏틀리 군도에서 가장 격렬한 전투가 벌어졌다. 스프랏틀리에서는 베트남과 대만군이 서로 협력하여 침략하는 중국 해군을 저지했다. 처음에 그들은 두 군데의 부두에 사선(射線)을 구축하여 병력을 은폐시키고는 샌디 케이 섬의 반대방향으로부터 조그만 백사장으로 상륙을 시도하는 중국 해군을 기다렸다. 그들은 상륙지역에 박격포를 퍼붓고 기관총으로 상륙정들을 파괴했다. 또 엄폐물을 찾아 이리저리 날뛰는 중국 해군의 뒤쪽으로 박격포를 계속 쏘아댔다. 그 후로 15분도 채 못 되어 대부분의 중국군이 사살되었다. 상처만 입은 자들도 있었지만, 저격병들이 그대로 놓아두지 않았다. 적어도 중국군의 헬리콥터 ZHI-9A기 2대가 엄호사격을 받으며 나타날 때까지는 그랬다는 말이다.

대만군과 베트남 군은 소수의 전위부대를 희생시키기는 했지만, 질서정연하게 본대를 퇴각시켰다. 그들은 대만의 PCL형 해안 경비정 한 대와 베트남의 폴러차트급 해안 경비정에 분승하여 섬에서 탈출했다. 20노트의 속력으로 달리고 있었지만, 헬리콥터에 타고 있는 중국군은 베트남 군의 경비정을 쉽게 겨냥할 수 있었다. 그러나 대만군의 전함에 타고 있던 사람들은 살아 남았다.

백악관, 워싱턴, DC

현지시간 : 2001년 2월 17일 토요일 18 : 45
G M T : 2001년 2월 17일 토요일 23 : 45

백악관의 대통령 집무실인 오발 오피스에 있는 책상 위에서 보안 전화가 요란스럽게 울어댔다. 제임스 브래들리 대통령은 불과 3개월 전에 압도적인 표 차이로 당선되었다. 그는 카리스마적이고 잘생겼으며, 젊지는 않았지만 젊은이 못지 않게 팔팔하고 가정적인 남자였다. 그는 자신의 직전 선임자와는 달라서 만나는 모든 아름다운 낯선 사람들에게 자신의 남성다움을 증명해야 할 필요성을 느끼지 않았다.

험악한 폭동이 미국의 많은 대도시 중심부의 저소득층 거주지역을 여름 내내 출입금지 지역으로 바꾸어 놓은 뒤에, 브래들리는 새로운 부활의 복음을 설교할 수 있는 기회를 포착했다. 시카고에서 유세할 때였는데, 그는 사우스사이드의 성난 군중 앞에서 피하지 않고 정면으로 맞섰던 것이다. 그로써 그는 유권자들에게 활기를 불어넣었다. 정부 당국에서도 가장 두려워했으며, 그 도시에서 발생했던 시민소요 중에서 1968년의 민주당 전당대회 이래 최악이었던 폭동을 그가 진정시켰던 것이다.

그는 불과 한 달 전에 했던 취임연설에서 오직 국내적인 논쟁거리만을 주로 언급했다. 그 중에서도 특히 흑인과 백인 간에 새로운 계약이 필요하다고 강조했다. 그는 유엔에도 의례적인 경의를 표했으며, 일본은 국내시장을 더욱 개방할 필요성이 있다는 점을 언급했다. 중국과의 협력적인 유대관계에 대해서는 자신의 각료들이 갖고 있는 욕구를 대변했다.

그는 백악관에서 작은 만찬장으로 향하기 전에 오발 오피스에 잠시 들러 복지 관련 개혁안에 대한 서류를 훑어보았다. 갑작스런 전화 소리는 시간이 얼마나 되었는지 그에게 일깨워 주었다. 그 전화번호를 알고 있는 사람은 가장 가까운 극소수의 동료들뿐이었다. 브래들리는 수화기를 집어들었다. 전화를 건 사람은 국가 안보 담당 보좌관인 마티 웨인스타인이었다. 그는 이렇게 말을 꺼냈다.

"대통령 각하, 이런 시간에 전화로 방해해서 죄송합니다."

브리핑

중국의 임전태세

드래곤 스트라이크 작전이 있기 전날 밤, 중국은 강력한 경제력으로 무장한 일당(一黨) 국가로서 200만명의 정규군으로 이루어진 인민해방군이 막후에서 통치하는 그런 국가였다. 지도자가 갖고 있는 임의 재량권 중에는 전략 핵무기의 사용과 대양(大洋) 해군, 현대화된 공군의 지휘권이 포함되어 있었다.

러시아, 미국 그리고 유럽의 경제는 어쩔 수 없이 중국과 밀접하게 연계되어 있었다. 보잉, 모토롤라, 메르세데스, 지멘스, GEC를 포함한 많은 다국적기업들이 중국시장에 공장을 갖고 있었을 뿐 아니라 대부분이 투자로 확고하게 결합되어 있었다. 옐친 시대의 주요 잔존물인 러시아의 무기산업은 보유 중인 유휴시설, 장비와 기술적인 노하우를 급성장하는 중국의 군수업체들에게 제공했다. 서방의 민주주의는 중국의 숱한 인권침해 사례에 굴복하고 말았다. 중국이라는 거대한 나라도 결국은 소련처럼 산산조각나고 말 것이라는 희망은 헛된 망상이라는 것이 증명되었다.

중국이 이룬 경제적 기적은 세계를 경악시켰다. 그러나 그런 급성장을 지속적으로 유지하기에는 너무나 많은 문제점이 산재하고 있다는 사실을 공산당 지도자들도 잘 알고 있었다. 부패가 만연했으며 식량 부족이라는 망령이 또다시 공산당 지도층을 괴롭히고 있었다. 한편으로 그들은 오직 공산당만이 중국을 통치할 권리를 하늘로부터 위임받았다는 사실을 13억 인구가 믿도록—아니면 최소한 그런 생각에 항거하지 않도록—계속 관리해야만 했다.

당은 인민의 기운을 북돋우기 위해 세계 어느 나라에도 없는 중국 고유의 문화와 문명의 독특한 특성을 강조하면서, 이른바 '권위주의적 국수주의'라는 이데올로기를 창안했다. 이 이념은 중국이라는 거대한 나라를 하나로 묶는 결속력이 가족을 하나의 단위로 묶는 힘과 유사한 것이라고 말했던 위대한 성인 공자의 말을 인용하고 있었다. 즉, 부모를 공경하는 마음과 국가에 충성하는 마음이 무엇보다도 중요하다는 것이었다. 공산당 지배를 반대하는 측에서는 국수주의, 권위주의, 외국인 혐오증 그리고 타산적 편의주의를 선택적으로 절묘하게 혼합한 지금의 공산당 정권은 파시즘의 아시아적 형태보다 조금도 낳을 것이 없다고 주장했다. 반체제주의자들은 중국이 1930년대에 독일과 이태리의 파시스트들 출현 이래로 세계평화에 가장 큰 위협으로 부상하고 있음을 경고했다.

당 수뇌부는 1990년대 중반까지만 해도 미국이 중국의 성장을 견제할 계획을 갖고 있다고 확신했다. 그것을 확인해 준 사건이 1996년 3월에 실제로 발생했다. 중국이 군사훈련을 하는 동안, 미국은 대만을 보호하려고 남중국해에 군함을 배치했던 것이다. 인민해방군은 다시는 미국으로부터 그 같은 치욕을 당하지 않겠다고 맹세했다. 그 때부터 민간부문의 기간시설 개발에 사용하려고 조성한 기금을 군대의 현대화를 촉진하는 사업으로 전용했다. 그 중에서도 가장 중점적인 분야는 해군과 공군, 미사일 연구였다. 그리고 러시아와 전략적인 파트너십 체제를 형성한 것도 마찬가지 맥락이었다.

　군사적인 역량을 증진시키고자 하는 데는 물론 경제적인 이유도 있었다. 그 동안 에너지 공급에서 중국이 향유해 왔던 자립성은 급속한 경제성장에 따라 부식되어 갔다. 성장의 여세를 유지하다 보니, 급기야 중국은 거대한 석유 순수입국으로 탈바꿈하게 되었던 것이다. 또 그들은 국제 석유시장에서 아랍인들이 이따금 부리는 괴팍한 심술에 대해서도 완전한 무방비 상태라는 느낌을 갖고 있었다. 석유 매장지역 중에서 아직까지 개발되지 않고 남아 있는 유일한 곳은 스프랏틀리와 파라셀이라고 불리는 남중국해의 외딴 군도들이었다. 이 두 군도는 서로 대략 800킬로미터 떨어져 있었으며, 세계에서 선박의 통행이 가장 빈번한 항로상에 있었다. 이 군도를 놓고 여러 나라가 각축을 벌이고 있었기에 그 동안 석유탐사가 제한되었던 것이다.

　중국은 역사적으로 남중국해 전체에 대해 영해권을 주장해 왔지만, 그 지역의 몇몇 다른 국가들도 소유권을 주장하고 있는 실정이었다. 베트남은 역사적으로 그들이 군도를 소유해 왔고 또 현재 개발하고 있다고 주장했다. 필리핀, 말레이시아, 인도네시아 등도 군도의 일부 혹은 남중국해의 상당 부분에 대해 그럴 듯한 이유를 들어 소유권을 주장했다. 인도양과 태평양을 잇는 이 해역은 주변의 모든 국가들에게 지극히 중요한 항로였다. 특히 석유를 전량 수입하는 일본으로서는 더욱 민감할 수밖에 없었다. 대양을 가로질러 이루어지는 전세계의 교역 중 거의 4분의 1이 이 지역을 통해서 이루어졌다.

　20세기가 끝나 가면서 국가적 자긍심과 경제적인 취약성이 힘을 축으로 수렴됨에 따라, 동아시아 국가들도 무기경쟁에 휩쓸리게 되었다. 미국의 안보우산 속에서 평온한 생활을 즐기던 시절은 곧 끝나리라는 분위기가 감돌았다. 미국도 지쳐 있었다. 강력한 지도력의 미덕에 대해 설교하고 사회적 결속력이 희미해져 가는 서방의 위기에 대해 경고하는, 서방에서 교육을 받은 지도자들이 통치하는 이들 나라에서는 인권이나 트집잡는 미국이 인기를 잃는 것이 당연했다. 이 지역에서는 이제 스스로를 돌볼 준비가 됐다고 느끼고 있었고 또 그렇게 하려고 안달을 하고 있었다. 동남아시아의 많은 국가들이 스스로 방어능력을 갖추게 되었다. 일본과 중국 두 나라는 벌써 오래 전부터 지역의 패권을 차지하려고 암암리에 힘 겨루기를 하고 있었다. 일본은 20세기 초반의 반세기 동안 이 지역을 식민지화했던 기록 때문에 대체로 아직까지 모든 국가들로부터 환영받지 못했다. 반면에 중국은 문화적인 우월주의 때문에 배척 당하고 있었다.

동아시아 국가들의 국방예산은 세계에서도 가장 높은 편에 속할 것이다. 1994년과 1996년 사이에 일부 국가의 국방예산은 20퍼센트 이상 뛰어올랐는데, 새로운 비행기를 사고 전함을 취역(就役)시켰기 때문이다. 일본은 태평양 연안국가들 중에서 미국을 제외하고는 국방비에 가장 많은 예산을 할애했다. 한때 바위처럼 단단하다고 여겼던 미국과의 안보관계는 시장을 더 개방하라는 미국인들의 시끄러운 고함소리 때문에 금이 가기 시작했다. 뿐만 아니라 새로운 세대의 일본 지도층은 미국의 도움 없이 자신들의 두 발로 버티고 설 수 있기를 갈망하고 있었다. 중국의 계획은 은밀하게 베일에 가려져 있었다. 그들은 파키스탄과 공동으로 전투기를 설계했다. 또 군용기와 전함을 러시아로부터 구입했다. 그들은 일단의 러시아 과학자들을 고용하여 장거리 미사일 발사 시스템을 제작했다. 또 유럽과 미국, 호주 등지에 정보원들을 침투시켜, 공개시장에서 구입하려다 국제사회로부터 거절당했던 군사 관련 기술을 되찾아 오도록 했다. 불과 몇 년 사이에 중국은 해군과 공군의 합동작전을 통해 무력을 과시할 수 있는 능력을 완비했다. 그들은 기술에서 부족한 부분을 인간의 독창성으로 보완했다.

중국 지도자의 최대 관심사는 1949년 10월에 마오쩌둥이 인민공화국의 건립을 선언한 이래로 전혀 변한 바가 없다. 지속적인 공산당의 통치, 바로 그것이었다. 그러나 21세기의 여명이 밝아 오자, 공산당의 집권능력에 대한 회의가 일기 시작했다. 혼돈을 바라보는 지도층의 두려움은 피부로 느낄 수 있을 정도였다. 그들은 새로운 명령체계를 필요로 했다. 처음에는 그냥 그럴 듯한 명분으로 주권영역을 회복하기 위한 전쟁을 시작했으나, 점차 미래의 필요한 자원을 확보하는 것으로 옮겨갔다.

왕 주석은 상대적으로 조그만 이웃나라들 중 어느 누구도 감히 중국에 맞서지 않을 것이라는 결론을 내렸다. 그렇다고 해서 그들이 연합하여 하나의 군사력으로 중국에 대항할 가능성도 거의 없었다. 오직 베트남만이 만만히 물러서지 않고 맞설 것이었다. 베트남 사람들이 얼마나 잘 싸우는지는 왕 주석도 개인적인 경험을 통해 잘 알고 있었다. 어쨌거나 이번만큼은 결과가 다를 것이다. 역사적으로 볼 때, 중국인과 베트남 인들은 '형제이면서 적(brother enemies)'인 관계로 알려져 있었다. 베트남 공산당은 이미 지방 수준의 선거를 치렀으며, 향후 5년 내에 국회의원이나 대통령을 뽑는 총선을 실시하리라는 징후가 있었다. 그들은 이전에 조국을 식민지로 삼았던 프랑스와 쌍무 방위조약을 체결했다.

남중국해에 대한 중국의 무력 점령과 베트남의 초라함이 극명하게 대조될 드래곤 스트라이크는 중국 전역을 통해 폭넓은 지지를 받게 될 것이다. 그것은 공산당의 권력지배에 정당성을 부여하는 동시에 에너지 공급선을 확보케 하고, 미국의 군사력에 도전하여 중국이 동아시아 지역의 지도자임을 선언하는 중요한 계기가 될 것이다.

다우닝 가(街), 런던

현지시간 : 2001년 2월 18일 일요일 00 : 15

훼방꾼이 나타난 것은 마이클 스테판슨 수상이 찰스 웬트워스 외무장관, 피터 매킨슨 당총재와 함께 수상 관저인 '다우닝 가 10번지'에서 연 부부동반의 비공식 만찬이 거의 끝나갈 무렵이었다. 당의 은행 당좌 대월액을 주제로 가볍게 나누던 대화는 당직장교가 중국의 침공 뉴스를 전달하는 바람에 갑자기 꼬리를 감추었다.

당총재와 합동 정보위원회 서기, 국방 담당 수상 보좌관 및 국방성 장관에게 연락하여 모두 대기하라는 지시가 떨어졌다. 보좌관이 두 대의 텔레비전 수상기를 켜서 BBC와 CNN에 채널을 고정시켰다. 다우닝 가와 런던 북쪽의 노스우드에 있는 영국의 연합군 사령부인 '상설 합동 작전본부'와 직통으로 연결된 전화선이 개방됐다. 노스우드는 다우닝 가에 보고하기 수분 전에 첼튼햄에 있는 정부 통신본부(GCHQ : Goverument Communications Headquarters)로부터 주의경보를 접수했던 것이다. GCHQ는 호주 북부의 다윈에 있는 영국 극동 정보수집소로부터 정보를 입수했다.

백악관에서는 이번의 침공을 심각한 국제적 위기상황으로 판단하고 있으며, 00시 45분까지 모종의 대응책을 준비한다는 내용이 즉각적으로 웬트워스 외무장관에게 전해졌다. 미국인들이 정확하게 어떤 노선을 추구할 것인지는 전혀 알려진 바가 없었다. 수상은 00시 25분까지 개략적인 상황보고서와 함께 구두보고를 하도록 지시했다.

다우닝 가 건너편의 외무성 건물에서는 하노이와 베이징을 포함한 그 지역의 모든 대리인들로부터 입수된 각종 평가서들을 취합하여 분석하고 있었다. 하노이 주재 대사의 보고에 의하면, 베트남에는 1,750명의 영국 거주민이 있으며 관광객은 줄잡아 5,000명 정도 될 것이라고 했다. 확인되지 않은 보고서에 의하면, 캄란 만(灣) 폭격으로 영국인 엔지니어 한 명이 사망했으며 두 명이 가벼운 부상을 당했다. 러시아 인, 프랑스 인, 독일인, 미국인을 비롯한 많은 서방인이 피해를 입은 것으로 믿어졌다. 홍콩의 총영사는 남중국해의 석유 시추선에서 일하는 것으로 등록된 영국 국적자는 총 87명이라고 말했다. 확인되지 않고 있지만, 영국 보호령 여권을 소지한 많은 홍콩계 중국인들도 거기에 고용되어 있었다. 침공 당시 디스커버리 유정에 있었던 사람만 해도 최소한 7명은 될 것이며, 그들 모두 중국군의 인질이 되었을 것으로 추정되었다. 외무성의 현지 주재 사무관은 전화를 통해 홍콩의 총영사가 그 지역의 현 상황을 상당히 불안하게 느끼고 있다고 말했다.

"중국인들의 신임을 계속 유지하려면 무엇이든지 해야 한다. 이번의 남중국해 모험은 이보다 더 시기가 고약할 수 없을 것이다."

베이징 주재 영국 대사는 웬디 하우스(Wendy House)라고 알려진 대사관 내 기밀실에서 전화를 걸었다. 그는 중국 정부로부터 침략에 대해 공식적인 확인을 아직 받지 못한 상태였다. 그가 갖고 있는 정보들은 BBC나 CNN에서 얻은 것들이었다. 그는 런던에 있는 사람들에게 중국 지도층 인사들을 조심스럽게 다루어야 한다고 충고했다.

"국내적인 위기상황에 직면하고 있는 이들 국민적 지도자들은 지극히 지적이고 고도로 의욕이 넘치는 사람들입니다. 독재정권이라고 할 수도 있겠지요, 그러나 그 체제는 이제 부서지고 있어요. 부정과 부패가 만연하고 있으며, 식량 부족도 엄청나고 기름 저장량도 이제 바닥이 났습니다. 내가 하려는 충고는 조심스럽게 탐색전을 벌이면서 그들이 무슨 말을 하는지 들어보라는 것입니다. 중국은 엄청난 야심을 품고 있는 핵보유국입니다."

00시 50분이 가까워지면서 웬트워스 외무장관의 보고도 끝나가고 있었다. 그는 영국이 말레이시아와 체결한 조약—남중국해의 군도에 대한 소유권을 주장하는 내용의 일부—에 의해 영국이 책임져야 할 사항들도 있다는 점을 지적했다. 1960년대에 작성된 5개국 방어 조약이었다. 만약 말레이시아 인들이 영국에게 그 약속을 지키라고 종용한다면, 호주와 뉴질랜드도 같은 입장을 취하게 될 것이다.

수상 : "그들이 어떻게 나올까요?"

외무장관 : "진위는 알 수 없겠지만, 뉴질랜드라면 아마 우리를 지원할 것입니다. 보다 중요한 일입니다만, 호주가 아시아로부터 이 지역에 대한 주도권을 넘겨받게 될 것입니다. 물론 아시아의 이웃들과 사전에 조율이 필요하겠지만 말입니다. 그러나 유럽연합은 끌어들이지 못할 것입니다. 그들은 북아메리카 자유무역협약(NAFTA)의 지지도 받지 못할 것입니다. 그들이 만약 동아시아에서 한 발만 삐끗하게 되면, 그토록 회원 가입을 갈망했던 유일한 무역 블록을 잃게 될 것입니다."

파리 주재 영국대사의 보고에 의하면 중국의 베트남 침공사태에 대한 프랑스의 반응은 거의 폭발 직전이라고, 웬트워스 외무장관이 말했다. 대사는 프랑스 대통령과 인도차이나 국가들에 대해 대화했던 기억을 떠올렸던 것이다. 대통령은 퉁명스럽게 말했었다.

"우리는 한때 아시아의 보석을 소유하고 있었으나 1954년에 그것을 잃어버렸다. 기회가 주어진다면 다시는 잃지 않을 작정이다. ”

베트남에서 지방단체장 선거가 있은 뒤, 파리와 하노이가 상호 안보조약을 체결코자 초안작업을 하고 있었다는 사실을 대사는 지적했다. 프랑스는 하노이의 지원을 받아 이 조약을 이용해서 그 지역 내의 군사적인 입지를 확보하려고 했던 것이다.

대사가 석유 부국인 브루나이의 왕에게 보내는 메시지는 영국 해군 항공모함인 〈아크 로얄〉호가 이끄는 일단의 영국 함대가 호주로 가는 길에 잠시 브루나이를 방문했었던 사실을 장관들에게 상기시켰다. 01시 정각의 라디오 뉴스 속보 첫머리에 나올 수 있도록 제때에 이루어진 것이기는 하지만, 외무성 사무국의 보고서에는 이 내용이 포함되어 있지 않았다. 물론 다분히 의도적인 것이었다.

'영국 정부는 베트남과 남중국해에서 발생한 폭력과 인명의 손실에 대해 심히 우려하고 있다. 우리는 미국이나 유럽의 동맹국들과 접촉하고 있으며, 더 이상의 유혈 참사를 피하기 위해 분쟁지역에서 군대를 철수시키라고 중국인들을 종용했다. 정부는 중국과 베트남에 요청하여 지난 수년간 쌍방이 맹세했던 약속들을 지키도록 요구했다. 이 지역의 영토분쟁은 평화적으로 해결돼야만 한다. 정부에서는 특히 전쟁지역에 있는 영국 국적자들의 안위를 염려하고 있다. '

영국 정부의 성명서가 전파를 타자마자, BBC와 CNN 두 방송국에서는 약속이나 한 것처럼 동시에 워싱턴의 국무성에서 열리는 기자회견장으로 화면을 바꾸었다.

대통령 관저, 하노이, 베트남

현지시간 : 2001년 2월 18일 일요일 07 : 30
G M T : 2001년 2월 18일 일요일 00 : 30

구엔 반 타이 베트남 대통령은 그날 아침에 베트남의 고도(古都)인 '휴'를 방문할 계획이었다. 그러나 그는 지난 45분 동안 보좌관들과 함께 베트남과 남중국해가 그려진 지도를 뚫어질 듯 쳐다보고 있었다. 베트남의 고르바초프로 알려졌지만, 그 자신은 그 명예를 고스란히 받아들이지 못하고 있었다.

구엔 대통령은 화려하게 장식된 19세기풍 프랑스 테이블의 상석에, 그리고 장군들과 민간 보좌관들은 양편에 앉아 있었다. 반대편 벽에는 두 개의 초상화가 걸려 있었다. 공산주의 베트남의 건립자인 호치민과 1954년 디엔 비엔 푸 포위 공격 때 프랑스 군대에게 패배를 안겨 준 기압 보 구엔 장군의 모습이었다. 이들 위대한 아시아 지도자들의 두 얼굴이 그 후계자를 내려다보고 있는 동안, 구엔 대통령은 자신이 하고자 하는 말의 요지를 마무리했다.

"그래서 여러분들이 내게 하고 싶은 말의 핵심은, 최선의 행동은 행동을 취하지 않는 것이다 이거죠? 좋아요, 나는 공군에게 라오스와 캄보디아에 그대로 머물러 있으라고 지시하겠소. 아직 얼마나 남

아 있는지 모르겠지만, 우리 해군은 중국의 공격에서 벗어날 수 있
는 먼바다에 피신시키겠소. 그렇게 해야 한다면 그렇게 지시하겠소.
디엠 장군, 공군과 해군에 즉각적으로 명령이 전달되도록 틀림없이
시행하시오. 솔직히 말해서, 나는 우리의 군사적 자산을 보호하는
것 말고는 아무런 반발도 하지 않아야 한다는 아이디어가 아무래도
영 내키지 않아요. 나는 중국인들이 저지른 과오에 대해 반드시 빚
을 갚아 주고 싶소. 나는 양국이 공유한 국경선을 따라 무겁게 가라
앉아 있는 공포 분위기를 떨쳐 버려야 한다고 생각해요. 소규모로도
충분하니까 크게 야단을 떨 것까지는 없어요. 하노이의 방호를 위해
서는 최고의 정예부대가 남아 있는 게 좋다고 생각합니다. 내가 마
음속으로 생각하고 있는 것은 사실 게릴라전이오. 외과수술로 아픈
환부만 깨끗하게 처리하는 것이지만, 최대한의 충격을 줄 수 있어야
해요. 디엠 장군, 무슨 뜻인지 아시겠소? 틀림없이 그렇게 하도록
하시오. 마지막으로, 내 생각에는 국제적인 공동체들, 특히 프랑스
와 미국을 끌어들여야 합니다. 다가드 대통령에게는 내가 직접 전화
하도록 하겠소. 그리고 미국 대사를 불러서 여기서 만나겠소.
　그리고 나는 라디오 베트남을 통해 중국의 처사를 비난하는 우리
의 명백한 의지를 방송했으면 합니다. 뿐만 아니라 군도에 대한 우
리 주장의 합법성을 분명하게 설명하고자 합니다. 마지막 조치는 유
엔에 전화하는 것으로 합시다. 이상입니다. ”
　라디오 하노이의 방송 내용 :

　‘오늘 아침 여명과 함께 중국 정부는 우리의 공군 및 해군기
　지에 정당한 이유 없이 무차별적으로 공격을 감행했습니다. 이
　는 우리나라의 방어능력을 파괴하려는 시도였습니다. 이것은 베
　트남 사람들의 심장에 비수를 들이댄 것과 마찬가지입니다. 우

리는 1만년의 세월이 흐른다 해도, 오늘 중국인들이 저지른 이 불성실한 행위를 절대로 잊지 못할 것입니다. 동시에 중국 해군은 남중국해 파라셀 군도에 있는 호앙 사 섬과 스프랏틀리 군도의 트루옹 사 섬에 있는 석유 생산시설을 강점했습니다.

민주 사회주의 베트남 공화국 정부는 불법 병력을 즉각적으로 철수하고 베트남 영토에 대한 반역적인 소유권 주장을 포기하라고 중국 정부에 강력히 촉구하는 바입니다. 그렇지 않을 경우, 중국은 장기화될 전쟁과 그 결과를 받아들여야만 할 것입니다. '

브리핑

남중국해 지역에 대한 베트남의 권리 주장

트루옹 사 군도 지역에 감도는 지극히 심각한 분위기에도 불구하고, 베트남은 트루옹 사 군도를 비롯한 여타 국경의 분쟁과 호앙 사 군도에 대한 의견 차이를 해결하기 위해 지난 해 12월 이래로 중국인들에게 세 차례에 걸쳐 회담을 제안했다(회담 통첩일자는 각기 12월 17일과 12월 23일이었음). 그와 동시에 베트남측에서는 협상을 통해 분쟁을 해결하자고 제안했다. '양측은 분쟁을 해결하기 위한 무력사용을 자제해야만 하며, 상황을 악화시킬 수 있는 어떠한 충돌도 피해야 한다'는 내용이었다(12월 26일자 통첩문).

중국 정부는 협상을 거절하기 위한 목적으로 베트남측의 제안을 '위선적인 유화 제스처'라고 비방했으며, 쌍방이 분쟁해결을 위해 무력을 사용하는 사태가 벌어지지 않도록 하자는 제안에 아무런 답신도 보내지 않았다. 이런 모든 정황으로 미루어 보아, 중국은 베트남과 적대적인 관계를 지속적으로 유지하려는 정책을 갖고 있는 것으로 보이며, 트루옹 사 군도의 강탈행위를 늦추지 않았다. 중국이 무력사용에 의존하겠다는 정책을 지향하는 데 즈음하여, 베트남은 주권과 영토 보전을 위해 스스로 방어할 수밖에 없다는 결론을 내렸다. 호앙 사 군도에서 이전에 있었던 중국인들의 행위나 트루옹 사 군도에서 현재 벌어지고 있는 그들의 만행은 기실 중국인들의 영토 확장주의와 베트남과 동남아시아에서 헤게모니를 쥐려는 정책의 일부에 지나지 않는 것이다.

각 군도에서 수면 위로 보이는 면적은 통틀어서 10평방킬로미터 정도밖에는 되지 않는다. 이 두 군도가 지닌 가치는 남중국해에서의 전략적 위치에 있으며, 또한 풍부한 석유와 천연가스의 매장 가능성에 달려 있다. 베트남의 경우, 어느 나라도 이 섬들에 대해 영유권을 주장하지 않았던, 그러니까 최소한 17세기 이후로 이 두 군도에 대해 효과적인 점거상태를 유지해 왔다. 그리고 베트남에서는 이 두 군도에 대해 효과적, 지속적, 평화적으로 주권을 행사해 왔다.

베트남과 중국과의 유대관계는 베트남 인들이 희망했던 방향으로 발전하지는 못했다. 베이징은 단계적으로 점증하는 도발적인 행위와 국경지대를 따라 조금씩 토지를 빼앗아 가는 작전 등과 함께, 1974년 1월에 군사력을 이용하여 그 때까지 손대지 않았던 호앙 사 군도의 서쪽 섬들을 공격하여 점령해 버렸다. 베이징은 베트남 남서부의 작은 마을인 폴 포트의 대량학살로 대변되는 전쟁, 60만 중국군이 베트남 북쪽 국경선 지역을 침공했던 것을 포함한 1979년의 전쟁, 그리고 이번의 이 몰염치한 침략으로 중국과 베트남 간의 유대관계를 최악의 상태까지 이끌어 왔다. 지난 20년 동안의 악행에 덧붙여 또다시 이런 사태가 벌어짐으로써 중국이 협상 테이블을 뒤엎고 친구를 적으로 돌려 뻔뻔스럽게 대베트남 적대정책을 표방하고 있다는 사실을 이제 만천하가 알게 되었다.

과거 수천 년 동안 중국은 단 한 차례도 이들 두 군도에 대해 주권을 주장하거나 행사한 적이 없었다. 그럼에도 중국이 저지른 행위는 1956년부터 1999년 사이에 서서히 증강된 군사력을 이용함으로써 호앙 사 군도를 점령한 것이다. 그리고 그들이 작년 말 이래로 해 온 것은 베트남의 트로옹 사 군도에 있는 바위와 모래톱들을 또다시 무력으로 강점하겠다고 위협한 것이 고작이다. 그래서 중국은 1997년 7월 30일 전(前) 중국 외무장관인 갱우화가 선언했던 다음과 같은 내용을 행동으로 옮겼다.

'중국의 영토는 남쪽으로는 사라와크(말레이시아) 근처의 제임스 주(洲)에 이른다…… (베트남) 여러분들이 지하자원을 개발하는 것은 마음대로 할 수 있다. 그러나 언젠가 적절한 시기가 되면, 우리는 그 섬들을 모두 회수할 것이다. 협상 따위는 할 필요가 없을 것이다. 왜냐하면, 이 섬들은 오래 전부터 중국에 속해 있었기 때문이다.'

중국인들이 이 섬들에 대해 갑자기 주권을 주장하는 것은 한 마디로 터무니없는 헛소리이다. 베이징에서는 원(元) 왕조(13세기)가 남해도(南海島)에서 실시했던 천문학적인 측량을 인용하면서, 시샤 군도가 원나라 때부터 중국 영토에 속한다고 결론을 짓고 있다. 그러나 원 왕조의 공식적인 사기(史記)를 살펴보면, 원 왕조의 영토는 남쪽으로 하이난(海南) 섬까지밖에 미치지 않았고, 북쪽으로도 고비 사막을 넘지 않는 것으로 기술되어 있다. 거기에는 오늘날 중국인들이 '시샤'라고 부르는 그런 섬들은 전혀 포함되어 있지 않다.

중국은 또한 1710년에서 1712년 사이에 혹은 청(淸) 왕조 시절에 우셍 해군 부사령관이 실시했던 순찰 항해를 인용하기도 한다. 우셍 부사령관이 키옹야에서 출발한 다음 통구, 키쥬양, 시겡샤 등을 경유하여 5,000킬로미터에 달하는 순찰 항해를 했다고 주장하고 있다. 중국은 그것을 근거로 키쥬양이 오늘날의 시샤 군도 지역이고, 당시에는 광동지방 해군 부대의 순찰 관할이었다는 주장을 펴고 있다. 키옹야, 통구, 시겡샤 등은 하이난 섬의 해안에 위치한 현지의 이름들이다. 반면에 키쥬양은 하이난 섬의 북동쪽 해안 사이에 있는 바다 위의 구역과 하이난 섬 북동쪽에 위치한 일곱 개의 작은 섬들을 일컫는 이름이다. 그렇기 때문에 우셍 부사령관이 했던 것은 단지 하이난 섬의 주위를 순찰한 것에 지나지 않는다. 베이징측이 주장하는 결론이라는 것은 자신들이 소장하고 있는 자료상의 역사적인 사실이나 지리학적인 사실에도 명백하게 위배되는 것이다.

뿐만 아니라, 만약에 해상 순찰이나 순시 항해가 두 개의 군도에 대한 중국의 주권을 증명한다는 논거를 제공하는 것이라면, 명조 때 쩽헤가 인도양에서 헤게모니를 확보하기 위해 일곱 차례에 걸쳐 (1405~30년) 60척의 전함과 2만 8,000명의 해군으로 구성된 대규모 선단을 파견했던 것과 홍해 지역과 아프리카 동부해안을 따라 지역 탐사를 실시했던 사실들을 들어 인도양이나 홍해에도 주권을 주장할 수 있지 않겠는가.

베트남과 중국이 각자 주장하는 내용들을 비교해 보면, 중국은 호앙 사나 트루옹 사 군도에 대해 단 한 번도 통치한 적이 없다는 사실을 누구나 쉽게 간파할 수 있다. 그렇기 때문에, 이들 두 군도에 대해 중국이 효과적, 지속적, 평화적으로 '주권'을 행사했었다고 말하는 것은 더구나 불가능한 일이다. 중국의 주권 주장은 현재까지도 그들 자신이 증명할 수 없는 그런 것이다. 베트남은 호앙 사와 트루옹 사 두 군도를 적어도 17세기부터 효과적, 지속적, 평화적으로 점령해 왔으며, 그 때부터 주권을 행사해 왔다. 중국의 왕조들은 17세기부터 19세기까지 한 번도 이의를 제기한 적이 없었으며, 오히려 이들 군도에 대한 베트남의 관할권을 암묵적으로 인정했다.

'섬들에 대한 우리의 통치권은 프랑스를 포함한 많은 주요 국가들로부터 인정을 받았다. 베트남 정부는 중국이 우리의 군사력에 끼친 손실을 평가하는 데 협조 받기 위해, 평등과 상호 존중을 기초로 하여 프랑스에게 군대를 파견해 달라고 요청했다. 우리는 프랑스 정부에서 긍정적인 반응이 있을 것으로 믿어 의심치 않는다.

현재까지의 발전상황은 무력사용에 의존하는 중국의 정책이 내포한 모든 위험을 낱낱이 적시하고 있다. 트루옹 사와 호앙 사 군도에 대한 분쟁의 평화적인 타협은 베트남과 중국 국민들의 평화에 대한 갈망에 부응하는 것이며, 국제법이나 유엔 헌장의 기본원칙을 준수하는 것이며, 동남아시아와 아시아 태평양지역 그리고 더 나아가 전세계의 평화와 안정, 협조에 이바지하는 것이다. 이것이 가장 정확한 방법이다. 동남아시아는 물론 전세계의 여론은 중국측의 긍정적인 대답을 기대하고 있다. 유엔 안전보장이사회의 상임이사국으로서 거부권을 행사할 수 있는 중국은 유엔 헌장의 정신을 준수해야 하는 중대한 책임이 있는 것이다.'

국무성, 워싱턴, DC

현지시간 : 2001년 2월 17일 토요일 20 : 00
G M T : 2001년 2월 18일 일요일 01 : 00

미국에서 제일 먼저 나온 성명은 도널드 브라이언트 국무성 대변인이 발표한 것이었다. 그는 국무성 출입기자들을 소집하여 기자회견을 가졌다.

브라이언트 : "여러분들도 잘 알고 있겠지만, 우리는 지금 베트남과 남중국해에서 어떤 일이 벌어지고 있는지 정확한 상황 파악을 위해 노력하고 있습니다. 대통령, 국무장관, 국가 안보 보좌관, 국방장관 그리고 연합사령관이 브리핑을 받았습니다. 대통령께서는 국무장관, 백악관의 국가 안보 보좌관 등과 지난 30분간 회합을 갖고 있습니다.

대통령께서는 다음과 같은 성명을 발표하셨습니다. '미국 정부는 남중국해에서 발생한 폭력사태를 심히 우려하고 있습니다. 우리가 처음 입수한 보고에 따르면, 현장에서 상당한 사상자가 발생했고 특히 베트남의 민간인들 중에서 많았다고 합니다. 우리는 이 끔찍한 유혈참사에 심한 충격을 받았습니다. 이것은 우리 모두에게 부를 교환하거나 창출하는 행위가 다른 모든 가치관에 우선해도 좋은지 돌아보게 했으며, 추악한 탐욕을 보여 주는 세계의 한 단면입니다. 미국은 이런 분쟁을 종식시키기 위해 최선을 다할 것입니다. 우리는 아직도 미국 시민들 중에 사상자가 없는지 확인하고자 노력하고 있습니다. 어떤 진전사항이 있으면 즉시 알려 드리겠습니다. ’”

질문 : “추가로 확인된 미국인 사상자가 있습니까?”

브라이언트 : “우리는 몇몇 미국인이 캄란 만 폭격시에 다쳤을 것으로 믿고 있습니다. 그곳에 있는 민간인 지역이 폭격을 당했기 때문입니다. 남중국해의 석유 시추선에도 수백 명의 미국인이 있습니다. 현재로서는 우리도 그곳에서 무슨 일이 벌어지고 있는지 모릅니다. 중국인들은 파라셀에 있는 크리센트 섬들에 대해 소유권을 주장했습니다. 그들은 그 사실을 국영 라디오로 발표했습니다. 지금까지 우리가 알고 있는 것은 이게 전부입니다.”

질문 : “대변인께서는 캄란 만에 있는 민간인 지역이 심한 폭격을 받았다고 말씀하셨습니다. 베트남 민간인들이 사는 마을을 의미하는 것입니까, 아니면 현지의 서방 근로자들이 묵고 있는 막사를 말하는 것입니까? 만약 후자라면, 그들은 순수한 민간인입니까? 혹시 베트남 군대를 돕고 있는 사람들은 아닙니까?”

브라이언트 : “맞습니다. 내가 말하고자 하는 것은 바로 외국인 막사입니다. 그렇지만 만약 부인이나 아이들도 함께 사는 집에 폭탄을 퍼부었다면, 내 생각에는 민간인이라고 부르는 것이 타당할 것입니다.”

질문 : “당신은 중국인들이 장악한 지역에 있는 미국인 석유 근로자들을 인질로 보십니까 아니면 포로라고 생각하십니까?”

브라이언트 : “그들은 감금상태에 있습니다. 그들이 자유롭게 풀려나기를 바랍니다.”

질문 : "베이징이나 하노이에 있는 우리 대사관에서는 무엇이라고 말합니까?"

브라이언트 : "보스톡 차관이 그곳에 있는 우리 대사들과 개인적으로 통화를 하고 있습니다."

질문 : "그래서 어쨌단 말입니까? 그들은 아무것도 모른다고 하던가요?"

브라이언트 : "하노이 주재 대사는 몇 시간 이내에 구엔 대통령과 만날 수 있기를 기대하고 있습니다. 베이징 주재 대사는 자신이 중국 고위 지도층과 만날 수 있을지에 대해 아무런 언급도 하지 않았습니다."

질문 : "당신은 왜 이런 만행을 중국의 침략이라고 명확하게 꼬집어 비난하지 않는 것입니까?"

브라이언트 : "나는 어떤 경우에도 선동적인 언어를 사용할 만큼 타락하고 싶지는 않습니다. 중국이 베트남에 공습을 감행했습니다. 대통령께서 말씀하신 대로 사상자들도 많이 있습니다. 대통령께서는 우리 두 나라가 아직은 친구 사이라는 점 역시 강조하셨습니다."

질문 : "베트남측에서 긴장을 더욱 악화시킬 모종의 행동을 숙고하고 있다고 생각하십니까?"

브라이언트 : "글쎄요, 베트남 정부 당국에서 어떤 반응을 보일 것인지에 대해서라면, 나로서는 어떠한 추측도 사양하겠습니다. 내 말 뜻은, 여러분들도 조금만 생각해 보면 중국을 자극할 수 있는 방법이 무궁무진하다는 것을 알게 될 것입니다."

질문 : "양측을 동시에 회유하는 중요한 임무에 왜 당신이 선택되었는지 이해할 수 있도록 설명해 주십시오."

브라이언트 : "우리는…… 우리는 지금까지……."

질문 : "중국인들은 현재 능동적으로 활동하고 있고, 베트남 인들

은 그곳에 가만히 서 있다가 흠씬 두들겨 맞고 나서는 누구 도와 줄
사람이 없을까 하고 기다리는 판입니다. 그런데 당신은 고작 그들에
게 '자극적인 말은 삼가자'고 말할 수 있습니까?"

　브라이언트 : "잠깐만…… 존？ 질문할 것이 있습니까?"

　질문 : "앞으로는 어떻게 되는 것입니까?　유엔에 상정해야 하는
것입니까 아니면 해군을 동원해야 하는 것입니까?"

　브라이언트 : "나로서는 대통령께서 보좌관들과 협의하고 있는 사
항들을 앞질러 예언하고 싶은 마음이 없습니다.　나는 저녁 내내 이
곳에 머무를 예정입니다.　무언가 발표할 내용이 있으면 언제라도 여
러분께 알려 드리겠습니다."

다우닝 가(街), 런던

현지시간 : 2001년 2월 18일 일요일 01 : 55

미국 국무성의 브리핑이 끝나기를 기다리는 동안, 마이클 스테판슨 영국 수상은 노스우드에 있는 상설 합동 작전본부로부터 접수된 최신 보고서를 읽고 있었다. 브리핑이 끝나고 나서야 비로소 미국 대통령과 통화할 수 있었다. 이 두 거물은 현 단계에서 유럽과 미국이 중립적인 입장을 보여야 한다는 데 의견을 같이 했다. 브래들리 대통령은 미국이 일본과 벌써 오래 전인 1960년부터 방위조약을 맺고 있다는 점을 지적했다. 그 조약에는 필리핀과의 약속도 포함되어 있었다. 만약에 중국이 선박의 통행을 제한한다면, 그 중에서도 특히 남중국해를 경유하는 석유의 공급을 훼방한다면 미국은 베이징에게 군사적으로 개입할 수도 있다는 신호를 보낼 것이다. 항공모함들이 인근에서 대기하고 있었다.

자정이 막 지난 시점, 파리 주재 영국 대사로부터 보고가 들어왔다. 20명에서 30명 내외의 프랑스 기술자들이 가족과 함께 캄란 만 폭격으로 죽었다는 내용이었다. 사상자 중에는 프랑스 어린이들도 포함되어 있었다. 첫 텔레비전 화면이 한 시간 내에 방송을 타게 될 것이라고 했다. 프랑스는 중국을 비난하는 성명서를 준비하고 있었다. 외무장관인 웬트워스는 프랑스가 불과 1개월 전인 1월에야 유럽 연합의 대통령직을 인수받았다는 사실을 강조했다. 그렇기 때문에 동료 회원국들과 사전 협의 없이 중국에 적대적인 발표를 하는 것은 자칫 위험할 수도 있었다.

스테판슨은 전화 통화에서 프랑스가 유럽연합의 지도자로서 중립적인 위치를 견지할 것인지 다가드 프랑스 대통령에게 물었다.

대통령은 영어로 대답했다.

"수상 각하, 프랑스 민간인들이 중국군의 폭격으로 살해당했습니다. 프랑스 국민은 모두 이 사실을 알고 있습니다. 각하께서는 내가 미국 대통령의 흉내나 내기를 기대하시는 것은 아니겠지요? 우리가 베트남과 중국 양국과 공히 친구라고 말입니다. 아닙니다, 아니오! 그렇게는 못 합니다. 내가 발표해야 할 성명서는 유럽을 위한 것이 아니라 프랑스를 위한 것이어야 합니다. 그것은 폭격으로 피해를 입은 가족들을 위한 것이기 때문입니다."

스테판슨은 반복해서 다시 요청했다.

"최소한 유엔에서 표결이 있기 전까지만이라도 중립을 지켜 줄 수는 없겠습니까?"

그러나 다가드 대통령은 강경했다.

"내가 무엇을 할 수 있단 말입니까? 나는 텔레비전에 현장의 사진이 방영되는 즉시로 베트남을 지지해야 할 입장입니다, 수상 각하. 그 밖의 어떠한 다른 행동도 정치적인 자살행위일 것입니다. 각하께서도 그 점은 같은 입장이라고 생각합니다만."

"대통령 각하! 사정이 정 그러하시다면 각하께서는 유럽연합이 아니라 프랑스만을 대변하고 있다는 점을 명백히 하실 수는 있겠지요?"

수상은 이렇게 말함으로써 끝을 맺었다.

　　다른 전화선에서는 웬트워스 외무장관이 독일 주재 대사와 직접 통화하고 있었다. 독일 수상은 자제와 주의를 촉구하는 성명서를 준비하고 있다고 했다. 그의 성명서는 위기상황이 고조될 경우에 자칫 발생할지도 모를 무역상의 손실에 초점을 맞춘 것 같은 인상이었다. 외무장관이 물었다.

　　"독일이 프랑스를 같은 편으로 붙잡아 둘 수 있다고 생각하십니까?"

　　"전쟁의 와중에 프랑스 시민들이 목숨을 잃었다는 사실에 맞닥뜨리면, 독일은 입을 굳게 다물 것입니다." 대사의 대답이었다.

수상 관저, 도쿄

현지시간 : 2001년 2월 18일 일요일 11 : 00
G M T : 2001년 2월 18일 일요일 02 : 00

수상 관저의 회의실은 일견 엄격하고 간소한 스파르타식으로 꾸며져 있었다. 안락의자로 둘러싸인 장방형의 너도밤나무 테이블이 방 전체를 장식하고 있었다. 테이블 상석에는 수상인 노부로 히야시가 앉아 있었다. 그의 오른편에는 요이치 기무라 외무상, 왼편에는 국방장관인 야스히로 이시하라가 앉아 있었다. 이들 셋 이외에도 다케시 나이토 통산성 장관과 시게토 와다 대장성 장관이 일본 내각의 국방위원회를 구성하고 있었다. 관료로는 한 사람만이 참석하고 있었는데, 그는 바로 군사정보부 부장인 시게히토 오가와 장군이었다.

히야시는 형식을 중시하는 사람이었다. 그는 회의를 시작하면서 갑작스런 통보에도 신속하게 모여 준 장관들에게 고맙다는 인사를 먼저 했다. 그런 뒤 오가와 장군에게 남중국해의 최근 상황에 대해 브리핑을 하도록 지시했다.

오가와 장군이 말했다.

"여러분도 알고 있듯이, 중국은 남중국해를 장악했습니다. 그 과정에서 그들은 베트남의 보복능력을 파괴하는 일부터 시작했습니다. 우리가 추정한 바에 따르면, 중국인들은 맨 먼저 캄란 만에 공습을 가함으로써 베트남 해군력을 40퍼센트 정도 파괴했거나 무력화시켰습니다.”

“그것은 우리가 진주만을 기습했을 때 얻었던 효과와 같은 비율이 아닌가?” 히야시 수상이 불쑥 끼여들었다.

“해군만 치자면 그렇습니다. 그러나 공군본부에 대한 공격은 덜 성공적이었습니다. 베트남 인들이 그들의 비행기를 신속하게 라오스나 캄보디아로 옮겨 무사히 보존할 수 있었기 때문입니다. 어쨌거나 중국인들은 제2, 제3의 기습을 가할 수 있는 능력을 갖고 있으며, 향후 24시간 이내에 또다시 해군에 대한 공격을 감행할 것으로 예상됩니다. 베트남 인들도 비슷합니다. 베트남측의 믿을 만한 소식통에 의하면, 아직도 해상활동을 할 수 있는 해군의 잔존 부대들은 바다에 나가 있거나 아니면 출항하고 있다고 합니다.”

“장군, 중국인들이 다음에 어떤 행동을 할 것이라고 생각합니까?” 히야시가 물었다.

“우리 추측으로는 먼저 석유 생산시설부터 장악할 것입니다. 경제적인 생산을 하기에는 아직 충분치 못한 단계지만, 파라셀 군도에는 새로운 시설이 하나 있습니다. 그리고 스프랏틀리 군도에는 정상적으로 조업 중인 시설이 세 군데 있습니다. 또 그들이 남중국해의 항로를 일정 기간 봉쇄할 가능성도 있습니다. 적어도 그 해역에 대한 소유권을 다른 나라들이 인정해 줄 때까지만이라도 말입니다.”

“고맙소, 장군. 이제 가셔도 됩니다.” 수상이 이렇게 말하고는 장관들을 둘러보았다. “나이토 장관, 국제통산성에서 평가한 내용은 어떻습니까?”

“심각히 우려됩니다, 수상 각하.” 통산장관이 말했다. “제 책상의 전화 벨은 아침 내내 잠시도 쉬지 않고 울리고 있습니다. 경단련 회장이 말하기를, 산업계에서는 확고한 대응을 기대한다고 합니다. 닛본 오일의 다나카와 통화해서 의견을 듣고 싶었지만, 전화로 불러낼 수가 없었습니다. 그 회사에서는 파라셀의 석유 생산시설에 많은 투자를 했습니다.

각하께서도 아시겠지만, 우리는 휘발유의 99.6퍼센트를 수입에 의존하고 있습니다. 수입하는 원유의 80퍼센트가 중동으로부터 오는데, 모두 남중국해를 가로지르는 항로를 이용합니다. 브루나이나 인도네시아, 호주도 모두 남중국해를 경유하는 항로로 석유를 수입하고 있습니다. 물론 호주산 원유는 다른 곳으로 우회할 수도 있겠지만 말입니다. 제가 입수한 정보에 의하면, 우리의 전략적 비축량은 우리나라의 전체 휘발유와 석유화학 원재료 수요를 두 달에서 세 달 정도 지탱해 줄 뿐이라고 합니다. 액화 천연가스(LNG)도 상황은 비슷합니다. 우리나라 전체 LNG 수요량 중 대략 600억입방미터 정도를 수입에 의존하고 있으며, 수입량의 90퍼센트가 남중국해를 경유하는 실정입니다. 에너지 부분을 집중적으로 말씀드리는 이유는 국가적 존망이 바로 에너지에 달려 있기 때문입니다."

"와다 장관, 대장성에서는 무슨 할 말 없습니까?" 수상이 물었다.

"내일 아침 개장되면, 금융시장에서도 상당히 불안정한 사태가 발생하리라고 생각합니다." 와다 장관이 대답했다. "일본은행은 달러화 대비 엔화의 약세를 안정시키기 위해 언제라도 외환시장에 개입할 준비를 하고 있습니다. 공무원들은 독일의 분데스방크, 영국 국립은행, 미국 연방준비기금과 접촉을 시작할 것입니다. 이미 접촉을 하지 않고 있다면 말입니다. 이번의 무력충돌로 인해 파생될 사태에 공동 대응책을 협의하기 위한 것이지요. 우리 직원들은 주식시장에서도 엄청난 폭락사태가 예상된다고 말합니다. 석유시장도 불안정해

지겠지만 우리가 할 수 있는 일이라고는 거의 없습니다. "

　"고맙습니다. 이시하라 장관, 군사적인 준비태세는 어떻습니까？"

　"수상 각하, 우리는 이번 사태의 추이를 면밀하게 살피고 있습니다. 특히 작년 말부터 급격하게 악화되고 있는 중국과 베트남의 관계에서 한시도 눈을 떼지 않았습니다."이시하라는 이렇게 서두를 열었다. "현재 오키나와 인근 바다에 당장 움직일 수 있는 함대를 대기시키고 있습니다. 또 그 지역에 잠수함도 두 척 배치하고 있습니다만, 전략적 이유에서 애매한 상태를 그대로 유지하고자 합니다. 우리는 미국인들과도 지속적으로 접촉하고 있습니다. 그들은 그 지역에 상당수의 전함을 배치하고 있습니다. 항공모함 〈해리 S. 트루만〉호는 현재 황해에 있고, 항공모함 〈니미츠〉호는 술루 해(海)에 있습니다. 영국도 영연방 해군의 선단을 브루나이 먼바다에서 전술훈련을 하도록 했습니다. 우리는 중국의 침략이 시작된 이래로 오키나와의 기지에서 언제라도 장거리 AWACS(공중 경계 관제기)를 발진시킬 수 있는 준비가 돼 있습니다. 이곳으로부터 중국군의 배치 상황을 상세하게 파악할 수 있습니다."

　"외무상, 당신의 평가는 어떻습니까？ 미국인들은 어떤 반응을 보일까요？"

　"저는 우리가 이런 사태를 미리 예상했었다고 생각합니다."기무라 외상이 말했다. "단지 언제 발생하느냐 하는 시간상의 문제였을 뿐입니다. 유엔의 안전보장이사회가 개최될 것입니다. 비록 이사회에서 무슨 조치를 취하리라고는 별로 기대하지 않지만 말입니다. 중국은 거부권을 행사할 것입니다. 우리의 가장 큰 희망은 미국과의 방위조약에 달려 있습니다. 그러나 저는 이 조약에 대해 회의를 갖고 있습니다. 미국과 중국의 경제적인 유대관계가 우리나라에 비해 더욱 깊고 넓어지고 있기 때문입니다. 그 규모가 이제는 총 투자액 1,200억달러에 이를 정도로 상당해졌습니다. 뿐만 아니라 저는 미국인들이 오키나와와 요코수카로부터 철수한 이래로 방위조약에서 그들이 한 약속이 실질적이라기보다는 한낱 형식적인 것에 불과하다고 느끼고 있었습니다. 이 회의가 끝난 뒤, 저는 미국 대사와 중국 대사를 각각 별도로 만나 보고자 합니다."

수상은 앞에 놓인 서류들을 챙겼다. "좋습니다, 기무라 외상. 진전상황이 있으면 보고하십시오." 그는 목청을 가다듬었다. "여러분, 나는 태평양전쟁 이래로 우리나라가 생존여부를 거론해야 할 만큼 중대한 위기에 처한 적은 없었다고 생각합니다. 그러나 재난은 때로 새로운 기회를 제공합니다. 중국이 우리를 궁지에 몰아넣고 있는 것은 사실입니다. 그리고 미국인들도 한계점까지 우리를 밀어붙이고 있습니다. 아마도 우리 일본이 다시 일어설 때가 온 것 같습니다. 내가 확신할 수 있는 한 가지는 미국과의 조약을 시험해 볼 만한 절호의 기회가 도래했다는 사실입니다. 미국 대사에게 이렇게 전하십시오. 우리는 조약상의 모든 조항이 지켜지기를 기대한다고 말이오. 지금까지 일본의 국가적 이익에 대한 위협은 미국에도 위협이었습니다. 아직도 같은 상황이라면, 미국이 이번 사태에 대해 어떤 조치를 취할 수 있겠습니까? 중국 대사에 대해서는 좀 더 민감하게 대처할 필요가 있다고 생각합니다. 그 사람에게 중국과 동남아시아 지역에 대한 우리의 이해관계를 설명하고, 충돌을 최소화시킬 필요성에 대해 말해 주시오. 그리고 우리가 만약에 미국과의 관계에서 어려움을 겪게 된다면, 희망사항이긴 하지만, 어쩌면 유럽연합을 구슬려서 우리가 생각하는 방향으로 유도할 수도 있을 것입니다. 여러분, 내가 연락하면 즉시 다시 모일 수 있도록 대기하기 바랍니다. 자, 이렇게 모여 주셔서 감사합니다."

백악관, 워싱턴, DC

현지시간 : 2001년 **2월** 17일 **토요일** 21 : 30
G M T : 2001년 **2월** 18일 **일요일** 02 : 30

브래들리 대통령은 지극히 위급한 전화가 아닌 이상 전화를 받지 않겠다고 비서에게 말했다. 다만 베트남이나 중국의 지도자라면, 조금도 지체하지 말고 연결시키도록 했다. 그런 뒤 그는 국가 안전위원회의 이례적인 회의를 정식으로 소집하고는 국무장관에게 평가내용을 설명토록 했다.

뉴턴 피셔 국무장관은 중국의 공격이 군사적으로 기습적인 요소를 갖고 있다고 설명하면서, 그러나 전혀 예상치 못했던 것은 아니라고 했다. 위협이나 남중국해에 대한 공식적인 주권 주장은 벌써 수년 전부터 공표된 사실이었다. 중국은 등소평의 지도력에 종지부가 찍히던 순간부터 회복할 수 없을 만큼 국수주의 쪽으로 방향을 선회했다. 군대를 재조직하고 신무기를 구입하면서, 머지않아 인민해방군은 자신들의 역할을 정당화할 무언가를 할 수밖에 없게 되었다.

피셔는 왕 주석이 결코 미친 독재자가 아니라고 강조했다. 그는 영리한 전략가로 한 번쯤 중국의 힘을 과시하기로 결심한 것뿐이라고 했다. 사실 수년 동안 중국은 자신들의 완력을 은근히 과시해 왔다. 1989년 인민일보에는 이런 논평이 실렸었다.

‘우리 중국이 외국의 노예상태를 떨쳐 버리고 독립성을 쟁취하기 위해서는 스스로 독립적인 행동을 취하는 것이 전제가 된다……. 국민이 조국이나 국방 혹은 국민에 대한 의식을 잃는다면, 정신력의 완전한 몰락이 뒤따르는 것을 피할 수 없게 될 것이다.’

“그들이 원하는 게 뭐요?” 브래들리 대통령이 성급히 물었다.

“각하, 그들은 우리가 아시아에서 떠나기를 원합니다. 이번의 위기상황을 통해 미국의 상대가 유사(類似) 군사정권이라는 사실을 직시해야 합니다. 저는 남중국해와 인근의 섬들과 관련해서 발표한 가장 권위 있는 중국 정부의 성명서를 입수했습니다. 그들이 사용하는 언어만 보더라도 어떤 정권인지 느낄 수 있습니다. 들어보십시오.”

‘금년 3월 베트남이 중국의 영해를 침략한 뒤, 우리는 베트남의 전함들을 멋지게 한 방 갈겼다. 그 후로 베트남에서는 전쟁을 준비하는 분위기가 고조되었다. 베트남이 정말로 중국 해군과 정식으로 대결하기를 원한 것은 아닐 것이다. 왜냐하면, 스스로 무덤을 파는 것이나 다름없는 일이기 때문이다.

해양법을 통일하기 위해 한 국제적 협의에서 채택한 유엔 헌장의 관련 조항에 의하면, 중국은 고유한 영해에 더하여 대륙붕과 경제수역을 포함한 수백만 평방킬로미터에 달하는 영해를 소유하고 있다. 이 광대한 해양지역은 생물이나 광물, 혹은 에너지 자원이 지나칠 정도로 풍부하다. 중국의 영해를 보호하고 고이 간직하는 것은 물론 국가의 해상이익을 방어하는 것이 바로 잠시도 게을리 할 수 없는 인민의 해군에게 지워진 책임인 것이다…… 영해에 대한 이런 강한 개념이 모든 간부와 모든 전사들의 마음속에 깊게 각인되어 있었다.’

　브래들리 대통령은 중국이 강요한 놀라움의 원인에 경각심을 가질 수밖에 없다고 말했다. 피셔 장관은 기업가들의 로비나 중국 정부의 홍보기관이 방위분석가보다 한결 더 강한 설득력을 가졌던 것 같다고 대답했다.

　회의는 말레이시아 주재 미국 대사가 보내 온 긴급전보 때문에 중단되었다.

　'말레이시아가 소유권을 주장하는 지역에 대한 중국의 침공이 있은 몇 분 뒤에 미국인 석유 근로자 5명이 말레이시아 군대와 함께 현장을 탈출했습니다. 말레이시아 당국의 발표에 따르면, 그들의 해군 경비정이 중국군의 포격을 뚫고 현장에 도착했다고 합니다. 말레이시아 인 중에는 사상자가 있습니다만, 미국인은 단 한 명도 (거듭 강조하거니와 단 한 명도) 포함되어 있지 않습니다. 어쨌거나 중국인들은 포격을 앞세워 산호섬을 급습했습니다. 한 석유 근로자에 의하면, 동료들 중에도 폭탄이나 파편에 맞은 사람이 있을 것으로 믿어진다고 합니다. 말레이시아 군인들은 만약 적의 숫자가 압도적으로 많을 경우에는 무조건 섬을 포기하고 떠나라는 복무규정을 갖고 있었습니다. 석유업자들은 신문기자들의 인터뷰에 응하지 않을 것입니다. 직원들이나 회사 모두 충돌로 인한 충격이 가라앉게 되면 다시 일을 시작할 수 있을 것으로 믿고 있습니다.'

　말레이시아는 이웃인 동남아국가연합(ASEAN) 국가들과 상담하기 전에는 절대로 아무런 반응도 보이지 않을 것 같다고 피셔가 말했다. ASEAN 자신도 아마 섣불리 대립적인 노선을 취하지는 않을 것이다. 설령 그들이 연합한다 하더라도 결코 중국의 적수가 될 수는 없을 것이다. 그 나라들이 향유하고 있는 경제적인 부도 대부분 중국인 사업가들에 의해서 지배되고 있다고 해도 과언이 아니었다. 그들은 지리상으로 중국과 멀리 떨어져 살고 있는지는 몰라도 거대한 중국시장에서 계약을 따내기 위해 공산당 지도층과 꾸준히 접촉하며 친분을 쌓고 있었다. 국무장관은 그런 중국계 말레이시아 거부 중 하나가 대통령의 출신 주인 메인 주의 금융기관의 거대 투자자라는 사실을, 그리고 그들이 불과 한 달 전에 대통령의 취임식에 참석했었다는 사실을 상기시켰다.

중국의 모험에 최우선적으로 위협을 느끼는 나라가 있다면 바로 일본일 것이다. 일본의 유럽이나 동남아시아 무역은 거의 남중국해를 경유하는 것이다. 뿐만 아니라 일본은 석유 한 방울 나지 않는 나라로, 최대의 석유 수입국 중 하나였다. 그들은 석유의 4분의 3 정도를 중동에서 들여오고 있으며, 나머지는 브루나이나 인도네시아, 호주 등에서 채우고 있었다. 주요 쟁점은 도쿄측과 맺은 방위조약이라고 장관이 말했다. 이 주제에 대해 미국이 어떤 형태로든 얼버무리려는 행위를 하게 되면, 그 결과는 즉각적인 조약의 파기와 함께 일본으로 하여금 군사적으로 보다 독단적인 노선을 걷도록 종용하는 결과가 될 것이다. 그리고 동시에 일본에게 아시아를 맡기는 결과가 될 것이다.

"대통령 각하, 저는 우리가 이 지역에서 매우 신중하게 처신할 필요가 있다는 충고를 드리고자 합니다. 우리는 1960년 이래로 일본과 군사적인 동맹관계를 유지해 왔습니다. 어느 누구라도 그런 유대관계를 가볍게 포기해서는 안 된다고 생각합니다. 중국 문제에 대해 큰 목소리로 더 많은 이야기를 하고 싶어하는 사람이 분명히 있다는 것을 저도 잘 알고 있습니다. 이 테이블에 있는 사람 중에서도 말입니다. 그러나 일본은 우리 미국과 좋은 친구였다는 사실을 다시 한 번 주지시키고자 합니다."

그러자 브래들리 대통령은 마틴 웨인스타인 국가 안보 보좌관 쪽으로 고개를 돌렸다. 그는 양국 정부의 정보수집 활동에 국한하여 보고했다.

"군사작전이 시작되었을 때, 우리는 그 지역의 상공에 위성 네트워크를 가동시켰습니다. 우리는 AWACS를 발진시켜 하늘을 지키도록 하고, 전함을 이끌고 있는 이지스 순양함으로 하여금 필리핀을 떠나도록 했습니다. 그렇기 때문에 그 지역에서 우리가 모르는 일이 일어날 확률은 거의 없다고 보아도 됩니다. 저는 우리의 IMINT(형상 정보, imagery intelligence)와 SIGINT(신호 정보, signals intelligence)에 대해 지극히 만족하고 있습니다. 물론 중국인들도 독자적으로 통신위성을 보유하고 있습니다. 그러나 그들의 기술은 허점투성이에다가 낡은 것들입니다. 그들이 모든 것을 전부 관측하고 있다고는 추측할 수 없습니다. 그러나 그들이 보지 못하고 있는 것이나 놓친 내용이 무엇인지는 우리로서도 짐작키 어렵습니다. 우리 활동에 부족한 점이 있다면 바로 HUMINT(인간 자원 정보, human-source intelligence)입니다. 우리에게는 베이징 현지에서 활약하는 고급 정보원이 없는 실정입니다. 중난하이 내부에도 아무 연결고리가 없습니다. 또 왕펑 국가 주석이 무슨 생각을 하고 있는지 전혀 모릅니다. 주석과 정부의 다른 실력자들 사이에 불협화음이 있는지, 통상산업부서는 경제적으로 극도의 위험을 안고 있는 인민해방군의 활동에 도대체 얼마나 협조적인지 말입니다. 우리는 아직 붕괴되기 이전의 소련연방까지 포함한 대부분의 국가에 끄나풀이 있습니다. 다시 말해서, 우리는 비밀요원을 운영하고 있습니다. 우리에게는 훌륭한 네트워크도 있습니다. 그러나 중국 내 필요한 곳에는 한 군데도 네트워크가 깔려 있지 않습니다. 중난하이는 침투할 수 없는 요새입니다. 우리가 갖고 있는 최선의 것은 주로 우리나라에서 살고 있거나 살았던 관리들의 자제들로부터 얻는 정보입니다. 그러나 대체로 뜬소문에 불과하므로, 그 정보를 토대로 행동할 수는 없습니다. 아주 이따금씩 누군가가 서류를 훔쳐서 뉴욕 타임스나 정보를 필요로 하는 사람에게 팔 수도 있습니다.”

“그들이 우리에 대해 알고 있는 게 뭐죠?” 대통령이 물었다.

웨인스타인은 노트를 뒤적였다.

“그들의 첩보활동은 MSS(Ministry of State Security)라고 불리는 국가 안전보장부에서 총괄하고 있습니다. MSS에서는 미국 한 군데에서만도 외교관이나 기업체 대표 자격으로 와 있는 1,500명의 중국인들의 협조를 받고 있습니다. 그 밖에도 90개에 달하는 중국계 기관이나 사무실이 있고, 해마다 2만명의 중국 학생들이 미국에 새로 도착하고 있습니다. 그들은 미국에 체류하는 동안 정보수집 요원으로 신규 채용되든지 아니면 중국으로 강제 복귀하도록 조치됩니다. 그들이 만약 MSS의 요구에 순순히 응하지 않을 경우, 그 가족들은 압력을 받게 됩니다. 이를테면, 직장이나 집 혹은 의료혜택을 잃게 되는 것이지요. 그런 식입니다. 그뿐만이 아닙니다. 1년에 3,000개의 대표단에 속한 1만 5,000명의 대리인들이 우리나라를 여행합니다. 그들에게도 정보수집에 관한 한 똑같은 일이 벌어집니다. 그리고 인종적으로 볼 때, 수백만 명에 달하는 중국인들이 차이나타운을 이루어 살고 있습니다. 대통령 각하, 한 마디로 말해서 우리가 만약 중화인민공화국과 적대관계에 들어선다면, 그들은 모든 도시에 첩자들을 갖게 될 것입니다.”

브래들리 대통령은 피터 레이 CIA 국장을 향해 돌아섰다.

“지금 이 순간까지, 그들이 알아서는 안 될 사항 중에 이미 알려진 것이 무엇인지 말해 줄 수 있습니까?”

"그들의 구체적인 행태에 대해서는 말씀드릴 수 있습니다. 닉슨 대통령이 우리의 대 중국 정책을 재구성하기 2년 전, 공산주의자들은 자신들과 외교관계를 재개하려는 그의 욕망을 이미 알고 있었습니다. 1970년 래리 친 우-타이라는 우리 분석가 중 한 명이 닉슨이 계획하고 있는 바를 요약한 기밀문서를 그들에게 전해 주었습니다. 그들은 그 자료를 근거로 우리를 상대하면서 외교정책을 조절할 수 있었던 것입니다. 우리의 제안이 다소 파격적이었기 때문에 그들이 응당 놀랄 것으로 기대했었습니다만, 그들은 매번 우리의 의도를 앞질렀습니다. 래리 친은 CIA에서 37년간이나 일했던 사람입니다. 결국 그는 1981년에 기소되었습니다."

"그들의 첩자가 우리 정부 조직 내에도 침투해 있다는 겁니까?"

"대통령 각하께 말씀드립니다만, 우리가 그들 정부에 사람을 심어 놓지 못한 것은 확실합니다. 그러나 그들이 우리 조직에 사람을 심어 놓았는지는 전혀 알 수 없습니다. MSS에서는 미국의 정보조직이나 정책결정기관에 침투할 수 있는 방안을 적극적으로 강구하고 있습니다. 우리는 극히 최근에 베이징 대사관의 통신사무관을 불러들여야 했습니다. 그들이 그를 매수하려고 했기 때문입니다. 만약 그들이 성공했었다면, 우리 대사관에서 나가고 들어오는 모든 통신내용에 접근할 수 있었을 것이다. 자신 있게 말씀드립니다만, 지금 이 순간에도 그들은 가능한 모든 방법을 동원하여 끄나풀을 확보하려고 혈안이 되어 있을 것입니다. 우리는 감시를 게을리하지 않고 있습니다. 그러나 중국 사회에서 HUMINT는 매우 중요합니다.

그들의 정보활동이 노리는 또 다른 주요 목표는 기술입니다. 오늘 있었던 남중국해 공습은 미국의 기술 때문에 비로소 가능했습니다. 그리고 각하께서도 그들의 용기만큼은 높이 평가해야 할 것입니다. 중국 항공기술 수출입 회사(CATIC)는 1980년대 말에 항공기 부품 제조회사인 시애틀의 맘코 매뉴팩처링을 인수했습니다. 맘코는 중국 공군에게 공중급유 능력을 제공해 줄 만한 기술을 보유하고 있었습니다. 1990년 2월, 우리는 시행 중인 법률을 폐기했습니다. 그러나 실질적으로 중국계 회사가 소유한 미국 엔지니어링 회사나 테크놀로지 회사들이 얼마나 많은지 보십시오. 그렇게 많은 회사들이 중국인의 손에 넘어간 것도 결국은 공산당에 그 책임이 있습니다. 이것이 바로 무역과 상호 의존, 건설적인 약속을 표방하는 중국의 정책입니다. 그러나 오늘밤 저에게는 그 정책도 적군의 침투처럼 보입니다.”

“합동 참모장들의 관할에 속하는 문제가 한 가지 있습니다.” 그는 이렇게 보고를 마감했다. “인민해방군의 첩보활동이 최근에 베트남과의 접경지대를 따라 점증해 왔습니다. 지난달에는 저급한 수준의 살인까지 있었습니다. 지뢰를 매설하여 가축들을 죽인 것이죠. 이 모든 사건들이 고작 5마일을 사이에 두고 일어난 것입니다. 베트남 군인 한 명을 사로잡아서 심한 고문을 한 적도 있습니다. 베트남 군대의 전투배치 자료를 얻기 위한 것이었습니다. 물론 그가 탈출했기 때문에 뒤늦게 알려진 사실입니다.”

“당신, 지금 무슨 말을 하고 있는 겁니까?”

“대통령 각하, 우리는 양국 간 국경선에서의 움직임을 주시하고 있었습니다.”

브래들리 대통령은 합참의장에게 현 상황에 대한 그의 판단을 물었다.

“미국이 스프랫틀리나 파라셀 군도에 있는 석유시설에 대해 통제권을 되찾을 충분한 능력을 갖고 있다는 점에는 의심의 여지가 없습니다. 남중국해를 국제적인 항로로 재개시키는 것도 문제없습니다. 2대의 항공모함이 현장에 도착하는 데는 하루면 충분합니다.

중국인들은 해군 특공대를 이용하여 석유 생산시설들을 장악했습니다. 그것들을 다시 찾는 것이 그리 쉽지만은 않을 것입니다. 이라크가 그랬던 것처럼 최소한 몇 개의 유정이 파괴되리라는 것은 쉽게 추측할 수 있습니다. 그렇게 되면 주변의 환경을 오염시키는 재앙이 불가피하게 될 것입니다.

중국은 남중국해의 주요 길목마다 전함이나 잠수함들을 배치하고 있습니다. 바로 말라카 해협, 순다 해협, 롬복 해협 같은 곳인데, 가장 결정적인 것은 일본이 수입하는 석유의 대부분이 이 곳을 통과한다는 점입니다. 불과 몇 분 전에 왕 주석이 군사용이나 원자력을 동력으로 하는 선박들의 통행을 금지시켰던 중국의 1992년 영해조례를 인용했습니다. 오직 상업용 선박들만 통행을 허락하겠다는 것입니다."

"뭐라고요? 자세히 좀 말해 보시오." 대통령이 말허리를 자르며 물었다.

"일부 부정기 화물선들은 아무런 문제가 없습니다. 대형 선박회사들은 각 선장들에게 이 지역의 통과를 일단 보류하라는 지시를 내렸습니다."

그러자 대통령이 말했다.

"그렇다면, 오늘밤 이 자리에서의 평가를 위해서라도 이런 봉쇄가 일본이나 동아시아의 무역뿐만 아니라 미국의 무역도 그 대상에 포함되는 것으로 간주해야 한다고 생각합니다. 미국의 국익이 위협을 받게 된 이상, 우리의 결정은 한결 명확해질 것입니다. 다음 질문은 아주 자연스럽게 따라옵니다. 우리가 만약 항공모함을 이끌고 그 지역으로 들어가면 어떤 일이 벌어질 것인가?"

"궁극적으로 그들은 자기 자신도 방어하지 못할 것입니다. 그러나 1996년에 있었던 대만 고립사태와는 다르다고 봐야 합니다. 그 사태가 있고 나서부터 인민해방군에서는 외국의 패권주의적 권력에 의해 굴욕을 당하느니 차라리 싸워서 피를 흘리겠다는 정책을 내세운 것으로 알고 있습니다. 결국 승리하긴 하겠지만, 우리측에서도 끔찍한 사태를 감수해야만 할 것입니다.

우리의 해군 특공대(Navy SEALS)가 산호섬들을 되찾기 위해 백병전을 벌일 것입니다. 중국 특공대가 목숨을 걸고 끝까지 싸우지 않을 것이라고 믿을 이유는 아무데도 없습니다. 해상 전투를 가상할 때, 그 지역에 15척에서 20척의 잠수함이 배치되었다는 점을 감안해야 합니다. 우리가 그 중에서 19척을 잡는 것은 크게 어렵지 않다고 생각합니다. 그러나 중국 잠수함에서 발사한 어뢰 중 단 한두 발만을 놓친다면, 우리측에서도 상당히 많은 군인을 잃게 될 것입니다. 또한 그 지역에 있는 우리 동맹국들의 지원도 사실 불확실한 상태입니다. 동남아시아의 국가들도 실용주의와 중립정책을 통해 부자가 되었습니다. 그들이 만약 이 전쟁에서 중국이 승리할 것으로 믿고 있다면, 우리에게 결코 항구나 비행장을 빌려주지 않을 것입니다.

대통령 각하, 어쩌면 그들은 우리에게 싸울 테면 싸우자고 덤빌 수도 있을 뿐 아니라 오히려 아시아에서 우리가 해 온 보안관 역할마저 포기하라고 말할지도 모릅니다. 군사훈련이나 기술적인 면에서는 부족한 점이 있을지 몰라도, 만용과 숫자로 충분히 보충할 수 있는 것이 중국인들입니다. 뿐만 아니라 싸우는 곳이 자신들의 안마당이라는 것도 그들에게는 이점이라고 봐야 합니다."

상무장관인 버나뎃 린 여사는 중국과 미국 간의 유대관계에 관해 지배적인 목소리라고 할 만한 그런 발언만을 해 왔다. 그러나 이번에는 개인적인 발언을 시작했다.

"우리나라에서 펼쳐지는 중국의 정보수집 활동에 대한 CIA의 평가 내용을 들었습니다. 저는 한 가지 문제를 강조하고자 합니다. 제발, 이들을 색출하여 잡아낼 생각은 하지 마십시오. 어떤 중국인들이라도 간첩일 수 있다는 말을 언론에 유출해서는 절대로 안 됩니다. 저는 중국계 미국인입니다. 어릴 적 1952년에 상하이에서 미국으로 날아왔습니다. 우리의 이민정책이 아무런 위험 없이 이루어진 것은 아닙니다. 위험을 수용하도록 합시다. 수십만 명에 달하는 선량한 미국 시민들의 삶이 단지 중국인들과 똑같이 생겼다는 이유만으로 불안해져서는 안 된다고 생각합니다. 이 위기의 태풍이 잠잠해지기 전까지 어느 누구에게나 결코 쉬운 삶이 되지 못할 것입니다.”

“여사, 당신이 말하고자 하는 요점은 잘 알겠소.” 대통령이 대답했다.

“자, 그 문제는 그쯤 해 두겠습니다.” 린 여사가 계속 말했다. “경제 주체로서 미국은 중국과 대립관계에 놓이는 것을 원하지 않습니다. 그렇게 되면 너무나 많은 것을 잃기 때문입니다. 중국은 1990년대 중반에 300억달러에 달하는 상품을 우리에게 팔았지만, 우리는 그들에게 90억달러밖에는 팔지 못했습니다. 만약에 양국 간에 무역전쟁이 벌어졌더라면 우리가 틀림없이 이겼을 것이라는 뜻입니다. 그 이후로 격차는 꾸준히 좁혀졌습니다. 아직 대등한 정도까지는 이르지 못했습니다만, 중국이 수출 대상국을 다변화했기 때문에 많은 물량이 동남아시아나 유럽, 남미 쪽으로 수출되고 있습니다.

우리가 만약 중국 상품을 더 이상 구매하지 않는다면 어떤 일이 벌어질까요? 결과는 불을 보듯 뻔합니다. 중국은 심각한 타격을 입게 될 것이며, 많은 사람들이 일자리에서 쫓겨날 것입니다. 그렇다고 해서 불구가 되는 것은 아닙니다. 만약 중국이 미국 상품에 대해 불매운동을 벌인다면, 우리가 부담해야 할 손실은 올 한 해에만 150억달러가 넘을 것입니다. 대통령 각하, 경제적으로 중국에 크게 의존하고 있는 주(州)가 줄잡아 15개는 될 것입니다. 실례로 몇 개 주를 말씀드리겠습니다. 캘리포니아 주는 중국에 수출함으로써 21만

6,000명에게 일자리를 제공하고 있습니다. 시애틀이 있는 워싱턴 주에서는 11만 2,000명이 중국 때문에 취업하고 있습니다. 그 중 많은 사람이 보잉에서 근무합니다. 아리조나 주는 1만 6,000명, 뉴욕은 10만명이 그렇지요. 명확한 것은, 미국의 많은 가정이 정치적인 충격 때문에 영향을 받게 될 것이라는 사실입니다. 그리고 그 결과는 다음 선거에서 선거인단에 의해 고스란히 반영될 것입니다. 각하께서 이해하기 쉽도록 말씀드리면, 캘리포니아는 다음 선거에서 의석을 52석 갖고 있습니다. 워싱턴 주가 9석, 아리조나 주가 6석, 뉴욕주가 31석입니다. 3만 2,000명의 일자리가 걸려 있는 플로리다는 23석을 갖고 있습니다. 미국 전역에는 중국과의 무역을 선거전략으로 삼을 대표인단이 469명이나 된다는 뜻입니다.

중국에서는 수백만 명이나 더 많은 사람들이 직장을 잃게 되리라는 것도 사실입니다. 바비 인형 공장을 건설하기 위해 논밭을 포기했던 농부들은 이제 무슨 일을 해야 할까요? 대통령 각하, 그러나 그들은 절대 이의를 제기하지 않을 것입니다. 그들은 또 정부를 불신임하는 투표를 하지도 않을 것입니다. 그럴 권리가 없기 때문이지요. 미국 전체로 볼 때, 대략 125만 명의 일자리를 유지하기 위해 중국과의 무역이 필요합니다. 그들의 가족이나 부양가족을 감안할 때, 우리가 이번의 위기상황을 더 악화시키게 되면 500만 명에 달하는 미국인들이 심각한 고통을 받게 되리라는 것을 의미합니다.

우량기업 중에서도 상당수가 중국을 성장과 생존에 필수불가결한 요소로 간주하고 있습니다. 보잉은 2013년까지 중국에 판매할 수 있는 상업용 제트기 물량을 대략 660억달러 상당일 것으로 추정하고 있습니다. 모토롤라나 AT&T 같은 다른 기업도 대동소이한 판매예측을 하고 있습니다. 그리고 지금까지의 투자액만도 엄청납니다. 모토롤라가 여태까지 중국에 투자한 금액은 12억달러 상당이며, 지금은 현지에서 최첨단 컴퓨터용 반도체를 생산하고 있습니다. 휴렛패커드와 IBM 두 회사의 투자액 역시 1억달러는 됩니다. 자동차 제조회사들도 중국에서 활발한 활동을 하고 있는데, 세 개의 공장에 2억 5,000만달러를 투자한 포드가 가장 앞서고 있습니다. 1억 3,000만달러를 투자한 GM이 그 뒤를 따르고 있는데, 이들은 자동차 부품을 생산하는 세 개의 시설에 투자했습니다. 중국에 투자한 상위 10개 기업의 투자 총액은 40억달러 이상이며, 그 숫자는 더욱 증가할 것으로 예상하고 있습니다.

대통령 각하, 지미 카터 전 대통령이 러시아에 밀을 수출하지 않기로 했을 때, 호주와 캐나다가 그 반사이익을 챙기는 것을 목격한 바 있습니다. 또한 로널드 레이건 대통령이 소련에 건설 중이던 천연가스 송유관 공사를 중단하려고 했을 때, 캐터필러 사가 거의 공사를 빼앗길 위험에 처하는 것도 보았습니다. 그리고 클린턴 대통령이 중국을 최혜국 대우로 지정하는 문제를 놓고 전권을 휘두르던 장면도 역시 기억하고 있습니다. 그분께서는 호된 경험을 하셨지요. 명백한 것은 외교문제에 있어서 중요한 핵심이 이제 전쟁이 아니라 경제, 즉 돈이라는 사실입니다. 그리고 그런 경향은 더욱 가속화될 것입니다. 남중국해의 이번 분쟁은 참으로 유감스러운 사태입니다. 그러나 그렇다고 해서 문제가 달라지는 것은 아닙니다."

외무성, 도쿄

현지시간 : 2001년 2월 18일 일요일 12 : 00
G M T : 2001년 2월 18일 일요일 03 : 00

　기무라 외상이 탄 관용차는 수상 관저로 통하는 진입로를 벗어나 가스미가세키에 있는 외무성으로 향하고 있었다. 외무성 건물의 철제 대문은 기무라 외상의 닛산 프레지던트가 접근함에 따라 서서히 열렸다. 정문 경비병으로부터 예의바른 경례를 받으며, 그가 탄 리무진이 정문 앞에 위엄 있게 멈춰 섰다.

　기무라는 리차드 몬로 미국 대사의 도착을 참을성 있게 기다렸다. 기무라는 몬로를 별로 좋아하지 않았다. 너무나 격식을 차리지 않는 자유분방한 그와는 맞지 않았던 것이다. 몬로가 미국 대통령과 절친한 친구 사이라는 사실은 모두가 알고 있었다. 보스턴 선거에서 아일랜드계의 표를 긁어모을 수 있었던 것이 모두 몬로 덕분이었다. 그가 컴퓨터 소프트웨어 설계회사인 보스턴 애널리틱의 소유주였을 때의 일이었다. 그는 당(黨)의 주요 기금 조달자 중 한 명이었다.

　몬로는 테니스 코트에서 막 나온 차림으로 기무라의 사무실로 들어와서는 지나칠 정도로 사과를 했다. 외무성으로부터 회의에 참석해 달라는 전갈을 받았을 때, 친구의 집에서 테니스를 치고 있었다는 것이다. 기무라는 얼굴에 반쯤 웃음을 머금은 채, 손님 쪽으로 고개를 가볍게 숙여 보였다. 그리고는 의자에 앉으라는 손짓을 했다.

"몬로 대사님, 우리 생각에는…… 아무래도 남중국해에서 약간 어려운 사건이 발생한 것이 아닌가……" 외상이 어렵게 서두를 열었다. "우리 정부에서는 지대한 관심을 갖고 중국 정부의 움직임을 지켜보고 있습니다. 현재 남중국해에서 개발 중에 있는 석유 시추 자산들을 중국 정부가 무력으로 강탈하기로 결심했다고 우리는 믿고 있습니다. 뿐만 아니라 베트남을 부당하게 공격했으며, 그 지역에서 일본이 향유하고 있는 고유의 중대한 이익을 위협하고 안위에도 직접적인 영향을 미치고 있습니다. 그런 연유로 저는 양국 간의 상호 안보조약 제6조를 발동하라는 정부의 지시를 받았습니다. 우리는 '이전의 상태'로 되돌아가기를 원합니다. 남중국해에서 중국이 떠나기를 원합니다. 이런 우리의 요구를 지원하기 위해 미국이 이 지역에 즉각적으로 항공모함을 배치하도록 요청하는 바입니다."

"글쎄, 장관께서 하시는 말씀은 잘 들었습니다. 이 내용을 대통령께 즉시 보고토록 하겠습니다." 몬로 대사는 이렇게 대답했다.

반시간쯤 뒤, 중국 대사가 그 사무실로 들어왔다. 보 엔주 대사는 보다 금욕적인 외교관이었다. 혹은 그렇게 보이고 싶어하는 것인지도 모른다. 그는 육체적으로 가까워지고자 하는 습관 같은 것을 갖고 있었다. 그런 친밀한 태도는 자칫 무언가 중대한 진실을 금방이라도 폭로할 것 같은 그런 분위기를 연출하는 것이었지만, 기실은 그 날짜 '인민일보'에서 읽은 내용을 줄줄 늘어놓는 것이 고작이었다. 다만 베이징으로 보내는 그의 전신 내용은 좀 달라서, 전혀 채색돼지 않은 반면 자신이 들은 이야기를 정확하게 전달하곤 했다.

"대사님, 이렇게 갑작스러운 통보에도 금방 찾아 주셔서 참으로 고맙게 생각합니다." 기무라는 진심어린 말처럼 들리게 하려고 최선을 다하고 있었다.

"천만에요, 외상 각하. 제게는 외무성을 방문하는 것이 언제나 큰 영광입니다." 보 대사가 대꾸했다.

"우리는…… 남중국해에서 벌인 중국의 군사적 행위에 실로 당혹감을 떨쳐 버릴 수 없습니다. 어떤 배경에서 그런 행동을 저질렀는지 설명해 줄 수 있겠습니까?" 기무라가 다소 모험을 했다.

"이 일에 대해 귀국 정부는 별로 신경쓸 필요가 없다고 생각합니다, 외상 각하." 보 대사가 이렇게 운을 떼었다. "남중국해에 대한 중국의 통치권은 역사적인 것이며 또한 절대로 양도할 수 없는 것입니다. 우리는 단지 지난 2,000년 동안 '엄연한 사실'이었던 것을 '합법적인' 것으로 기정 사실화하려는 것뿐입니다. 따라서 이번 사태로 하여 일본은 어떠한 위협도 느낄 필요가 없습니다. 중국 정부도 남중국해처럼 국제적으로 공인된 항로에서는 선박들의 자유로운 통행이 반드시 보장해야 한다고 믿고 있습니다."

"그러면 재산의 소유권은 어떻게 됩니까?" 기무라가 물었다.

"바다와 바다 밑의 해저 그리고 그 안에 들어 있는 모든 것이 중국의 소유입니다. 그것은 물론 미래에 대한 성명서입니다. 현재 존재하고 있는 시설물들에 대해 우리가 전혀 모르고 있는 것은 아닙니다. 저는 정부로부터 그 시설물들에 대한 소유권은 변함없이 그대로 유지될 수 있도록 하라는 지시를 받았습니다."

"우리가 염려하는 바는 경제적인 안전에 대한 보장이라는 점을 당신네 정부에 말씀해 주십시오." 기무라가 말했다. "우리의 모든 석유수송선들이 남중국해를 경유하고 있습니다. 그래서 우리는 그 항로에 대한 위협이 곧 일본에 대한 위협이라고 느끼고 있습니다."

기무라 외상은 수상 관저로 돌아가는 길에 자동차들의 행렬이 주유소마다 줄지어 서 있는 것을 보았다.

브리핑

중국, 전쟁의 재정적 목표

자오 이 장군은 50대 후반의 사내로 깡마르고 중국 남부 출신답게 키가 상당히 작았다. 그는 고참 장군으로 참모부에서 군의 살림을 책임지고 있었는데, 세계의 금융시장을 조작함으로써 드래곤 스트라이크 작전에 소요되는 자금을 조달할 계획을 세우고 있었다.

인민해방군 내에서 그의 경력은 화려하기까지 했다. 지극히 보수적인 조직으로 이름난 해방군에 이례적으로 늦은 나이인 33살에 입대한 그는 고속으로 출세했다. 그것은 그가 특별한 사람이라는 인정을 받는 데 충분한 것이었다.

그는 왕펑 주석을 포함해서 같은 세대의 많은 동료들과 마찬가지로 화난(華南)에서 태어났다. 중국의 전통에 따라 그의 공식적인 출생지는 광둥(廣東) 지방 주장 강 어귀에 있는 조상들의 고향인 쉰데로 기록되어 있지만 말이다. 1930년대에 있었던 중국 공산당의 대장정에서도 살아 남은 그의 부친 자오 펑은 마오쩌둥의 측근으로 일했던 사람이다.

대혁명 뒤에 그들의 가족은 베이징에서 아주 잘 살았다. 그의 부친은 인민해방군의 원수(元帥)가 되었다. 가족들은 중난하이 내의 빌라에서 살았다. 어린 자오는 류샤오키, 펭젠 그리고 덩샤오핑 같은 거물들의 아들딸과 함께 놀고 학교를 다니면서 자랐다. 특권층이었던 그의 삶은 1967년에 갑자기 막을 내리게 되었는데, 프롤레타리아 문화대혁명이 8억 중국 인민의 세계를 완전히 뒤집어 놓았기 때문이다. 홍위병이 발표한 혁명공약에 의해 자오는 특권층 생활을 했다는 이유로 고발되었다. 그는 승마를 배웠고 오토바이도 탔었는데, 일반인들이라면 감히 엄두도 내지 못할 여가생활을 즐겼던 것이다. 그는 고발을 당했던 시기에 베이징 대학의 학생이었다. 1967년 초, 부모님과 동생 두 명과의 연락마저 끊겨 버렸다. 부친이 죽고 난 뒤 3년이 지나도록, 그러니까 1971년까지 그는 어머니의 얼굴조차 볼 수 없는 입장이었다. 자오는 이 '잃어버린 세월' 동안 도망자의 삶을 살았다. 그는 가명을 사용하며 광둥으로 도망가 주장강을 운항하는 배에서 일하기도 했다. 쉰데에 살고 있던 가족들이 그에게 일련의 보호막을 제공했다. 그러나 그는 그리 오래 버티지 못하고 결국 체포되어 소년 구치소에 억류되었다. 만약 중국 공산당 서기장이었고 마오쩌둥의 시종장(侍從長)이었던 주은래가 힘을 써 주지 않았다면, 그는 아마 감옥에서 수년간 괴로운 생활을 했을 것이다. 주은래가 자오를 찾아 내서 스스로 그의 보호막이 되어 주었던 것이다. 그것이 벌써 1973년의 일이었다.

자오가 이끄는 참모부는 합동참모부 시설부 소속으로, 전국 각지에 퍼져 있는 인민해방군의 제조업이나 금융업체들을 감독해 왔다. 고대 황제시대부터 중국의 군대는 식량이나 의복 등을 자급자족해 왔다. 그러나 최근 공산주의 하의 인민해방군은 이런 전통을 지나칠 정도로 확대 해석하여 받아들이고 있었다. 군 조직은 민간인에게 알려진 각종 제조회사나 금융회사의 형태로 존재하고 있었다. 다시 말해서, 이를테면 군대가 엔지니어링, 제약, 조선, 항공기 산업, 위성 발사, 자동차 제조, 증권사 그리고 은행 등의 기업체를 두루 망라하여 갖고 있었던 것이다. 이들 회사로부터 들어오는 이익은 인민해방군의 예산을 보충하는 데 사용토록 되어 있었으며, 실제로도 그렇게 했다. 이를테면, 러시아의 소브레멘니급 소형 구축함인 〈바즈니〉호를 구입한다거나 혹은 군사 항공산업에서 중국과 러시아 간에 진행 중인 협력관계에 필요한 자금을 지원하는 것 등이다. 자오에게는 합동 참모부가 집이나 마찬가지였다. 그는 군대 내에서 가장 영리한 재정 전문가 중 한 명으로 정평이 나 있었다. 그의 동료들이 모두 알고 있듯이, 선천적으로 광둥인 특유의 밝은 계산력에다가 젊었을 때 겪었던 도망자의 삶으로 인해 갈고 닦아진 약삭빠름이 더해진 결과였다.

자오는 권력 중추부의 핵심 측근들 사이에서 드래곤 스트라이크에 대한 협의가 처음 시작될 때부터 인민해방군이 필요로 할 자금을 자신이 만들어야겠다고 마음먹고 있었다. 중국이 언제 베트남을 치고 남중국해를 점령하게 될 것인지 사전에 알 수만 있다면, 적어도 다른 투자자들보다 빨리 알 수만 있다면, 세계 금융시장에서 막대한 이익을 챙기는 것은 누워서 떡먹기라는 사실을 잘 알고 있었다. 그러나 그것은 정부의 최고위층으로부터 허가를 받아야 하는 하나의 작전이었다. 왜냐하면, 위험이 전혀 없다고 확신할 수 있는 일은 아니기 때문이었다. 또한 세밀한 부분까지 사전에 면밀하게 계획을 세워야 할 뿐 아니라 비밀이 완벽하게 지켜져야 성공할 수 있었다.

자오 장군이 주석과 맨 처음 면담한 것은 드래곤 스트라이크가 착수되기 6주 전이었다. 그 자리에서 그는 주석에게 자세히 설명했다. 중국이 베트남에게 공격을 감행했다는 정보에 금융시장이 어떻게 반응할 것이며, 투자자들이 어떻게 놀라서 어리석은 가축의 무리들처럼 좌우충돌하게 될 것인지……. 그리고 투자자들이란 때로 충동적인 행동을 취하지만, 언제나 대오에서 이탈하지 않고 몰려다니는 성질이 있다는 것 등을 문외한인 주석이 알아들을 수 있도록 설명했다. 정보가 열쇠인 것이다. 드래곤 스트라이크에 대한 뉴스가 발표되기 이전에 사고 파는 주문을 정확하게 내놓는다면, 투자자는 하룻밤 사이에 수백 아니 수천만 달러의 순이익을 챙길 수 있는 것이다.

"당신의 아이디어는 참으로 훌륭합니다, 장군. 얼마쯤을 투자하면 좋겠소? 500억달러쯤?" 주석이 물었다.

"아닙니다, 주석 동지. 그건 아무래도 너무 많습니다. 번 돈을 확실히 챙기기 위해서는 우리의 상대가 파산하지 않고 버틸 수 있도록 지켜 줄 필요가 있습니다. 500억달러를 한꺼번에 투자하면, 자칫 많은 증권회사들을 동시에 궤멸시킬 위험이 있습니다. 베어링 사건을 기억하시지요?"

"베어링이라고?" 주석은 무슨 말이냐는 듯 이맛살을 찌푸렸다.

"거의 10년 전의 일입니다. 영국 금융계의 기둥이라고 할 수 있는 유수한 금융기관 하나가 대략 10억달러의 손실로 무너지고 말았던 적이 있습니다. 그런 사태가 발생한 이면에는 10억달러를 꿀꺽한 사람이나 일단의 기관투자가 있게 마련입니다. 금융시장은 일종의 제로섬 게임장입니다, 주석 동무. 누군가 돈을 따게 되면, 다른 누군가는 반드시 잃게 되어 있습니다. 우리가 이겼다는 것은, 누군가가 졌다는 것을 의미합니다. 그렇지만 베어링 정도의 회사 30개가 일시에 무너진다면, 세계의 금융시장 자체가 살아 남지 못하게 될 것입니다.

세계의 금융 시스템 자체를 파괴하는 것이 우리의 전쟁 목표는 아니라고 생각합니다. 그래서 우리는 목표를 보다 적당한 크기로 조절할 필요가 있습니다. 또 주로 외환시장이 되겠습니다만, 각국 정부들이 가장 활동적으로 개입하는 시장에 투자해야 합니다. 영국 정부는 유럽 통화 시스템에 파운드화를 포함시키려 했을 때인 1992년에 수십 억달러를 잃었습니다. 반면에 어떤 투자가는 그 돈을 벌었겠지요. 우리가 얻을 수 있는 이익의 규모가 어느 정도인지는 아직 불투명합니다. 그러나 약간만 주의 깊게 계획을 세워서 거래를 한다면, 전쟁 비용의 상당 부분을 충분히 조달할 수 있으리라고 생각합니다."

주석은 장군의 설명에 만족했다. 그래서 그에게 즉각적으로 세부적인 준비에 들어가라고 지시했다. 그는 또한 자오 장군이 드래곤 스트라이크와 관련된 모든 진전상황을 사전에 알 수 있도록 조치를 취했다. 주석의 재가를 얻은 자오 장군은 신속하게 움직이기 시작했다. 최우선 과제는 홍콩의 투자은행인 훠스트 차이나 증권회사의 다미안 필립스 회장을 찾아가는 것이었다. 훠스트 차이나는 지긋지긋했던 영국의 통치가 막을 내리면서부터 부각하기 시작한 증권회사였다. 이 회사는 런던 시(市) 재무관의 아들과 중국 쌀 농사꾼의 아들이 합작으로 설립한 회사로 영국과 중국 간의 우호적인 협력관계를 상징한다고 하겠다.

필립스는 대부분의 사람들보다 조금 앞서서 미래가 어떠하리라는 것을 예견하고 있었다. 그는 현지 실업계의 중국인 거물들과 친분을 유지하고 있었다. 중국인들은 상류층의 영국인이 자신들에게 보내는 관심에 만족해했다. 그가 훠스트 차이나를 설립하고자 했을 때, 사업이 제대로 돌아갈 수 있을 정도의 자본을 기꺼이 출연하겠다고 나선 홍콩 현지와 중국 본토의 기업인들을 지원 그룹으로 삼을 수 있었다. 그것이 1980년대 후반의 일이었으며, 일단 설립된 훠스트 차이나는 그 후로 결코 뒤돌아보지 않았다.

필립스는 국경선 양쪽에 있는 중국인 공동사회 속으로 점점 더 깊게 파고들었다. 수없이 베이징을 드나들던 그가 처음으로 자오 장군을 만났던 것은 1997년 홍콩이 공식적으로 중국에 인계되기 직전이었다. 인민해방군의 주요 무기상(武器商)인 동시에 국내에서 새롭게 부상하는 재벌 그룹인 멀티테크놀로지에 필립스가 회사 소개를 하고 있었다. 자오 장군이 멀티테크놀로지의 사장이었다. 필립스는 해외 사업체를 현명하게 이용함으로써 외환거래를 익명으로 효과적으로 수행할 수 있는 방법에 대해 소상하게 설명했다. 장군은 그 때 어찌나 감명을 받았던지, 멀티테크놀로지가 어렵게 벌어들인 돈의 일부를 기꺼이 필립스에게 맡겨 금융시장에서 장난을 치는 위험까지 감수했었다. 필립스의 책략은 실전에서도 그가 말한 것만큼이나 훌륭하다는 사실이 입증되었다. 곧 유대관계가 싹트기 시작했다. 뒤이어 수년 동안, 필립스는 그들 간의 관계에 꽃이 피는 과정을 지켜보았다. 그는 정기적으로 장군을 예방했으며, 장군이 홍콩을 방문하기라도 하면 사치스러울 정도로 멋진 파티를 열곤 했다. 그리고 그들이 만날 때마다 장군이나 그의 회사인 멀티테크놀로지를 위해 틀림없이 성공할 수 있는 투자 조언을 언제나 잊지 않았다.

사업은 서서히 커져 갔다. 멀티테크놀로지가 국제적 활동기반을 홍콩에 두고자 했을 때, 훠스트 차이나는 홍콩 증권거래소에 견적이 제시되어 있는, 그들이 매입해도 좋을 만한 회사를 소개해 주었다. 멀티-텍(홍콩) 지주 회사가 자본금을 증액하고자 했을 때, 사업 취지서를 작성하고 그 회사를 큰손인 연금기금이나 개방형 투신신탁 혹은 계약형 투자신탁회사에 소개를 시켜 준 것도 바로 훠스트 차이나였다. 그리고 훠스트 차이나에서는 외국 투자자들을 위해 그 회사에 대한 재무제표와 보고서를 작성했다. 곧 이어 멀티-텍(홍콩)은, 그리 대단한 것은 아니지만, 미국이나 유럽 투자자들 사이에서 관심의 대상이 되었다.

자오 장군이 홍콩에 도착한 것은 드래곤 스트라이크가 개시되기 다섯 주 하고도 사흘 전이었다. 그는 민간인의 자격으로 입국했다.

필립스가 공항으로 차를 보내 그를 영접토록 했다. 장군은 홍콩의 시내 중심가에 있는 훠스트 차이나의 본사 사무실이 아니라 최고급 주택가인 산 정상에 있는 필립스의 집으로 안내되었다. 필립스는 그곳에서 개인적으로 장군을 환영했다.

"공항으로 직접 영접을 나가지 못한 점 사과 드립니다. 그렇지만 장군께서 이목을 끌고 싶지 않다는 팩스를 보내셨기에 실례인 줄 알면서도 일부러 나가지 않았습니다. 정말 잘 오셨습니다. 베이징의 일은 잘 되고 있습니까?"

필립스가 의식을 치르는 정중함으로 이렇게 물었다.

"서늘합니다." 자오 장군이 약간 경직된 채 대답했다. "시간이 별로 없습니다. 당신도 알다시피 저는 오늘밤 안에 베이징으로 다시 돌아가야 합니다. 그러니 곧바로 사업 애기로 들어갈까요? 우리 멀티테크놀로지는 금융시장에서 활동반경을 대폭적으로 넓히기로 결정했습니다. 우리는 외환거래와 더불어 선물시장에도 참여하여 원유 선물에도 손을 대기로 했습니다. 그리고 당신을 우리의 대리인으로 지명하고자 합니다. 이건 상당히 중대한 문젭니다, 다미안 회장님. 당신이 우리를 대신하여 모든 업무를 처리해 주기 바라며, 우리 회사의 이름이나 중국 정부의 이름은 어떤 형태로든 드러나지 않도록 해야 합니다. 외견상으로 우리는 이런 제반 활동과 전혀 연관이 없음을 명확히 해 달라는 말입니다. 무슨 말인지 이해하시겠지요?"

"완벽하게요."

"좋습니다, 자 그렇다면 다음 애기를 할까요."

자오 장군은 멀티테크놀로지가 외환시장과 석유 선물시장의 조작에 어떻게 참여할 것인지에 대한 계획의 개요를 필립스에게 설명하기 시작했다. 그는 국제적인 은행들(대부분이 외환시장에 개입폭을 늘리기 위해 혈안이 된 2~3류급 기관들)의 명단을 필립스에게 주었다. 그가 하고자 하는 외환거래를 그들에게 분배할 예정인 것이다. 그의 일차적인 목적은 미국 달러를 사서 모으는 한편 일본의 엔화는 매도하는 것이었다. 달러화를 매집하기 위해서는 다른 통화를 더 많이 매도해야만 한다. 그는 훠스트 차이나 은행에서도 엔화를 차입하여, 그 자금으로 달러화를 매수하도록 했다. 비록 엔화가 최근에 특별히 강세를 띠지는 않았지만, 필립스는 앞으로 상당한 수준까지 폭락할 것으로 생각했다. 그는 엔화를 매각하여 많은 이익을 챙기겠다는 투자자로서 당연히 엔화의 가치가 급격하게 폭락할 것을 예측하고 있었으며, 따라서 대출금을 엔화로 상환해야 할 시기가 도래하게 되면, 그 때가 약간 이를 수도 있고 아니면 만기가 될 때까지 갈 수도 있겠지만, 엔화의 가격은 초기 매입가격보다 훨씬 떨어져 있을 것이다. 장군이 기대하고 있는 상황은 정확하게 바로 그것이었다. 어쨌든 그가 그런 작업을 벌이고 있다는 사실을 남들이 알아서는 안 된다. 그러므로 만약에 어느 특정일에 그가 한 은행을 통해 1억달러를 매입했다면, 그는 다른 은행을 통해 2,000만달러를 매도해야만 했다. 그러면 순매수 금액은 8,000만달러가 되는 것이다. 그러나 시장에서는 그를 단순한 트레이더, 다시 말해서 매수인이자 매도인으로 보게 될 것이다.

필립스가 자세한 투자전략에 대해 질문했지만, 장군이 한 말이라고는 훠스트 차이나 은행을 보호해야 한다는 대답뿐이었다. 궁극적으로 그가 원하는 것은 훠스트 차이나가 2월 중순까지 엔화를 쇼트 포지션(주 : 가격이 하락할 것으로 예측하고, 현물이 없는 상태에서 매도하는 것)으로 가져가면서 그에 상응하는 미화 15억달러에서 20억달러 정도를 부채로 안는 것이었다. 엔화가 달러 당 120엔 정도에서 거래되고 있기 때문에, 이 부채는 2,400억엔에 해당한다.

비록 외환에 비해 규모는 보다 작지만, 훠스트 차이나는 그와 비숫한 방법으로 런던과 뉴욕의 원유 선물시장에서도 큰손으로 자리를 굳히고 있었다. 장군은 휘스트 차이나가 금융시장의 전문용어로 미 달러화와 원유에 대해서는 '롱 포지션(매수)', 엔화에 대해서는 '쇼트 포지션(매도)'의 입장을 견지하고자 했다. 아무튼 원유 거래는 훨씬 더 작은 규모로 움직여야만 했다. 비록 시장 자체가 방대하다고는 해도 대체로 비공개 시장으로서 정부의 공공연한 개입은 거의 없는 편이다. 자오 장군은 말하기를, 상대방을 위험에 빠뜨릴 정도로 문제를 만들고 싶지는 않다고 했다.

"우리 거래분에 대해 이익을 수금하려고 할 때, 이를테면 모건 스탠리가 파산했다는 소식을 듣게 된다면, 자칫 시장 전체가 산산이 부서질지도 모를 일입니다." 그는 이렇게 말하면서 드물게도 가벼운 농담을 덧붙였다. "그런 결과가 일어난다면 무척이나 재미있겠지만 말입니다."

그런 매매의 목적을 설명하고 나서, 자오는 휘스트 차이나가 그 거래에서 어떤 역할을 담당해 주었으면 좋은지에 대해 말했다. 그 중에는 모든 거래의 절차를 영국령 버진 아일랜드(BVI)에 등록된 회사들에서 이루어진 것으로 정리해 두는 일도 포함되어 있었다. 그가 취급할 수 있도록 권한을 부여받은 은행은 모두 7개였지만, 외환매매를 하는 데는 14개의 BVI 회사들을 이용했다. 이것은 각 은행에서 매수하고 거래한 외환의 총액을 분산시키기 위한 것이다. 거래감시위원의 날카로운 눈길이 혹시라도 이상한 점을 찾아내더라도 각 거래가 별개의 것으로 나타나기 때문에 위험을 덜 수 있다는 것을 의미한다. 만약 은행들 중 하나가 휘스트 차이나에게 고객이 누구냐고 묻는다면, 이를테면 브라이트 퓨처라든가 비슷한 이름을 대면서 BVI에서 사업 중인 개인 투자가를 대신하고 있다고 사실대로 대답할 수 있게 된다. 만약에 어떤 감시위원이 잘못을 발견하여 자산에 대해 동결조치를 취하려고 할 경우에도, 그 피해는 한 회사에만 국한될 것이다. 휘스트 차이나가 런던의 국제현물거래소에서 자신의 이름으로 거래한다고 하더라도, 원유 선물거래는 한 BVI 회사에서 이루어지게 될 것이다.

드래곤 스트라이크가 발발하던 날 아침, 자오 장군은 심기가 아주 느긋했다. 그는 왕 주석에게 휘스트 차이나에 있는 그의 접촉대상에 대해 꼼꼼할 정도로 상세히 설명했다. 그러면서 지난 4주일 동안 여러 은행을 통해 체결한 모든 거래에 대해서도 보고했다. 그는 무릎 위에서 포근하게 쉬고 있는 학생가방을 열어 약간쯤 두툼한 서류뭉치를 꺼냈다. 그 자료들은 BVI에 있는 각 회사들의 소개와 함께 각각의 회사들이 취하고 있는 엔화에 대한 포지션을 보여 주고 있었다. 휘스트 차이나는 오랜 기간에 걸쳐 멀티테크놀로지를 위해 엔화에 대한 쇼트 포지션을 구축할 수 있었는데, 대략 2,480억엔에 달하는 규모였다. 만약 엔화가 약세로 돌아서 달러당 150엔에서 160엔 정도까지 내려간다면, 멀티테크놀로지는 앉아서 큰돈을 벌게 될 것이다. 필립스는 멀티테크놀로지에게 평균 124엔의 비용으로 엔화를 매집했다. 현재로서는 엔화가 달러 당 125엔에 거래되고 있었다.

"혹시 눈치챈 사람이라도 있습니까?" 주석이 물었다.

"없습니다. 그럴 가능성은 전혀 없다고 생각합니다." 자오가 대답했다. "브룸버그 금융 정보망에 휘스트 차이나에 대한 확실치 않은 추측 보고가 실렸습니다. 런던 외환시장에서의 활동이 감지된 것입니다. 그러나 필립스가 이를 잘 처리했습니다. 총체적인 작전은 아무런 불미스런 사고 없이 진행되었습니다. 주석 동무, 외환시장의 일일 평균 거래량이 미달러화로 12조나 된다는 사실을 기억할 필요가 있습니다. 도쿄에서만 해도 달러화 대 엔화, 달러화 대 유러화의 거래가 거의 200억달러나 됩니다. 그렇기 때문에 우리의 활동은, 특히 우리가 매수인이고 동시에 매도인이기 때문에, 대부분의 경우 별로 남의 주목을 끌지 않고 있습니다.”

“이익은?” 주석이 중얼거리듯 물었다.

“제 생각으로는 이번 분쟁이 진행되는 동안 엔화는 20퍼센트나 그이상으로 떨어질 것입니다.” 자오가 대답했다. “다시 말해서, 우리가 쇼트 포지션을 청산하게 될 때면 450억 엔의 이익을 챙길 수 있을 것입니다. 그러나 그 정도는 보수적인 예측입니다. 일본인들이 석유에 대해 지나칠 정도로 민감하다는 점을 감안한다면, 엔화는 그보다 훨씬 더 많이 떨어질 것입니다. 우리가 이 거래를 매력적으로 생각하는 것은, 엔화가 폭락하기 시작할 때 시장에서 엔화를 매수하는 거래자는 우리밖에는 없을 것이라는 점 때문입니다. 우리의 포지션을 숨기는 일은 누워서 떡먹기일 것입니다.

석유시장에서도 상황은 비슷할 것입니다. 우리는 4월 선물계약을 대략 20퍼센트쯤 보유하고 있습니다. 석유가격이 오르기 시작하면, 반드시 그러리라고 생각합니다만, 우리는 참으로 근사하게 일을 처리한 게 됩니다.”

남중국해

현지시간 : 2001년 2월 18일 일요일 11 : 30
G M T : 2001년 2월 18일 일요일 03 : 30

11시 30분, 신화사는 중국 정부의 짧은 성명서를 공개했다.

'왕펑 주석은 남중국해의 상황과 관련하여 1992년에 공포된 영해조례에 대한 주의를 환기시켰다. 군사용 선박이 아닌 모든 민간 선박들은 우리의 주권 하에 있는 영해를 자유롭게 통과할 수 있다. 군사용 선박이나 원자력 추진 선박들이 우리의 해역을 경유하기 위해서는 반드시 중국 당국의 허가를 얻어야만 한다.'

중국인들이 허세를 부리는 것은 아니었다. 그들은 '로미오'급과 '밍'급 잠수함 20척을 배치했다. '로미오'는 아직 제대로 기능하고 있기는 하지만 아주 낡은 소련제 잠수함으로, 먼 옛날이라고 할 1960년대에 설계된 것이다. '밍'은 중국인들이 만든 '로미오'의 복사판이었다. 잠수함들에게는 5척씩 무리를 지어 순서대로 반원을 그리며 남중국해의 항로를 보호하는 임무가 주어졌다. 다른 '로미오' 잠수함들은 스프랏틀리 군도 주위의 보다 낮은 바다에 머물러 있었다.

그곳은 비록 위험하기는 하지만, 조용한 디젤-전기 엔진을 사용하는 잠수함에게는 이상적인 장소였다. 노후한 잠수함의 선원들이 첨단기술을 갖춘 적군들을 속여넘길 수만 있다면, 다시 말해서 들키지 않고 숨어 있을 수 있다면 최신식 전함을 침몰시킬 만큼 충분히 위력이 있었다.

중국은 현대식 군대를 갖고자 열망했다. 그러나 드래곤 스트라이크가 성공하기 위해서는 인민해방군에서도 '맨발의 투쟁' 전략으로 되돌아가야 한다는 사실을 깨닫고 있었다. 1949년의 내전에서 인민해방군이 승리한 것도 바로 이런 전략을 이용해서였다. 중국 해군은 장비가 손에 익었을 것이고, 격전장 또한 손바닥 보듯 잘 알고 있을 것이다. 해군 사령관은 제2차 세계대전 당시에 써먹었던 인해전술 작전으로 중국의 주권을 보호할 수 있다고 믿었다.

남중국해의 다른 지역에서는 중국의 소련제 '킬로(그래네이)'급 SSK 공격용 잠수함 3척이 자리잡고 있었다. 싱가포르와 인도네시아 보르네오의 칼리만탄 주 사이의 바다, 필리핀 북부와 대만 남부 사이의 루손 해협, 그리고 베트남 남부와 타이-말레이시아 국경선이 접해 있는 인근의 타이 만(灣)을 가로지르는 곳이었다.

신화사의 발표가 있은 지 10분 후, '로미오'급 잠수함에서 통킹 만 가까이 있는 파라셀 군도 서쪽을 향해 어뢰 2발이 발사되었다. 이 지역은 유사 이래 단 한 번도 분쟁에 휘말려 본 적이 없는 곳이었다. 베트남 해군의 400톤짜리 '소냐'급 소해정(掃海艇) 한 척이 순식간에 두동강이 났다. 그 충격으로 불이 붙은 연료탱크가 폭발하여 선원 60명 중에서 단 한 명만이 살아 남았다. 밝은 대낮이었음에도 수킬로미터 떨어진 곳에서도 불길이 보일 만큼 대단했다. 폭발 속에서 용케 살아 남았던 사람들도 난파선의 잔해가 가라앉으면서 생기는 소용돌이에 휩쓸려 수분 뒤에는 물 속으로 잠기고 말았다.

“우리는 우리가 한 말이 사실임을 입증했습니다.”
왕평 주석이 나지막한 목소리로 말했다. 수비연대 소속의 신뢰받
는 장교들만이 그의 말을 들었을 뿐이었다.

DRAGON STRIKE

2

THE MILLENNIUM WAR

남중국해

현지시간 : 2001년 2월 19일 월요일 03 : 00
G M T : 2001년 2월 18일 일요일 19 : 00

　드래곤 스트라이크 작전 이틀째, 중국은 동이 트기 훨씬 전에 남중국해의 협로 세 곳에 소련제 '킬로(그래네이)'급 SSK 공격용 잠수함 3척을 각각 배치했다는 사실을 공표했다. 17노트의 속도로 잠행할 수 있는 이 잠수함들은 중국의 현대적인 디젤-전기 잠수함 함대의 정수였다. 또한 이는 러시아의 잠수함들 중에서 가장 많이 수출된 인기 모델이기도 했다.

　각 선박들은 수동적 혹은 능동적인 탐색을 위해 '샤크 티스(Shark Teeth)'라는 중파용(中波用) 음파 탐지기를, 그리고 적극적인 공격용으로 '마우스 로어(Mouse Roar)'라는 고주파용 음파 탐지기를 장착하고 있었다. 일단 적의 위치가 확인되면, 중국 해군의 공격-파괴선(hunter-killers)이 항적을 추적하여 기필코 파괴하고 만다. 그것이 그들에게 주어진 지시사항이었다. 각 잠수함에는 열세 명의 장교들이 승선하고 있었다. 인민해방군의 해군은 잠수함 승무원들이 전투능력을 갖출 수 있도록 러시아에서 특수훈련을 받게 했다. 불과 수년 전만 해도 중국의 잠수함들은 일 주일 이상 바다에 머물 능력조차 없었다. 훈련을 제대로 받지 못한 까닭이었다. 그러나 이제 그 문제는 말끔히 해소되었다.

새벽 3시에 신화사 통신은 다음과 같은 중국 정부의 성명서를 발표했다.

'중국 정부는 별도 통고가 있기 전까지 남중국해(그리니치 천문대 기준으로 동쪽으로 경도 110~120도, 북쪽으로 위도 5~22도)로 알려진 해역에 대해 모든 국제 선박들의 통행을 금지함을 선언하는 바이다.

인민해방군의 해군과 공군이 남중국해에서 순찰을 돌 것이며, 이 배타적 구역에 임의로 출입하고자 하는 모든 선박을 제지할 것이다. 또한 국제적 항공회사들도 이 지역의 상공을 지나지 않도록 경고하는 바이다. 민도로 해협이나 발라바크 해협을 경유하는 것은 물론 바쉬 해협이나 루손 해협을 통해 이 수역으로 진입하는 선박들도 제지를 받게 될 것이다. 말라카 해협이 중국 주권 하의 영해에서 떨어져 있기는 하지만, 동 지역을 떠난 선박들도 남중국해로 진입하는 것은 허용되지 않을 것이므로, 국제적인 선박회사들은 각별히 이들 해협을 피하도록 충고하는 바이다.

남중국해 지역에 있는 편견을 갖지 않은 공정한 국가들, 그리고 평화를 사랑하는 국가들은 중국의 주장이 정당함을 인정해야 하며, 중국 정부는 이를 강력하게 촉구하는 바이다. 국가최고회의는 남중국해로의 접근을 무한정으로 제한하는 것이 중국 정부의 궁극적인 목적이 아님을 천명했으며, 따라서 선박회사들에게는 적당한 시기에 항로를 재개할 것이라고 했다.'

남중국해

현지시간 : 2001년 2월 19일 **월요일** 05 : 00
G M T : 2001년 2월 18일 **일요일** 21 : 00

필리핀 해군의 휘드비 아일랜드급 부두 하역용 선박인 〈카가얀 드오로〉호와 호위용 소형 쾌속선인 〈세부〉호가 미스취프 섬에서 5해리쯤 떨어진 곳—중국인들이 기총소사할 수 있는 거리로부터 충분히 멀리 떨어진 곳—에 멈추었다. 달은 자맥질이라도 하듯 구름 속을 들락거렸다. 36명의 해군을 태운 화이버글래스 소재의 침투선 4척이 안전한 배를 떠나 험난한 섬을 향해 소리 없이 다가서고 있었다. 그들의 목적지는 1995년에 그 섬을 점령했던 중국군이 만든 철제와 나무로 된 회색 구조물이었는데, 중국인들은 그 건물이 어부들의 대피처라고 주장했다.

선발된 해군 특공대는 필리핀 군대에서 가장 어려운 훈련을 받고 의기가 충천한 정예병들이었다. 그들의 임무는 야음을 타고 침투하여 섬에 근거지를 확보하는 것이었다. 그리고 병력이 보충될 때까지는 적들의 동태를 관찰만 하는 것이었다. 헬리콥터를 이용한 소대 병력과 더 많은 해병대가 새벽을 기해 섬에 침투하여 그 지역에 대한 주권을 주장하기로 되어 있었다. 해군들은 바위 사이로 소리 없이 상륙했다. 그들은 본 건물에서는 절대로 볼 수 없는 사각지대를 이용하여 자신들의 목적에 적합한 거점을 확보했고, 그런 뒤에야 적의 움직임이 전혀 없음을 상부에 보고했다.

창틀에는 비닐이 펄럭이고 있었는데, 그 중 일부는 강한 해풍을 견디지 못하고 찢겨 있었다. 건물 꼭대기에 세워진 작은 탑 위에서 자연스럽게 휘날리고 있는 오성홍기를 제외한다면, 오랜 비바람에 황폐해진 건물과 그 주위는 온통 을씨년스럽게 보였다. 한 시간 뒤, 적도의 일광이 막 나타나기 시작하는 어렴풋한 여명에 병력 수송용 시코르스키 시 스텔리언 헬리콥터 한 대가 〈카가얀 드 오로〉호에서 이륙했다.

더 많은 상륙정들이 본선을 떠나 속력을 내기 시작했다. 이번에는 소리 따위에는 신경쓰지 않고 전속력으로 달렸다. 미국이 제작한 F5A 전투기 4대가 머리 위에서 환희의 비명을 질러댔다. 130킬로미터 떨어진 팔라완 섬의 기지에서 출발한 것들이었다. F5A 전투기들이 구조물 위로 낮게 내려왔으나, 그 중 2대가 편대를 이탈하여 상공으로 높이 치솟았다. 접근하고 있는 해군을 엄호하기 위한 것이었다.

시코르스키는 이미 그 곳에 도착해 있는 해군 돌격대의 유도에 따라 섬에 접근했으며, 그들을 빈틈없이 엄호하기 위해 세 방향으로 교차사격을 했다. 헬리콥터에서 한 번에 두 명씩 로프를 타고 내려왔다. 상륙정에서 내린 다른 병력들은 사전에 정해 놓은 공격위치를 향해 질주했다. 그들은 별 충돌 없이 산호초 전체를 장악할 수 있을 것으로 기대했었는데, 실제로도 10분 내에 적의 국기를 뜯어내고 대신 필리핀 국기로 바꾸어 달았다.

해군 상등병이 부하들을 이끌고 전진했다. 바위 사이에 숨어 있을 위험물을 식별할 수 있을 정도로 충분히 날은 밝았다. 그들은 곧 벽을 등지고 웅크려 앉았다. 그들은 거울을 이용하여 창문을 통해 집

안을 은밀히 살펴보았다. 그러나 만족스럽게도 건물은 완전히 텅 비어 있었다. 그들은 창문 안으로 수류탄을 던져 넣고는 재빨리 웅크리고 앉아 고막을 찢는 듯한 굉음이 잠잠해지기를 기다렸다. 그런 다음에야 정문을 박차고 들어서면서 M-16 자동소총을 마구잡이로 갈겨댔다. 방 안도 역시 비어 있었다. 그들은 문과 가까운 두 개의 창문에 필리핀 국기를 걸었다. 이는 밖에서 엄호하고 있는 다른 대원들에게 그 방의 수색을 이미 마쳤다는 신호였다. 상등병은 무전기로 사람이 살았던 흔적이 있음을 본대에 보고했다. 왕 주석의 지도력을 찬양하는 중국 잡지와 인민해방군 요리책이 한 권씩, 헝겊에 인쇄된 중국식 장기판 한 장, 그리고 바닥에 버려진 구겨지고 찢어진 갖가지 잡동사니들…… . 해군 상등병은 옆방으로 이동했다.

갑자기 엄청난 폭발이 건물 전체를 뒤집어 놓았다. 중국군들이 설치해 놓은 부비 트랩을 밟는 바람에 상등병과 그의 부하 3명이 그 자리에서 즉사하고 말았다. 잠시 뒤, 중국 해군이 사각지대 한가운데에 매설해 놓은 폭발물을 원격조종 장치로 폭발시켰다. 바로 필리핀 특공대가 일차 거점으로 자리잡은 그곳이었다. 7명의 필리핀 군인이 죽었으며, 12명이 중상을 입었다.

떠오르는 태양을 등지고 낮게 비행하던 시코르스키의 조종사가 중국인들이 숨어 있는 진지를 발견하고는 12.7밀리 기관총을 발사했다. 총알이 휩쓸고 지나가자, 나무 파편들이 튀어 올랐으며 한쪽에 놓여 있는 연료통도 총알을 피하지 못했다. 기름을 머금은 불꽃이 목재로 옮겨 붙었지만, 섬 전체를 뒤덮은 습기 때문인지 그리 빠르게 번지지는 않았다. 헬리콥터에 장착된 중기관총은 계속해서 건물을 산산 조각내기 시작했다. 시코르스키가 다른 표적을 찾아 조준선을 잡기 위해 방향을 돌리는 동안, 헬기는 갑자기 고막을 찢는 굉음과 함께 폭발하며 불덩어리가 되어 산산이 부서졌다.

　구시대의 유물이라고나 할 만한, 어깨에 얹고 쏘는 SA-7 지대공 미사일을 발사했던 중국 군인도 부서진 시코르스키의 첫번째 파편이 미처 바다에 떨어지기도 전에 죽고 말았다. 빗발치는 필리핀 해군의 총격이 그를 단숨에 조각내 버렸던 것이다. 중국군들도 대응사격을 했다. 그러나 그 해군 대위는 은폐물을 잘 선택했다. 총알이 그의 주위에 있는 바위에 부딪치며 불꽃을 튀겼지만, 아무에게도 피해를 입히지 못한 채 바다 쪽으로 사라졌다. 그들은 이제 적이 잠복해 있는 것으로 판명된, 구조물로 들어가는 두 개의 정문과 일직선의 사격방향에 있었다. 〈카가얀 드 오로〉호로부터 지원부대가 막 도착했으며, 이들은 순간의 머뭇거림도 없이 전투 속으로 전력 질주해 갔다.

　필리핀 공군의 F5A기가 기관포를 발사하며 엄호했다. 그러자 중국의 SU-27기 6대가 갑자기 태양 속에서 퉁겨져 나오며 공격을 가했다. 모든 비행기가 격전장으로 들어서자마자 거의 동시에 공대공 미사일을 발사했다. 일부는 표적을 빗나가기도 했고 또 폭탄의 뇌관이 작동하지 않는 경우도 있었다. 어쨌거나 갑자기 나타난 적기에 놀란 필리핀 비행기들이 도망치기 시작했으나, 일부는 미사일을 맞고 공중폭파되기도 했다.

　SU-27기들은 두 개의 편대로 갈라섰다. 함선 공격용 미사일을 장착하고 있는 3대가 수직으로 상승하더니 섬을 넘어 멀리 가 버렸다. 레이더 유도 미사일이 레이더 언저리에 포착된 병력 수송선의 한복판을 강타했다. 그러나 상대적으로 작은 탄두의 뇌관이 미처 폭발하기도 전에 선창 덮개를 통과하여 배의 내부 깊숙한 곳에 떨어지면서 화재를 발생시켰기 때문에, 수송선은 급격히 추진력을 잃게 되었다. 두 번째 편대는 아직 상륙정에 남아 있는 군인들을 집중 공격했다. 〈카가얀 드 오로〉호가 비스듬히 기울기 시작했다. 짧은 지연휴즈를 장착한 재래식 폭탄을 탑재한 SU-27기 중 한 대가 이제는 무방비 상태로 바다에서 꼼짝 못하고 있는 배의 측면을 따라 하강했다. 이미 상처받은 배를 2개의 폭탄이 또다시 강타했다. 한결 큰 탄두가 배의 후면을 부러뜨리자 배는 빠른 속도로 가라앉았다. 선장이 보낸 마지막 메시지는 '섬을 빼앗겼음. 선박들도 모두 잃었음'이었다.

필리핀 해군 대위는 항복의 표시로 백기를 흔들었다. 엄폐물 뒤에서 그가 서서히 일어서자, 중국 군인들은 그를 향해 총격을 가했다. 다음 30분 동안, 중국군과 필리핀 군 모두 다른 해군들을 바위 위로 올라가도록 돕고 있었다. 야전 응급처치 세트는 부상병들을 돕는 데 별로 도움이 되지 않았다. 최종 점호 결과, 필리핀 군인은 152명이 사살되었고 7명이 부상을 당했다. 중국군 중에서 유일하게 죽은 사람은 시코르스키를 추락시킨 병사였다.

신화사에서 발표한 한 성명서는 이렇게 말하고 있었다.

'심한 폭풍우로 침몰한 선박으로부터 살아 남은 필리핀 군인 16명이 나샤 섬에 주둔하고 있던 인민해방군의 도움으로 구조되었다. 그들은 가능한 한 빠른 시일 내에 소속 부대로 귀환될 것이다. 중국군의 신속하고 용기 있는 행동 덕분에 인명 피해는 한 명도 없었다.'

하노이, 베트남

현지시간 : 2001년 2월 19일 월요일 05 : 15
G M T : 2001년 2월 18일 일요일 22 : 15

계절에 어울리지 않게 낮은 비구름이 북부 베트남의 대부분 지역에 무겁게 걸려 있었다. 중국군 조종사들은 이스라엘제 하피 V 레이더의 센서를 작동시켜 놓고 베트남 국경선을 넘어 침투했다. 그들의 임무는 북부 항구도시인 하이퐁 인근에 있는 베트남의 방공(防空)시설을 파괴하는 것이었다. 지독스런 날씨인데도 레이더의 센서는 목표물을 쉽사리 찾아냈다. 폭격기들은 고성능 레이더에서 보내는 유도신호에 따라 30킬로그램짜리 파쇄 탄두 미사일을 연이어 발사했다. 일단 방공시설이 기능을 잃게 되자, 하이퐁 상공은 적 공군이 마음대로 설쳐댈 수 있도록 활짝 개방되었다. 그러나 베트남의 조기경보 시스템은 중국측 비행기들이 하이난 섬에 있는 그들의 기지를 떠나는 순간부터 그 움직임을 추적하고 있었다.

베트남의 도시들이 속절없이 적의 공습 아래 놓이게 될 즈음, 구엔 반 타이 대통령은 텔레비전 인터뷰를 준비하고 있었다. 숫자상으로만 보더라도 베트남은 중국과 대적하기에는 역부족이었다. 그러나 국제무대에서의 외교적 기교라면 한 번 겨루어 볼 만했던 것이다.

1990년대에 국가인민의회 의장으로 재직하던 시절, 그는 세계 각국의 옵서버들을 초대해 마을과 자치도시의 선거를 참관토록 했었다. 미국무성에서는 이를 민주적인 베트남 창조를 향한 의미심장한 전진이라고 기술했다. CNN 방송에서도 그를 다음 대통령으로 미리 점찍고 있었다.

그는 야심만만한 세계 미래 지도자들과의 접근로를 확보하기 위한 방법으로 애틀랜타에 있는 CNN 본사로 날아갔었다. 그는 그곳에서 언론매체를 다루는 법에 대해 하루 동안 강의를 받았다. 나중에 그는 그 6시간이 자신의 일생에 있어서 가장 유용했던 6시간이었다고 회상했다. 그는 또 회전의자가 아닌 고정된 의자에 오래 앉아 있는 법도 배웠다. 대담자에게 주목하고, 녹음을 하지 않을 때는 스튜디오에 말 없이 가만히 앉아 있다가 한 가지 혹은 기껏해야 두 가지 요점만을 정리하여 12초 내에 모두 전달하는 법, 마지막 맺음말을 하고자 할 때는 시계를 바라보고, 대담자와 서로 이름을 부를 정도로 친밀해지는 법, 어떤 일이 있어도 절대 화를 내지 않는 것 등을 배웠던 것이다. 그들은 또 자신이 원하는 청중과 좋아하는 장소를 선택하는 것이 중요하다고 그에게 말했었다. 오늘밤 구엔 반 타이 대통령이 CNN의 제안을 거절한 것도 바로 그런 이유에서였다. 그가 전하고자 하는 메시지는 프랑스 국민들을 향한 것이므로…….

장대비가 하노이의 대로를 가로질러 휩쓸며 대청소를 했다. 빗물은 아직도 정부에서 관공서로 사용하는 장엄한 식민시대 건물의 겉면을 휩쓸고 있었다. 그러나 구엔 반 타이는 프랑스 인이 소유주인 메트로폴 호텔을 인터뷰 장소로 택했다. 그는 아직도 참호로 에워싸인 공산당 정권의 골동품들, 제국주의 궁전의 복도 속에서 아직도 꾸물거리며 떠나지 못하고 있는 그 골동품들을 시청자에게 보여 주고 싶지 않았던 것이다. 민주주의 정부가 들어서기 직전인 시점까지도 자기 책상에서 식어 빠진 찻잔이나 붙잡고 졸고 있는, 일거리가 없어 한가한 그의 부하들로는 '경제 호랑이'의 이미지를 보여줄 수 없었다. 베트남이 그렇게 나약한 것은 아니었지만, 남들에게 어떤 이미지를 주느냐 하는 문제는 아주 중요한 것이었다.

스위트 룸을 사용하는 비용은 베트남 정부에서 지불했다. 생중계 기자회견으로 시작한 구엔 반 타이 대통령은 시사문제에 대해 토론을 펼치는 심야 프로그램까지 끌고 가겠노라고 주장했다. 마이크가 옷깃에 부착되자, 제작자는 파리 주재 중국 대사관 역시 토론에 참여하게 될 것이라는 사실을 사전에 밝혔다. 구엔은 고개를 끄덕였다. 파리에 있는 베트남 정보원이 이미 그에게 말해 주었던 것이다.

구엔 반 타이 대통령이 방송시간을 불과 수분 남겨 놓고 갑자기 마이크를 떼어냈다. 그러고는 양해를 구한 뒤, 그의 군 정보부장이 하노이의 군 본부에 있는 대령과 도청장치가 설치되지 않은 전화로 통화하고 있는 옆방으로 갔다. 중국의 공격이 향후 5분 이내에 시작될 것으로 예상되었다. 비행기들은 하이퐁의 북부 항구와 남쪽에 있는 경제의 중심지이자 수도인 호치민 시를 향하고 있었다.

자신의 의자로 돌아온 구엔 반 타이 대통령은 중국 대사에게 먼저 말을 하도록 했다. 그는 긴장 때문인지 말을 더듬거렸다. 그러나 중국의 군사작전에 대해서는 상세한 내용을 모르는 것 같았다. 구엔에게 말할 차례가 돌아온 것은 중국 공군의 첫번째 H-6 전투 폭격기가 하이퐁 상공의 구름 사이를 뚫고 내려왔을 때였다.

"대통령 각하, 중국에서는 이번의 충돌을 먼저 시작한 것은 베트남측이라고 주장하고 있습니다." 파리의 진행자가 이렇게 서두를 꺼냈다. "그에 대한 각하의 답변은 무엇입니까?"

"ASEAN의 우리 동맹국가들—싱가포르, 인도네시아, 타이, 브루나이, 말레이시아, 미얀마, 캄보디아, 라오스 그리고 필리핀 등—

은 중국이 남중국해에 대해 언제부턴가 권리를 주장하고 있다는 사실을 알고 있었습니다. 미안하지만, 대사가 하는 말은 전혀 새로운 사실이 아닙니다. 다만 대사가 언급하지 못한 사실은 모든 의견 상충을 반드시 평화적으로 해결하겠다고 약속했던 당시 수상인 리펑(李鵬)이 1994년에 한 서약입니다. 보다 정확히 말하면, 중국은 지금 외교각서를 완전히 무시하고 있는 것입니다. 먼 옛날도 아니고 바로 작년 12월 26일에 상호 교환한 각서를 말입니다. 그 각서에 무엇이라고 쓰여 있었는지 기억이 나지 않는다면, 다시 일깨워 드릴까요? 그 각서에는 이렇게 쓰여 있습니다.

'양국은 분쟁을 해결하기 위한 수단으로 무력의 사용을 절대 자제할 것이며, 상황을 더욱 악화시킬 어떠한 충돌도 피하도록 노력한다.'

이제 중국은 그 서약을 깼을 뿐 아니라 깨는 방법도 가장 끔찍하고 피비린내 나는 방법을 택한 것입니다. 대사는 우리가 산호섬들을 불법적으로 점령했다고 말했습니다. 또 우리 군대가 국경을 침범하는 잘못을 저질렀다고 비난했습니다. 저는 그러한 비난에 대해 어떠한 대꾸도 하지 않겠습니다. 왜냐하면, 누가 진실을 말했고 거짓을 말했는지에 대한 판단은 당신네 나라의 시청자들 스스로 내릴 수 있기 때문입니다. 우리 모두가 진실이라고 알고 있는 핵심사항은, 프랑스 시민들도 중국 조종사들에 의해 무참하게 살해되었다는 사실입니다. 우리는 지금 산호섬의 점령에 대해 논쟁을 벌이자는 것이 아닙니다. 우리는 무고한 시민들이 중국 정부에 의해 잔학하게 학살되었다는 사실을 고발하려는 것입니다."

앵커가 갑자기 끼여들었다. "각하께서는 ASEAN 동맹국가들에 대해 말씀하셨습니다. 각하는 그들이 베트남을 지지하기 위해 중국에 대항하리라고 확신하십니까?"

"그것은 처음 결성되었을 당시부터 ASEAN이 지향했던 바입니다.

동남아시아를 평화지대라고 공포했던 1972년의 선언이 바로 그런 입장을 표명하고 있습니다. ASEAN 규약에는 어떤 나라도 외부의 힘에 의해 다른 동맹국이 핍박받을 경우 이를 수수방관하거나 외면하지 않겠다는 서약이 명시되어 있습니다. 우리는 항상 문화나 문명보다 돈을 앞세워 왔습니다. 우리들이 19세기에 그토록 쉽게 식민지화되었던 것도 바로 그런 이유에서였을 것입니다."

"그러니까 각하께서 하시고자 하는 말씀은……."

"제발 내 말을 끝까지 들어주시오. 왜냐하면 매우 중요한 문제이기 때문입니다." 베트남 대통령이 다시 말허리를 자르려는 앵커를 제지했다. "ASEAN 국가의 동료 지도자들은 지금 이 순간 해외에 있는 중국계 사업가들로부터 엄청난 압력을 받고 있습니다. 많은 국가에서, 지극히 이례적이긴 하지만, 화교들이 그 나라의 경제 전체를 좌지우지하고 있는 실정입니다. 예를 들어 타이의 경우, 인구 비율로는 10퍼센트만이 중국계입니다. 그러나 중국계가 차지한 경제력은 가장 부유한 가정의 90퍼센트가 이들이라고 할 수 있을 정도입니다. 이런 현상은 동남아시아의 모든 나라에서 대동소이합니다. 이 가족들이 중국으로 하여금 변화하도록 유혹하고 있으며, 그들이야말로 개혁에 대한 압력을 가하고 있습니다. 만약 그들이 연합했더라면, 자신들의 투자를 동결시킴으로써 중국 경제를 불구로 만들 수 있었을 것입니다. 우리는 싸웠으며 이겼습니다. 우리는 희생을 감수했으며, 이제는 양국이 동등한 조건으로 친구가 되었습니다. 우리의 자존심은 무척 높습니다. 베트남 인들은 국가의 독립이나 자유에 앞서서 물질적인 이익을 우선했던 적이 결코 없습니다."

"각하는 프랑스 정부로부터의 지원을 환영하십니까?"

"우리는 중국과의 전쟁에서 결코 이길 수 없습니다. 우리는 지원을 제안하는 자의 도움을 환영하는 바입니다."

"그렇다면, 불과 40년 전에 그토록 지독하게 싸웠던 미국의 지원도 마다하지 않겠다는 겁니까?"

"그보다 전에는 프랑스와도 싸웠습니다. 그런데도 우리는 당신들이 다시 돌아올 수 있도록 초대하지 않았습니까? 우리나라의 창시자인 호치민은 1945년에 캄란 만을 미국에게 제물로 바쳤습니다. 만약 그들이 그 때 그것을 받아들였다면, 아마 전쟁은 없었을 것입니다."

"그 제안은 아직도 유효한 것입니까?"

"책임감 있는 강대국이 동아시아에서 약화되면 책임감 없는 세력이 그 빈자리를 차지하게 된다는 사실을 눈으로 보았습니다. 호랑이가 없는 자리에 여우가 판치는 격이지요. 그리고 나는 이런 내 생각을 중국 대사에게 말하고자 합니다. 우리는 미국이나 프랑스와 싸웠을지도 모릅니다. 그러나 우리 군인들이 그들의 동포를 살해한 적은 한 번도 없었습니다. 중국 친구들과는 다르게 말입니다."

앵커는 중국 대사를 바라보며 무언으로 대답을 촉구했다.

"중국이라는 나라는 5,000년의 역사를 갖고 있으며, 강력한 자존심이라는 국가적인 특성을 갖고 있습니다." 중국 대사가 말했다. "지난 백여 년 동안 서양의 외세에 시달리면서, 중국은 그들로부터 호전성과 약탈성을 한껏 배우게 되었습니다. 우리가 독립성과 주권을 지극히 소중하게 간직하는 것도 바로 그런 연유에서입니다."

대사가 번지르한 말장난을 하고 있는 동안, 베트남의 안보 책임자가 실내로 들어와서 구엔 반 타이에게 슬그머니 종이쪽지 하나를 전했다. 대통령은 눈으로 그것을 읽었다. 그러고는 중국 대사의 말을 중간에 가로챘다. 카메라가 아직도 대사의 얼굴을 몇 초간 더 비추고 있는 동안, 그의 목소리가 전파를 타고 흘러 들어갔다.

"중국 대사가 무슨 말을 하려고 하는지 도무지 감을 잡을 수가 없습니다. 그러나 끔찍한 뉴스 하나가 방금 전달되었습니다. "

"계속하시지요. " 앵커가 그의 말을 재촉했다.

"지금 이 순간에도 중국의 폭격기들이 우리나라 북쪽에 있는 하이 퐁이라는 도시와 여러분들에게는 사이공으로 더 잘 알려진 호치민 시의 민간 지역에서 작전을 벌이고 있습니다. 중국 폭격기가 쏜 미사일 중 하나가 렉스 호텔 지붕에 떨어졌다고 합니다. 대부분의 투숙객들이 아침식사를 하고 있다가 목숨을 잃었다고 합니다. 하이퐁의 거주지역도 공격을 받았는데, 특히 항구 인근지역은 더욱 심했습니다. 부두 근로자들과 그들의 가족이 살고 있는 한 아파트 단지 전체가 폭삭 무너졌습니다. 이것도 역시 오늘 새벽에 일어난 참사입니다. 많은 사람들이 아직 집 안에 있을 시각이었습니다. 하이퐁에서 상선들이 침몰한 사건도 있지만, 중국의 폭격으로 발생한 엄청난 인명피해와 비교하면 아주 하찮은 일처럼 보일 정도입니다. "

가부토 거리의 금융지역, 도쿄

현지시간 : 2001년 2월 19일 월요일 07 : 45
G M T : 2001년 2월 18일 일요일 22 : 45

고바야시를 태운 운전사가 그에게 '니케이 신문'과 '요미우리 신문'을 건네준 것은 아직 어둠이 가시지 않은 이른 아침이었다. 고바야시는 노무라 증권회사의 영업전략 팀장이었다. 노무라는 주식과 채권거래에 관한 한 일본에서, 그리고 세계에서도 가장 큰 증권회사였다. 그는 먼저 요미우리 신문부터 펼쳐 들었다. 그 신문은 민주당에서도 수상인 히야시의 계파와 아주 가까운 성향을 가졌는데, 일본에서는 정치가 곧 비즈니스였다. 히데이 고바야시가 탄 차는 가부토 거리를 지나 황궁이 있는 동쪽으로 향하고 있었다.

그러나 오늘 아침의 거리풍경은 무언가가 달라 보였다. 가는 도중에 고바야시는 주유소마다 사람들이 줄지어 서 있는 모습을 어쩔 수 없이 보게 되었다. 중국군의 캄란 만 공격 뉴스가 전날 밤의 텔레비전 뉴스 속보를 완전히 장악했었으며, 그날 아침의 방송 또한 남중국해의 봉쇄, 하이퐁과 호치민 시의 공습에 관한 뉴스로 이미 가득 찼다. 그는 일본의 자동차 운전자들은 결코 위험을 무릅쓰려고 하지 않는다는 사실을 그때서야 떠올렸다.

그가 황궁에 다다랐을 즈음, 회색빛 어두운 하늘은 다가오는 여명에 밀려 서서히 밝아지고 있었다. 날씨는 그지없이 청명했다. 황궁을 둘러싼 외호(外壕)는 황족들의 삶을 엿보려는 눈초리를 차단하려고 이식한 거대한 삼나무와 노송들을 맑은 거울처럼 완벽하게 투영하고 있었다. 그는 하쿠미 가와 히비야 가가 마주치는 모퉁이에서 히비야 가를 따라 북쪽으로 방향을 바꾸었다. 이 모퉁이에는 제2차 세계대전 직후에 맥아더 장군이 일본을 통치했던, 다이이치 상호생명보험 소유의 건물이 아직도 자리하고 있었다. 이 곳은 도쿄 시내의 마루노우치 지역으로, '조상 전래의' 일본 회사의 본사가 자리하고 있는 곳이었다. 거대 재벌인 미쓰이, 미쓰비시 그리고 스미토모 등의 본사도 바로 이 곳에 있었으며, 일본 산업은행 같은 주요 은행들 중 일부도 이곳에 본사를 갖고 있었다. 쇼군 도쿠가와 이에야스가 에도를 수도로 삼았던 17세기 이래, 도쿄의 경제 및 금융의 심장부는 황궁을 지나서 동쪽으로 길게 자리하고 있었다. 대략 60여 년도 더 전인 도쿄 폭격 직후에 도쿄를 소유하고 있던 자들은 도시 전체 혹은 그 중 일부인 이 지역만을 그 도시를 파괴했던 자들의 형상을 본떠서 재건했다. 도로는 넓고 질서정연했으며, 건물들은 장방형으로 땅딸막했다. 이를테면 유행의 첨단을 걷는 긴자 같은 마루노우치 일부 지역의 거리는 거의 파리 같은 분위기였다. 작지만 흠 없이 깔끔하게 잘 다듬어진 나무들이 고가(高價)의 부티크와 세련된 커피숍들로 가득 찬 거리의 양켠에 줄지어 서 있었다.

홀륭한 겨울날의 아침이었다. 기온은 차고 건조했다. 날씨는 더없이 맑았으며, 이는 오늘도 태양이 밝게 빛나리라는 것을 의미했다. 고바야시가 신문의 제목들만 우선 죽 훑어보았지만 대체로 비관적인 내용뿐이었다. 니케이 신문이 뽑은 제목이 모든 것을 한 마디로 압축하여 설명하고 있었다. 미나미 우미 쇼쿠! '남중국해 충격!'이라는 말이었다. 전날 중국군의 움직임은 도쿄 증권거래소의 주식가격을 한층 낮추어 놓을 것이 틀림없었다. 엔화는 매도 압력에 몰리게 될 것이고, 국공채 가격도 폭락할 것이다. 이는 이자율이 상승한다는 것을 의미한다. 아시아의 다른 증권시장도 이런 현상으로부터 벗어나지 못할 것이다. 고바야시의 직무는 이런 혼란을 틈타서 이익을 내는 것이었다. 혹은 적어도 자기 회사에 미칠 손실의 폭을 최대한 줄이는 것이었다.

대략 1킬로미터쯤 북쪽으로 더 올라가던 운전사가 갑자기 좌회전하더니 에이타이 구역으로 들어갔다. 소토보리 구역을 가로질러 갈 즈음, 고바야시는 고개를 들어 위를 보았다. 미국의 공습에도 다치지 않고 고스란히 남아 있는 몇 안 되는 건물 중 하나로 전전(戰前)에 건축된 일본은행의 외벽이 눈에 들어왔다. 그는 은행도 오늘은 고유의 업무를 잠시 중단해야 할 것이라고 생각했다. 차는 북쪽으로 방향을 바꾸어 추오 가로 들어서는가 했더니 이내 니혼바시로 향했다. 고색 창연하고 우아한 두 개의 아치형 다리가 있는 이 곳은 도쿄의 중심으로서 도쿄를 기점으로 거리를 측정할 때 기준점이 되는 곳이었는데, 노무라 증권회사의 본사가 인근에 있었다.

요미우리 신문의 한 기사가 그의 눈길을 끌었다. 히로시 사토 교수의 논평이었는데, 그는 히야시 수상의 외교정책 고문이었다. 사토 교수는 현재의 재난으로부터 무언가 새로운 것을 이끌어 낼 수 있을 것으로 생각한다고 말했다.

'우리는 너무 오랫동안 다른 사람의 스커트 뒤에 숨을 준비만 해 왔습니다. 우리에게는 합법적으로 수호해야 할 국가의 이익이 있으며, 우리가 임의로 사용할 수 있는 어떠한 방법을 사용해서라도 그 권익을 옹호해야만 합니다.'

브리핑

석유(1)

　　고바야시가 이끄는 영업전략 팀의 아침회의에서도 유일한 주제는 중국군의 남중국해 점령이었다. 그 사건으로 일본에 좋은 일이 생길 것이라고 생각하는 사람은 거의 없었다. 에너지의 공급을 전적으로 외국에 의존하고 있는 일본의 문제점은 언론에서 충분히 다루어졌다. 일본의 전체 전기 공급 중에서 14퍼센트만이 전적으로 국가의 통제 아래 있는 시설(원자력과 수력발전소)에서 발전되고 있을 뿐이었다. 나머지 86퍼센트는 석유나 석탄 혹은 천연가스를 연료로 하는 화력발전소로, 소요되는 원재료는 모두 수입에 의존하고 있었다. 그렇게 수입되는 원재료 중 거의 대부분, 그러니까 90퍼센트 이상이 남중국해를 경유해야만 하는 실정이다.

　　토론의 흐름은 원재료의 공급이 중단되는 사태와 그에 따라 석유 가격의 상승이 장기화할 경우 일본에 미치는 영향으로 모아졌다. 공급장애가 발생하는 사태는 거의 일어날 것 같지 않았다. 만약 남중국해를 경유하는 국제적인 선박들이 운항에 제재를 받는다면, 페르시아 만이나 호주에서 오는 선박들은 필리핀 군도의 동쪽 해안 위쪽으로 항해할 수 있기 때문이었다. 이렇게 되면 항해 일수가 추가로

4~5일 정도 더 걸리겠지만, 석유 비축량을 고려할 때 그 정도의 차이는 불안정한 시국 아래서는 충분히 수용할 수 있는 범주에 속하는 것이었다. 아무려나 원유의 기준가격은 올라갈 수밖에 없을 것이며, 따라서 국내 휘발유 가격에 대한 충격은 불가피하다고 보아야 한다.

석유가 유일한 불안요소는 아니었다. 많은 일본 기업들이 중국 경제에 깊숙이 관여하고 있었다. 중국이 문호를 개방했던 초기, 외부의 영향력이 어떤 결과를 초래할지 불안했던 베이징 당국은 외국의 투자자들로 하여금 현지의 파트너를 찾아서 합작회사를 만들도록 장려했다. 어쨌던 최근에는 중국 당국에서도 외국회사들이 현지 파트너 없이 그들 독자적으로 사업체를 설립하는 것도 허용하고 있었다. 일반적으로, 중국에서 사업을 잘 하고 있는 것으로 알려진 회사들은 당국의 이런 '독자적인' 조치를 선호했다. 독자적으로 기업을 운영하는 것이라고 해서 비용이 전혀 들지 않는 것은 아니지만, 그것은 많은 사람들이 모두 감수하고자 하는 하나의 위험일 뿐이었다. 왜냐하면, 경영상의 통제권이 투자자의 손아귀에 확고히 들어오게 될 뿐 아니라, 이익을 현지의 파트너와 나누어 갖지 않아도 되기 때문이었다. 현재로서는 다소 기반이 취약하지만, 이런 좋은 예로서 가전제품 분야에서 '나쇼날' 상표로 잘 알려진 마쓰시다 전기회사를 들 수 있을 것이다. 그들은 중국에 과다할 정도로 투자했는데, 특히 한때 만주리아라고 불리던 북동지역, 그러니까 일본이 통치하던 시절에는 만주로 불리던 지역에 집중적으로 많은 투자를 했다. 그 중에서도 마쓰시다가 가장 많은 투자를 한 곳은 다롄(大連)이라는 북동쪽 항구도시였는데, 비디오 레코더의 생산시설에만 1억 8,000만달러를 투자했다.

중국인들에게 일본의 투자는 씁쓸하면서도 동시에 달콤한, 실로 의미심장한 것이었다. 이곳은 일본이 중국을 침략했던 1930년대에

이미 절름발이 국수주의 정부로부터 빼앗아 교역지역으로 이용하던 곳이었다. 아무튼 초기에는 일본인들이 러시아의 태평양 함대를 쳐부수면서 아시아인들도 유럽의 강대국을 상대로 싸워 이길 수 있다는 사실을 전세계에 보여 주었던 것이다.

그러나 마쓰시다의 경영자들도 중국이라는 나라를 잘 알고 있었다. 중국은 지역적인 우선순위가 때로는 전체로서의 국가적인 목표와 이상을 깔아뭉갤 수 있는 나라이다. 그래서 그 사회에서는 국가기관의 아래위를 통틀어 금전수수가 만연되고 있는 것이다. 지금은 광저우(廣州)로 불리는 캔턴에서는 전기 면도기 공장에 3,500만달러 그리고 전기밥솥 같은 가정용품에 2,800만달러를 투자했다. 베이징에는 전화 교환계전기에 2,800만달러를 투자했다. 고바야시는 마쓰시다의 경우도 미국 항공기 제조회사인 보잉과 약간 비슷하다는 사실을 깨달았다. 이들 두 회사는 공히 중국에 엄청난 금액을 투자했으며, 성공적으로 이루어지고 있는 중국의 현대화 계획에 편승할 행운을 잡았던 것이다.

매도 압력에 한결 더 취약해질 회사는 아마도 닛본 오일 같은 대형회사일 것이다. 그들은 남중국해에 많은 투자를 하고 있을 뿐 아니라, 파라셀 군도에 있는 '디스커버리 1' 유정에 대해서도 30퍼센트의 지분을 보유한 주주였다. 그런데 바로 이 점이 노무라 증권을 고약한 처지로 만들었다. 닛본 오일의 브로커로서 회사의 주식을 매도하도록 강요받지 않는 것만으로도 영광이었다. 수년 전 도쿄 증권거래소에 닛본 오일의 주식을 상장시킨 것이 바로 노무라 증권이었다. 그 이후로 노무라는 닛본 오일의 모든 거래에서 회사의 대리인역할을 해 왔다. 그리고 두 회사 간의 유대관계는 이제 30년이나 되는 오랜 기간을 거쳐 더욱 깊어졌다. 노무라 증권은 닛본 오일이 사업 확장을 위해 새로 자본을 조달하고자 할 때마다 가장 좋은 형태의 자금조달 방법을 조언해 주었다. 사실 닛본 오일이 '디스커버리 1' 유정의 개발에 소요되는 자금 중에서 그들 지분에 해당하는 자본을 조달하고자 했을 때, 노무라는 300억엔짜리 대출을 주선해 주기도 했다.

노무라는 일본에서 가장 큰 증권회사로서 도쿄 증권거래소 총거래량의 40퍼센트를 점유하고 있다. 그러나 노무라의 이름 아래 이루어지는 거래는 25퍼센트에 불과하다. 나머지 부분은 자회사들에서 다른 이름으로 거래되고 있었다. 외견상으로 첨단기술을 표방하고 있음에도 도쿄 증권시장은 런던의 시티나 뉴욕의 월스트리트와는 전혀 달랐다. 명예, 충성심 그리고 스태미너가 가부토 거리의 쇼군을 만들어 낸다. 이것이 바로 일본 스타일의 자본주의였으며, 그런 방법이 일본에서는 먹혀들었다. 불과 한 세대도 채 되지 않은 옛날에 일본을 논쟁의 여지가 없는 아시아의 경제적 지도자로 창조했던 것도 바로 이런 방법이었다.

그러나 노무라의 영업전략 팀장인 고바야시가 다른 투자자들에게 닛본 오일 주식을 매도하는 모습을 보여 줄 수는 없는 노릇이었다. 고바야시는 노무라 증권의 자회사에 은밀하게 지시하여 노무라의 '매도' 주문을 처리하도록 했다. 반면에 노무라 증권 자신의 이름으로는 회사에 들어올지도 모르는 다른 투자자들의 '사자'주문을 처리할 것이다. 이런 방법을 쓰면, 외부인들에게는 노무라가 닛본 오일을 보호하는 것처럼 보일 것이다.

그렇다면 도대체 어떤 사람들이 매도자가 될 것인가? 거기에 합당한 그룹에는 두 가지 부류가 있다. 일반 소매상들과 전문가들이다. '소매상'이란 시장에서 사용하는 은어로 소액의 가계 투자자들을 일컫는 말이다. 이들은 바로 고바야시가 출근길에 본, 주유소에 줄을 서 있는 사람들과 같은 부류의 투자자들이다. 거의 예외없이 여성이 주류를 이루는 집단이지만, 그 힘은 참으로 막강했다. 소매 투자자들이 도쿄 증권시장의 총거래량에서 차지하는 비율은 23퍼센트나 된다. 일본의 주부들은 어느 면으로 보더라도 '봉급쟁이' 남편들만큼이나 결단력이 뛰어나다. 그들은 다른 동아시아 국가의 여성이 그런 것처럼 집안의 금전관계를 총괄하는 동시에 증권시장의 노련한 투자가들이었다. 고바야시가 쓰라린 경험을 통해 배운 바로는, 이런 여자들이 행동을 취하기 시작하면 어떤 회사도 버틸 재간이 없다는 것이다. 그러니 그런 회사들은 다른 곳에 있는 자신들의 기금을 전용하여 수습하는 것이 최선일 것이다. 엔화가 매도 압력을 받고 있는 시점에는 바로 미국 달러화가 피신할 장소였다.

다음에는 전문가들이 있다. 이들은 일본의 대형 신탁회사들이나 투자회사들로 연금기금 등을 관리하는 집단들이다. 그들은 실제로 거대한 자본과 강력한 영향력을 갖고 있긴 하지만, 역설적으로 지극히 무기력하기도 하다. 그들이 운용하는 자산의 규모는 워낙 방대하기 때문에, 투자의 방향을 바꾸는 일은 U-턴을 시도하는 초대형 유조선의 선장이 느끼는 어려움에 비견할 만하다고 할 것이다. 물론 불가능한 것은 아니지만, 그러기 위해서는 상당히 여유 있는 장소와 시간이 필요하다. 전문가들은 대부분 손발이 묶여 있다. 그들이 지분이나 비율의 일부를 최소한으로 조정할 수는 있겠으나, 대규모로 총체적으로 바꾸는 것은 사실상 불가능하다는 뜻이다.

그들은 또 찰나의 순간에 세계 한 쪽 끝에서 다른 쪽 끝으로 수억 달러의 거금을 이동시키는 자금 관리인들인 '헤지 펀드'의 처분에 맡겨져 있는 상태이다. 이 헤지 펀드들은 주식이나 상품, 채권 혹은 외환 등 다양한 투자대상에 엄청나게 큰 금액을 투자하는 사람들이며, 때로는 극적으로 따기도 하지만 또 잃기도 한다. 그러기 때문에 고바야시의 진짜 관심사는 미국 '뮤추얼 펀드(mutual-fund)'들의 움직임이었다. 그들의 능력은 실로 경외심을 자아내게 한다. 1990년대를 통해 이들 펀드는 미국 시민들이 가장 선호하는 저축수단이 되었다. 1995년 말에 집계한 자료에 의하면, 뮤추얼 펀드의 자산 총액은 1조 2,500억달러이다. 그 때 이래로 그들은 년간 평균 10퍼센트씩 성장해 왔으며, 드래곤 스트라이크 작전이 있기 전날 밤에 미국의 뮤추얼 펀드 매니저들은 대략 2조 6,000억달러 상당의 자산을 운용하고 있었다. 그 중 상당 부분을 아시아에 투자하고 있었다.

그러나 이런 자금은 규모에 비해 기동력이 아주 뛰어난 돈들이다. 뮤추얼 펀드의 매니저들은 단기차익의 기회를 절대로 놓치지 않는 것으로 악명이 높다. 오늘은 여기, 내일은 다른 곳으로……. 아시아 주식시장에서 그들의 존재는 주식가격을 상당히 불안하게 만들었다. 전화 한 통화면 캔사스에 있는 한 투자자가 홍콩 주식을 매도하고 동시에 미재무성 채권을 매수할 수 있다. 유럽물을 매도하고 호주물을 매수할 수도 있다.

어쨌거나 펀드 매니저들의 거래와 비교할 때 개인 투자자들의 거래는 그가 얼마나 큰손이든 간에 별로 대수롭지 않다. 뮤추얼 펀드들이 태평양시대에 대한 믿음을 갖고 있는 것은 분명한 사실이지만, 그럼에도 그들이 기금을 빼내 본국으로 송환시키는 사태가 불원간 밀어닥치리라는 것을 고바야시는 오랜 경험으로 알고 있었다. 그리고 펀드 매니저들이 일요일에 내린 결론도 무조건 매도하는 것이었다.

말라카낭 대통령 관저, 마닐라

현지시간 : 2001년 2월 19일 월요일 07 : 00
G M T : 2001년 2월 18일 일요일 23 : 00

미구엘 루종 필리핀 대통령의 개인비서가 노크도 없이 고급 티크로 만든 이중문을 열고 회의실로 들어섰다. 그가 방 안을 가로지르는 동안, 대통령은 막 듣고 있던 새로운 뉴스 때문에 집중력이 잠시 흐트러졌다. 테이블 주위의 대화도 잦아들었으며, 필리핀 군대를 지휘했던 사내가 미스취프 섬에 대해 보고받는 동안 모두들 굳게 입을 다물었다.

"이런 사건이 방금 발생했습니다, 각하." 개인비서가 말했다.

대통령은 모여 있는 장관 및 재계의 총수들을 둘러보며 말했다.

"신사 여러분, 미스취프 섬의 탈환을 시도하던 우리 군대가 적군의 강한 저항에 부딪쳤다 합니다. 그들과의 접전에서 우리는 패배했습니다. 그래서 증원부대를 보내고자 합니다."

막강한 실력자인 마닐라 시의 시장은 중국계 필리핀 사람인 헤르네스토 림이었다. 그가 즉각적으로 반대하고 나섰다.

"그래서는 안 됩니다, 각하. 해외에 거주하는 중국인 공동사회를 대변하여 말씀드립니다만, 이번에는 각하께서 한 발 물러서시는 것이 바람직합니다. 만약 우리가 증원부대를 보낸다면, 그들도 더 많은 군인들을 파견할 것입니다. 우리의 힘으로는 그 지역에 대한 소유권을 더 이상 유지할 수 없습니다. 국가적인 자존심을 지키겠다는 생각만 없다면, 어떤 이유로도 고집해서는 안 됩니다."

"국가적 자존심을 별로 중요치 않은 한낱 감상에 지나지 않는 것이라고 할 수는 없지 않겠소, 헤르네스토 시장?" 루종 대통령이 반박했다.

헤르네스토 림의 대답도 지체없이 이어졌다.

"지금 이 순간에 중국 정부를 괴롭히고 있는 것은 하나의 질병이며, 결국에 가서는 그 질병이 그 나라를 멸망시키고 말 것입니다. 중국은 20여 년 동안 독재주의라는 질병으로 고통받아 왔습니다. 그 질병이 우리들을 아시아의 환자로 만들었습니다. 한국과 대만, 말레이시아 그리고 타이가 부유해지는 동안, 필리핀은 모두의 웃음거리가 되었습니다.

대통령 각하, 남중국해의 무력충돌은 미국과 중국 그리고 일본을 겨냥한 것입니다. 냉전시대에 그랬던 것처럼 이번에도 우리는 중립적인 위치를 고수해야 합니다. 만약 우리가 어느 한 편을 들게 된다면, 국가로서 우리의 사기는 또다시 무너지고 말 것입니다. 미국의 꼭두각시라는 비난을 받게 될 테니까 말입니다. 우선 말레이시아가 어떻게 하는지 지켜본 다음 그들이 하는 대로 따라 하도록 합시다. 그들은 이미 마리벨스, 아데이지어, 스왈로우 산호섬들을 포기했을 뿐 아니라 심지어 테럼비 라양-라양에 있는 공군기지까지 버렸습니다. 미스취프 산호섬은 잊어버려야 합니다. 1992년에 우리는 미국인들을 떨쳐 버렸습니다. 우리는 스스로 자랑스럽게 여길 만한 필리핀 유산의 기반을 건설하고자 노력하고 있습니다. 전세계의 중국인 공동체와 상당 부분 밀접하게 연결된 우리의 경제는 지금 강력하게 성장하고 있습니다. 이웃의 ASEAN 국가들이 저자세를 취하면서까지 실속을 챙기고 부자가 되는 동안, 우리는 쓸데없이 냉전에 휘말려 들었습니다. 만약에 또 다른 세계적인 무력충돌이 닥치고 있다면, 이번에는 그 소용돌이에 빠져들지 않도록 해야 합니다. 우리는 병원이나 도로, 비행장, 발전소, 학교 그리고 우리 국민들을 위해 주택을 짓는 일에 몰두하도록 합시다. 각하, 그렇게 하는 것이야말로 국가의 지도층인 우리들 어깨 위에 지워진 임무입니다."

"그러면 중국놈들이 남중국해를 차지하는데도 가만히 앉아 쳐다보고만 있으라는 건가요?" 루종 대통령이 성급하게 물었다.

"그게 무슨 상관입니까? 그들도 무역은 하도록 해 줄 텐데요."

"우리 장군들은 밤잠을 못 자고 있어요."

"그렇다면 그들이 승리할 수 있는 전투를 선택하라고 하시지요. 남쪽에 있는 회교도 테러분자들도 처치할 수 없는 정도의 실력이라면, 인민해방군과 전투를 시작해서는 절대로 안 됩니다."

대통령은 방 안에 앉아 있는 사람들을 천천히 한 명씩 훑어보았다. 그런 다음 개인비서에게 고개를 끄덕여 미스취프 산호섬의 수복(收復)을 연기하라고 지시했다.

백악관, 워싱턴, DC

현지시간 : 2001년 2월 18일 일요일 18 : 45
G M T : 2001년 2월 18일 일요일 23 : 45

첫 미팅을 한 지 24시간이 지난 뒤, 제임스 브래들리 미국 대통령은 국가 안보 보좌관인 마틴 웨인스타인과 단둘이 앉아 있었다. 호치민 시를 폭격하는 장면이 CNN을 통해 처음으로 전세계로 방송되었다. 중국이 옛날 제국시대의 수도인 호치민 시를 목표로 하는 이유는 베트남의 각료들이 겨울철에 가장 즐겨 찾는 휴양지이기 때문이라고 특파원은 추측했다.

"그것은 중국이 장거리 공격 능력을 증명해 보이기 위한 제스처이기도 합니다." 웨인스타인이 나지막한 목소리로 말했다. "사이공은 중국의 최남단 공군기지인 유린으로부터 500킬로미터 떨어져 있습니다. 다시 말해서 그들에게 비행 중 공중급유 능력이 있다는 증거인 것입니다. 그들이 목표물을 공격한 다음 기지로 귀환하는 데는 최소한 30분이 필요합니다. 우리가 소위 '최대 체공 시간(loiter time)'이라고 부르는 것이지요."

지붕이 무너져 버린 렉스 호텔의 참화를 배경으로 구엔 반 타이 대통령이 호소하는 모습이 보였고, 그의 말이 자막과 함께 통역되어 들렸다. 옆구리에서 피가 흐르는 한 미국 여성이 폭격의 잔해 속에서 식탁보를 찾아 어린아이를 감싸 안고 있었다.

"그래서 내게 말하고자 하는 요점이 무언가, 마틴?"

대통령의 국가 안보 보좌관은 즉각적으로 대응할 수 있는 미국의 군사능력을 대략적으로 설명했다.

원자력 엔진의 10만톤급 항공모함 〈해리스 S. 트루만〉호가 황해에서 출발하여, 중국이 봉쇄망을 펼치려는 해역으로 진로를 바꾸었다. 항공모함은 24시간 내에 남중국해의 가장자리에 도착할 수 있을 것이다. 항공모함에는 F-14 톰캣 전투기 20대, F/A-18 호넷 전투 폭격기 36대, EA-6B 프라울러 전자 대응 비행기 4대, E-2C 호크아이 조기경보기 4대, S-3A 바이킹 잠수함 추적기 6대, 그리고 SH-3 시호크 구조 헬리콥터 8대가 탑재돼 있었다. 이 항공모함은 무시무시한 전투함대를 이끌고 있었으며, 그들이 일단 남중국해에 들어서게 되면 그 일대에 엄청난 무력을 과시할 수 있을 것이다.

불과 1년 전에 취역(就役)한 9,217톤짜리 알레이 버크급 최신형 구축함 〈오스카 오스틴〉호는 유도탄을 탑재하고 있었는데, 함선 공격용 제트 추진 크루즈 미사일과 대 잠수함 공격용 미사일 어뢰(ASROC) 그리고 Mk50 어뢰 등이 탑재되어 있었다. 4,100톤짜리 올리버 해저드 페리급 유도탄 프리깃함 〈포드〉호도 비슷한 무기들을 탑재했으며, 8,040톤짜리 스프루언스급 구축함 〈헤일리〉호가 탑재한 무기들 중에는 육상 공격용 및 함선 공격용 토마호크 장거리 크루즈 미사일, 방공용 미사일 시-스패로우 등이 있었다. 킬라우어급 군수선 〈샤스타〉호와 초대형 시마론급 급유선 〈윌라메트〉호 그리고 9,466톤짜리 티콘데로가급 유도탄 탑재 이지스 순양함인 〈포트 로얄〉호와 〈벨라 걸프〉호 등이 진용을 이루고 있었다. 이들은 모두 토마호크, 하푼 크루즈 미사일, 표준형 지대공 미사일, ASROC 그리고

Mk32, Mk46, Mk50 어뢰 등을 갖추고 있었다. 그리고 로스앤젤레스급 〈샤이엔〉호, 〈콜롬비아〉호, 〈보이스〉호 등 잠수함 3척이 이 전투함대를 바닷속에서 수행하고 있었다.

또 다른 미국의 전투함대를 항공모함 〈니미츠〉호가 이끌고 있었는데, 이 항공모함은 오랜 선령(船齡) 때문에 행동반경을 동아시아 지역으로 제한하고 있었다. 이에 가담하게 된 전함 중에 1,600명의 해군이 승선하고 있는 타라와급 수륙양용 공격선인 〈펠레리우〉호가 있었다. 국제적인 재난구조를 위해 필리핀 해군과 합동훈련을 마친 뒤 하와이로 귀항하려던 참이었는데, 마침 〈니미츠〉호로부터 귀항하지 말고 현 위치에서 대기하라는 지시가 떨어졌던 것이었다. 전투함대는 네그로스 섬과 팔라완 섬 사이에 있는 카가얀 군도 근해인 술루해에 각자 위치를 확보하고 있었는데, 8시간이면 충분히 남중국해까지 항해할 수 있는 거리였다.

"우리 해군이 그냥 그곳으로 출동하기만 하면 남중국해와 군도들을 되찾을 수 있다는 말을 하려는 거요, 마티?" 대통령이 물었다.

"그렇다고도 그렇지 않다고도 할 수 있습니다, 각하." 웨인스타인이 대답했다. "중국인들이 육해공군을 모두 갖추고 있다고는 하지만 실은 형편없는 수준입니다. 그러나 미사일에 관해서만큼은 그들의 수준도 우리와 큰 차이가 없을 정도라고 할 수 있습니다. 그렇지만 그들이 쳐 놓은 네트를 뚫고 들어가서 진영을 파괴하는 데는 우리 미사일 한 개면 충분하다고 생각합니다. 〈벙커 힐〉호가 그 곳에서 우리의 작전을 도와 줄 것입니다. 그 배에는 어떤 미사일이라도 발사되는 순간부터 목표에 도달할 때까지 위성으로 추적할 수 있는 장치가 있습니다. 우리가 그들에게 적대적인 행동을 취하게 되면, 중국인들은 베트남을 향해 미사일을 발사하겠다는 위협을 가할 수도 있습니다. 그게 그들의 수법이니까요."

“그렇다면 그들이 발사하는 미사일을 우리가 중도에 떨어뜨릴 수 있단 말인가요?”

“물론 확실하다고 보장할 수는 없습니다. 그리고 또 다른 문제가 있습니다.”

“말씀해 보시오.”

“우리에게도 중국과 똑같은 문제가 있습니다. 우리가 남중국해를 중국으로부터 빼앗아 강점할 수는 있습니다만, 그 상태를 계속 유지하는 것은 곤란합니다. 우리의 해군이 세계 최고인 것은 사실이지만, 어떤 상황에도 충분하다고 할 만큼 강력한 것은 아닙니다. 당시에 합동 참모장이었던 콜린 파웰 장군이 주창하여 1992년에 실시했던 기본계획 때문에 우리 군대는 그 동안 고통받아 왔습니다. 우리 해군의 군함도 443척에서 340척으로 감축되었으며, 항공모함이 이끄는 전투함대도 14개에서 12개로 축소되었습니다. 공군의 전투비행단도 16개에서 13개로 줄었습니다. 군대는 감축되고 또 감축되었지만, 우리가 지켜야 할 약속은 점점 더 늘어나고 있는 실정입니다.”

“그렇지만 우리에게는 남중국해로 보낼 수 있는 전투함대가 아직도 4개나 남아 있지 않습니까?”

“다시 말씀드립니다만, 그렇다고도 또 그렇지 않다고도 할 수 있습니다, 각하. 우리는 전세계에 35개의 전략적인 배치상태를 유지하고 있습니다. 전세계에서 근무하는 미군은 모두 16만명으로, 한반도에 3만 5,000명을 필두로 부룬디에 2,000명 등 참으로 다양한 지역에 나가 있습니다. 그들을 운영하자면 많은 돈이 듭니다. 부룬디에서만 1억 2,000만달러가 소요됩니다. 쿠바의 관타나모에서 1,100명의 군인들이 카리브 해의 피난민들을 처리하는 데 소요되는 자금도 년간 2억 5,000만달러나 됩니다. 이라크나 리비아에서 예상치 못했던 충돌이 발생하면서 5억 5,000만달러가 추가로 들었습니다. 여기서 조금 저기서 조금이지만, 이들이 모여서 엄청난 액수가 되고 있으며 의회에서도 이 점에 주목하고 있습니다. 우리가 또 다른 군사 시설을 설치하고자 할 때마다 우선 당면문제인 예산부터 신경써야 하는 것이 현실입니다.

그러나 군대의 축소는 두 개의 분쟁지역에서 동시에 전투를 수행할 능력이 우리에게서 사라졌다는 것을 의미합니다. 하나의 예로 C-17 신형 수송기를 들 수 있습니다. 우리가 일단 전투에 참여하기로 결정한다면, 수천 명의 군인들을 아주 빠른 시일 내에 공수할 능력이 있어야 한다는 것을 의미합니다. 이번 같은 위기상황이 발생한다면, 우리는 병사들을 베트남으로 파견할 수 있어야 합니다. 혹은 필리핀을 설득하여 우리 군대가 다시 그 나라에 주둔할 수 있도록 조치할 수도 있습니다. 우리의 C-17 수송 비행대가 제대로 기능하기까지는 30대의 비행기로는 부족한 형편입니다. 그러나 비행기들이 아직도 생산 라인을 벗어나지 못하고 있기 때문에, 두 지역에서 중대한 무력충돌이 동시에 일어난다면 속수무책입니다. 따라서 두 지역에서 동시에 전쟁을 수행할 수 있는 미국의 능력도 2006년까지는 심각하게 제한될 것입니다."

"당신이 하는 말은 잘 알아듣겠소, 마티. 그러나 지금 우리에게는 무력충돌이 일어난 곳이 남중국해 한 군데밖에는 없지 않소?"

"현재로서는 그렇습니다, 각하."

두 사람 사이에는 한동안 침묵이 흘렀다. 텔레비전에서는 하이퐁 폭격장면이 나오고 있었다. 한 아파트 단지에서 화염과 검은 연기가 치솟고 있었다. 항구에 계류된 선박들도 불타고 있었다.

"어떤 나라들이 우리편을 들고 있소?" 브래들리가 물었다.

"서유럽 국가들입니다. 대부분의 국가들이 독단적으로 처신할 것입니다만, 우리는 프랑스와 영국에 의지할 수 있을 것입니다. 일본도 우리의 동맹국입니다. 인도는 중립을 표방하겠지만, 뒤로는 우리를 지원할 것입니다. 인도는 중국이나 파키스탄을 겁내고 있습니다. 그들은 우리가 곁에 있어 줘야 안심이 될 것입니다. 파키스탄을 믿어서는 안 됩니다. 그들은 중국과 긴밀한 관계를 유지해 왔습니다. 그들의 카라코람-8 제트 훈련기나 칼리드 탱크, HJ-8 대전차용 미사일, 안자-2 지대공 미사일은 모두 중국의 설계와 기술에 근거하여 제조된 것입니다. 미얀마의 군대는 인민해방군으로부터 장비와 자금을 지원받아 왔습니다. 남중국해 다른 지역의 최대 관심사는 모두 돈을 벌고자 하는 것입니다. 만약 미국이 그런 기회를 위태롭게 한다거나 할 것처럼 보인다면, 절대로 우리를 지지하지 않을 것입니다. 아프리카는 아무래도 상관치 않을 것입니다."

"러시아 인들은 어떤가?" 대통령이 다시 물었다.

"그들의 기술자들이 바로 이 순간에도 하이난 섬에 파견되어 있습니다. 유린에서는 SU-27기를, 사냐 잠수함 기지 옆에서는 킬로급 잠수함을 생산하고 있습니다. 남해함대의 사령부가 있는 장지양에서는 그 밖에도 여러 가지 군수품을 중국군에 매도했습니다. 그뿐만이 아닙니다. 러시아 과학자들이 지금도 중국의 미사일 프로그램을 돕고 있습니다. 러시아의 협조만 없었다면, 우리가 중국인들과 전쟁을 벌인다고 하더라도 한결 유리한 위치에 설 수 있었을 것입니다, 각하."

도쿄 증권시장

현지시간 : 2001년 2월 19일 월요일 09 : 00
G M T : 2001년 2월 18일 일요일 24 : 00

오전 9시에서 11시까지 열리는 도쿄 증권시장의 오전장은 지나칠 정도로 활기가 넘쳤다. 거래량이 무려 2억주나 되었던 것이다. 그러나 정작 우려되는 점은, 니케이 지수 225에 포함되어 있는 마쓰시다, 닛본 오일 그리고 그 밖에 다수의 우량기업들로 대표되는 주식들의 가격 하락 폭이었다. 지수는 1월말에 힘겹게 4만 포인트 벽을 뚫은 뒤 순항하고 있었는데, 그날 아침에 무려 400포인트, 다시 말해서 1퍼센트가 하락하여 3만 9,700포인트로 시작되었던 것이다.

엔화의 동향은 그보다도 훨씬 더 염려스러운 분위기였다. 지난 몇 달 동안 외환시장에서는 엔화가 달러 당 120엔에서 125엔이라는 좁은 변동 폭으로 거래되고 있었다. 그러나 아침 도쿄 시장의 환율은 6.2엔이 상승, 다시 말해서 4퍼센트 평가절하된 143.6엔에 형성되었다. 자국 통화의 붕괴에 극도로 흥분한 일본은행에서는 달러화를 매도하여 엔화를 매수하기에 정신이 없었다. 그러나 시장에서는 모두 달러화를 사려고 혈안이 되어 있었다……. 적어도 휘스트 차이나 증권회사를 제외하고는 말이다.

　투자자들이 엔화를 내다 버리자, 훠스트 차이나에서는 엔화 쇼트 포지션의 가치를 계산하기 시작했다. 자오 장군이 후원하는 훠스트 차이나는 2, 480억엔을 차입했었는데, 그 금액을 모두 선물(先物) 매도에 사용했던 것이다. 그들과 반대의 포지션을 취했던 투자자들은 증거금 부족사태에 직면하여 거래를 청산할 수밖에 없었으며, 따라서 현물시장에서의 달러 대 엔화의 환율(일반 사람들이 매일 일상적인 외환거래에서 적용하는 기준 환율)은 124엔에서 더욱 약화될 것이다. 훠스트 차이나가 차입한 평균 환율이 바로 124엔이었다.

　엔화의 폭락사태는 필립스나 자오 장군이 예상했던 대로였다. 도쿄에서 하룻동안의 거래를 통해 훠스트 차이나는 자오 장군에게 총 10. 8퍼센트의 이익을 안겨 줄 수 있었는데, 이는 1억 8, 195만달러에 상당하는 금액이었다. 그러나 다미안 필립스는 그 날 단순히 예리한 관전자의 위치를 지켰다. 그는 엔화가 앞으로도 훨씬 더 폭락하리라는 것을 알고 있었기 때문이다.

브리핑

홍콩

2001년, 동남아시아 국가에는 상당수의 중국계 소수민족들이 있었다. 그들 중 수천만 명이 모국에서의 내전과 폭동 그리고 지구의 구석구석에 널리 퍼져 있는 기아를 피해 도망친 사람들이었다. 많은 중국인들이 캐나다나 미국, 호주 등지로 가서 철도를 건설한다거나 금을 캐려고 머무르기도 했고, 식당이나 사업체를 세워 주저앉기도 했다. 그러나 대부분이 남중국해와 접경한 나라로 이민했다. 그들은 선천적인 사업적 통찰력으로 그들만의 굉장한 경제제국을 건립했으며, 동시에 이는 일반적으로 별로 기업가적이지 못한 원주민들의 기업을 난쟁이처럼 왜소하게 보이도록 했다.

숫자적으로는 적지만, 이들 해외 거주 중국인들은 엄청난 재정적인 파워를 보유하고 있었다. 인도네시아에는 전체 인구의 불과 3.5퍼센트만이 종족적으로 중국인이지만, 상위 300대 회사의 자산 총액 중 80퍼센트를 이들이 주무르는 실정이었다. 이런 유형의 경제적인 지배는 다른 지역에서도 비슷하게 반복되고 있었다. 필리핀에서는 전체 인구 중 중국계의 비율이 2퍼센트에 불과하지만, 증권시장의 60퍼센트 이상을 이들이 지배했다. 타이에서는 중국인 10퍼센트가

80퍼센트의 증권시장을 좌지우지하고 있었다. 홍콩은 화교들이 본토 사람들과 만날 수 있는 장소였다.

그들이 공산주의 체제를 증오하고 또 그 체제가 많은 사람들을 어쩔 수 없이 조국에서 떠나도록 만들었지만, 중국의 옛 성현인 공자의 가르침이나 모국에 대한 열망은 조금도 줄어들지 않았다. 보다 중요한 것은, 그들은 선조 대대로 내려오는 고향과 완전히 인연을 끊을 수 없다는 사실이었다. 인도네시아나 말레이시아, 싱가포르, 필리핀 등지에 있는 중국계 사업가들은 전통적으로 홍콩을 '역외(域外) 부(富)'의 기지로 이용해 왔다. 이제 홍콩은 화교들이 경제적으로 중국에 진입할 수 있는 교두보였으며, 본토에 있는 사업 파트너나 연줄을 댄 사람들과 술을 마신다거나 식사를 함께 하기에 편안하게 느껴지는 그런 곳이 되었다.

중국 본토가 홍콩을 인수받은 1997년 7월 1일 이래로 변한 것은 거의 없는 듯했다. 홍콩은 아직도 놀라울 정도로 현대적인 스카이라인을 계속 유지하고 있었다. 세계적으로 손꼽히는 몇몇 기념비적인 건축가들이 설계한 유리와 쇳덩어리의 고층빌딩들이 가파르게 치솟은 빅토리아 정상의 북쪽 면을 따라 극적인 광경을 연출하며 우뚝 서 있었다.

호주로 가는 길에 잠시 경유하거나 중국을 방문하기 전후로 사흘쯤 머무르는 관광객들에게 홍콩은 언제나처럼 사업의 도시로 보일 것이다. 스탠리 시장에서는 여전히 값싼 T-셔츠와 명조시대의 도자기 모조품을 팔고 있으며, 구룡의 보석시장에서도 활기 넘치는 매매가 이루어지고 있었다. 그러나 놀랍게도—특히 골동품의 수출을 억제하는 중국의 엄격한 법을 고려할 때 더욱 놀랍게도—시내 중심의 할리우드 거리를 따라 즐비한 골동품 상점에서는 당나라 시대(AD 618~907)의 말 조각품을 살 수 있었다.

　　그러나 외견상의 이런 모습 뒤에서는 친절하고 대충 눈감아 주던 전임자 대신에 보다 엄격한 새로운 통치권력이 권력을 휘두르고 있었다. 베이징 정부에서는 홍콩을 통치하기 위해 굳이 수도에서 관리까지 내려보낼 필요성은 느끼지 않았다. 그들은 유인책을 사용하여 자신들이 선정한 사람들이 현지 국회의원 선거에서 성공적으로 승리하도록 했으며, 그렇지 않으면 정부나 학교, 언론기관의 높은 자리에 그들을 직접 임명했다.

　　현지의 관리들에게 가장 끔찍한 계절은 겨울이었다. 통치권의 이양이 있은 뒤, 홍콩은 나이가 지긋한 군 장성들이나 공산당 지도자들이 중국 북부의 혹독한 겨울 몇 달을 보내고 싶어하는 가장 인기 있는 곳이 되었다. 섬의 남동쪽 첨흠콕에 있는 굉장한 저택 하나가 지도층들이 사용하는 휴양지로 전환되었다. 현지의 광둥인들은 그곳을 '은퇴자들의 마을'이라고 불렀지만, 겉으로 내놓고 하는 말이 아니라 귀에다 조그맣게 속삭이는 그런 농담일 뿐이었다. 휴양지에 은밀하게 칩거한 당서열 30위 이내의 지도층 인사들에게서 전화라도 한 통 걸려오는 날이면, 호구지책을 잃기 십상이었기 때문이다.

　　고위층의 무분별한 간섭을 제외한다면, 베이징의 통치권은 '식민지 이후 시대의 총독'이라던 홍콩의 최고 경영진들과 오늘날에는 '특별 행정구역'으로 알려진 과거의 영국 식민지에 파견된 베이징의 대표가 함께 하는 주간회의에서 행사되었다. 베이징의 대표는 입술을 비쭉거린다던가 눈썹을 찌푸리는 신호만으로도 자신들이 어떤 생각과 선택을 하고 있는지 최고 경영자들에게 충분히 알릴 수 있었다. 이를테면, 그가 선택한 병원이나 재정 당국의 우두머리가 베이징의 총애를 받을 수 있는지의 여부를 은연 중에 나타낼 수 있는 것이다.

　　언론도 똑같은 장단에 맞추어 행동했다. 공산당에서는 주요 중국

어 신문이나 영어 신문, 방송기관에 신뢰할 만한 정보원들을 침투시
키려고 온갖 노력을 다했다. 공산당이 대학의 목을 조른 것과 함께
언론사들을 인수한 것은, 그들이 홍콩에서 벌인 조작극 중에서도 가
장 성공적인 것으로 평가된다. 1997년 이후에 홍콩의 신문 매체에서
최고의 지위에 오른 사람은 중국측의 시각을 정확하게 전달해 주는
훌륭한 교육을 받은 사람이었다. 본토에서는 홍콩의 언론이 중국 정
부의 국가 경제발전계획을 충분히 그리고 긍정적으로 보도해 주기를
기대하고 있었다. 그날 아침의 조간신문에서는 중국이 왜 남중국해
를 점령해야만 하는지, 그럴 만한 이유를 충분히 전달하고 있었다.
중국이 취한 행동은 단지 그 동안 남중국해에 대해 그들이 갖고 있던
'사실상' 주권을 '합법적으로 정당화'한 과정에 불과하다는 것이었
다. 그들이 베트남을 선제공격한 것도, 비록 쌍방의 사상자에 대해
서는 심히 유감스러운 일이기는 하지만, 어쩔 수 없이 감행한 지극
히 신중한 처사였다. 또한 신문에서는 1980년대와 1990년대에 베트
남의 보트 피플들에게 피난처를 제공했던 홍콩의 처사가 얼마나 관
대한 것이었는지를 상세히 거론하고 있었다.

 언론에서 중국 정부의 간섭이 그나마 상대적으로 가장 적게 미치
는 섹션이 있다면, 바로 금융 면이었다. 그러나 심지어 그 분야에서
도 '보다 훌륭한 홍콩인'들 중 그 어느 누구의 비위도 거슬리지 않
도록 각별히 주의해야 한다. 이들은 중국이 주권을 되찾은 뒤에도
홍콩에서의 사업이 '예전과 하등 다를 바가 없다'는 전망과 분위기
를 조장하기 위해 1995년 말이 가까워지면서 본토 세력에 가담한 중
국계 재벌들이었다. 이런 약삭빠른 움직임은 활동적인 공적 생활을
영위하고자 하는 재벌 대부분에게 허용된 거의 유일한 탈출구였다.

 홍콩은 홍콩달러로 5,000억 혹은 미화 650억달러 상당의 증권시장
을 갖고 있었다. 아시아 지역에서는 도쿄 다음으로 큰 규모였다. 이

처럼 집중된 부가 투자은행이라는 전세계의 벌들에게는 꿀단지나 마
찬가지였다. 그들은 자연스럽게 홍콩으로 몰려들었다. 그러나 홍콩
시장이 안고 있는 문제점은, 미국의 뮤추얼 펀드가 40퍼센트를 점유
하고 있다는 점이었다.

익스체인지 광장, 홍콩

현지시간 : 2001년 2월 19일 월요일 09 : 00
G M T : 2001년 2월 19일 월요일 01 : 00

공황이 시작되었던 첫째 날의 오전 장에서 해외 거주 중국인들이
보여 준 태도는 홍콩에 있는 트레이더들의 마음과는 사뭇 달랐다.
홍콩이나 중국에 대해 그들이 갖고 있던 확신이 심각한 타격을 입었
던 것이다. 항생지수는 개장과 함께 120포인트 혹은 0.5퍼센트 낮은
수준에서 시작되었다. 시간이 지나면서 미국 뮤추얼 펀드의 매도 압
력이 점점 가중되고, 브로커들이 소위 '바닥 탐색' 과정을 통해 투
자자들의 매수 의욕을 파악하기 위해 가격을 계속 내림에 따라 지수
는 속절없이 마냥 떨어졌다.

홍콩에 있는 중국 국적 선박회사인 시틱 패시픽은 오전장에만 하
더라도 그들이 보유하고 있는 주식의 가치가 거의 10퍼센트 이상이
나 하락하는 손해를 보았다. 이런 패턴은 우량 대기업들의 주식이나
홍콩시장에 상장된 중국 본토 적색업체들의 주식들을 막론하고, 다
른 모든 홍콩의 주식에도 그대로 이어졌다. 미국 항공 그룹인 유명
한 보잉을 제외하고는 홍콩에 상장된 외국회사들은 근소한 차이지만
좀 나은 대접을 받고 있었다. 보잉은 최근에 중국 정부의 제안을 받

아들여서 중국 증권거래소에 상장하기로 하고 홍콩 거래소를 택했던 것이다.

홍콩 증권시장은 중국이 벌인 침략행위의 정당성을 따지는 것 같은 고상한 일에는 별로 관심이 없었다. 그보다는 일부 매도 물량이 베이징으로부터 흘러나오고 있다는 괴상한 루머에 더 많은 관심을 갖고 있었다. 그것은 처음 소식을 접했을 때 느꼈던 것보다는 그리 이상할 것도 없는 일이었다. 베이징의 군사 지도자나 정치 지도자들 중 몇몇은 홍콩 거래소에서 가장 큰 투자자로 알려져 있기 때문이었다. 그들에게 홍콩은 완벽한 장소였다. 분명히 중국은 중국인데, 어떤 수수께끼 같은 면에서는 전혀 중국이 아니었다. 홍콩은 차라리 외국이었다. 실제로 성가시게 외국인과 직접 부딪히는 일 없이도 완벽한 안전 속에서 서방의 환희를 경험할 수 있는 곳이었다. 은행들은 아직도 상대적으로 기밀이 유지되는 편이며, 자금을 대체함에 있어 어떻게 보안에 신중을 기해야 하는지 잘 알고 있었다.

그러나 대부분의 고위 관료들은 직접 현지 은행과 거래하기보다는 영국령 버진 아일랜드에 등록된 제3의 회사를 통해 거래함으로써 비밀경찰의 날카로운 눈초리를 피하고자 했다. 영국 식민지주의의 전초부대와 제휴한다는 절차가 고통스럽기는 하지만, 시발점과 멀리 떨어져 있다는 이점이 있었다. 이들 회사는 당국에 제출하는 회계자료에 대해 감사를 받지 않았고, 법인 설립요건에 있어서도 대부분의 다른 '역외' 금융센터는 통상적으로 두 명의 이사를 필요로 하는 데 반해 한 명의 이사만으로도 충분했다. 이곳에서는 사람들이 원하는 완벽에 가장 가까운 금융상의 기밀을 보장해 주었다.

익스체인지 광장에서 나도는 풍문은 그런 대단위 포지션을 청산하려는 중난하이의 고위 관리가 과연 누구인가 하는 점이었다. 정부의 고위층 중 한 사람이 시장에서 그토록 확실하게 매도측에 섰다는 사실과 중국 지도층에서 남중국해에서의 성공을 확신하지 못하고 있는 것이 아닌가 하는 문제는 그리 큰 연관성이 없다.

'사우스차이나 모닝 포스트'지의 한 기자가 전화를 걸어 왔을 때, 훠스트 차이나 증권의 회장인 다미안 필립스는 쓸데없는 추측에 불과하다는 식으로 풍문을 일축해 버렸다.

그날 오후, 주로 광저우계 브로커들이 많은 리 앤 리의 직원이 홍콩 클럽의 레드 룸에서 손님과 점심을 먹던 중이었다. 그의 손님은 이렇게 말하는 소리를 들었다.

"그렇다면 말입니다. 그들이 가격을 떨어뜨리는 것은 단지 낮은 수준에서 다시 거두어들이기 위해서라는 말입니까, 다미안? 인민해방군 사람이 그런 짓을 한다니 참 재미있는 일이군요, 그렇지 않습니까?"

"어쨌든 그게 사실입니다, 피터." 다미안이 대답했다. 예의에 어긋나는 것은 고사하고, 이는 실로 고객을 배반하는 행위였다.

분데스칸츨러란트, 베를린

현지시간 : 2001년 2월 19일 월요일 11 : 00
G M T : 2001년 2월 19일 월요일 10 : 00

내각 회의를 마친 독일 수상은 마지막 장관이 회의실을 떠날 때까지 가만히 앉아서 기다렸다. 그런 뒤 개인비서에게 앞으로 최소한 15분 동안은 어떤 일이 있더라도 절대 방해하지 말라고 지시했다. 장관들 간에 놀라운 합의가 이루어졌던 것인데, 독일은 남중국해의 분쟁에 대해 중립적인 입장을 보일 필요가 있다는 것이었다. 그는 상징적이나마 일부의 반대가 있을 것으로 예상했었다.

불과 수주일 전에 야당은 독일의 경제가 휘청거리고 있으며 급기야는 어쩔 수 없이 몰락의 길로 들어서게 될 것이라는 예측을 들어 수상을 공격했지만, 수상이 이를 일언지하에 일축했던 적이 있었다. 그러나 그의 책상 뒤 액자로 걸어 둔, 1815년에 괴테가 했던 말의 인용구까지도 장래에 그가 맞게 될 도전을 일깨워 주고 있었다. '이 세상에서 영화로운 나날의 연속보다 더 견디기 어려운 것은 아무것도 없다.'

실업자가 400만명이었다. 비공식적 추정에 의하면 600만명이라고도 했다. 제3제국이 멸망한 1945년 이래로 그토록 많은 독일인이 빈곤에 허덕이며 굴욕감을 느꼈던 적은 단 한 번도 없었다. 복지비용이 급상승하고 있었다. 독일 제조업의 근간을 이루는 중소형 규모의 개인기업들도 경쟁력을 잃고 있었다.

고임금과 낮은 근무 의욕, 종업원들 사이에 만연해 있는 '요람에서 무덤까지'식의 안일한 태도, 말싸움이나 하는 정치계, 그리고 급변하는 세계시장 상황이 한데 어우러져 독일의 경제 모델을 붕괴시키고 있었다.

하버드나 스탠포드 대학으로 빠져 나가는 두뇌 유출도 만만치 않았다. 독일 대학들의 수준이 그들을 수용하기에는 충분치 않았기 때문이다. 독일은 제2차 세계대전 전만 해도 의학, 화학, 물리학에서 세계의 중심지였다. 강력한 경제력의 근간이었던 연구와 개발도 이제는 웃음거리가 되었다. 컴퓨터나 사무기술, 레이저 분야의 위상에도 비슷한 넋두리가 적용될 수 있을 것이다. 게다가 관료주의까지 있었다. 영국이 관료주의를 단절하고 외국의 투자자들을 유인하는 동안, 독일은 비슷한 노력조차 하지 않았다. 투자자들이 당국으로부터 투자계획을 허가받는 데 영국에서는 평균 3개월을 기다려야 하는 반면, 프랑스에서는 6개월, 그리고 독일에서는 22개월을 기다려야만 했다. '독일인들이 어영부영 하는 동안, 미국인들은 발명하고 일본인들은 생산한다.' 하노버 상업회의소에서 나온 말이 침묵 속에서 방 안에 메아리쳤다.

보다 저렴한 노동시장을 갖고 있는 폴란드나 헝가리, 체코 공화국에 빼앗긴 사업으로 인해 독일이 손해본 금액은 얼마나 될 것인가? 수십 억 마르크? 독일 노동자의 임금은 시간당 25달러다. 그러나 체코 노동자는 고작 2달러면 만족한다. 그러니 경쟁이 될 수가 없는 것이다.

극동국가들의 부(富)가 이런 문제점들을 해결해 주리라는 보장은 어디에도 없다. 그러나 그냥 포기해 버리기에는 기회가 너무나 크기 때문에 지역의 무력충돌에 쉽게 연루될 수는 없는 노릇이었다. 소비자 시장이 상당히 빠르게 성장하고 있는 점을 감안한다면, 중국의 각 지방들은 조만간 엄청난 구매력으로 유럽 각국 앞에 나타날 것이다.

그러나 오늘, 중국이나 극동국가와의 교역 위에 도덕성이라는 유령이 드리우고 있다. 프랑스는 내각에서 별도의 협의를 거칠 것도 없이 아시아에 있는 옛 식민지를 보호하기 위해 전함과 군인들을 이동시키고 있었다. 영국의 해군도 하루나 이틀 내에 참전하리라는 것을 수상은 믿어 의심치 않았다.

수상은 텔레비전을 켜고, 프랑스가 타히티에 있는 그들 기지에 있는 전함의 재배치를 선언하는 장면을 보았다. 일단 위기가 무사히 지나가고 나면, 그는 한때 시트로엥이 진출하기로 했던 중국의 한 지방으로 다임러-벤츠를 이전시키는, 수십억 마르크 상당의 새로운 합작사업을 선언할 수 있으리라는 희망을 품고 있었다.

엘리제 궁, 파리

현지시간 : 2001년 2월 19일 월요일 12 : 00
G M T : 2001년 2월 19일 월요일 11 : 00

텔레비전 방송이 끝난 뒤, 프랑스 대통령은 관저로 돌아가는 차 속에서 방송에서 했던 코멘트가 적힌 카드를 뒤적거렸다. 프랑스 전역의 카페나 담배가게에 있던 사람들이 그의 정책에 열렬히 박수를 보냈다는 사실은 이미 보고를 받아 알고 있었다. 그는 통계 숫자에도 꽤나 친숙했다. 프랑스의 정치적 생활에는 두 가지 더할 나위 없는 자산이 있었다. 바로 여자문제와 해외 군대 배치였다.

대통령이 경제문제 때문에 받는 고통은 그의 친구인 독일 수상이 겪는 것보다 덜하지 않았다. 프랑스는 보조금이나 복지수당을 잘라내는 고통스러운 개혁으로 시련을 겪고 있었다. 이익을 정부가 보전해 주는 문제 때문에 1960년대 이래로 최악의 소요사태가 발생했었다. 그러나 대통령은 방금 발표한 것에 대해 폭도들이나 정부의 장관들 공히 동의하리라는 것을 의심하지 않았다.

예산을 삭감해야 한다고 생각하는 사람이 20에서 35퍼센트인데 반해, 일반 대중의 50퍼센트는 국방에 더 많은 예산을 투자해야 한다고 생각하고 있었다. 프랑스의 국가적 안위는 중립을 지킨다거나

(16퍼센트) 혹은 유럽동맹에 의존하는(30퍼센트) 것보다는 NATO (북대서양 조약기구)에 의해 더 잘 지켜진다고 믿는 국민이 45퍼센트였다.

프랑스 국적의 인질을 석방시키기 위해 군대를 파견해야만 한다고 믿는 프랑스 인은 90퍼센트나 되었다. 분쟁지역에 있는 프랑스 인들의 생명을 보호하기 위해서 군대를 파견해야 한다는 사람이 84퍼센트였다. 그가 정치적인 악몽을 직면하고 있는지는 몰라도, 중국에 대항해서 프랑스 군대를 파견하는 문제만큼은 아무런 논쟁 없이 수행할 수 있는 것이다. 사람들은 베트남이 유럽연합에 속하는 것이 아니라 프랑스에 속해 있다고 믿고 있었다.

중국 당국과 계약을 맺기 위해 비위에 거슬리고 골치 아픈 거래를 해야 하는 어려움을 베트남의 재건—이를테면 도로나 항만, 통신시설을 건설하고 군대를 재건하는 일—이 충분히 보상해 줄 수 있다.

외무성, 모스크바

현지시간 : 2001년 2월 19일 월요일 15 : 30
G M T : 2001년 2월 19일 월요일 13 : 30

러시아 외무성에 있는 널찍한 사무실로 미국 대사가 안내되어 들어갔을 때, 모스크바 거리에는 이미 한낮의 밝음이 약해지고 있었다. 리무진에서 내려 장엄한 정문까지 불과 수 미터를 지나는 동안에도 살을 에는 듯한 모스크바의 차가운 바람이 대사의 코트 사이를 파고들었다. 뿐만 아니라 얼굴의 노출된 부분은 얼어서 감각을 잃을 정도였다.

외무성 장관은 널찍한 방 한 구석에 놓인 안락의자에 앉아 그를 기다리고 있었다. 그의 태도에는 격식이 없었다. 이들 두 사내는 소련연방 시절부터 거의 20여 년 동안 서로 돕기도 하고 맞서기도 하면서 함께 일해 왔다. 외무장관은 언제나 대사를 실용주의가 결여된 민주주의 몽상가로 여기고 있었다. 그러나 오늘 그는 미국에게 현실적으로 심각한 충격을 안겨 줄 준비를 하고 있었다. 대사에게 말할 기회가 먼저 주어졌다.

"예거, 나는 미천한 사람이 늘 하는 방법으로 시작하고자 합니다. 내 전임자 중 한 사람인 찰스 보렌의 말을 인용하는 것이지요. 나로서는 도저히 따라갈 수 없는 분이긴 하지만, 귀국에서 볼 때는 가장 훌륭한 대사 중 하나였을 것입니다. 그 분이 말하기를, '사람이 거짓말을 하고 있는지 쉽게 알 수 있는 두 가지 방법이 있다. 그 중 하나는 밤새도록 샴페인을 마시고도 취하지 않을 수 있다고 말하는 것이며, 다른 하나는 자기가 러시아 인을 이해할 수 있다고 말하는 것이다'라고 했지요. 그러나 나는 어느 것도 할 수 없는 입장입니다. 그러니 장관께서 날 좀 도와주시지 않겠습니까?"

"중국에 대해 우리가 어떤 대응을 할지 알고 싶다는 것이겠지요?" 대사의 첫 수에 담겨 있었던 유머를 외면하고, 외무장관이 무뚝뚝하게 대꾸했다.

"처음부터 시작하는 것이 어떨지 모르겠습니다. 혹시 드래곤 스트라이크에 대해서 알고 계십니까?"

"그들이 그렇게 부르고 있나요? 아뇨, 전 모릅니다, 앤드류. 아마 대통령께서도 모르고 계실 겁니다. 중국인들이 무슨 생각을 하고 있는지 안다는 것은 누구에게나 어려운 일입니다. 때문에 그들이 우리 모두를 어둠 속에 가두어 두었다고 해서 놀라지는 않을 것입니다."

"그렇다면, 귀하께서는 군사 장비나 인력이라는 명목으로 그들에게 무언가를 제공하셨습니까?"

"우리가 맺은 계약의 조건에 따라 해야 할 일을 했을 뿐입니다. CIA에서도 세부사항을 모두 다 알고 있을 것으로 압니다만……. 그러나 거기에는 SU-27 전투기와 킬로급 잠수함도 포함되어 있습니다. 그들은 심지어 항공모함 한 척을 구입하겠다고 해서 지금 상담 중입니다. 수년 동안 우리 공군은 베이징의 요청에 따라 사람과 장비들을 보내 왔습니다. 우리가 인민해방군과 서명한 거래는 필히 지원할 의무가 있습니다."

“우리는 귀국이 그런 협조를 중단했으면 합니다.”

“그건 우리 능력 밖의 일입니다.” 외무장관이 말했다. “무기나 군사장비의 수출과 수입을 총괄하는 국영 기업체가 있지 않습니까? 로스부루제니라고…… 그 곳으로 직접 전화를 하시지 그러세요? 이 문제는 그들 소관입니다.”

“예거, 이번 무력충돌에 관여하지 마십시오. 중국이 점점 광분하고 있기 때문에, 세계가 자칫 더 큰 위험에 빠지게 될 것입니다. 만약 러시아가 이번에…….”

30초 정도 침묵이 흘렀다. 이윽고 침묵을 깨고 외무장관이 대꾸했다.

“앤드류, 설령 내가 항공보급을 막고 싶다고 해도 나로서는 어쩔 수 없습니다. 장군들이 무지막지하게 내게 전화를 해댈 겁니다. 그들은 대통령에게도 마찬가지로 전화할 겁니다. 그리고 솔직히 말해서 지난 수년 동안 우리 양국이 협상을 해 왔습니다만, 일어나고 있는 상황을 정확하게 파악하기에는 미국의 눈이 너무 어두운 것 같습니다. 위험한 세계는 귀국의 정책에 의해 만들어진 것입니다. 중국에 약간의 항공기 부품을 공수했다고 해서 발생한 사태가 아니란 말입니다.”

“나로서는 장관의 의견에 동조할 수 없습니다만…….”

“그러시다면 굳이 내 의견에 억지로 동의할 생각은 마시고, 내 말을 한 번 들어보십시오.” 외무장관은 자리에서 일어나 방 안을 서성거리며 이야기를 계속했다.

“냉전을 하던 세월 동안, 당신네 나라는 무엇을 상대로 싸웠습니까? 공산주의인가요? 그렇지 않다면 마르크스주의 깃발이 봉쇄정책을 획책할 수 있도록 핑계를 제공해 주고 있는 확장주의자 러시아인가요? 말씀해 보십시오. 러시아의 뿌리는 볼세비키 정책 때문에

만 오염된 것일까요? 혹은 러시아의 곰이 언제까지나 위협이 될 것이라는 이유 때문에, 자유세계나 서방이라고 부르는 당신네 나라는 그들과 항상 티격태격해야 하는 것인가요?

당신들이 만약 공산주의를 상대로 싸우고 있는 것이라면, 고맙게도 지금 러시아 인들을 구제해 준 셈입니다. 러시아 인들이 다시 일어서서 영구불변의 민주적 경제적 제도들을 창조하고, 강력하고 동등한 파트너로서 세계라는 공동사회에 가담할 수 있게 도움을 주고 있는 것입니다. 그러나 아마 그렇지 않을 것입니다. 만약에 공산주의가 적(敵)이었다면, 당신네 정부에서는 그 동안 중국과 어떻게 그토록 친밀한 관계를 유지할 수 있었습니까? 미국이 노리는 바가 러시아를 약화시키고 분할하려는 의도가 아니라는 증거도 제시하지 못하고 있습니다. 많은 사람들이 유럽의 장기적인 안보가 러시아의 나약함에 달려 있는 것으로 미국이 믿고 있다고 생각합니다. 경계선 안에 우리를 가두고 절대로 밖으로 나오지 못하도록 막아야 한다는 것입니다. 그리고 이러한 견해가 공산주의자나 국수주의자처럼 당신들과 적대관계에 있는 나라의 유권자들에게는 힘이 되고 있습니다."

"당신은 어느 편을 들고 있습니까, 예거?"

"나는 지금 학술적인 논쟁을 하자는 것이 아닙니다, 대사님. 난 지금 당신네 대통령에게 메시지를 전달하고자 하는 것입니다. 이 경계선을 지키는 경찰은 북대서양 조약기구인 NATO입니다. NATO는 정치적인 기구라기보다는 군사적인 기구입니다. 서유럽을 위한 효과적인 무기로서 옛날 기능을 그대로 간직하기는커녕, 당신들은 지금 폴란드, 헝가리, 체코 공화국과 동맹관계를 맺고 있습니다. 당신들은 지금 우리의 정원에 탱크를 세워 두고 있는 셈입니다. 폴란드는 NATO의 핵무기를 기꺼이 받아들이겠다고 말하고 있습니다. 그건 바로 적대적인 행위입니다."

"그러나 이런 모든 것은 다 협상된 내용입니다. 벌써 수년 전의 일이라고요. 그걸 이제 들고 나와서 어쩌겠다는 것입니까? 무슨 소용이 있냐 이겁니다."

"왜냐하면, 앤드류…… 이것이 바로 중국으로 향하는 군사적인 공수를 내가 취소하지 못하는 이유이기 때문입니다. 1994년 NATO 정상회담에서 클린턴이 한 말을 인용하면, 당신들이 결정해야 할 정책은 'NATO가 새로운 회원국을 받아들일 것이냐 아니냐 하는 문제가 아닙니다. 언제 어떻게 받아들일 것인가가 문제일 뿐입니다'. 러시아 괴물을 또 다시 창조하자는 것입니다. 당신네가 만약 세력을 확장시키고자 시도한다면, 수백만 명의 민주주의 동맹들을 급진주의자나 미친 사람들의 동맹으로 변모시키고 말 것입니다. 러시아 인들은 미국인을 신뢰한 것이 잘못이었다는 사실을 깨닫게 될 것입니다. 그리고 비참하게 상처받은 패배주의자 콤플렉스가 온 나라에 드리울 것입니다.

서쪽으로 확장하기에는 우리의 힘이 너무 약합니다. 그러니 당신네들이 동쪽으로 전개한다면, 우리도 동쪽으로 갈 수밖에 달리 선택의 여지가 없습니다. 그리 가다 보면 결국 한 장소에서 마주치게 될 것입니다. 바로 베이징이지요.

내 입장을 분명히 하지 못한 부분이 있다면, 자세히 설명하도록 하겠습니다. 당신네 미국은 예전에 우리의 위성국가들이었던 동유럽에 자금을 지원하고 있습니다. 이런 행동은 당신들이 오직 동일한 문명과 동일한 하얀 얼굴만을 기대하기 때문에 발생하는 것입니다. 그러나 당신들은 눈꼬리가 치켜 올라간 갈색 피부의 회교도로 가득 찬, 동쪽에 있는 우리의 옛날 국가들에게는 지원을 하지 않았습니다. 그리고 대사님, 중국은 카자흐스탄, 키르기즈스탄, 타지키스탄 등의 대통령을 돈으로 매수했습니다. 비행기를 타고 그리로 한번 가

보십시오. 그리고 두샨베에 있는 호텔 로비를 둘러본 다음, 거기를 누가 경영한다고 생각하시는지 내게 말해 주십시오. 세계의 역학관계는 이번 달에도 서로 드잡이질을 하고 있습니다. 그 힘이 드래곤 스트라이크에 의해서 더욱 활성화되었을 뿐입니다. 그리고 그로 인해 풀려난 위험을 통제할 수 있을 정도로 충분한 힘을 갖고 있는 것은 오직 당신네 정부뿐입니다. "

브리핑

세계시장에서의 첫 번째 반향

중국의 베트남에 대한 공격과 남중국해에 내린 봉쇄령으로 영향을 받게 된 미국 회사들 중에서 가장 큰 손실은 입게 된 것은 보잉이었다. 그 회사는 급속하게 성장하는 중국의 항공산업 시장이라는 그물에 깊숙이 빠져 있었다.

1939년에 처음으로 태평양을 횡단하여 홍콩까지 비행한 기록을 갖고 있는 비행기는 신형 314 클리퍼 수상기였는데, 이 비행기의 설계를 왕추라는 중국인 엔지니어가 도왔다고 한다. 1972년에는 보잉 707기 한 대가 리차드 닉슨 미국 대통령을 태우고 중국으로 갔는데, 당시로서는 세계 권력의 균형관계를 새로 정립한 역사적인 방문이었다. 그런 일이 있은 바로 직후, 중국 민간항공 당국(CAAC)은 국제적 항공회사를 설립하기 위해 보잉 707기 10대를 주문했다. 1979년에 미국을 방문할 일이 있었던 덩샤오핑(鄧小平)은 시애틀에 있는 보잉의 본사를 직접 시찰했다.

덩샤오핑이 죽고 난 뒤에 중국의 국가 주석이 된 장쩌민(江澤民)이 1994년에 미국을 방문했을 때, 그는 '보통' 미국인 근로자들과 그 가족을 만났다. 시애틀에서였다. 물론 근로자들이란 보잉에 근무하는 종업원들을 말했다. 90억달러 상당의 계약을 통해 현재까지 중국이 매입하거나 주문을 낸 보잉 여객기는 모두 224기에 달한다. 보잉은 중국 전역의 16개 도시에 현지 대리인을 두고 있다. 보잉에서 훈련을 받고 있는 조종사나 엔지니어의 숫자도 엄청나서 년간 1,000명에 이른다. 보잉은 중국의 민간항공 비행대학에 무료로 비행 시뮬레이터를 설치해 주었다. 시안(西安)에는 합작투자로 설립한 공장들이 있었는데, 보잉 737기의 수직 꼬리날개, 수평 안정 장치, 고물 쪽 출입문, 그리고 중국 공군을 위해 H-6 폭격기와 함께 747기에서 사용하는 선체 가장자리 소골(小骨)도 만들었다. 또 선양(瀋陽)에서는 보잉 757기용 화물칸 문을 만들었고, 충칭(重慶)의 공장에서는 알루미늄과 티타늄 주물을 만들었다.

이러한 모든 것이 보잉의 회장을 비롯한 고위 경영층 내에서 '중국 추진'의 주도적인 제안자였던 리스 오버할트 주니어가 월요일 오전 6시에 시애틀 본사의 자기 사무실에 출근한 이유였다. 그의 사무실은 거의 장식이 없었다. 멋내기를 좋아하는 누군가는 그의 사무실을 가리켜 간이 사무실이라고도 했다. 커다란 책상 한 개, 로이터 모니터 한 대, 컴퓨터, 보잉 비행기의 축소 모형들을 제외하고는 책상 맞은편 벽에 걸린 서예 작품 하나가 유일한 장식이었다. 액자에는 한자(漢字)로 한 글자만이 크게 쓰여 있었는데, 그것은 두 개의 다른 글자가 합성된 것이었다. 한 글자는 칼을 그리고 다른 글자는 마음을 의미했다. 그것은 인(忍)자였다.

오버할트는 1980년대에 시작된 아시아의 발전을 처음부터 목격했다. 그는 해외영업 개발 부문의 수석 부사장으로서 미쓰비시 중공업 같은 일본의 엔지니어링 그룹과 유대관계를 맺기도 했다. 일본의 국제적 운송업체로부터 항공기 주문을 확보하기 위해서는 일정 비율의 '현지 함유량'이 꼭 필요했기 때문이었다. 그러나 그는 언젠가 세계에서 가장 큰 항공기 시장이 될 운명에 있는 중국으로부터 결코 눈을 떼지 않았다. 오버할트는 1980년대 초에 중국에서 3년을 보낸 적이 있었다. 그렇기 때문에 중국인들이나 중국이라는 나라를 바닥부터 알고 있다고 생각했다.

시애틀 교외에서 물질적인 고통 없이 곱살하게 자란 서방의 경영인에게는 결코 편안한 생활이 아니었다. 오버할트는 틈만 나면 낡아빠진 호텔의 좁은 방에 갇힌 채 3년 동안이나 어떻게 생활을 했는지 이야기하기를 좋아했다. 객실 담당자는 비누나 화장지를 갈아 줄 생각은 하지 않으면서도 끊임없이 방 안으로 들어올 구실을 만들어 냈다. 팁 때문이라고 했다. 그는 또 난방도 되지 않는 사무실에서 추운 겨울에 어떻게 일했으며, 수백만 달러짜리 비행기를 어떻게 수리하고 유지 보수하는지 상세히 설명해 놓은 설명서를 읽으려고도 하지 않는 기계공들의 작업을 모니터 하느라 얼마나 애를 먹었는지 입에 침을 튀기며 역설하곤 했다. 그런 현지 경험이 많은 사람들을 중도에 포기하도록 만들었지만, 오버할트만은 쉽게 무너지는 그런 부류가 아니었다.

그는 중국을 몽상에 찬 눈빛으로 보지는 않았다. 중국의 경영자들은 고질적으로 계획을 세우는 데는 형편없었다. 그들에게는 예방 차원의 정비라는 개념이 전혀 없었으며, 그런 것을 단순한 돈의 낭비쯤으로 간주했다. 그리고 '적은 돈이라도 무조건 아껴야 한다'는 사고방식을 갖고 있었다. 400만달러짜리 엔진이 고장났다면, 미국으로 빨리 공수해서 수리하는 것이 경제적인 사고방식이라 할 수 있다. 그러나 중국의 관리들은 이를 완강히 거부했으며, 단지 비용이 적게 든다는 이유로 선편을 이용하여 보내려 했던 것이다. 그리고 오버할트는 이 이야기를 만나는 사람마다 붙잡고 지칠 줄 모르고 했다. 수리하는 데는 고작 30일밖에 소요되지 않았지만, 배로 보낸 덕분에 엔진을 사용하지 못한 기간은 무려 13개월이나 되었다.

그럼에도 그는 중국인들의 끈기에 찬사를 보냈다. 그가 즐겨 하는 또 다른 이야기는 상하이에서 본 분해된 보잉 707기에 대한 것이다. 중국인들은 그 비행기를 1970년대 초에 구입했다고 한다. 그 비행기의 설계와 기술을 복사하기 위해 멀쩡한 비행기를 해체하며 시간을 허비하고 있었지만, 그들은 끝내 성공하지 못했다. 그의 계산에 의하면, 3억달러는 족히 날렸을 것이라고 했다.

수년간의 중국 생활이 그에게는 큰 도움이 되었다. 오버할트는 중국 민간항공 당국의 고문으로서 많은 정부 관리들과 친분을 맺게 되었다. 그런데 그 사람들이 수년 뒤에는 항공산업의 규제 철폐 속에서도 오버할트 자신과 마찬가지로 상당한 지위까지 오르게 되었다. 중국에 있는 동안, 그는 중국의 외무장관이 된 한 사내와 새롭게 우정을 쌓을 기회를 갖게 되었다. 그들은 하버드 대학 동문이었다. 송은 1985년 오버할트가 중국을 떠나던 시점에 베이징에서 캐딜락을 소유한 일곱 사람 중에 한 명이었다. 또한 송은 베이징의 관료조직 속에서 정치적으로 강력한 유대관계를 쌓았다. 오버할트는 제이미 송이 항공산업을 책임진 공산당 정치국 요원을 소개시켜 주려고 자신을 중난하이로 데려갔던 어느 날 오후를 생생하게 기억하고 있었다. 때는 살을 에듯이 추운 늦은 겨울이었지만, 회의가 끝난 뒤 그들은 부분적으로 얼어 있는 호숫가를 따라 걸었다. 그들은 중난하이에서 가장 두드러진 특징이라고 할 만한 이 호수에서 중국과 그 장래에 대해 대화를 나누었다.

이 모든 것들이 까마득한 옛날처럼 느껴졌다. 오버할트는 책상 위에 있는 로이터 단말기를 쳐다보면서 보잉의 주가가 하락하는 것을 하염없이 바라보았다. 금요일의 종가와 비교할 때 5달러나 떨어져 있었다. 뉴욕 증권거래소는 이제 막 개장되었다. 중국에서 드러내

놓고 사업을 벌이고 있는 미국 회사들 중에서도 보잉이 특히 하락 폭이 큰 것처럼 보였다. 이런 현상은 보잉과 비슷한 입장에 있는 다른 회사들에 의해 다른 시장에서도 그대로 반영되었다. 프랑크푸르트에서는 지멘스의 주가가 폭락했으며, 런던에서는 GEC가 전체 시장 평균에 비해 두드러지게 주가가 떨어졌다. 이들은 1990년대에 중국에 전략적인 승부수를 던졌던 회사들로 그 동안 이익도 많이 보았다. GEC는 화력발전소에 터빈을 공급했고, 고속 전화교환기를 현지의 전화회사에 공급했으며 방위 통신 시스템도 공급했다. 사실 NATO 국가들을 제외한다면, 중국은 어느 나라와도 견줄 수 없을 정도로 중요한 단일시장이었다.

중국의 군사행동으로 인한 충격은 원유시장과 로이드의 보험시장에서 가장 민감하게 감지됐다. 런던에서 거래되는 대표적인 원유인 브렌트 원유의 가격이 배럴 당 1. 4달러가 올라서 26. 4달러를 기록했다. 역사적으로 브렌트유보다는 항상 1. 5달러 정도 비싸게 거래되는 웨스트 텍사스 중질유가 뉴욕 시장이 개장되자 먼저 있었던 유럽 거래와 동조하여 거의 28달러까지 치솟았다.

세계의 원유시장은 미묘하게 균형을 잡고 있었다. 대기업에서는 자신들의 정유공장에 원유를 '적기(適期)에 공급'하려고 노력해 왔다. 특히 그들은 일본의 도요타 자동차 회사로부터 아이디어를 취했다. 도요타는 자동차를 생산하는 데 필요한 부품들을 미리 구매하여 창고에 보관하던 예전 방식을 과감히 버리고, 생산에 필요한 부품들이 적기에 공장 정문에 도착토록 하는 과학적인 부품조달 계획을 이용하고 있었다. 이렇게 함으로써 도요타는 과다한 부품재고를 유지하는 데 소요되는 비용을 줄일 수 있었던 것이다. 석유업계의 메이저들도 마찬가지였다. 그들은 정유공장들이 재고와 관리비용을 최소한으로 유지할 수 있도록 관리하려고 노력했다. 그러나 2000년과

2001년의 겨울은 북유럽과 미국에서 일찍이 경험하지 못한 추운 겨울이었다. 따라서 석유에 대한 수요는—특히 난방용 기름의 수요는—급격히 치솟아 올랐다. 날씨로 유발된 시장의 경색현상에 적기인도(引導)라는 업계 상관행(商慣行)의 변화가 추가로 압력을 가중시킴으로써 가격의 상승압력 또한 더욱 높아졌다. 세계의 석유 저장량은 5년 동안 가장 낮았다. 남중국해의 유전은 세계의 하고많은 유전 중에서도 가장 장래성 있는 것으로 간주되고 있었다. 석유 선물(先物)지수도 강하게 올랐다. 4월 계약물이 특히 급격하게 올랐다. 왜냐하면, 4월물이 근월물(近月物) 중에서도 가장 활발하게 거래되고 있었을 뿐 아니라, 휘스트 차이나 증권이 가장 공격적으로 매수한 종목이기 때문이었다. 하루에 10달러나 상승하여 35달러로 마감됐던 것이다.

런던의 국제석유거래소(IPE)에서는 거의 광적으로 거래가 이루어지고 있었다. 이곳이 바로 브렌트유 선물 계약의 고장이었다. 세계 원유의 70퍼센트 이상이 이 시장에서 가격이 결정된다. 다시 말해서, 세계에서 거래되는 다른 모든 종류의 원유가격은 이 가격을 기준으로 연동되어, 일정한 마진만큼 높거나 낮게 책정되는 것이다. IPE는 세계에서 가장 큰 국제적 석유거래소이다. 거래소의 하루 원유 거래량은 평균 24억달러의 가치에 상당한다.

휘스트 차이나 증권은 IPE에 회원권을 갖고 있었다. 드래곤 스트라이크가 있기 바로 한 달 전, 휘스트 차이나는 석유 선물시장에 6억달러 상당의 포지션을 보유하고 있었다. 이 포지션은 20만 선물계약으로 이루어져 있는데, 이것만으로도 석유 2억배럴의 확보를 상징하는 것이다. 만약에 휘스트 차이나가 선물시장에 있는 그들의 포지션을 일시에 청산한다면, 자오 장군과 멀티테크놀로지는 그 즉시 10억달러의 이익을 거두어들일 수 있었다. 그러나 20만 단위의 선물

계약을 청산하는 것은 처음 계약을 확보하는 작업에 비해 훨씬 더 어렵다. 다미안 필립스는 석유가격이 오르기 시작함에 따라 자신의 트레이더들에게 갖고 있는 포지션을 서서히 단계적으로 청산하라고 지시했다. 런던 시장이 마감될 무렵, 그들은 다양한 가격으로 4월물 4만 계약분을 정리했으며, 이로 인해 자오 장군의 호주머니에 들어간 이익은 무려 4억달러나 되었다.

먼 남중국해에서 시작한 싸움의 여파가 런던과 뉴욕을 거쳐 전세계에 널리 퍼졌다. 세계 보험시장의 근원지라고 할 수 있는 로이드 보험회사에도 즉각적으로 충격파가 미쳤다. 그날 월요일 아침, 전쟁 위험 요율 산출위원회에서는 무력충돌의 심각성을 평가하고, 상업용 비행기와 마찬가지로 선박이나 화물에 대해서 추가로 할증 보험료를 부과해야 할 것인지 결정하려고 회의를 소집했다. 그 결과, 베트남의 항구로 출입하는 대상물에 대해 3.5퍼센트를 인상한 새로운 보험 요율표를 결정했다. 싱가포르나 홍콩으로 향하는 화물의 요율은 최저요율 2.5퍼센트로 다소 낮게 책정되었다. 로이드 시장에서는 선박 자체에 대해서 5퍼센트의 요율을 적용했다. 이는 걸프전 이래로 한 번도 나타나지 않았던 고율로, 각국의 선주들로부터 거센 항의를 받게 되었다. 남중국해를 통과하는 초대형 유조선들은 대략 6,000만달러를 상회하는 자본 가치를 갖고 있었다. 그런데 한 번의 항해, 그것도 편도 항해에 보험료를 300만달러나 낸다는 것은 아무래도 지나친 감이 있었다.

항공산업에서도 상황은 비슷했다. 브리티시 항공이 보험회사로부터 받은 견적서에 의하면, 하노이에 취항하는 '에어버스 320'은 16만 2,000달러, 홍콩에 취항하는 '보잉 747'에 대해서는 6만달러의 보험료를 내도록 되어 있었다. 항공사측 대변인은 베트남으로 향하는 승객에게 전쟁위험 할증료로 845달러, 홍콩으로 향하는 승객에게는 그 금액의 반 정도를 할증요금으로 받겠다고 발표했다. 그러면서 이 항공사는 특별히 안전에 직접적인 위협이 가해지지 않는 한 운항 스케줄에 따라 지속적으로 취항하겠다고 말했다. 다른 항공사에서는 이 지역으로의 운항을 전면 중단했다.

석유시장에서의 드라마는 다른 모든 시장들까지 불안에 휩싸이게 했다. 유럽과 미국의 금융시장에서는 지역적인 무력충돌에 냉철하게 대처할 수 있는 방안을 강구하고 있었다. 그러나 동아시아 국가들의 증권거래소를 강타한 엄청난 매도 세력은 지금보다 더 나쁜 타이밍을 상상하기 어려울 정도였다.

일부 오랜 경력의 트레이더들은 1987년의 상황을 들어 비교하고 있었다. 증권시장에서 발생했던 10월 대폭락의 근인(近因)은 전월인 9월에 미국과 독일 간에 이자율이 크게 차이났던 데 있었다. 런던 시티와 뉴욕 월스트리트의 분석가들은 최근에 가장 컸던 지역적 무력충돌인 1990~91년의 걸프전도 영국이나 독일, 미국의 주식시장에 지극히 적은 영향밖에는 미치지 않았다고 추론했다. 왜냐하면, 석유의 재고량이 많았고 세계의 경기가 회복세에 있었으며, 사담 후세인이 미국이나 그 동맹국과의 군사력에 전혀 상대가 되지 못했기 때문이라는 것이다. 쿠웨이트에 대한 서방의 반응은 상대적으로 간단했다. 사담은 서방에서 아무런 지지자도 얻지 못한 독재자였다.

그러나 남중국해에 대한 중국의 침략은 단순히 걸프전의 동아시아 판이라고 치부할 수 없으며, 누구에게나 그 이상으로 인식되고 있었다. 지역에서 힘깨나 쓰는 깡패가 남의 영토를 잠시 움켜쥐었다가 적당한 때가 되면 자신의 위치로 다시 돌아갈 것이라는 식으로 쉽게 생각할 수 없는 문제였다. 중국인들이 의도하고 있는 충격이 먼 거리 때문에 반감되었다. 아시아는 아주 멀리 떨어진 곳에 있고, 베트남 사람들이 어떻게 되든 그리고 베트남과 필리핀 사이에 남중국해로 알려진 광활한 바다가 어떻게 되든 진심으로 염려하는 사람은 거의 없을 것이다. 그러나 시장은 염려하고 있었다. 세계 경제는 이제 전혀 새롭게 재편되었다. 석유의 재고량은 지극히 낮았으며, 세계적인 생산량 특히 유럽과 미국의 생산량은 강력하게 증가하고 있었다. 사실 지나치게 급격히 증가하고 있다는 표현이 정확할 정도였다. 그리고 중국이라는 나라도 이라크와는 명백히 달랐다. 중국이 독재자의 나라일지도 모른다. 그러나 중국은 이라크와는 달리 경제적으로 좋은 기회이기도 한 것이다.

영국의 FT-SE 100 주가지수는 136포인트가 떨어져 6,347포인트가 되었으며, 월스트리트도 그보다 전혀 나아지지 못했다. 다우 존스 지수는 1월에 8,000대 벽을 넘은 뒤 줄곧 고공비행을 해 왔었는데, 월요일 아침의 시초가는 300포인트가 떨어진 7,838였다. 석유가격의 상승과 보다 높은 인플레이션이나 이자율에 대한 기대감이 이미 불안정한 월스트리트를 더욱 무기력하게 만들었다.

미국 회사의 중역실에서도 불안감이 고조되고 있었다. 일례로, 리스 오버할트는 중국의 행위가 보잉에게는 불길한 징조라는 사실을 감지하고 있었다. 중국 깊숙이 진출하기로 한 회사의 결정은 노동자들로부터 전혀 인기를 얻지 못했었다. 그리고 보잉이 가입하고 있는 주요 노동조합인 국제 기계제작공 협회는 그런 부분을 이용하려 하고 있었다.

하원, 런던

현지시간 : 2001년 2월 19일 월요일 15 : 30

　스테판슨 수상 : "…… 의장! 지금 현재의 상황이 바로 그렇습니다. 내가 이미 말했듯이 중국인들은 베트남을 줄곧 공격해 왔습니다. 민간인 사상자도 발생했는데, 유럽인들이나 미국인들도 포함되어 있습니다. 영국인에 대해서는 우리도 아직 특별한 정보를 입수치 못하고 있는 실정이며 사상자나 피해 정도가 경미하기만을 바라고 있습니다. 미국과 유럽에 있는 내 동료들과 개인적으로 대화를 나누어 보았습니다. 중국 군대의 점령 하에 있는 석유 시추선에 감금된 각국의 국민들은 인질로 간주되고 있습니다. 그러나 그들을 석방시키는 대가로 요구된 사항은 아직 제시되지 않았습니다. 내 생각에는 중국인들도 인질들을 어떻게 석방할 것인가 하는 논리적인 문제점을 안고 있다고 믿습니다."

　앤드류 딕슨, 야당 당수 : "수상께서 그렇게 말씀하신 데 대해 우선 감사를 드립니다만, 나로서는 정부가 어떤 정책을 고수하자는 것인지 아직도 갈피를 잡을 수가 없습니다. 프랑스가 이미 노선을 분명히 한 것처럼 우리도 베트남을 지원하겠다는 어떤 암시라도 해야 되는 것 아닙니까? 한때 우리나라를 위대한 국가로 만들었던 것은 민주주의 원칙을 지지하는 도덕적인 태도였습니다만, 정부에서는 그런 입장조차 밝히지 않고 있습니다. 그래서 나는 감히 하원의 이름 아래 수상께 묻고자 하는 바입니다. 이번의 무력충돌 사태에서 수상은 과연 어느 편을 들고 있는 것입니까? 아시아의 새로운 민주주의에 대항하는 일당(一黨) 국가와 비민주적인 폭력에 대해 과연 수상께서는 비난할 수 있는지요?"

스테판슨 수상 : "명예를 진정으로 중시하는 신사라면, 정부가 져야 할 책임에 대해 별로 익숙치 않을 것입니다. 그리고 그 신사가 만약 하원에 출석하여 반대편에 앉아 있다 하더라도 번지르르한 논평이나 정치적인 점수따기 식의 값싼 발언은 대부분 국가의 이익에 반한다는 사실을 금방 깨달을 수 있으리라고 믿습니다. 장관이라면 때때로 개인적인 견해를 잠시 접어 두고 보다 폭넓게 주제를 볼 수 있어야 할 것입니다. 대영제국이 전세계에 원정군을 파견했던 것은 이미 까마득한 옛날의 일입니다. 야당 당수인 당신에게 내가 다시 묻겠습니다. 실제적으로 국익과는 전혀 무관할 뿐 아니라 양국 간의 조약에 의해 실제로 어떤 의무가 주어지지도 않은 상황에서, 우리의 젊은이들을 목숨을 잃을지도 모를 전쟁터로 파견하는 안을 귀당(貴黨)에서는 지지할 수 있습니까? 영국 국민들을 자칫 새로운 일자리를 구할 가능성이 희박한 곳에 줄을 서도록 할 수도 있는, 중국을 상대로 한 그런 군사행동을 반드시 취해야 한다고 당신은 자신 있게 말할 수 있습니까? 훈련받지 못한 앵무새처럼 마구 지저귀는 대신에 남중국해 위기상황의 추이를 지켜보면서 의사결정을 하는 것이 영국이 취할 수 있는 올바른 처사라고 생각하는데, 당신은 그렇게 생각하지 않습니까? 그렇게 추이를 지켜본 뒤, 동맹국들과 협의를 거친 다음에야 향후 50년 동안 세계의 지정학적인 구조를 조정하게 될지도 모르는 문제에 대해 결정을 해야 하는 것 아닙니까?

　앤드류 딕슨, 야당 당수 : "좋습니다, 그렇다면 수상 각하께서 프랑스의 행동을 지지하시는지에 대해 '그렇다 아니다'로만 대답해 주시겠습니까?"

　조지 크랜비 : "야당 의석을 침묵시키기고 이 문제에 국민적인 공감을 불러일으키기 위해, 존경하는 수상께서는 우리가 동아시아의 어떤 나라와 조약상 의무를 갖고 있고 그런 약속을 지키기 위해 어떤 계획을 세우고 있는지 말씀해 주실 수 있습니까?"

　스테판슨 수상 : "우리는 말레이시아, 싱가포르, 브루나이와 아주 오래 전부터 협정을 맺고 있습니다. 홍콩의 경우, 1982년의 공동선언을 통해 그 어떠한 형태로든 특별 행정구역에서 중국의 군사적 행동이 절대로 간섭하지 못하도록 보장할 책임이 우리에게 있습니다. 우리는 또한 인도네시아 및 말레이시아와 군사적 계약관계를 맺고 있는데, 그 내용 중에는 항공기나 다른 장비 등의 판매도 포함되어 있습니다. 그런 약속을 지켜야만 할 상황이 닥친다면, 우리는 그 모든 사항들을 수행하려고 계획하고 있습니다. 현재까지 내 책상 위에는 어떠한 요구도 제시되지 않고 있습니다."

　조지 팔론 경 : "정부에서는 중국 정부의 성격을 벌써 수년 전부터 충분히 파악하고 있었으리라 생각합니다. 중국은 이라크의 사담 후세인이나 리비아의 가다피 혹은 독일의 히틀러와 조금도 다르지 않은 무자비하고 억압적인 독재주의 국가입니다. 솔직히 말해서, 그토록 메스꺼운 정부와의 거래관계에 의존할 수밖에 없는 것이 영국인이 해야 할 일이라고 수상 각하께서 말씀하셨을 때, 저로서는 간담이 서늘해질 정도로 충격을 받았습니다. 그렇다면, BMW가 로버(영국 자동차 회사)를 소유하고 있다는 이유만으로 나치군이 도버 해협을 건너 쳐들어오더라도 가만히 내버려 둘 수밖에 없다는 말입니까? 의회의 이쪽 편에 앉아 있는 우리는 중국과의 '경제적 상호 의

존성'이나 '건설적 계약' 같은 정책에 대해 엄중히 경고하는 바입니다. 수상께서는 당신의 정책이 부끄럽게도 도덕적으로 잘못되었다는 점과 앞으로도 베이징 정권과는 더 이상의 비밀거래가 없을 것임을 지금 이 자리에서 떳떳이 인정하실 수 있습니까?"

스테판슨 수상 : "못 합니다."

프레드 클라크 : "존경하는 수상께서는 혹시라도 독일이나 미국으로부터 전화 지시를 기다리고 있는 것이 아닙니까? 세계적인 정황이 가장 급박하게 돌아가고 있는 시점에도 영국은 오직 자기들만의 정책을 고수해야 하고 또 자국의 이익만을 확실히 보호하도록 하라는 그런 전화라도 기다리고 있는 것입니까? 다른 나라에서 우리에게 어떤 길을 가라고 지시하면 그대로 따를 예정입니까?"

스테판슨 수상 : "외교정책에 관한 한 영국은 항상 독자적인 길을 사수할 것입니다. 물론 우리의 동맹국들과 보조를 맞추는 범위 내에서 말입니다. 지난 24시간 동안, 그런 노선을 바꿀 만한 어떠한 상황의 변화도 없었다고 나는 생각합니다."

클레어 트루만 여사 : "그렇다면, 수상께서는 이 점을 하원에 설명해 줄 수 있습니까? 우리의 무기를 구매하고 있다는 이유 때문에 인도네시아나 말레이시아의 독재주의 정권과 맺은 협정을 존중해야 한다는 논리라면, 중국인들이 전쟁행위를 성공적으로 이끌 수 있도록 보장해 주는 수백 명의 군사 고문단과 엄청난 양의 무기들을 공급하고 있는 러시아 인들에게 왜 우리가 압력을 가하지 못하는 것입니까? 그런 문제가 해결되지 않고 있는 상황에서, 급속하게 군사대국으로 성장하고 있는 핵보유, 비민주주의, 확장주의자인 중국과 함께 맞게 될 '새로운 세계질서'를 환영하는지 말씀해 주시겠습니까?"

스테판슨 수상 : "존경하는 여사의 질문에는 내가 불과 몇 분 전에 했던 대답을 그대로 인용하고자 합니다."

백악관, 워싱턴, DC

현지시간 : 2001년 2월 19일 월요일 10 : 30
G M T : 2001년 2월 19일 월요일 15 : 30

일본의 노부로 히야시 수상으로부터 곧 전화가 걸려올 것이라고 개인비서가 브래들리 대통령에게 미리 귀띔했다. 히야시의 영어가 꽤나 유창함에도 그들 둘은 별로 친하지 않았다. 그들은 1990년대 중반에 한때 심하게 다퉜던 적이 있었다. 히야시가 자유민주당이 와해되고 난 뒤에 미국에게는 적대적인 내용을 함축한 국수주의적 정강(政綱)을 들고 나왔을 때였다. 당시 브래들리는 국제적인 외교문제에 대해 깊은 이해를 갖고 있는 전문가로서 자신의 이미지를 부각시키기 위해 애쓰던 인기 상승의 촉망받는 상원의원이었다.

"대통령 각하!" 히야시의 목소리가 수화기를 타고 들려 왔다.

"노비, 당신이시군요?" 브래들리가 존칭을 생략한 채 노비라는 애칭을 사용하여 대꾸했다.

"그렇소, 짐. 접니다."

"미쓰코는 잘 있소? 물론 잘 있으리라 믿소만."

"그럼요, 짐. 부인도 잘 있어요, 영부인께서는?"

"좋아요, 좋고 말고요. 그건 그렇고, 남중국해에 성가신 문제가 발생한 것으로 알고 있는데……. ”

“문제가 있어요, 짐. 그래서 이렇게 전화를 하게 된 겁니다. 미스 취프 섬에서 필리핀 해군이 당한 참사에 대해서는 물론 이미 보고를 받으셨겠지요? 우리 각료들이나 본인은 귀국과 맺은 안보조약을 지금 시점에서 발동할 필요가 있다고 느끼고 있어요. 양국이 이 지역에서 합동으로 무력을 과시하여 중국인들에게 너무 지나친 행동을 하고 있음을 일깨워 줄 필요가 있단 말입니다. ”

“우리도 그럴 필요가 있다는 점에는 십분 동의해요, 노비. 원칙적인 문제에는 이견이 없어요. 오늘 아침에 뉴욕에서 안보이사회를 개최하려고 하고 있소. 중국의 행위를 비난하고 스프랏틀리와 파라셀 군도로부터 즉각적인 철수는 물론, 지난 이틀 동안 발생한 모든 인명과 장비의 손실을 베트남에게 보상해 주라는 요구사항을 결의할 예정이오. ”

“당신들 미국인들이 잘 쓰는 말로 씨도 안 먹힐 애깁니다. 중국인들은 당연히 거부권을 행사하여 그와 비슷한 어떤 결정도 무효화시킬 겁니다. 내 생각에는 단순한 말장난보다 뭔가 더 확실한 것이 있어야 합니다. 프랑스는 이미 베트남으로 군대를 파견했어요. ”

“우리도 예전에 그런 노선을 취한 적이 있어요, 노비. 최근 미국인들은 외국의 전쟁에 대해 별로 구미가 당기지 않는 모양이오. 아시아의 한쪽 구석에서 발생한 전쟁이 아니라고 하더라도 말이오. ”

브래들리는 수화기를 전화기 위에 올려놓았다. 히야시가 한 말도 물론 일리가 있었다. 그러나 ‘워싱턴 포스트’에서 실시한 최근의 여론조사도 마찬가지로 일리가 있다고 봐야 한다. 지난 토요일, 신문사의 여론조사 대행사에서 남중국해에 대한 중국의 점령과 그와 관련하여 미국이 취할 행동이 있다면 무엇이겠는가라는 질문을 하고 반응을 조사했다. 자그마치 79퍼센트라는 미국인들이, 아니 적어도 무작위로 선정된 1,036명의 미국인들 중 79퍼센트가 미국은 그 사건과 아무런 상관이 없으며, 어떤 역할도 하지 않아야 한다고 대답했던 것이다. 또한 과거에 있었던 세계의 위기상황들과 충격이 대통령의 인기에 미친 영향을 국내의 정치적 견해를 토대로 분석한 결과는 그런 사건의 복잡한 성격을 더욱 극명하게 보여 주고 있었다.

그 보고서에는 국제적인 위기상황이 역사적으로 대통령의 입지를 단단하게 다져 주는 경향이 있음을 지적하고 있었다. 1940년대부터 1980년대까지의 연구사례 중 4분의 3에서 국제적인 사건이 발생한 바로 다음 달에 대통령의 인기가 크게 상승한 것으로 나타났었다. CIA의 지원을 받은 군대가 1961년에 쿠바의 피그 만(灣)을 침공했을 때, 그 작전이 결국은 실패로 끝났음에도 대통령에 대한 지지도는 무려 5퍼센트나 상승했다. 1965년 도미니카 공화국을 침공한 뒤에 존슨 대통령의 인기는 크게 올라갔었으며, 1975년 미국의 상선이 캄보디아 군에 포획됨으로써 야기됐던 마야게즈 사태 후에 포드 대통령의 인기는 11퍼센트나 개선되었다. 또 1983년 그라나다 침공 뒤에 로널드 레이건 대통령에 대한 긍정적인 평가는 5퍼센트나 올랐고, 1990년에 페르시아 만에서의 군사행동을 선언했던 부시 대통령의 인기는 14퍼센트 상승했으며, 1991년 1월에 이라크를 상대로 전쟁을 일으켰을 때는 추가로 18퍼센트가 또 올라갔다.

현재까지는 아주 좋았다. 그러나 사람들이 아시아에서의 싸움을 이길 수 없는 것으로 보고 있었다. 여기에는 물론 인종적인 냄새도 가미되어 있었다. 여론조사의 주요 대상자들은 고조되고 있는 일본에 대한 우려와 함께 그들에게 혐오감을 보이고 있었다. 미국 내에서는 반일 감정이 크게 증가했다. 가급적이면 일본제품의 구매를 피하려 한다고 말하는 미국인이 더욱 많아지고 있었다. 미국의 핵심지역에 있는 유권자들 중에서 일본의 이익을 보호하려고 미국인의 생명을 위태롭게 해도 좋다고 생각하는 사람은 극히 드물었다. 불행하게도 현재 인기를 얻고 있는 사람은 워싱턴 주 출신의 공화당 상원의원인 조셉 보처트였다. '절대 다수의 미국인들은 미국이 직접 병력을 투여하든 아니면 다른 나라들과 제휴를 하든 간에 아시아의 일에 관여하기를 바라지 않는다'고 보처트는 말했다. '다른 나라의 전쟁에 참여하는 것은, 국가 안보에 위협을 준다거나 정부 정책상의 이유 혹은 그 어떠한 이유로도 정당화될 수 없다.'

보처트는 국민들의 정서를 정확하게 읽고 있었다. 국제분쟁에 대한 미국의 개입에 대해 긍정적으로 생각하던 지지자들이 얼마나 있었는지는 몰라도, 지난 일요일 이번 사태가 처음 일반에게 공개되자마자 그나마 남아 있던 지지표마저 순식간에 증발해 버리고 말았다. 의회의 지도자들도 전혀 지지를 얻지 못했다. 공산당의 PR 고문겸 주요 로비스트인 마이클 앤 주드 등이 이끄는 일부 교활한 언론들이 의회의 분위기를 조심스럽게 조종했다. 주드는 워싱턴과 서해안지역의 주요 두뇌집단에 몇 차례 전화를 걸어서, 만약 남중국해에서 발생한 사태에 대해 균형적인 접근방법을 채택한다면 다양한 기관에 있는 중국 관계 전문가들이 중국에 지속적으로 접근하는 데 도움이 될 것이라는 말을 은근히 흘렸다. 그와 동시에 같은 회사에서 일하는 다른 사람들은 토크 쇼의 진행자를 만나서, 이번 사태에 대해 논평할 전문가를 선정할 때 자신들의 의견을 대변할 수 있는 사람이 선정되도록 작업을 했다. 백악관의 교환기에는 하루종일 전화가 쇄도하고 있었는데, 거의 대부분이 어떤 형태의 간섭에도 반대하는 일반시민들의 전화였다. 시애틀에 있는 보잉이나 마이크로소프트, 디트로이트의 GM, 휴스턴의 컴팩 등을 비롯한 전국의 주요 기업체 회장이나 대표이사들로부터도 역시 다소 비공식적인 채널을 통해 비슷한 메시지들이 접수되고 있었다. 대통령이 그날 저녁에 있을 공공 회합에 참가할 준비를 마쳤을 때, 그는 이미 마음 속으로 결심을 굳히고 있었다. 미국은 이번의 분쟁에서 가급적 거리를 유지할 것이며, '성실한 중개인'의 역할만을 담당하겠다는 것이었다.

대통령의 자동차 행렬이 고전적인 분위기를 연출하고 있는 국립미술관의 입구에 차례로 도착했다. 이 건물은 한 은행가가 자신의 소장품들을 전시하려고 건립한 것인데, 죽을 때 아낌없이 국가에 헌납했다. I. M. 페이라는 중국계 미국인 건축가가 극적인 효과를 연출하기 위해 주화랑과 연결된 신관을 유리창으로 강조하여 설계했지만, 건물의 장엄한 인상을 부드럽게 누그러뜨리는 데는 실패했다.

국립미술관에서의 오찬은 워싱턴에서 손꼽히는 행사 중 하나였다. 외교적 수완이 있는 기업체들이 이곳에서 핵심적인 정부 관료들은 물론 상원의원이나 하원의원들과 어깨를 비비며 사귈 수 있기 때문이다. 일본 대사인 마코토 가타야마가 처음 브래들리의 모습을 발견한 것은, 그가 캔사스, 워싱턴, 롱 비치, 캘리포니아 출신의 상원의원들을 비롯하여 마이클 앤 주드 같은 워싱턴 주재 대표에게 둘러싸여 무언가 진지하게 대화를 나누고 있을 때였다. 그렇게 모인 사람들의 면면으로 보아 대화의 주제는 오직 한 가지밖에 없다. 바로 중국. 이들이 대표하는 주(州)들은 중국 경제에 깊게 말려들어 있었다. 예를 들어 캘리포니아와 워싱턴 주는 항공산업으로 그리고 캔사스 주는 밀로 연관되어 있어서, 이 주의 대표들은 때로 의회 내에서 '중국 도당(徒黨)'으로 불려지는 경우도 있었다. 가타야마 대사는 그런 경우에 다른 외교관들이 다 그렇게 하는 것처럼 브래들리 대통령과 대화할 수 있는 기회를 노리며 주위를 빙빙 돌았다.

바로 그 순간, 가타야마는 일본 대사관의 3등 서기관이 군중을 헤치고 다가오는 것을 보았다. 그와 동시에 백악관의 보좌관 한 명도 대통령에게 접근하려 애쓰고 있었다. 이들 두 관리들은 각자가 만나고자 하는 대상을 거의 동시에 만났다. 가타야마 대사는 유엔 안전 보장이사회의 투표 결과에 대해 설명하는 대사관 직원의 말에 귀를 기울이고 있었다. 예상했던 대로 중국이 거부권을 행사했다는 것이다. 이제 중국이 저지른 남중국해에서의 행위에 대해 유엔 차원의 비난은 물 건너갔다고 보아야 한다. 그런데 정작 더 끔찍한 것은 안전보장이사회에서 다른 회원국들이 어떻게 투표했는가 하는 점이었다. 이사회에 윤번제로 참석하게 되어 있는 일부 아프리카 국가나 남태평양 연안국들이 기권했던 것이다. 그들은 중국으로부터 군사지원을 받고 있는 국가들이었다. 영국과 프랑스는 중국에 대한 비난성명을 준비하고 있었다. 그러나 일본의 유엔 상주 대표는 런던과 파리에서 준비한 강력한 비난문에 대해 미국측이 이상하게도 꺼리는 듯한 분위기를 감지하고 있었다. 러시아도 기권했다. 어쨌든 미국은 마침내 그들의 대서양측 파트너들 편에 섰다.

가타야마가 방금 들은 말에 대해 생각하는 동안, 브래들리 대통령의 또 다른 보좌관이 그에게 다가와서 대통령이 이야기를 하고 싶어 한다고 전했다. 박물관의 곁방 중 하나가 준비되어 있었다. 보좌관이 대통령에게 이제 그만 돌아갈 시간이 되었다고 말하면, 그는 마치 정말 가는 사람처럼 그 자리를 떠날 것이다. 그러나 가는 길에 준비해 둔 곁방에 살짝 들르게 될 것이다. 그러니 대사가 그 방에서 대통령을 기다릴 수 있겠느냐는 것이었다. 가타야마는 더없이 기뻤다. 그도 도쿄로부터 부여받은 임무를 아직 완수하지 못했던 것이다. 미국의 역할에 대한 브래들리 대통령의 의사 타진.

그토록 임시변통으로 급조된 것이었기 때문인지, 회합은 미국의 대통령과 일본 대사와의 만남에 항상 있게 마련인 통상적인 격식과 절차가 완전히 무시되었다. 무엇보다도 그 회합은 영어로 시작되었다. 남들에게는 비록 형편없는 학생 같은 인상을 줄지 모르지만, 가타야마도 영어라면 상당히 자신 있었다. 이들의 만남은 브래들리가 친밀하게 손을 내밀어 가타야마에게 악수를 청하면서 좋은 출발을 보였다. 그러나 대사가 남중국해에서 저지른 중국의 행위에 대해 미국이 어떻게든 조치를 취해야 하지 않느냐는 요구를 늘어놓으면서 브래들리를 압박함에 따라 분위기는 급격히 악화되었다.

"대사, 이건 마치 유엔에서 다투던 예전의 끔찍한 냉전시대로 되돌아간 것 같습니다. 당신도 이미 알고 있으리라고 생각합니다만, 우리가 이 리셉션에 도착한 바로 그 시간에 중국측 대표는 거부권을 행사했소. 전혀 놀라운 일이 아니지요. 우리는 그런 안건을 유엔 안보리에 상정하는 문제를 우방국들에 비해 그렇게 심각하게 생각지 않고 있었습니다. 중국이 거부권을 행사할 것이기 때문이지요."

"그러시겠지요." 가타야마가 말했다.

"오늘 아침에 귀국의 수상과 통화를 했소." 브래들리가 말했다. "당신네들이 염려하고 있는 바를 우리도 충분히 이해하고 있어요."

가타야마가 듣고 싶어하던 말이 이제 나오려 하고 있었다.

"사실 말입니다, 각하. 오늘 아침에 저는 미국이 양국 간의 안보조약에 명시된 의무를 충실히 지킬 의사가 있다는 각하의 확약을 받아서 도쿄로 전달해 달라는 지시를 받았습니다."

대통령은 갑자기 우뚝 멈춰 섰다. 그러더니 이렇게 대답했다.

"그런데 말입니다, 대사. 지금까지 아무런 문제가 없었던 양국 간의 상호 안보조약이란 것도 사실 냉전시대에 작성된 것입니다. 당시에는 러시아와 중국 공산주의의 위협이 극에 달했었지요. 그런데 러시아가 바뀌었습니다. 중국도 변했고 말입니다. 세계가 크게 변했소. 그러니 우리도 이제 그 조약을 바꾸어야 합니다. 나는 태평양에서의 이번 위기상황을 평화적인 방법으로 해결하는 데 최우선을 두고 있어요. 그러니 귀국 정부에도 그렇게 전해 주시오."

샤통 마을, 중국-베트남 접경

현지시간 : 2001년 2월 19일 월요일 23 : 30
G M T : 2001년 2월 19일 월요일 15 : 30

게릴라들은 마치 검은색 파자마라도 입고 있는 것 같았다. 그러나 가까이에서 살펴보면, 그들은 고도로 훈련된 암살자들로서 소음기가 달린 반자동 기관총과 칼, 교살용 쇠줄 같은 치명적인 장비로 무장하고 있었다. 모두 8명이었다. 그들은 베트남의 국경선으로부터 중국 영토 내로 대략 7킬로미터 들어간 곳에 위치한 샤통이라는 마을의 텅 빈 거리를 철저하게 어둠을 이용하여 한 발씩 조심스레 전진하고 있었다. 마을의 외곽을 둘러싼 정글 가장자리로부터 목표물인 당서기와 공안부의 우두머리가 안전하게 머무르고 있는 저택에 이르기까지 그들이 마주친 중국인은 두 명밖에 없었다. 술주정꾼과 집으로 돌아가던 여자였다. 그들은 효과적이고 깨끗하게 살해되었으며, 시체는 깊고 그늘진 곳으로 사라졌다.

거의 자정이 되어 가는 시각이었으며 달빛도 희미했다. 그들은 마을의 지도자가 살고 있는 화이하이 애비뉴에 있는 저택으로 다가갔다. 저택으로부터 200미터나 앞쪽에 있는 입구에는 헐렁한 녹색 군복을 입은 경비병이 근심 어린 표정으로 서 있었는데, 미처 총을 들고 사격자세를 취하기도 전에 가슴이 갈가리 찢기고 말았다. 소음기를 부착한 자동소총 세 발이 가슴을 관통했던 것이다. 그들은 시체를 경비초소에 들여놓고 안으로 들어갔다. 사위는 쥐죽은 듯 고요했다. 그들은 구내로 들어서면서 2개조로 나누어졌다. 한 조는 당서기를, 다른 조는 공안부의 우두머리를 처리할 것이다. 그들은 관리들이 어디에서 살고 있는지 잘 알고 있었기 때문에 망설임 없이 재빨리 움직였다. 목표를 향해 경제적으로 행동하는 것이다.

나중에 '샤통일보'는 이들 지역의 두 거물이 공격자들에게 대항하여 완강히 저항했다고 보도했다. 그러나 진실은 그보다 한결 단조로웠다. 게릴라 대장이 침실로 들어섰을 때, 주후아라는 이름의 당서기는 곤히 잠들어 있었다. 그의 아내가 먼저 잠에서 깨어났지만, 남편이 죽는 모습을 목격할 정도로만 더 살았을 뿐 그녀 역시 총알받이가 되고 말았다.

누군가가 방문을 두드리는 소리를 들었을 때, 공안부의 우두머리인 순핑은 책을 읽고 있었다. 그는 무심코 문을 열었지만, 네 명의 베트남 인을 환영이라도 하듯 방 안으로 들여놓는 결과가 되었다. 침입자들의 우두머리인 듯한 사람이 서툰 중국말로 무릎을 꿇으라고 지시했다. 그는 살려 달라고 애원했지만 이미 빼앗긴 목숨이었다.

8명의 게릴라는 왔을 때처럼 조용히 사라졌다. 적어도 아침이 되어 그들의 끔찍한 행위가 발견되기 전까지는 현장도 어느 누구의 눈에 띄지 않았다. 어쨌거나 서쪽의 젤랑으로부터 동쪽으로 샤통에 이르기까지, 중국과 베트남 간의 국경을 따라 모든 중국측 도시와 마을에서는 게릴라에 의해 소위 '바늘로 찌르듯 성가시게 구는' 베트남 고유의 작전이 수행되었다. 그로 인해 현지 주민들의 가슴은 공포로 가득하게 되었고, 멀리 2, 200킬로미터 떨어진 북쪽의 중국의 지도자들로부터 응징이 있기만을 염원하게 되었다.

남중국해

현지시간 : 2001년 2월 19일 월요일 23 : 45
G M T : 2001년 2월 19일 월요일 15 : 45

〈뉴월드〉호는 쉘 선단의 자랑이었다. 그 배의 소유주는 쉘 해상운송회사와 콘솔리데이션 네비게이션이 공동으로 소유하고 있는 라이베리아 등록의 뉴월드 트랜스포트였다.

6년 전 한국 울산에 있는 현대 중공업에서 건조된 이 배의 가격은 대략 6,000만달러 정도였다. 초대형 선박으로는 세계에서 처음으로 최신 공법인 '더블-V'(이중 선체)로 설계된 두 척 중 하나인 이 배는 한국에서 가장 큰 재벌인 현대 중공업이 모나코 소재의 콘솔리데이션 네비게이션과 협력하여 건조한 것이었다. 일반적인 이중 바닥보다 더 깊게 만든 바닥이 선체에 대한 충격을 보다 잘 흡수할 수 있었고, 거친 바다에서 상하나 좌우 요동을 줄이기 위해 추가로 밸러스트 탱크를 더 붙인 것이 특징이었다. 엄청나게 거대한 이 배의 크기는 334미터의 길이에 폭이 59미터 그리고 깊이가 31.5미터나 되었다. 특히 섞여서는 안 되는 세 종류의 상이한 유류를 동시에 운송할 수 있도록 설계되었다. 종합적으로 말해서, 이 배는 거대한 7기통 디젤 엔진(3만 4,650마력)을 장착했으며, 27만톤의 기름을 실은 상

태에서 거친 파도를 뚫고 15노트의 속력으로 위풍 당당하게 항해할
수 있었다.

〈뉴월드〉호는 도쿄 근처의 쉘 정유공장으로 향하고 있었다. 그 배
는 페르시아 만에 있는 사우디 아라비아의 라스 타누라 터미널에서
원유를 실은 다음 인도양을 똑바로 가로질러 말라카 해협을 경유하
여 아다만 해로 항해 중이었다. 그 배가 남중국해 수역에 진입한 것
은 70시간 전이었으며, 지금은 루손 섬에서 서쪽으로 200해리쯤 떨
어진 곳인 북위 16도 19분, 동경 117도 66분을 항해하고 있었다.

40대 후반의 영국인 선장은 브리지 위에 걸린 시계를 무심코 쳐다
보았다. 그는 다소 지치고 피곤했다. 그와 선원들은 남중국해에 있
는 중국 군함들의 위치를 본사에 알려 주느라 하루 종일 정신없이 바
빴다. 그들은 머리 위를 지나가는 고성능 군용기들이 내뿜는 엔진의
날카로운 울음소리에 이제는 꽤나 익숙해져 있었다. 그들은 잠수함
의 잠망경을 발견한 적도 있었다.

그는 최소한 한두 시간만이라도 잠을 좀 잤으면 여한이 없겠다고
생각했다. 그는 글로벌 포지셔닝 시스템(주 : 군사용 항법 시스템)상
의 배의 위치를 항해일지에 기록했다. 선장은 항해를 계속해도 좋은
지에 대한 지시를 확인하기 위해 헤이그에 있는 쉘 본사와 통화를 했
다. 그리고는 벨기에 출신의 일등 항해사를 깨웠다. 선장은 자정에
전세계로 방송되는 BBC 라디오 뉴스를 청취한 뒤에 3시까지 일등 항
해사에게 키를 넘길 예정이었다.

뉴스의 주요 제목들이 막 방송되는 순간, 밤의 적막이 고막을 찢
는 듯한 기관총 소리에 의해 산산이 부서졌다. 총알이 조타실의 강
화유리를 박살내 버렸다.

DRAGON STRIKE

3

THE MILLENNIUM WAR

남중국해

현지시간 : 2001년 2월 20일 화요일 00 : 10
G M T : 2001년 2월 19일 월요일 16 : 10

선장이 피를 흘리면서 무너지듯 바닥에 쓰러졌다.

칠흑 같은 밤의 어둠 때문에 〈뉴월드〉호의 우현을 경계하던 선원은 유조선을 향해 급속도로 접근하고 있는 두 대의 함정을 미처 발견하지 못했다. 불과 몇 분 전에 중국 잠수함에서 보낸 배들이었다. 선원이 쾌속선의 존재를 인식했을 즈음, 그들은 이미 유조선의 옆구리에 배를 나란히 붙이고 있었다. 각 배에는 6명씩의 특공대가 타고 있었다. 선원은 순간 경직되었다. 12명의 사내들이 중국 군복을 입고 있었던 것이다. 그들은 경기관총이나 권총, 섬광 수류탄으로 무장하고 있었다. 모두 철모를 쓰고 있었기 때문에, 얼굴은 잘 보이지 않았다.

정신을 차린 선장은 마침내 평정을 회복하고 다시금 일어섰다. 총탄이 그의 이마를 스치고 지나갔으나 가벼운 찰과상에 불과했다. 그저 그뿐이었다. 그는 브리지 우현으로 고개를 돌려 챠트실을 들여다보았다. 불과 몇 분 전에 일등 항해사가 해도를 점검하던 곳이었다. 해도(海圖) 테이블을 내려다보고 서 있을 모습을 기대했지만,

대신에 두 팔을 하늘로 쳐들고 서 있는 일등 항해사가 보였다. 그의
바로 앞에는 항해사의 머리에 권총을 겨누고 선 중국군 한 명이 있었
다. 선장이 미처 뭐라고 하기도 전에 중국 병사가 나타나더니 그를
뒤로 밀치기 시작했다. 병사는 다른 손에 쥐고 있던 총을 배의 통신
시스템에 대고 쏘아댔다.

"장교? 장교?" 권총을 휘두르며 중국군이 선장을 향해 소리쳤
다. "나 말이오?" 선장이 고함을 질렀다. 침입자는 아직도 피를 흘
리고 있는 선장을 데려가기 위해 돌아섰다. 선장은 엉거주춤 몰려
있는 선원들의 놀란 눈길을 뒤로 하고 중국군에게 이끌려 브리지의
계단을 내려갔다. 선원들이 본 살아 있는 선장의 마지막 모습이었
다. 군인들은 남아 있는 선원들을 총부리로 위협하여 C갑판에 있는
한 선실로 몰아넣었다. 그곳에 갇힌 〈뉴월드〉호의 선원들은 돌아가
는 상황을 귀로 듣고 짐작할 뿐이었다. 어딘가 멀리서 외치는 소리
가 들렸다. 그리고는 격투하는 소리가 들리더니 이윽고 달리는 소리
가 들렸다. 한 발의 총성이 울렸다. 그 다음엔 침묵. 선장은 그렇게
살해되었던 것이다.

브리지 위에서는 중국 공산당 제복을 입은 한 사내가 지휘를 하고
있었다.

외무성, 베이징

현지시간 : 2001년 2월 20일 화요일 01 : 45
G M T : 2001년 2월 19일 월요일 17 : 45

제이미 송은 실질적인 권력의 주변 바로 바깥에 서 있었다. 그러나 세계의 텔레비전 시청자들한테는 그가 현대 중국을 대변하는 얼굴이기도 했다. 그는 인상적인 외모를 하고 있었으며, 그가 쓰는 미국식 영어의 관용구들은 하버드에서 보낸 세월―처음에는 학생으로, 그 다음에는 1980년대 말에 방문교수로서―을 반영하고 있었다. 공산당이 그의 매끄러운 도시풍의 우아함이 갖는 가치를 미처 깨닫기도 전에, 그는 이미 백만장자의 소프트웨어 재벌이 되어 있었다. 그의 친구들은, 미국 우량기업의 우두머리들에게 중국이라는 험난한 길에서도 돈을 벌 수 있다는 가능성을 일깨워 준 최고 경영자로 그를 평가했다.

BBC를 비롯해서 프랑스의 TFI, 독일의 NRD, 미국의 다른 방송사들이 인터뷰를 요청했다. 그러나 그는 모두 거절했다. 미국 국방성, 백악관, 국무성 그리고 많은 최고 경영자들의 사무실에 켜져 있는 텔레비전은 모두 동일한 채널에 고정되어 있었다. CNN. 그것이 바로 그가 CNN으로 하여금 외무성 장관의 관저에 위성 수신기를 설치하도록 했던 이유였다.

송은 덩샤오핑의 정신적인 아들이었다. 1980년대 말과 1990년대 초에 덩샤오핑을 유명하게 만들었던 말 중에는 공산당 간부들에게 내린 훈령이 있었다. '용감해라.' 덩샤오핑이 이런 말을 한 취지는, 경제적 발전에 따른 문제를 해결하는 데 보다 상상력을 발휘하라는 뜻이었다. 거기에 기업가적인 요소가 수반된다면 더할 나위 없을 것이다. '부자가 되는 것은 영광스런 일이다'라고 말한 사람도 바로 그였다. 누구의 힘에도 의지하지 않고 독자적으로 부자가 된 제이미 송의 대담성이 텔레비전에 나타난 그의 모습을 바라보는 모든 시청자들에게 적나라하게 전달되었다.

미국 정부는 그의 적이었다. 그러나 그는 CNN을 통해 미국인들을 우방으로 끌어들일 수 있었다. 전신과 전화가 그의 사무실로 쇄도했다. 배경으로 나오고 있는 그의 서재를 카메라가 확대해서 비추었다. 마오쩌둥, 덩샤오핑, 아담 스미스, 마가렛 대처, 처칠 등 수많은 대가들의 책들로 가득한 서재였다. 창문턱에는 골퍼 조각상이 놓여 있었다. 그의 책상은 얼른 보아도 일하던 중으로 보일 만큼 충분히 어지럽혀 있었다. 다음 화면은 한창 점심때인 미국 동부의 도시들을 보여 주었다······.

앵커 : "베이징에서 생중계로 투데이스 쇼를 보내드립니다. 남중국해 위기가 시작된 이래로 중국의 지도자 중 한 명과 처음으로 갖는 단독 인터뷰입니다. 그는 드래곤 스트라이크 작전의 입안자 중 한 사람으로, 중국이 우리 모두가 이해하지 못할 행동을 왜 해야만 했는지 그 까닭을 이 자리에서 밝히려 하고 있습니다.

중국의 외무장관인 제이미 송은 중국이 베트남을 침공한 이유를 우리에게 말해 줄 것입니다. 그들의 군대가 왜 스프랏틀리 군도와 파라셀 군도의 산호섬과 모래톱들, 그러니까 불과 이틀 전까지만 해도 우리가 전혀 들어 본 적도 없던 곳들을 왜 점령했는지 말입니다. 당신에게 곧 말할 기회를 드리도록 하겠습니다, 제이미. 이 스튜디오에는 저와 함께 중국 전문가인 랜드 코퍼레이션의 크리스 브로노스키가 참석하고 있습니다. 크리스는 특히 중국군 전문가입니다. 그는 미국이 중국을 두려워할 필요가 있는지에 대해 말해 줄 것입니다. 중국이 과거에 비해 훨씬 더 부자가 된 것은 사실입니다. 어서 오십시오, 크리스."

시사 해설자 : "감사합니다."

앵커 : "우선 한 가지 급하게 물어 볼 게 있습니다, 크리스. 우리는 중국과의 전쟁에 대비해서 물건을 비축해야 하는 겁니까? 물론, 그럴 필요까지는 없겠지요?"

시사 해설자 : "현재로선 그럴 필요가 없을 것 같군요, 마이크."

앵커 : "제이미, 전쟁인가요 아닌가요?"

제이미 송 : "아니기를 바랍니다, 마이크. 우리 모두가 그토록 많은 돈을 벌 수 있는 마당에 어느 누가 전쟁을 원하겠습니까?"

앵커 : "전쟁을 않겠다는 말씀은 안 하시는군요. 왜죠? 정당한 이유도 없이 베트남을 공격했잖습니까? 무슨 의도입니까?"

제이미 송 : "마이크, 당신네 미국인들이 즐겨 말하는 식으로 단도직입적으로 본론부터 말합시다. 베트남은 남 콘 손 지층이라고 불리는 유전을 코노코라는 한 미국 회사와 합작으로 탐사하고 있었습니다. 그런데 이 지역 정부들 사이에는 남중국해 자원의 공동개발에 대해 오래 전부터 맺은 계약이 있었습니다. 베트남의 계약위반에 대해 우리는 그들의 잘못을 묵인하지 않겠다고 누차 경고해 왔습니다. 구엔 대통령은 워싱턴에 있는 코빙턴 앤 버링이라는 한 법률회사에게 소송을 의뢰하여 베트남을 대신하도록……."

앵커 : "그렇지만 그들의 주장에 따르면, 베트남은 자신들에게 주

어진 권리 내에서 행동해 왔다고 합니다."

제이미 송 : "그렇게 말하도록 돈을 받았기 때문이지요. 지역적인 합의 없이 일방적으로 작업을 시작하는 것이 베트남에게 주어진 권리는 아닙니다. 그래서 우리가 그들을 멈추게 한 것입니다."

앵커 : "당신네는 하이퐁과 호치민 시, 캄란 만 그리고 다낭을 폭격했습니다."

제이미 송 : "당신도 아시다시피 정부는 어떠한 군사행동에서도 자국군을 보호할 책임이 있습니다. 우리는 그 지역을 돌려받기 위해 베트남 공군과 해군의 군사력을 무력화시킬 수밖에 없었습니다."

앵커 : "크리스, 논평을 해 주시지요."

시사 해설가 : "송 외무장관은 아주 능숙한 정부의 대변인입니다. 기술적으로 볼 때, 지역적인 합의에 대한 그의 발언은 맞습니다. 그러나 그는 이미 수년 전에 이루어진 협정서를 또다시 반복한 것에 불과합니다. 마이크, 중국인들이 얼마나 예측 불가능한 사람들인지 당신도 들어서 알고 있겠지요. 그러나 이제 중국은 세계에서 가장 예측하기 쉬운 나라가 되려 하고 있습니다. 만약 그들이 베트남을 공격하려고 한다면, 사전에 시간을 두고 우리에게 말해 줄 것입니다. 그리고 그 동안 무력의 과시가 여러 번 있었습니다."

앵커 : "그러나 제이미의 말에 의하면, 베트남을 제외하고는 당분간 전쟁이 없을 것이라고 했습니다. 가장 먼저 전화를 걸어 온 곳은 독일의 수도 베를린입니다. 베를린, 말씀하십시오."

독일 : "안녕하십니까, 외무장관님."

제이미 송 : "안녕하십니까?"

독일 : "파시즘의 정의는 독재주의적 국수주의입니다. 중국 공산당의 절대적인 통치 권력을 감안할 때, 장관께서는 중국을 파시스트 국가라고 묘사하는 것이 적절하다고 생각하지 않습니까?"

앵커 : "독일에서 아주 예민한 질문을 해 주셨군요. 제이미 송, 당신도 파시스트 중 한 사람입니까?"

제이미 송 : "우리는 독재주의라는 말보다는 규율이 엄하다는 말을, 그리고 국수주의라는 말 대신에 애국심이라는 말을 선호합니다. 그러나 내가 의미론적인 전문용어를 사용한다면, 마이크가 별로 좋아하지 않을 것입니다. 파시즘은 마르크스주의와 마찬가지로 그 뿌리를 유럽에 두고 있습니다. 아시아에서는 나이 드신 분과 부모님 그리고 정부를 존경하는 문화적인 전통을 갖고 있습니다. 바로 효와 충의 사상이지요. 우리는 이런 문제에 대해 별로 질문을 하지 않는 편입니다. 우리는 당신들처럼 의원들이 국회에서 정치적으로 소리를 지르며 싸우는 것 같은 짓을 절대로 하지 않습니다."

앵커 : "파시스트인가요 아닌가요, 제이미?"

제이미 송 : "나는 잘못 태어난 세대입니다. 굳이 따진다면, 나는 사회주의자인 동시에 유학자니까요."

앵커 : "크리스, 당신은 제이미가 파시스트라고 생각합니까?"

시사 해설가 : "파시즘이라는 단어가 너무나 서구적이기 때문에 그런 딱지를 붙이기에는 부적절하다는 제이미의 말은 옳습니다. 그러나 중요한 차이점은, 히틀러가 독일을 멸망시킨 것은 영토 확장에 대한 지나친 야망 때문이었다는 사실입니다. 중국은 그런 유형의 제국 건설자는 아니지요."

앵커 : "베트남의 하노이 나오세요. 당신은 지금 중국의 외무장관인 제이미 송과 생중계로 연결되어 있습니다."

하노이 : "외무장관님, 당신네 폭격기가 베트남 국민들에게 폭격을 가했습니다. 이런 마당에 중국의 침략은 코노코와는 아무런 상관이 없으며, 단지 새롭게 민주화된 베트남이 두려워서였다는 사실을 솔직히 인정하실 의향은 없습니까?"

제이미 송 : "절대로 그렇지 않습니다."

앵커 : "그렇다면 무엇이 문제였습니까?"

제이미 송 : "당신의 분노는 구엔 대통령에게로 향해야 하는 겁니다. 자기들의 영토가 아닌 지역에 대해 마치 주권을 갖고 있는 것처럼 국민들을 현혹시켜 믿도록 한 사람이 바로 구엔 대통령이니까요. 그리고 그들의 그런 처사에 중국이 아무런 반박도 하지 못할 것이라고 믿게 했으니까요."

앵커 : "이게 무엇을 의미하는 겁니까, 크리스?"

시사 해설가 : "이런 일은 전에도 일어났었습니다. 중국과 베트남, 중국과 필리핀 간에 말입니다. 지난 이삼십 년 동안 양국 해군들의 소규모 전투는 줄곧 있어 왔습니다."

앵커 : "텍사스 나오세요, 혹시 질문하실 것 있습니까?"

텍사스 : "저는 석유사업을 하고 있습니다, 외무장관님. 우리가 자체적으로 조사해 본 바에 의하면, 단도직입적으로 말씀드려서 죄송합니다만, 중국의 북부 유전은 쓰레기에 불과합니다. 유정(油井)당 하루 생산량이 고작 50배럴이니까요. 해양에 있는 유정들은 그런 대로 쓸 만합니다. 그러나 당신네 나라의 경제발전 속도를 현재처럼 지속적으로 유지하기 위해서는 조만간 하루에 800만배럴 정도를 수입해야 하는 날이 도래할 것입니다."

앵커 : "그래서 질문하고자 하는 요점이 무엇입니까?"

텍사스 : "중국이 스프랏틀리 군도와 파라셀 군도를 강점한 것은 석유위기에 직면했기 때문입니다. 맞습니까, 틀립니까?"

앵커 : "제이미, 식량과 마찬가지로 석유도 부족한가요?"

제이미 송 : "솔직히 자급자족 상태는 아닙니다. 그렇지만 미국도 마찬가지 아닌가요? 우리의 수요를 만족시키기 위해서는 하루에 800만배럴씩 수입해야 한다는 지적은 상당히 정확합니다. 우리는 그

수요를 채우기 위해 공급기지를 확보하고 또 다양화할 것입니다.”

　시사 해설가 : “이야기를 좀 정리해 보겠습니다, 마이크. 외무장관
님, 바로 그런 이유 때문에 중국이 지금 남중국해에 대한 권리를 행
사하고 있는 겁니까?”

　제이미 송 : “우리는 아직도 이웃나라들과 공동으로 개발할 의사를
갖고 있습니다. 그런데 마찬가지로 석유 부족으로 고통받고 있는 베
트남으로부터의 위협이 우리로 하여금 상황을 명백히 하도록 강요했
던 것입니다. 그러나 나는 이 프로그램을 시청하고 있는 모든 분들
에게 약속드립니다. 태평양을 왕래하는 모든 선박에게 항로를 개방
하겠다고 말입니다. 이것은 단지 격리된 한 지역의 분쟁에 불과하
며, 여러분들이 염려할 일은 아무 것도 없습니다. 중국의 관심사는
무역과 그리고 발전뿐입니다. 그런 우리의 진로를 어느 누구도 방해
하지 못할 것입니다.”

1번 하이웨이, 베트남

현지시간 : 2001년 2월 20일 화요일 06 : 00
G M T : 2001년 2월 19일 월요일 23 : 00

무장 경호원의 보호가 없는, 도요타 밴 하이-에이스 12대로 이루어진 호송차량들이 보수 상태가 형편없는 베트남 주요 고속도로를 따라 움푹 패인 웅덩이에도 개의치 않고 서서히 서쪽으로 이동하고 있었다.

유럽인과 일본인, 한국인, 캐나다 인 그리고 호주인들이 한데 섞인 승객들도 항구도시인 하이퐁으로부터 하노이까지의 5시간에 걸친 불편한 여행에 이제는 어느 정도 이골이 나 있었다. 그들 중에는 영국인 선생이 3명, 소규모 회사의 설립을 돕기 위해 유럽연합에서 파견되어 온 은행가 1명, 산 프론티에르 의료원의 의사와 간호사가 각 1명씩이 있었다. 그리고 유엔 산하의 세계식량프로그램과 개발프로그램에서 나온 2명의 대표인단, 호주 대사관의 외교관 1명, 스칸디나비아 반도의 보조 노동자 7명, 교량 건설 계약건을 검토하려고 출장 중인 한국인 대표 1명, 그리고 일본인들이었다. 도요타에서 보내온 일본인 일행이 있었는데, 그들은 베트남 북부 지역의 유통 네트워크를 확대하기 위해 파견된 사람들이었다. 재미있는 것은 승객들 중 많은 사람들이 퇴보하고 있는 베트남에 매력을 느끼고 있는 점이었다. 프랑스 식민시대의 황폐한 건물들, 보기 흉한 공산주의자들의 아파트 단지, 낡아빠진 소련 스타일의 조선소 등으로 대변되는 하이퐁은 관광객들이 잠시 머물다 떠나는 호치민 시나 하노이와 비교할 때, 지칠 대로 지쳐 있긴 하지만 아직도 용기를 잃지 않고 있는 이 나라에 더욱 큰 애정을 느끼게 만들었다.

비가 억수같이 퍼붓고 있었다. 밴을 몰고 있는 한 운전사는 와이퍼 고장 때문에 창문을 내려 밖으로 몸을 내밀고 차창을 닦아야만 했다. 차량 중 한 대가 커다란 웅덩이에 빠져 뒷바퀴가 공회전을 하면서 흙탕물을 토해내는 바람에 십여 명의 사람들이 뒤에서 밀어야 했고, 그래서 호송차량의 행렬은 이따금씩 멈추어야 했다. 외국인들 간의 토론주제는 그날 저녁에 하노이에서 출발하기로 돼 있는, 프랑스 대사관이 준비한 탈출 비행기를 과연 탈 수 있을 것인가 하는 문제였다. 민간 항공기들의 비행은 모두 중단되었다. 베트남 항공에서는 그들 소유의 여객기들을 모두 방콕으로 피신시킨 상태였다.

레드 강의 지류까지 물이 불어나는 바람에 나룻배로 강을 건너는 짧은 여행조차 더욱 위험하게 되었다. 호송차량들에게 우선권이 부여되었다. 그러나 그것은 강둑에서부터 범퍼와 범퍼를 마주 붙인 채 오래 전부터 기다리고 있는 다른 차량들을 옆으로 밀어낸다는 것을 의미했다. 12대의 밴 중에서 9대만이 첫 번째 나룻배에 탈 수 있었기 때문에, 나머지 3대는 이쪽 선착장에 남아서 기다려야만 했다. 참극이 벌어진 것은 바로 그 때였다.

승객들 몇몇은 길가의 작은 노점에서 차를 마시고 있었다. 조그만 카세트 플레이어에서는 서방의 팝 뮤직이 울려 퍼지고 있었다. 노점상은 나무상자를 두드리며 고함을 질러 호객행위를 했다. 나룻배는 이미 건너 강기슭에 도착했다. 배의 옆구리가 접안시설에 부딪치는 소리가 철커덩거렸고, 나룻배에서 일하는 어린 소년이 로프를 잡고 던지면서 고함을 질러댔다.

운전사들은 차의 시동을 걸기 시작했다. 바퀴가 진흙과 전쟁을 벌임에 따라 윙윙거리던 엔진의 비명소리도 달라졌다. 경적이 울어댔다. 이 모든 소리들이 그들의 머리 위에서 낮게 날고 있던 전투기들의 처음 경고소리를 집어삼켜 버렸다. 시계는 극히 불량했다. 짙은 구름들이 몰려 다녔다. 바람이 굵은 빗방울들을 강 쪽으로 흩날려 버렸다. 거센 바람에 잠시 구름이 옆으로 밀려나기 전까지는, 그들의 머리 위에서 공중전을 벌이고 있는 베트남 전투기 한 대와 중국 전투기 2대를 땅 위에 있는 사람들은 자세히 볼 수가 없었다.

컴퓨터 게임을 흉내내고 있는 전투에서, 베트남의 MIG-21 피쉬베드가 중국 공군의 SU-27 2대와 싸운다는 것은 애당초 얘기가 되지 않을 것이다. 그러나 아무리 컴퓨터라고 해도 인간의 창조성이나 훈련량까지 고려하는 경우는 그리 흔치 않다.

베트남의 조종사는 추적자들을 떨쳐 버리기 위해 견딜 수 있는 한계 이상으로 비행기를 다루고 있었다. 서쪽으로 200킬로미터 떨어진 곳에 있는 라오스의 영공까지만 도망가면 안전하다는 계산을 했던 것이다. 베트남 조종사는 그의 MIG기를 구름을 뚫고 곧장 위쪽으로 몰았다. 그 시간은 고작해야 3초도 채 걸리지 않았을 것이다. 그런 뒤에는 적기가 있을 것으로 예측되는 위치를 향해 비행기를 급강하시켰다. 구름 덮개를 헤집고 내려오자마자 주위를 둘러보는 그의 시야에 노리던 목표가 나타났다. 재빨리 사격위치를 확보한 다음, SU-27기 중 한 대의 꽁무니를 향해 기관총을 갈겨댔다. 그 전투기는 곧 제어불능 상태가 되어 추락했고, 중국인 조종사가 살아 날 기회는 거의 없었다.

그러나 지나치게 의욕이 앞서던 MIG기 조종사는 계속해서 적기

쪽으로 가까이 접근했다가 중국 비행기의 파편에 날개 끝을 다치고 말았다. 그의 비행기도 팔랑개비처럼 걷잡을 수 없이 회전했는데, 바로 그런 와중에 적기에서 쏜 예광탄이 적중했다. 살아 남은 젊은 중국 조종사는 화염에 싸인 MIG기가 서쪽 강둑에 떨어져 불덩어리가 될 때까지 기수 쪽에 장착된 25밀리 기관총을 단속적으로 쏘아댔다. 불꽃은 이내 연료 탱크에 미쳤으며, 곧이어 지옥의 불기둥이 하늘을 향해 포효하듯 치솟았다. 기름을 뒤집어쓴 나룻배 부두 주위의 늘어선 차량들도 모두 불길에 휩싸였다. 첫 나룻배로 강 건너에 도착했던 외국인들은 불과 몇 초도 못되어 산 채로 불타 버렸다.

중국 조종사는 그 때까지도 몇 번씩이나 주위를 맴돌며 기관총을 갈겨댔다. 그는 장착하고 있는 탄약이 바닥날 때까지 강둑을 향해 단속적으로 기총소사를 했던 것이다. 그런 뒤 그는 기수를 돌려 국경을 넘어 중국으로 돌아갔다. 더 많은 자동차들이 불타고 있었다. 휘발유에 점화되었던 것이다. 그가 저지른 복수극으로 378명의 인명이 사라졌다. 하이퐁을 탈출한 외국 국적자 87명 중에서 살아 남은 사람은 고작 9명뿐이었다. 유엔 개발프로그램에서 파견된 한 사람이 이 모든 참화를 비디오로 녹화했다. 몇 시간 뒤, 그 영상이 뉴스 채널을 통해 전세계로 방영되었다.

수상 관저, 도쿄

현지시간 : 2001년 2월 20일 화요일 08 : 00
G M T : 2001년 2월 19일 월요일 23 : 00

일본 내각은 비축해 둔 석유 저장량이 충분하다고 판단했기 때문에 꽤나 느긋한 기분이었다. 정부에서는 항상 80일분에 해당하는 비축물량을 유지하고 있었으며, 업계에서는 75일 동안 소비할 수 있는 양과 맞먹는 비축분을 갖고 있었다. 해안가를 따라 점점이 세워진 저장시설들이 있으므로, 일본은 상당히 오랫동안 견딜 수 있을 것이다. 그러니 걱정할 만한 직접적인 것은 없었다. 어쨌거나 쉘의 〈뉴월드〉호가 해상 납치되었다는 뉴스가 분위기를 극적으로 반전시켰다.

내각 소속의 방위위원회에서는 벌써 10분째 회의가 진행되고 있었다. 문을 두드리는 소리가 나고, 한 육군 장교가 커다란 봉투를 들고 들어와 오가와 장군과의 면담을 요청했다. 오가와 장군은 벌떡 일어서서 다른 사람들에게 양해를 구하고는 젊은 장교에게 밖으로 나가자는 손짓을 했다. 밖으로 나가는 장군을 보며 수상이 말했다.

"장군이 밖으로 나갔으니 하는 말입니다만, 우리 모두는 수일 내에 중국측 관리들과 만날 기회가 있을 것입니다. 그 때 우리는 남중국해에서 취한 그들의 행위에 대해 심히 염려하고 있다는 내용을 아주 강력한 어조로 경고해야 합니다. 나는 이 점을 매우 중요하게 생각합니다."

이 말이 끝나는 바로 그 순간, 오가와 장군이 다시 들어왔다. 히야시는 고개를 들어 그를 쳐다보며 말했다.

"장군, 무슨 새로운 뉴스라도 있소?"

"죄송합니다만, 아주 나쁜 뉴스입니다, 수상 각하." 오가와 장군이 대답했다. "제가 방금 확인한 사실입니다만, 요코하마로 향하던 29만 6,000톤급 유조선인 쉘의 〈뉴월드〉호가 중국 해군에 의해 강탈당한 사실이 실제 상황인 것으로 밝혀졌습니다. 우리가 생각했던 대로입니다. 아직 모든 것이 명확하지는 않습니다. 그러나 중국 해군 남부함대의 모항(母港)인 잔지양으로 향하고 있는 것처럼 보입니다."

"당신 지금 하는 말이 모두 사실이오, 장군?" 수상이 물었다.

"절대로 확실합니다, 수상 각하. 우리는 포획장면을 녹화한 적외선 사진을 증거로 갖고 있습니다. 그리고 그 뒤에 곧바로 이어진 〈뉴월드〉호의 항로 변경 장면도 사진으로 담아 두었습니다. 지금 내가 장관님들에게 돌리고 있는 사진에서 볼 수 있듯이, 12명의 중국 특공대가 배에 타고 있습니다. 그들은 자동무기로 보이는 총을 발사하여 선원들을 포로로 잡았습니다. 네 번째 사진은 최신의 첨단기술을 이용하여 확대한 것입니다. 잘 보시면 여러분들도 중국 해군 특공대 복장을 확인할 수 있을 것입니다. 둘째 세트의 사진들은 연이은 배의 움직임을 담고 있습니다. 〈뉴월드〉호를 주의해서 보시면 알겠지만, 처음에는 북북동 쪽으로 향하던 배가 진로를 바꿔 이제는 북북서로 향하고 있습니다."

"작전은 베이징에서 재가한 것입니까, 아니면 중국 해군이 독자적으로 펼친 작전입니까?" 수상이 물었다.

"우리로서는 알 길이 없습니다. 덩샤오핑 시대, 즉 중국이 외국과의 교역에 문호를 활짝 개방했을 때, 인민해방군의 해군 특공대로 위장한 해적들이 활약했던 적이 있긴 합니다. 그것도 역시 당시 바다생활의 한 단면이었습니다. 이번 작전도 예전에 있었던 인민해방군 해군에 의한 독자적 작전과 약간의 유사성을 갖고 있는 것은 사실입니다. 그러나 어제 남중국해에서 발생한 사태를 고려하면, 그럴 가능성은 거의 없다고 생각합니다."

"좋습니다. 우리도 이것을 무력충돌의 일부로 취급하는 것이 온당하리라고 생각합니다. 기무라 외무상, 내 생각에는 당신이 보 대사와 다시 한 번 대화를 나누는 것이 좋을 것 같습니다. 일본 정부는 가만히 앉아서 소중한 국가의 이익이 이런 식으로 유린되는 광경을 구경만 하지 않을 것이라는 의사를 분명히 전하시오."

"수상 각하, 베이징에 주재하는 다나카에게 제이미 송 외무장관과의 면담을 추진토록 지시하는 것이 어떻겠습니까? 제가 보 대사에게 전하는 메시지를 측면지원하는 것이지요." 외무상이 말했다.

"동의합니다. 이시하라 장관, 그건 그렇고 우리 군사력이 취할 수 있는 범위 내에서 어떤 행동이나 혹은 힘의 과시를 할까 하고 고려 중인데, 당신이 추천할 만한 것이 있으면 준비해 주시오. 내가 특별히 생각하고 있는 것은 오가사와라 프로젝트입니다. 신사 여러분, 이 단계에서는 우리가 생각할 수 있는 모든 안들을 고려해야 한다고 나는 생각합니다. 자, 그러면 오후 두 시에 이 곳에서 다시 모이도록 합시다."

외무성, 베이징

현지시간 : 2001년 2월 20일 화요일 09 : 00
G M T : 2001년 2월 20일 화요일 01 : 00

미국인 기술자들이 조명기구들을 한꺼번에 모두 밝히는 바람에, 제이미 송은 눈살을 찌푸리며 눈을 가늘게 떴다. 보조 분장사가 이마에 맺힌 땀방울을 살짝 찍어내는 동안, 그는 CNN의 시계를 쳐다보았다. 두 번째 생중계 인터뷰가 시작될 시간을 향해 초침이 바쁘게 움직이고 있었다.

"우리는 이 자리에서 상호 잘잘못을 따지는 대결은 바라지 않습니다, 외무장관님." 텔레비전 제작자가 그에게 말했다. "귀국의 침략에 대해서는 앞 시간에서 이미 다루었습니다. 지금 우리가 장관께 기대하는 것은, 시청자들에게 중국이라는 나라에 대해 설명해 주시는 것입니다. 귀국 정부의 스타일을 시청자들에게 선전하라는 말씀입니다. 방송시간 30초 남았습니다."

앵커 : "베이징으로부터 생중계로 보내드리고 있는 오늘의 저녁 뉴스에서는 중국의 외무장관이신 제이미 송과 계속해서 두 번째로 독점 대담을 진행하고자 합니다. 여러분들에게 직접 질문할 수 있는 기회를 드리겠습니다. 남중국해에서 일어나고 있는 일에 대해서는

여러분도 이제 익숙하시리라 믿습니다. 제이미 송은 이 자리에 참석하여 중국과 중국의 가치체계, 그리고 그들이 장기적으로 획득하고자 하는 희망사항 등에 대해 말해 주기로 약속했습니다. 이 스튜디오에 다시 저와 함께한 사람은 중국문제 전문가인 크리스 브로노우스키입니다. 시애틀, 나와 주세요.”

　시애틀 : “보잉 757기와 737기의 부품들이 베트남을 공격한 H-6 폭격기를 제조했던 시안(西安) 공장에서 만들어지고 있다고 하는데, 송 장관께서는 이 사실을 확인해 줄 수 있습니까? 그리고 그 공장에서 일하는 많은 근로자들이 사실은 귀국의 감옥에서 장기형을 선고받은 사람들이라는 것도 사실입니까? 만약 그렇다면 말입니다. 송 장관께서는 이런 처사가 도덕적이라고 생각하십니까?”

　앵커 : “도덕성 여부를 따지기에 앞서서 사실을 먼저 규명하는 것이 어떻겠습니까? 죄수들을 이용하여 미국의 민간 여객기를 만들고 있는 것이 사실인가요?”

　제이미 송 : “이런 질문은 교역을 담당하고 있는 다른 동료 장관에게 물어 봐야 할 것 같습니다. 저는 외교 담당이거든요.”

　앵커 : “그 분이 이 자리에 없지 않습니까? 다른 방법으로 질문하겠습니다. 만약에 미국의 비행기를 만드는 데 죄수나 군인들이 동원되었다면, 장관께서는 그런 사실에 대해 비난하시겠습니까?”

　제이미 송 : “왜 그래야 하죠? 미국에서 가장 좋다는 청바지 중 일부도 죄수들이 만드는 것으로 알고 있는데요. 당신네 미국인들은 그 사실을 비난하고 있습니까?”

　앵커 : “우리는 비난하고 있나요, 크리스 브로노우스키?”

　시사 해설가 : “군인 노동력에 대해서 말씀드리면, 내 추측으로는 보잉을 만드는 데 동원된 것이 확실합니다. 보잉에서도 계약을 체결할 때, 이런 사실들을 분명히 알고 있었을 것입니다. 그리고 감옥에

대한 주제는 보다 광범위하긴 합니다만, 중국의 감옥에 수감된 수많은 죄수들은 노상강도나 강간범이 아니라 정치범들입니다. 그들 중 대부분이 강제노동 수용소에 있는 것은 당신이나 내가 당연하게 생각하고 있는 자유를 마음대로 행사하려고 했기 때문인 것입니다."

　앵커 : "이 말이 맞습니까, 외무장관님?"

　제이미 송 : "당신네 미국은 흑인 애들로 감옥을 가득 채우고 있습니다. 그들 중 대다수는 처음부터 결손가정에서 태어난 애들입니다. 게다가 그들은 범죄와 마약이 판치는 환경 속에서 성장했습니다. 당신들이 자랑하는 그 알량한 사회적, 정치적 시스템은 그들을 결코 수용하지 않았습니다. 만약 사회가 그들을 수용할 수 있었다면, 아니 수용해 주었다면 그들도 버림받은 부랑자로 감옥에 갇히는 신세는 절대로 되지 않았을 것입니다. 그들은 사회의 도움을 받았을 테니까요."

　앵커 : "그렇지만, 그것은 사정이 ……."

　제이미 송 : "마이크, 잠깐만 기다려 주시오. 아직 할 말이 남아 있습니다. 이건 반드시 짚고 넘어가야 할 매우 중요한 문젭니다. 우리에게는 그런 식의 문제가 없습니다. 우리나라에는 극소수, 다시 강조합니다만 극소수의 사람들만이 국가의 안정에 위협을 가하고 있다고 우리는 믿고 있습니다. 그들은 공산당이 붕괴되어야 한다고 주장하면서 다당제 선거를 요구하고 있습니다. 정부 고위직에 있는 우리들이 생각하기에는, 만약 그들이 원하는 대로 하도록 가만히 내버려둔다면, 군벌주의나 분리주의로 나라가 조각날 위험이 있습니다. 그리고 내전의 가능성도 배제할 수 없습니다. 우리는 그 극소수의 사람들을 감옥에 가두고 있는 것입니다. 그렇게 함으로써 13억 국민들로 하여금 우리가 제공해 줄 수 있는, 보다 나은 삶을 영위할 기회를 갖도록 한 것입니다. 그리고 선거에 대해서는 별로 이야기하고

싶지 않습니다. 러시아나 인도에서도 선거를 했었습니다만, 그런다
고 해서 많은 병원이나 학교, 도로, 주택들이 생기지는 않은 것으로
알고 있습니다. 우리는 체첸이나 카슈미르 같은 지방에서 많은 시체
들을 목격했습니다. 중앙 정부의 통치가 미치지 못하는 곳이지요.
그런 곳에서는 사회적 불안정과 폭력이 난무할 뿐 아니라 경제적으
로도 깊은 수렁에 빠져 있습니다. 그리고 마지막으로 한 가지만 말
씀드리겠습니다. 우리는 미국의 국내적인 사안에 간섭할 의사가 전
혀 없습니다. 그러니 당신들도 그 더러운 엉덩이를 우리나라에서 치
우는 것이 어떤지 정중하게 제안하고자 합니다."

앵커 : "크리스 브로노우스키, 선거를 하게 되면 내전이 일어난다
는데?"

시사 해설가 : "외무장관께서는 중국 전역에 널리 유행하고 있는
견해를 피력한 것입니다. 그리고 이를테면 러시아나 혹은 심지어
1990년대의 유고슬라비아처럼 이를 뒷받침할 만한 그럴 듯한 증거도
갖고 있습니다."

앵커 : "그래서 해설가께서는 중국식 일당 시스템이 중국이라는 나
라에 가장 적합하다는 주장을 하시는군요."

시사 해설가 : "나는 어떠한 주장도 하지 않았습니다, 마이크. 단
지 설명을 한 것이지요."

앵커 : "봄베이 나오세요. 송 외무장관께 질문하실 시간입니다."

봄베이 : "송 장관, 당신은 왜 민주주의를 두려워하는 겁니까?"

앵커 : "이런 질문에 대해서는 이미 대답한 셈이지요, 제이미?"

제이미 송 : "그렇다고 생각합니다."

봄베이 : "솔직하게 내 의견을 말하면, 당신은 지금 진짜 쓰레기
같은 말을 지껄이고 있는 겁니다, 송 장관. 우리나라 증권시장의 자
본화 정도는 상하이나 선천 증권시장과 비교가 안 될 정도로 훨씬 높

습니다. 쉬로더나 메릴 린치 같은 펀드 매니저들도 중국보다는 인도 쪽으로 미국 연기금의 자금을 유인하고 있단 말입니다. 우리나라에서는 합작회사에 서명을 하는 데 평균 3개월이 걸리지만 당신네 나라에서는 2년이 걸리지요. 우리의 법정은 집권당의 은총을 기다리지 않습니다. 그들은 공명 정대하게 법대로 집행을 합니다. 당신네 나라나 우리나라에 어느 정도 부정부패가 있는 것은 사실입니다. 그리고 당신이 카슈미르 지방과 전쟁에 대해 말씀하셨는데…… 그래요, 우리에게 문제가 있는 것은 사실입니다. 그러나 우리 국민들은 그 사실을 모두 알고 있습니다. 그러나 당신네는 티벳이나 신장(新疆)에서 시체 담은 자루를 몰래 빼내 오고 있습니다.”

앵커 : “그래서 하고 싶은 질문이 무엇입니까 ? ”

봄베이 : “무엇 때문에 질문을 하지요 ? 저 남자는 새빨간 거짓말만 하는데 말입니다. ”

앵커 : “외무장관님 ? ”

제이미 송 : “인도와 중국 간의 적대적인 관계는 전통적인 것입니다. 누구든 어떤 시스템이 확실하게 옳았다는 판단을 내리려면 최소한 백 년은 더 지나 봐야 알 겁니다. ”

앵커 : “타이의 방콕 나오세요. 혹시 질문할 게 있습니까 ? ”

방콕 : “네, 있습니다. 동남아시아에 있는 우리들은 남중국해의 침략에 대해 심히 우려하고 있습니다. 저는 송 장관께 왜 그런 무력행사가 필요했는지 묻고 싶습니다. 중국은 왜 우리 지역을 불안정하게 만든 것입니까 ? ”

앵커 : “그 문제는 점심시간에 했던 말 중에 포함되어 있는 것 아닙니까, 제이미 ? ”

제이미 송 : “그 지역 국가들이 우려하고 있으리라는 것은 저도 짐작하고 있습니다. 그러나 중국은 강대국입니다. 따라서 우리의 방위

력도 그에 걸맞게 반영되어야 합니다. 태평양 연안국가들의 상거래
는 전혀 고통을 받지 않도록 하겠다는 우리 정부의 말을 여러분은 그
대로 믿으셔야 합니다. 수차에 걸쳐 언급했듯이, 우리는 단지 정당
하게 우리의 주권지역을 다시 찾고자 하는 것뿐입니다."

앵커 : "중국의 하얼빈 나오십시오. 간수, 당신네 외무장관과 이야
기를 하고 싶다고 했었지요?"

간수 : (말은 하는데 알아들을 수 없음)

앵커 : "당신은 지금 중국의 외무장관과 생중계로 직접 연결되어
있습니다. 그러니 말씀하십시오."

하얼빈 : "우리 정부는 왜 국민들에게 먹을 것을 제대로 주지 못하
는 것입니까?" (이 말과 함께 전화가 끊김.)

앵커 : "들으셨습니까, 제이미? 당신네 정부는 왜 자신의 국민들
조차 제대로 먹이지 못합니까?"

제이미 송 : "이 쇼에 출연할 때 미리 한 약속이 있지 않습니까?
중국 국민들로부터 걸려 오는 전화는 일체 받지 않을 것입니다."

앵커 : "예정에 없이 갑자기 중간에 끼여든 겁니다, 제이미. 내가
대신 묻겠습니다. 중국에서는 사람들이 굶주리고 있습니까?"

제이미 송 : "아니오."

앵커 : "식량이 부족한 것은 사실인가요?"

제이미 송 : "천만에요, 그렇지 않습니다."

앵커 : "아이오와, 제이미 송에게 질문이 있다고 하셨지요?"

매디슨 카운티 : "외무장관님, 저는 농사짓는 사람입니다. 내가 수
확한 곡식의 80퍼센트를 귀국에서 사가고 있습니다. 솔직히 말해서
전 두렵습니다. 만일 사태가 험악하게 돌아간다면, 당신들은 내 곡
식들을 더 이상 사지 않을 수도 있는 겁니까?"

앵커 : "중국은 곡물 매입계약을 성실히 수행할 생각입니까?"

제이미 송 : "우리는 미국을 상대로 경제적 제재를 가하겠다고 먼저 위협한 적이 없습니다. 그러나 미국이 우리를 상대로 무역전쟁을 시작한다면, 우리도 기꺼이 보복하겠다는 말을 한 것뿐입니다. "

앵커 : "그렇게 되면 곡물에도 영향이 있을까요 ? "

제이미 송 : "그걸 내가 어떻게 말할 수 있습니까 ? 귀국의 대통령에게 물어 보셔야지요. 그가 어떤 형태의 제재를 생각하고 있는지 말입니다. "

앵커 : "미국의 곡물을 수입하지 않아도 중국은 살아 남을 수 있다고 생각하십니까 ? "

제이미 송 : "물론이지요. "

앵커 : "아이오와 나오세요. 만약 당신이 중국에 더 이상 곡물을 판매하지 못하게 되는 사태가 발생한다면 어떻게 되는 겁니까 ? "

매디슨 카운티 : "난 그냥 파산하고 말 겁니다. 은행에서는 대출금을 상환하라고 하겠지요. 나뿐만이 아니라 이 곳의 모든 농장들이 비슷한 상황일 것입니다. 그래서 나는 이번 사태와 관련하여……. "

앵커 : "외무장관님, 귀국에서는 무역전쟁에서 미국에 얼마나 타격을 입힐 수 있다고 생각하십니까 ? "

제이미 송 : "난 앉아서 그런 걸 따져 본 적이 없습니다, 마이크. 그렇지만 모르긴 몰라도 상당히 험악할 것입니다. "

앵커 : (잠시 하던 말을 멈추고, 안경을 추스르면서 앞에 놓인 보고서를 읽었다.) "방금 아주 끔찍한 뉴스가 들어왔습니다. 제이미 송, 당신의 설명이 있어야 할 것 같으니 잠시 그대로 기다려 주십시오. 현재까지 들어온 소식에 따르면, 중국 전투기가 하이퐁을 떠나는 민간인 호송차량을 공격했다는 사실입니다. 수십 명이 사살되었는데, 그들 중 많은 사람이 미국인이었습니다. "

브리핑

석유(2)

노무라 증권의 영업전략 팀장인 히데이 고바야시는 많은 사람들 앞에서 이야기하는 것을 무엇보다 싫어했다. 그런 그가 2월 20일 화요일 아침에 남중국해의 위기에 대해 이사회에서 발표하게 되었다.

그는 드래곤 스트라이크가 부분적으로는 영토 때문에 일어난 것이라는 설명으로 시작했다. 그리고 또 그들과 국경을 공유하고 있거나 남중국해에 대해 소유권을 주장하고 있는 보다 힘없는 나라들에게 진정한 무력외교가 무엇인지 한 수 가르쳐 주겠다는 의도도 깔려 있다고 했다. 중국 지도자들의 최우선 관심사는 바다 밑에 잠자고 있는 석유와 천연가스를 어떻게 확보할 것인가 하는 문제였다. 20세기가 끝나갈 무렵, 세계 석유시장에는 근본적인 변화가 있었다. 시장이 유럽이나 북아메리카로부터 동아시아 쪽으로 방향을 수정했던 것이다. 무엇보다 먼저 석유가격에 영향을 미치는 OPEC의 상대적인 힘에 중요한 변화가 있었다. OPEC의 영향력은 1980년대 중반에 최저점에 이르렀다. 석유시장에서 그들이 점유하는 비율도 1985년에는 30퍼센트 정도로 크게 떨어졌다. 이는 OPEC이 최고의 권한과 영향력을 행사하던 1970년대 중반의 50퍼센트와 비교할 때 엄청난 하락이다.

그러나 그들은 1990년대에 들어서면서 새롭게 위상을 정립했다. 그들이 그렇게 할 수 있었던 것은 동아시아 경제의 급속한 성장 때문이라고 할 수 있다. 예전에는 석유 수출국이었던 중국이나 인도네시아 같은 나라들이 경제성장과 함께 국내 소비량이 엄청나게 증가하면서 자국에서 생산하는 석유를 점점 더 흡수하기 시작했던 것이다. 그래서 그들의 산업화 속도를 새로운 유전의 발견이 미처 따라가지 못하는 사태가 발생했다. 특히 중국은 문제가 더욱 심각했다. 연간 평균 소비증가율이 7퍼센트에 불과했던 시절이 수년 흐른 뒤, 중국은 갑자기 1년에 350만톤의 석유 부족사태에 직면하게 되었으며, 부족분을 수입에 의존할 수밖에 없었다.

자국의 영해에서 석유를 찾고자 하는 노력은 별로 성과를 거두지 못했다. 동중국해에서 약간의 천연가스가 발견되었지만, 석유는 찾지 못했다. 최대의 발견은 남중국해 북단에 위치한 하이난 섬 남쪽 해안에서 멀리 떨어진 곳에 거대한 매장량의 가스 유전이었다. 홍콩에 있는 한 화력발전소에서 소요되는 하루 290만입방미터의 가스를 공급하기 위해 800킬로미터나 되는 해저 송유관을 매설했다. 육상에서는 새로운 시추기법을 적용하여 북동지역의 다칭(大慶) 유전으로부터 더 많은 석유를 뽑아내는 데 성공했다. 이는 중국에서 생산이 가장 활발한 유전으로, 육상 생산의 70퍼센트를 점유하는 북동지역의 유전을 대표하고 있다. 멀리 북서지역에 있는 타림 지층도 장래성이 있는 것으로 판명되었다. 그러나 필요로 하는 지역으로 운송하기 위해서는 해안까지 끌어와야 하는데, 수송비만 추가로 배럴당 3달러가 소요될 정도로 멀어서 경제성 여부는 불투명하다.

고바야시는 이사들에게 이런 배경을 설명한 뒤, 남중국해를 장악하는 것이 중국의 지도자들에게 얼마나 매력 있는 일인지 이해하기는 그리 어렵지 않을 것이라고 말했다. 더구나 그들이 접수한 브리핑 자료에는 바닷속의 풍부한 자원에 대해서도 언급되어 있었다. 정부의 한 서류에서 개진한 의견에 따르면 다음과 같다.

'추정치에 의하면, 난샤의 석유 매장량은 총 100억톤 이상이다. 지질학자들은 젬무 산호초 지역이 낮은 대륙붕과 연결되어 있다고 믿고 있으며, 퇴적암의 두께는 대략 15킬로미터 정도 된다고 한다. 또한 풍부한 석유와 가스자원을 갖고 있는 지대의 일부라고 한다. 이 지역이 제2의 페르시아 만이 될 수 있는 가능성도 상당히 높다.'

비교를 위해 굳이 말하자면, 한창때였던 1995년 말까지 35년 동안 다칭 유전에서는 14억 9,000만톤의 석유를 생산해냈다. 개발 가능한 추정 매장량을 100억톤이라고 볼 때, 중국은 앞으로 예견할 수 있는 미래에는 단 한 방울의 석유도 수입할 필요가 없을 것이다.

이처럼 막대한 자원을 이웃나라들에게 빼앗길 수는 없었다. 더구나 베트남에게는 어림도 없는 일이었다. 1987년 이래, 그러니까 그들이 외국 투자를 허용한 이래로 베트남은 해양의 석유와 가스개발 사업을 국책사업의 1순위로 올려 놓았다. 외국에서 들여온 투자금액의 4분의 1이 모두 이 산업 분야로 흘러 들어갔다. 하노이는 2000년까지 연간 2,000만톤의 석유를 생산한다는 원대한 목표를 세우고 있었다. 그 정도의 목표라면 쉽게 달성할 수 있다. 이제 그들은 목표를 더 높게 잡고 있다. 2005년까지 매년 2,500만톤을 생산하겠다는 것이다. 남중국해에서 석유를 발견했다 하더라도, 유정을 파고 파이프를 통해 석유를 끌어올려 탱크에 담으면 모든 게 끝난다는 의미는 아니다. 그렇게 간단한 것은 물론 아니다. 환경적으로 볼 때, 남중국해는 해상작업을 하기에는 어려운 지역이다. 태풍이 시추작업에 언제든지 위협을 가할 수 있으며, 수많은 무인 해저작업선이 강력한 조류에 휩쓸려 분실될 수도 있다. 석유업자들에게 어려움을 더해 주는 것은, 바다 밑의 지형 또한 너무나 복잡해서 지질학적으로 파악하기가 쉽지 않다는 점이다. 사실 스프랏틀리 군도의 인근 바다에서 발견한 유전의 매장량은 처음 5억배럴 수준에서 2억배럴로 재평가되기도 했다. 어쨌거나 베트남 당국에서는 세계의 유수한 석유 개발업자들에게 이 지역에서 그들의 행운을 시험해 보도록 부추겼으며, 시험에 가담했던 업자들은 충분한 보상을 받았다. 브리티시 페트롤리움(BP)은 베트남의 남쪽 해안에서 대략 360킬로미터 떨어진 곳에서 엄청난 가스층을 발견했다. 이는 최소한 호치민 시에 25년간 전력을 공급할 수 있는 양이었다. BP는 또한 파라셀 군도의 주요 석유생산 시설에서 닛본 오일과 파트너 관계를 유지하고 있었다.

남중국해에서 노리는 일본의 이익은 두 가지 측면이 있다. 닛본 오일, 미쓰비스, 미쓰이 등이 그곳의 석유개발에 관여하고 있다. 그들의 투자금액은 상당한 편이다. 그러나 남중국해에서 더 크게 기대하는 것은 유럽 및 중동과의 무역로 확보였다. 남중국해는 일본에게 무엇과도 비교할 수 없는 가장 중요한 해역이었다. 그곳은 일본이 사용하는 석탄의 최소한 70퍼센트와 석유 및 액화 천연가스(LNG)의 90퍼센트가 지나다니는 생명선이었다. 석유거래는 1년에 미화 5,000억달러 상당의 엄청난 사업이다. 아시아가 그 중에 3분의 1 이상을 점유하고 있으며, 일본이 아시아 전체 소비량의 절반을 차지하고 있다. 실제로 이 거래 모두가 남중국해를 경유하여 이루어지는 것이다. 남중국해가 갖는 경제적인 중요성은 에너지 교역에 국한되지 않는다. 고려해야 할 다른 화물들도 있는데, 농산물이나 공산품들이다. 이런 모든 것들을 한데 합치면, 전세계의 해상 교역량 중 4분의 1 이상이 이 수역을 통과하고 있는 것이 확실해진다.

고바야시는 석유가격이 배럴당 5달러나 상승했다고 이사회에 보고했다. 남중국해의 유전들이 문을 닫고 브루나이와 인도네시아가 공급선에서 제외되는 상황을 고려할 때, 석유가격은 단기간에 훨씬 더 상승하게 되어 있다. 일본이 충분한 재고를 보유하고 있다고 하지만, 중국의 통제 아래 있는 지역의 생산설비들이 어떤 피해를 입게 될지는 어느 누구도 예측할 수 없는 것이다. 그는 사담 후세인의 군대가 쿠웨이트에서 퇴각할 때 모든 유전에 불을 질렀던 전례를 상기시켰다. 그런 불확실한 배경을 깔고, 외환시장에서 엔화의 가치나 도쿄 주식시장의 지수도 내려갈 수밖에 없을 것이라는 의견을 제시했다. 그 날 개장된 주식시장의 최초 지수는 1,267이 내려간 3만 8,033포인트였다. 미국의 펀드들이 시장에서 가장 큰 매도자였으며, 미국 달러화를 대량 매수했던 일본의 투자자들도 매도 세력에 가담했다. 엔화도 투기적 공격선을 하회하여 지속적으로 하락했다. 월요일에 10퍼센트나 떨어졌으며, 도쿄 시장은 거래가 시작되자마자 6.8엔이 올라간—5퍼센트 평가절하된—144.2엔에 매매가 체결되었다.

고바야시가 내린 결론은 암담하기 그지없었다. 시장이 크게 확장하던 시절은 이미 끝났다. 중국인들이 행동을 개시하기 이전부터 인플레이션은 상승하는 추세였다. 만약 석유가격이 충분히 오랫동안 높은 상태에서 유지된다면, 세계 경제의 전 부문에 가격 상승압력을 가하게 될 것이다. 증권시장은 1987년 이래로 가장 취약한 상태에 있었다. 뉴욕이나 런던, 도쿄 시장 공히 1월에 사상 최고치를 기록했었다. 이자율은 상승할 것이 확실하다. 석유로 점화된 인플레이션의 불길을 잠재우기 위해 중앙은행들이 화폐의 가치를 올리려고 할 것이기 때문이다. 일본은행에서는 벌써부터 엔화를 지지하기 위해 통화량을 긴축하고 있었다. 비록 그 효과는 미미했지만 말이다.

"여러분, 이처럼 불안정한 시기에는 '현금이 왕이다'라는 옛말이 진리처럼 절실하게 들립니다."

그가 마지막으로 한 말이었다.

브리핑

전쟁 정책에 항거하는 중국 내 폭동행위

제이미 송은 CNN 인터뷰 도중에 앵커가 질문한 하이퐁 호송차량 공격 사건에 대해 정말 모르고 있었다고 주장했다. 그러나 강가의 자동차들에게 무차별적으로 폭격이 가해지는 비디오 화면 위에 해설이 흐르는 동안, 스튜디오의 카메라 위에 붉은 불빛이 꺼졌다는 것을 알아챘다. 이것으로 중난하이에서 그가 하는 일이 조금이라도 더 쉬워지지는 않을 것이다. 중국의 주석은 국내에서 자신의 위상에 직접적으로 영향을 미치지 않는 한, 국제적 유대관계의 뉘앙스에 별로 관심이 없는 사람이었다. 그가 지금 고민하고 있는 문제는 미국과 일본 간의 안보조약이 갖고 있는 힘이었다. 그 힘이 과연 얼마나 될 것이며, 중국은 그 힘에 항거할 배짱과 군사력을 갖고 있느냐 하는 점이었다. 만약 드래곤 스트라이크가 선전적(宣傳的)인 의미에서 성공을 노린 것이라면, 제이미 송은 민간인들에 대한 중국군들의 과도한 무력행사를 자제하도록 장군들을 설득해야만 했다.

새로운 소비정책이 이제는 그 효과를 충분히 느낄 수 있을 정도로 오래 전부터 발효되었다. 국가의 예산 배정을 경제개발로부터 군사력으로 갑자기 변경함으로써 보다 능률적인 전투무기들을 만들어 냈다. 중국은 보유하고 있는 미사일 능력이나 잠수함 전력으로 인해 10년 전이라면 상상도 하지 못했을 힘을 휘두를 수 있게 되었다. 1996년 3월 클린턴 대통령이 대만을 보호하기 위해 두 척의 항공모함을 파견했을 때부터 인민해방군의 고위 장성들은 주권과 권위를 스스로 방어할 수 있는 능력을 갖추어야 한다고 주장했다.

당시의 당서기이자 국가 주석이었던 장쩌민이 이렇게 결론지었다. '만약 미국 달러화의 이데올로기를 무작정 따르기만 한다면, 우리는 부패했던 19세기의 정부들보다 조금도 나을 것이 없게 될 것이다. 우리는 외국의 무역상사들로부터 은혜를 입게 될 것이지만, 제국주의자들의 힘에 의해 괴롭힘을 당하게 될 것이다. 우리의 조국이 부를 취하기 위해 자유를 파는 일은 다시는 없어야 할 것이다.'

이 정책이 몰고온 끔찍한 영향에 대해서는 공개적인 조사가 금지되었다. 고통과 기아, 폭동, 반란, 즉결처분 그리고 곡식의 매점매석 등은 외부인의 접근이 어렵고 공산당이 아무런 반발을 받지 않고 마음대로 힘을 휘두를 수 있는 외딴 지역에 국한되었다. 농수관개에 사용될 돈이 잠수함 훈련에 사용되었다. 도로들도 군사적인 목적 때문에 몰수되었다. 국가의 재원은 항공기 연료로 사용되어야 했기 때문에, 지방에는 의료지원이 부족한 형편이었다.

장군들만 나누어 갖고 있는 분열된 자긍심을 제외하고, 중국에는 남은 것이 하나도 없게 될 것이다.

제이미 송의 일기에 쓰여진 말이었다. 그는 중앙위원회에 참석하려고 중난하이로 가는 길에 서방의 신문에서 발췌한 기사들을 읽었다. 현대화된 중국의 내부에 붕괴조짐이 일고 있다는 사실을 다시 한 번 일깨워 주는 기사였다.

워싱턴 포스트-딩시, 중국 북서부

2000년 10월 23일 월요일

갈색의 건조한 불모지가 황량하기 이를 데 없는 언덕과 하늘의 풍경을 따라 수백 킬로미터에 걸쳐 길게 펼쳐져 있었다. 이따금 농부들이 옹기종기 모여 있는 모습이 보였다. 지저분하지만 화려한 색깔의 붉고 파란 스카프들이 메마른 주위 환경을 배경으로 더욱 눈에 띄었다.

언덕을 따라 계단식으로 경사진 경작지는 손으로 일구어서 만들어진 것이었다. 바싹 마른 흙들이 쟁기 밑에 쉽게 부서졌다. 때로 비가 오기도 하지만, 그 때마다 항상 지나치게 많이 왔다. 습기를 맞이할 준비가 미처 되지 않은 바싹 마른 땅이어서, 농작물들은 이내 빗물에 휩쓸려 버리곤 했다. 그러나 대개는 하늘에 구름 한 점 없었다. 태양은 모든 생명체로부터 생기를 빨아들였으며, 농작물들은 서서히 죽어갔다.

수년 동안 농부들은 계속 경작을 해 왔다. 그들은 조국과 중국 공산당, 그리고 그 창시자인 마오쩌둥을 신뢰하고 있었다. 마오쩌둥은 농부들을 중국 혁명의 영웅으로 만들었다. 그리고 베이징으로부터 3,000킬로미터나 떨어진 이 외딴 마을에 사는 그들은 지금도 그의 말을 믿고 있었다. 그것은 적어도 딩시라는 작은 마을의 변두리에서, 제대로 먹질 못해 바싹 마른 말 한 마리가 밭을 일구다가 쓰러져 즉사해 버릴 때까지는 사실이었다.

농부는 마을로 걸어가서 죽은 말을 치울 수 있도록 도와 달라고 요청했다. 말이 죽었으므로 그는 또 다른 말 한 필이 필요하기도 했다. 그는 농장으로 돌아와서 기다렸다. 일 주일이 지나자, 죽은 말은 밭에서 그대로 썩기 시작했다. 옥수수 농사는 완전히 잡쳤다. 정부에서는 단 한 명의 관리도 보내 주지 않았다.

농부는 다시 딩시 시내로 갔다. 시청 건물의 외벽에는 현수막이 걸려 있었는데, 거기에는 중국의 사회주의와 숭고한 문화를 찬양하는 글씨가 선명한 주홍색으로 씌어 있었다. 농부를 맞이한 관리는 그에게 차 한 잔조차 권하지 않았다. 그 대신 농부는 자신이 중국의 개발과는 동떨어져 있어서 세상물정을 모른다는 말을 들었을 뿐이었다. 그 관리는 베이징에서 파견되어 왔으며, 아직 20대 후반의 젊은이었다. 비록 농부보다 몇 년밖에는 더 젊지 않았지만, 말끔하게 생긴 용모와 빠른 말씨, 유행에 민감한 복장 때문에 한 세대쯤은 차이가 나 보였다. 그는 정부로부터 새로운 말이 지급되는 일은 없을 것이라고 농부에게 설명했다. 현대화된 중국에서는 모든 사람이 자기의 일을 스스로 처리해야 한다는 것이었다. 적자생존의 원칙에 의거하여 가장 강한 사람만이 살아 남는다. 물론 몇몇 사람은 고통을 받을 것이다. 그러나 그것만이 중국을 부유하게 만드는 유일한 방법일 것이며, 그래야만 서양의 패권주의에 대항하여 자립할 수 있을 것이라고 했다.

농부도 이런 변화에 대해 들은 적이 있었다. 그는 이제 원하는 누구에게나 농작물을 판매할 수 있다는 것이었다. 그러나 그가 곤란에 처해 있을 때 당에서 아무런 도움도 제공하지 않는다는 말은 들어 본

적이 없었다. 농부는 재배하는 품목을 옥수수에서 사탕수수로 바꾸고자 하는데, 정부에서 도와 줄 수 있느냐고 또 물었다. 사탕수수는 보다 적은 물로도 재배가 가능하기 때문에 말이 없더라도 손으로 충분히 경작할 수 있다는 말을 들었기 때문이다. 그러나 한 번도 사탕수수 농사를 지어 보지 않았으므로 어떻게 재배하는지 알고 싶었던 것이다. 그는 콩도 시험해 보고 싶었다. 그가 현재 필요로 하는 물의 4분의 3으로도 키울 수 있기 때문이었다. 그러나 관리는 그가 무슨 말을 하는지 전혀 알아듣지 못했다.

"당신은 당신이 좋아하는 것을 무엇이든 할 수 있습니다. 그렇지만, 우리는 당신에게 어떠한 보조도 해 줄 수 없습니다."

농부는 시청을 떠나면서 전혀 색다른 행동을 했다. 말을 잃었기 때문이거나 그 해의 농사를 망쳤기 때문이 아니었다. 그런 일쯤이야 모두 수용할 수 있었다. 중국의 농부들은 그런 일을 수백 년 동안 운명처럼 받아들이며 살아 왔다. 그리고 농부들이야말로 조국을 위대하게 만든 모든 도전을 항상 극복해 왔다. 그가 그런 행동을 한 것은 마오쩌둥의 가르침에 배반감을 느꼈기 때문이었다.

농부는 계단을 내려오면서 정부 관리 3명이 모여 서서 웃는 장면을 보았다. 그들의 모습은 마치 권력을 손에 쥔 사람들의 그것이었다. 그들은 커다란 검은 자동차에 함께 올라타더니 급출발을 했다. 어찌나 빨리 달렸던지 옆에서 아이를 업고 있던 한 아낙네가 균형을 잃고 비틀거리다가 쓰러졌다. 그러나 차는 멈추지 않았다. 그러자 노점에 있던 많은 도붓장사들이 그녀를 돕기 위해 몰려들었다. 그날 이후로 꽤나 유명하게 된 이 농부는 마오쩌둥 어록에 있는 글귀들을 떠올리고 있었다.

수억의 농부들이 거센 허리케인처럼 일어설 것이다. 그 힘은 너무나 빠르고 격렬한 것이어서 어떠한 외부적인 힘도, 그 힘이 아무리 위대하다 하더라도 다시 되돌릴 수 없을 것이다. 그들은 그들을 속박하고 있는 모든 장애물을 부수고 자유로 향하는 길을 따라 앞으로 질주할 것이다. 그들은 모든 제국주의자들과 군벌, 부패한 공무원, 지방의 독재자 그리고 사악한 패거리들을 무덤 속으로 쓸어 넣을 것이다.

차가 속력을 내어 사라지는 동안 여인은 사람들의 도움으로 자리에서 일어섰으며, 농부는 분노에 찬 울부짖음을 토해냈다. 그는 지방관청 입구에 가로로 펼쳐져 있는 현수막을 잡아뜯어 바닥에 펼쳐 놓고는 침을 뱉었다. 그런 뒤 자기 자신의 대담성에 깜짝 놀라 그 자리에 멍하니 서 있었다. 그러나 곧이어 더욱 많은 사람들이 그의 행동을 지지한다는 것을 몸으로 보여 주었다. 일부는 침을 뱉었다. 다른 사람들은 발로 짓밟았다. 어떤 사람들은 들고 있던 찻잔의 물을 부었다.

바로 그 때, 오토바이를 탄 젊은이 3명이 그 자리에 도착했다. 그들은 이제는 더럽혀져서 지저분해진 현수막을 집어들고는 한 쪽 끝에 디젤을 묻히고 불을 붙였다. 군중이 몰려들어서 이 광경을 구경했다. 그러나 환호성을 지르지는 않았다. 타다 남은 것들이 꺾여 떨어지더니 바람에 날려가 버렸다.

젊은이들은 갖고 온 전단을 사람들에게 나누어 주었다. 그것은 중국의 신공산당에서 작성한 것이었다. 그들은 설문지를 만들어서 사람들에게 스스로 어떤 범주에 속한다고 믿고 있는지 체크를 하라고 했다. 중산계급, 준무산계급의 소작농이나 기능공, 상인 혹은 점원, 무산계급의 농부나 미숙련 노동자인지, 그리고 부랑 노동자나 낙오자들인지를…… 마오쩌둥은 제일 마지막의 집단을 중국이 직면한 가장 커다란 문제점 중 하나라고 믿었다.

억압과 착취의 결과로 그들의 땅을 잃어버린 소작농들과 취업의 기회를 모두 놓쳐 버린 수공업자…… 그들은 어떠한 인간 중에서도 가장 불안정한 형태의 존재이다.

마오쩌둥이 생존해 있던 시절에는 이런 사람의 숫자가 2,000만명 정도였다. 그러나 오늘날에는 그런 사람이 2억명이나 된다. 이 농부도 단지 그들 중 한 사람이 된 것이다. 그날 밤, 그는 집으로 돌아가지 않았다. 현수막을 불태운 후, 그는 새로운 친구들을 사귀게 되었다. 그들이 그를 카페로 데리고 가서 맥주를 사 주었던 것이다. 그는 죽은 자기의 말에 대해 설명했다. 그러고는 다른 사람들이 갖고 있는 문제점을 들었다. 분명한 것은 엄청난 불공정 사례들이 중국 전역을 휩쓸고 있다는 사실이었다.

백여 명의 사람들이 나중에 지방관청으로 다시 몰려갔다. 그들은 돌멩이를 던져 유리창을 깨트렸다. 그런 다음에는 문을 부수고 들어가 사무실을 마구 뒤졌다. 인민해방군이 사격을 가하기 시작한 것은, 그들이 막 건물에 불을 지르려고 할 때였다. 10명이 중상을 입었고 5명이 사살되었다. 농부는 체포되어 15년의 강제 노동형을 선고받았다. 전단을 나누어 주었던 젊은이들은 벌써 오래 전에 딩시를 떠났다. 마오쩌둥이 쓴 글에는 이런 구절도 있다.

그들은 여러 장소에 비밀조직을 갖고 있다.

익스체인지 광장, 홍콩

현지시간 : 2001년 2월 20일 화요일 10 : 30
G M T : 2001년 2월 20일 화요일 02 : 30

휘스트 차이나 증권회사의 회장인 다미안 필럽스는, 그 후로는 정기적인 보고가 되어 버린, 자오 장군에게 보낼 첫 보고자료를 준비하고 있었다.

런던의 국제 석유거래소(IPE)에서의 거래 결과는 지나칠 정도로 욕심을 부리고 있는 것이 아닌가 하는 생각이 들 정도였던 그의 예상을 훨씬 뛰어넘는 것이었다. IPE의 매력은 뉴욕 상품거래소와는 달리 제한이 없다는 점이다. 뿐만 아니라 미국인들과는 달리 런던은 투자자의 국적에 대해서는 아무런 질문도 던지지 않는다. 뉴욕에서는 뉴욕 거래소에서 석유 선물 2만 계약 이상을 매수하는 사람들에 대해 그가 누가든 반드시 신원을 확인하려고 한다. 그래서 지난 금요일 전쟁이 일어나기 전날 밤, 휘스트 차이나는 IPE에서 선물시장의 20퍼센트에 해당하는 물량을 매점했다. IPE가 염려하고 있는 점이 한 가지 있다면, 마진 콜(추가 증거금 청구)이 있을 경우, 휘스트 차이나가 언제든 채워 넣을 수 있는 능력이 되느냐 하는 것이었다. 그러나 바닥을 알 수 없을 정도로 큰 주머니를 갖고 있는 자오 장군이나 멀티테크놀로지였기 때문에 전혀 문제가 되지 않았다.

　필립스는 자오 장군에게 전해질 보고서—공군의 특별 제트기로 베이징에 전달될—에 그 날까지의 이익을 정확하게 계산해 놓았다. 석유거래 첫날에 생긴 4억달러는 뉴욕의 단기자금 시장에 예치했다. 그 시장은 규모도 엄청나게 클 뿐 아니라 유동성이 풍부하고 또 익명거래가 가능했기 때문이다. '필요시 언제든지 탈출'할 수 있어야 하고, 그런 상황은 언제라도 생길 수 있기 때문에 뉴욕 단기자금 시장에 예치한 처사는 아주 현명한 투자 결정이었다. 외환으로 발생한 이익은 전혀 계상되지 않았다. 엔화의 가치가 하락하면 할수록 그들의 포지션은 더욱 유리하게 될 것이다. 1억 8,195만달러 상당의 투자액이 월요일에는 장부상으로 2억 6,160만달러가 되었다. 그럼에도 그는 장군에게 주의를 촉구했다. 환율의 흐름에 중요한 변동사항이 발생할 시에는 아주 민첩하게 행동할 필요가 있다는 점을 역설하면서, 그런 기회를 포착했을 때는 사전에 승인을 받지 않았더라도 자신이 임의로 결정을 내릴 수 있도록 재량권을 달라고 했다.

중난하이, 베이징

현지시간 : 2001년 2월 20일 화요일 11 : 00
G M T : 2001년 2월 20일 화요일 03 : 00

제이미 송을 태운 차가 중난하이의 정문을 통과했다. 그의 전속 운전사가 운전대를 잡고 있었다. 그는 수비연대로부터 2주 전에 전속 배치된 보디가드이기도 했다. 그의 임무는 외무장관의 생명을 보호하는 것과 일거수 일투족을 상부에 보고하는 것이었다. 항상 누군가에게 감시당한다는 것이 공산당의 고위 직급자들에게는 하나의 부담이었다.

병사는 장관을 수행하여 중국의 전(前) 지도자들의 초상화를 지나 계단을 오르면서 줄곧 그를 호위했다. 중국 국가 주석이 건물의 남쪽 끝에 있는 커다란 사무실에서 그를 기다리고 있었다. 주석과 함께 그 자리에 참석하고 있는 사람들은 정치국 상임위원회에 소속된 네 명이었다. 송 장관은 위원회 위원이 아니었다. 그러나 지도층은 중국의 장관들 중에서 영어를 미국인들처럼 유창하게 할 줄 아는 유일한 사람인 그를 필요로 했다. 물론 결코 깊이 신임하지는 않았다. 송 장관이 그 자리에 호출된 것은 상임위원회를 상대로 미국 문제에 국한해서 설명할 사항이 있기 때문이었다. 회의는 벌써 오래 전에 시작된 것이 분명했다. 왕 주석은 송 장관이 자리에 자리에 앉은 뒤에도 드래곤 스트라이크를 즉시 언급하지 않았다.

"북쪽에 있는 우리의 동무들이 식량과 물, 석유 부족으로 고통받고 있습니다. 영양실조에 걸리는 아이까지 있다고 합니다. 우리 국민들에게 이토록 폭넓게 영향을 미쳤던 질병은 아직 한 번도 없었습니다. 우리 당의 자궁에서 태어난 소작농들이 서서히 미몽에서 깨어나고 있습니다. 그들이 우리를 배신하고 있습니다. 그들은 자신들의 조직을 만들었으며, 스스로를 신공산당이라 부릅니다. 우리의 임무는 인민과 당 사이에 구멍난 결속력을 보수하는 것입니다. 그러나 우리 자신을 돌아보시오. 아무 것도 자라지 못하는 척박한 사막을 가로질러 중앙아시아로부터 야만의 바람이 불어오고 있습니다. 우리의 유전들도 황폐해졌습니다. 농작물의 추수도 불충분합니다. 만약에 우리가 13억의 국민들에게 식량과 주택을 제공하고, 그들을 제대로 인도하는 데 실패한다면 당 자체가 붕괴될 것입니다. 그리고 당이 없다면 조국도 없게 될 것이고, 우리는 다시 한 번 서방의 상인들로부터 침략을 당하게 될 것이며, 우리의 통치자는 보잉이나 모토롤라 혹은 도요타가 될 것입니다. 동무 여러분, 뭉치면 힘이 생깁니다. 흩어지면 오직 패배와 혼돈뿐일 것입니다."

왕 주석은 잠시 호흡을 가다듬은 뒤, 제이미 송에게 말했다.

"외무장관, 오늘 아침 일찍 또다시 생중계로 방송을 했지요? 대사관들의 보고에 의하면, 첫번째 것은 아주 성공적이었다고 합니다. 물론 파리에 주재하고 있는 우리 대사는 구엔 대통령 때문에 바보처럼 보이게 되었지만 말이오. 이런 선전 캠페인을 위해 우리도 이곳 베이징에서 싸우는 것이 최선이라고 생각해요. 한편으로는 워싱턴이나 유럽에 있는 우리의 고문들과 줄곧 연락을 취하면서 말이오. 다음 인터뷰 때 당신이 어디에 초점을 둘 것인지 알고 싶소."

　"경제제재에 대해 말하고자 합니다, 주석 동무. 동무께서 지금 설명하신 내부적인 모든 문제점들을 해결하는 데 미국측의 경제제재를 역이용하는 것도 가능하리라고 믿고 있습니다. 드래곤 스트라이크는 별도로 하더라도, 그렇게 하기 위해서는 중국이 국제적으로 호의적이지 않은 언론으로부터 최소한의 논평만을 받도록 노력해야 합니다. 어차피 나쁜 논평을 피할 수는 없는 것이니까요.

　우리 농부들 중에서 이단자가 발생하고 있다는 사실과 신공산당의 인기가 상승하고 있다는 보고서를 검토해 보았습니다. 이 자료는 널리 배포되어 심지어 서방의 언론에서도 이미 입수하고 있습니다. 그들이 딩시에서 일어났던 작은 사건에 대해 란저우(蘭州) 제1 감옥에서 작성한 보고서까지 빼낼 수 있다는 사실은 참으로 놀랍습니다. 그리고 그 내용이 '워싱턴 포스트'에도 게재된 바 있습니다. 현재 우호적이라고 간주되는 외국인 사업가들에게 배치된 감시를 전통적으로 우리에게 적의를 품고 있는 서방 기자들을 감시하는 체제로 돌리도록 국가 안전부 장관께 제안하는 바입니다. 지방에서 비디오 카메라나 사진기를 갖고 있는 서방인들을 발견하게 되면 불문곡직하고 잡아서 심문해야 합니다. 필름은 무조건 모두 빼앗고, 서방의 언론 기관을 위해 일하고 있다는 의혹이 드는 사람은 추방해야 합니다. 그러나 어떠한 경우라도 그들을 심하게 다루어서는 안 됩니다."

　"관광객들은 어떻게 할 겁니까, 동무?"

　"감시해야 합니다. 지방 간에 곡물을 수송하는 데는 별로 문제가 없습니다. 그러나 작년 남부지방에서 있었던 홍수 때문에 대략 3,000만톤의 식량이 부족할 것으로 추정되고 있으며, 이 물량은 모두 수입해야 합니다. 가장 타격을 받게 된 지방으로는 광저우, 후지얀, 윈난과 상하이를 둘러싸고 있는 양자강 하구 등 남부 해안지역입니다. 또 이들 지역은 베이징의 지령을 무시하고 있는 가장 골치 아픈 지역입니다. 역사는 그들을 중국 분열의 원인으로 간주하게 될 것입니다. 그들은 부유합니다. 그들은 자신들이 필요로 하는 곡물을 미국으로부터 직접 수입하고 있습니다.

동무 여러분께 제안합니다만, 워싱턴에서 경제제재를 발표하자마자 우리도 그들과 맺었던 곡물계약을 취소함으로써 보복을 가해야 합니다. 이미 선적되어 항해 중인 배들은 되돌아가야 할 것입니다. 미국의 경제제재는 우리의 공산품 수출을 목표로 할 것입니다. 그런데 대부분의 공장들이 한결같이 모두 남부지방에 몰려 있습니다. 따라서 수만 명이 일자리를 잃게 될 위험에 처할 것입니다. 특히 광동지역의 주장강 삼각지 인근과 홍콩, 선천 그리고 주하이 등지의 사회적인 불안정도 예견할 수 있습니다."

"그래서 정확히 무엇을 어떻게 하자는 말입니까, 외무장관?" 주석이 말을 가로챘다.

"전쟁의 예술이란 적의 피치 못할 공격을 오히려 우리에게 유리한 방향으로 돌리는 것입니다. 곡물계약을 파기함으로써 미국의 농부들이 고통을 당하게 됩니다. 그리고 남부지방의 문제는 좀 성가시긴 하지만, 중앙에 있는 우리가 다른 지역으로부터 공급품을 들여오면 될 것입니다. 특별 경제지구의 근로자들이 항의를 하겠지만, 다른 지방의 군대를 투입하여 통제하면 될 것입니다. 우리는 아주 짧은 기간에 중국 전역을 통치하여 베이징의 권력을 회복할 수 있을 것입니다, 동무 여러분. 지방에서도 중앙에 있는 우리가 권력을 장악하는 것이 필요하다고 스스로 느끼게 될 것입니다."

"그리고 곡물 저장량은?"

"기껏해야 균형상태가 몇 달 동안 지속되는 정도일 것입니다. 그 다음부터는 평상시와 같을 것입니다. 미국인들은 재협상을 요청할 것입니다. 만약 그렇게 하지 않는다면, 우리는 미국의 다국적기업들을 축출하고 그 일을 유럽 친구들에게 줄 것입니다. 그리고 우리는 호주나 남아메리카로부터 곡물을 수입하면 됩니다."

인민해방군의 드래곤 스트라이크 지휘관이 중간에 끼여들어 미국의 군사계획에 대한 질문을 했다. 제이미 송은 신중하게 경의부터 표했다. 현대의 중국에서는 학자들이 아니라 군인들이 권력을 쥐고 있었다.

"내 개인적으로는 미국과 일본의 동맹관계가 심하게 시험을 겪을 것으로 믿고 있습니다, 동무. 미국의 사업가들은 빠른 시일 내에 외교적으로 해결해야 한다고 주장하고 있습니다. 펜타곤에서도 남중국해에서의 대립 상황에 무력을 행사할 수 있을지 확신을 못 하고 있습니다. 최악의 시나리오를 가정한다 하더라도, 내 생각으로는 우리의 보복적 제재와 함께 미국인 사상자를 조금만 내는 일로 미국의 간섭을 끝장낼 수 있을 것입니다."

수상 관저, 도쿄

현지시간 : 2001년 2월 20일 화요일 14 : 00
G M T : 2001년 2월 20일 화요일 05 : 00

히야시 수상에게는 오후에 열린 내각의 국방위원회에서 진실의 시간이 찾아왔다. 그는 이 순간을 위해 몇 시간 동안이나 준비했다. 국방장관에 재직 중이었을 때, 그는 국방문제에 깊이 빠졌었다. 일본의 전쟁 수행 능력, 중국과의 전쟁 가능성, 미사일 개발, 그리고 모두가 가장 금기시하고 있는 핵재무장 등.

내각 구성을 위한 인선에서 히야시는 경쟁력 있는 도당을 이끌고 있는 정치적 귀족들의 희망사항에 각별히 유의했었다. 그러나 소수당 출신의 히야시는 힘에 의한 지배보다는 균형의 예술을 믿는 사람이었다. 그는 새롭게 떠오르는 다른 당의 유망한 당원들과 거의 밤마다 술을 마시며 보냈었다. 그들을 자기 당으로 끌어들이기 위한 것이 아니라 시기가 도래하여 자신이 내각을 맡게 되었을 때, 그들로 하여금 자기를 도울 수 있도록 사전에 포석을 했던 것이다. 그의 인내와 불굴의 의지는 마침내 빛을 보게 되었다. 히야시는 두 명의 든든한 동맹군을 갖고 있었으니, 국방장관인 이시하라와 외무상인 기무라였다. 한 사람은 일본의 군사적 입지를 잘 알고 있었으며, 다른 한 사람은 히야시 자신과 마찬가지로 지금까지는 생각할 수 없었던 것들을 생각할 준비가 되어 있었다. 국방위원회는 히야시의 관저에서 재개되었다.

"여러분, 나는 여러분 모두가 충분한 시간을 갖고 워싱턴에서 가타야마 대사가 보내온 전보 내용을 숙지했으리라 믿습니다." 히야시는 이렇게 말문을 열었다. "그 글을 읽은 여러분들도 나처럼 한심스럽다는 생각을 했을 것입니다. 오늘 우리는 일본과 일본인에게 지극히 중요한 결정을 내리라는 시대적인 요구를 받고 있습니다.

나는 처음부터 이런 말을 하고 싶었습니다. 정작 시기가 도래하여 미국인들이 압력을 받게 되면, 그들은 우리와의 약속을 절대 지키지 않을 것으로 예상했었다고 말입니다. 수년 전 거부권 의안을 제기했다가 실패를 했을 때, 그 8년 뒤에 오키나와에서 미군의 철수가 뒤따랐을 때부터 나는 이미 짐작하고 있었습니다. 1960년의 방위조약이 무효화되는 것은 단지 시간문제일 뿐이라는 것을 말입니다. 브래들리가 나와 대화하면서 그리고 이어서 우리 대사와 대화하면서 대충 얼버무렸던 것도 이제는 우리가 스스로 행동할 때가 되었다는 확신을 갖도록 해 줍니다.

우리 일본인은 언제나 혼자였습니다. 방위조약은 한낱 쓰레기 뚜껑보다 나을 것이 없습니다. 적어도 소련과의 냉전이 종식되면서부터는 말입니다. 그리고 인종적인 면에 대한 고려는, 아니 보다 직접적으로 말해서 인종적 편견은 미국과 일본 간 유대관계의 핵심에 자리잡고 있는 암세포 같은 것이었습니다. 미국과 일본 사이의 알력의 뿌리는 인종적 편견이라는 토양 위에 자리잡고 있다는 것이 나의 굳은 확신입니다. 미국인들의 인종차별은 현 시대를 백인종들이 창조했다는 문화적인 믿음에 근거하고 있습니다.

내가 국방장관으로 재직하고 있을 때, 미해군 참모총장과 앰버 시스템에 관해 대화를 할 기회가 있었습니다. 호박색을 의미하는 앰버는 경고나 주의의 색깔로 인식되고 있었으며, 이 시스템은 그런 개념 아래 이름이 붙여진 것입니다. 앰버 시스템 아래서 유조선이나 컨테이너선 같은 보통 선박들은 뱃머리에 수중 음파 탐지기를 장착합니다. 음파 탐지기는 수중에 있는 물체를 감지할 수 있는 것이지요. 바위들을 비롯한 갖가지 물체들이 바닷속에 있는데, 항해지도는 이런 것들을 모두 보여 줍니다. 이 시스템이 찾고자 하는 것은 핵잠수함이었습니다.

앰버 시스템 하나만으로는 잠수함의 국적을 판별할 수 없습니다. 그것이 미국 것인지, 러시아 것인지 혹은 다른 어느 나라의 것인지 알 수 없는 것이지요. 그것은 단지 무언가 정체불명의 물체가 존재하고 있다는 사실만 탐지할 뿐이고, 이런 정보가 직접 펜타곤으로 전달됩니다. 펜타곤에서는 해도상에 무엇이 있으며, 그 특정 잠수함이 미국 것인지 아닌지를 알고 있습니다. 나는 미국 해군에게 모든 일본의 상업 선박에도 이 시스템을 장착하는 것이 어떠냐고 제안했었습니다. 일본인 선원들은 아주 신뢰할 수 있으며, 일본의 상업 선박들은 전세계의 대양이나 바다 어디에나 항해하고 있습니다. 유조선을 포함한 일본 선박들은 지극히 중요한 화물선의 항로를 따라 정보를 수집할 수 있을 것이며, 미국은 일본 선박으로부터 입수한 각종 정보들을 분석할 수 있기 때문인 것입니다.

그러나 놀랍게도 미국인들은 일본이 상관할 바가 아니라고 대답했습니다. 미국 선박들의 숫자가 지극히 제한적이라는 점을 고려할 때, 이는 중요한 협조인데도 그런 필요성을 어떻게 쉽게 거절할 수 있는지 물었습니다. 대답은 간단했습니다. '우리는 그토록 중대한 사안을 일본에 맡길 수가 없다'는 것이었습니다. 그 시스템에 영국이나 독일을 포함시키는 것은 적절한가 하고 내가 다시 물었습니다. 그러자 그는 그렇다고 했습니다.

여기서 알 수 있는 중요한 사실은 미국인들이 일본을 결코 신뢰하지 않는다는 것입니다. 앰버 시스템으로 정보를 수집한다 하더라도 이를 분석할 수 있는 전문가가 일본에는 한 명도 없는 것이 사실입니다. 그런데도 그들은 간단한 정보수집에서도 일본의 신뢰성을 우려하고 있습니다. 일본에 대한 미국인들의 인종적 편견은 근본적인 것입니다. 따라서 우리도 미국인을 상대할 때는 항상 그 점을 염두에 두어야 합니다. 제2차 세계대전 중에 미국인들은 독일의 민간 목표물에도 폭격을 가했습니다. 그러나 유독 일본에게만 원자탄을 사용했던 것입니다. 그들은 사실을 인정하려 하지 않지만, 원자탄을 사용할 수 있었던 유일한 이유는 일본에 대한 인종적인 태도 때문인 것입니다.

이제 우리 일본인들은 중요한 선택의 기로에 서 있습니다. 용감하게 앞으로 전진할 것이냐 아니면 조용히 뒤로 물러설 것이냐. 우리 일본이 아시아 지역은 물론 세계 속에서 진정으로 독립적인 위상을 토대로 새로운 미래를 확보하는 것도 물론 가능할 것입니다. 우리가 지금 이 순간까지 지켜 왔던 위상을 스스로 제한하지는 말아야겠습니다.”

“수상께서는 심중에 어떤 대안을 갖고 계십니까?” 통상장관인 나이토가 물었다.

“그 문제는 나중에 다시 말하겠습니다. 그러나 미국이나 전세계에 안보조약은 이제 더 이상 존재하지 않는다는 사실만큼은 분명히 하는 것이 좋다고 생각합니다. 나는 또 우리의 군사력을 과시하는 문제도 고려해야 한다고 생각합니다. 그래서 특히 중국이 남중국해에서 일본이 갖고 있는 정당한 권리와 이해관계를 인정하도록 해야 할 것입니다. 바로 그 항로를 이용한 자유롭고 속박받지 않은 왕래가 우리 경제에 엄청나게 중요하다는 사실을 다른 어느 누구보다도 나이토 장관 당신이 가장 잘 인식하고 있지 않습니까?"

"그렇습니다. 그러나 문제는 우리가 중국에 많은 투자를 했다는 사실과 따라서 남중국해에서 베이징에 대항하여 경솔한 행동을 취할 경우에 자칫 그들을 위험에 빠트릴 수도 있다는 점입니다." 나이토가 말했다. "석유를 가득 실은 대형 유조선 한 척은 어느 기준으로 보더라도 결코 사소한 일은 아닙니다. 그렇지만 우리가 기존에 중국에서 갖고 있던 모든 것을 담보로 할 만큼 가치가 있는 것일까요? 중국에 있는 상위 30개 합작회사 중에서 7개가 일본 회사입니다. 일본이 리더라고 할 수 있지요. 우리는 또한 중국의 최대 수입국으로, 그들과의 무역에서 막대한 이익을 내고 있습니다. 제가 염려하는 것은 재산의 몰수입니다. 재계에서도 마찬가지로 염려하고 있다는 사실을 저는 알고 있습니다. 이런 군사행동에 대한 소문이 있다면서 경제계의 일부 지도자들이 우려를 표명하고 있습니다."

"피치 못할 운명은 단지 희망한다고 해서 연기할 수 있는 것이 아닙니다." 기무라 외무상이 말했다. "게다가 우리는 모두 다 같은 아시아 인입니다. 우리는 중국과 화해할 수 있으리라고 확신합니다. 사업가들은 그들이 가장 자신 있는 일을 해야 하며, 정치에서는 떨어져 있어야 합니다. 정부의 중대한 결정에 대해 왈가왈부해서는 안 되지요."

"이시하라 국방장관, 이제 우리 군대의 전투능력과 오가사라와 프로젝트에 대해 브리핑을 해 주셨으면 합니다." 히야시가 말했다. "이시하라 장관!"

"일본의 군사력은 언제라도 동원할 수 있는 임전태세를 완벽하게 갖추고 있습니다, 수상 각하. 예전에 미국이 사용하던 오키나와 시설을 우리의 남부함대가 점유하고 있는데, 지금은 바다에 출동해 있습니다. 이 함대는 소형 항공모함 한 척과 유도 미사일을 탑재한 순양함 세 척, 그리고 합동지원 선박 등으로 이루어져 있습니다. 또한 인근 해역에는 잠수함 한 척이 배치되어 있습니다. 우리의 기술 수준을 감안할 때, 중국인들이 우리에게 심각한 타격을 입히지는 못할 것입니다. 그러나 그렇다고 해서 자만심을 가져도 좋다는 것은 물론 아닙니다. 야마시타 제독이 총지휘를 맡고 있습니다.

오가사와라의 시설은 여러분도 알다시피 수많은 작은 섬들 사이에 널리 펼쳐져 있습니다. 가장 작은 것은 실험시설이며, 22킬로미터 남쪽에 가장 큰 건물은 '방위 연구소 317'로서 대략 165명의 과학자와 군인들이 일하고 있었습니다. 그곳도 역시 임전태세가 완비되어 있습니다. 사실 모든 것이 준비가 완료된 상태이며, 수상 각하의 재가만을 기다리고 있습니다."

"저도 이 비밀시설에 대해서는 알고 있습니다." 대장성 장관인 와다가 말했다. "그곳의 예산은 농산성의 쌀 연구 예산 속에 감추어져 있습니다. 그러나 '317'에서 무슨 일을 하는지에 대해서는 들어 보지 못했습니다. 그리고 이시하라 외무상, 당신의 설명을 들었지만 전혀 이해가 되지 않는다는 말씀을 드리지 않을 수 없습니다."

"'317'은 핵무기 연구시설입니다." 이시하라가 말했다. "그 연구소는 원자력 분야에 대한 정부의 노력을 제고하고 개발하기 위해 존재합니다. 그것은 당시 정부의 결정에 의하여 건립되었으며, 일본이 소수의 핵무기를 제조할 수 있는 능력을 확보할 수 있도록 그 다음 정부에서도 지원해 왔습니다. 핵무기의 보유 수량을 놓고 미국이나 소련, 중국과 경쟁하는 것이 정부의 의도는 아니었습니다. 대신에 우리는 품질과 목표물 도달 가능성에 역점을 두어 왔습니다. 제2차 세계대전 때 지구상에서 유일하게 핵폭탄을 맞았던 유일한 국가로서 우리가 겪은 비극적인 경험을 토대로, 가능한 한 가장 깔끔한 고안

물의 제작을 목표로 출발했습니다. 만약에 분노를 이기지 못해 우리
가 제작한 탄두를 사용하는 사태가 발생한다면, 처음에는 적에게 상
당한 손상을 입힐 수 있을 것입니다. 그러나 핵폭발로 인한 엄청난
방사선의 방출 때문에 미구에 닥칠 건강문제에 대해서는 속수무책이
될 것입니다."

  내각 회의실에는 귀청이 찢어질 듯한 침묵이 무겁게 흘렀다. 수상
은 그쯤에서 회의를 마쳐야겠다고 생각했다.

  "나도 처음에는 핵개발에 대해 다소 회의적이었습니다. 그러나 지
금까지 일어난 사건들을 보고 나니, '317' 프로젝트를 수립한 결정
은 충분히 정당한 것이라는 믿음을 갖게 되었습니다. 내가 여러분들
앞에 제시하고자 하는 것은 이렇습니다. 우리가 무언가 준비하고 있
다는 사실을 외부에 보여 주어야 합니다. 무기력한 관람자가 아니라
이 위기상황에서 무언가 역할을 담당하고 있다는 것을 말입니다. 나
는 그런 목적을 달성하기 위해서 가장 작은 고안물들 중 하나를 실험
하도록 권한을 부여할 계획입니다. 지하에서 폭발하도록 되어 있는
50킬로톤짜리 폭탄입니다. 별로 대단치 않은 이 작은 폭발이 전세계
에 우리의 시대가 도래하고 있음을 알리는 계기가 될 것이라고 믿습
니다. 그와 동시에 남중국해에서 저지른 행동을 더 이상 묵과하지
않겠다는 우리의 의지를 중국에게 알리게 될 것입니다."

외무성, 베이징

현지시간 : 2001년 2월 20일 화요일 14 : 00
G M T : 2001년 2월 20일 화요일 06 : 00

인도 대사가 탄 차가 베이징의 새로 지은 외무성 건물 앞에 도착한 것은 제이미 송과 약속한 면담시간 5분 전이었다. 그는 곧장 안으로 인도되었다. 서로 이름을 부르는 사이였던 두 사람은 악수를 교환하고 바로 이야기를 시작했다. 나중에 인도 대사는 인도의 신문인 프레스 트러스트에게 그들의 대화는 우호적이긴 했지만 지극히 사무적이었다고 말했다.

"하디프, 국가안전부에서는 당신네 추가 병력이 티벳과의 접경지역으로 이동하고 있다고 말했습니다." 외무장관이 이렇게 말문을 텄다.

"만약 그것이 사실이라면, 내게도 수수께끼가 아닐 수 없습니다, 제이미. 바로 오늘 아침에 델리에 문의를 했었는데, 우리 군대는 그냥 경계만 하고 있을 뿐 아무런 움직임도 없다고 말했습니다."

"다시 한 번 확인해 보시지 않겠습니까?"

"그러겠습니다. 그러나 라사(拉薩)와 다른 도시에서 이단자들의 활동이 증가하고 있다는 RAW(주 : 인도 비밀경찰의 조사 연구부문)

의 보고가 있었다는 말을 하고자 합니다. 물론 이건 개인적으로 드리는 말씀입니다.”

“물론이지요.”

“그리고 당신들이 군사력을 남중국해에 집중하고 있는 점을 반체제자 집단들이 악용할 가능성도 있다고 봅니다.”

“인도 정부가 그런 분위기를 조장하는 일은 하지 않을 것으로 믿어도 되겠지요?”

“당신도 알다시피 우리가 은신처는 제공하고 있습니다. 그 이상은 하지 않아요. 그러나 우리 수상 각하께서는 다음과 같은 문제들을 공식적으로 언급하라고 지시하셨습니다.”

“말씀하시지요, 하디프.”

“미국에서 오래 전부터 제안해 오던 것이지만, 우리가 독자적으로 실시하고 있는 군사훈련 프로그램을 확장하여 미군과 합동훈련을 할까 고려 중입니다. 당신도 아는 바와 같이 그들은 1991년부터 그런 제안을 해 왔습니다. 다른 무엇보다도 미국인들은 고도가 높은 히말라야에서의 훈련에 매력을 느끼고 있습니다. 인도는 중국의 군사적 팽창을 심히 우려하고 있으며, 우리로서는 확실한 보장책을 필요로 하고 있다는 말을 당신께 전하라는 지시를 받았습니다.”

“보장책이라니, 예를 들면 어떤 것을?”

“당신들은 파키스탄에 핵기술을 팔아 왔는데, 이를 중단해 주십사 하는 것입니다. 그리고 파키스탄에 판매하고 있는 다른 무기들도 판매속도를 줄여 주시고요. 미얀마의 행기 섬에 있는 당신네 군사기지를 철거하든지 아니면 우리와 공유하는 것인데, 장관님도 아시겠지만 그 기지는 전략적으로 벵갈 만을 측면공격하기에 적합한 곳입니다. 그리고 우리의 아다만 군도 북쪽에 있는 미얀마의 그레이트 코코 섬에 있는 감시초소에 대해서도 마찬가지입니다.”

“아주 솔직하십니다, 대사.”

“영국 식민지 시절에 단련된 덕분이겠지요. 당신들도 자신의 것이
아닌 한 남과 공유하는 것이 좋을 것입니다. 그렇게 해서 우리 정부
를 행복하게 해 주시지요.”

“만약 그렇게 못하겠다면?”

“중국의 지역적 팽창에 대해 우리 정부의 두려움이 가라앉지 않는
다면, 우리는 핵무기를 과시하는 수밖에 없겠지요.”

“상당히 위험한 수를 두시는군요, 하디프.”

“세계가 더욱 위험한 장소로 변하고 있으니까요.”

“우리가 만약 귀국의 요청에 응한다면?”

“우리는 티벳 일에 간섭하지 않을 것입니다.”

크레믈린, 모스크바

현지시간 : 2001년 2월 20일 화요일 09 : 00
G M T : 2001년 2월 20일 화요일 07 : 00

모스크바 주재 중국 대사는 한 시간도 채 안 되는 짧은 시간에 사전 통보를 받고 크레믈린으로 소환되었다. 소요된 시간은 그를 초대한 사람의 계급—이번의 경우는 외무차관—이 의미하는 바와 마찬가지로 외교상 중요한 의미를 갖고 있다. 외무장관은 다른 일 때문에 시간을 낼 수 없었다.

"대사님, 우리 정부에서는 베트남에 대한 당신네 공격으로 발생한 민간인 사상자 때문에 깊이 우려하고 있습니다. 우리는 더 이상의 사상자가 없기 바랍니다."

"이것은 중국과 베트남 양국의 문제이기……"

외무차관이 그의 말을 중간에 가로챘다.

"러시아제 비행기가 관여하고 있다면, 더 이상 양국 간의 문제만은 아닙니다."

"무슨 말을 하려는 겁니까, 외무차관님?"

"솔직히 말하겠습니다. 우리는 미국인들로부터 귀국에 대한 기술적인 지원을 즉각 중단하라는 압력을 받고 있습니다. 당신들이 민간인의 피를 흘리지 않고 군사행동을 할 수 있다면, 아니 가능한 한 어떤 피라도 흘리지 않는다면 우리도 미국의 요청에 응할 필요가 없겠지요. 그러나 러시아제 비행기가 베트남에서 민간인 거주지역을 폭격하는 망령만큼은 우리 정부도 결코 용납할 수 없다는 점을 분명히 하고자 합니다."

외무성, 베이징

현지시간 : 2001년 2월 20일 화요일 16 : 30
G M T : 2001년 2월 20일 화요일 08 : 30

제이미 송은 오후에 있을 프랑스, 독일, 영국 대사들과의 회담을 30분 간격으로 준비했다. 그는 대사들이 서로 마주치는 것을 바라지 않았지만, 각기 그들의 정부에 회담내용을 보고하고 다음날 아침 일찍 회신을 받을 수 있기를 바랐다.

그는 의도적으로 프랑스 대사를 7분이나 기다리도록 만들었다. 그러고는 그가 방 안으로 인도되어 들어오자 자리에서 벌떡 일어섰다. 회담을 하는 동안, 어느 누구도 의자에 앉지 않았다.

"대사님, 우리 정부는 이번에 귀국이 중국의 적국에 제공한 노골적인 지원에 무척이나 놀랐을 뿐 아니라 또한 심히 슬펐습니다. 내가 알기로 프랑스 군인들이 인민해방군에게는 적대적(敵對的)으로 이용되고 있습니다."

"장관도 아시다시피 우리는 베트남과의 조약에 의거하여 수행해야 할 책임이 있습니다."

"우리 정부는 이런 귀국의 처사를 심히 언짢게 생각하고 있습니다. 중국이 미국인들보다 10년이나 앞서서 프랑스의 외교사절단이 베이징에 올 수 있도록 허용했던 것은 신뢰를 바탕으로 했던 때문입니다. 우리는 귀국을 오래도록 믿을 수 있는 친구로 간주해 왔습니다. 1990년대에 귀국에서 대만에 전함과 전투기를 판매했을 때처럼 어려운 시기도 있었습니다. 그러나 지난 이틀간 당신네가 보여 준 배신의 정도와 비견할 만한 것은 아직 없었습니다."

"외무장관께서 하신 논평을 우리 정부에 그대로 전하겠습니다."

"그것만으로는 충분치 않습니다, 대사님. 프랑스 정부로부터 중립을 지키겠다는 선언을 즉시 듣지 못한다면, 우리는 중국의 모든 새로운 입찰에서 프랑스 회사들을 제외시킬 것입니다. 그리고 다음 주부터 우한(武漢)에 있는 시트로엥 공장도 폐쇄할 것이라고 귀국 정부에 전해 주십시오. 이상입니다."

제이미 송도 영국 대사는 보다 정중하게 대했다. 그들 둘은 장관의 집무실 구석에 놓여 있는 편안한 가죽의자에 앉았다.

"이처럼 난해한 지역적인 분쟁에 영국이 중립적인 위치를 지켜 주셔서 감사하게 생각합니다." 그는 이렇게 시작했다. "중국 사람이나 중국의 문화에 깊은 지식을 갖고 계시기 때문에 이런 문제는 외부의 간섭 없이 양국 간에 해결하는 것이 한결 바람직하다는 것을 귀하는 이해하고 있는 것 같습니다. 결국 우리 아시아 인들도 언젠가 두 발로 버티고 서야만 합니다. 미국의 항공모함이 우리 엉덩이를 찌르지 못하도록 말입니다."

"예, 그건 정말 어려운 일이었습니다, 장관님. 나는 단지 베트남에 있는 영국인들이나 귀국이 점령하고 있는 스프랏틀리 섬의 석유 시추선에서 일하는 위험에 처한 영국 국적자들 때문에 우리 정부가 상당히 걱정하고 있다는 사실을 귀국 정부에 주지시키도록 지시를 받았습니다. 하원은 불안해하고 있습니다. 당신도 알다시피 민주주의는 쉬운 해결책과 빠른 행동을 좋아합니다. 만약 오늘 오후에 수상이 하원에서 우리 국민들의 안전함을 보고할 수 있다면, 우리가 중립을 유지하기는 한결 더 쉬울 것입니다. 그리고 한 가지 말씀드릴 것은, 귀국이 베트남 민간인들을 공격하는 장면이 텔레비전에 나오는 것은 중국의 국제적인 이미지에 아무런 도움도 되지 않는다는 사실입니다. 마찬가지 이유로, 만약에 영국이 지속적으로 당신네측에 서기를 원한다면 그런 행위를 즉각 중단할 필요가 있습니다."

"이것은 중국과 베트남 양국의 내부적인 문젭니다. 솔직히 말해서 이건 당신네가 상관할 일이 아닙니다, 대사님."

"세계가 당신이 말하는 것처럼 그렇게 작다면, 죄송합니다만, 그것은 대영제국의 국내적인 문제도 될 수 있을 것입니다. 우리가 1860년에 여름 궁전을 약탈했을 때만 해도, 영국군의 행위를 기록할 텔레비전 카메라 같은 것이 없었습니다. 만약 영국인들이 베트남에서 저지른 당신들의 행위에 화를 내고 있다면, 영국의 정치인들도 비록 내키지는 않겠지만 그 분노를 반영해야만 할 것입니다."

제이미 송은 일어서서 회담이 끝났다는 신호를 했다. 그는 손을 내밀어 대사의 손을 꼭 잡고 이렇게 말했다.

"저는 비행장 건설 계약건으로 며칠 내에 대사님과 이야기를 해야겠다고 생각했었습니다. 상황에 따라서는 여차하면 모든 게 영국 회사로 넘어갈지도 모릅니다. 각자가 할 일을 제대로만 하면 말입니다. 그렇게 된다면, 나보다 더 좋아할 사람은 아마 없을 것입니다."

제이미 송은 긴 복도를 따라 대기 중인 엘리베이터까지 함께 걸어가서 대사를 전송했다. 아무리 현대화된 중국이라고는 하지만, 이는 엄청난 예우를 하고 있다는 신호인 것이다.

그러나 그가 독일 대사에게 보여준 제스처에 비하면 그리 엄청나다고 할 수는 없었다. 독일 대사가 탄 차가 정문에 도착했을 때, 제이미 송은 계단 위에서 그를 기다리고 있었다. 그는 대사의 팔을 잡고 엘리베이터로 직접 안내하여 사무실로 올라갔다. 웨이터가 미리 준비해 둔 스먼노프 보드카 칵테일과 신선한 오렌지를 가져왔다. 대사가 오후에 가장 즐겨 마시는 술이 스먼노프라는 것을 제이미 송은 알고 있었다. 넓은 실내에는 말러의 교향곡 5번이 배경음악으로 잔잔하게 흘렀다. 그들은 서로 이름을 부르는 사이였다.

"우리는 모든 외국인들에 대해 책임을 지고자 합니다, 헬무트. 주석과 몇 분 전에 이야기를 했습니다만, 그분께서는 베트남에 대한 군사행동을 오늘 안에 중단하겠다고 하셨습니다. 선박들의 항로도 다시 공개될 것입니다. 금주 말까지 사람들은 그런 사건이 있었는지조차 잊고 말 것입니다."

"수상께서는 국제위원회에게 자제하도록 종용했습니다."

"주석께서는 이처럼 난해한 지역문제에 대해 독일이 보여 준 성숙한 태도에 감사의 말씀을 전해 달라고 하셨습니다. 내 말을 믿으십시오, 헬무트. 일단 이번 사건이 진정되면, 아시아에서 더 이상의 도발은 없을 것입니다."

"그리고 항로는?"

"우리가 염려하고 있는 점은 교전 중인 지역으로 잘못 들어간 선박들이 불의의 유탄을 맞지 않을까 하는 것입니다. 우리가 대화하고 있는 이 순간에 모든 선박에 대해 항로가 열리고 있을 것입니다."

"수상께 그렇게 전하겠습니다."

"그러십시오. 그리고 지멘스, 메르세데스 벤츠, 폭스바겐이 최근에 신청한 합작투자 사업에 대해 우리가 깊은 흥미를 갖고 있다는 말씀도 전해 주십시오. 협상과정에서 약간 지체되고 있는 것으로 알고 있습니다만, 앞으로 수일 내에 모든 문제점이 깨끗하게 정리될 것으로 생각합니다."

보잉 본사, 시애틀

현지시간 : 2001년 2월 20일 화요일 00 : 30
G M T : 2001년 2월 20일 화요일 08 : 30

피켓을 든 시위행렬이 1킬로미터 이상 길게 늘어져 있었는데, 그들은 밤새도록 그곳에 머무를 예정이었다. 보잉의 회장인 리스 오버할트는 집무실에서 시위대를 내려다보고 있었다. 그는 지금으로서는 참고 견디는 것밖에 달리 대안이 없다는 것을 알고 있었다.

시위대가 걸어 놓은 현수막에는 중국과 보잉을 비난하는 글들이 쓰여 있었다. '미국인들의 일자리를 중국으로 수출하지 말라!' '보잉은 중국의 살인자들을 지원하고 있다!' '오버할트는 끝났다, 그를 축출하라!' 시위를 주도하고 있는 사람은 국제 기계공협회(IAM)에서 파견된 간부들이었다. IAM에서는 1995년에도 보잉을 상대로 7주에 걸친 끔찍한 스트라이크를 주도했었는데, 당시에도 일자리의 중국 수출이 주요 쟁점사항이었다. 보잉은 중국으로부터 항공기 수주를 확보하기 위해 항공기 제작의 일부분을 중국에 수출하기로 합의했었다. 노동조합의 회보인 'IAM 저널'에서는 이런 '오프셋 거래'에 대해 '일자리를 갈취하는 살인적인 게임이다…… 미국의 항공기 거인은 자기 밥그릇을 송두리째 포기하고도 전혀 걱정하지 않고 있는 것 같다. 그들은 아시아의 호랑이를 키우고 있다. 경쟁자를 키우는 것이다'라고 썼다. 중국의 베트남 침공과 남중국해 봉쇄가 노동조합의 불평불만을 촉발시키는 도화선으로 작용했던 것이다. IAM은 동체의 폭이 넓은 보잉사의 새로운 기종인 777 제트기의 20퍼센트에 해당하는 가치를 일본에서 생산하는 것으로 계약함으로써, 보잉이 미국의 생존권을 외국에 매도했다고 비난했다. 노동조합의 한 직원은 중국이 보잉 737의 꼬리 부분을 군대에서 운영하는 공장에서 제작하고 있다는 점을 지적했다. 그 공장이 베트남을 공격했던 바로 그 폭격기를 제작했던 공장이라는 것이다. '군사훈련을 받은 중국 노동자들과 미국의 근로자들이 경쟁할 수 있으리라고 기대하는 것은 비합법적이고 또 어이없는 노릇이다. '

오버할트의 머리를 더욱 무겁게 짓누르는 걱정거리는 보잉의 주식이었다. 주가는 심하게 난타를 당했으며, 3달러가 하락하여 67. 5달러가 되었다. 이는 또한 시장 전체의 평균보다 훨씬 빠른 속도로 평가절하된 것이었다. 다우 존스 지수 평균이 2. 76퍼센트 떨어지는 동안, 보잉의 주가는 4. 44퍼센트 하락했던 것이다. 홍콩 시장에서 대규모로 이 회사 주식의 매도 물량이 나왔다. 그는 보잉의 재무 담당 자문회사인 월스트리트의 골드만 삭스 증권회사에 전화를 걸어서 홍콩에서 나온 대량 매도 물량에 대해 누가 어떠한 배경으로 매도하고 있는지 확인을 요청했다.

중국 국영 텔레비전, 베이징

현지시간 : 2001년 2월 20일 화요일 19 : 00
G M T : 2001년 2월 20일 화요일 11 : 00

미국인 석유 근로자들이 호소하는 장면이 BBC와 CNN에 전달되어
재방영되었다. 양 방송국에서는 정규방송 중간에 무슨 일이 일어나
고 있는지 설명하는 자막을 화면 하단에 흘렸다. 그것은 중국 국영
텔레비전 뉴스에서는 두 번째 기사였다. 첫번째 것은 왕펑 주석이
중난하이의 빌라에서 이란 외무장관의 예방을 받고 회담한 내용을
싣고 있었다. 두 사람이 악수를 하고 서로의 팔꿈치를 잡으며 두 정
부 간의 따뜻한 우의를 나누는 장면 위에 뉴스 해설자의 논평이 흐르
고 있었다.

'왕펑 주석께서는 중국과 이란의 인민들이 개발도상국의 다른 나
라들에게 모범이 될 좋은 전형을 제시했다고 말씀하셨습니다. 우리
는 뭉칠 수 있습니다. 그리고 우리는 다 함께 아시아의 문화를 전혀
존경하지 않을 뿐 아니라 오히려 억제하려 하는 소위 서방의 권력 앞
에 결연히 일어서야 합니다.'

그런 뒤에 뉴스 해설자는 남중국해의 지도를 배경으로 베이징의
영토 주장을 되풀이했다. 그녀의 말이 이어지는 동안, 화면이 갑자

기 바뀌면서 비디오로 녹화한 유정 근로자의 모습이 나타났다. 그는 미네소타에서 온 제이크 워커라고 자신을 소개했다. 그가 입고 있는 검은 T-셔츠는 오른쪽 어깨부터 찢어져 있었다. 얼굴은 햇볕에 제멋대로 타서 껍질이 벗겨지고 있었으며, 빗지 않은 머리카락이 지저분하게 엉켜 있었다. 그는 수척하고 지쳐 보였다. 그는 자신의 몰골을 설명하는 것으로부터 시작했다. 중국군이 디스커버리 유정을 점령했던 일요일부터 먹을 것이 거의 없다고 말했다. 지역의 해방운동에 참여하고 있는 군인들이 음식이 필요하다며 모두 빼앗아 갔기 때문이라고 했다.

지역의 해방이라는 바로 그 단어가 유럽이나 미국의 작전실에 경종을 울렸다. 배경 화면이 보여 주고자 하는 의도는 명확했다. 그 지역에 아직도 사람들이 잡혀 있다는 사실이었다. 메시지를 전하는 제이크 워커의 비굴한 어조가 미국인들에게는 굴욕스러웠을 것이다. 1979년의 테헤란, 1980년대의 베이루트 인질극 그리고 1990년대의 소말리아 사태의 그림자가 여기 다시 나타나고 있었다.

"우리는 많은 중국 군인들과 친하게 지내고 있습니다." 워커가 말했다. "그들은 자신들의 입장을 설명했습니다. 우리는 그들의 입장을 충분히 이해하고 있을 뿐 아니라, 이제는 그들을 지지하고 있습니다. 이 모든 문제들은 내가 사랑하는 나라 미국이 군대를 철수하고, 내가 존경하고 또 사랑하게 된 나라 중국으로 하여금 자신들의 역사적인 권리를 되찾도록 해 준다면 금방 해결될 수 있을 것입니다."

백악관, 워싱턴, DC

현지시간 : 2001년 2월 20일 화요일 06 : 20
G M T : 2001년 2월 20일 화요일 11 : 20

대통령은 텔레비전의 소리를 확 줄여 버렸다. 그는 인터콤으로 개인비서를 불렀다.

"중국 대사를 부르시오, 지금 즉시. 그리고 국가 안보 보좌관, 국무장관, 국방장관, 합참의장을 모두 소집하시오."

DRAGON STRIKE

THE MILLENNIUM WAR

서울, 한국

현지시간 : 2001년 2월 20일 화요일 21 : 00
G M T : 2001년 2월 20일 화요일 12 : 00

드래곤 스트라이크 작전 중에 한반도에서도 총격사건이 발생했다. 그로 인한 첫 사상자는 서울에서 가장 번잡한 상업지구인 이태원에서 쇼핑을 하던 한 미국인으로, 45밀리 자동소총을 맞았다. 켄터키 프라이드 치킨(KFC) 근처에 가방과 옷들이 주렁주렁 걸려 있는 가게에서 쓰러졌는데, 현장에서 즉사하고 말았다. 그의 신원은 서울 주재 미국 대사관에 배속된 해군 상병인 것으로 밝혀졌다. 그를 살해한 자는 재빨리 군중 속으로 스며들어 순식간에 사라졌다. 총격장면을 목격한 사람이 있긴 했지만, 그냥 공포에 휩싸여 멀거니 구경만 했을 뿐이었다.

그 후 3시간 동안, 5명의 미국인이 비슷한 방법으로 살해되었는데, 모두 도심의 복잡한 지역에서 공개적으로 자행되었다. 또 23명의 한국사람들이 사살되고 70명이 부상을 당했다. 그리고 자동차를 타고 달리면서 무차별로 AK47 자동소총을 휘두른 사건만도 최소한 4건이 발생했다. 커피숍에 앉아 있던 손님들, 지하철 종각역 근처에서 횡단보도를 건너던 보행자들, 도심에 있는 피카디리 극장에서 영화를 보고 나오던 군중 그리고 40킬로미터도 채 떨어지지 않은 곳에 있는 비무장지대를 향해 북으로 난 자유로를 달리던 4명의 운전사가 무자비한 살인자들의 총에 맞았다.

한국 국방부 장관의 발표에 의하면, 최소한 5척의 연안용 소형 잠수함들이 남한 해안선에 접근하여 많게는 100명의 특수부대 요원들을 상륙시켰을 것으로 추정되었다. 잠수함들은 원래 유고슬로비아에서 설계되었으나, 1960년대 초부터는 북한이 독자적인 기술로 제작했다. 현재 북한은 다양한 디자인의 잠수함 50여 척을 운용 중이라고 한다. 일부는 기뢰부설, 또 다른 일부는 특수부대를 침투시키는 역할을 맡고 있었다. 또 어뢰 공격용과 정보수집용 잠수함도 있었다. 서울에서 처음 살상행위가 있고 난 몇 시간 뒤, 미국의 위성이 촬영한 사진은 잠수함들이 2척의 모선을 기점으로 활동하고 있다는 사실을 보여 주고 있었다. 화물선을 개조한 배들로, 동해에는 〈동해〉호가 그리고 황해에는 〈송림〉호가 있었다.

더 많은 특수부대 요원들이 다음 차례의 상륙을 기다리며 대기 중인 것이 거의 확실했다. 이들은 북한군의 최정예 요원들로 생존기술, 은밀한 군사작전, 요인 암살 그리고 폭발물을 다루는 기술에 관한 한 서방의 최고 요원들과 같거나 오히려 능가할 정도의 수준이었다. 잠수함 작전을 위해 특별히 훈련된 이들은 8개 대대로 구성된, 고도로 특수화된 부대인 정보국 산하의 제22전투단 소속이었다. 정보국은 특수전 사령부와 긴밀한 협조 아래 일하고 있는데, 이 사령부에는 비밀작전, 수륙양용작전 그리고 공수작전 등 모든 형태의 군사작전에 대해 훈련을 받은 8만 8,000명을 보유한 정예부대를 보유하고 있었다. 북한이 한국과 그토록 오랫동안 신경전을 벌여 왔던 이면에는 10만 명이 조금 못되는 이들 정예부대 요원들이 있었던 것이다. 이들을 선발하는 데는 충성심, 스태미나, 육체적인 강인함 그리고 지능 등의 기준이 종합적으로 적용되었다.

제3세계 지도자들은 고도로 훈련된 이 부대 요원들을 경호요원으로 고용하고 있다. 그들은 최소한 아프리카 12개국에서 활동하고 있으며, 특히 암살을 두려워하는 캄보디아의 노로돔 시아누크 왕자는 이들을 대동하지 않으면 절대 외출하지 않았을 정도였다. 북한의 특수부대는 일련의 테러 활동 주범으로 비난받고 있는데, 1983년에 당시 미얀마(당시는 버마)를 방문했던 한국의 각료들이 폭탄 공격으로 살해된 사건을 포함하여, 1987년 한국의 민항기를 폭파한 사건의 주범이라는 혐의도 받고 있다. 오늘밤, 전세계가 드래곤 스트라이크 전쟁에 마음을 빼앗기고 있는 시점에 바로 이 전설적인 무시무시한 부대의 특공대원들이 활동을 개시했다. 정부를 동요시키고 경제를 파탄시키며 국민들을 공포에 몰아넣으려는 임무를 띠고 서울의 심장으로 침투한 것이다.

웨스틴 조선 호텔의 경비원 한 명이 늦은 오후의 출퇴근 시간에 북한 간첩 한 명을 잡았다. 수년간 한국은 북한의 위협에 대비하여 스스로를 요새화하고 있었지만, 18층 반달 모양의 조선 호텔은 집을 떠나 이국땅에 온 외교관이나 언론인, 군인 같은 사람들에게는 자기 집 이상으로 가정적으로 느껴지는 곳이었다. 호텔은 큰길로부터 약간 안으로 들어간 곳에 있었다. 호텔 지배인은 엄중한 검사와 수색으로 고객들에게 불편을 끼치고 싶지 않았기 때문에, 은밀한 감시를 더 증가시키기로 마음먹었다.

고객들 사이에 섞여 있던 경비요원 한 명이 커다란 회전문을 통해 로비로 들어서는 북한의 간첩을 처음 발견했다. 전혀 어울리지 않는 양복을 걸친 채 대리석 바닥을 가로질러 걸어오는 모습이 아무래도 어색하기 짝이 없었다. 오크재(材)로 장식된 벽과 빅토리아풍의 가스 램프 스타일의 조명기구가 연출하는 부드럽고 우아한 분위기가 부담스러운 듯, 그는 어쩔 줄 몰라 했었다. 그런 그가 지하에 있는 오킴스 바로 가려면 어디로 가야 하느냐고 여러 번 물었다. 그곳은 국외 추방자들이 즐겨 찾는 소굴이었다. 그는 왼쪽에 있는 프런트로 접근하더니 커피숍을 향해 빠른 걸음으로 홀을 가로질렀다. 어찌보면 다소 거만한 듯하기도 했지만, 안절부절못하고 있는 것이 확실해 보였다. 단체관광객들의 옷가방이 줄에 엮여진 채 층계 쪽에 놓여 있었는데, 자신이 가려는 길을 가로막고 있다며 혼잣말로 욕을 해댔다.

그가 오킴스 바로 내려가는 계단을 찾았을 즈음, 호텔에 있던 모든 경비원들은 그를 주시하고 있었다. 간첩은 본능적으로 위기를 의식하는 것 같았다. 북한인은 즉각적으로 칼을 꺼내 들었다. 주위에 있는 사람들에게 위협을 가하기 위한 것이 아니었다. 그는 칼을 휘두르며 다가오는 경비원들의 접근을 막았다. 그는 경비원들이 주춤 거리던 짧은 순간을 이용하여 윗저고리 안주머니에서 소형 권총을 꺼냈다. 그러고는 자신의 머리에다 대고 방아쇠를 당겼다.

백악관, 워싱턴, DC

현지시간 : 2001년 2월 20일 화요일 07 : 30
G M T : 2001년 2월 19일 월요일 12 : 30

워싱턴 주재 중국 대사인 장후아는 마치 졸병이라도 부르듯 갑작스럽게 자신을 호출한 데 대해서 노골적으로 불쾌한 표정을 드러냈다. 그러나 그는 이내 외교적인 우아함으로 애써 분노를 감추었으며, 대신 짐짓 놀라움을 가장했다. 미국인들은 외교상의 의전절차를 생략한 채, 그를 곧장 미국 대통령에게 안내했다.

브래들리는 편안한 의자에 앉아서 대사와 대화하는 방법을 선택했다. 다른 고위 각료들이 대사를 중심으로 병풍처럼 둘러앉았다. 그들은 아무 말도 하지 않고 있었다. 그들 모두 국방과 연관된 사람들이라는 것만으로도 분위기를 감지하기에 충분했다. 이번 회의에서 경제나 무역은 주제가 아닌 것이다.

대통령은 모두의 자리에 커피 잔이 놓일 때까지 가만히 기다렸다. 대사가 녹차를 좋아한다는 것을 모두 알고 있었지만, 그를 위해 따로 녹차를 준비하지는 않았다. 아침에 마시는 커피는 미국 문화의 뿌리 깊은 단면이라는 점을 부각시키려는 메시지였다. 대통령은 나중에 실토하기를, 중국 대사를 희롱하기 위해 도너츠를 주문할까 하는 생각도 했었지만 지나친 것 같아서 그만두었다는 것이다.

그는 먼저 워싱턴을 강타하고 있는 겨울 추위에 대해 가볍게 언급했다. 대사는 영하로 내려가는 베이징의 추운 날씨를 언급했다. 그러나 대통령이 남중국해 쪽으로 주제를 바꾸면서 목소리가 경직되기 시작했다.

"대사, 우리는 방금 유정 노동자인 제이크 워커의 방송 건에 대해 투표를 했습니다. 당신네 저녁 뉴스에 방영됐던 것 말입니다. 당신도 CNN에서 그 내용을 보았겠지요? 이 방송 전에도 중국의 평판은 아주 나빴습니다. 베트남 건도 그렇고 다른 모든 것들 때문에 말입니다. 이제 우리 유권자들은 당신네 나라를 날려 버리라고 아우성입니다."

"제 생각에는 복잡한 국제적인 문제를 해결하는 데 그런 방법은 좋은 해결책이 되지 못한다고……"

브래들리가 말을 가로챘다.

"그 점은 우리도 알고 있소. 그래서 대사의 도움을 청하고자 하는 겁니다."

"각하께서 제 도움이 필요하시다고요?"

"정확히 말해서 당신네 정부의 도움이겠지요. 그렇습니다." 대통령이 말을 이었다. "나는 남중국해 문제를 인질로 잡혀 있는 미국인들과 따로 떼어 별도로 취급할 필요가 있다고 생각합니다. 왜냐하면, 대사께서 방금 말했듯이 그건 아주 복잡한 문제니까요……."

"인질이라는 말은 정확한 표현이 아닙니다."

"그들이 마음대로 떠날 수는 없잖습니까? 그들은 중국군에게 잡혀 있습니다. 당신네들은 마치 중동의 테러리스트 일당이라도 된 것처럼 형편없는 비디오를 찍어서 방영한 겁니다. 그러니 제발 잠자코 마저 들으시오."

대사는 고개를 끄덕였다.

"우리는 때때로 국민들이 복잡한 문제를 있는 그대로 복잡하게 봐주기를 원하지만, 민주주의 하의 유권자들은 그렇지 않습니다. 우리는 남중국해에 대한 당신네 주장과 베트남과의 전쟁 그리고 태평양을 왕복하는 무역항로의 안전 등을 한꺼번에 처리하고자 합니다. 물론 그 때문에 미국 유권자들이 우리를 궁지에 몰아넣는 것도 원하지 않습니다. 그렇게 하기 위해서는 파라셀 군도에 갇혀 있는 미국인들을 빼내 집으로 데려와야 합니다. 그래서 우리는 수륙양용 공격선 〈페렐리우〉호에 지시를 내려서 지원 선박들과 함께 디스커버리 유정으로 가서 그들을 데려오도록 했습니다. 그들은 26시간 내에 현장에 도착할 것입니다. 그러니 당신네 왕펑 주석께 미국이 중국의 남중국해 주권 주장에 도전할 의사가 없음을 말해 주시겠습니까? 우리는 인도주의적 임무를 수행하고자 합니다. 우리는 그 일이 성공적으로 완료되고 난 뒤에야 당신네 정부와 보다 복잡한 주제에 대해 토론할 수 있을 것입니다."

"이 문제는 일단 주석께 보고부터 드려야겠습니다. 현재로서는 아무런 보장도 할 수 없는 입장입니다."

"우리는 귀국 정부가 이번의 인도주의적 임무가 안전하게 수행되도록 보장해 주시리라고 기대하고 있습니다, 대사."

민도로 해협, 남중국해

현지시간 : 2001년 2월 20일 화요일 20 : 30
G M T : 2001년 2월 20일 화요일 12 : 30

3만 6,967톤 타라와급 수륙양용 전함 〈페렐리우〉호의 선장은 미국 시민들의 해상구조작전에 참가할 가능성과 관련하여 진작부터 상부로부터 대기하라는 지시를 받고 있었다. 이 배는 카가얀 군도 먼바다에 있는 항공모함 〈니미츠〉의 함대에 소속되어 있었다. 지원 선박들도 각자 정위치에 있었다. 진주만에서 온 핵잠수함 〈올림피아〉호가 그룹을 이끌고 있었으며, 유도 미사일 프리깃함 〈포드〉호와 구축함 〈올덴도프〉호, 〈오브라이언〉호 그리고 〈휴잇〉호가 〈페렐리우〉호의 전방에 초승달 모양으로 배치되어 있었다. 그리고 한가운데에 유조선 〈윌라메트〉호가 자리잡고 있었다. 티콘데로가급 유도 미사일 순양함 〈벙커 힐〉호가 후미를 맡았다. 함대에는 대잠수함 전투용 헬리콥터가 5대 있었는데, 그 중 2대가 전함들에 앞서서 날고 있었다.

〈페렐리우〉호는 미국 해군이 보유한 가장 복잡한 전쟁도구 중 하나였다. 그리고 특히 냉전이 끝난 뒤 미국이 스스로 휘말리게 된 그런 형태의 작전에 적합한 배였다. 배의 높이는 65미터였는데, 이는 25층짜리 건물에 맞먹는 높이였다. 250미터의 전장은 축구장 세 개

크기였으며, 비행 갑판의 폭은 35미터였다. 이 배는 전투준비를 완료한 해군 병력과 장비, 보급품 등을 모두 탑재하고 있었고, 이들을 헬리콥터나 수륙양용선을 이용하여 육지나 섬에 상륙시킬 수도 있다. 후미에는 조수간만에 상관없이 수위를 일정하게 유지할 수 있는 거대한 정박(碇泊) 도크가 설치되어 있었다. 배의 고물이 물 속으로 낮추어지면, 작은 배들이 그곳으로부터 나온다.

오늘 〈페렐리우〉호는 해군 36명을 태울 수 있는 병력 운송용 헬리콥터 CH53-E 15대와 AH-1 시 코브라 헬리콥터 4대를 싣고 있었다. 이 맵시 있고 위험한 헬리콥터에는 헬 화이어, 토스, 사이드와인더(초음속 단거리 공대공 미사일) 그리고 매버릭 미사일이 장착되어 있었으며, 기수에는 25밀리 기관총이 달려 있었다. 배의 후미에는 AV8-B 해리어 공중 엄호용 수직이륙 제트기 5대가 고정되어 있었다. 이 전투기는 영국 에로스페이스 해리어의 설계에 의거하여 산탄형 폭탄과 자유낙하형 폭탄, 로케트, 기관포, 공대공 미사일 등의 무기들을 상황에 따라 탈착식으로 장착할 수 있었다. 고정적으로 장착된 무기들은 주로 방어용이다. 좌현쪽 이물에는 사정거리 4킬로미터의 고성능 분열 미사일을 발사할 수 있는 롤링 에어프레임 미사일(RAM) 시스템이 장착되어 있었다. 우현에는 접근하는 어떠한 적대적인 물체에 대해서도 1분에 4,000발까지 발사할 수 있는 발칸포 2대가 장착되어 있었다. 배의 짐칸에는 수백 톤에 달하는 의약품과 식품들이 실려 있다. 엔지니어링 설비로 6,000명에게 전기와 담수를 제공할 정도의 용량을 갖고 있었다. 선내 병원은 300명의 환자를 동시에 수용할 수 있도록 설계되었다. 네 개의 수술실은 가장 복잡하고 어려운 수술을 할 수 있을 정도의 장비를 갖추고 있었는데, 전쟁의 참화로 인한 중상자들을 돌보기 위한 것이었다. 파라셀 군도로부터 구조된 유정 노동자들 전원은 안전하게 배에 승선하는 즉시 병원에서 의료검진을 받게 될 것이다.

〈페렐리우〉호는 마닐라에서 남쪽으로 150킬로미터 떨어진 민도로 해협을 20노트의 속력으로 통과하고 있었다. 목적지인 파라셀 군도까지는 26시간 정도의 거리를 남겨 놓고 있었다. 가공할 화력을 갖추고 있는 〈니미츠〉호는 중국이 장악하고 있는 지역의 가장자리인 술루 해에 그대로 머물러 있었다. 펜타곤에서는 중국인들이 이제 석유 노동자들을 아무런 충돌 없이 건네주리라고 믿어 의심치 않았다.

〈페렐리우〉호의 선장에게 내려진 지시는, 단지 인질들을 인계받은 뒤 신속하게 남중국해를 벗어나라는 것이었다. 그 이외에는 어떠한 행동도 취하지 말라고 했다. 〈페렐리우〉호와 호송선단은 파라셀 군도를 향해 서북서로 항해를 계속했다. 승선하고 있는 1,800명의 해군 중 300명이 언제라도 투입될 수 있도록 완전군장을 하고 있었다. 현장에 도착하면, 12명만이 8대의 항공기에 분승하여 시추정으로 갈 것이다. 그들의 임무는 24명의 유정 노동자들을 헬리콥터에 싣고 돌아오는 것이다. 배의 선장은 하와이에 있는 태평양 함대 기지와 지속적으로 접촉하고 있었다. 어느 누구도 전쟁을 예상하는 사람은 없었다.

내각 회의실, 런던

현지시간 : 2001년 2월 20일 화요일 13 : 00

드래곤 스트라이크 작전에 대응하는 영국의 정책은 공무원들 중에서도 가장 영리하다는 사람들에 의해 결정되었다. 해외정책 및 국방위원회 의장이 회의를 준비하고 있었다. 그 결과에 의거하여 향후 몇 시간 내에 군사위원회에 조언을 할 것이다. 그는 또한 합동 정보위원회의 일원으로 선정됨으로써 영국에서 가장 영향력 있는 공무원 중 한 명이 되었다. 그의 동료 8명은 18세기 골동품인 커다란 장방형의 테이블 위에 각자의 서류들을 올려 놓았다.

화이트 홀과 다우닝 가의 모퉁이에 있는, 천장이 높은 내각 회의실들은 멀리 세계 각 지역에서 발생한 사태와 관련된 영국의 국가적 이익을 토론하기 위한 목적으로 수세기 동안 위기 때마다 사용되었던 곳이기도 하다. 오늘은 내로라 하는 주요 부처에서 뛰어난 대표들이 참석했다. 외무성, 국방성, 상무성, 재무성 그리고 3개 주요 정보기관에서 참석하고 있었다. 일반에게 MI5로 더 잘려진 시큐리티 서비스는 대영제국에 대항하는 여하한 위협도 모두 관할하고 있다. 다음은 MI6으로 알려진 비밀정보국인데 미국의 CIA와는 달리 비밀리에 수집된 정보만을 취급하고 있다. 그리고 정보 수집소인 SIGINT

GCHQ가 참석하고 있었다. CIA 대표도 역시 한 명 참석했는데, 영국의 대륙측 파트너가 참석하지 않은 점과는 대조적이었다. 유럽측에서는 어느 누구도 참석을 요청받지 않았다. 이런 회합은 정부가 대외적으로는 친 유럽 연합을 표방하고 그들과 공동의 외교정책을 부르짖고 있음에도 위기상황에서 영국은 미국과 공동 보조를 취한다는 반증인 것이다.

의장은 12시 30분 현재까지의 상황을 요약함으로써 토론을 시작했다. 회의의 과제는 가능한 모든 선택안들을 열거하고, 오후 2시에 국방 및 해외정책을 주제로 수상의 주재 하에 열리는 내각 위원회에 영국이 취할 행동을 추천하는 것이었다. 전체적인 분위기는 진지하고 실제적이었다. 〈페렐리우〉호가 남중국해로 진입하고 있는 상황에서, 영국이 미국의 요청이 있을 경우에 현실성과 도덕성을 잃지 않는 범위 내에서 과연 어떤 방법으로 군사지원을 할 수 있을 것인가?

국방성 장관은 아시아를 경유하여 호주로 배치되는 영국 해군이 호주 및 뉴질랜드의 전함들과 함께 마침 남중국해를 지나고 있다고 말했다. 선박들은 브루나이의 수도인 반다르 세리 베가완 항(港) 앞바다에 정박해 있었다. 시 해리어 전투기 9대와 웨스트랜드 시 킹 헬리콥터 12대가 적재된 영국 해군 소속의 2만 600톤 인빈서블급 항공모함 〈아크 로얄〉호가, 4년 전 영국이 홍콩으로부터 철수한 이래로 아시아 지역에서 가장 복잡하게 조합된 전단을 이끌고 있었다. 이 항공모함과 동행한 선박들로는 1997년에 취역한 듀크급 프리깃함 〈서더랜드〉호와 〈몬트로스〉호 그리고 선령 19세인 타입-42급 구축함 〈리버풀〉호 등 전함들이었다. 겨우 작년에 취역한 최신의 1만 6,000톤급 공격 주정(舟艇) 〈알비온〉호에는 300명의 해군이 승선하고 있었다. 그들은 언제라도 외국 국적자들의 탈출을 도와 줄 만반의 준비가 되어 있었다. 〈아크 로얄〉호도 역시 트라팔가급 공격용 핵잠수함 〈트라이엄프〉호를 대동하고 있었다. 호주 해군 소속으로는 안자크급 프리깃함 〈파라마타〉호와 아델레이드급 프리깃함 〈시드니〉호, 그리고 1997년에 취역한 콜린급 디젤 잠수함 〈랜킨〉호가 있었다. 뉴질랜드 해군 선박으로는 린더급 프리깃함 〈캔터베리〉호가 있었다. 뉴질랜드 남쪽 섬인 인버카길 근해에서 훈련을 받던 영국, 호주, 뉴질랜드의 특수기동 팀이 이들과 합류하기 위해 반다르 세리 베가완으로 오고 있었다.

그 때 국방성 장관이 이런 말을 했다. 브루나이의 술탄은 자칫 중국을 자극하여 위기상황이 초래될까 두렵다며 전함들이 닻을 내린 채 그대로 있어 주었으면 좋겠다고 말했다는 것이다. CIA 대표가 영국이 술탄의 희망을 거스를 준비가 되어 있느냐고 물었다. 의장의 대답은 다소 애매모호했다. 브루나이가 영국 은행들에 거액의 돈을 예치하고 있기 때문에, 그의 영토를 떠나기 전에 동의를 얻는 것이 좋겠다는 의견이었다.

외무성에서는 이번 사건으로 잡혀 있는 영국인이 200명을 상회한다고 말했다. 그들 중 50여 명이 유정 노동자였다. 나머지 사람들은 대부분 중국과의 국경선이 있는 북부 베트남에 있었는데, 랑손 시에서 영어선생을 하는 4명도 포함되어 있었다. 그 선생들이 보내온 보고에 의하면, 시내가 온통 베트남 군인들로 가득 차 있다는 것이다. CIA와 GCHQ의 대표는 COMINT(통신 정보 수집)와 ELINT(전자 정보 수집)를 통해 수집한 정보들이 그 사실을 뒷받침하고 있다고 말했다. CIA 대표는 정보국에서도 동일한 견해를 갖고 있다고 확인했다. 그는 또 위성 IMINT(형상 정보 수집)에서 중국군이 점령했고 말레이시아에서 주권을 주장하고 있는 테럼비 라양-라양 섬의 활주로에 줄지어 선 중국의 SU-27기들의 사진을 찍었다고 덧붙였다.

CIA 대표는 유럽의 다른 나라 중에서는 군대를 참여시키는 곳이 없느냐고 물었다. 의장은 만약 미국이 상징적인 지원을 원한다면, 몇몇 다른 정부에게도 참여하라고 요청할 수는 있다고 대답했다. 어쨌거나 만약 실제로 중국과 싸울 가능성이 있다면, 되도록 너무 확대하지 않는 편이 좋을 것이다. 미국, 프랑스. 영국 3개국으로만. 그토록 많은 상이한 부처에서 참가했음에도 회의에서 내린 결론은 만장일치였다. 이는 곧 프린터로 인쇄되어 45분 내에 장관들에게 배포되었다.

수상이 주재하는 국방 및 해외정책위원회는 미해군의 〈페렐리우〉호의 인도주의적 사명을 공개적으로 최대한 지원하기로 결정했다. 또한 위원회는 술탄의 은총이 있든 없든 간에 〈아크 로얄〉호의 특수 기동 팀을 브루나이에서 떠나도록 결정했다. 만일 필요하다면 영국의 지원은 무력충돌이 있을 때에도 지속될 것이다. 캔버라와 웰링턴으로부터 대사들이 회신을 보내 왔다. 호주와 뉴질랜드의 전함들은 〈아크 로얄〉호가 이끄는 기동 팀에 합류하겠다는 것이었다.

외무성, 베이징

현지시간 : 2001년 2월 20일 화요일 21 : 00
G M T : 2001년 2월 20일 화요일 13 : 00

특파원들이 30분 전에 통보를 받고 외무성 브리핑실로 집결했다. 제이미 송의 기자회견을 취재하기 위한 것이다. 쟝궈멘웨이 외교구역 내의 싸구려 인터내셔널 클럽과는 달리 신축 외무성 건물의 기자실은 아시아 하이테크 통신의 번쩍이는 실례였다.

무대 뒤의 거대한 스크린에는 천연색 동남아시아 지도가 걸려 있었다. 기술자들은 제이미 송이 도착하기 전에 스위치들을 켰다 껐다 하며 장비들을 점검했다. CCTV(중국 국영 텔레비전)의 카메라가 제일 앞자리를 배정 받았다. 일부 국제적인 유수 방송사에서 생중계를 준비하고 있다. 외무장관은 예정 시간보다 20분 늦게 나타나서는 곧장 무대 위로 올라갔다. 그러더니 통역도 없이 직접 영어로 말하기 시작했다. 생중계를 하는 외국 방송사들의 편의를 고려한 것이었다.

"이렇게 급하게 통보해서 여러분들을 모이시게 해 죄송합니다." 그가 말문을 열었다. "그리고 한참 저녁식사 중이셨을 텐데 방해하게 된 점도 양해하시기 바랍니다. 불행스럽게도 최근 며칠 동안은 아주 바쁜 날들이 되어 버렸군요. 저는 방금 중난하이에서 오는 길입니다. 여러분을 오래 붙잡아 둘 생각은 없습니다. 대략 한 시간쯤 전에 싱가포르와 타이, 말레이시아, 미얀마, 필리핀의 대사들이 각 국 정부의 지령에 의거하여 양해각서에 서명을 했습니다. 이는 남중 국해에 대한 이전의 증서를 재확인하고자 함입니다. 간략하게 말해 서, 이는 그들이 중국의 주권을 인정했다는 것을 의미합니다. 석유 와 가스, 천연자원의 채굴은 이제 관련 국가들의 합의에 의해서만 이루어질 것입니다. 이 지역에서는 어떤 외국세력도 단호히 허용하 지 않을 것입니다. 이 지역의 안전은 중국의 책임입니다. 상업교역 항로들은 전혀 영향을 받지 않을 것입니다. 양해각서의 내용이 외에 도 모든 나라의 정부는 베트남을 다시 우리의 지역적 공동체 안으로 불러들이는 데 협조키로 했습니다. 우리 정부는 약간의 외도가 있긴 했지만 중국과 베트남이 상호 협조 속에서만 평화롭게 살 수 있으리 라고 믿고 있습니다. 잠시 시간을 내어 여러분들의 질문을 받도록 하겠습니다. 그렇지만, 가능하면 질문은 양해각서에 국한시켜 주시 기 바랍니다. 남중국해 일반적인 사항에 대해서는 어떠한 질문도 사 양하겠습니다. ”

“외무장관님, BBC 방송입니다. 브루나이는 왜 제외시켰습니 까?”

“우리는 1970년 평화, 자유 그리고 정치적 중립지대(ZOPFAN)에 대한 선언의 정신을 따르고자 하고 있으며, 1972년에 입안된 ZOP- FAN의 세부지침을 준수하고자 합니다. 5조와 10조는 이 지역 내 외 국군대의 존재에 대해 규정하고 있습니다. 브루나이는 그들의 땅에 영국 군대를 존속시키고 있습니다. 그 나라에는 현재도 영국 전함들 이 있습니다. 이것 중요한 문제라고는 생각지 않습니다. 그리고 영 국군이 철수하기만 하면, 우리는 즉시 양팔을 넓게 벌리고 브루나이 를 환영할 것입니다. 프랑스 군의 베트남 주둔도 역시 하노이가 우리 회원국으로 들어오는 길을 방해하고 있습니다. 그러나 그것이 단지 일시적인 현상이기를 희망합니다. 우리는 싱가포르 및 말레이시아와 상의를 했습니다. 서방의 군대에게 더 이상 시설을 제공하지 말도록 요청했던 것입니다. ZOPFAN 서류에 익숙한 당신네 기자들은 지침서 11조를 인용하고 싶을 것입니다. 핵무기의 사용과 보유, 수송 그리고 실험 등을 금지하고 있는 조항이지요. 중국의 장기계획은 핵무기 프로그램을 전면 포기하는 것이며, 왕 주석께서도 그 점을 각국의 대사들에게 확실히 보장했다는 사실을 여러분께 밝히겠습니다. 그러나 여러분들도 아시다시피, 이런 일이라는 게 시간이 걸리지 않습니까?"

"CNN입니다, 외무장관님. 라오스와 캄보디아는 어떻게 되는 겁니까?"

"베트남이 돌아서면 그들도 돌아설 것입니다. 두 분한테만 더 질문을 받겠습니다."

"싱가포르의 스트레이트 타임스입니다. 인도네시아는 왜 서명을 하지 않았습니까?"

"인도네시아는 현재까지 동남아시아에서 가장 큰 나라였습니다. 일반적인 사항들은 모두 합의를 했습니다만, 상세한 부분들까지 모두 확정하는 데는 시간이 다소 필요합니다."

"뉴욕 타임스입니다. 민간 선박들은 이제 아무런 제한 없이 항해할 수 있는 겁니까? 만약에 그렇다면, 중국이 강탈하고 있는 쉘의 〈뉴월드〉호를 본래의 주인에게 돌려주고 억류하고 있는 선원들을 석방할 건가요?"

제이미 송은 손목시계를 보더니 이렇게 대답했다.

"쉘의 〈뉴월드〉호 사건은 우리도 지금 조사 중에 있습니다. 인민해방군은 전혀 연루되어 있지 않습니다. 테이블 위에 보도자료가 있으니 참조하시기 바랍니다. 내 뒤에 있는 확대지도는 '동아시아의 새로운 우정과 협력의 지역'을 나타내고 있습니다."

외무장관이 연단을 떠남과 동시에 양해각서에 서명을 한 국가들의 위치에 붉은 불이 켜졌는데, 언뜻 보기에는 중국 자체와 구분할 수 없었다. CNN에서 생중계로 방영하고 있는 기자회견에 대해 시사해설자 크리스 브로노우스키가 이렇게 말했다.

"우리는 지금 처음으로 공개되는 중국의 21세기 제국지도를 보고 있습니다."

"무슨 뜻인지 보다 정확하게 말씀해 주시겠습니까?" 앵커가 재촉했다.

"그러죠. 역사적으로 볼 때, 넓은 지역이 중국의 황제들에 의해 지배되었습니다. 그리고 중국은 지금 그 지역에 대해 주권을 주장하고 있는 것입니다. 버마 혹은 지금의 미얀마, 타이, 캄보디아, 베트남, 라오스 등은 만주에 의해 지배된 적이 있었습니다. 중국은 또 한국에 대해서도 종주국을 자처하고 있습니다. 그들은 티벳에 대해 주권과 통치를 주장합니다. 그들은 또 부탄이라는 히말라야의 작은 왕국에 대해서도 주권을 주장하면서 그 주권을 인정하지 않고 있습니다. 그리고 인도의 한 지방인 시킴이 인도 정부와 정식으로 합병했음에도, 중국은 애써 이를 인정하지 않고 있습니다. 만주가 붕괴하던 1911년부터 모스크바의 통치 아래 들어가게 된 몽골에 대한 권리도 되찾으려고 합니다. 본인의 추측으로는, 왕 주석은 보다 수용하기 쉬운 '동아시아의 새로운 우정과 협력의 지역' 개념을 이용하여 이전의 영광스러웠던 중국을 재현하고 싶은 것입니다."

대통령 관저, 하노이

현지시간 : 2001년 2월 20일 화요일 20 : 20
G M T : 2001년 2월 20일 화요일 13 : 20

에티엔 게르베 대령이 구엔 대통령의 집무실로 안내되었다. 대통령은 텔레비전을 보고 있었다. 게르베 대령은 조심스럽게 방 안을 살펴보았다. 대통령의 집무실은 품위가 있었다. 그러나 숨막힐 듯 지나치게 장식되어 있지는 않았다. 대통령의 가족사진들이 구엔이 권좌에 이르기까지 만났던 세계의 지도자들이나 지역의 정치인들 사진과 나란히 벽면에 걸려 있었다.

"하노이에 오신 것을 환영합니다, 대령. 비행기 타고 오시는 동안 평안하셨으리라 믿습니다." 구엔 대통령이 말했다.

"전혀 문제가 없었습니다. 고맙습니다." 대령이 대답했다.

"그러시다면 단도직입적으로 본론에 들어갈까요? 일요일에 귀국의 다가드 대통령과 대화를 나눈 바에 따르면, 내게 무언가 특별한 것을 보내겠다고 하신 것으로 알고 있습니다. 혹시 당신이 그 특별한 것이오?"

"말하기에 따라서는 그렇다고 할 수도 있습니다, 각하. 만일 제가 말을 해도 좋다면……."

　대통령은 말없이 고개를 끄덕여 허락했다. 게르베는 가방을 열고 약간의 서류들과 컴퓨터 플로피 디스켓을 꺼냈다.

　"제가 여기 갖고 있는 것은 우리 프랑스가 어떻게 각하를 도울 수 있는지에 대한 제안입니다. 이를테면 싸움터를 고르는 것이지요. '정보전쟁'에 대해 각하께서는 얼마나 알고 계십니까?"

　"전혀 모릅니다. 계속하시지요."

　"베트남 군대는 지난 일요일부터 남부 중국의 작전에 개입해 왔습니다. 많으면 10명 정도의 군인들이 그룹을 이루어 중국 영토 안쪽까지 깊숙이 침투하여 현지 마을사람들 사이에 혼란의 씨앗을 뿌렸습니다. 월요일에 샤퉁을 공격한 것은 무엇보다도 특별히 효과적이었습니다. 지방 공산당 서기와 공안 책임자를 죽인 사건이었지요. 중국이 그들의 국경 마을에서 발생한 이런 유형의 골칫거리에 대해 최대한의 보복을 준비하고 있다고 믿는데, 우리에게는 그렇게 믿을 만한 충분한 근거가 있습니다. 그들은 사실 가볍게 무장한 약 5만명의 군대로 하여금 국경을 넘어 보복공격을 가할 준비를 하고 있습니다. 그들이 보복으로 랑손 지역을 초토화시키려는 계획을 세우고 있다고 믿는 이유도 물론 있습니다."

　"우리 군의 작전뿐 아니라 중국인들의 의도까지 알고 있다니, 당신의 정보력에 심히 감명을 받았습니다. 그렇지만 이런 것들이 도대체…… 정보전쟁하고 무슨 관계가 있는 것인지……." 구엔 대통령이 물었다.

　"그 점을 막 설명하려던 참입니다. 다가드 대통령께서는 저와 제 부하들로 하여금 귀국의 군대를 도와 중국의 공격을 봉쇄하도록 권한을 부여하셨습니다. 우리는 중국의 공격이 아주 빠른 시일 내에 있을 것으로 예상하고 있습니다."

　"대령, 우리는 전에도 중국군들을 쳐부순 경험이 있어요. 그런데 무엇 때문에 당신의 도움을 받아야 하는 겁니까?"

"저도 베트남 군인들에게 최대한의 경의를 표합니다, 각하. 그리고 그들이 1979년에 그랬던 것처럼 중국인들의 자존심에 상처를 줄 수 있다는 것을 의심하지는 않습니다. 그렇지만 우리가 각하께 제안하고자 하는 것은 귀국의 병력을 보전하는 동시에 중국군에게 통렬한 일격을 가하자는 것입니다."

"계속하시오."

"우리는 전쟁터를 한눈에 볼 수 있는 능력을 갖고 있습니다. 그래서 귀국의 군인들로 하여금 정확한 목표를 선정하도록 도울 수 있습니다. 우리는 실시간(實時間)으로 중국군의 탱크 및 병력의 배치를 정확하게 지적할 수 있습니다. 이런 정보만 갖고 있다면, 귀국의 중(重)포병대, 로켓, 박격포 등이 나머지 처리를 하면 되는 것입니다. 우리가 어떻게 그런 정보를 갖고 있는지 저로서는 세부사항까지 말씀드릴 권한이 없습니다. 그러나 미국인들처럼 우리는, 중국도 마찬가지지만, 위성을 보유하고 있습니다. 우리는 가장 성능이 좋은 위성 하나를 이미 중국과 베트남 국경의 상공에 배치했습니다. 전쟁이 시작된 일요일부터요. 그래서 우리는 이곳 하노이에 있는 우리 대사관과 통신을 할 수 있었습니다. 그리고 그 위성을 통해 랑손과 극초단파로 연결이 되어 있습니다. 나머지는 우리가 처리할 수 있습니다. 사실 중국군은 사용하는 야전 정보 시스템 중 상당 부분을 비록 전부는 아니라 할지라도 우리에게서 사 가고 있습니다. 실제로 그들은 톰슨-CSF 스타 버스트 야전 정보 관리기를 폭넓게 사용하고 있습니다. 더 자세한 내용은 말씀드릴 수 없는 입장입니다만, 그들이 사용하는 시스템이 잠시 동안 제대로 작동하지 않을 것입니다. 물론 귀국의 군대에게 도움이 될 만한 시점에 말입니다."

중난하이, 베이징

현지시간 : 2001년 2월 20일 화요일 22 : 00
G M T : 2001년 2월 20일 화요일 14 : 00

왕 주석은 공개적인 장소에 거의 모습을 드러내지 않았다. 그는 중국 정치인들의 전통을 따르기 위해 전지 전능한 권력을 휘두르는 막후 인물의 이미지를 만들어냈다. 중국인들은 외국의 고관들을 만나거나 중요한 회의를 주재하는 주석의 모습을 텔레비전이나 신문에서 이따금 볼 수 있을 뿐이었다. 그는 전임자들과는 달리 중난하이를 둘러싼 높고 붉은 담장을 벗어나서 바깥세상인 수도를 탐험하는 경우가 드물었다.

중국 중앙 텔레비전과 지방 라디오 방송국에서는 주석이 오후 10시 15분 특별 TV 뉴스 시간에 담화문을 발표한다는 내용을 하루 종일 보도했다. 중난하이에 있는 스튜디오는 방송에 적합하도록 특수 설계되었다. 주석은 테이블에 앉기로 했으며, 그 뒤로 멋지게 날고 있는 학의 그림이 새겨진 짙은 적색의 스크린이 드리워져 있었다. 학은 북아시아에서는 가장 귀하게 대접받는 새였다. 중국에서 존귀한 새로 사랑받고 있으며, 한국과 일본에서도 마찬가지였다. 오후 10시에 스튜디오로 들어선 그는 여류 분장사 및 기사들과 담소를 나누었다. 그는 준비된 자리에 앉아서 녹음 시작 신호를 기다렸다.

"중국 인민 여러분……" 주석의 담화는 이렇게 시작되었다. "나는 오늘밤 인민 여러분에게 우리가 직면한 위기에 대해 말하고자 합니다. 나는 위대한 중국 인민들의 도움만 있으면 승리할 수 있다고 굳게 믿고 있습니다. 아편전쟁이 있었던 이래로 서방의 자본주의는 중국을 끊임없이 공격하고 약탈해 왔습니다. 오늘 우리의 영웅적인 군인들은 난샤(스프랫틀리 군도)와 주변의 거대한 바다에 대한 우리의 주권을 되찾기 위해 용감하게 싸우고 있습니다. 이는 마땅히 중국 인민에게 속하는 조국의 부를 보존하기 위한 것입니다.

그 이유를 설명하겠습니다. 조국의 남쪽에는 거대한 바다가 있습니다. 320만평방킬로미터에 달하는 우리의 영해, 즉 남중국해지요. 이 아름답고 풍부한 난샤는 거대한 바다의 남쪽에 있습니다. 난샤는 고대로부터 중국에 속해 있었습니다. 그럼에도 자본주의 강대국들은 거대한 보물섬인 이들 군도에서 잠시도 탐욕스러운 눈길을 떼지 않고 있었습니다. 한 영국 선박이 1867년에 처음으로 난샤에 대해 불법적인 탐사를 했던 이래, 60년이라는 짧은 기간 동안에 세계 여러 나라들이 이 군도를 점령하거나 약탈한 것이 10여 차례 이상이나 되었습니다. 심지어 오늘 현재, 난샤 인근의 해역에서 오랫동안 석유 탐사를 해 온 석유 컨소시움들의 숫자는 10여 개 국가 혹은 지역의 것들로 50개 이상에 이릅니다. 뿐만 아니라 일부 세력들은 난샤를 소위 국제적인 공해(公海)로 만들어서 우리의 귀중한 부를 차지하려는 시도를 하고 있습니다.

이것은 중국의 국내적인 문제에 제3자가 간섭하는 것으로밖에는 생각할 수 없는 처사입니다. 이 문제와 관련된 대화는, 중국 정부가 국내문제에 대해 여하한 외부의 간섭도 허용하지 않는다는 일반적으로 인정된 원칙에 의거해서만 진행될 수 있습니다. 우리는 어떠한 외국인의 간섭도 단호히 물리칠 것입니다.

비록 미국이 가장 막강한 강대국이라고는 하지만, 세계의 모든 문제에 대해 최종적인 결론을 내릴 만큼 대단한 나라는 아닙니다. 미국은 유일한 초강대국으로서 그 위상을 유지하기 위해 필사적으로 다른 나라의 발전을 억제하고자 안간힘을 써 왔습니다. 미국과 이를테면 유럽연합이나 일본 같은 나라의 관계는 견제보다는 협조의 관계입니다. 그러나 러시아나 중국과의 관계는 협조보다는 억압과 견제의 관계인 것입니다.

중국 인민들은 평화를 원하고 있습니다. 그렇지 않다면 우리가 왜 오늘 베이징에서 동남아시아 이웃들과 함께 양해각서를 교환했겠습니까? 우리는 전쟁을 원하지 않습니다. 우리는 평화를 기원합니다. 오늘 우리가 교환한 각서는 모든 당사자들의 자유의사에 의해 이루어진 것입니다. 이 지역에 있는 우리의 우방들도 모두 이런 현실을 이해하고 있습니다. 그들도 우리와 마찬가지로 일본 군국주의의 부활을 분노와 경악의 눈으로 주시하고 있습니다. 1930년대에 이 지역을 비열한 방법으로 장악하고 난징(南京)과 상하이에서 여자와 아이들을 무차별로 학살했던 그들의 만행, 그리고 옛 만주에서 우리 인민들을 손쉽게 지배하기 위해 아편을 이용했던 후안무치한 행태는 일본인들이 모든 제국주의자들 중에서도 가장 사악한 국민이라는 사실을 보여 주는 것입니다. 중국의 인민들이 굶주리고 있는 동안, 그들은 게걸스럽게 포식하며 즐겼던 것입니다.

일본은 냉전이 끝남과 동시에 소련의 잠재적인 공격을 격퇴하는 데 중점을 두던 국방전략을 중국과의 대결에 기반을 두는 것으로 선회했습니다. 그러나 우리는 미국에게 했던 것과 마찬가지로 누구든 불장난을 하는 사람은 반드시 불 때문에 멸망한다는 진리를 일본에게 경고하는 바입니다.

나는 이들 두 국가에게 중국 공산당 대장정시에 왕첸이 했던 말을 일깨워 주려 합니다. '우리는 전쟁터에서 미국인들을 상대한 경험이 있습니다. 그들은 결코 끔찍하게 두려운 존재는 아니었습니다. 전쟁이 펼쳐질 무대는 미국에 의해 선택될 가능성이 많으며, 한국이나 대만 같은 나라가 가장 가능성이 높다고 할 수 있습니다. 미국인들은 핵무기를 보유하고 있습니다. 그러나 우리도 갖고 있습니다.'"

남중국해

현지시간 : 2001년 2월 20일 화요일 23 : 00
ＧＭＴ : 2001년 2월 20일 화요일 15 : 00

　민도로 해협을 통과하는 두 개의 주요 규정 항로의 수심은 겨우 60미터밖에 되지 않았다. 아포 웨스트 패스는 칼라미언 군도의 북쪽 해안을 따라 흐르고 있었다. 바위투성이의 초라한 이 군도는 중국의 경고를 무시했다가 조업을 못하게 된 필리핀 어선들의 전진기지였다. 북동쪽으로 있는 아포 이스트 패스는 민도로 섬 해안을 따라 흐르고 있는데, 미해군 〈페렐리우〉호의 함장은 바로 이곳을 통과하여 남중국해로 향하는 선단을 이끌고 키를 돌렸던 것이다.

　낮은 수심과 수십 척의 어선들이 내는 소음들이 바다밑 50미터에 있는 중국 해군의 디젤-전기 잠수함에게 가장 이상적인 전쟁터를 제공하고 있었다. 어떤 잠수함들은 주엔진을 죽인 채 해저에 가라앉아서 기다리고 있었는데, 거의 완벽할 정도로 조용했기 때문에 가장 현대적인 잠수함 탐지장비로도 결코 찾아 내지 못할 것이었다.

　그러나 〈밍 353〉호의 함장은 그가 무엇을 찾고 있는지 너무나 잘 알고 있었다. 6시간 전에 중국의 위성인 〈등황홍-6〉이 상공을 지나고 있을 때, 잠수함에서는 위성통신(SATCOM)용 마스트를 올리고 우주에서 끊임없이 쏘아대는 메시지를 수신했다. 30초도 안 되어 잠수함은 다시 깊이 잠수했다. 그가 받은 명령은 〈페렐리우〉호가 남중국해로 들어서자마자 공격하라는 것이었다. 다음 몇 시간 동안, 남중국해에 있는 모든 중국 잠수함들은 똑같은 지령을 받았다.

57명의 장교와 사병들이 벌써 3주 이상 좁아터진 〈밍 353〉호에 쑤셔 박혀 있었다. 그들은 방화벽에 다닥다닥 붙어 있는 좁은 3층 침대에서 잠을 잤으며, 슬리핑백이나 베개는 네것 내것을 가리지 않고 나누어 썼다. 복도와 침상을 구분하는 것은 지저분한 헝겊 커튼뿐이었다. 참을성이라면 누구에게도 뒤지지 않을, 험악한 산간 지방에서 차출해 온 사병들까지도 견디기 어려웠다. 그들은 씻을 수가 없었고 갈아입을 옷도 없었다. 너나 할 것 없이 수염이 자라서 지저분하기 짝이 없었다. 배 전체가 요리 기름과 디젤유, 땀냄새로 범벅이 되어 악취가 코를 찔렀다. 장비들도 끊임없이 변하는 습도 때문에 몸살을 앓고 있었고, 응결된 물이 어디에서나 흘러내렸다.

미국 전함을 확인하는 임무는 잠수함 함장이라면 누구나가 부러워할 만한 것이다. 그는 적의 전함이 어디에서 오고 있으며 어떤 코스를 택할지 알고 있었다. 또 그의 파일에는 〈페렐리우〉호의 음향상 특징이 완벽하게 확보되어 있었다. 그 배는 영국인들이 1997년에 고향으로 돌아가기 전에 여러 번 홍콩에 기항한 적이 있었는데, 그 때마다 배에서 나는 소리들을 모두 주도면밀하게 복사했던 것이다. 주장강 삼각지에 주둔하고 있는 중국군 정보부는 배가 만들어 내는 모든 소리를 녹음할 수 있는 능력이 있었다. 이상적인 군사체계에서는 군함의 프로펠러 디자인, 크기, 배의 속도 등은 철저하게 기밀사항으로 보호되고 있었다. 그러나 미해군의 〈페렐리우〉호는 태평양에서 20년 이상을 취항하고 있었고, 중국은 그 배의 프로펠러가 지닌 특징을 정확하게 파악하고 있었다. 또 중국인들은 인간의 지문(指紋)

처럼 복잡하고 독특한 세부사항들도 모두 종합하고 있었다. 그들은 보조 발전기, 하수처리 설비, 항공기를 갑판에서 갑판으로 옮기는 데 사용하는 수압 엘리베이터, 병원용 용기에 산소와 가스를 가득 채우는 콤프레서 등에서 나오는 소리도 녹음했다. 이 모든 소리들이 배의 음향 사인을 만들었으며, 이것들은 수십 개의 다른 전함들의 사인과 함께 CD-ROM에 복사되었다. 중국인들은 고물덩어리 잠수함에 펜티엄급 랩탑 컴퓨터를 장착했다. 컴퓨터들은 특별 제작된 것이 아니었으며, 고작 기성의 사무장비를 이용한 것이었다. 그러나 컴퓨터 분야는 민간인의 기술이 군사기술을 앞지르는 세계였다. 〈밍 353〉호에서 근무하는 음파 탐지병은 랩탑의 스크린으로부터 〈페렐리우〉호의 음향 사인을 쉽게 알아볼 수 있었다.

함장은 〈밍 353〉호를 잠망경 수면까지 부상시키도록 지시했다. 전자 정보 측정기(ESM)로 목표물을 확인코자 한 것이었다. 30초 이내에 ESM 마스트는 주위의 전자자기 스펙트럼을 흡수했다. 〈페렐리우〉호의 레이더에서 나오는 전파를 접수하고, 전술적 통신이나 위성통신을 수신하여 암호화했다. 이 데이터들이 ESM 지문으로 만들어졌으며, 〈밍 353〉이 보유하고 있는 전략적 무기 시스템 컴퓨터에서 음향 지문으로 분석되었다. 잠수함 함장은 이제 그의 목표를 거의 확실하게 식별하고 있었으며, 사격범위 내로 가까이 접근할 준비가 되었다.

1,700미터쯤의 거리로 접근했을 때, 그는 더 큰 위험을 경험하고픈 강한 충동을 느꼈다. 보다 정확하게 말해서, 잠망경을 이용하여 '눈으로 적을 보면서' 공격을 가하고 싶었던 것이다. 어뢰가 배에 명중하기 전에 미국인들이 잠수함 탐지장비로 어뢰를 발견할 수 있다는 사실을 그도 알고 있었다. 그렇지만 그런 위험은 한 번쯤 시도해 볼 만한 것이었다. 그는 옛날 1960년대에 설계한 직선으로 달리는 어뢰를 사용할 것이다. 이것은 해군에서 사용하는 전문용어로

'전자 대응 장비로 유혹할 수 없는 무기'였다. 그들의 기본적인 기계 시스템은 〈페렐리우〉호가 어뢰의 방향을 바꾸기 위해 살포하는 레이더 탐지 방해용 물체를 무시하는 것이다. 미해군 함장은 실제로 배가 있는 곳으로부터 수천 미터나 멀리 떨어진 곳에서 〈페렐리우〉호의 가짜 음향 사인을 투사하려 시도할 것이다. 또 다른 대응수단은 '쉬' 하고 소리나는 소화기의 백색잡음인데, 그것은 실제로 배에서 나는 소리보다 더 큰 것 같았다.

함장은 발사위치를 확보하기 위해 잠망경을 5초 동안 위로 올렸다. 그는 목표의 이물 쪽으로 30도 각도에 위치해 있었다. 그는 잠망경을 내렸다. 수집한 음향, 전자파, 시각에 의한 정보들이 일치했기 때문에, 그는 어뢰실의 문을 열도록 했다. 그리고는 잠망경을 다시 올렸다. 그러나 갑자기 시야에 들어온 것 때문에, 그는 재빨리 다시 내렸다. 10초를 기다린 다음, 그는 다시 잠망경을 올렸다. 시호크 헬리콥터의 승무원이 다른 잠수함의 잠망경을 알아보았다. 그 잠수함은 더욱 깊이 잠수했지만, 헬리콥터의 승무원이 재빨리 MK46 폭뢰를 2개 떨어뜨렸다. 폭뢰의 폭발과 함께 부서진 잠수함이 물 밖으로까지 튀어 올랐다. 〈밍 353〉호의 함장이 발사위치를 물은 것은 바로 그 순간이었다. 그는 목표로부터 850미터 떨어져 있었다.

그는 첫번째 어뢰를 목표물의 90도 방향으로 발사했다. 그가 발사한 3개의 어뢰 중 이것이 중간 것이었다. 큰 물결이 잠망경을 삼켜버리면서, 목표물을 쫓던 그의 시야를 잠시 차단했다. 그러나 그는 이미 정해진 발사 패턴에 따라 지시했다. 다음 것은 인식된 위치의 5도 전방, 그리고 세 번째 것은 후방에 발사했다. 그는 소위 제로-앵글-사격을 가했다. 목표물이 속도를 높인다거나 아니면 방향을 전환할 것에 대비하여 어뢰를 분산하여 발사하는 것이다.

미국인들이 반응하기에는 26초가 남아 있었다. 그들은 공포와 당황 속에서도 전자 대응 물체를 투사했다. 그러나 엔진과 탄두로만 이루어진 저(低)기술의 단순한 어뢰들은 방향을 그대로 고수했다. 미국 함장은 어뢰들을 피하기 위해 〈페렐리우〉호를 좌현 쪽으로 돌리려 했다. 그러나 그토록 육중한 배로서는 쓸데없는 헛고생에 불과했다.

〈밍 353〉의 함장은 첫번째 어뢰에 근접뇌관을 장착하여 선체 밑 2미터에서 터지도록 설정했다. 폭발이 배의 바닥에 구멍을 냈으며, 상당 부분의 시스템을 파열시켜 버렸다. 두 번째 어뢰는 충돌과 함께 터지는 뇌관을 부착했기 때문에, 직접 배에 부딪히는 즉시 폭발하여 배의 엔진을 멈추게 했다. 세 번째 어뢰는 배의 이물을 지나가서 그 앞에서 터지도록 되어 있었다.

긴급출격 명령을 받은 두 번째 시호크의 승무원이 미해군 〈벙커힐〉호로부터 발진했다. 그들은 공격지역에 일련의 자동 전파발신 부표를 투하했다. 그로부터 3시간 동안 그들은 또 한 척의 '밍'과 두 척의 '로미오' 잠수함을 찾아내어 어뢰 및 수중 폭뢰로 침몰시켰다. 그러나 〈밍 353〉과 다른 한 척은 무사히 도망쳤다. 선원들이 하이난 섬에 있는 기지로 귀항했을 때, 그들은 영웅으로 환영받았다. 〈페렐리우〉호를 공격하기 위해 6척의 잠수함이 대기하고 있었던 것이다. 군사 전문가들은 중국의 함장들이 제2차 세계대전에서 독일이 사용했던 울프 팩 잠수함군(群) 전술—대서양에서 연합군 호송선의 항로를 가로질러 50척의 U-보트를 깔아 놓았던 전술—에서 영감을 받았는가에 대해 논쟁을 했다. 이 전술의 핵심은 기습과 과감성으로, 〈밍 353〉의 함장이 취했던 바로 그런 위험과 비슷한 것이다. 드래곤 스트라이크 전쟁이 계속됨에 따라 연합군의 해군 장교들은 중국 잠수함 무리들을 울프 팩이라 불렀다.

정상적으로 판단할 때, 잠수함 함장은 전투지역이나 공격 기준점으로부터 피하는 것이 순리였다. 그러나 〈밍 353〉은 45미터 깊이로 잠수했다. 〈페렐리우〉호는 불타고 있는 혼란스러운 수역 밑으로 곧장 향했던 것이다. 미군 헬리콥터 조종사들은 공격자인 적 잠수함이 가라앉고 있는 배의 파편 가운데 숨어 있다는 것을 알고 있었다. '밍'의 선원들은 머리 위에서 폭발하는 소리와 갑판 덮개 문이 압력을 못 이겨서 박살나는 소리를 들을 수 있었다. 그러나 함장은 동족들이 죽어 가고 있는 바로 그 바다를 향해 미국인들이 총을 쏘지는 못하리라고 판단했던 것이다.

바닷물이 주갑판 안으로 폭발적으로 밀려들었다. 원래 거대한 비행기 격납고로 사용할 수 있도록 설계된 것이기 때문에, 어떤 덮개문도 구획별로 완전히 밀봉하지 못했다. 바닷물은 앞에서 뒤로 마구 휩쓸려 다녔는데, 선원들은 이를 자유스러운 수면효과라고 알고 있었다. 물이 한쪽에서 다른 쪽으로 휩쓸림에 따라 배는 더욱 더 안정성을 잃어갔다. 진화 팀들이 고압 방수포를 뿌려대는 바람에 갑판 밑이 부서지는 문제가 발생했다. CH53 에코 헬리콥터 3대의 조종사들이 각각 50여명의 승객을 밀어 넣고는 어렵사리 이륙을 할 수 있었다. 구명보트 5척과 커다란 상륙정 2척이 바다 위에 띄워졌다. 〈페렐리우〉호가 전복되어 완전히 가라앉기까지는 25분이 걸렸다. 그 짧은 시간 동안 585명이 가라앉는 배에서 탈출할 수 있었다. 그러나 미해군 선장과 해군 원정군 대령을 포함한 나머지 1,960명의 미국 병사들은 배와 함께 장렬하게 몰살당하고 말았다.

잠수함 함장이 받은 명령은 〈페렐리우〉호를 침몰시키라는 것뿐이었다. 그렇게 되면 미국이 남중국해에서 스스로 철수하게 될 것이라고 믿었던 것이다. 전투 중에 파괴된 마지막 미국 전함은 〈사르시〉호라는 터그 보트였는데, 한국전쟁 때인 1952년 8월에 부유 기뢰에 의해 침몰되었다. 그 전쟁에서도 중국은 미국의 적이었다.

백악관 기자회견실, 워싱턴, DC

현지시간 : 2001년 2월 20일 화요일 10 : 15
G M T : 2001년 2월 20일 화요일 15 : 15

대통령 공보 담당 비서관이 연단으로 올라섰다.

"대통령께서 잠시 후 침몰한 〈페렐리우〉호에 대한 성명을 발표하실 예정입니다. 그래서 기본원칙에 대해 추호의 오해가 없어야겠기에 여러분들에게 다시 한 번 확실히 다짐을 받고자 합니다. 대통령께서는 어떠한 질문도 받지 않을 것입니다. 알아 들으셨습니까? 좋습니다."

공보 담당 비서관이 말을 마치자, 기다렸다는 듯 브래들리가 나타났다. 그는 검은색 양복에 검은 넥타이를 매고 있었다. 눈 밑의 와잠이 수면 부족을 여실히 보여 주고 있었다.

"워싱턴 시간으로 10시에 남중국해의 국제 공해에서 인도주의적인 임무를 수행하던 미해군 소속의 〈페렐리우〉호가 중국군 잠수함의 공격을 받고 침몰했습니다. 현재로서는 정확한 상황을 파악치 못하고 있습니다. 그러나 내가 보고 받은 바에 의하면, 배에 타고 있던 거의 2,000명이나 되는 승무원과 해군 대부분이 살아 남을 수 없을 것이라고 합니다. 이런 비행을 저지른 중국인들은 정말 비열하기 짝이 없습니다. 우리의 기도는 〈페렐리우〉호 승무원들의 가족과 함께 할 것입니다. 그들의 희생은 결코 헛되지 않을 것입니다. 기필코 복수를 해야 합니다. 나는 이미 참모들에게 지시하여 이런 불법행위에 대해 필요한 대응책을 준비하도록 했습니다. 나는 앞으로 수시간 내에 우리의 맹방들과 대화를 가질 것입니다. 그리고 내일 아침 전국민에게 우리의 계획에 대해 최종적인 성명서를 발표할 생각입니다. 감사합니다, 신의 가호가 함께 하기를."

브래들리 대통령은 서류들을 챙기면서 출구 쪽으로 걸음을 옮기기 시작했다. 그러자 몰려 있던 기자들이 질문을 해댔다. 혹시라도 대답이 있을까 하는 기대 때문이었다.

"대통령 각하, 반격을 가할 예정이십니까?"

"핵무기도 대기하라는 명령을 내리셨습니까?"

"우리가 할 수 있는 것은 무엇……"

마지막 질문에 대통령은 휙 돌아섰다. 비서관으로서는 놀랄 수밖에 없었지만, 그는 이렇게 말했다.

"우리가 앞으로 할 일에 대해 말씀드리겠습니다. 우리는 그들이 우리 배를 침몰시킨 바로 그 현장으로 돌아갈 것입니다. 그리고는 죽은 이들의 사체를 인양할 것입니다. 그리고 무엇보다 중요한 것은, 이런 우리의 행동을 그 어떤 것도 방해하지 못하도록 할 것이라는 점입니다."

대통령은 이 말을 마치고 정부 고관들의 전용 출입구를 이용해서 회견장 밖으로 나갔다.

런던, 영국

현지시간 : 2001년 2월 20일 화요일 15 : 30

　시장이 뉴스에 반응하는 것은 마치 기압계가 압력에 반응하는 것과 같았다. 다우 존스의 하락은 〈페렐리우〉호의 소식이 끔찍했던 것 이상으로 눈 깜짝할 사이에 일어났다. 지수는 불과 몇 분 사이에 235. 14포인트가 떨어져 7, 602. 86포인트를 기록했다. 반면에 미달러화의 가치는 하늘 높은 줄 모르고 치솟았다. 그날 시장이 얼마나 중압감에 시달렸는가 하는 지표를 통화의 움직임이 극명하게 보여 주고 있었다. 일본의 엔화로 표시되는 미달러화의 거래과정은, 이를테면 한 은행에서 144. 45엔에 사자고 오퍼를 하는 반면 파는 가격은 145. 55엔으로 제시함으로써 시작된다. 엔화처럼 단위가 큰 통화에서는 그 차이가 항상 미세하기 마련이다. 그러나 그 화요일 오후에는 무려 1엔이나 되었다.

　그러나 그런 차이도 다미안 필립스에게는 거의 문제가 되지 않았다. 〈페렐리우〉호의 침몰 뉴스가 런던의 단말기에 속보로 전해지는 것과 거의 동시에 그는 런던 사무실로부터 전화를 받았다. 그가 기다리고 있던 사건이 이제 터진 것이다. 이제야말로 지난달에 그의 딜러가 발생시킨 엔화의 쇼트 포지션을 청산할 때가 된 것이다.

시장에서는 엔화를 팔겠다는 매물이 산사태처럼 커지고 있었다. 코앞에 닥친 것처럼 임박한 미국과 중국 간의 전쟁에서 일본이 가장 큰 피해자인 것처럼 보였기 때문이었다. 엔화는 달러당 152. 55엔까지 추락했으며, 그 정도의 수준에서도 안정을 찾지 못하고 있는 것 같았다. 잉글랜드 은행이 일본은행을 대신하여 달러화로 엔화를 매수하고 있었지만, 효과는 지극히 미미했다. 일본의 통화는 단 이틀 사이에 20퍼센트나 평가절하되었다. 지난 이틀 동안 약간의 엔화밖에는 매도하지 않았던 훠스트 차이나 증권은 장부상으로 3, 000억엔의 이익을 보고 있었다. 엔화가 달러화에 비해 급격하게 떨어지자, 훠스트 차이나는 갖고 있던 '엔 쇼트' 포지션을 완전히 뒤집었다.

런던에 있는 국제상업은행의 딜링 룸은 그야말로 복마전이었다. 딜러들은 수화기에다 대고 고함을 질러댔는데, 어떤 사람은 한꺼번에 세 대의 전화를 받고 있었다. 어쨌거나 참을성 많은 달러/엔 거래의 수석 딜러인 마크 풀러는 평생 맞이할 크리스마스가 일시에 도래하는 상황을 상상했다. 32세인 풀러는 연륜이 풍부한 런던의 외환 딜러였다. 그는 런던의 금융 중심지인 시티에서 사환으로 사회생활을 시작했으며, 은행의 청산결재 부서에서 졸업을 했다. 숫자에 대한 그의 재능은 그가 8년 동안이나 일했던 냇웨스트 은행 고위층의 눈에 띄게 되었다. 그는 결코 뒤돌아보는 법이 없었다.

그는 한 주일 내내 엔화의 매도자였다. 어느 누구도 엔화를 보유하고자 하는 사람은 없었다. 아무도 없었다는 뜻은 적어도 훠스트 차이나가 그에게 1, 240억엔까지는 시장에 나오는 엔화를 모두 매수해도 좋다고 말했을 때까지 그랬다는 말이다. 풀러는 과거에 이런 식의 주문을 받아 본 적이 없었다. 그는 훠스트 차이나를 잘 알고 있었다. 지난달 내내 훠스트 차이나는 달러/엔 시장에서 상당히 활발하게 거래에 참여했는데, 특히 그들이 모아 놓은 쇼트 포지션은 더욱 대단한 것이었다. 그는 눈앞에 켜져 있는 모니터를 물끄러미 바라보았다. 거기에는 모든 은행들이 제시하는 달러/엔 가격들이 표시되고 있었다. 그리고 시장에서 쓰는 전문용어에 의하면, 그는 용케도 '적중시키고' 있었다. 그는 겨우 3시간 내에 휘스트 차이나가 원하는 물량의 엔화를 사들였다. 그가 모르고 있었던 것, 실제로 그로서는 알 수 없었던 것은 평균 156.8엔의 수준이면 멀티테크놀로지의 자오 장군이 앉아서 2억 1,000만달러를 벌게 된다는 사실이었다.

석유시장도 놀라기는 마찬가지였다. 브렌트 원유의 현물 가격 혹은 세계 석유 거래의 70퍼센트를 상회하는 물량을 선도하는 가격은 갑자기 치솟아 배럴당 40달러 벽을 허물어 버렸다. 선물시장에서는 휘스트 차이나가 보유하고 있는 4월물 16만 계약분의 값이 크게 상승했다. 휘스트 차이나의 석유 트레이더는 자신이 보유한 포지션을 가능한 한 많이 매도했다. 그는 거래시간이 끝나기까지 추가로 8만 계약을 팔 수 있었는데, 그로 인해 그의 고객은 6억달러 이상의 이익을 챙겼다.

오가사와라 군도, 일본

현지시간 : 2001년 2월 21일 **수요일** 04 : 00
G M T : 2001년 2월 20일 **화요일** 19 : 00

국방 연구기지 317의 지하 통제센터는 밝은 조명에 소독냄새가 날 것 같은 병원처럼 보였으며, 그에 어울리는 장식을 하고 있었다. 후지스 슈퍼컴퓨터 한 대가 방 하나를 독차지하고 있었는데, 약간 지나칠 정도로 압력을 높이고 있어서 문을 열 때마다 공기가 방 안으로 들어가는 것이 아니라 오히려 밖으로 흘러 나왔다. 주 통제지역에는 나란히 놓인 컴퓨터 4대와 스크린 앞에 기술자들이 붙어 있었다. 건너편 먼 벽에는 커다란 서태평양 전자지도가 걸려 있었다. 거기에는 지리적인 것 외에도 중국이나 베트남, 필리핀의 해군은 물론이고 일본 해군의 병력배치 상황이 모두 나타나 있었다. 디지털 디스플레이에서는 '0'을 향해 분과 초를 거꾸로 카운트하고 있었다.

국방 연구기지 317은 오가사와라 군도의 본섬인 치치지마에 있었다. 군도의 최초 개척자들은 미국인, 웨일즈 인, 폴리네시아 인 등 여러 나라 사람들이었다. 그들이 치치지마에 도착한 것은 1830년이었다. 그리고 일본은 1873년이 되어서야 이 군도에 대해 주권을 주장했다. 개척자들은 현명하게도 일본 천황에게 충성을 맹세함으로써 자신들의 새로운 위상을 즉각적으로 확인했다. 심지어는 2001년에도 많은 '옛 섬사람들'은 유럽인이나 폴리네시아 인의 특징을 여실히 보이고 있었다.

아무튼 제2차 세계대전 중에 군도의 전략적 의미가 새로이 개발되었다. 치치지마는 마리아나스, 솔로몬, 필리핀 그리고 최남단에 대한 일본의 침략에서 가장 중요한 병력 집합지 역할을 한다. 요아케 산 정상에 있는 거대한 라디오 시설에서 일본의 전 태평양 함대에게 지시를 내린다. 이 군도의 섬들 중에 이와지마 섬이 있는데, 이곳이 바로 일본 본토를 향해 한발씩 다가서던 미국이 1945년 봄에 가장 피비린내 나는 전투를 벌였던 현장이었다.

오가사와라가 일본에 복귀된 것은 1968년이었다. 군도는 일본이 내버려두었던 그대로 있었다. 산에 터널을 뚫어서 벌집모양으로 만들어 놓았는데, 이 터널들은 구리로 내벽을 한 스위트 룸들을 연결시켜 주는 통로였다. 비록 그것들이 대장성의 유명무실한 관리 아래 있었지만, 일본의 해군—당시에는 해상 자위대라 불렀음—이 군도를 다시 점령했다. 1990년대에는 치치지마를 마주보고 있는 아니지마 섬에 공군이 공항을 건설했다. 그것은 최신형 전투기들이나 병력 수송기를 수용할 수 있을 정도로 훌륭했다.

일본인들은 근검 절약하는 민족이었다. 그들은 거의 낭비를 모른다. 그들은 수고를 아끼지 않고 고통을 참아가며 터널이나 방들을 복구했다. 구리들은 제거되어 재활용되었고, 그 자리를 철과 납 그리고 콘크리트가 대신하게 되었다. 상주 과학자 150명 이상과 방문객 60명을 소화할 수 있을 정도로 푸근한 숙박시설이 바위 안에 멋지게 만들어졌다. 전력을 공급할 수 있는 시설과 최첨단 기술을 사용한 통신장비가 설치되었다. 2000년까지 이 시설은 완벽하게 기능을 발휘할 수 있도록 준비되었으며, 핵무기 연구시설이라는 실제적인 목적은 철저하게 비밀에 붙여졌다.

어쨌거나 치치지마 섬의 산 속 깊이 자리한 연구소는 한결 큰 기업의 가장 중요한 부분이었다. 사람이 전혀 살지 않는, 동쪽으로 50킬로미터 떨어진 아주 작은 섬, 거대한 태평양에 떠 있는 하나의 작은 점에서는 일본이 처음 시도하는 핵실험 준비를 마치고 있었다. 대략 120미터 정도의 구멍이 지하로 뚫렸으며, 그 바닥에는 50킬로톤 상당의 핵폭탄이 자리잡았다. 만약 정확한 재료만 있다면, TNT 5만톤에 상당하는 폭발력을 일으키는 것은 상당히 쉬운 일이다. 일본의 첫 핵실험에 사용될 '활동적인' 합성물의 양은 고작 5킬로그램밖에는 되지 않았다. 50킬로톤의 폭탄은 무기 등급의 플루토늄 수킬로그램을 필요로 했다. 중국이 베트남을 공격하고 남중국해를 장악하기 약 일 주일 전, 폭탄은 이미 오키나와에서 조립되고 있었다. 월요일에 폭탄은 극비리에 치치지마로 운송되었다. 기술자들은 밤을 도와 폭탄을 미리 파 놓았던 우물 바닥으로 내리는 작업을 했다.

디지털 디스플레이는 제로를 향해 거꾸로 초읽기를 시작했다.

DRAGON STRIKE

5

THE MILLENNIUM WAR

오가사와라 군도, 일본

현지시간 : 2001년 2월 21일 수요일 04 : 30
G M T : 2001년 2월 20일 화요일 19 : 30

  방 안에는 고요한 긴장감이 감돌고 있었다. 작은 움직임조차 허튼 것이 없었다. 모든 사람이 당면한 임무에 집중하고 있었다. 성공적인 폭발과 그 결과에 대한 포괄적인 감시와 제어가 그것이다. ……6, 5, 4, 3, 2…….

  지하에서 핵폭발을 시키게 되면, 초기에는 폭발력이 주위를 둘러싼 암반 내에서 흡수된다. 대기상태에 노출되었을 때처럼 밖으로 발산할 수 없게 된 에너지는 바위들을 기화(氣化)시키면서 커다란 구멍을 만들게 된다. 이 공동 내의 압력은 수백만 기압까지 증가한다. 기포들은 사방으로 확장하게 되고, 폭발이 있었던 점을 기점으로 주위에 있는 바위들을 차례로 분쇄한다. 80나노세컨드(10억 분의 1초) 내에 오가사와라에 파 놓은 구덩이의 바닥 온도는 섭씨 1억 3,000만 도까지 급상승하게 되고, 압력은 1억기압이나 된다.

  일본인들은 핵폭탄을 지하 충분히 깊은 곳에서 폭발시킴으로써 충격의 대부분이 지각 내에서 흡수되도록 했다. 그러나 충격파의 일부는 지면을 뚫고 나오게 마련이며, 그래서 아무리 감추려 해도 침전

물의 분화구들이 눈에 띄게 된다. 이 분화구들이 위로 올라옴에 따라 굴뚝을 만들게 되는데, 폭발로 인해 공동(空洞)이 생긴 바닥에는 부서져 가루가 된 바위들이 깔리게 된다. 충격의 여파는 폭발이 일어난 지역의 지표면을 따라 이동하게 되며, 이때 나타나는 형태는 참으로 다양하다. 횡으로 엇갈리는 일련의 표면 압축현상, 상하로 진동하는 가위형 파동, 바다의 파도와 흡사한 여러 형태의 움직임들이 지표면에 나타난다. 그러나 어떠한 파동의 형태를 취하든 간에 충격파는 광활한 지역을 이동하게 되고, 폭발 사건의 메아리를 전세계에 전파하게 된다. 중국의 롭 노어에 있는 특수 지진계와 호주, 러시아, 미국에 있는 관측소에서 폭발 직후의 상황을 곧 감지할 수 있었던 것도 바로 이 충격파 때문인 것이다. 그것은 핵보유국들이 국제적인 핵실험 금지에 대해 합의했던 1996년 이후 처음 있는 핵실험이었다. 일본은 우방국들에게 아무런 사전 경고도 없이 핵무기 클럽에 가입하게 된 것이다.

서울, 한국

현지시간 : 2001년 2월 21일 **수요일** 05 : 30
G M T : 2001년 2월 20일 **화요일** 20 : 30

시내 전역의 빌딩 외벽에 설치된 거대한 텔레비전 화면에서는 밤 사이에 있었던 살인사건을 보도하는 뉴스가 방송되고 있었다. 일본의 핵실험을 첫 뉴스로 〈페렐리우〉호의 격침과 동아시아에서 확대되고 있는 전쟁에 대한 두려움 등 암울한 뉴스들이 이어졌다.

한국 정부는 외교적인 균형감각을 가지고 조심스럽게 일본의 핵실험을 비난했고, 〈페렐리우〉호의 침몰에 대해 유감을 표명했다. 그러나 모든 면에서 자제를 촉구했다. 한국은 개별적으로 중국과 접촉하여 남한에서 벌인 북한 테러리스트들의 살상행위를 비난했다. 비무장지대를 경비하고 있는 미군과 한국군에게는 새로 개인화기가 지급되었다. DMZ에서 다소 안으로 들어온 곳에 튼튼하게 요새화된 보니페이스 요새를 지키는 군인들에게 특별 경계령이 하달되었다.

여명이 채 밝기도 전에, 수만 명의 북한 학생과 근로자들이 오두막이 줄지어 있는 판문점 휴전마을에서 질서정연하게 시위를 벌이며 소리를 지르기 시작했다. 그들은 인공기를 휘두르며 남한과의 즉각적인 통일을 요구하고 있었다. 불과 1킬로미터 뒤에는 160미터 높이의 깃대 위에 달린 확성기들이 반미적인 비난 방송을 하고 있었는데, 이는 세계에서 가장 높은 확성기 받침대일 것이다. 그들이 외치는 구호는 김일성이 주창했던 주체사상의 이념이었다. 그는 제2차 세계대전이 끝난 뒤에 스탈린에 의해 수령으로 임명돼 1994년 죽을 때까지 장기집권했다. '주체'란 자조자립을 의미하는 말이었는데, 이 사상이야말로 북한 사람들을 50년 이상이나 외부세계와 단절시킬 수 있었던 무기였다. 북한 인민들이 받았던 독재적인 통치는 이전에 그 어떤 민족도 경험하지 못했던 참담한 것이었으나, 정작 인민들은 자신들이 낙원에 살고 있다는 말만 들어왔다. 김일성은 신과 같은 존재로서 스스로 위대한 지도자가 되었으나, 국민들은 인간이 달에 착륙했다는 사실조차 모를 정도로 철저히 무지했다. 그의 성스러운 권좌는 변덕이 심하고 버릇이 고약한 아들 김정일에게 이어졌다. 한국의 길거리에서 피비린내 나는 악행을 저지른 것도 바로 김정일의 지시에 따른 것이었다. 깃대마을은 북한의 겉모습은 대변해 주는 하나의 작은 우주로, 실은 사람이 살고 있지 않았다. 물론 때가 되면 텅 빈 아파트 건물에서 자동적으로 불이 켜지고 꺼지지만, 이는 남한의 농부들로 하여금 와해되어 가는 경계선 건너의 체제에 대하여 믿음을 주려는 위장전술일 뿐이었다.

중무장한 북한의 병력 수송차량 한 대가 DMZ 안으로 들어왔다. 비무장지대 내에서는 어떠한 무기의 휴대도 금지한다는 휴전협정을 노골적으로 위반하는 처사였다. 그러나 미군과 한국군에서는 사격을 자제하고 있었다. 남쪽으로 500킬로미터 떨어진 부산의 먼바다에서도 한국 상선 한 척이 북한이 새로이 설치한 기뢰에 침몰하는 사고를 당했다. 주요 도시에서는 경찰들이 대학교를 봉쇄하고, 북한측 통일안을 지지하고 있다는 혐의를 받던 학생들을 체포했다. 벌써 수년 동안, 정보 당국에서는 북한 첩자들이 대학에 침투했다고 주장해 왔다. 오늘 갑작스럽게 이런 사태를 당하게 되자, 어느 학생도 감히 나서서 평상시와 같은 저항을 하지 못했다.

한국 정부는 성명서를 통해 중국 정부도 북한을 비난했다고 주장했지만, 베이징으로부터는 아무런 확인도 없었다. 양국 정부 간에 있었던 합의의 자세한 내용은 나중에 나타났다. 중국의 복잡한 역할은 자명해졌다. 무력충돌이 있은 뒤 처음 이틀 동안, 베이징 주재 한국 대사는 한반도의 혼란을 순전히 내부적인 사건으로 생각한다는 중국측의 공식 입장을 들었을 뿐이며, 그들은 양국(한국과 북한) 모두에게 친구라고 말했다. 따라서 어떠한 상황에서도 결코 한국에서의 일에 간섭하지 않을 것임을 분명히 했던 것이다.

한국의 돌고래급 잠수함 2척과 제주도 기지를 떠난 코스모스급 소형 잠수함 4척이 북한의 동해안과 서해안 바깥에 세 그룹으로 나뉘어 포진했다. 각 그룹은 장보고 타입의 다용도 공격용 잠수함의 호위를 받고 있었다. 이 잠수함들은 독일의 설계를 바탕으로 대우 조선소에서 건조된 것들이었다. 그리고 33명의 승무원들 중 몇몇은 독일에서 훈련을 받은 사람들이었다. 북쪽에 있는 그들의 상대와 마찬가지로, 소형 잠수함들은 적의 해안침투를 막기 위한 용도로 사용되었다. 다만 이들은 단 한 번도 실전에 참여해 본 경험이 없었다. 동해안에 포진한 그룹에게 주어진 임무는 마양도와 송전단도의 차호에 있는 북한측 소형 잠수함 기지와 보다 작은 서해안의 사곤리 기지를 파괴하는 것이었다.

중국의 드래곤 스트라이크 공격이 시작된 이후 대책수립을 위한 첫 내각회의가 열렸을 때, 미국에서 교육을 받은 김홍구 대통령은 대뜸 중국이 어느 편을 지지할 것으로 생각하느냐고 각료들에게 물었다. 한국인들도 베이징에서 보내는 신호를 채 해독하지 못하고 있었다.

"우리의 한결같은 정책은 적절한 시기에 평화적인 방법으로 통일을 추구하는 것이었습니다." 대통령이 말했다. "우리는 독일의 전례를 답습하는 것을 결코 원하지 않습니다. 북한은 동아시아 스타일의 우리 정치에는 전혀 어울리지 않습니다. 비용 또한 대단히 과중할 것입니다. 우리의 생산기반이 세계시장에서 일본과 정면으로 경쟁하고 있는 시점에 경제적 확대를 지향하는 우리한테는 막대한 피해가 올 것입니다. 그러나 북한측은 어떻게든 현상태를 뒤흔들고자 하고 있습니다. 나는 그들의 그런 행동이 베이징 정부의 부추김 때문은 아니라고 추정하고 있습니다. 내 생각이 맞다면 중국의 군대나 무기가 우리에게 불리하게 사용되지는 않을 것이며, 따라서 북한이 승리하기는 거의 어렵다고 보아야 합니다. 그들의 핵보유 능력이 얼마나 되는지 몰라도, 폭발이나 발사 시스템 모두 아직은 제대로 작동하지 않을 것이라고 추정할 수 있습니다. 그리고 마지막으로 내가 추정할 수 있는 것은 김정일과 함께 일하고 있는 사람들에게도 일말의 상식이 존재하리라는 것입니다."

"대통령 각하께서는 너무 추정을 많이 하십니다." 국방부 장관이 대통령의 말을 가로막았다.

"그렇습니다. 많은 것들이 어떤 추정 아래에서만 제대로 평가할 수 있습니다." 대통령이 대답했다. "그러나 만일 내 추정이 틀린다면, 두 개의 한국은 체면 손상이나 통일과는 비교도 되지 않는 더 끔찍한 대량 살상과 피바다 속으로 급속하게 가라앉고 말 것입니다. 여러분, 우리의 가장 시급한 임무는 지금 이 순간 남한에서 암약하고 있는 무장한 간첩들을 무력화시키는 것이며, 그들이 또다시 범죄를 저지르지 못하도록 하는 것입니다. 또한 한국은 결코 핵공격의 대상이 되지 않을 것이라는 점을 믿어야만 합니다."

백악관, 워싱턴, DC

지난번에 브래들리 대통령이 일본 대사 가타야마와 대화를 나눈 것은 그들 둘 다 국립미술관 연회에 참석했던 월요일 저녁이었다. 그들의 만남을 성공적이라고 할 수는 없었다. 가타야마는 대통령을 압박하여 남중국해에 대한 군사적 간섭을 결심하도록 했었으며, 당시에 대통령으로서는 이를 응낙할 준비가 돼 있지 않았다. 이번에는 일본이 오가사라와에서 50킬로톤짜리 핵탄두를 폭발시켰는지에 대한 해명을 촉구하기 위해 가타야마 대사가 소환되었다.

가타야마 대사가 안내되어 들어왔다. 그는 일본인치고는 키가 큰 편이어서 거의 2미터에 달했고, 54세라는 실제 나이보다 한결 더 들어 보이는 얼굴이었다. 머리카락이 듬성듬성하고 가볍게 숙인 듯한 모습은 약간쯤 학자풍으로 보이도록 했다. 가타야마의 워싱턴 주재 임기는 거의 끝나가고 있었다. 그는 이른봄에 도쿄로 돌아갈 예정이었으며, 외무성으로 복귀하여 외교 담당 부수상직을 맡게 될 것으로 알려졌다. 그 자리는 대사처럼 외무성에서 빠른 승진을 거듭한 관리들이 꿈꿀 수 있는 가장 높은 자리였다. 그 자리는 그를 일본의 외교

정책 개발의 우두머리로 올려놓을 것이고, 30여 년 전에 도쿄대학 법학 대학원을 수석으로 졸업하자마자 시작했던 화려한 외교관 경력의 정점이 될 것이다.

대통령은 자기가 앉은 안락의자 오른쪽의 소파를 가리키며 앉기를 권했다. 그리고는 차나 커피 혹은 술 같은 것을 마시겠느냐고 물었다. 가타야마는 이를 정중히 거절하고, 침묵이 깨지기를 기다리며 가만히 앉아 있었다. 대통령이 목청을 가다듬느라 헛기침을 했다.

"자, 대사님, 오가사와라에서 발생한 사건을 어떻게 이해해야 하는 겁니까? 일본에 대해 미국인들이 어떤 태도를 보이는지 워싱턴 포스트에서 여론조사를 실시했다기에 그 결과를 조금 전에 읽었습니다만, 난 당신네들이 벌집을 건드린 꼴이라고 말씀드릴 수 있습니다. 대사의 생각은 어떻습니까?"

가타야마는 선뜻 대답하지 않고 한참을 기다렸다. 마치 영원히 그대로 있을 것만 같았다. 이윽고 그가 입을 열었다.

"대통령 각하, 무엇보다 먼저 말씀드리고 싶은 것이 있습니다. 일본 정부와 일본인들을 대신하여 〈페렐리우〉호의 침몰에 대해 심심한 유감의 뜻을 전하고자 합니다. 그것은 우리 모두에게 커다란 충격이었습니다. 도쿄에서는 베이징 주재 대사에게 지시하여 중국 정부에게 가급적 가장 강력하게 항의토록 했습니다. 그리고 이제 각하께서 질문하신 부분에 대해 답변을 드리겠습니다. 상황이 이 지경까지 이르게 된 것은 누가 뭐라고 해도 참으로 유감스러운 일입니다. 그러나 그럴 수밖에 없었습니다. 우리로서는 뒤로 물러서기보다는 앞으로 전진할 수밖에 없었던 것입니다." 대사의 말이 계속 이어졌다. "대통령 각하, 아주 명백한 사실은 각하나 귀국의 국민들이 우리와 맺었던 조약을 더 이상 존중하지 않는다는 것입니다. 이런 점은 이번 주에 있었던 많은 사건들을 통해 극명하게 충분히 증명되었습니다. 우리는 그 점을 이해했으며, 실은 오래 전부터 그렇게 생각하고 있었습니다. 미국인들이 아시아에서 피를 흘리며 싸우는 그런 시대는 이미 지나갔습니다. 우리가 성장하고 부유해질 때까지 귀국이 이 지역을 안전하게 지켜 주었습니다.

그러나 국가들도 성숙해져야 할 시기가 도래한 것입니다. 그 동안 양육해 주었던 부모님들께 작별인사를 고하고, 우리의 두 발로 굳건하게 버티고 서야 하는 것입니다. 우리는 이렇게 되기까지 성장의 아픔을 경험했습니다. 1980년대 초에 뉴질랜드가 ANZUS 조약으로부터 효과적으로 철수했던 상황을 각하께 다시 상기시킬 필요는 없겠지요? 그리고 1990년대 초에 귀국에서 필리핀에서 물러섰던 일과 1990년대 중반까지 오키나와에서 귀국이 맛보았던 적대감 등을 모두 열거할 필요는 없겠지요? 귀국의 군사력이 아시아로부터 철수하게 된 시점은 공교롭게도 중국이 강대국으로 부상하는 시점과 일치하고 있습니다. 귀국 정부에서도 잘 알고 있겠지만, 우리로서는 심각하게 우려해야 할 상황이었습니다. 귀국은 정부가 바뀌더라도 무역에서는 쉴 새 없이 공격의 고삐를 늦추지 않았습니다. 우리 국민들로서는 그런 상황에서 이런 주변 정세의 변화를 감당하기가 결코 쉽지 않았습니다. 그리고 귀국에서도 지적하셨다시피, 우리는 국방에 더 많은 예산을 할애할 수밖에 없었습니다. 어느 누구도 양편을 다 가질 수는 없습니다. 각하께서도 한 편으로는 국방비 예산을 높이라고 주문하면서, 다른 한 편으로 우리가 어떤 행동을 취하는지에 대해 일일이 결정권을 갖고자 하는 것은 곤란합니다.

'제국적인 지나침'이라는 말이 무슨 뜻인지 생각해 보셨습니까? 대통령 각하, 일본은 그 동안 가만히 서 있을 수가 없었습니다. 새로운 전후세대는 결국 힘에 귀착됩니다. 그들은 태평양 전쟁에 대한 기억이 없습니다. 그들은 왜 일본이 자신의 일조차 스스로 돌보지 못하는가 하는 의구심만 갖고 있습니다.

우리가 약간의 핵실험을 했다고 해서 각하께서 그렇게 놀라실 것까지는 없지 않습니까? 저보다는 각하께서 훨씬 더 잘 아시리라 믿습니다만, 미국 정부는 일본이 핵무기를 개발할 수 있도록 벌써 10년 이상 기술적인 노하우를 제공해 왔습니다. 우리가 일단 핵보유의 길을 선택했다면, 결코 가볍게 결정하지 않았으리라는 점은 짐작하실 것입니다. 이것은 단지 새로운 폭탄을 제조하는 것만을 의미하지는 않으니까요. 그것은 동시에 핵폭탄을 발사할 만한 능력을 보유하고 있다는 점을 의미하기 때문입니다. 그리고 우리에게는 핵탄두를 목표물을 향해 정확하게 발사할 수 있는 능력도 있습니다.

각하께서 알고자 하는 부분은 우리의 의도일 것이라고 생각합니다. 그 문제에 관해서라면, 히야시 수상께서 직접 전세계를 상대로 조만간 성명서를 발표하실 것입니다. 그 내용을 제가 먼저 말씀드릴 수는 없습니다. 그러나 전혀 예상치 못했던 놀랄 만한 그런 내용은 없으리라는 것을 확인해 드릴 수는 있습니다.

우리는 계속적으로 미국과 긴밀한 유대관계를 유지하고자 원하고 있습니다. 그러나 이 점은 말씀드려야겠습니다. 우리는 아시아에 있지만, 미국은 그렇지 않다는 점입니다. 우리는 중국을 군사적인 위협인 동시에 경제적인 기회로 취급해야 합니다. 그러나 귀국은 단지 경제적인 유대관계만을 잘 관리하면 그뿐일 것입니다. 우리의 처지는 한결 더 복잡합니다. 우리에게는 이를 극복했던 과거의 영광스런 역사가 있습니다. 이런 대화를 나누면서도 한반도에서 새롭게 발생한 폭력적인 사태에 대해서도 평가를 늦출 수 없습니다. 이곳 아시아는 예측이 불가한 일촉즉발의 위기가 감도는 지극히 위험한 지역입니다. 그리고 이 지역 사람들은 일본의 지도력을 기대하고 있습니다. 이 모든 것들이 앞으로 일본의 외교에는 커다란 도전이 될 것입니다.

미국의 여론에 대해서는, 귀국의 정부가 국민들을 선도해 주셨으면 합니다. 인종적인 차별은, 입에 담기조차 싫은 말이지만, 우리 양국 간의 유대관계에서 항상 존재해 왔습니다. 양측 공히 지도력을 통해 그런 점을 개선할 수 있을 것입니다. 비록 완전히 근절하지는 못한다 하더라도 말입니다. 우리는 신문의 인기투표에 근거하여 당면과제를 처리할 수는 없습니다.”

한반도

현지시간 : 2001년 2월 21일 **수요일** 06 : 00
G M T : 2001년 2월 20일 **화요일** 21 : 00

미국의 위성사진들은 남과 북을 가르는, 중무장으로 요새화된 전선을 보여 주고 있었으나, 어디에서도 비정상적인 모습은 찾아볼 수 없었다. 눈이나 서리, 두꺼운 얼음으로 덮인 언덕이나 논들은 해마다 이 계절이면 늘 그랬던 것처럼 그냥 그렇게 보였다. 북한의 농부들은 영하를 밑도는 추운 날씨와 살을 에이는 듯한 바람을 피하려고 목도리를 두른 채 일을 하고 있었다. 식량과 연료 부족사태는 벌써 6년 이상이나 북한을 옴짝달싹 못하게 옥죄고 있었는데, 처음 발생한 홍수로 인해 전 국토가 황폐화된 이래로 계속 그랬다.

그러나 정말로 험악한 시절은 김일성이 죽고 난 바로 뒤부터 시작되었다. 세상을 두려워하는 독재자의 아들에 대해 인민들도 확신을 못 하고 있었다. 그들은 김정일을 '모든 생명체를 다스리는 철(鐵)의 구세주'나 혹은 '위대한 군사 전략가'라고 불렀다. 그러나 김정일은 사람들 앞에 거의 모습을 드러내지 않았다. 아니 드러내기를 꺼리는 것 같았다. 그렇다고 해서 북한이 처한 경제난을 해결하기 위해 농업이나 공업에 대해 무슨 지침을 제시하는 것도 아니었다.

뿐만 아니라, 그의 아버지가 주장했던 주체사상조차도 그와는 별로 상관이 없어 보였다. 평양의 엘리트 집단 사이에서는 김정일이 스칸디나비아나 프랑스 혹은 영국의 창녀들을 불러 난잡한 파티를 즐긴다는 이야기가 공공연하게 나돌았다. 그리고 그의 음주벽이나 심한 우울증, 감정을 주체하지 못하는 급한 성격에 대해 어디서나 수군거리곤 했다. 이 수수께끼 같은 지도자의 진짜 성격에 대해 어느 누구도 자신 있게 말하지 못했다. 그러나 그가 농부들한테 자연의 재해로부터 북한을 안전하게 지켜 줄 수 없는 인물로 평가되고 있는 것만은 틀림없는 사실이었다. 그들은 겨우 목숨만 연명할 정도로 끼니를 때우고 있었고, 가정에 전기가 들어오지 않거나 땔감이 없어서 겨울의 추위를 피할 수 없게 된 것도 벌써 1년이 훨씬 넘었다.

그렇지만 북녘의 들판 밑에는 마을 전체를 먹여 살릴 수 있을 정도로 충분한 식량이나 군수품들이 비축되어 있었다. 세계에서 가장 비밀스러운 나라인 북한은 오래 전부터 호시탐탐 남한 침략을 준비해 왔으며, 전시에 인민군을 배불리 먹이기 위해 군량미를 축적해 놓고 있었던 것이다. 대포와 탱크는 물론, 심지어 전투기나 헬리콥터도 산을 뚫어서 만든 터널과 커다란 동굴 속에 감추어져 있었다. 북한군 관계자들은 적에게 노출되지 않도록 감추어 둔 무기로 포병 지원을 해야 상대에게 철저한 기습공격을 가할 수 있다고 믿고 있었다. 단거리 화력은 탱크나 기계화 부대에서 지원할 수 있을 것이며, 임진강을 건너 병력과 장비들을 침투시키는 데는 수백 대의 수륙양용 차량이 사용될 것이다. 2,000개가 넘는 조립식 부교가 연합군이 퇴각하면서 폭파시켜 버릴 기존의 교량들을 언제라도 대체할 수 있도록 대기하고 있었다. 1990년대 말, 평양 정부는 서울의 심장부를 향해 170밀리 포와 240밀리 로켓을 퍼부을 수 있도록 공격 준비를 완료하는 한편, 1만 5,000대 이상의 대공포와 500대의 지대공 미사일 그리고 영공을 침투하는 적기들을 요격하기 위해 새로 입수한 조기 경보 레이더 시스템 등으로 방어체제를 더욱 공고히 했다. 북한이 노리는 최우선 목표 중 하나는 서울의 88고속도로가 될 것이다. 이 도로는 시내의 중심부를 관통하는 한강을 따라 펼쳐진 차량 전용 도로지만, 유사시에는 군용기들의 활주로로 사용될 수 있기 때문이다.

남한 특수부대의 침투요원들이 잠수함에서 내려 북측의 해안을 거슬러 올라가는 동안, 서울의 방위를 맡은 장교들은 북한이 전면전을 펼쳐 휴전선을 밀고 내려온다는 최악의 시나리오에 대비하여 수도 서울의 방어계획을 세우고 있었다.

남한의 특공대원들은 각자가 공격해야 할 기지를 마치 자기네 안마당만큼이나 소상하게 알고 있었다. 그들은 사진을 통해 철저히 분석했을 뿐 아니라, 모형으로 만든 배치도를 이용하여 실전과 같은 훈련을 마쳤다. 물론, 지금 그들이 행하고 있는 것처럼 실제로 침투 작전을 펼칠 날이 오리라고는 어느 누구도 상상조차 하지 못했었다. 마양도에 침투한 24명의 특공대원들은, 철조망 안쪽에 매설되어 있을지도 모르는 지뢰밭을 피하려고 기지 경계선과 가까운 해안에서 일단 멈추었다. 그 중 6명이 일행에서 이탈하여 철조망 안으로 들어가 소리 없이 경비병들을 살해했다. 그리고는 다른 10명에게 앞으로 오라는 손짓을 했다. 나머지는 해안에 그대로 머물러 있었다. 안으로 들어간 대원들은 주 건물의 주위에 폭발물들을 설치하고, 여기저기 휘발유와 탄약들을 흩뿌렸다.

한편 잠수 특공대원들은 북한의 소형 잠수함 12척에 시한 폭탄을 설치했다. 소주급 쾌속 공격선 3척 역시 항구에 정박해 있었는데, 거기에도 폭파장치를 했다. 특공대는 불과 10분이 채 못 되어 어느 누구에게도 발각되지 않고 임무를 완수할 수 있었다. 폭발물들은 적에게 비단 공포심을 유발할 뿐 아니라 주요 군사장비들을 파괴하도록 되어 있었다. 그들은 잠들어 있는 건물 곳곳을 헤집고 다니면서 조그만 장치들을 사방에 뿌려 놓았다. 지역 전체에 부비트랩을 설치했던 것이다. 북한 병사들은 특공대가 다녀간 뒤 몇 시간도 안 되어 그 부비트랩에 걸려 죽거나 부상을 당했다. 기지 자체의 기능이 완전히 마비될 수밖에 없었다. 또 특공대원들은 작전지역에서 완전히 철수하기 전에 항구 주위에도 지뢰를 매설했다.

남한측이 실시한 다른 침투공격들 중 두 건도 역시 당초 계획대로 성공적이었지만, 사곤리에서는 문제가 좀 복잡해졌다. 북한 경비병 한 명이 특공대의 해안침투 장면을 우연히 목격했던 것이다. 경비병은 지체없이 사격을 가했다. 침투대원 중 2명이 그 자리에서 즉사했으며 3명이 부상을 당했다. 곧이어 탐조등이 기지 전체를 밝게 비추고 경보가 울어대는 가운데, 북한군 병사들이 중기관총이 설치된 옥상에 자리를 잡았다. 특공대원 6명이 미끄러지듯 물 속으로 들어가 사라져 버렸다. 그러나 5명이 더 사살되었으며, 최소한 4명이 생포되었다. 평양에서 방송하는 텔레비전에서는 기지의 연병장에 줄지어 눕혀 놓은 특공대원들의 시체를 보여 주었다. 뉴스 캐스터가 남한군 포로들과 인터뷰를 했다. 포로들의 머리가 힘없이 좌우로 크게 흔들거렸는데, 이는 그들이 북한군으로부터 모진 고문을 받았다는 의미였다. 포로들로부터 범죄 사실을 자백받기 위해 당연히 고문을 했을 것이다. 남측에서는 북측의 주장을 철저하게 부인했다. 남한측의 주장에 따르면, 그들은 북한의 배우라는 것이다. 다른 세 군데의 해군 기지에서 성공적으로 치러진 작전들에 대해서는 어느 측에서도 전혀 거론하지 않았다.

가디언 지 사무소, 런던

현지시간 : 2001년 2월 21일 수요일 02 : 00

영국의 주요 일간지인 '가디언'의 제3판에 특종으로 게재된 일면 기사가 세계 지도자들의 책상 위에 도착한 것은, 기름냄새가 나는 신문들이 런던 거리에 배포된 지 채 30분도 안 되었을 때였다. 신문의 중요 내용을 매일 아침 요약하여 보고하는 미국 대통령이나 영국 수상의 보좌관들이 그 신문을 통째로 책상 위에 올려 놓은 데는 그럴 만한 이유가 있어서였다. 그 기사는 굵은 선으로 밑줄을 그어 놓은 요약본을 읽기보다는 신문에 난 그대로 읽을 가치가 충분히 있다고 판단했기 때문이었다.

그 기사는 수상 경력이 있는 도쿄 특파원 마틴 밀러가 쓴 것이었는데, 증권시장이나 방위산업계에 깔린 그의 정보선들은 가히 전설적이라는 평을 듣고 있었다. 민감한 정보들을 수집하여 잘 다듬어진 기사를 이처럼 신속하게 쓸 수 있다는 것은, 밀러가 벌써 오래 전부터 일본인들의 핵실험 계획을 알고 있었던 것이 아닌가 하는 의구심을 갖게 했다. 그러나 밀러는 비난의 손가락을 미국 정부 쪽으로 돌렸다. 신문의 표제는 이렇게 쓰여 있었다.

미국은 그들에게 아무런 망설임 없이 핵폭탄을 주었다.

브리핑

일본은 어떻게 폭탄을 얻었나

미국은 그들에게 아무런 망설임 없이 핵폭탄을 주었다

워싱턴의 많은 관리들은 일본이 실시한 조그만 핵탄두의 폭발실험을 아무런 놀라움 없이 받아들였다. 그들은 벌써 수년 동안, 미국이 일본과 맺은 시대에 뒤떨어진 방위조약을 끝장내야 한다는 의견을 조심스럽게 개진해 왔다. 미국이 표방하는 공개적인 정책이 핵확산 금지였음에도, 막강한 관료집단에서는 벌써 수년째 일본으로 하여금 신성한 핵보유국 친목단체에 가입하도록 유혹해 왔다. 그런 행태는 레이건과 부시 행정부 시절부터 시작되었는데, 소련이 태평양 연안에서 위협적인 존재로 받아들여질 때였다. 그들은 그 때 이후로 동아시아의 안전판으로서 미국이 수행하던 역할도 어느 단계에서는 불가피하게 막을 내릴 수밖에 없을 것이라고 믿었다. 어쩌면 미국으로서는 별로 싸우고 싶지 않은 상대인, 비우호적인 국가들의 도전 때문에 그런 결정을 했을 수도 있었다. 그렇기 때문에 미국인들은 인도나 파키스탄이 핵무기 보유를 선언하기 전 혹은 중국이 보다 작은 이웃나라들과의 분쟁을 군사적으로 해결하려는 시도를 하기 전에 밀음직한 우방인 일본이 핵무기를 보유하도록 돕기로 결심했을 것이다.

미국과 유럽은 정제된 플루토늄을 대량으로 비축할 수 있도록 일본에 협조해 왔는데, 그것만 있으면 언제든지 핵무기를 만들 수 있었다. 또한 사바나 리버 연구소의 도움이 아주 컸다. 그곳의 과학자들이 고품질의 플루토늄을 생산할 수 있는 기술과 하드웨어를 일본인들에게 전수해 주었다. 바로 일본이 보유한 두 대의 고속 증식로(增殖爐) 반응기(FBR)에서 사용할 수 있는 그런 기술과 하드웨어였다. 이 FBR은 핵확산 방지에 가장 중요한 위협으로 간주되고 있었다. 겉으로 알려진 FBR의 기능보다 이면에 있는 감추어진 내용이 훨씬 더 중요했다. FBR은 소비하는 양보다 더 많은 플루토늄을 생산한다는 사실이다. 잉여분의 플루토늄은 다른 FBR이나 기타의 용도로 사용될 수 있을 것이다. 어쨌거나 FBR에서는 무기로 사용할 수 있는 등급보다 한결 더 순수한 플루토늄을 생산할 수 있었다. 국제 핵에너지협회는 일본에서 생산된 플루토늄을 '최상급'으로 분류했다.

미국이 처음 FBR 프로그램을 제안했을 때, 의회에서는 미국이 미처 건설을 시작하기도 전인 1983년에 서둘러 종결지었다. 그러나 일본은 두 개의 시설을 운영하고 있었다. 하나는 도쿄의 북쪽에 있는 오아라이 연구소에 있는 조요 FBR이었는데, 1977년에 존폐의 위기를 맞았었다. 둘째 것은, 도쿄의 서쪽 해안의 스루가 근처 몬주 FBR이었다. 몬주도 역시 1994년에 중대한 국면을 맞게 되었다. 핵 프로그램 개발에 결정적으로 필요한 것들 중에는 아모리 현청에 있는 록카쇼 무라 시설이 있었다. 일본 정부에서는 연료 재처리 공장에만 180억달러를 투입했다. '가디언'의 기자가 간파한 부분이 바로 이 대목이었다. 플루토늄 산화물을 금속으로 변화시키고, 변화된 금속 덩어리를 무기제조에 적합한 형태로 정제할 수 있는 시설을 일본 정부가 건립했다는 사실의 의미를 이 기자는 소상하게 이해하고 있었던 것이다.

미국이 아직 보유하고 있지 못한 FBR을 이용하여 일본이 플루토늄을 처리하고 있는 것이 분명해지자, 미국과 일본 간에 긴밀한 협조체제를 구축하고자 했던 움직임이 더욱 공고해졌다. '가디언'이 입수한 서류들은 FBR의 개발에 보조를 맞추겠다는 미국의 약속 부분을 특히 강조하고 있었다. 1987년, 프로그램이 공식화될 시점에 '오크릿지 국립 연구소 리뷰(ORNL)'지는 다음과 같은 글을 싣고 있었다.

'이런 협력은 미국으로 하여금 핵심적인 전문기술을 유지할 수 있도록 해 줄 것이고…… 기술자나 전문가들은 장기 프로젝트에 가담함으로써 재처리 분야의 발전에 뒤처지지 않을 수 있다…….'

그리고 1년 뒤, ORNL의 연료 재활용 담당 이사인 윌리암 버치는 이런 말을 했다.

'쌍무적인 계약은 상호 간에 도움이 될 것이다…… 일본은 미국과의 협조를 통해 자금의 일부를 절약함과 동시에 재순환 기술의 개발 기간을 단축할 수 있을 것이다…… 미국으로서는…… 거래는 우리로 하여금 지속적으로 게임에 참여…….'

미국이나 일본의 정치인들 공히 핵보유국이 되려는 도쿄측의 의도에 대해 공개적으로는 부인했다. 1992년 11월, 일본은 자급자족 수준의 핵연료 사이클을 개발하려는 시도의 일환으로 엄청난 양의 플루토늄을 수입하기 시작했다. 지금 그들이 보유하고 있는 총 물량은 5만킬로그램이나 되며, 2010년까지 9만킬로그램 정도는 될 것으로 기대하고 있다. 다시 말해서, 일본은 핵무기 제조 가능일로부터 30일 이상 멀어진 적이 없었다. 그들이 필요로 하는 것이라고는 정책적인 결정이었으며, 이제서야 그런 결정이 내려진 것뿐이었다.

통계숫자를 보면 간담이 서늘해진다. 최소한 2만톤의 TNT와 맞먹는 핵탄두 하나를 생산하는 데 필요한 플루토늄의 양은 고작 3킬로그램밖에 되지 않는다. 현재의 재고량이라면, 일본은 200개 이상의 핵탄두를 만들 수 있을 정도의 고품질 플루토늄을 보유하고 있는 것으로 보인다. 이 핵탄두들은 최신식 순항 미사일에 장착될 수 있는데, 일본이 향후 며칠 내에 시작할 것으로 기대하고 있는 실험에서 그 결과를 볼 수 있게 될 것이다. 그것들의 무게는 고작 150킬로그램밖에 되지 않지만, 도달거리는 대략 2,500킬로미터 정도이다. 국방 전문가들이 말하기를, 적어도 최근에 취역한 하루시오급 잠수함 두 척에는 핵무장을 할 수 있다고 했다. 일본은 그와 동시에 H-2라는 공중발사 운반체제를 개발했는데, 미국 펜타곤에서도 그것이 군사적인 목적으로 최근에 개발되었다는 사실을 확인했다. 그 속에는 유효 탑재능력이 4,000킬로그램인 궤도 재진입 실험 캡슐도 포함되어 있다.

일본은 언제라도 핵보유국으로 전환할 수 있는 권리를 유보하고 있었다. 1957년에만 해도 당시 수상인 노부스케 기시는 자국의 방위라는 정의에 부합되지 않는 한, 일본이 핵무기를 보유하는 것이 헌법정신에 맞지 않는다고 주장했었다. 그 이후로 헌법에 가해진 약간의 정정사항들이 정치적인 사고(思考)의 엄청난 변화와 함께 핵의 선택을 수용하도록 만들었다. 1993년 10월, 국립 군사학교의 마사시 니시하라는 이렇게 말했다.

"우리는 중국을 두려워한다. 그러나 중국의 지배를 허용하지 않으려면 정면으로 맞섬으로써 그들과 보다 대등해져야 한다."

니시하라는 미국이 소련에게 했던 것처럼 일본 또한 중국을 그렇게 대해야 한다고 믿었다. 그들을 위협하여 우선 기선을 제압한 다음, 군축조약 내용을 협상하는 것이다. 그러나 그렇게 하려면 일본도 폭탄이 필요했다. 남중국해에 대한 중국의 점령이 촉매제가 되었다. 1990년대 초부터 아시아 전역에서는 점증하는 중국의 군사비 예산 배정과 영토 확장 계획에 대한 우려가 증폭되고 있었다. 확인된 바는 없지만 일반적으로 널리 알려진 보고서에 의하면, 두 척의 항공모함이 이끄는 미국 함대와 대만해협에서 대치했었던 1996년 이래, 중국은 수십 억달러의 예산을 육군과 해군의 현대화로 전용했다고 한다. 그러나 아직은 미국이나 일본과 비교할 만한 수준은 아니었다. 소련이 붕괴된 오늘날, 이들 두 나라가 세계적인 초강대국의 위치를 나누어 갖고 있는 것이다. 겁 없는 거리의 젊은이라고 할 일본은 제2차 세계대전 때 벌인 잔학한 행위를 또다시 되풀이할 경우에는 어떤 일이 있어도 결코 용서받지 못할 것이라는 경고를 받았다.

다른 아시아 국가들이 일본을 의심하거나 유감스럽게 생각하고 있긴 하지만, 그렇다고 해서 다른 대안을 취하는 것은 그보다 더 끔찍한 결과를 초래할 수도 있다. 음험하고, 설명할 수 없고, 비민주적이고, 현대화가 안 된 중국의 통치가 기다리고 있기 때문이다. 앞으로 수주일 동안, 미국은 아시아 인들과 미국인들에게 50년도 더 된 오랜 기억을 묻어 버리라고 종용하는 한편, 일본의 군사력을 지역의 안전을 보호해 주는 새로운 우산으로 환영해야 한다고 말할 것이다. 일본의 미사일들이 어쩌면 미국이나 인도의 도시들까지 날아올 수 있을지도 모른다. 그러나 오늘은 그 미사일들이 오직 중국을 향하도록 프로그램 되어 있다고 믿어도 될 것이다.

백악관, 워싱턴, DC

현지시간 : 2001년 2월 20일 화요일 21 : 30
G M T : 2001년 2월 21일 수요일 02 : 30

여태까지 숨겨져 있던 미국의 정책을 국민들에게 설명하는 임무가 국가 안보 보좌관인 마티 웨인스타인에게 맡겨졌다. 대통령이 신문 기사를 읽자마자 그를 호출했던 것이다. 그는 '가디언'지가 제기했던 문제점들을 명백하게 설명해 줄 내용을 메모로 요청했다. 그리고 일반 대중들의 지지도를 측정하기 위해 그 기사를 읽은 사람들을 상대로 여론조사를 실시하도록 지시했다.

웨인스타인은 설명하기를, 마틴 밀러의 말이 일반적으로 옳기는 하지만, 일본의 핵폭탄 제조를 돕기 위한 행정적인 정책 같은 것은 없었다고 했다. 미국의 핵과학자들이 일본을 도왔던 것은, 의회가 자금지원을 단절한 분야의 기술적인 발전에서 뒤쳐지고 싶지 않았던 것뿐이었으며, 오크 릿지 국립 연구소의 협조가 없었다고 하더라도 일본은 핵무기를 보유할 수 있었을 것이다.

"마티, 나는 비밀로 감추었던 부분을 국민들에게 어떻게 잘 설명할 것인가 하는 문제 때문에 걱정하는 것은 아니오. 그런 일이야 늘 있는 일이니까. 그렇지만 남중국해에서 중국인들을 일시에 몰아낼 특공대를 파견하기 전에 우리가 일본의 핵실험에 대해 비난해야 할 것인지 아니면 협조해야 할 것인지를 먼저 결정할 필요가 있소. 어느 길이 미국인들의 생명을 구하고 국가적인 이익을 보호하는 길이라고 생각하시오?”

“제 생각에는 협조하는 방법을 선택해야 한다고 믿습니다, 대통령 각하. 결국 일본은 우리의 우방이니까요. 양국 간에는 이익이 상충되는 부분이 아무데도 없습니다.”

“좋습니다. 그렇다면 그렇게 적어 주시오, 마티. 그래야 내가 국민들 앞에서 그렇게 설명할 수 있을 테니 말이오.”

“무거운 짐을 나누어 짊어진다는 개념으로 밀고 나가는 것이 좋을 것 같습니다. 미국이 언제까지나 혼자서 세계의 경찰 노릇을 수행할 수는 없습니다. 그러니 무엇보다 먼저 당면한 위협의 본질을 살펴본 뒤에 우리가 선택할 수 있는 가장 적합한 우방국이 어디인가를 짚어가는 것입니다. 유럽에서라면 절대적으로 영국에 의존할 수 있고, 프랑스도 그런 대로 믿을 만하겠지요. 그들은 어른이 다 된 안보 동맹국들입니다. 그들 역시 핵보유국들입니다. 다른 나라들은 주저하고 있습니다. 남아시아나 중동에서는 이렇다 할 확실한 맹방이 없는 실정입니다. 인도는 자연적인 맹방입니다. 그렇지만 역사적으로 볼 때는 약간 의문스럽습니다. 그들은 스스로가 강대국이 되겠다는 염원을 갖고 있습니다. 이집트나 사우디아라비아 같은 중동의 우리 친구들은 각자의 국내 정치문제만 하더라도 골치가 아플 지경일 것입니다. 장기적인 관점에서 보면, 그들이 갖고 있는 위험은 중국의 것과 유사합니다. 이슬람교인들의 정치적 문화적 시스템은 우리 시스템과 섞일 수가 없습니다. 가치 기준이나 염원하는 바가 상이하기 때문입니다.

지금으로서는 현재의 유대관계를 갈 데까지 끌고가는 수밖에는 없다고 생각합니다. 동아시아에서는 ASEAN 국가들이 어정쩡한 태도를 견지할 것입니다. 중국이나 일본 중 어느 하나를 선택하지 못하리라는 점을 그들 자신이 누구보다도 잘 알고 있습니다. 그들은 우리 미국을 선호할 것입니다. 그러나 우리의 시대가 끝나간다는 것을 그들도 느끼고는 있습니다. 실용적인 국민들인 그들이 노리는 것은 무역과 경제개발입니다. 그들은 중국 혹은 일본에 의한 새로운 질서를 기꺼이 수용할 것입니다. 그 때문에 무역이 위태롭게 되지만 않는다면 말입니다. 그리고 동요하고 있는 러시아가 있습니다. 그러나 그 나라에서 무슨 일이 벌어질지는 어느 누구도 모릅니다. 러시아도 핵보유국입니다. 향후 50년 동안, 러시아와 중국, 인도 등이 강대국의 지위를 놓고 서로 힘겨루기를 할 것입니다만 아무래도 좋습니다. 그들 중 어느 나라도 건달 같은 나라는 아니니까요.”

“마티……” 대통령이 말을 가로챘다. “중국은 베트남을 공격했고, 태평양으로 향하는 민간 선박을 납치했소. 그리고 우리 전함 한 척을 침몰시켜 무수한 사상자를 발생시켰소.”

“대통령 각하, 저는 지금 역사적인 관점에서 말씀을 드리고 있습니다. 우리는 이라크나 리비아, 파나마에 대해서는 경제봉쇄 조치를 취하고 폭격도 가할 수 있었습니다. 그 나라의 지도자들이 독재자라는 것도 알고 있습니다. 그러나 중국을 그들과 같은 범주에 집어넣을 수는 없습니다. 그리고 이번 일은 그런 각도에서 접근을 해야 한다고 저는 믿고 있습니다. 유엔의 안전보장이사회에서 어떤 일이 일어났었는지를 보십시오. 베이징 정부는 우리가 상정하는 모든 제안에 대해 거부권을 행사했습니다.”

“좋소, 계속하시오.”

“우리는 두 개의 주요한 군사적 충돌을 동시에 수행하는 정책을 견지할 수도 있습니다. 그러나 이미 말씀드렸듯이 국방예산 삭감 때문에 그런 일은 사실상 불가능하게 되었습니다. 우리가 만약 남중국해에 전념하게 된다면, 다른 쪽은 무방비 상태가 되는 셈입니다. 예를 들어, 제6함대는 지중해에서 NATO와 장기적으로 약속을 맺은 상태입니다. 이란, 이라크, 걸프만은 긴장지역이기 때문에, 우리는 그곳에서 병력을 철수시킬 수 없는 입장입니다. 만일 이란이 우리가 중국과 대치하고 있다는 사실을 알게 된다면, 1990년대 걸프전 당시 그랬던 것처럼 우리가 베트남이나 혹은 필리핀에 군수품들을 쏟아붓기 시작한다면, 그리고 만약에 이란이 걸프에서 다시 무력을 휘두르기로 결심이라도 한다면, 우리로서는 아무런 조치도 취할 수 없게 될 것입니다, 대통령 각하. 우리가 전투에서 패배할 것이라는 의미로 말씀드리는 것은 아닙니다. 그러나 우리가 지불해야 할 막대한 비용, 엄청난 시체 주머니들, 그리고 중동이나 동양의 적들이 텔레비전 화면에 나타나서 우리가 궁극적으로 얻고자 했던 목적에 반하여 미국인들을 매도하게 될 것입니다.”

“베트남 전쟁 때도 그랬지.”

“바로 그렇습니다. 전쟁터에서는 이겼지만, 의회에서는 참패를 당했습니다.”

“마티, 당신은 지금 추측을 말하고 있는 거요, 아니면 무언가를 알고 있는 거요?”

“저는 사실에 근거하여 추정하고 있습니다. 중국은 무기를 팔면서 엄청나게 많은 돈을 챙겼습니다. 최근 5년 동안, 그들은 100억달러 이상을 벌었을 것입니다. 90퍼센트 이상이 중동에서 나왔습니다. 지금 현재 그들과 가장 긴밀한 유대관계를 갖고 있는 나라는 이란인데, 그들이 지난 2년간 러시아로부터 가공할 만한 전함 두 척을 갑자기 살 수 있었던 것도 바로 무기판매로 축적한 재원이 있었기 때문입니다. 그들은 우달로이급 프리깃함 〈바즈니〉호와 〈브덤치비〉호를 구입했는데, 모르긴 해도 2억 5,000만달러 정도는 들었을 것입니다. 완전무장된 이 배들이 탑재한 무기들은 그리 예쁜 것들이 못됩니다. 아주 치명적인 물건들입니다, 대통령 각하. 냉전시대에도 이것들이 우리에게 아주 섬뜩하도록 겁을 주었는데, 이제는 다른 깃발을 달고 또다시 우리에게 겁을 주기 위해 돌아온 것입니다. 중국은 미사일과 핵기술을 보유하고 있습니다. 이란은 석유자금을 갖고 있습니다. 러시아는 장난감들을 갖고 있습니다.

중국인들은 1987년에 그들도 서명한 바 있는 미사일 기술 통제체제(MTCR)의 규정을 어겼습니다. 그 규정에서는 300킬로미터 이상의 유효 발사거리와 500킬로그램 이상의 유효 탑재능력을 가진 미사일이나 미사일 기술의 판매를 금지하고 있습니다. 1년 뒤, 중국은 중거리 미사일 CSS-2 36기를 사우디아라비아에 판매하고, 30억달러 이상의 돈을 받았을 것입니다. 또 중국은 자신들이 새로 개발한 M-9 미사일을 시리아에 판매하려고 흥정하고 있습니다. 그들은 이란, 이라크, 파키스탄, 시리아, 사우디아라비아, 이집트 그리고 몇몇 다른 나라들과도 거래하고 있습니다. 이 나라들을 하나로 묶을 수 있는 공통요소가 있다면, 모두 회교국가라는 사실입니다, 대통령 각하.

우리는 1987년에 처음으로 중국에 압력을 가했습니다. 그들이 실크웜 미사일을 이란에 팔았을 때였지요. 그런데 그 뒤로 더 나빠졌습니다. 1989년과 1991년에 중국 회사와 이란 회사들이 일반인들이 보기에는 평범한 그런 상거래를 했습니다. 그러나 취급 상품은 핵관련 제품으로, 동위원소를 생산하기 위한 전자자기 분리기 한 대와 소형 원자로 한 대였습니다. 당시 중국인들은 그것들이 평화적인 목적으로 사용될 것이라고 말했습니다. 이를테면, 의료진단이나 핵물리학 연구에 사용하겠다는 것이었지요.

농축 우라늄 동위원소를 이용하여 원자탄을 만들 수 있습니다만,

그 특정의 거래는 깨졌습니다. 러시아 인들이 더 좋은 것을 들고 나왔기 때문인 것으로 생각됩니다. 그러나 이라크가 1990년대 초에 했던 것과 같은 짓을 이란이 한다고 가정해 보십시오. 그들은 핵의 길을 찾아 탐험하고 있으나 아직은 목적지에 도달하지 못했습니다. 그러나 우리는 다음에 무슨 일이 일어날지 알고 있습니다. 우라늄의 질을 높이는 데 필요한 장치로, 우리가 캘류트론(전자방식에 의한 동위원소 분리장치)이라고 부르는 것을 중국이 이란에게 건네줄 것입니다. 우리 정보기관에서는 중국이 이란에게 화학무기용 원자재들을 공급했다는 증거를 갖고 있습니다. 티온산글리콜과 티오닐 염화물 같은 것들인데, 매우 치명적인 물질들입니다. 결론은 추가 병기로 대량 살상용 화학무기를 보유하고 있음직한 야심만만한 핵보유 적국에 달려 있습니다. 그러나 현재까지 이란의 발사능력은 제한되어 있다고 보아야 합니다.

다음으로, 우리 위성에서는 발사대를 포함한 26기의 미사일과 기타 부속품들을 실은 차량들이 베이징의 외곽지대를 통해 이동하는 장면을 사흘 동안에 두 번이나 탐지했습니다. 그것들은 북부에 있는 주요 항구도시인 톈진(天津)으로 갔습니다. 그 미사일들은 이스트 윈드-31로 도달거리 8,000킬로미터의 대륙간 탄도탄임이 틀림없습니다. 고체연료 로켓으로 추진되는 이 미사일은 트럭 운반에 편리하고 또 발사시간도 비교적 짧은 편입니다. 일단 발사되면 우리로서도 쉽게 탐지하지 못할 뿐 아니라 적중률도 상당히 높습니다."

"그러니까 이란도 그들의 병기창고 안에 그 놈들을 갖고 있을 것이란 말이지요?"

"그럴 것으로 우리는 확신하고 있습니다, 대통령 각하. 그것들이 중국이 보유한 무기들 중에서 가장 좋은 것은 아닙니다. 2000년에 이스트 윈드-32를 실험했습니다. 서쪽 끝에 있는 신장(新疆)에서 발사된 이 미사일은 3,000킬로미터를 날아서 남중국해에 떨어졌습니다. 최대 도달거리는 1만 2,000킬로미터입니다. 유효 탑재량은 700킬로그램의 핵탄두입니다. 만약 중국 땅에서 이스트 윈드-32를 발사한다면, 알래스카나 서유럽까지 도달할 수 있을 정도입니다. 그들이 현재 잠수함 탑재용 신형 ICBM 개발에 몰두하고 있다는 사실도 우리는 알고 있습니다. 그들이 만약 이것들을 싣고 태평양으로 나온다면, 워싱턴이나 뉴욕도 공격대상이 되는 것입니다.”

“고맙소, 마티.” 대통령이 말했다. “그런데 당신이 하고자 하는 말이 정확히 뭡니까?”

“중국은 싸구려 무기들을 중동에 판매해 왔습니다. 러시아의 MIG-26 전투기는 한 대에 2,500만달러 정도입니다만, 중국의 F-7M은 450만달러가 채 되지 않습니다. 그들은 2010년까지 하루에 800만배럴씩의 원유를 수입해야 하는 실정이기 때문에, 공급선 확보의 차원에서 산유국들과 긴밀한 유대관계를 맺고 있습니다. 설혹 국제적인 압력에 의하여 중국에 대한 경제봉쇄가 이루어진다 하더라도, 이슬람 국가들과의 유대관계만 공고히 하고 있으면 충분히 견딜 수 있다는 계산을 하고 있는 것입니다.

누구나가 알고 있듯이, 유엔에서 그들은 거부권을 행사하고 있습니다. 그들은 적당한 곳에 미리 차단막을 준비해 놓고 남중국해를 집어삼킨 것입니다. 1996년 대만의 총선 때 우리와 대치했던 이후, 인민해방군은 우리 해군과 싸워서 이길 수 없다는 사실을 새삼 뼈저리게 느꼈습니다. 설혹 지금부터 병력을 증강한다고 하더라도, 적어도 2020년까지는 우리와 어깨를 나란히 할 수 없을 것입니다. 그러나 그들은 우리나라가 두 개의 전쟁을 동시에 해결할 수 없다는 점을 잘 알고 있습니다. 그래서 우리가 1996년에 그랬던 것처럼 그들을 제어하기 위한 목적으로 함대를 남중국해에 집중 배치할 경우에 대비하여, 이란이 양동작전을 펼 수 있는 능력을 갖추도록 도와 주면서 만반의 준비를 했던 것입니다."

"당신은 그런 일이 실제로 일어날 수 있다고 보십니까?"

"이미 말씀드린 바대로 우리의 HUMINT(인간 정보 수집)는 별로 좋지 않습니다, 각하. 중국 지도층이 어떤 생각을 갖고 있는지 우리로서는 알 수가 없습니다. 그러나 그들도 우리와 싸우는 것은 결코 원하지 않을 것입니다. 그들이 노리는 것은, 우리가 겁을 먹고 남중국해에서 나가 주는 것입니다. 정상적인 상황이라면, 우리는 한반도에서 발생한 골칫거리에 온갖 노력을 집중해야 할 것입니다. 그러나 실상 우리의 병력은 중국을 상대로 배치되었으며, 북한의 병력배치 상황과 해군의 움직임에 대해서는 대부분 일본의 정보를 이용하고 있습니다. 따라서 만약 우리가 어떤 신뢰감을 갖고 그 지역에서 계속 머무르고자 한다면, 일본과 동맹관계를 유지하고 있어야 합니다. 그들의 군사력과 핵무기가 중국인들에게 겁을 주고 함부로 뛰쳐 나오지 못하도록 견제하니까 말입니다."

중국-베트남 국경

현지시간 : 2001년 2월 21일 수요일 10 : 00

G M T : 2001년 2월 21일 수요일 03 : 00

론 대령은 프랑스 통신대의 클라우드 조프 대위가 책상 위에 랩탑 컴퓨터를 올려 놓고 설치하는 모습을 입을 벌린 채 바라보고 있었다. 프랑스 군 상사 한 명이 위성 안테나로 보이는 큰 접시의 방향을 맞추고 있었다. 안테나는 하늘 쪽을 향하기보다는 하노이가 있는 남쪽을 가리키고 있었다. 그곳에 있는 프랑스 대사관을 겨냥하는 것이었다. 얼마 지나지 않아서 국경선을 넘어 밀려드는 중국군 부대들의 현재 위치가 낱낱이 조프 대위의 모니터에 나타났다. 전쟁터를 뒤덮고 있던 구름이 흩어지자, 프랑스의 첩보위성으로서는 100킬로미터 밑에서 벌어지는 군대의 움직임을 감시하기에 최적의 기상조건을 맞고 있었다.

북서쪽으로 300킬로미터 떨어진 난닝(南寧)에서는 중국군의 야전 지휘관 챠오 샤오밍이 거의 비슷한 시간에 비슷한 임무에 매달려 있었다. 그가 사용하는 기기는 '톰슨-CSF 스타 버스트 야전 정보관리기'였는데, 그는 이 첨단장비를 통해 자신의 것과 동일한 이동용 장비를 갖고 있는 야전의 장교들과 무전기로 통신할 수 있었다. 모니터에 떠오르는 도표 디스플레이는 완벽하게 기능하고 있었다. 양측의 기갑부대와 보병대대가 스크린 위에 떠올랐다. 영상은 사진이 아니라 도식적이었다. 그러나 그는 컴퓨터 마우스의 도움으로 어떤 부대라도 불러내어 부분적으로 확대하여 각 부대의 화력이나 능력을 파악할 수 있었다. 그리고 정글이나 베트남의 도로 위를 막론하고 정확한 위치를 1미터의 오차 내로 확인할 수 있었다.

보잘것 없는 카메라가 참으로 먼 길을 달려 진보해 왔다. 그것은 이제 디지털화되었으며, 고속 컴퓨터나 송신기와도 연결되어 있다. 그러나 프랑스가 전쟁터 위에 띄워 놓은 위성은 단순히 사진을 찍고 현상하여 즉각적으로 지상에 있는 수상기로 송신하는 것 이상의 일을 하고 있었다. 위성은 똑같이 비밀스러운 임무를 별도로 수행할 수 있는 강력한 송신기를 하나 갖고 있었다. 미국인이나 영국인들과 마찬가지로 프랑스의 '지적(知的)인' 무기 제조업자들도 그들이 외국 정부에 판매한 제품을 사후까지 관리하기를 원하고 있었다. 그래서 군사무기의 각 부품들마다 그 장비를 쓸모 없는 것으로 만들 수 있도록 원격조종할 수 있는 장치를 부착했다. 자신들이 원할 때는 언제라도 게걸스럽게 먹어치울 수 있도록 하려는 속셈인 것이다. 그것은 이쪽에서 마음대로 켜고 끌 수 있게 되어 있으며, 사용자가 원인도 파악하기 전에 기능장애를 일으킬 수 있다는 것을 의미한다. 이는 오늘의 고객이 내일은 적 혹은 적의 친구로 변할 수도 있다는 냉엄한 현실에 기초하여 일종의 보험을 드는 셈이다. 제조업체들이 이런 장난을 할 수 있는 것은 사용자가 그런 간섭을 눈치챈다 하더라도 제조업체로까지 추적되지는 않을 것이기 때문이다. 트로이의 목마가 실리콘 칩으로 바뀌어 스타 버스트 시스템을 움직이고 있는 것이다.

250대의 탱크와 수없이 많은 트럭 및 경자동차의 지원 아래, 중국군 5만명이 베트남 국경선을 넘어 이동하고 있었다. 챠오 샤오밍은 그 광경을 지켜보면서도 현대 과학의 경이로움에 감탄을 해야 할지 아니면 동지들의 활동에 감상적인 자긍심을 느껴야 할지 갈피를 잡지 못했다.

그러나 그로서는 그런 한가로운 결정을 내리기 위해 머리를 싸매고 있을 시간적인 여유가 없었다. 스크린이 깜박이더니 그 위에 있던 영상들이 눈앞에서 갑자기 눈 녹듯 사라지기 시작했다. 그는 컴퓨터를 손으로 쳤다. 그러나 아무런 반응도 없었다. 그는 비상호출 버튼을 누른 뒤, 스타 버스트 시스템을 껐다가 다시 켰다. 그러니까 좀 작동되는 것 같더니 다시 영상이 사라졌다. 그가 컴퓨터와 씨름을 하고 있는 동안, 그를 둘러싸고 있던 대여섯 명의 인민해방군 장교들의 얼굴에 공포의 그림자가 드리우기 시작했다. 랑 손 공격을 성공적으로 치를 수 있는 관리능력이 자신들의 손아귀에서 흘러내리는 느낌들을 받았던 것이다.

수상 관저, 도쿄

현지시간 : 2001년 2월 21일 수요일 12 : 30

G M T : 2001년 2월 21일 수요일 03 : 30

노부로 히야시 수상은 자신의 정치인생을 통해 바로 이런 순간을, 일본을 완전한 독립과 자유로운 나라로 이끌고 갈 수 있는 날을 손꼽아 기다렸던 것이다. NHK 방송국의 기사들이 그의 사무실에서 조명과 마이크 선들을 점검하느라 바쁘게 움직이고 있었다. 의회 건물 근처의 나가타 거리에 위치한 일본수상의 관저를 설계한 사람은 미국인 건축가 프랭크 로이드 라이트였다. 히야시는 특별히 미국인들을 좋아하지 않았지만, 점점 더 관저를 좋아하게 되었다. 로이드 라이트가 사용한 금빛 목재가 무엇보다도 그의 마음을 사로잡았다. 특히 커다란 창문으로 햇빛이 많이 들어와 실내를 밝게 해 줄 뿐 아니라, 히야시로 하여금 도쿄에서 가장 완벽하게 다듬어진 작은 일본식 정원을 편안하게 내다볼 수 있게 해 주었다. 그는 사무실에 앉아서 꽃이 활짝 핀 자두나무를 물끄러미 쳐다보고 있었다.

수상이 대국민 성명서를 발표하는 일은, 적어도 일본 정치에서는 아주 드문 일이었다. 수상이(세 걸음쯤 뒤에 장관들을 배석시켜 놓고) 개성 없는 하얀 방에 마련된 연단에 서서 짧은 연설을 하는 것이 통상적인 관례였다. 성명발표 뒤 기자들로부터 길고 긴 질문을 받았다. 그의 개인비서가 책상 위에 있는 서류들을 말끔하게 모두 치웠다. 책상 바로 앞에는 연설문이 적힌 텔레프롬프터가 비스듬하게 기울어진 채 놓여 있었다.

"친애하는 일본 국민 여러분!" 그는 이렇게 시작했다. "현재의 상황을 설명하고 그에 대한 우리 정부의 대응책을 국민 여러분께 말씀드리려고 오늘 이렇게 자리를 마련했습니다. 여러분들도 모두 알고 있듯이, 인민해방군은 지난 일요일에 아무런 이유 없이 베트남 공화국에 공습을 가했습니다. 그와 동시에 그들은 남중국해에 대한 봉쇄를 시작했으며, 일본과 평화를 사랑하는 다른 아시아 국가들에게 중요한 항로의 사용을 거부하고 있습니다. 그리고 오늘 아침에는 베트남 국경선을 넘어 침략을 시작했습니다. 우리는 또한 한반도에서 발생한 새로운 폭력에 대해서도 논평을 하고자 합니다. 장기적인 관점에서 그 사건이 태평양의 평화에 어느 정도로 위협적일지 가늠하고자 하는 것입니다.

1960년 이후, 일본은 미국과 군사적 동맹관계를 유지해 왔습니다. 양국이 서명한 조약의 내용에는 어느 한 국가의 이익이 중대한 위협을 받게 되었을 때 다른 측이 원조를 한다는 것이 포함되어 있습니다. 여러분의 정부에서는 일본의 생존을 위협하는 그러한 사태가 지난 일요일에 중국의 군사행동에 의해 발생했다고 결론내렸습니다. 그래서 우리는 외교 채널을 통해 미국에게 조약의 이행을 촉구했습니다만, 슬프게도 그런 위협이 존재한다는 사실에 대해 미국과 합의할 수가 없었습니다.

모든 선의의 의도와 목적에도 불구하고, 정부에서는 미국과의 군사동맹 관계가 이제는 끝났다는 결론을 내릴 수밖에 없었습니다. 이렇게 되면 일본으로서는 독자적인 행동을 취하는 것 이외에는 달리 선택의 여지가 없게 됩니다. 독자적인 행동의 시발로 오늘 아침에 우리 군대에서는 조그만 핵실험을 시행했습니다. 바로 우리가 경험했던 핵폭탄의 참사를 십분 이해하고 있기 때문에, 우리 역시 그런 폭탄을 갖게 되었다는 뉴스에 실망과 슬픔을 느끼는 사람도 많으리라고 믿습니다. 어떤 이들은 분노하고 있을 것입니다. 그런 사람들이 있다 하더라도 나로서는 이 자리에서 심심한 유감의 뜻을 전하는 것밖에는 달리 어쩔 수가 없습니다.

일본 수상은 미국이라는 나라에 대해 강의나 하는 자리가 아닙니다. 그러나 국민 여러분께 인종차별주의에 대한 소견을 말하지 않고는 오늘 이 말을 끝맺을 수가 없습니다. 인종적 편견이 오늘날 세계에서 점증하고 있는 문제점들의 해결에 아무런 도움도 되지 않는다는 사실을 미국인들도 인정해야 합니다. 그들도 역사의 흐름을 인식하고 상황을 직시하는 것이 중요합니다. 경제적인 힘을 포함한 세계의 힘이 서양으로부터 동양으로 이동하는 현실을 똑바로 보아야 합니다. '태평양 시대'에 대해 말하던 지난 세기에 비하면, 이동의 강도가 한결 약해졌을지도 모릅니다. 그러나 어떤 이유에서든 일본을 포함한 아시아에 대한 편견 자체를 버리는 것이 곧 미국의 국익에 도움이 될 것입니다. 세계 지도자로서의 위상을 유지하기 위해서는 절대적으로 필요한 과정입니다.

세계에서 우리가 차지한 새로운 위상은 새로운 변화와 희생을 요구하고 있습니다. 비록 여러분의 정부가 일본의 경제적인 위상에 상응하는 역할 이상을 추구하고 있지 못하지만, 우리는 이웃나라들이 새로운 현실에 적응하며 느낄 감정에 민감하게 대처해야만 합니다. 그들을 제압하려 해서는 안 됩니다. 새로운 시대에는 용납되지 않을 행위입니다. 마찬가지 이유로 열등감도 역시 유해합니다. 일본인들은 현재 자신들이 겪고 있는 정신적인 침체를 과감히 떨치고 나가야 합니다. 특별한 요구사항이 있거나 반대 입장을 표현해야 할 상황에서도 가만히 침묵을 지킨다면, 상대편은 아무런 요구나 반대의견이 없는 우리를 무시하게 될 것입니다. 여러분이 일본인 고유의 독특한 정신적 틀 속에 안주하며 외부에 대해 마음을 닫고 있으면, 상호 의존적인 현대 세계에서 고립될 것입니다.

정부가 예견하고 있는 우리나라의 새로운 역할에 대해 설명하겠습니다. 일본은 외국 친구들이 불평을 늘어놓을 여지가 없을 정도까지 시장을 개방해야 합니다. 그리고 사람들이 독재정권에 억압받지 않는 개발도상국을 돕는 데 기꺼이 돈을 제공해야 합니다. 일본에게 주어진 책임을 부담해야 하며, 그러기 위해서는 비용이 든다는 것도 알고 있습니다. 우리의 시장을 전면 개방하고, 개발도상국들에게 엄청난 자금을 지원한다는 것은 분명 고통스럽고 비용도 많이 듭니다. 그러나 우리가 고통을 균등하게 나누어 짊어지지 않는 한 세계는 조금도 더 나아지지 않을 것입니다. 1868년의 명치유신 때, 특권층이었던 사무라이들이 권력과 자신들만의 헤어스타일 그리고 목숨과도 같던 칼을 집어던졌습니다. 얼마나 많은 고통이 수반되었을 것이라고 생각하십니까? 그러나 우리의 선조들이 그런 고통을 감내했기 때문에, 일본에서 무혈혁명이 일어날 수 있었던 것입니다. 아시아도 바로 그런 혁명을 지금 필요로 하고 있다고 나는 믿습니다.

과거의 아픈 역사에도 불구하고, 일본은 아시아에서 주도권을 잡을 능력이 있습니다. 나는 천칭의 양쪽 끝에 놓을 두 개의 견본을 제안합니다. 이제는 아시아 전역에서 일본의 인기가요를 듣고 있습니다. 가라오케는 이 지역의 가정용 오락 중에서 가장 인기 있습니다. 다롄(大連)에서 시드니에 이르기까지 많은 사람들이 이 본질적으로 일본식인 여가선용법을 즐기고 있습니다. 그리고 미륵보살상이나 호류사 같은 문화적인 보물도 있습니다. 일본인들로부터 나온 순화된 생산물인 이것들은 국적과 민족, 문화적인 경계선을 뛰어넘어 전세계 모든 사람들의 흥미와 관심을 끌고 있습니다. 부처의 원래 이미지는 인도에서부터 출발하여 중국과 한반도를 거쳐 우리나라에 들어왔습니다. 일본의 불상은 일본 예술의 순화된 산물입니다. 그 과정은 끊임없이 정제되어 일본의 지적인 진행과정의 산물이 되었습니다. 그것은 확실히 일본의 것입니다. 모든 것이 일본에 와서는 멈추어 섭니다. 일본인들은 무엇이든지 자신들에게 맞도록 새로 정제합니다. 일본은 문화적 변천의 마지막 종착역입니다.

이것은 미래를 향한 고귀한 목표입니다. 일본은 가깝든 멀든 간에 아시아에 있는 우리의 이웃들에게 언제라도 협조할 준비를 하고 있습니다. 어쨌거나 현재의 우리는 과거 그 어느 때보다도 훨씬 더 심각한 위협에 직면해 있습니다. 남중국해에서 중국이 보인 모험주의는 여과하지 않고 그냥 넘길 수 없는 사안입니다. 우리는 또한 한반도의 평화를 보장할 중개인으로서 책임을 갖고 있습니다. 아시아를 지배하려는 욕망은 없습니다. 우리가 추구하고자 하는 것은 오직 안정이며, 안정이 뒷받침되어야만 무역이 번영할 수 있기 때문입니다. 그럼에도 일본으로 오던 유조선 한 척이 해상에서 납치를 당했습니다. 우리는 일단의 해군을 남중국해로 파견했습니다. 처음에는 미사일로 시험을 할 것입니다. 미사일은 또한 일본 선박과 일본으로 오는 선박의 안전을 보장하게 될 것입니다.

일본 정부는 이런 문제들에 대해 중국 정부와 협의할 만반의 준비를 갖추고 있습니다. 협상에 의한 평화적인 해결을 추구하는 것이 일본 정부로서는 언제나 최우선 순위였으며 앞으로도 그럴 것입니다."

카부토 거리의 금융구역, 도쿄

현지시간 : 2001년 2월 21일 수요일 13 : 00
G M T : 2001년 2월 21일 수요일 04 : 00

노무라 증권의 영업전략 부장인 히데이 고바야시는 텔레비전을 껐다. 수상이 한 말의 의미를 소화시키려 애쓰는 그의 머릿속에서는 수백 가지 생각들이 어지럽게 뛰어다니고 있었다. 핵실험이라는 말에 충격을 받았으며, 미국인들과의 결별선언에 일말의 두려움을 느꼈다. 또 그처럼 근사한 말을 할 수 있는 일본인이라는 사실에 자긍심을 느꼈다.

그는 모든 상념들을 떨쳐 버리고, 냉정하게 투자결정을 위한 평가를 하고자 했다. 그러나 그리 많은 시간이 소요되지는 않았다. 그는 일부 종목을 선별적으로 매수하기로 결정했던 것이다. 그 중에서도 특히 미쓰비시 중공업, 미쓰이, 신일본 제철, 스미토모 철강 같은 방위산업 분야의 회사들이 장래에는 보다 많은 주문으로 인해 혜택을 입게 될 것이라는 계산이 나왔다. 히야시 수상이 '일본의 욕구에 부합되는 안전 시스템이 건설될 수 있다'는 말을 한 것은, 아직은 그런 시스템이 완벽하게 갖추어지지 않았다는 것을 암시하고 있는 것이다. 노무라 증권의 막강한 힘으로도 시장의 흐름을 돌려 놓을 수는 없었다. 외국의 매도 세력이 압도적이었다. 화요일에 1,678포인트나 폭락했던 니케이 지수가 또 다시 폭락하고 말았다. 오전장이 끝날 무렵, 지수는 2,063포인트가 하락한 35,559포인트였다.

엔화도 엄청난 압력을 받고 있었다. 일본은행은 사실상 혼자 버티고 서서 시장이 내던지는 엔화를 모두 거두어들였다. 뉴욕 시장에서 미달러화당 163.75엔에 마감했던 엔화 시장이 거래가 시작된 지 한 시간도 채 못되어 168.75엔까지 올랐다. 필립스가 득의의 차익거래를 이행한 것도 정확하게 바로 이 순간이었다. 그는 휘스트 차이나에서 자오 장군을 위해 그 동안 축적해 놓았던 엔화 포지션 중 잔여분을 모두 청산하라고 지시했다. 휘스트 차이나는 1,240억엔 상당의 포지션을 깔고 앉아 있었는데, 이는 엔화가 달러당 120엔 언저리에서 거래될 때 확보했던 포지션의 잔여분이었다. 전날 런던 시장에서 대략 1,240억엔이 상환되어, 자오 장군은 미화 2억달러가 넘는 순이익을 얻었다. 휘스트 차이나는 도쿄 시장에서 나머지 이익을 챙겼다. 일본 통화가 36퍼센트나 약세로 떨어지는 것을 확인하며 휘스트 차이나는 갖고 있던 쇼트 포지션을 청산했으며, 그 과정에 2억 5,600만달러나 되는 이익을 주머니에 집어넣었다.

홍콩 시장도 개장하자마자 시초가가 심하게 떨어진 상태에서 형성되었다. 히야시 수상의 모습이 홍콩 위성 방송국인 스타 TV를 통해 아시아 전역에 방영되었다. 옛 기억은 쉽게 사라지지 않고 있었으며, 제2차 세계대전 중에 제국주의 일본군이 저질렀던 만행이 아직도 생생하게 살아 있었다. 부분적으로는 그들의 행위가 너무나 끔찍했기 때문이었고, 또 부분적으로는 그들의 보상이 필요할 때면 언제든지 일본 정부를 매도하는 회초리로 사용했었기 때문이었다.

홍콩의 중국인 투자자들이 현지 주식으로 갖고 있던 지분들을 정리하여 미달러화 표시 기금으로 전환함에 따라, 시장은 오전 내내

줄곧 미끄러지기만 했다. 1983년 9월 이래로 미화 1달러 대비 7. 8달
러로 고정되어 있던 홍콩 달러화가 드디어 자본유출의 긴장감을 느
끼기 시작했다. 은행과 자금시장을 통제하고 있는 홍콩 통화 당국은
이자율을 인위적으로 끌어올리려고 현지 달러화를 지원하기 시작했
다. 통화 당국은 법에 의해 환율의 안정을 유지하는 역할을 하도록
되어 있기 때문에, 환율이 약세로 돌아서면 당국에서 이자율을 올려
야만 하는 것이다. 그렇긴 하지만, 그런 임무를 수행하기에는 너무
어려운 때였다. 단기 금리가 0. 5퍼센트나 올라서 11퍼센트가 되자,
주식시장에 대한 확신이 더욱 약화되고 말았다.

CNN 아시아 뉴스 편집실, 싱가포르

현지시간 : 2001년 2월 21일 수요일 12 : 45
G M T : 2001년 2월 21일 수요일 04 : 45

스크린의 하단에 '긴급 뉴스'라는 자막이 흐르는 동안, CNN의 뉴스 캐스터는 일본의 핵위협에 대한 인도의 비난 성명을 전하고 있었다. 그들은 일본의 행위를 '미래의 세계 모습에 대한 수치요 가증스러움'이라고 정의했다. 인도는 또한 베트남에 대해 선제공격을 시작한 중국도 비난했다. '그 무책임한 행위는 새롭지만 결코 바람직하지 않은 강대국 출현의 촉진제가 될 것이다. 세계가 이제서야 간신히 균형을 찾았는데, 그들의 행위가 위험스럽기 짝이 없는 모험 속으로 또다시 기울게 만들었다.'

러시아는 불가피한 사건이 결국은 일어났다고 말했다. '이 지구상의 어느 것도 가만히 서 있을 수는 없다. 일본이 이제 우리의 고급 클럽 안으로 무작정 난입했다. 그들이 환영받는 회원이 될 수 있을지 여부는 스스로 새로이 선언한 힘을 어느 정도로 성숙한 수준에서 사용할 수 있느냐 하는 점에 달려 있다.' 러시아 정부는 드래곤 스트라이크 작전에 대해서는 아무런 논평도 하지 않았다.

남아프리카는 일본의 핵실험을 지극히 실망스러운 추세라고 설명했다. '남아프리카나 다른 국가들이 핵을 지향하던 프로그램을 자발적으로 포기한 마당에, 일본은 인류에게 가장 파괴적이고 가공할 만한 무기를 발명하는 길을 비밀리에 추구해 왔다. 일본이 핵으로 얻을 수 있는 것이 과연 무엇인지 우리는 그들의 의견을 듣고 싶다. 그리고 보다 중요한 것은, 비핵 정부들에게 조약을 통해 어느 정도의 보호를 제시할 수 있는지, 그리고 그런 무기를 보유하고 있지 않은 우리 같은 나라에게 절대로 핵공격을 하지 않겠다는 약속을 할 수 있는지 듣고자 한다.'

유럽연합은 실험에 대해 '일본인들의 정책에 유감스럽고도 불필요한 변화'가 발생했다고 말했다. 스페인은 핵무기에 대한 새로운 규칙을 결정하기 위해 국제적인 회의를 즉각적으로 소집해야 한다고 주장했다. 영국은 '국제적 문제의 엄연한 현실주의라고 이름을 붙일 수밖에 없다. 어쨌거나 결국 일본은 민주주의 서방의 맹방이다'라고 말했다. 현재의 '예측 불가한 태평양의 기상 조건' 하에서 그들의 동맹관계에 손상을 입힐 수 있는 어떠한 조치도 취해서는 안 된다는 것이었다. 프랑스는 유럽연합의 성명과 거의 상반되는 듯한 내용을 들고 나왔다. '태평양 연안의 한 국가가 지극히 불유쾌한 공격적인 행동을 자행함으로써 다른 연안국가로 하여금 핵무기를 선언하도록 만든 사태는 참으로 유감스럽기 그지없다. 이번의 사태가 만약 중국과 일본 양국 간의 충돌로 비화된다면, 프랑스 정부는 일본을 지지할 것이다.'

한반도

현지시간 : 2001년 2월 21일 수요일 13 : 50
G M T : 2001년 2월 21일 수요일 04 : 50

전역(戰域)을 감시하고 있던 일본의 조기 경보 비행기가 평양 북쪽에 있는 한 기지로부터 '대포동' 탄도 미사일이 발사되는 장면과 불과 수초 후에 남한에서 이를 요격하기 위해 미국제 패트리어트 미사일 마크-4가 발사되는 장면을 감지했다. '대포동'은 1998년에 마지막으로 실험된 미사일이었으며, 탄도거리가 2,000킬로미터이기 때문에 북동아시아의 거의 모든 곳을 강타할 수 있었다. 그러나 미사일은 목표지점인 한반도 남쪽 끝 부산에 도달하기 훨씬 전에 공중폭발되었다. 바로 그 순간, 일본인들은 보다 단거리용 '노동' 미사일을 탑재한 이동식 발사대 두 대를 감지했다. 북한이 자유무역지대 건설이라는 위장 아래 기간시설인 도로와 발전소를 건설한 중국 접경 근처의 시골에서였다. 방위 분석가들은 미사일들이 은폐되어 있던 곳으로부터 발사장소로 옮겨지는 것이라고 믿었다. 패트리어트 미사일로 구성된 방어 네트워크와 조기 경보 시스템이 적의 공격에 대해 만만치 않은 방어력을 제공해 주고 있지만, 그렇다고 해서 물샐틈없는 것은 아니었다. 패트리어트 미사일이 걸프전에서 이라크의 스커드 미사일을 방어하는 데 실패했던 사례가 남한의 취약성을 엄연하게 상기시켜 주고 있다. 서울에서는 살상행위가 그치지 않고 발생했으며, 북한의 파괴활동은 부산과 목포에서 제2의 공포의 물결을 일으키고 있었다.

평양에서는 외교적인 침묵만이 흐르고 있었다. 드래곤 스트라이크를 이용하여 금전적으로 많은 재미를 본 베이징의 제이미 송은 김정일과 대화를 시도하기 위해 평양으로 전화를 걸도록 했다. 그러나 외무장관의 비서는 자신이 말을 시작하자마자 전화가 끊어졌다고 보고했다. 평양 주재 중국 대사의 보고에 의하면, 그도 역시 지난 이틀 동안 북한의 지도층과 대화를 시도했었지만 한 번도 성공하지 못했다고 했다. 평양 주재 대사로 신임장을 받은 몇 안 되는 서방의 외교관인 독일 대사는 특별히 비정상적인 행동은 전혀 없었다고 보고했다. 공습훈련이 있긴 했지만, 평양에서는 지극히 일상적인 것이었다. 도시는 해만 지면 암흑의 세계로 빠져들었고, 유일한 호텔인 고려 호텔의 창문에도 모두 차양이 드리워졌다. 여느 때 같으면 개선문이나 위대한 지도자의 동상들, 주체탑, 그리고 북한의 위대성을 상징하는 다른 구조물들을 밝혔을 스포트라이트도 모두 꺼져 있었다. 그러나 이 우아한 전체주의적 도시—군사력을 과시하기 위한 목적으로 널찍하게 잘 닦아 놓은 큰길, 인민들을 위해 지은 칙칙한 아파트 단지들, 김일성의 신과 같은 능력을 보여 주는 상상력이 풍부한 기념비들—에 추가 병력이 공공연하게 배치되지는 않았다. 전쟁이 임박했다는 사실을 암시하는 유일한 신호는 텔레비전이나 라디오에서 북한이 미국과 남한을 향해 펼치는 통렬한 비판의 수위였다.

'존경하는 수령 김정일 동지는 군사 전략의 천재이시며 군사 지도력의 천재이십니다.' 라디오에서 나오는 소리였다. '우리는 제국주의자 미국이 그들의 꼭두각시인 남조선 군인들과 함께 침략을 감행한다 하더라도 두려울 것이 전혀 없습니다.' 한편, 텔레비전의 한 아나운서는 서방 사회의 이기주의를 격렬하게 비난했다. '개인의 권리를 추구하는 것은 벌레가 되는 것보다 조금도 더 나을 것이 없습니다.' 하고 그가 말했다. '우리는 벌레들이 총이나 미사일을 갖고 있다고 해서 두려워할 필요는 없습니다. 주체사상으로 무장된 용감하고 헌신적인 군인들과 맞닥뜨리게 되면, 벌레들은 두려움에 몸부림을 치며 땅 속으로 다시 기어들어 갈 것입니다.'

남한의 F-16 제1 전투비행대대가 적의 레이더에 걸리지 않을 정도로 저공비행하여 비무장지대를 넘었다. 정밀 유도폭탄을 탑재한 그들은 북한 레이더 기지와 방공시설들을 공격하기 위해 세 그룹으로 나누어졌다. 작전은 불과 몇 분도 안 되는 찰나의 순간에 끝나고 말겠지만, 그렇다고 해서 비용이 적게 드는 것은 아니다. 사상 처음으로 실험을 거친 바 있는 북한의 대공 방어 시스템이 격렬하게 경고음을 토해냈다. 그리고는 남한의 전투기 2대를 격추시킬 만큼 충분히 정확하게 대응했다. 남한 조종사들이 고향을 향해 기수를 돌리는 동안, 북한에서도 전투기를 긴급 출격시켰다. 그 전투기들은 대부분 산기슭을 파내고 만든 은폐 격납고에서 나온 것들이었다. 그 후 30분 동안, 남한측 대공초소의 지대공 미사일과 F-16 전투기들이 비무장지대의 양측에서 MIG-21 전투기를 협공하여 마침내 5대를 격추시켰다. 북한 전투기 한 대가 첫 대공 방어벽을 뚫고 남한 진영으로 넘어갔으나, 바다 쪽으로 기수를 돌리고는 조종사가 긴급 사출(射出)했다. 그는 미군에 의해 구출되었으나, 심문을 위해 곧장 본부로 호송되었다. 남한의 F-16 제2 전투비행대대가 평양 상공을 높이 날아서 미사일 발사기지가 있을 것으로 추정되는 북쪽으로 향했다. 그들은 위성사진에서 지적된 산악의 정확한 지역에서 자유낙하 폭탄과 유도탄을 모두 사용했다. 임무를 마치고 막 돌아오려는 순간, F-16

한 대가 지대공 미사일에 의해 격추되었다. 조종사는 즉사했다. 귀환하는 비행기들은 평양 주위에 있는 레이더 기지와 대공 방위 시스템을 공격하려고 출격한 제3 비행대대와 북한 핵무기 프로그램의 초점인 영변의 핵발전 시설을 두들기려는 제4 비행대대와 엇갈렸다. 그 후 몇 시간 동안, 남한의 비행기들이 파도처럼 북한의 군사 요충지들을 차례로 공격했다. 엄청난 사상자가 발생했다. 그날 하루가 저물 즈음, 남한이 잃은 비행기는 총 33기에 이르렀다. 그들 중 오직 3명의 조종사만이 살아 남았는데, 상처입은 비행기를 이끌고 간신히 국경을 넘을 수 있었기 때문이었다.

김홍구 대통령이 베이징의 제이미 송과 10분도 채 안 되는 동안 대화를 나눈 뒤 내각을 소집하여 회의를 가졌다.

"중국 정부는 북한을 무력화(無力化)시키기 위한 우리의 어떠한 행동도 지원할 용의가 있다고 했습니다. 평양의 현 정권은 자칫 동아시아 전역을 불안정하게 만들 위험이 있다는 것이 베이징의 견해입니다."

"그렇지만 이 지역을 불안하게 만드는 것은 중국이 아닙니까?" 외무장관이 끼여들었다.

"중국은 결국 승리할지도 모릅니다. 그러나 북한은 패할 수밖에 없는 운명이지요." 대통령이 대답했다. "여러분, 제이미 송이 내게 말하기를, 한반도를 다시 안정으로 돌려 놓을 의무는 서울의 우리에게 있다는 것입니다. 중국은 외교적인 지지를 제공함으로써 자신들의 역할을 다하겠다고 합니다. 그리고 김정일과 그의 친구 몇 명에게 정치적 망명처를 제공하겠다고 했습니다."

"미국인들이 뭐라고 하겠습니까?" 외무장관이 물었다.

"내 생각에는 그들이 중국의 제안에 반대할 이유가 없다고 봅니다. 무력화된 북한은 한결 더 다루기 쉬운 건달 국가가 될 테니까요."

중국-베트남 국경

현지시간 : 2001년 2월 21일 수요일 13 : 00
G M T : 2001년 2월 21일 수요일 06 : 00

중국군이 국경을 넘고 있었지만 저항은 극히 미미했다. 베트남 병력들이 싸울 생각은 않고 질서정연하게 정글 속으로 녹아 들어갔기 때문이었다. 중국군 지휘관은 이런 베트남 군의 행위를 비겁함의 소치로 간주했다. 계속 밀고 들어간 자동화된 그의 부대는 3시간도 채 되지 않는 짧은 시간에 랑손의 외곽에 도달했다. 그들은 일단 멈추어 후속부대가 도착할 때까지 그곳에서 기다렸다.

조프 대위는 론 소령에게 포격을 개시하라는 손짓을 했다. 조프는 지난 10분 동안 상세한 좌표를 론 소령에게 계속 전달했으며, 론 소령은 포병 장교에게 사용할 폭탄의 종류와 함께 앙각을 지시했다. 론 소령은 105밀리 곡사포 25문을 지휘하고 있었다. 이 곡사포는 폭탄을 10킬로미터까지 날려보낼 수 있으며, 지면과 충돌시 직경 3미터에 달하는 웅덩이를 낼 수 있을 정도의 파괴력을 갖고 있었다. 그는 대포 이외에도 비슷한 파괴력을 가진 다수의 로켓 발사대를 갖춘 포병 3개 중대를 인솔하고 있었다.

대포들이 연이어 발사되고, 로켓 날아가는 소리가 주위를 수놓았다. 다양한 형태의 치명적인 고성능 폭탄들이 탱크나 트럭, 장갑차 같은 '확실한' 중국의 목표물들을 향해 퍼부어졌다. 하늘에서 폭발하도록 시간 지연 뇌관을 장착한 다양한 조합의 발사체들이 밀려드는 파도처럼 전진하는 중국군 보병들 머리 위에서 파편을 흩뿌렸다. 프랑스 위성은 퍼붓는 포탄들을 감시하면서 그 결과에 따라 목표를 수정하여, 불과 수초밖에는 지연되지 않은 실시간(實時間)에 가까운 정보를 조프 대위를 전달했으며, 그는 이를 론 소령에게로 알려 주었다.

수백 명의 중국인들이 서 있던 자리에서 그대로 고꾸라졌다. 프랑스가 제공하는 '포격 목표'의 정확함이 베트남 군으로 하여금 중국군이 자랑스럽게 생각하는 기갑부대의 일부를 박살낼 수 있게 해 주었다. 이는 걸프전 이후에 새로이 개발된 기갑부대인데, 사담 후세인이 쿠웨이트를 상대로 전쟁을 펼칠 때 중국이 팔아먹었던 깡통들보다 한결 더 뛰어난 기능을 가진 것들로 무장하고 있었다.

중국군 지휘관은 어느 방향으로 뛰어야 할지 갈피를 잡지 못했다. 그들의 야전 관리 시스템이 작동을 하지 않기 때문에, 음성에 의한 통신에 의존할 수밖에 없었다. 그러나 베트남 군은 이에 대한 대비책도 이미 수립하고 있었다. 그들은 중국군의 라디오 교신 주파수 내로 파고들어 이를 녹음한 다음, 약 0.5초의 간격을 두고 다시 동일한 주파수로 재생했다. 그렇게 되면, 중국군 지휘자들이 들을 수 있는 것들은 온통 의미를 알 수 없는 주절거림뿐이다. 마치 난닝(南寧)에 있는 사령관과 국경 가까이 있는 전초기지가 한꺼번에 말하는 것처럼 말이다. 어떤 방법으로도 통신을 할 수 없는 상황에 처한 야전 지휘관들은 어쩔 수 없이 선발대에게 퇴각명령을 내리기 시작했다. 포탄과 로켓들의 처음 포화에서 살아 남은 사람들이 왔던 길로 다시 되돌아가려 했지만, 자신들을 향해 다가오던 아군 후속부대와 마주치고 말았다. 그야말로 아수라장이 연출되었다. 중국군에게는 불행스러운 일이지만, 이런 혼란 중에 사람과 장비들이 마구 뒤엉키게 되어 베트남 군에게 보다 더 커다란 목표물을 제공했을 뿐이었다.

랑손을 점령하기 위한 첫 전투, 왕 주석이 참가했던 바로 그 전쟁에서 중국군은 2만명의 목숨을 대가로 마을을 잠시 점령했다가 다시 국경 너머로 퇴각했다. 그러나 이번에 침략군들은 마을의 어귀까지도 미처 도달하지 못했다. 베트남 군인들을 죽인 것은 고사하고 단한 명도 보지 못했지만, 중국군은 5시간에 걸친 집중적이고 지속적인 포격에 의해 2만 5,000명을 잃고 말았다. 현장에서 즉사한 사람들도 있었고, 부상을 당하거나 실종된 사람도 있었다. 그날 베트남으로 들어갔던 250대의 전차 중에서 오직 85대만이 되돌아갈 수 있었다. 또 고향으로 돌아가는 길에 베트남 군인의 공격과 집중포격으로 결국은 2만 5,000명만이 국경을 넘는 데 성공했을 뿐이었다.

외무성, 베이징

현지시간 : 2001년 2월 21일 수요일 14 : 30
G M T : 2001년 2월 21일 수요일 06 : 30

제이미 송과의 대담이 있기 10분 전, 일본 대사가 탄 닛산 프레지
던트가 외무성 건물 앞에 도착했다. 히로 다나카는 50대 초반의 땅
딸막한 사내였다. 그는 유창한 베이징 어를 구사했는데, 이는 부분
적으로 그의 가족이 중국과 연관이 있었기 때문이다. 그의 할아버지
는 1930년대와 1940년대에 중국의 북동지역에서 권력을 휘두르던 남
만주 철도회사라는 일본 회사의 고위 경영자였다.

다나카 대사와 기록을 위해 따라온 대사관의 일등 서기관은 외무
성의 층계를 올라가서 약간쯤은 진부한 실내장식의 방으로 들어갔
다. 층계에 깔려 있는 밝은 갈색 카페트가 커다란 스위트 룸들로 이
어지고 있었는데, 안으로 들어갈수록 더욱 장엄한 분위기였다. 외무
성 고위 관리들이 방문한 외교관이나 기자들을 접견하는 방이었다.
다나카와 수행원은 중간 크기의 장방형 방으로 안내되었다. 벽을 따
라 등이 높은 안락의자들이 줄지어 놓였고, 그 사이에는 재떨이만
달랑 놓인 테이블이 하나 있었다. 중국 관리들의 사회에서 통상적으
로 손님접대에 사용하는, 어디서나 볼 수 있는 청색과 흰색의 녹차

잔이 놓일 자리였다. 한쪽 벽면을 온통 꽃그림이 차지하고 있긴 했지만, 실내는 드문드문 장식되어 있었다. 조금쯤은 무미건조해 보이는 스타일이어서 잘못 디자인된 것 같았지만 전형적으로 혁명 후 중국 지도자들의 기호에 맞춘 것이기도 했다. 또 한 가지 중국의 전형적인 것이 있다면 간담이 서늘해질 정도로 밝은 머리 위의 조명이었다. 중국의 정부 건물에 있는 전구들은 조도를 밝히는 것보다는 빛나게 하는 독특한 능력을 갖고 있었다. 방 안은 난방이 잘 되고 있었음에도 암울한 분위기가 감돌았다.

문이 열렸다. 제이미 송이 수행원과 함께 방 안을 휘저으며 들어섰다. 고개를 숙이는 짧은 인사에 이어 악수가 교환된 다음, 자리에 앉도록 권해졌다. 보좌관이 송 장관에게 종이 쪽지를 하나 건네주었다. 장관은 잠시 이를 읽어 본 뒤, 고개를 들고 말을 시작했다.

"대사님을 이리로 모신 것은, 귀국 정부에서 오늘 아침 일찍 실시한 핵실험에 대한 우리 정부의 공식적인 항의를 전달하고자 함입니다. 동아시아 담당 외무차관 대신에 장관인 내가 직접 이런 외교통첩을 전달하는 것은, 일본의 행위에 대한 중국의 경악이 그만큼 심하다는 증거로 보셔야 할 것입니다.

핵무기를 실험하기로 한 일본의 결정에 대해 인민공화국의 정부는 가능한 강력한 어조로 개탄의 뜻을 전하고자 합니다. 중국 정부는 언제나 핵무장 해제를 지지해 왔으며, 대량 살상을 불러일으키는 핵무기 확산에 반대해 왔습니다. 일본이 오가사와라 군도에 있는 시설에서 50킬로톤짜리 핵폭탄을 폭발시키기로 한 결정은 퇴행적인 것이었으며, 고작 아시아-태평양 지역의 긴장만을 증대시킬 뿐입니다. 더구나 중국이 남중국해에 대한 자국의 주권을 방어하고 있는 시점에 실시한 그런 실험이기에 우리로서는 적대적인 행위로 해석할 수밖에는 없습니다.

중국 정부는 핵무기 사용을 포기하겠다는 일본의 약속을 원합니다. 일본은 헌법을 준수하는 주권 국가로서 전쟁을 단념하고, 이런 범죄적인 행위에 대하여 국제 공동사회에 정당한 이유를 설명하도록 촉구하는 바입니다. ”

말을 마친 송 장관이 고개를 들었다. 그의 얼굴에는 아무런 표정도 없었다. 그의 무감각한 표정에 대해 어느 정도 알고 있는 다나카 대사도 장관의 시선을 한 동안 말없이 맞받으며 침묵을 지켰다.

“귀국의 견해를 도쿄에 있는 상관께 그대로 보고드리겠습니다. 그렇지만 나 역시 기무라 외무상으로부터 개인적으로 지시를 받은 사항이 있습니다. 본국의 외교통첩을 직접 전달하라는 것이었습니다. 일본 정부는 중국이 남중국해에서 벌인 전쟁과 같은 행위를 공식적으로 비난하는 바입니다. 이는 국제적으로 용인된 행위규범을 위반하는 것이며, 국제법의 명백한 위반입니다. 특히 일본의 친구이자 동맹국인 미국의 배로서, 인도주의적인 임무를 수행하던 〈페렐리우〉호의 침몰에 대해 우리 정부에서는 참으로 심각한 우려를 표명했습니다. 이런 국제적 테러 행위는 어떤 방법으로도 정당화될 수 없습니다. 우리 정부는 미국의 요청이 있을 경우에 어떤 협조도 아끼지 않을 것입니다.

중국 정부는 남중국해에서의 이런 모험주의적 행위를 즉각적으로 중단하고, 모든 이해 당사자들과 타협안을 찾아야 합니다. 그리고 세계인 모두가 권리로서 기대하고 있는 평화의 길로 돌아가기 바랍니다. 일본 정부는 스스로 중요하다고 생각하는 권익을 방어할 준비가 되어 있습니다. ”

서울 국제공항, 한국

현지시간 : 2001년 2월 21일 수요일 18 : 00
G M T : 2001년 2월 21일 수요일 09 : 00

서울 국제공항의 국제선 통과 승객용 라운지에서 터진 두 발의 폭탄으로 87명이 목숨을 잃었으며, 200명 이상이 부상을 당했다. 6분 간격으로 폭발한 폭탄의 위력은 엄청난 것이어서, 건물의 일부가 그 충격으로 무너졌으며 이로 인해 많은 희생자가 발생했다. 비행기 한 대가 탑승 브리지로부터 이탈하는 바람에 추가로 150명이 또 목숨을 잃었다. 보잉 737기 한 대의 연료탱크가 폭발하여 뜨거운 금속조각들과 불덩어리들이 넓은 활주로 건너 사방으로 날아올랐으며, 비행기에 탑승하고 있던 사람 전원이 몰살을 당했다. 보잉 757기 한 대도 역시 화염에 휩싸였지만, 비행기의 옆문이 그 때까지 열려 있었기 때문에 많은 승객들이 탈출할 수 있었다.

터미널 전체를 집어삼킨 공포감이 사람들로 하여금 충동적인 행동을 촉발했고, 따라서 더 많은 사상자를 낳았다. 수천 명의 사람들이 살을 에이듯 추운 날씨에도 개의치 않고 밖으로 나가려고 한꺼번에 몰리는 바람에 층계와 출입구에서 서로 뒤엉켜 지옥의 참상을 연출했다. 밖으로 나가면 안전이 보장될 것으로 모두 믿고 있었던 것이다.

그러나 밖에서는 북한군 자살 특공대원들이 민간인들을 무차별적으로 학살할 만반의 준비를 갖추고 있었다. 기관총이 군중을 갈퀴질하듯 휩쓸었던 것이다. 수류탄이 터지자 무고한 여자와 아이들의 연약한 살 속으로 파편이 파고들었다. 한국군이 현장에 도착하자, 총잡이들은 더욱더 악랄해졌다. 한 명이 숨어 있던 자리에서 뛰쳐 나오더니 두 자루의 반자동 소총을 마구 갈겨댔다. 그러나 그는 곧 제지되었다. 다른 북한군 한 명이 수류탄 두 개를 연속해서 던졌다. 그러나 세 번째 수류탄은 자기 자신과 한국인 4명의 목숨을 빼앗았다.

이 공격에 투입된 북한군들이 정확히 몇 명이나 되는지는 아무도 몰랐다. 또한 도망친 사람이 있는지도 몰랐다. 결국 사살된 북한군은 11명이었다. 그러나 생포된 사람은 한 명도 없었다. 이 공격으로 403명이 죽었다. 그리고 부상자들 중에서도 23명이 다음 날 목숨을 잃었다. 불과 2년 전에 새로 문을 연 공항이 그날로 폐쇄되었다. 국민들을 공포의 도가니로 몰아넣고 적국 경제의 심장부를 공격하고자 했던 북한측의 목표는 달성된 셈이었다.

외교 및 영연방 사무국, 런던

현지시간 : 2001년 2월 21일 수요일 09 : 00

CHN1 번호판을 단 청색의 롤스로이스 실버 스퍼Ⅱ가 중국 대사관 저로부터 나와서 런던 웨스트엔드 지역의 포트랜드 스트리트로 들어섰다. 출근 차량들로 주차장을 방불케 하는 리전트 스트리트와 헤이마켓, 피카딜리를 거쳐 킹 찰스 스트리트에 있는 외무성 건물로 여행하는 데는 적어도 20분 이상이 소요된다.

상임 차관이 대사를, 그것도 아주 짧은 통보로 그렇게 이른 시간에 호출하는 것은 지극히 이례적인 일이었다. 그러나 중국 대사는 이를 전혀 모욕이라고 생각지 않고 있었다. 드래곤 스트라이크가 세계 역사의 향후 향방을 가늠하는 아주 드문 분수령이 될 것이기 때문이었다. 그에게 걱정거리가 있다면, 작전이 개시된 이래로 본국으로부터 아무런 행동지침도 하달받지 못했다는 점이었다. 현재 돌아가는 상황을 판단하기 위한 목적이라면, 그는 상임 차관과의 대담을 환영할 것이다. 그는 왕 주석이 했던 연설 내용을 기억하고 있었으며, 제이미 송이 텔레비전 대담에서 말했던 한결 더 생기 넘치는 문구들도 애써 기억하고 있었다.

운전사가 피카딜리 서커스를 뱀처럼 매끄럽게 끼고 돌아 화이트

홀로 향하는 동안, 그리고 개인비서가 조간 신문의 주요 기사를 읽어 주는 동안, 대사는 런던이란 도시는 역사적인 유적들을 어쩌면 이토록 아름답게 유지할 수 있었을까 하는 생각을 하고 있었다. 베이징에서는 과거란 단지 박물관에 귀속될 뿐 일반적으로 왜곡되어 있었다. 그런 것과는 참으로 대조적이었다.

차는 해군본부의 아치 밑을 지났다. 왕기(王旗)가 버킹검 궁전 위에서 펄럭이고 있었는데, 군주가 관저에 머물고 있음을 나타내는 것이다. 운전사는 왼쪽으로 핸들을 틀어 근위 기병대의 퍼레이드가 열리는 쪽으로 향했다가 다시 좌로 자갈이 덮인 연병장을 가로질렀다. 다우닝 10번 가의 정원 벽을 따라 내려가더니, 외교 및 영연방 사무국의 후면에 있는, 일반인에게는 별로 알려지지 않은 대사 출입문으로 들어갔다. 예상했던 도착이었기 때문에, 보안 점검은 효율적이고 의례적이며 신속했다.

대리석 난간과 짙은 적색의 카페트가 덮인 그랜드 스테어케이스로 올라간 대사는 2층에 있는 낯익은 특별 대기실로 안내되었다. 녹색과 크림색이 어우러진 소파에 앉아서 4분 정도를 기다렸다. 그의 맞은편에는 금색 칠을 한 벽지 위에 금빛 거울이 걸려 있었다. 가장 눈에 띄는 그림은 음악가의 수호성인이라는 성 세실리아가 오르간을 연주하는 모습이었다. 대사는 전에도 여러 번 이 곳에 온 적이 있었다. 그러나 그 때마다 느끼는 점은 중국과 유럽 문화 간의 차이점을 조화시킨다는 것은 불가능할 것이라는 생각이었다. 한쪽에서는 결점이나 잘못된 점들까지 뭉뚱그려서 모두 보존하고 있었다. 다른 쪽에서는, 다시 말해서 그가 속한 문화권에서는 이를 깡그리 부숴 버리고 과거는 오직 동화로 이야기되고 있을 뿐이었다. 정말로 어떤 일이 일어났었는지 아무도 모르도록 말이다.

영국 외교의 수장인 상임 차관은 냉정하고 공식적인 논지로 모든 것을 입증하고 있었다. 그에게 주어진 임무는, 여왕의 정부가 느끼는 불쾌감을 중국 대사가 베이징에 액면 그대로 전달할 수 있도록 확실하게 영국의 입장을 표명하는 것이었다. 상임 차관의 개인비서는 모든 대화를 노트에 기록하고 있었다.

"영국 정부는 귀국이 남중국해에서 취한 행위를 비난합니다. 중국의 행동을 정당화할 수 있는 방법은 없다고 생각합니다. 미해군 〈페렐리우〉호의 침몰은 우리가 세계 평화의 활동무대에서 얻고자 노력해 왔던 모든 소중한 것들과 어긋나고 있습니다. 베트남 침략도 역시 수용할 수 없는 처사입니다. 그리고 이 분쟁지역에서 귀국이 영국 국민들을 강제 억류하고 있는 처사는 결코 용납될 수 없습니다. 모든 분쟁지역에 투입된 중국군은 모두 즉각적으로 철수되어야 하며, 적대적인 행위도 중단되어야 합니다."

"귀국의 견해를 본국 정부에 보고하겠습니다." 대사가 대답했다.

"우리는 오늘 외국인 인질들을 석방시키거나 혹은 남중국해를 경유하는 해상로를 확보하는 데 필요한 것이라면, 무조건 미국을 지원하기로 한 우리의 공식적인 입장을 선언하고자 합니다."

"그렇다면, 귀국에서는 군사적인 지원도 하겠다는 의미인가요?"

"그런 의미로 볼 수도 있습니다, 대사님. 그러니 귀국도 결단을 내려야 할 것입니다."

"당신도 알다시피 우리는 많은 무역 관련 계약에 대해 현재 재고 중에 있습니다. 그리고 무역 이사회 의장이 5월에 베이징을 방문토록 되어 있습니다."

상임 차관이 잽싸게 그의 말을 가로챘다.

"죄송합니다만, 우리는 예전에도 여러 번 이 길을 온 적이 있습니다. 무역 대표단의 방문은 연기되었습니다. 영국의 기업체들은 모든 것이 정상으로 돌아올 때까지 입찰을 전부 철수할 계획입니다. 공항

레이더 건설, 지하철 건설, 항공기 합작투자 등은 모두 보류되었습니다, 대사.”

“귀하께서는 지금 경제봉쇄를 하겠다는 것입니까?”

“천만에요, 대사. 우리 기업의 중역들은 우리나라와 곧 전쟁을 벌일지도 모르는 나라에서 비즈니스 모험을 감행한다는 것이 너무 위험하다고 생각했을 뿐입니다. 유럽이나 미국, 캐나다, 호주, 일본에 있는 다른 대사들도 모두 비슷한 전갈을 받았을 것입니다. 우리로서는 중국의 현대화 건설에 더 이상 협조할 수 없는 입장입니다.”

“귀국이 아니더라도 우리를 도와줄 나라는 많이 있습니다.” 대사가 대답했다.

“러시아나 인도는 틀림없이 은혜를 베풀려고 할 것입니다. 그러나 그들이 갖고 있는 기간시설이나 기술을 현대적이라고 묘사하기는 어렵지 않겠습니까?”

중국 대사는 예의바른 그러나 싸늘한 응대를 받으며 밖으로 안내되어 나갔다.

백악관, 워싱턴, DC

현지시간 : 2001년 2월 21일 수요일 07 : 00
G M T : 2001년 2월 21일 수요일 12 : 00

텔레프롬프터가 작동하는 동안, 미국 대통령은 카메라를 정면으로 응시했다. 그는 렌즈 위의 '녹화 진행 중'임을 알리는 붉은 전구가 켜지기를 기다리고 있었다. 이윽고 그는 국민들에게 연설을 시작했다. 모든 방송국은 기존의 프로그램을 중단했다. 국방성에서 전날 〈페렐리우〉호의 침몰 사실을 공식적으로 확인하자마자, 대부분 방송국에서는 이 긴박한 뉴스를 다루고 있었다. 참사가 일어난 지 벌써 23시간이 지났는데도 그 장면은 하나도 방영된 것이 없었다. 그리고 이는 기실 대통령이 원했던 것이기도 했다.

연설의 첫 부분은 지난 4일간 벌어졌던 일들을 자세히 열거하는 것으로 시작되었다. 그가 맨 처음 언급한 것은, 중국의 베트남에 대한 '예기치 못했던 공격'과 '남중국해의 중요 무역항로에 대한 독단적인 봉쇄' 등의 사건들이었다. 대통령은 비극적인 인명의 손실에 대해서도 언급했다. 그런 뒤 〈페렐리우〉호의 침몰 사건으로 넘어가기 전에 잠시 멈춰 호흡을 가다듬었다. 무력충돌로 인해 미국의 군함이 침몰되었던 가장 최근의 사건은 한국전쟁 중인 1952년의 일이었음을 대통령은 강조했다. '중국은 당시에도 우리의 적이었습니다.'라고 그가 말했다. 그는 〈페렐리우〉호가 전쟁을 수행하기 위해 항해하고 있지 않았다는 사실을 미국 국민들에게 상기시켰다. 그 배가 분쟁이 일어난 교전지역 내의 섬에 잡혀 있는 미국 시민들을 포함한 민간인들을 구조하려는 인도주의적인 목적으로 항해하고 있었음을 강조했다. 중국과 복잡하고 위험한 협상을 시작하기 전에 민간인들의 안전을 먼저 보장하고 싶은 것이 대통령의 의도였던 것이다. 그는 중국군들의 공격을 테러리즘 행위로 규정했다.

"그렇긴 하지만, 우리의 대응책은 동맹국인 일본이 취한 것보다 한결 더 계산된 것이었습니다. 어제 그들은 태평양에서 지하 핵실험을 실시했으며, 그런 행위를 통해 스스로 핵보유국임을 선포했습니다. 나는 히야시 수상에게 개인적으로 유감을 표시했습니다. 그러나 우리 두 강대국들 중 어느 누구도 우리의 궁극적인 목표를 망각하고 있지는 않습니다. 그 점에 대해서는 일본도 우리와 같은 의견이었습니다. 우리가 끝까지 지키고자 하는 목표는 석유를 비롯한 교역품들이 중동이나 동남아시아 국가들 사이에 자유로이 유통될 수 있도록 무역로를 확보하는 것이며, 충돌지역에 있는 미국 시민들의 목숨과 안전을 보호하는 것입니다. 이런 점에 대해서 그 지역의 정부들은 물론 자신들의 권익을 보장하기 위해 만반의 준비를 하고 있는 유럽의 다른 동맹국들도 같은 견해입니다.

그렇기 때문에, 히야시 수상과 대영제국의 수상 그리고 프랑스 대통령은 그들의 공군과 해군 통수권을 우리에게 맡기기로 했습니다. 남중국해를 중국의 손아귀로부터 해방시키고자 하는 바람 때문입니다. 우리의 군사행동은 이제 막 시작되었습니다."

남중국해

현지시간 : 2001년 2월 21일 수요일 20 : 00
G M T : 2001년 2월 21일 수요일 12 : 00

대만의 북쪽 끝을 가로지르는 북위 25도 선을 지나 비행한 일본의 첫 군용기는 1999년부터 활동을 시작한 보잉 767-200 AWACS였다. 이 비행기는 공격에 취약하기 때문에, 적 전투기들의 있을지 모를 공격으로부터 가능한 한 멀리 떨어져 있었다.

8킬로미터 밑에서는 일본 해군이 태평양의 새로운 힘의 판도에 자신들의 세력을 각인하고 있었다. 공구급 구축함 〈미오코〉와 〈키리시마〉호 그리고 아사기리급 구축함 〈우리기리〉와 〈사와기리〉호가 중국과의 전쟁에 임하기 위해 루손 해협을 경유 남중국해로 항해했다. 수륙양용의 해병대와 550명의 해군들을 실은 일본의 탱크 수송함 〈요코하마〉호가 미해군과의 협조 아래 격침된 미해군 〈페렐리우〉호의 자리를 인계받기로 했다. 그러나 이번에 그들의 임무는 민간인 인질들을 구출하고 디스커버리 섬과 그 곳에 있는 BP-닛본 오일의 석유 시추선에 대한 통제권을 회복하는 것이었다. 세 척의 하루시오급 SSK 잠수함인 〈후유시오〉, 〈와카시오〉 그리고 〈아라시우〉호가 전방에서 경계를 서고 있었다. 유우시오급 SSK인 〈유키시오〉와 〈아키시오〉가 뒤를 따랐다. 시 킹 헬리콥터와 시 스탤리언 헬리콥터의 승무원들이 적 잠수함들을 탐지하기 위해 다양한 형태의 자동 전파 발신 부표를 바다로 떨어뜨렸다.

일본 특공대의 100킬로미터 전방에는 미해군 〈해리 S. 트루만〉 항공모함 전투단이 배치되어 있었다. 공대공 미사일을 장착한 F-14 톰캣 전투기들과 레이저 유도탄과 반(反)레이더 미사일을 탑재한 F/A-18 호넷 전투 폭격기들이 중국이 스스로 선언한 영공으로 깊숙이 침투했다. 그들의 목표는 파라셀 군도의 우디 섬에 있는 군사기지였다. 톰캣이 적 전투기들의 출현에 대비하는 동안, 호넷 폭격기들이 기지를 공격했다.

SU-27기 7대가 하이난 섬의 기지로부터 긴급 출격했다. 그로부터 수분 내에 톰캣 전투기는 사상 처음으로 실전을 통해 두 항공기 간의 강점을 확인할 수 있는 기회를 맞았다. SU-27은 소련 항공의 엔지니어들이 미국의 F-14, F-15, F-16 그리고 F-18 전투기들을 무찌를 수 있도록 설계했었다. 러시아 인들은 미국 전투기들의 디자인을 입수하여 이를 이용해서 설계했을 뿐 아니라, 경쟁 비행기가 이미 생산되어 공군에 투입된 모델이기에 그만한 이점이 있었다.

이 러시아제 비행기는 특별히 설계한 고성능 탐색장치들과 공대공 미사일을 함께 사용할 수 있도록 만든 첫번째 전투기였다. 이 전투기가 갖고 있는 특징은 조종사들로 하여금 '일단 미사일을 발사한 뒤에는 금방 잊을 수 있도록' 해 주는 것인데, 다시 말해서 무기를 사용한 뒤에 금방 목표로부터 돌아섬으로써 다음 상황에 대처할 수 있도록 해 주는 것이었다. 그렇지 않으면, 목표물이 명중할 때까지 레이더를 목표물에 고정시키고 있어야 하는 것이다. 기체에는 10개의 미사일을 장착하고 있었는데, 6개는 날개 밑에 그리고 2개는 엔진 흡입구 밑, 나머지 2개는 동체 밑에 부착되었다. 지상 공격용 무기로는 보통 130밀리 로켓포 5발을 싣고 있으나, 필요시에는 훨씬 더 무시무시한 대선박용 모스키토 미사일을 탑재할 수도 있었다. 며칠 전 베트남을 상대로 한 그들의 첫 임무에서 보여 준 과학기술 및 성능상의 우세는 다분히 상대적이고 우발적인 것이었다. 그러나 이제 톰캣이 미국 항공모함 전투단 방호의 선봉 역할을 하고 있는 동안, 소문으로만 여겼던 적나라한 진실이 돌고 돌아서 마침내 펜타곤을 경유하여 백악관에 전달되었다. 소련이 보유하고 있던 냉전시대의 기술이 한결 더 끈질긴 공산주의 세력인 중국에 전수되었다는 사실과 그 결과를 미국이 실전에서 마주치게 되었다는 내용이었다.

전투기들이 아직 멀리 떨어져 있을 때부터 전투는 이미 시작되었다. 톰캣에 탑승하고 있던 한 기상(機上) 정찰자가 경보 수신기에서 어떤 신호를 발견했다. 대략 110킬로미터가 넘는 곳으로부터 발사된, 미사일로 판명된 물체가 레이더 유도장치에 의해 확인되었던 것이다. 미공군에게 내려진 당시의 교전수칙은 적기 출현시 톰캣이 응전할 수 있도록 허용하고 있었다. 톰캣 전투기에는 장거리 공대공 미사일 페닉스 8발이 장착되어 있었는데, 여러 목표물의 궤적을 동시에 추적할 수 있는 AWG-9 레이더를 이용해서 각기 다른 복수의 목표물을 향해 미사일을 발사했다. 이런 미사일 발사장치는 1970년대부터 있었던 오랜 장비들이긴 하지만, 성능이 계속 향상되었기 때문에 아직도 치명적인 무기임에는 틀림없었다. 하늘은 순식간에 각기 다른 목표들을 향해 쏜살같이 날아가고 있는 14개의 페닉스 미사일들로 가득 찼다. 그 중 한 발은 발사장치의 이상으로 또 하나는 유도장치의 오작동으로 제대로 유도되지 못해 바다로 떨어지고 말았다. 발사장치 이상으로 오발을 한 비행기는 이제는 쓸모 없게 된 미사일들을 그냥 투하해 버렸다.

그러나 전쟁을 시작하기 전부터 알고 있어야 할 사항임에도 미국인들이 모르고 있었던 것은, 적이 고성능 방해전파 발신기를 개발했다는 사실이었다. 한치의 오차도 없는 정확성을 생명으로 하는 자동 유도장치로 추진되는 페닉스의 탄두에 이 전자장치가 혼란을 불러일으키는 것이다. 7대의 SU-27기 중에서 페닉스의 첫 공격에 무릎을 꿇은 것은 겨우 2대뿐이었다. 상대 표적의 엔진에서 발생하는 열에 고정시킴으로써 목표물을 자동으로 추적할 수 있는 적외선 미사일과 기관총을 장착하고 있는 나머지 5대의 SU-27기는 공중전을 벌이기 위해 위치를 바꾸었다. 공중전에서는 전투기의 조작능력과 조종사들의 훈련 정도가 생명이다. SU-27기가 톰캣보다 조작능력 면에서 한결 뛰어날지는 몰라도, 레드 플래그(Red Flag)나 탑건(Top Gun) 훈련 시스템을 갖고 있는 미국인들에 비해 중국인들은 충분한 훈련을 받지 못했다.

미국 조종사들은 재빨리 선회하여 적의 추격을 따돌린 다음, 전문 속어로 그들이 요-요, 맥스-G턴, 공격적 기체회전, 회전 가위 공격법이라고 부르는 다양한 공격술을 사용하여 SU-27기를 공격했다. 즉사한 한 미국 조종사는 최신 병기인 공대공 미사일에 적중된 것이 아니라 적의 기총소사에 맞았다. 비행기를 선회시킨다는 것이 부주의로 인해 SU-27기 기수 쪽을 가로질렀던 것이다.

톰캣의 한 기상(機上) 정찰자는 꼬리 방향으로부터 미사일이 다가오고 있다는 계측기의 경고를 보았다. 그것이 날아오는 방위로 미루어 적외선 미사일이 틀림없다고 판단한 그는 즉시 조종사에게 알렸다. 같이 탄 조종사는 찰나의 순간을 기다렸다가 번개처럼 태양을 향해 조종간을 위로 젖혔으며, 동시에 기상 정찰자는 그들이 뿜어낸 열이 아직 남아 있는 곳에 화염을 발사했다. 미사일을 다른 곳으로 유인하기 위한 것이었는데, 그들의 임기응변은 근사하게 맞아떨어졌다. 적의 공격을 피해 위로 향하던 조종사는 다시 방향을 틀어서 아주 짧은 순간에 적기의 꽁무니로 따라붙었다. 비록 능력 밖의 일이었음에도 그는 레이더 유도 미사일인 AIM-7 스패로우를 발사할 수 있는 위치를 잡게 된 것이다. SU-27기의 조종사도 그의 레이더가 급박하게 울부짖는 경고음을 들었다. 톰캣의 레이더가 자기 비행기를 포착하고 있다는 사실이 확인된 것이다. 그는 즉시 금속편을 살포했다. 첫 번째 스패로우를 유도하여 빗나가게 하는 데 성공했으나, 거의 동시에 발사된 두 번째 미사일은 미처 피하질 못했다. SU-27은 미사일을 맞고 나선형을 그리며 곧장 바다로 떨어졌다. 또 다른 SU-27기 한 대는 연속되는 급가속으로 인해 제트 엔진의 재연소 장치가 타 버렸다. 연료도 부족하게 되었고, 엔진 하나가 말을 듣지 않았다. 비행기는 이내 전투능력을 상실했으며, 순식간에 톰캣에게 당하고 말았다. 비행기가 한 방 맞았다는 사실을 깨닫는 순간 조종사는 사출기로 탈출했다.

호넷은 머리 위에서 공중전이 한창 벌어지는 틈을 타서 파라셀 군도에 대한 지상공격 임무를 완수하고 있었다. 폭격기로서의 임무 때문에 AGM-65F 매버릭이나 HARM 대(對)레이더 미사일과 함께 레이저 유도 재래식 폭탄과 산탄형 폭탄들을 다량 탑재했다. 덕분에 공대공 미사일인 AIM-7 스패로우와 AIM-9 사이드와인더를 제거해 버렸으며, 따라서 그들의 공대공 방어능력은 제한적일 수밖에 없었다. 편대장은 2인승 비행기를 조종하고 있었는데, 뒷좌석에는 전자무기에만 전념할 수 있는 무기 시스템 조작자가 타고 있었다. 호넷의 방해전파 발신기에서 먼저 고강도 극초단파를 발사하게 되면, 이 극초단파는 레이더 에너지와 함께 광대역 주파수에 걸쳐 하늘을 가득 메우는 것이다. 이것이 소위 노이즈-잼이라는 것이다. 그런 뒤 방해전파 발신기는, 이를테면 교묘하게 동조시킨 펄스나 존재하지 않는 목표물을 가장하는 도플러 변환수법 같은 보다 복잡한 방법으로 적 레이더를 더욱 교란시키게 된다. 때로는 적 레이더의 스크린이 거대한 전파방해 때문에 거의 식별이 불가능하게 될 뿐 아니라, 레이더 화면에서 발산되는 일련의 스파크들이 레이더 조작자를 완벽하게 혼란에 빠뜨린다.

중국인들이 발사할 수 있었던 지대공 미사일이 적어도 4발은 되었지만, 호넷이 펼쳐 놓은 대응수단들에 의해 너무나 쉽게 빗나가 버렸다. 그리고 불과 수초도 안 되어 레이더 기지와 대공 방어 시스템 하나가 완전히 파괴되어 버렸다. '발사 후 망각' 레이더 자동 추적 미사일인 HARM이 레이더 유도 전투기 탐지기지 두 곳을 집어냈다. 이상하다는 낌새를 챈 다른 레이더들은 즉시 전원을 꺼 버렸다. 사전에 레이더 잠금장치를 하지 않은 상태에서 SAM(지대공 미사일)을 발사했던 세 번째 지대공 기지가 발각되었다. 그 기지를 발견한 호넷의 조종사는 대형 레이저 유도탄을 투하했다. 그러나 그것은 HA-RM과는 달리 폭탄이 목표물에 명중할 때까지 레이저 광선을 목표에 고정시키고 있어야 했다. 레이저 목표 지시기가 고정되어 있어서 수동으로 목표를 조준할 필요는 없다고 하더라도, 조종사의 조작능력을 감퇴시키는 것은 사실이다. 그는 훨씬 위에 있는 SU-27기 한 대가 발사한 미사일을 미처 감지하지 못했다. 미사일 경고장치가 비명을 질러댔을 때는 이미 너무 늦었다. 어쨌거나 미사일의 탄두는 오작동으로 인해 폭발하지 않았으며, 다행스럽게도 비행기에 아무런 손상도 입히지 않은 채 그냥 스쳐 지나갔다. 순간 호넷의 조종사는 성공적으로 피했다고 생각했다. 그렇지만 SU-27기에서는 처음부터 두 발을 연속으로 발사했었다. 두 번째 폭탄은 제대로 작동하는 것이었으며, 호넷 한 대가 눈 깜짝할 사이에 산산조각 나고 말았다. 지상의 레이저 기준점으로부터 유도를 받을 수 없었기 때문에, 장착했던 폭탄들은 폭발하지 않았다. 예전의 공중전에서는 인근에 있던 민간인들이 억울하게 피해를 입는 경우가 많았으며, 이를 줄이기 위해 레이저 잠금장치를 도입했는데, 그 장치를 잃었던 까닭이다. 지상에 대한 공격은 계속되었다. 일단 방어기지를 청소하고 나자, 광범위한 성능을 가진 산탄형 소형 폭탄들이 활주로와 격납고 지역에 마구 뿌려졌다. 지상에 있는 비행기는 나약한 목표일 수밖에 없기 때문에, 소형 폭탄들이나 도탄(跳彈)으로 파괴되거나 회복하기 어려울 정도로 피해를 입었다. 활주로는 산탄 폭탄들로부터 흩어져 나온 조그만 지뢰들 때문에 생긴 작은 웅덩이들로 곰보가 되었다.

20분도 채 못 되어 SU-2U기 모두는 피격되거나 후퇴했다. SU-27기 두 대도 우호적인 활주로에 도착하기 전에 불시착을 시도해야만 했다. 중국군들은 공중 급유기를 지원하지 않았다. 미국측은 톰캣 2대와 호넷 1대를 잃었는데, SAM 기지를 공격하던 중에 당한 일이었다. 일부 톰캣은 귀항하는 도중에 공중급유를 받아야만 했다. 다른 톰캣 한 대는 피해의 정도가 컸기 때문에 항공모함에 착륙할 수가 없었다. 조종사는 비상탈출했으며, 비행기는 항공모함 옆에 착수(着水)했다. 그들은 모두 대기 중인 구조용 헬리콥터에 의해 무사히 구조되었다.

자기 혼자서 적기 한 대를 격추시키고 동료와 함께 다른 한 대를 격추시킨 바 있는 톰캣 편대장이 침통하게 말했다.

"비행기를 제대로 조종할 수 있으려면 충분한 훈련을 받아야 된다는 사실을 뼈저리게 느꼈습니다. 그리고 완벽한 지원체제가 갖추어져 있지 않다면, 비행기 자체가 얼마나 훌륭한 성능을 갖고 있든 별로 문제가 되지 않는다는 사실을 이번 공중전이 극명하게 보여 주었다고 생각합니다."

1, 200킬로미터 남쪽에서는 〈니미츠〉 항공모함 전투단이 바라박 해협을 경유하여 교전지역으로 들어서고 있었다. 동일한 조합으로 이

루어진 톰캣과 호넷 등의 미국 전투기들이 교전 초기에 이미 베트남 해군의 어뢰에 한 방 얻어맞은 바 있는 중국의 루후급 구축함 〈하리빙〉호를 처음으로 격침시켰다. 그들이 임무를 마치고 항공모함으로 귀환하자, 미스취프 산호섬에 있는 중국의 전초기지를 파괴하기 위해 다른 편대가 발진했다. 그들은 아무런 저항도 받지 않고 목적지까지 갔다.

한편 프랑스 공군의 다살트 라페일 다목적 전투기들이 호치민 시를 출발하여 스프랏틀리 군도로 향하고 있었는데, 불과 몇 시간 전에 유럽에서 막 도착한 비행기들이었다. 그들은 기동성이 떨어지는 중국의 공중급유기 3대를 격추시켰으며, 중국 해군을 공중지원하기 위해 이동하느라 아직도 기자재를 무겁게 장착한 SU-27기 4대를 저지시켰다.

베트남의 비행기들이 드래곤 스트라이크 전쟁 중 두 번째로 캄보디아와 라오스로부터 이륙했다. 라오스의 수도 비엔티안에서 출발하여 베트남 북동 해안에 있는 빈에서 재급유를 받은 그들은 800킬로미터 떨어진 하이난 섬의 중국 해군기지를 공격했다. 라오스의 국왕이 있는 곳인 루앙 프라방에서 출발한 그들은 북쪽 국경선 지역에 주둔한 인민해방군의 지상군도 공격했다.

영국 해군의 〈아크 로얄〉 항공모함 전투단은 남중국해에서도 가장 위험한 수역에 대한 권리를 주장하기 위해 브루나이 영해에서 출발했다. 영국 전함들은 스프랏틀리 군도의 한가운데를 향해 정북으로 항해했다. 그 수역은 수심이 낮을 뿐 아니라 중국의 '밍'이나 '로미오' 잠수함 여러 척이 물밑에서 기다리고 있는 것으로 알려진 곳이었다. 대 잠수함 전투는 냉전시대서부터 영국의 전공과목이나 마찬가지였다. 오랫만에 아시아에서 또다시 미군과 합류하게 된 영국군은 예전의 그 임무를 다시 맡게 되었다.

그러나 영국인들은 그 지역에 도착하기도 전에 테럼비 라양-라양에 있는 해군기지와 공군기지에 대한 미국의 공격이 실패로 끝났다는 소식을 접하게 되었다. 말레이시아로부터 이 곳을 점령한 이래, 중국군은 20대가 넘는 SU-27 전투기와 지상 공격용 비행기인 펜서와 함께 자신들이 보유한 가장 정교한 레이더와 대공 시스템을 들여다 놓았다. 서방의 정보기관에서도 그곳의 방어능력을 정확하게 파악치 못하고 있었다. 첫번째 공습의 파도에서 톰캣 3대와 호넷 4대가 격추되었다. 즉각적으로 두 번째 공격을 감행해야 했지만, 미국인들은 그럴 수 없었다. 그러기 위해서는 다른 임무를 유예해야 하고, 또 손상을 입은 몇몇 전투기를 수리해야 했기 때문이다. 항공기의 유지 보수 프로그램도 역시 전시체제로 재편해야 했다. 그럼에도 준비가 완료되는 대로 대규모 공습부터 시작할 계획을 세우고 있었다. 중국 공군기지의 위력은 미국이 항공모함을 갖고 있는 것과 거의 대등할 정도여서 중국군에게 남중국해 전역에서 막강한 힘을 과시하도록 해 주고 있다. 한편 영국은 영국 해군의 〈알비온〉호에 승선한 특수 소함대 소속의 특공대를 그 지역의 중국 방어력을 무력화시키는 데 투입시켜 달라는 요청을 받았다.

태평양

현지시간 : 2001년 2월 22일 목요일 03 : 00
G M T : 2001년 2월 21일 수요일 15 : 00

동쪽으로 5,000킬로미터 떨어진 서태평양에서는 중국 해군의 샤급 092형 핵잠수함이 시울프급 미해군 〈코네티컷〉호로부터 추적을 받고 있었다. '샤'는 수면 20미터 아래서 6노트의 속력으로 잠항하고 있었다. 잠수함이 중국을 떠난 것은 벌써 한 달도 더 전의 일이었다. 함장은 본부로부터 세 번에 걸쳐 지시사항을 접수했으며, 그 때마다 태평양 동쪽으로 맞추어져 있는 진로를 그대로 유지했다.

〈페렐리우〉호가 공격을 받았을 때, '샤'는 마리아나스 군도에서 동쪽으로 2,000킬로미터, 마샬 군도로부터 북쪽으로 1,000킬로미터도 더 떨어진 곳에 있었다. 이들 두 군도는 기술적으로 독립국가지만, 미국 국방성에서는 자국 영토로 간주하고 있었다. 수면 위에 올라와 있는 가장 가까운 물체는 웨이크 섬이었으며, 그 섬에 미국의 공군기지가 망망대해 한가운데 자리잡고 있다. 태평양에서도 특히 이 곳은 임자도 없고 또 외로운 구석이기도 하다. 미해군 〈코네티컷〉호의 선장이 저지르려고 하는 행위는 엄청난 환경공해를 유발하게 될 것이지만, 이에 대한 항의도 얼마 안 가서 곧 잠잠해질 정도로 아주 외딴 지역이었다.

〈코네티컷〉호가 360미터 정도 깊은 곳에 잠수해 있었기 때문에, 중국 잠수함 '샤'에서는 그 존재를 전혀 탐지하지 못하고 있었다. 함장은 MK48 ADCAP 어뢰 두 발을 발사했다. 발사 첫 단계에는 55노트였으나 얼마 뒤에 70노트까지 가속되었다. 어뢰가 '샤'에 명중하기까지는 1분 18초가 걸렸다. 거의 즉각적으로 폭발과 함께 선체가 부서졌다. 300미터 밑으로 가라앉음에 따라 수압을 이기지 못해 선체가 찌그러 들었으며, 배에 타고 있던 104명이 몰살을 당했다.

펜타곤의 성명에 의하면, 핵원자로는 스스로의 압력으로 밀폐되어 있기 때문에 잠수함의 파괴에도 전혀 손상되지 않고 견딜 수 있도록 만들어졌다고 했다. 12기의 핵탄두는 대기권을 벗어나 수십만 킬로미터까지 여행했다가 다시 돌아올 수 있을 정도의 성능이었으며, 태평양 바다밑에 가라앉아서도 방사능을 누출한다거나 손상되지 않고 견딜 수 있을 만큼 견고하게 만들어졌다. 중국의 잠수함은 이미 미국 해역을 공격할 수 있는 거리에 들어와 있었다. 그들이 계속 4일간을 더 항해하면, 하와이의 진주만을 목표로 핵미사일을 발사할 수 있는 위치까지 갈 수 있었을 것이다.

보잉 본사, 시애틀

현지시간 : 2001년 2월 21일 수요일 07 : 00
G M T : 2001년 2월 21일 수요일 15 : 00

보잉의 회장 겸 대표이사인 리스 오버할트는 전화 벨이 두 번 울린 뒤에야 수화기를 들었다. 개인 비서가 베이징에 있는 제이미 송의 전화라고 알려 주었다. 송 장관과 오버할트는 30년 전에 하버드에서 같이 공부했었다. 그들은 엘리어트 하우스에 함께 기숙했으며, 둘의 방은 복도를 건너 마주보고 있었다.

오버할트는 보잉의 주가가 폭락하고 있는 광경을 오전 내내 쳐다보고만 있었다. 홍콩에서 나오는 대량 매도 주문이 유럽의 투자자들에게 겁을 주어 도망치도록 만들더니, 이제는 미국도 똑같은 전철을 밟고 있었다. 오버할트는 즉각적으로 매도 세력의 뒤에 누가 있는지 조사하라고 지시했다. 그러나 그가 알아 낸 사실이라고는, 영국령 버진 아일랜드에 있는 두 개의 위탁회사가 관련되어 있다는 것 정도였다. 그리고 사실 누구라도 그보다 더 현명한 선택을 할 수 없을 것이다. 그는 제이미 송의 비서가 중국 외무장관과 연결시켜 주기를 기다렸다.

약간 신중하고 어색함이 없는 것은 아니었지만, 그들 둘의 수인사에는 친밀감이 배어 있었다.

"베티는 안녕하시겠지요?" 송이 물었다.

"좋아요, 잘 있어요…… 그런데 헬렌은 어떻습니까? 잘 있겠지요?" 머릿속으로는 송의 의도가 무엇일까 하고 생각하면서 오버할트가 물었다.

"단도직입적으로 요점부터 말하겠소, 리스." 송이 말했다. "현재의 상황을 고려할 때, 당신이 베이징에 한 번 오면 우리에게 큰 도움이 될 것 같습니다. 당신은 중국과 오랜 친구입니다. 당신이라면 우리가 현재 당면하고 있는 문제점들을 극복하는 데 도움을 줄 수 있으리라고 믿습니다. 내가 말하는 투로 미루어 당신도 짐작하고 있으리라 생각합니다만, 이건 정말 진지하게 드리는 요청입니다. 비밀보장은 확실히 지켜 드리겠습니다. 우리로서도 당신이 여기 왔다는 사실을 사방에 떠벌리고 싶은 마음은 눈곱만치도 없습니다."

오버할트는 참으로 난처함을 느꼈다. 미국 유수 기업체의 대표라는 위치 때문에, 그는 대통령들이나 수상들과도 자주 회합을 가질 수 있었다. 그러나 그는 매우 신중한 사람이었다. 그리고 무엇보다도 그는 기업인이었다. 그가 곰곰이 생각에 잠겨 있는데, 송이 다시 끼여들었다.

"리스, 당신이 지금 무슨 생각을 하고 있는지 나도 잘 압니다. 지금 당장 대답을 하지 않아도 좋습니다. 잘 생각해 보시오. 그리고 세 시간쯤 뒤에 전화 주시겠습니까?"

백악관, 워싱턴, DC

현지시간 : 2001년 2월 21일 수요일 11 : 00
G M T : 2001년 2월 21일 수요일 16 : 00

오버할트의 사무실로부터 전화가 왔을 때, 대통령은 주지사들에게 간단한 브리핑을 하고 있었다. 대통령과 오버할트도 하버드 대학생 시절부터 서로 아는 사이였다. 국제문제를 다루는 대학원 과정의 특별 연구원으로 와 있던 제이미 송을 그들이 만난 것도 바로 하버드에서였다.

"우리의 오랜 친구로부터 접촉이 있었다고 알고 있는데, 그렇잖소?" 대통령이 먼저 말했다. "나도 방금 전에 그 병신 같은 녀석이 텔레비전에 나와서 지껄이는 모습을 보고 있었소. 그는 조금도 변한 게 없어요. 뱀처럼 매끄럽고 교활한데다 독까지 갖고 있지요."

"사실, 제이미가 한 시간 전에 내게 전화를 걸어 왔습니다. 그는 예의 '중국의 오랜 친구'라는 상투적인 말을 하면서 나더러 그리로 날아와 자기를 만나 달라더군요. 지극히 일반적인 용어를 써 가며 어떤 해결책에 대해서 언급했습니다. 터무니없는 짓인 줄은 알고 있지만, 내게도 필요한 것은 사실입니다. 누군가가 우리 주식을 갖고 장난을 치고 있는데, 우리 투자자들은 그런 짓을 별로 좋아하질 않습니다. 각하의 생각은 어떠하십니까? 도움이 되겠습니까?"

　"리스, 당신이 베이징에 간다는 것은 아주 근사한 아이디어 같군
요. 상황이 아주 빠르게 돌아가고 있어요. 우리끼리 얘기지만, 그들
이 결국 어떻게 될지는 아무도 모릅니다. 그러나 우리에게도 당신
같은 사람이 필요합니다. 양측에서 신뢰하는 사람, 그러나 그 어느
편에도 고용되지 않은 그런 사람 말입니다. 당신이 베이징에 갔으면
좋겠군요. 우리 대사관에서 당신이 필요로 하는 모든 편의를 제공해
줄 것입니다."

남중국해

현지시간 : 2001년 2월 22일 목요일 01 : 00
G M T : 2001년 2월 21일 수요일 17 : 00

프랑스 조종사들은 밤새도록 IL-76 급유기 2대를 더 격추시켰다. 하이난 섬에 대한 베트남 군의 공격으로 SU-27기 10대가 파괴되었다. 영국, 호주, 뉴질랜드의 특수부대들이 합동작전으로 테럼비 라양-라양에 있는 방어 시스템을 무력화시켰다. 그들은 경계가 불충분한 군사 경계선의 울타리를 뚫고 침투하여 레이더 장비를 파괴할 수 있는 폭탄을 성공적으로 장치했지만, 임무를 마치고 활주로를 따라 탈출하다가 중국군에게 발각되었다. 그들이 중국군들과 총격전을 벌이는 사이, 폭약 전문가들은 7대의 비행기에 무사히 폭탄을 설치할 수 있었다. 엄청난 폭발이 중국군을 혼란 속에 몰아넣었으며, 연합군은 그 틈을 타고 무사히 탈출했다. 영국군은 두 명의 부상자와 한 명의 전사자를 냈다. 호주나 뉴질랜드 군인들 중에는 아무런 사상자도 없었다. 중국인들의 사상자가 얼마나 되는지는 알려지지 않았다.

전투기 편대를 이루는 대부분의 SU-27기들이 파괴되었다. 특공대가 무사히 탈출하는 동안, 중국군 기지는 미공군의 호넷에 의해 쓸모 없는 폐허로 바뀌고 있었다. 물론 호넷은 영해군의 〈아크 로얄〉

호로부터 발진한 영국 시 해리어 헬리콥터와 톰캣의 엄호를 받고 있었다. 두 번째 공습은 기지 주위를 돌며 순찰하던 루다III급 구축함 〈주하이(DDG 166)〉와 호위 선박 2척을 침몰시켰다. 3척의 항공모함에서 발진한 전투기들이 파도처럼 지속적으로 퍼붓는 공격에 못 이겨, 중국은 남중국해 특공대를 결성했던 50척 이상의 선박들 중에서 총 12척을 잃고 말았다.

새벽이 되자, 중국군 사령관은 모든 선박들에게 대공 방어 시스템이 잘 갖추어진 북쪽으로 이동하라고 지시했다. 예외도 있었다. 남부함대의 본부로부터 이탈해 나간, 러시아에서 새로 건조한 소브레메니급 프리깃함 〈바즈니〉호—중국 해군에서 〈류화칭〉으로 개명했음—였다. 머리 위에는 구름이 짙게 덮여 있었으며, 그래서인지 〈류화칭〉호는 군사위성이나 첩보기에게 발각되지 않은 채 남중국해로 침투해 들어갔다.

DRAGON STRIKE

THE MILLENNIUM WAR

한반도

현지시간 : 2001년 2월 22일 목요일 05 : 00
G M T : 2001년 2월 21일 수요일 20 : 00

　김 대통령이 제임스 브래들리 미국 대통령에게 전화를 걸자, 그는 북한과의 전쟁에 군 병력을 즉각적으로 투입한 한국의 협조에 정말로 감사한다는 말을 했다. 훨씬 더 심각하고 큰 위기에 직면하고 있던 브래들리로서는 한국이 자신들의 문제를 스스로 처리한 것이 너무나 고마웠던 것이다. 어쨌거나 미국은 한국에게 기술과 군사고문을 제공할 것이며, 한국의 울산급 프리깃함 3척—〈충주〉호, 〈제주〉호, 〈마산〉호—으로부터 맥도날드 더글라스 시 슬램 함대함 미사일을 처음 발사할 수 있도록 사전 지식을 제공하고 유도한 것도 바로 미국이었다. 한국의 해군장교들은 거의 한 명도 빠짐없이 그런 작전의 수행에 대비하여 미해군과 폭넓은 훈련과 실전훈련을 했다. 과거에는 미사일이 핀 끝처럼 정확하게 사용되었던 경우가 전혀 없었다. 바다 위를 스치듯 낮게 날아간 다음, 비무장지대 주위의 바위와 풀뿐인 지세를 지나 마침내 서울을 위협하는 군사장비들이 숨겨진 지하 벙커 속으로 파고들듯 곧장 날아갔다.
　미국이나 한국의 군대에서는 DMZ을 포기하고 있었다. 경비병들이 무방비 상태의 판문점 초소에서 물러나 군사분계선에 배치되어 있었다. 감시탑이나 휴전마을에는 아무도 없었다. 수년간에 걸쳐 경계선 분쟁과 관련하여 협상을 벌여 왔던 가건물도 텅 비어 있었다. 세계에서 가장 철저하게 요새화된 한국의 최전선에서는 전시에 준하는 경계경보가 발효 중이었다. 미군 제2보병 사단에서는 방위 골격을 이룰 군인과 여군들을 DMZ에서 가장 가까운 진지인 캠프 그리브스에 배치했다. 각자의 군복에는 '어느 누구보다도 내가 먼저'라는 그 부대의 모토가 새겨져 있었다.

한국이 발사한 첫 미사일이 터널 입구에서 불과 몇 미터도 떨어지지 않은 곳의 바위를 호되게 내려쳤다. 다음 것은 언덕 위로 곧장 날아가다가 들판에 미끄러지듯 쑤셔 박혔는데 불발탄이었다. 그러나 세 번째 폭탄은 성공적이었으며, 질서 정연하게 감추어져 있는 탱크들을 강타했다. 밀폐된 공간이어서인지 폭발이 더욱 강력하게 느껴졌다. 연료통이 터지면서 화약 등의 군수품에도 불을 붙였다. 입구와 가장 가까이 있는 탱크들은 완전히 불구가 되었다. 난도질당한 채 구겨진 탱크들이 출입구를 막고 있어서, 그 안에 있는 것들도 모두 무용지물이 돼 버렸다.

그 뒤 45분 동안, 컴퓨터 유도 미사일들이 수없이 많은 엄폐된 장소로 헤집고 들어갔다. 일부 미사일들은 목표를 벗어나, 주위의 시골에 떨어졌으나 큰 피해를 끼치지 않은 채 폭발하기도 했다. 모든 미사일들이 목표물에 정확하게 명중한 것은 아니었지만, 이런 공격이 북한군들로 하여금 속셈을 드러내도록 만드는 바람직한 결과를 가져왔다. 감추어 둔 장비들이 위협받게 되자, 북한군이 은닉했던 장비들을 모두 밖으로 꺼내 놓았던 것이다. 아무래도 그렇게 하는 것이 더 안전하고 또 효율적으로 장비들을 사용할 수 있는 길이라고 판단했던 것이다.

국경선 주위의 길은 갑자기 기갑 차량들과 대포 그리고 지원 차량들로 가득 차게 되었다. 평양에서부터 판문점까지 이어지는 김일성 고속도로 위에도 차량들이 훨씬 더 증가했다. 이 도로는 처음부터 유사시에는 전투기나 탱크들이 사용할 수 있도록 건설된 것이었다. 한국측의 북한 동향 감시 시스템에서 새로이 입수되는 데이터들을 처리하는 동안에도 F-16, F-5, F-4 편대들이 남쪽에 있는 전 활주로에서 굉음을 토해내며 이륙하여 밀려드는 파도처럼 비무장지대를 넘어 북쪽으로 향했다. 조종사들에게 내려진 지령은 땅 위에 보이는 것은 무차별적으로 모조리 때려부수라는 것이었다.

김 대통령도 자신이 현대 군대 역사상 가장 위험한 결정을 내리고 있다는 사실을 인식하고 있었다. 거의 완벽하게 파괴될 지경에 처해 있는 북한으로서는 육로 침투와 미사일 발사를 통해 서울을 공격하는 것밖에는 달리 선택의 여지가 없다고 판단하고 있을 것이다. 그러기 때문에 북한측의 그런 마지막 발악을 사전에 저지해야 하는 것이다. 그러나 만약에 이런 계산이 방위계획 입안자의 잘못된 판단의 결과라면, 북한 탱크들이 서울 거리에 모습을 나타나는 것은 시간문제일 뿐이다.

적의 비행기들이 이미 영공을 침투했다. 첨단기술로 무장한 전략적 전투기인 MIG-23기와 MIG-29기들이 중심 기종인 MIG-19기 및 MIG-21기와 함께 남한의 수도 서울을 향해 날아오기 시작했다. 그러나 그들은 서울에 채 도착하기도 전에 남한측 비행기들과 맞닥뜨리게 되었다. 조악한 정비와 불충분한 조종훈련 때문에, 북한 공군들이 곧 패퇴하리라는 것은 자명해 보였다. 지대공 미사일과 한국의 요격기들이 장착한 공대공 미사일에 의해 북한 비행기들이 꼬리에 꼬리를 물고 격추되었다.

그러나 파도처럼 밀려드는 삼사십 대의 비행기들 중에서 극히 일부는 서울까지 무사히 도착하는 데 성공했다. 무슨 특별한 공격 목표가 주어진 것은 아니었기 때문에, 그들은 폭탄과 로켓탄을 민간지역에 그냥 투하했다. 그런 뒤, 일부 조종사들은 자살 특공대들처럼 땅으로 급강하를 시작했는데, 고층 빌딩을 겨냥한 것이었다. 비행기는 충돌과 함께 폭발했고, 주위에는 참혹하게도 불덩어리들이 난무했다. 수천 명이 목숨을 잃었다. 두 손을 모아 합장하는 모양의 63빌딩에서는 500명 이상이 사망했으며, 공습의 시작과 함께 전원을 차단해 버리는 바람에 계단이나 엘리베이터 안에 많은 사람들이 갇히게 되었다.

사이렌이 울부짖고 있었으며, 수백만 명이 지하도나 건물의 지하로 대피하느라 난리법석을 떨고 있었다. 병원들은 밀어닥치는 희생자들을 채 수용하지 못해서 어디에나 환자가 넘치고 있었다. 수십년 동안 이런 순간에 대비하여 긴급 비상체제를 갖추고 있었지만, 순식간에 역부족이 되어 버렸다. 수백 명의 사람들이 길거리에서 죽어 가고 있었지만 어느 누구 하나 돌보는 사람 없이 그대로 방치되었으며, 불타는 건물들도 마찬가지였다.

톈안먼 광장, 베이징

현지시간 : 2001년 2월 22일 목요일 08 : 00
G M T : 2001년 2월 21일 수요일 24 : 00

얼음처럼 차가운 바람이 지난 주 계속 불어댄 덕에 겨울 내내 베이징을 뒤덮었던 공해로 찌든 두꺼운 공기층이 걷혔다. 햇볕이 추위를 헤집고 들어와 톈안먼 광장 위에 따사로운 광채를 던지고 있었다. 선홍색 깃발로 장식된 광장 주위의 도로들은 일반인의 통행을 금지하고 있었다. 초등학생들이 포장도로 위에 10열씩 줄을 지어 서 있었는데, 그들의 손에는 오성홍기(五星紅旗)가 들려져 있었다. 응원 단장의 지도에 따라 조그만 손들이 일사불란하게 국기를 머리 위로 들어올렸다.

가로등에 부착된 확성기에서는 외국인들의 지배를 받던 과거로부터 자유로워지려는 중국인들의 염원이 담긴 해방가가 울려 퍼지고 있었다. 각 지방의 공산당 관리들까지 모두 베이징으로 소집되었다. 그들은 광장 서쪽의 인민대회당의 계단이나 동쪽에 있는 중국 혁명 박물관과 역사박물관 밖에서 행사를 지켜보았다.

중국 중앙 텔레비전 방송국(CCTV)의 카메라 기사들이 광장 주위를 자유롭게 돌아다녔다. 오전 내내, 전국 방송에서는 외세의 점령하에 있던 시절에 중국인들이 고통받았던 필름들을 계속해서 보여 주고 있었다. 홍콩을 무력으로 점령했고 또 19세기에 아편전쟁을 일으켰던 영국을 비난했다. 1940년대에 대만을 점령했던 반군의 괴수이자 국민당 지도자인 장개석을 지원했다는 이유로 미국인들 역시 비난받았다. 1950년대의 한국전쟁에 대한 필름에서는 중국군들이 영국, 미국 그리고 다른 제국주의자들의 군대를 어떻게 쳐부수었는지 보여 주고 있었다. 검고 흰 반점으로 얼룩진 필름은 학살당한 군인들의 모습과 추위와 기아로 의기소침해진 생존자들의 모습을 보여 주었다. 일본인들은 1,000년 내내 범죄자들로 묘사되었다. 일본인들은 동료 아시아인들을 서양의 다른 강대국들보다 한결 더 잔인하게 다루었으며, 중국인들로 하여금 아직도 굴욕과 고난을 되새기게 했다. 일본 군인들이 즉결 처분으로 중국 민간인들을 학살하거나 목을 베거나 구타하는 장면이 필름에 담겨 있었다. 한 중국인 농부가 가로등에 묶여 있었는데, 그의 머리는 꺾여 있었다. 일본 군인들은 공포와 출혈로 숨이 끊어질 때까지 온몸의 껍질을 벗기기도 했다.

이 끔찍스러운 장면이 나가는 동안, CCTV의 해설자가 이렇게 말했다.

"중국인들이 외국 강대국의 노예가 되는 일은 다시는 없을 것입니다. 절대로! 전세계가 중국인들을 증오한다는 이유 때문에 동굴에서 살면서 나무 뿌리로 연명을 해야 할지라도, 우리는 긍지를 갖고 자유롭게 살기를 원합니다. 주석 만세! 왕평 주석 만세!"

군용 차량들이 서쪽으로부터 서서히 굴러오기 시작했다. 맨 앞에 선 전투용 주력 탱크들이 일렬로 줄지어 그들을 인도했다. 그 뒤를 이어 대포들과 복식 로켓 발사대, 자주포, 박격포 그리고 지대지 미사일이나 지대공 미사일, 대전차 유도무기들, 대공 방어무기들이 견인되어 들어왔다. 의식적인 행진이 이어지는 동안에 잠수함, 전투기,

전함의 사진이 광장 위에 설치해 놓은 초대형 스크린에 비춰졌다.

　미사일이 다른 행렬을 멎게 했다. 광장 안으로 제일 먼저 덜거덕거리며 끌려 들어온 것은 CSS-4 혹은 일반적으로 이스트 윈드-5라고 불리는 미사일이었다. 그것은 1981년에 처음 베일을 벗은 모델로, 5메가톤급의 탄두에 사정거리가 1만 5,000킬로미터나 되는 미사일이었다. 그 뒤를 이은 것은, 사정거리 3,000킬로미터에 2메가톤급 탄두를 장착한 보다 작은 잠수함 발사용 CSS-N-3 혹은 JL1 미사일이었다. 그 이외에도 몇 가지가 더 있었는데, 모두가 국방부 무관들에게는 잘 알려진 것들이었다.

　그러나 행렬의 마지막에 나타난 것이 중국의 군사력을 뽐낼 수 있는 최고의 자랑거리였다. 그것은 국기 게양대의 남쪽에 자리잡았다. 생중계로 전세계에 보여 준 이 미사일은 미국 대륙이나 유럽의 어느 나라라도 마음만 먹으면 언제든지 강타할 수 있는 치명적인 무기라는 것이 금방 드러났다. 이것은 고체연료를 동력으로 사용하는 이스트윈드-32로 사정거리는 1만 2,000킬로미터였다. 정확성은 러시아 과학자팀이 제공한 새로운 유도 시스템 기술로 더욱 날카롭게 다듬어졌다. 탄두는 상대적으로 가벼운 편이지만, 미국이 가장 위험스럽게 생각하는 부분은 유도탄 지하 격납고가 아니라 이동식 발사차량으로부터 발사될 수 있다는 점이었다. 이 때문에 일단 발사되기 전까지는 이스트윈드-32를 위성정찰을 통해 발견하는 것이 거의 불가능했다. 낮 동안에는 가만히 숨겨 두었다가 밤을 도와 발사위치로 이동할 수 있기 때문이었다. 걸프전에서 이라크의 스커드 미사일을 탐지하여 파괴하지 못했던 전력 때문에, 1990년대에도 핵탄두를 장착한 이동 미사일은 미국방성을 유령처럼 괴롭혔다. 그것들은 교량 밑이나 대피호에 감추어져 있거나, 적이 발견한다 하더라도 국제적인 비난을 감수하지 않고는 폭격을 가할 수 없는 인구가 밀집된 민간

지역에 대기시켜 두었다.

오늘, 중국은 그 동안 비밀로 간직해 왔던 미사일 능력을 더 이상 감추고자 하지 않았다. 이는 세계에서 가장 막강하다는 강대국들을 조롱하는 처사였다. 미국이 중국과 핵전쟁이라도 불사하겠다고 생각했을지도 모르지만, 중국은 그 중에 하나만 미국 땅에 떨어뜨려 폭발시키면 금방 그런 생각을 단념시킬 수 있으리라는 계산을 하고 있었다. 많은 전쟁에 참여했던 미국도 자기네 땅에서 무력충돌을 겪었던 적은 한 번도 없었다.

겨울 햇살을 받아 은빛으로 반짝이는 이스트 윈드-32의 붉은 탄두는 북쪽의 톈안먼을 일직선으로 향하고 있었다. 그곳에는 왕펑 주석이 중국 인민들에게 성명을 발표하기 위해 연단 위로 올라서 있었으며, 장군들이 그 양 옆에 병풍처럼 늘어서 있었다. 왕 주석은 역사적으로 깊은 의미가 담긴 시기와 장소를 선택하여 이번의 시위를 실시했다. 이곳은 지난 수세기 동안 중국의 황제들이 칙령을 내리던 곳이었으며, 마오쩌둥이 1949년에 공산주의 중국의 설립을 선언했던 곳이기도 했다. 중국 공산주의의 구조, 인민 대회당, 인민 영웅 기념비에서부터 약품 처리된 마오쩌둥의 시체가 아직도 누워 있는 모주석 기념당에 이르기까지 모든 것이 한 자리에 모여 있는 이 곳에서 중국 군사력의 전시를 관람하는 것만으로도 상징적인 의미가 풍부하다. 왕 주석의 연설문 중에는 자신이 하고 싶은 말을 스스로 선택한 것도 있었지만, 1949년에 마오쩌둥이 했던 말들을 다시 전달하는 부분도 있었다.

"우리의 업적은, 인류의 4분의 1을 차지하는 중국의 인민들이 이제 일어섰다는 것을 전세계에 과시함으로써 인류 역사를 거슬러 내려갈 것입니다. 중국은 언제나 위대하고 용감했으며 근면한 나라였습니다. 우리들이 뒤로 처지게 된 것은 극히 최근에 이르러서였습니

다. 지금 이 순간부터 우리는 평화와 자유를 사랑하는 국가들 중에
속하게 될 것이며, 우리 고유의 문명과 복지를 배양하기 위해 용감
하고 근면하게 일하는 그런 나라가 될 것입니다. 그리고 동시에 세
계의 평화와 자유를 증진시키도록 노력할 것입니다.

우리나라는 더 이상 강대국으로부터 모욕이나 굴욕을 당하는 나라
가 되지 않을 것입니다. 우리는 일어섰습니다. 우리의 혁명은 모든
국가의 인민들로부터 공감을 얻고 환호를 받았습니다. 우리는 전세
계에 친구를 갖고 있습니다. 중국인들이 야만인 취급을 받던 시대는
이제 끝났습니다. 우리는 선진문화를 가진 국가로서 다시 태어날 것
입니다. 우리는 강인할 것이고, 두려움의 대상이 될 것입니다. 중국
인들은 이제 더 이상 노예가 아닙니다."

당원들이 깃발을 흔들며 박수갈채를 유도했다. 그러나 그런 행위
가 일반인에게는 더욱더 두려움을 자아내게 했다. 중국은 전에도 이
런 노선을 걸었던 적이 있었다. 그리고 그 때마다 인민들이 경험한
것은 죽음과 출혈, 혼란 그리고 지배계층 간의 분열뿐이었다.

신화사 통신, 베이징

현지시간 : 2001년 2월 22일 목요일 09 : 30
G M T : 2001년 2월 22일 목요일 01 : 30

  중국의 변화된 군사정책을 전하는 신화사 통신의 기사는 모호하기
짝이 없었다. 신문기사에 의하면, 중국이 첫 핵실험을 실시했던 날
인 1964년 10월 16일의 외교상 공식발표 내용을 최고위원회에서 재
평가한다는 것이다. 그런 다음 일곱 개의 원칙들을 나열했다. 첫번
째이자 가장 중요한 것은, 어떠한 경우라도 중국은 핵무기를 가장
먼저 사용하는 나라가 되지 않겠다는 것이었다. 기사에는 이렇게 쓰
여 있었다.

  '본토를 침략하려는 외세의 새로운 움직임 때문에 재평가가
필요했다고 한다. 서양 제국주의자들의 음모 속에서 인민해방군
의 장교와 병사들이 중국을 억누르려는 외국 세력에 의해 살해
되었다. 이런 일이 19세기에 일어났었다. 20세기에는 많은 중국
인들이 일본이나 미국, 영국, 프랑스 등 식민세력들의 노예로
살았다. 우리는 다시는 노예가 되지 않을 것이다. 가용할 수 있
는 모든 무기를 사용해서 모국을 보호해야 하는 것이 우리 중국

인들의 책임이다. 중국은 가난한 나라이다. 그러나 스스로를 보호할 능력도 있고 또 꼭 보호할 것이다. 마오쩌둥 주석이 말한 바와 같이 어떠한 나라든, 어떤 미사일, 핵폭탄, 수소폭탄이든…… 우리는 그들을 능가해야 한다. '

가부토 거리, 도쿄

현지시간 : 2001년 2월 22일 목요일 11 : 00
G M T : 2001년 2월 22일 목요일 02 : 00

신화사의 기사가 도쿄 증권 딜러들의 단말기에 속보로 떠오르자, 그들이 취한 즉각적이고도 동물적인 반응은 엔화를 매도하는 것이었다. 중국과 미국 간의 핵폭탄 교환에 대한 예상과 함께 일본도 역시 목표가 될 수 있다는 가능성 때문에, 일본의 엔화가 지탱할 수 있는 한도를 넘어선 것이었다. 엔화는 큰 폭으로 평가절하되어 달러당 10엔이 오른 178.6엔이 된 뒤에야 간신히 안정을 찾았다.

그러나 금융시장 종사자들은 핵에 의한 인류 공멸의 위협으로 인해 금융시장이 오랫동안 유지해 왔던 계산방식 자체가 변경되었다는 사실을 깨닫게 되었다. 거래가 아주 활발할 경우, 도쿄에서 체결되는 외환거래의 하루 총액은 대략 200억달러 상당을 상회한다. 그러나 그 날은 오전이 지나가면서 시장의 활기가 눈에 띄게 약해졌다. 그러던 차에 터진 엄청난 거래의 폭발이 실제로 전혀 거래가 없었다고 할 오랜 침묵의 시간에 종지부를 찍었다.

다미안 필립스는 거의 2억 6,000만달러에 달하는 고객의 예탁금을 깔고 앉아 있었다. 신화사의 발표가 있기 직전, 자오 장군은 외국 정보기관들의 도청 위험을 감수하면서까지 홍콩에 있는 필립스에게 전화를 걸었다. 그러나 단 두 단어만 뱉어 내고는 이내 끊어 버렸다. "일본 매수."

훠스트 차이나 증권이 일본의 대형 우량주식들을 선별적으로 매수하기 시작했을 때, 니께이 지수는 그야말로 자유낙하를 하고 있었다. 지수는 전날 5.5퍼센트가 떨어졌었다. 그런데 오늘 시초가도 5퍼센트가 떨어진 34,056포인트로 시작되었으며, 오전장이 진행되면서 점점 더 떨어지고 있었다. 필립스는 고객의 주문을 받았다. 노무라를 통해 거래하고 있는 훠스트 차이나 증권은 선별적인 종목을 대량으로 매수하기 시작했다. 그들은 발행 주식의 3퍼센트에 해당하는 닛본 오일을 매수했으며, 도요타의 1퍼센트, 마쓰시다의 4퍼센트 그리고 확인되지는 않았지만 약간의 소니 지분을 매수했다. 필립스는 자오 장군이 지시한 대로 처리했다. 그러나 일본 주식을 매수하는 데 사용한 자금은 환거래에서 취한 이익에 국한하고 있었던 것이다. 그는 또한 훠스트 차이나가 석유 거래로 벌어들인 10억달러 이상의 이익도 주식 대금으로 이용했다.

남중국해

현지시간 : 2001년 2월 22일 목요일 10 : 00
G M T : 2001년 2월 22일 목요일 02 : 00

중국 해군이 미해군 항공모함 〈해리 S. 트루만〉호가 이끄는 함대의 방어벽을 뚫고 들어가서 유도 미사일을 장착한 구축함 〈오스카 오스틴〉호를 격침시켰다. 그로 인한 미군의 사상자는 209명이었다. 파라셀 군도의 북동쪽으로 100킬로미터 떨어진 곳에 있던 중국 해군의 〈류 후아칭〉에서 발사한 함대함 미사일 선번 3발이 구축함을 강타했던 것이다. 〈류 후아칭〉은 기지를 떠난 지 12시간이 채 되지 않았었다. 곧이어 그들이 발사한 533밀리 어뢰 2대가 비틀거리는 배의 옆구리를 헤집고 들어가 폭발하면서 화염을 일으켰다.

모함인 〈해리 S. 트루만〉에서 공격기들이 긴급 발진하여 공대함 미사일과 레이저 유도 폭탄들을 중국 프리깃함에다 마구 퍼붓는 데 걸린 시간은 불과 몇 분도 채 걸리지 않았다. 그러나 하루 전날 우디 섬에서 그랬던 것처럼, 미국인들은 냉전시대의 소련 기술과 또다시 대치하게 되었다. 파도처럼 밀어닥쳤던 처음의 미사일과 폭탄들은 중국 프리깃함이 발사한 레이더 탐지 방해용 금속편에 유인되어 엉뚱한 곳으로 빗겨 나갔다. 반면에 호넷 3대가 함대공 미사일에 격추되었으나 한 명의 조종사도 탈출하지 못했다. 톰캣 2대도 역시 미사일에 맞았다. 한 대는 무사히 항공모함으로 귀환했으나, 다른 한 대는 바다에 곤두박질쳤다. 그러나 조종사는 뒤에 구조되었다.

호위 선박들이 생존자들을 구조하기 위해 〈오스카 오스틴〉호로 향하고 있는 동안, 전혀 탐지되지 않고 있었던 '로미오'급 잠수함 한 척이 미해군 급유선인 〈윌라메트〉호에게 직진어뢰 두발을 발사했다. 그 중 한 발만이 명중했으나 피해는 견딜 만한 것이었다. 선원 135명 중 10명이 죽었고 20명이 부상을 당했다. 〈페렐리우〉호를 공격했던 '밍'과 마찬가지로, '로미오'는 구조해역 밑으로 잠수해 들어갔다. 함장은 그곳이라면 적의 공격으로부터 안전하리라고 믿었던 것이다. 3시간 뒤, 〈류 후아칭〉호를 뒤에서 추적하면서도 발각되지 않았던 미해군 공격용 잠수함 〈샤이엔〉이 무선 유도 MK48 어뢰 3발을 발사했다. 그 3발 모두 프리깃함에 명중했으며, 배는 즉시 침몰했다. 〈윌라메트〉호를 공격했던 '로미오'는 무사히 도망쳤다.

백악관, 워싱턴, DC

현지시간 : 2001년 **2월 21일 수요일** 21 : 00
G M T : 2001년 **2월 22일 목요일** 02 : 00

대통령이 상원의원들에게 브리핑하기 위해 가벼운 저녁식사를 마련했으나, 신화사 통신의 급전이 도착하는 바람에 일찍 파하고 말았다. 브래들리 대통령은 국가 안보 보좌관 웨인스타인과 콜린 국방장관, 합참의장인 쿠너트, 국무장관인 길크레스트 등을 불러들였다. 대통령이 내놓은 현안은 연합군이 이제 본토에 있는 중국의 군사기지들을 공격해야 할 것인가 하는 것이었다. 그 중에서도 특히 핵무기를 감추고 있는 것으로 알려진 기지들부터 쳐야 한다는 의견들이 있었다.

쿠너트는 예로부터 내려오는 핵에 대한 격언을 인용했다. '핵을 활용하라, 그렇지 않으면 핵에 지고 말 것이다.' 계속 위협을 받게 된다면 어쩔 수 없이 핵병기고의 문을 활짝 열 수밖에 없다던 중국인들의 말은 어쩌면 단순히 그들 특유의 허풍에 불과할지도 모른다고 그는 말했다. 앞으로 12시간 내에 연합군이 남중국해를 점령할 수 있을 것이며, 중국은 군사력을 과시하려던 어떠한 열망도 잃게 될 것으로 그는 믿었다. 본토에 포격을 가하는 것은 그들의 자존심을 건드리며 창피를 주게 되기 때문에, 자칫하다가는 더욱 다루기 어려운 동물로 만드는 결과가 될 수도 있다. 국무장관은 1982년에 있었던 포클랜드 전쟁에서 아르헨티나 본토에 대한 공격 여부를 놓고 영국이 직면했던 정치적인 문제점들을 익히 알고 있었다.

"우리는 전세계에 퍼져 있는 화교사회로부터의 지지 기반을 잃을 수도 있습니다. 상황에 따라서는 현재 중립적인 위치를 지키고 있는 동남아시아 국가들이 반기를 들 수도 있습니다. 그것은 군사적인 실용주의라기보다는 하나의 상징적인 행위일 것입니다. 그들이 보유한 탄두 몇 개를 박살내는 것은 일도 아니겠지만, 발사할 수 있는 탄두는 다른 데도 얼마든지 있을 것입니다. 게다가 필수적으로 동반되는 민간인 사상자들의 사진을 텔레비전에 내보내면서 우리의 잔학성을 세계에 강변할 가능성도 있습니다. 실제로 민간인 사상자는 생길 수밖에 없으니까요."

대통령은 또한 미국의 궁극적인 정책 목표는 인도양과 태평양에 있는 무역항로를 지키고 미국 시민들의 목숨을 안전하게 보호하는 것이라고 말했다. 그런 목적은 달성될 수 있을 것이다. 베트남의 목표는 중국 공군이나 해군의 공격으로부터 자국의 영토를 보호하는 것이었다. 그렇기 때문에 그들은 중국 본토에 있는 군사기지를 공습하는 데 정당성을 부여하고 있었다. 그들은 이미 서방의 정보기관으로부터 도움을 받고 있었다. 단순한 추측이지만, 만약 군사 입안자들이 본토에 대한 추가 공격이 필요하다고 믿고 있다면, 그런 공격은 지역의 군사 강대국으로서 새로운 역할을 추구하고 있는 일본에 의해 수행될 가능성이 농후하다.

국가 안보 보좌관 웨인스타인은 중국의 주된 핵위협은 육로나 철도로 운송할 수 있는 이동 발사대가 될 것이라고 말했다. 그는 8×10 크기의 천연색 사진 두 세트가 들어 있는 서류철을 들고 왔는데,

선양(瀋陽)에서부터 중국 북부의 하얼빈까지 철길을 따라가며 찍은 사진들이었다.

하늘 위에서 지구를 내려다보는 미국의 능력은 아주 놀랄 만한 것이었다. 그리고 그런 사진들이 앞에 놓일 때마다 대통령은 섬뜩할 정도로 몹시 놀라곤 했다. 그것들은 지구에서 180에서 290킬로미터 떨어진 궤도를 돌고 있는 빅버드 위성들이 수집한 것이었다. 소형화된 로켓이기 때문에, 조작하기가 아주 용이한 위성들이었다. 위성들은 조그만 전자광학 탐지기가 여러 겹으로 배치되어 있어서, 영상 구성 시스템에 적합하도록 만들어져 있었다. 각 탐지기는 그것이 받아들이는 빛의 양에 상응하는 전자신호를 발생시키도록 되어 있다. 위성에 부착된 수천 개의 탐지기에서 수집한 정보들을 모두 종합하면, 낱개로는 별 의미 없었던 전자신호들이 그 밑에 있는 지형의 모습을 정확하게 그려낸다. 해상도는 보통을 훨씬 뛰어넘는다. 너무나 정교해서 사람들을 일일이 확인할 수 있을 정도인 것이다. 그 뿐만이 아니라 위성은 이를테면 미사일이나 지하 격납고, 잠수함, 군용기같이 사전에 지시된 그림만을 선별적으로 전송하도록 프로그램되어 있었다. 컴퓨터 화면을 검사하고 있던 어느 분석가가 특이한 지형상의 현상을 보다 자세히 보고자 원한다면, 위성은 즉시 반응한다. 빅버드 위성 내에 장치된 컴퓨터로 사진의 데이터를 1차 디지털화하고, 워싱턴 외곽의 국가 안전국에 있는 지상 수신소를 끊임없이 지향하는 지구 정지 궤도에 있는 중계위성으로 전송한다.

그날 저녁에 대통령이 받아 본 첫번째 사진들은 베이징 기준 시간으로 08시 48분에 촬영한 것들이었다. 두 번째 것은 15분 뒤인 09시 03분, 그리고 그 뒤로도 15분 간격으로 찍은 사진들이 속속 도착했다. 사진들은 컨테이너처럼 생긴 상자들을 싣고 있는 일련의 철도 차량들을 보여 주고 있었다. 컨테이너처럼 생기긴 했지만 그보다는 훨씬 더 길고 금속으로 만든 상자가 아닌 것이 분명했는데, 왜냐하면 뜯어진 한 상자의 앞쪽 끝으로 미사일의 탄두처럼 생긴 것이 삐져나와 있었기 때문이다.

"이것들은 이동식 발사대입니다, 각하." 마티 웨인스타인이 말했다. "이것들은 통상적인 훈련 패턴을 벗어난 곳으로 운송되고 있습니다. 랴오닝(遼寧)은 제2 포병연대의 80301부대가 위치한 기지로서 중국의 탄도미사일 프로그램을 지휘하는 연대가 있는 곳입니다. 우리 판단으로는 이 기차가 하얼빈을 향하고 있는 것이 틀림없습니다. 그러나 날이 어두워지는 바람에 그 열차를 놓치고 말았습니다. 날씨가 우리편이 아닌 모양입니다."

"이 발사대에서 미사일을 발사할 수는 있다는 건가?" 브래들리 대통령이 물었다.

"그들이 여러 개를 발사한다면, 적어도 한 개 정도는 성공할 것입니다. 그러나 다른 문제가 또 있습니다. 1995년 5월, 제2 포병연대는 현대적 미사일 발사진지 네트워크의 구축을 완료했습니다. 이 네트워크가 현재는 국토 전체에 넓게 퍼져 있습니다. 이 작업을 하는 데 15년이 걸렸으며, 중국의 영토를 방어하는 역할 때문에 중국인들은 만리장성 프로젝트라는 이름을 붙였습니다."

국가 안보 보좌관은 다른 서류철을 열었다. "이것들은 안후이(安徽) 지방의 황산(黃山)에 있는 제2 포병연대 기지로부터 옮겨온 트럭 발사용 미사일들입니다. 80302부대지요." 그는 서류를 뒤적여 다른 사진들을 찾아냈다. "여기에 윈난(雲南) 지방의 쿤밍(昆明)에 있는 80303부대로부터 온 트럭 발사 미사일이 더 있습니다. 그것들은 거의 틀림없이 베트남을 목표로 하고 있습니다. 그리고 이걸 보십시오. 북서쪽 사막지역의 시닝(西寧)에 있는 80306부대입니다. 이곳에서는 미사일을 숨기기가 더욱 어렵습니다. 숲도 없고 인공 구조물도 없는 지역입니다. 발사대는 야외에 있었는데, 여기 이 미사일의 앙각을 보십시오. 이것들은 언제라도 발사할 수 있는 상태이며, 서유럽의 어느 지역이라도 목표로 할 수 있습니다. 안후이에 있는 것들은 일본을 강타할 수 있습니다. 그들은 랴오닝에서도 일본이나 혹은 미국 대륙을 공격할 수 있습니다.”

“우리는 핵공격을 감당할 수 없어요.” 대통령이 말했다.

“그들이 배짱을 부리며 판돈을 올리는 것도 바로 그런 까닭입니다.” 국무장관인 질크레스트가 말했다. “그들은 우리의 생각을 너무나 잘 알고 있습니다.”

웨인스타인이 계속했다.

“중국인들은 해상 발사 능력도 보유하고 있습니다. 그러나 우리는 동태평양으로 향하는 ‘샤’ 잠수함을 침몰시켰습니다. 러시아가 제조한 킬로급 잠수함은 순항 미사일의 해상 발사 능력을 보유하고 있습니다. 유효 사거리는 2,500킬로미터나 됩니다. 실험은 사정거리 8,000킬로미터의 JL2 ICBM을 장착한 최신형 샤급 잠수함에서 수행되었습니다. 입수한 정보에 의하면, 잠수함은 다른 어느 곳도 아닌 바로 항구에 있습니다. 그러나 실험으로 아무런 결론도 얻지 못했습니다. 따라서 그것은 아직도 실전에 운용할 준비가 되어 있지 않다고 믿고 있습니다.”

“우리가 알고 있다는 사실을 그들도 알고 있소?” 대통령이 물었다.

“각하, 정보기관에 하고자 하는 첫번째 질문은, 우리가 왜 이런 사실들을 알아야 하느냐 하는 점입니다. 시닝에서는 자신들이 하고 있는 행위를 우리가 파악했다는 사실을 알고 있는 것이 거의 확실합니다. 그렇지 않다면, 그들이 벌건 대낮에 그것들을 밖으로 꺼낼 필요가 없을 것이기 때문입니다. 중국인들은 언제나 자신들의 의도를 공개적으로 발표합니다, 각하. 그들은 언제라도 우리에게 핵무기를 사용할 것이라고 말하고 있습니다."

대통령이 쿠너트를 돌아보았다. "아놀드, 귀하에게 그들의 핵병기고를 폭파하라고 한다면 어떻게 하시겠소?"

"주 목표물은 선양, 하얼빈 그리고 옌벤(延邊)의 북쪽에 있는 제2 포병연대가 될 것입니다. 단순히 거리만을 고려할 때, 그곳이 바로 발사가 이루어질 장소로 판단됩니다. 저는 또한 난징(南京), 광저우(廣州), 청두(成都) 등의 군사지역도 목표로 삼고자 합니다. 이런 임무를 효과적으로 수행하기 위해서는 상당한 화력이 필요합니다. 공격은 동시다발적으로 이루어져야 하며, 그렇게 하더라도 중국의 병기고를 완벽하게 박살낼 수 있다는 보장은 그 어디에도 없습니다. 그들로 하여금 핵무기의 사용을 단념토록 하는 유일한 방법은 우리가 먼저 중국에 대해 핵공격을 감행하는 것입니다, 각하. 그러나 솔직히 말해서, 중국인들의 사고방식을 조금이라도 알고 있다면 그런 방식으로 해결할 문제가 아님을 알 것입니다. 미국에게 패배하기보다는 차라리 그 전에 나라 전체를 자신들 손으로 철저히 파괴해 버리겠다는 것이 지금 그들의 생각이라고 믿습니다."

대통령 집무실, 서울, 한국

현지시간 : 2001년 2월 22일 목요일 11 : 00
G M T : 2001년 2월 22일 목요일 02 : 00

서울은 연기와 불길에 휩싸여 있었다. 김 대통령은 직통전화로 걸려 온 제이미 송의 전화를 받고 있었다.

"우리가 그들을 끝장냈습니다." 중국의 외무장관이 영어로 말했다. "몇 시간 내에 김정일과 그의 직속 수행원들이 중국을 공식 방문할 것이라는 성명서가 신화사 통신을 통해 발표될 예정입니다. 우리는 그들을 불러들이기 위해 평양으로 특수부대를 급파했습니다. 공항에서 전투가 있었고, 우리가 보낸 첫 비행기는 파괴되었습니다. 그러나 북한의 일부 군부대들이 이제 우리편으로 돌아섰습니다. 주석궁을 지키는 군대는 무력화되었습니다. 김정일은 우리의 철저한 감시 아래 국경 너머 옌지(延吉)에 감금되어 있습니다. 평양에서는 새로운 정부의 구성을 선언하는 성명을 발표하게 될 것입니다. 물론 수시간 내에 일어날 상황은 아닙니다."

"현재 취하고 있는 공격은 어떻게 하면 좋겠습니까?" 대통령이 말허리를 자르고 물었다.

"지금 평양에서 권력을 쥐고 있는 친구들에게 공격을 중단시킬 권

한이 있는지 여부는 우리도 전혀 알 수 없습니다. 그 문제라면 각하
께서 스스로 판단하실 수밖에 없을 것입니다. 그리고 한 가지 말씀
드릴 것이 있는데, 일단 휴전이 성립되면 미국인들을 한 달 내에 철
수시키도록 조치하시기 바랍니다."

　　조종수가 우울증으로 광기를 부리기라도 했는지, 북한의 T-62 탱
크 한 대가 비무장지대를 우회하더니 초소 하나를 그대로 깔아뭉개
며 곧장 남한의 진지를 향하여 돌진했다. 연합군이 대전차 미사일로
그 돌진을 막았다. 그러자 북한의 대포들이 맹렬하게 포화를 퍼부었
다. 캠프 그리브스에서 터진 폭탄으로 4명의 미군이 죽었고 여섯 명
이 부상을 당했다. 미군 헬리콥터 5대가 사망자와 부상자, 생존자들
을 데려가려고 캠프로 들어왔는데, 그 중 2대는 로켓포와 중기관총
으로 주위에서 엄호를 했다. 뒤이어 북한의 T-62 4대가 울타리를 부
수고 진입했을 때, 캠프 그리브스는 이미 텅 비어 있었다. 북한의
포병부대들은 남한의 비행기와 전함 그리고 지상의 진지에서 쏘아대
는 유도폭탄과 미사일에 의해 파괴되었다. 북쪽 평양으로 이어지는
고속도로는 타 버린 자동차와 장갑차들의 잔해로 쓰레기장이 되어
버렸다. 땅 속의 터널이나 땅굴에서도 성난 화염이 이글거리고 있었
다. 그러나 10년 전에 있었던 걸프전 때의 사담 후세인의 공화국 수
비대와는 달리 북한의 군사 장비들을 무력화시키는 데는 훨씬 더 많
은 공격을 퍼부어야 했다.

　　수만 명의 군인들이 남으로 밀려들었다. 일부는 들판을 가로질러
달렸다. 처음에는 군사분계선을 통과하려다가 남측에서 쏘아대는 기
관총에 의해 볏단처럼 쓰러지기도 했고, 매설된 지뢰가 터지면서 날
아가기도 했다. 수년간에 걸쳐 파 놓은 채 아직 한 번도 사용한 적이
없는 수십 개의 땅굴을 이용하여 수많은 북한군이 무더기로 남하했
다. 소대 규모의 병력을 실은 호버크래프트들이 40노트의 속력으로

남하하면서 상륙하기에 적합한 곳만 있으면 병력을 상륙시켰다. 병력 수송용 안토노프 비행기에서는 남한 내에 낙하산병들을 투하했다. 하늘에서 내려오는 동안 수백 명이 총알을 맞았다. 병력을 가득 태운 비행기들이 공중에서 폭파되기도 했다.

오후 일찍, 북한의 육로 공세가 최고조에 이르자, 보니페이스 요새는 포기해야 할 것처럼 보였다. 북한의 특공부대 하나가 외곽의 엄폐호 속으로 침투하자, 모래주머니를 쌓아 놓은 방어시설에서는 백병전이 벌어졌다. 그러나 미국인들이 헬리콥터의 화력을 이용하여 진지의 주위에 방호 경계선을 쳤으며, 곧이어 남한군과 미국군으로 이루어진 병력의 통렬한 반격으로 북한군의 첫 공격의 물결은 멈추었다.

평양방송이 북한의 정권교체를 발표했을 때까지도 사소한 접전은 계속되고 있었다. 새로운 북한 지도층은 방송을 통해 사격중지 명령을 내렸다. 그런 소식이 알려진 지 한 시간 내에 중국 군용기인 보잉 737 한 대가 북측 경계선 근처에서 남한의 F-16 전투기들의 엄호를 받으며 평양으로 향했다. 앞장서서 남한으로 밀려 내려왔던 북한군들은 갈피를 잡지 못해 혼란에 빠졌다. 그들은 얼마 지나지 않아서 지휘관이 사라진 것을 알게 되었다. 몇 시간이 흐르는 동안, 전방 진지에서 포로로 잡힌 상당수의 북한군이 적군에서 유엔의 보호 아래 피난처를 찾는 농부나 난민으로 바뀌었다.

평양 근처의 한 공군기지에서는 북한의 군인들이 비행기에서 내리는 중국군과 한국군 장교들을 영접하고 있었다. 중국의 참관 아래 황폐하고 난방도 되지 않은 건물에서 임시 약정서가 서명되었다. 이 건물은 나중에 판문점 주위의 건물들처럼 유명해졌다. 사진은 관계자들이 커다란 군용 코트에 얼굴을 가린 채 서류에 서명을 하는 모습을 보여 주고 있었다.

그 약정서는 한반도가 두 개의 시스템을 갖은 단일국가로 통일되는 것으로 기술하고 있었다. 38선을 따라 그어진 군사분계선은 그대로 유지될 것인데, 남한이 자칫 일시에 몰려든 피난민들로 넘치는 것을 막기 위한 조치였다. 두 개의 통화가 동시에 사용될 것이다. 그러나 국경은 무역이나 투자에 개방될 것이며, 점진적인 과정을 통해서 두 개의 사회와 정부는 완벽하게 통합될 것이다. 위대한 지도자 김일성의 기념비는 파괴되지 않고 그대로 둘 것이며, 그의 주체사상 또한 다치지 않을 것이다. 그러나 김정일의 기념비 몇 개는 제거될 것이며, 김정일 자신은 옌지(延吉)에 있는 한 이름 없는 가옥에 연금될 것이다. 드래곤 스트라이크 위기가 지나고 나면, 통일을 축하하는 합동 군사의식이 평양과 서울에서 열릴 것이다. 약정서의 마지막 조항은, 일단 참된 평화가 되돌아오면 서울과 평양은 모든 외국군대에게 한반도 철수를 요청하기로 명시되어 있었다.

캐피털 공항, 베이징

현지시간 : 2001년 2월 22일 목요일 10 : 00
G M T : 2001년 2월 22일 목요일 02 : 00

미국 군용기인 보잉 707기가 중국의 영해로 들어서자마자, 4대의 선양(瀋陽) J-6C 파머 공중전용 전투기가 포위하듯 에워쌌다. 이 낡아빠진 비행기들은 소련의 MIG-19기를 복사한 것으로, 그들이 입수한 설계도면은 자그마치 1960년대로 거슬러 올라간 옛날의 것이었다. 남중국해에서 활약하고 있는 미국의 톰캣과 비교하면, 이 비행기들은 상대도 되지 않을 것이다. 전쟁으로 인해 미국인, 영국인 그리고 중국인들이 목숨을 잃었기 때문에, 중국의 전투기 조종사들은 보잉을 인도하여 베이징의 캐피털 국제공항에 무사히 착륙할 때까지 주위에 머물러 있었다. 이 비행기가 공항에 있는 유일한 외국 항공사 소속 비행기였다. 모든 민간 항공기들은 지난 48시간 동안 모두 중국에서 떠났다. 중국의 유일한 민간 항공기들도 기착해 있거나 병력수송에 사용되고 있었다.

리스 오버할트는 처음에 시애틀에서 도쿄로, 다음에는 베이징으로 비행기를 타고 오면서도 베이징 공항의 승객용 터미널이 이토록 빨리 군사용으로 전환되었을 줄은 상상치 못했다. 활주로 주위의 먼지

투성이 들판에 있는 대공화기 진지들도 평시에 덮고 있던 위장막을 벗겨내고 본격적인 전투태세를 갖추고 있었다. 불과 일 주일 전에 유나이티드 항공이나 브리티시 항공의 보잉 747기들이 차지했을 자리에 수호이 SU-24 펜서-C 전천후 지상 공격기와 선양 J-6C기들이 세워져 있었다. 에어 차이나 소속의 보잉 747 두 대가 터미널 주 건물의 비행기와 터미널을 연결하는 공중통로에 접안되어 있었다. 오버할트가 탄 비행기가 멈추어 선 곳도 바로 이 터미널이었다. 그가 비행기에서 내리는 동안, 수백 명의 중국군이 떼를 지어 주위에서 서성거리고 있었다. 베트남과의 국경으로 떠나기 위해 탑승을 기다리는 군인들이었다.

미국 대사관 직원들이 공항 내 원형의 안내 데스크 근처에서 오버할트를 맞았다. 그는 홀로 향하는 널따란 복도를 따라 걸으면서 훠스트 클래스 라운지에 장교들이 모여 있는 것을 보았다. 전쟁을 시작하고 있는 이 나라 공항의 넓은 홀에는 군화 소리와 무기들이 부딪치며 내는 소리가 메아리치고 있었다. 이민국과 세관 데스크에는 아무도 없었다. 불과 일 주일 전만 해도 호텔 전용 차량들이나 택시들이 몰려 있던 공항 밖에도 개인화기를 지참한 군인들이 경계를 서고 있었다.

베이징 시내로 들어가는 공항 고속도로의 양편에도 군인들의 검문소가 있었다. 대사관의 링컨 컨티넨탈이 검문소에서 속력을 줄였다가 이내 통과했다. 중국의 전투기 편대가 굉음을 내며 그들의 머리 위로 이륙하더니, 황해와 동중국해에서 일본과 맞서기 위해 출격했다.

남중국해

현지시간 : 2001년 2월 22일 목요일 10 : 15
G M T : 2001년 2월 22일 목요일 02 : 15

영국 해군의 〈아크 로얄〉호가 이끄는 영국과 영연방 합동 전투함대는 무엇보다도 중국의 게릴라식 잠수함 공격에 대비하여 스스로를 방어해야만 했다. 〈아크 로얄〉과 호송 선단이 스프랏틀리 군도를 정찰하던 중국의 '로미오'와 '밍' 잠수함들이 쳐 놓은 네트워크에 걸려들었다. 각 잠수함의 함장들은 통제지역 내에 들어온 여하한 선박이라도 공격하라는 지시를 받고 있었다. 디젤과 전기를 연료로 하는 이 잠수함들은 목표물들이 가까이 다가오기를 숨죽이고 기다렸다. 〈아크 로얄〉호의 선장은 그의 일지에 그것은 마치 적들이 숨어서 기다리는 정글, 저격병들이 언제라도 공격할 수 있는 그런 정글 속을 정찰하는 것 같았다고 썼다.

'게릴라들이 정글에서 전투하는 영화를 본 기억이 떠올랐다. 유일한 차이점이 있다면, 우리는 푸른 하늘과 활짝 트인 수평선뿐인 망망 대해에 있다는 것이다. 주위는 소름이 끼칠 정도로 텅 비어 있었지만, 우리는 적들이 우리 밑에 숨어 있다는 것을 알고 있었다. 우리 배 한 척을 잡는 데 그들 배를 세 척이나 열 척까지를 잃는다 해도, 그들은 전혀 개의치 않으리라는 것도 우리는 알고 있었다. 우리의 적들은 맨발로 덤비는 마오쩌둥의 잠수함들이었다. 우리는 디지털화된 나토의 해군이다. 우리는 그들 중 몇을 찾아냈다. 그러나 그들 대부분은 우리의 기술을 비웃기라도 하듯 저격병들처럼 숨어 버렸다. 우리를 공격하려는 것이 틀림없는 어뢰의 움직임 같은 것을 감지한 것도 바로 그 때였다. 그러나 그런 움직임을 감지할 때쯤이면, 대체로 방어하 거나 피하기에 너무 늦다는 것도 알고 있었다. 모든 것이 끝나 고 났을 때, 비록 적이지만 나는 해군 장교로서 그들의 용기와 대담성에 경의를 표해야 한다고 느꼈다.'

맨 먼저 공격을 받은 것은 영국 해군의 〈리버풀〉호였다. 어뢰는 선체의 3미터 밑에서 폭발했다. 이 폭발로 기관실이 파괴되었고 23 명이 죽었다. 그런 뒤 후미에 또 하나의 직격탄이 명중했다. 처음 충격으로 5명이 즉사했다. 배가 가라앉기 시작했을 때는 17명이 추 가로 목숨을 잃었다.

30분쯤 뒤, 영국 해군의 공격용 잠수함인 〈트라이엄프〉호의 선원 들은 중국군이 연속으로 발사한 3발의 어뢰를 모두 피했다. 함장은 처음에는 속력을 급히 올렸다가 다음에는 방향을 선회하면서 속력을 갑자기 떨어뜨렸던 것이다. 그가 이런 결정을 내릴 수 있었던 것은 부분적으로 중국군이 발사한 어뢰들이 미해군의 〈페렐리우〉호를 격 침시켰던 것과 동일한 유형일 것이라는 추측 때문이었다. 즉, 재래 식 어뢰들이기 때문에 상대의 대응책에 따라 진로를 수정하지 못한 다고 판단한 것이다. 몇 분 뒤, 그에게 '로미오'의 좌표가 전달되었 다. 곧 이어 무선유도 어뢰인 스피어피쉬 한 발이 '로미오'를 찾아가 격파했다.

〈아크 로얄〉에서 발진한 메를린 헬리콥터들이 자동 전파 발신 부표들과 스팅그레이 어뢰를 이용하여 남아 있는 잠수함들을 명중시켰다. 호주 해군의 콜린스급 잠수함인 〈랜킨〉호가 중국의 잠수함들과 똑같은 방법으로 싸울 수 있는 유일한 선박이었다. 〈랜킨〉호는 중국인들의 전술을 그대로 적용하여, 때로는 조용히 해저에 앉아서 무작정 기다렸다. 그렇게 기다리던 〈랜킨〉의 함장은 적 잠수함 2척을 더 잡아낼 수 있었다. 이로써 제2차 세계대전 이후로 잠수함 중에서는 최고로 높은 피격침률을 기록할 수 있었다. 그는 영웅이 되어 다윈 해군기지로 귀항했다.

할리우드, L.A, 캘리포니아

현지시간 : 2001년 2월 21일 수요일 19 : 00
G M T : 2001년 2월 22일 목요일 03 : 00

　백악관이나 펜타곤 혹은 국무성으로부터도 아무런 공식적인 발표가 없었다. 그러나 위성사진들이 대통령의 책상에 도착한 지 한 시간도 채 못 되어, CNN 방송에서는 곧 발발하게 될지도 모르는 핵공격에 대한 기사를 흘리기 시작했다. 언제나 파격적이고 참신한 뉴스로 정평이 있던 CNN은 기존에 편성된 프로그램들까지 포기하고 이 보도를 다루었던 것이다. 그러자 경쟁 방송사에서도 CNN의 흉내를 내기 시작하더니 곧 모든 채널이 미국 전역에 있는 특파원들로부터 입수한 생생한 기사와 분석가들의 해설을 혼합하여 방송했다. 그 충격은 가히 한기가 느껴질 정도였다. 중국으로부터의 위협이 토론의 주제였으나, 곧 미국 자체 내에 잠재해 있는 위협으로 주제가 재빨리 선회했다. 국내의 방위 병력이 제어력을 유지할 능력이 있는가에 대한 추측으로부터 의료 시스템이나 통신, 운송 그리고 금융기관 등에 대한 충격으로 옮겨갔다.

　"만약 지금 핵폭탄이 미국을 강타하는 사태가 발생한다면, 정부의 기간시설이 이를 통제할 수 없을 것이라는 말입니까?" 한 앵커가 물었다. 그러자 한 시사 해설가가 대꾸했다.

"내가 말하고자 하는 것은, 사람들은 필히 현금을 보유하고 있어야 하며, 찬장에는 충분한 식량을 그리고 자동차에는 휘발유를 가득 채우고 최신형 구급약 상자를 비치해야 한다는 것입니다. 어느 누구도 자신의 가족 이외에는 돌볼 여력이 없을 테니 말입니다."

폭동에 불을 붙이는 것이 무엇인지 어느 누구도 자신 있게 말할 수는 없겠지만, 방송이 가장 가능성 있는 대답이 될 것이다. 드래곤 스트라이크 작전과 공식적으로 연계된 첫번째 약탈행위는 할리우드에 있는 한 식품상점에서 발생했다. 한 여자 목격자는 차를 타고 가다가 괴한들이 사격을 가하고 상점에서 두 블록 떨어진 좁은 골목으로 도망치는 것을 보고 단순한 테러행위로 생각했다는 것이었다. 그런데 공격자들은 자동소총과 펌프질로 압축하는 산탄총을 쏘아대며 바닥에서 천장까지 이르는 대형 유리 진열장을 박살내 버렸다. 그런 뒤 스테이션 왜건을 보도 위까지 후진시키더니 적재함에 식품들을 마구 실었다. 그들은 허공에 대고 총을 쏘며 쏜살같이 사라졌다. 경찰의 기록에 의하면 사건 발생시간은 19시 17분이었다. 자정이 될 때까지 전국에 있는 병원이나 주유소 그리고 슈퍼마켓에서 무차별적으로 약탈행위가 감행되었다.

백악관, 워싱턴, DC

현지시간 : 2001년 2월 21일 수요일 22 : 30
G M T : 2001년 2월 22일 목요일 03 : 30

중국 대사 장후아는 품위를 대단히 중시하는 남자였으며, 결코 지치는 법도 없이 다른 사람에게 그런 사실을 일깨우고 있었다. 그는 대통령 집무실로 거침없이 들어갔다. 교통체증 때문에 다소 늦어서 미안하다는 말은 했지만, 이렇게 늦은 시간에 백악관으로 호출한 점에 대해서는 전혀 언급치 않았다. 대통령이 외교적인 의례를 생략하고 단도직입적으로 그를 대했지만, 대사의 침착한 태도는 전혀 흐트러지지 않았다.

"빌어먹을, 당신네 정부에서는 도대체 무슨 짓을 하고 있는 거요?" 대통령의 첫마디였다. 그는 위성사진 정보들이 담긴 서류철을 대사가 서 있는 앞의 커피 테이블 위로 집어던졌다.

방 안에 있는 다른 사람들은 모두 서 있었다. 대사는 거의 30초 동안을 아무런 대꾸나 표정의 변화 없이 가만히 서 있다가 마침내 이렇게 대답했다.

"대통령 각하께서 무슨 말씀을 하시는지 저로서는 알 수가 없습니다."

대통령이 퉁명스럽게 대꾸했다.

"바보 노릇은 그만해요, 대사. 이 사진들을 보면, 중국의 미사일들이 미국 공격을 준비하고 있지 않소."

대사는 발을 바꾸어 다시 고쳐 섰다.

"그렇지 않아도 중국 정부는 어떠한 예측 불가의 사건에도 만반의 준비가 되어 있다는 말을 각하께 전하라는 본국 정부의 지시를 받았습니다. 미국이 뻔뻔스럽게도 중국 인민들의 이익에 반하는 반역집단의 분열주의적인 행위를 지원하고 있다는 사실을 지적하지 않을 수 없습니다. 양해하시겠지요? 각하께서는 우리의 적들에게 최신의 세련된 무기들을 판매해 왔으며, 우리 정부를 전복시키려는 자들에게 피난처를 제공해 왔습니다. 그렇기 때문에, 미국이 패권주의적 발상으로 저지른 내정간섭이나 정부의 전복 기도, 영토의 강제점령 같은 무례한 행위를 응징하는 것이 절대적으로 필요하다고 본국에서는 믿고 있습니다. 육군, 해군, 공군의 전 장교와 사병들은 왕평 동무와 중국 공산당 중앙위원회의 지시를 기다리고 있으며, 어떠한 명령도 수행할 만반의 준비가 되어 있습니다."

"대사, 지금 당장 대사관으로 돌아가서 왕 주석에게 전화를 걸어서 미사일들을 즉시 해산시키라고 말하시오. 발사할 움직임이 보이기만 하면, 우리는 중국을 흔적도 없이 날려 버리겠소."

SSBN 영국 해군 〈벤전스〉호, 추크츠 해, 북극권

현지시간 : 2001년 2월 21일 수요일 16 : 45
G M T : 2001년 2월 22일 목요일 03 : 45

밴가드급 전략 탄도 미사일을 탑재한 영국 해군의 핵잠수함 〈벤전스〉호의 사령관은 핵미사일 발사에 대비하라는 지시를 받고 있었다. 만년설 빙하 밑에서 정찰활동을 하던 그의 잠수함으로 극저주파(極低周波) 무선 메시지가 얼음을 뚫고 전해졌던 것이다. 북극 주위의 이 해역에서는 북반구에 있는 어떠한 목표물이라도 사정거리 내에 둘 수 있다. 냉전시대에는 소련과 나토의 잠수함들이 함께 뒤엉켜서 서로 잡고 잡히는 고양이와 쥐 게임을 했던 곳이기도 하다. 그 지역에는 중국 잠수함이 단 한 척도 없다는 것을 알고 있는 영국 해군 〈벤전스〉호는 여유 있고 호사스럽게 임무를 수행하고 있었다. 중국군에게는 얼음 밑으로 잠수할 능력이 없었으며, 잠수함 승무원들도 실질적으로 냉해에서 훈련을 받아 본 적이 없었다. 〈벤전스〉는 트라팔가급 공격용 잠수함인 〈트렌찬트〉호의 경비를 받고 있었는데, 그 잠수함의 음파 탐지병들은 러시아제 타이푼급 전략 미사일을 탑재한 잠수함과 아쿨라급 공격용 잠수함의 동태를 계속 주시하고 있었다. 아쿨라는 발사준비를 하기 위해 이동하는 〈벤전스〉의 뒤를 따랐다. 작전 지휘실에서는 컴퓨터가 러시아제 선박들을 자동적으로 분류하여 적군의 명단에 올려 놓고 있었다.

한 시간이 채 못 되어, 사령관은 트라이던트-11(D5) 미사일을 발사하기 위해 필요한 공간인, 얼음에 둘러싸인 해면 혹은 빙호(氷湖)를 발견했다. 그가 취한 행동이라고는 무기 엔지니어와 함께 확인을 하는 것이었다. 그들은 핵무기 발사에 필요한 열쇠를 나누어 갖고 있었다. 각 미사일의 끝에는 3단계로 된 고체연료 로켓이 부착되어 있었으며, 100킬로톤짜리 탄두에 8개씩의 MIRV가 장착되어 있었다.

중국의 위성들은 실제 발사 15초 전부터 발사 사실을 탐지할 수 있다. 어뢰실의 문을 열기 위해 잠수함이 수면으로 부상하면서, 주위의 물이 솟아오르고 흰 거품이 발생하는 것으로 알 수 있는 것이다. 발사 4초 전에는 바닷물이 격렬하게 부풀어오르기 시작할 것이다. 그리고는 마치 청천 벽력이라도 치는 것처럼 우르릉거리는 소리가 나기 시작한다. 주위의 바다는 온통 사나운 격랑에 휩쓸리게 되고, 물보라와 화염, 거품 등이 한데 어우러진 속에서 미사일은 바닷물을 헤치고 솟아올라 5,000킬로미터쯤 멀리 떨어진 목표를 향하게 될 것이다.

첫번째 미사일은 베이징에 있는 '희망 제로 지점(DGZ)-1'을 폭격하도록 프로그램되어 있었다. 냉전 중에는 첫번째 핵탄두의 정확한 폭격 지점인 DGZ-1은 붉은 광장의 레닌 무덤이었다. 중국에 있는 DGZ-1의 좌표는 동경 116도 23분 35초와 북위 39도 53분 58초, 즉 톈안먼 광장에 있는 마오쩌둥의 대영묘였다. 동시에 발사될 또 하나의 미사일이 동경 116도 22분 40초와 북위 39도 54분 25초 지역인 중난하이의 남쪽 구역을 파괴할 것이다. 그리고 동경 116도 14분 50초와 북위 39도 55분 45초 지역인 베이징 서쪽의 톈쿤 루에 있는 공산당의 군량미 비밀 공급로를 폭격할 것이다.

목표의 좌표는 코드화되어 미사일 컴퓨터 내부에 프로그램되어 있었다. 그래서 심지어 발사단추를 누르는 사람까지도 그것들이 어디로 향하고 있는지 몰랐다.

영국 해군 〈트렌찬트〉호의 함장은 러시아제 잠수함과 안전한 거리를 유지하기 위해 배의 주 통풍구를 회전시키고 하수탱크를 채워 영국의 존재 이유를 명확히 했다. 〈아쿨라〉의 함장은 샤크 질 잠수함 음파 탐지기를 통해 물결파를 전송함으로써 알았다는 회신을 보냈다. 러시아 인들은 구경만 할 뿐 간섭은 하지 않았다. 수면과 가까운 곳에서는 〈벤전스〉호가 극저주파 무선을 추적했다. 선원은 발사 지시만을 기다렸다.

미 항공사령부, 피터슨 공군기지, 콜로라도

현지시간 : 2001년 2월 21일 수요일 21 : 00
G M T : 2001년 2월 22일 목요일 04 : 00

모든 전략적 정찰결과 및 첩보위성에서 보내는 신호들은 미항공사령부로 집결된다. NAVSTAR(핵폭발 탐지 시스템 위성) 내에 장착된 센서들이 작동되고 있었다. 그린랜드의 술리나 영국의 후라잉데일 무어에 있는 탄도 미사일 조기 경보 시스템에서 얻은 데이터들도 매초 단위로 관찰되었다. 터키, 이태리, 디에고 가르샤 및 미국 전역에 있는 관측소의 레이더에 비상경보가 떨어졌다. 매사추세츠나 조지아, 텍사스 그리고 캘리포니아의 초대형 조기 경보 위상 단열 레이더망에서는 5,000킬로미터 이상 떨어진 곳에 있는 물체도 추적할 수 있었다. 그 이외에도 태평양의 콰자레인 아톨과 대서양의 영국령 어센션 섬, 카리브 해의 안티구아, MIT공대의 링컨 실험실 등에서도 또 다른 레이더들이 작동되고 있었다.

영국 해군의 〈벤전스〉와 마찬가지로 미국의 전략 미사일 잠수함들인 오하이오급 〈네브라스카〉와 〈루이지애나〉— 각각 북태평양과 남태평양에 있는—그리고 남극의 만년설 밑에 있는 〈로드 아일랜드〉의 함장들도 역시 트라이던트의 발사에 대비하도록 지시를 받았다.

터키와 이태리, 괌 그리고 일본에서는 미공군의 B2 스텔스 폭격기들이 핵유도탄을 탑재하고 있었다. 두 개의 미국 항공모함 함대에서는 대부분 200킬로톤짜리 탄두가 부착된 토마호크 순항 미사일의 발사 준비를 완료했다. 중앙 아메리카의 사막에는 기술자들이 대륙간 미사일 피스키퍼와 미니트맨Ⅲ를 25미터 깊이의 격납고에 대기시켜 놓았다. 개폐식으로 된 강철 뚜껑으로 덮인 격납고였다. 격납고들은 최소한 6킬로미터씩 서로 떨어져 있었고, 이는 직접적인 화기에 인한 피해를 최소화하기 위한 것이었다. 지역의 통제본부는 18킬로미터 떨어진 곳에 있었으며, 공수 특공부대 요원들이 적의 침투를 대비하여 상공을 순찰했다. 미니트맨이나 피스키퍼는 331킬로톤급 W-78 핵탄두를 장착하고 있었으며, 거의 1만 2,000킬로미터 떨어진 곳의 목표물을 명중시킬 수 있을 정도로 정확성을 자랑했다. 10개의 각기 다른 탄두들과 1초에 200만번의 계산을 동시에 수행할 수 있는 컴퓨터 시스템을 장착한 피스키퍼는 ICBM 프로그램의 제일선 방어 위치를 미니트맨으로부터 물려받았다.

미국이나 유럽의 미사일들은 베이징, 상하이, 다롄(大連), 청두(成都), 하얼빈 그리고 셴양(瀋陽) 등의 주요 도시를 폭격하도록 프로그램되었다. 광둥(廣東)은 목표물에서 제외되었는데, 자칫 낙진이 홍콩에 미칠까 두려웠던 것이다. 지아멘(廈門)과 푸저우(福州)도 대만과 인접해 있다는 이유로 사정권에서 벗어났다. 칭다오(靑島)에 있는 북해함대 본부, 닝파(寧波)에 있는 동해함대 본부, 잔지양에 있는 남해함대 본부도 하이난도의 공군기지 및 잠수함 기지와 함께 파괴될 것이다. 이렇다 할 또 다른 목표물들 중에는 다롄과 칭다오에 있는 해군사관학교, 우한(武漢)의 엔지니어링 대학과 난징 해군 참모대학 등이 포함되었다. 폭격의 목적은 인민해방군과 중국 공산당을 궤멸시키는 것이었다.

도쿄

현지시간 : 2001년 2월 22일 목요일 13 : 30
G M T : 2001년 2월 22일 목요일 04 : 30

　일본의 모든 텔레비전 채널에서는 핵실험 장면을 천연색 그래픽을 이용하여 설명했다. 많은 사람들이 귀가하는 길에 가전제품 대리점 앞에 모여 서서 이를 지켜보았다. 공항이나 버스 터미널, 지하철역에 설치된 대형 스크린에서는 오키나와로부터 4대의 중거리 탄도탄이 발사되는 광경과 토마호크를 본떠서 중국이 제작한 지세 추적 순양 미사일 4대가 남중국해에서 남쪽으로 1,000킬로미터 떨어진 곳에 있는 콘고우급 구축함 〈미오코〉와 〈키리시마〉로부터 발사되는 광경을 보여 주고 있었다.

　순양 미사일 2대와 탄도 미사일 2대가 베이징에서 120킬로미터밖에 떨어지지 않은 중국 해안의 항구도시인 텐진(天津)에서 3킬로미터 떨어진 곳에 떨어졌다. 또 다른 탄도 미사일이 잔지양 남부 해군 기지 바로 앞바다에 떨어졌으며, 네 번째 것은 상하이 근처의 양자강 어귀에 떨어졌다. 순양 미사일 한 대는 하이난도의 유린 공군기지 근처 해안에 떨어졌다. 그리고 마지막 것은 해협을 사이에 두고 대만과 마주하고 있는 번영하는 항구도시 지아멘(廈門) 근처의 바다를 목표로 하고 있었다. 그러나 그 어느 것에도 탄두가 달려 있지는 않았다.

　텔레비전 시사 해설가는 더 많은 그래픽의 도움으로 미사일 실험을 핵실험과 결부시키면서, 이제 일본이 어떻게 세계적인 군사강국임을 확인했는지 설명했다. 일본이 적국을 향해 발사할 수 있는 탄두의 단순한 숫자는, 그 중 일부가 아무런 저항 없이 목표물에 도착할 수 있다는 사실을 간접적으로 확인하고 있었다. 전체 일본인들은 그날 하루 종일 축하를 했다. 핵실험을 비난하는 성명을 내는 서방의 강대국은 전혀 없었다.

미국 대사관, 베이징

현지시간 : 2001년 2월 22일 목요일 13 : 00
G M T : 2001년 2월 22일 목요일 05 : 00

대사의 공용차인 링컨 컨티넨탈의 엔진이 소리 없이 돌아가면서 오버할트를 외무성으로 데려가고 있었다. 히터를 가동하여 실내는 따듯했다. 운전사가 차에서 내려 녹슨 철문으로 걸어가서, 베이징 외교구역의 가로수가 양쪽으로 늘어선 좁은 길에서 들려오는 소리가 학생들의 시위 때문인 것을 확인했다. 30여 년 전에 문화혁명이 있은 이래, 그는 중국에서 이런 광경을 한 번도 본 적이 없었다. 현지에서 고용된 대부분의 대사관 직원들은 대사관 밖으로 나와 시위 군중의 구호를 들으면서, 마오주의자들의 조종으로 그토록 많은 친구와 친지들을 죽음으로 내몰았던 끔찍스러운 폭력을 떠올리고 있었다.

잔디가 넓게 깔려 있고 키가 큰 푸른 단풍나무와 전나무들이 심어져 있는 관내에 사람들이 가득 차기 시작했다. 시위 군중이 가까이 다가오고 있었지만, 미국인들이나 중국인들 모두 나란히 서서 말없이 지켜보기만 했다. 건물 자체는 미사일이나 수류탄 공격으로부터도 보호할 수 있도록 콘크리트 방호벽으로 둘러싸여 있었다. 해군

하사관이 정문 안에 추가로 병력을 배치했다. 대사관에 들어오기 위해 줄지어 서 있던 소수의 사람들이 슬며시 사라졌다. 근처 시장에 있던 외국인 쇼핑객들도 서둘러 피신했다.

시위의 주동자는 공산당의 정신적인 고향이라고 할 베이징 인민대학의 학생들이었다. 그들은 주요 대사관들로 통하는 주요 도로들을 봉쇄하며 건국문 내 지역에 널리 퍼져 있었다. 많은 사람들이 머리에 붉은 수건을 썼으며, 간혹 파란색 인민복을 입은 사람들도 있었다. 어떤 사람들은 청바지를 입고 있었다. 그들은 타고 온 자전거를 쌓아서 도로를 차단했다.

학생들이 갑자기 달리기 시작하자, 많은 사람들이 주먹을 휘두르며 마치 격분한 것처럼 외치고 있었다. 어깨에는 서방과 일본 지도자의 허수아비를 만들어 들고 있었는데, 어떤 것들은 석고로 만든 것도 있었고 마분지나 합판으로 만든 것도 있었다. 그들은 미국 대사관 밖에서 제임스 브래들리 미국 대통령의 석고 인형에 휘발유를 뿌리고 불을 붙였다. 그들은 또 미국 국기를 계단 위에 팽팽하게 펼쳐 들고는 불을 붙이기 전에 칼로 마구 잘랐다. 성조기 모양의 의상으로 엉클 샘 흉내를 낸 한 학생이 앞으로 끌려 나왔다. 시위자들은 '나는 인민의 반역자입니다'라는 구호를 적어서 그의 목에 걸었다. 그들은 열등생에게 씌우는 원통형의 모자를 머리에 씌운 다음, 정문에 경비를 서고 있는 해군으로부터 불과 몇 미터도 떨어지지 않은 곳으로 끌고가서 무릎을 꿇렸다. 그들은 그의 머리를 앞으로 밀면서 양팔을 등뒤로 비틀어 잡았다. 그리고는 그를 발로 차고 때리고 조롱하는 시늉을 했다.

이제 대사관 전체가 포위되었다. 학생들이 너도나도 앞을 다투어 군중을 비집고 전면으로 나서며 미국을 비난했다. 드래곤 스트라이크를 반대했던 국가의 대사관들 밖에서도 이와 비슷한 양상으로 중국인들의 분노가 표출되고 있었다. 불과 수백 미터 떨어진 곳에 영국 대사관과 관저도 역시 봉쇄 당했다. 폭죽들이 문 안으로 떨어졌다. 베이징의 주요 관광지역과 인접한 외교구역의 가장자리에는 수비연대 소속 제복을 입은 군인들이 무장을 한 채 순찰을 돌고 있었다. 어느 누구로부터도 방해를 받지 않도록 시위대들을 보호하기 위한 것이었다. 신화사 통신은 이러한 시민들의 행위를 '분노의 자연발생적인 표출'이라고 불렀다.

리스 오버할트가 전화를 받았을 때는 제이미 송과 만나기로 한 약속시간보다 이미 30분 가량 늦어 있었다. 외무장관은 조심스럽게 상황을 설명했다. 그가 자신의 힘으로는 시위군중을 어쩔 수 없다는 의사를 밝힌 것은, '우리의 사업 이야기를 나누기에는 시기가 적절치 못한 것 같다'고 말한 것이 유일한 암시였다.

오버할트는 중국인들이 하는 말의 뉘앙스에 대해 꽤나 익숙한 편이었다. 그러나 그는 이미 문화적으로는 서구식 바보 행세를 하기로 마음먹었다. 국가 안전부가 전화를 도청하는 상황에서 정확하게 메시지를 전달할 수 있는 가장 효과적인 방법은 퉁명스럽게 말하는 것이라고 그는 믿고 있었다.

"제이미, 우리 미국에서는 언제든지 핵폭탄을 발사할 수 있도록 잠수함들을 대기시켜 놓고 있어요. 귀국에서 미사일을 발사하려는 낌새나 이상한 행동이 발견되는 즉시, 당신이나 나 그리고 저 밖의 학생들 모두 순식간에 재로 변하고 말 겁니다."

"당신이 여기 있는데 그런 짓이야 할 수 없지요, 리스."

"빌어먹을! 그 친구들은 나 따위는 안중에도 없어요, 제이미. 게다가 펜타곤에는 한시라도 빨리 일을 저지르는 편이 유리하다고 생각하는 사람들이 많이 있단 말입니다."

브리핑

일본 도시에 떨어진 핵폭탄의 위력

일본의 주택들이나 낮은 아파트 건물들은 쉽게 무너지도록 지어졌다. 끊임없는 지진의 역사를 갖고 있는 일본인들에게 주택이란 일시적인 구조물일 뿐이었다. 그것은 제국주의적 의식으로 더욱 강화된 심리적 경향이었다.

도쿄의 남쪽에 있는 이세 반도에는 이세 대신사가 있었다. 정국이 안개처럼 혼탁했던 시절에 제국주의적 가계(家系)의 창시를 기념하기 위하여 세운 이 신사를 승려들이 보존해 왔다. 서기 478년 이래, 이 신사는 대략 20년 주기로 무너졌다가 다시 지어지곤 했다. 어떤 때는 무시무시한 지진이 모든 것을 완전히 파괴하기도 했는데, 1923년의 대지진과 1995년의 고베 지진 등이 그 실례이다. 그러나 대부분의 경우, 사람들이 사는 주택이나 아파트들은 거의 지속적으로 일어나는 크고 작은 진동 때문에 흔들거리거나 덜커덩거리기 일쑤였다. 따라서 건물들은 지진으로 인한 진동에 견딜 수 있도록 가볍고 다소 느슨하게 지어졌다. 만약에 지진의 강도가 세어서 무너지더라도 그것들을 다시 세우는 비용은 상대적으로 저렴한 편이다. 가볍고 느슨한 구조가 저강도의 지진을 견디는 데는 적합하다.

　　그러나 핵공격이 있을 경우에는 아마 최악의 은신처가 될 것이다. 핵폭발로 발생하는 엄청난 압력이나 핵폭풍을 이기지 못해 집들이 무너질 것이기 때문만은 아니다. 폭탄의 낙하점은 물론 수킬로미터 주위까지 납작해질 것이다. 설혹 핵공격으로부터 살아 남는 생존자가 있다 하더라도 도쿄에서 주택이나 아파트로는 방사능 낙진으로부터 거의 보호받지 못할 것이기 때문에, 실제로는 쓸모 없는 것으로 간주되었다. 방사능 감마선은 주택의 천장이나 벽을 아무런 거리낌없이 통과한다.

　　정부 당국에서 국민들에게 해 줄 수 있는 최선의 충고는 개별적으로 소화기를 보유하고 있으라는 것이었다. 주택을 짓는 데 사용된 자재들을 고려할 때, 적의 공격을 받게 되면 화재는 피할 수 없을 것처럼 보인다. 공격으로부터 살아 남은 생존자들에게는 그 뒤의 첫 2~3일이 결정적인 시기가 될 것이다. 핵폭발이 있은 직후의 방사성 낙진들이 가장 치명적이기 때문에, 이 기간 동안에는 실내에 머물러 있는 것이 최선이다. 음식과 식수, 침구류들은 모두 중앙집중화되었다. 보호소 한 곳에서 하루나 이틀 동안 먹일 수 있는 인원은 대략 30만명 정도이다. 보호소는 5만 1,000개의 담요와 같은 수의 짚단 매트리스, 2,300개의 이동식 화장실을 보유하고 있으며, 지하의 비상 저장고에는 5만 2,700톤의 식수가 저장되어 있었다. 그렇기 때문에, 생존한 사람들은 지방 정부가 음식물과 의약품을 배급하는 지정된 안전지대로 집결하도록 되어 있었다.

몬젠나카 거리, 고토 대피소, 도쿄

현지시간 : 2001년 2월 22일 목요일 15 : 00
G M T : 2001년 2월 22일 목요일 06 : 00

도쿄 지하철의 토자이 선(線) 몬젠나카 역 입구를 지나는 거리도 도쿄의 다른 거리와 하등 다를 바가 없었다. 역 입구에서 네 채밖에 떨어지지 않은 조주시 김밥집 옆은 일본과자점이었다. 그 옆집은 싸구려 커피숍이었고, 그 다음은 미스터 도너츠로 통근자들과 여고생들, 동네 아줌마들과 아이들을 상대로 하는 인기 있는 도너츠 체인점이었다. 십여 개의 테이블과 십여 명이 앉을 수 있는 카운터뿐인 협소한 매장이었지만, 미스터 도너츠는 한꺼번에 100명의 손님이 몰릴 정도로 붐비고 있었다. 앞에서는 여종업원 두 명이 가능한 한 재빠른 솜씨로 손님들이 가져갈 도너츠를 봉투에 담고 있었다. 가게는 실제로 거의 하루종일 난장판을 무색케 했다. 지하철로 연결되는 서쪽 출입구가 바로 미스터 도너츠의 문 밖에 있었는데, 건너편에 있는 메밀국수집, 튀김가게 등과 경계를 이루고 있었다. 메밀국수집과 튀김집의 문 사이에 위치한 협소한 신문 가판대에 한 여자가 앉아 있었다. 모퉁이에는 지방경찰 파출소가 있었는데, 옆에 있는 구둣가게 사이에 끼어 있었다. 그 옆으로는 켄터키 프라이드 치킨과 또 다른 메밀국숫집, 이발소, 술집, 맥도널드가 차례로 늘어서 있었다.

　날씨는 춥고 잔뜩 찌푸렸지만 야시장은 한창 신바람이 나 있었다. 거리의 행상들은 한 달에 두 번씩 이곳에 집결하여 동쪽으로 미쓰비시 은행에서 시작하여 도미오카 하치만 신사를 수개 블록 지난 곳까지의 넓은 보도에 각자 가설 노점을 설치한다. 첫번째 노점상에는 보통 브라더 미싱을 팔고 있는데, 가정용 재봉틀이 보여주는 기적을 상인이 큰 소리로 떠들어대고 있었다. 길을 따라 가다보면 과자 파는 집, 오징어를 속으로 넣은 덤플링 가게를 필두로 삶은 팥을 넣은 모나카, 튀김국수, 60세 이상의 여성들을 위한 것이 분명한 속옷, 플라스틱 장난감들과 가면, 풍경(風磬), 닭튀김, 도자기, 해적 테이프와 CD, 화분에 넣은 식물들과 꽃을 파는 집들이 성시를 이루고 있었다. 이 행상들은 매달 22일이면 구름같이 나타나는데, 그럴 때면 나이 든 동네 사람들은 꼭 살 것이 없더라도 구경을 하러 나오곤 한다. 굽은 등과 지팡이가 당시의 유행이었지만, 그런 복잡한 길을 걷는다는 것은 여간 신경이 쓰이는 일이 아닐 수 없다. 혼란과 혼잡은 점포를 소유한 사람들 때문에 더욱 가중된다. 야외 매점들과 경쟁하기 위해 그들도 테이블과 의자를 보도까지 내놓기 때문이었다.

　3시가 지나자마자 방송이 시작되었다. 고토 대피소에는 111개의 확성장치가 설치되어 있었고, 그 중 세 개가 보도를 따라 야외시장에 설치되어 있었다. 확성기에서 사람들을 짜증스럽게 하는 나지막한 배경음악이 흘러나오다가 동시에 낮은 여자의 음성으로 바뀌었다. 이제는 모든 사람들이 집으로 돌아갈 시간임을 알리는 소리였다. 그게 전부였다. 그녀는 차분한 목소리로 가게문을 즉시 닫고 모두 집으로 돌아가라는 말만을 되풀이했다. 무언가 비상사태가 일어난 것이다. 사람들은 그 자리에 멈추어 서서 서로의 얼굴만 멀뚱히 쳐다보았다. 한 노파가 울기 시작했다. 김밥집 주인이 텔레비전을 켜고 국영방송인 NHK로 채널을 돌렸다. 젊은 여자가 침중한 표정으로 중국이 일본에 대해 핵공격의 위협을 가하고 있다고 말하면서 국민들은 각기 지방관리들의 지시를 따르라고 했다.

일반에게 방송을 시작하기 직전, 고토 대피소의 재난준비위원회 의장은 지역의 자원봉사대원들의 가정에 추가로 설치된 533 PA 스피커 네트워크를 통해 먼저 전갈을 보냈다. 그는 봉사대원들이 주도권을 갖고 이웃사람들에게 도움을 줄 수 있도록 하려고 모두를 소집했다.

"사람들이 무슨 까닭이냐고 묻거든, 중국이 우리에게 폭격을 가하겠다는 위협을 가했다고만 말하세요."

항상 이야기를 나누고 또 대비하던 비상사태는 지진에 대한 것이었다. 도쿄를 황폐화시켰던 1923년의 관동 대지진이 일어난 9월 1일은 소위 민방위 훈련일로 정해져 있었는데, 대부분의 고토 시민들, 아니 실은 전 일본인들이 큰 지진이 일어난 뒤에 취해야 할 조치를 훈련하는 날이었다. 1945년 8월 6일, 미국인들은 히로시마에 핵폭탄을 투하했다. 사흘 뒤에는 나가사키 차례였다. 그러나 핵공격이 일어났을 때의 행동요령을 연습하기 위해 8월 6일을 별도로 지정하지는 않았다.

일본 정부는 핵폭탄에 어떻게 대비하느냐 하는 계획은 갖고 있지 않았다. 고토가 부분적으로나마 대처할 수 있도록 준비하고 있는 재앙은 지진뿐이었다. 지방의 관리들은 대피소 전역에 배치된 PA 시스템을 이용하여 지진에 대한 비상조치를 관장해야 한다.

고토 대피소는 그 목요일 오후에 도시를 강타했던 비상사태를 수습하면서 문제점을 노출했다. 정확히 무엇을 어떻게 해야 하는지 전혀 모르고 있었던 것이다.

브리핑

켄트 주에 대한 핵공격 계획

인구 150만명인 켄트 주(州)의 카운티 비상본부는 메이드스톤 시내 중심가의 샌들링 로(路)에 있는 카운티 사무실의 식당 바로 밑 지하에 있다. 냉전시대에 개조한 것이어서인지 본부라야 별로 호감이 가지 않는 방들을 모아 놓은 것에 불과했다. 그러나 곧 전개될 위기상황을 고려할 때, 그나마 이런 것이 있다는 사실만으로도 많은 사람들이 고맙게 생각할 만했다. 본부는 무엇보다도 핵폭발로 발생하게 될 방사능 낙진에 인한 최악의 결과로부터 주민들을 보호하도록 설계되었다. 노출된 길거리 수준의 방사능 물질 중에서 벙커 속까지 스며들어 오는 것은 잘 해야 1퍼센트 정도일 것이다. 설계자는 그런 희망을 갖고 이 본부를 지었다.

어쨌거나 구조적으로 볼 때, 이 시설은 평방인치당(p. s. i) 1파운드의 핵폭발로 야기되는 엄청난 압력까지 견딜 수 있을 정도였다. 1메가톤급에 달하는 중국의 폭탄은 폭발지점으로부터 0. 5해리 떨어진 지역에 126p. s. i에 상응하는 과압력(過壓力)을 발생시킬 것이다. 이 말이 함축하는 바는 메이드스톤이 바로 목표물이라면 주민들은 몽땅 궤멸될 수밖에 없고, 그런 판에 지방정부의 존재라는 것은 아무런 의미가 없는 것이 아니냐는 점이었으며, 벙커의 설계자도 그렇게 생각했을 것이라는 점이다. 사실 1메가톤짜리 폭탄은 폭발지점으로부터 겨우 1마일 떨어진 곳에서 10p. s. i. 의 과압력을 만들어 낼 것이다. 이 정도의 과압력이면, 나무의 뿌리를 송두리째 뽑아내고 모든 주택들을 파괴하며, 대부분의 고층 건물들을 위태롭게 할 정도의 힘을 갖고 있다. 신화사 통신은 영국의 남동지역으로 발사될 예정인 폭탄이 바로 그 정도의 위력을 갖고 있다고 말했다.

비상본부는 48명을 한 달 동안 먹여 살릴 수 있도록 설계되었다. 그 안에는 전기를 공급하기 위해 기름을 연료로 하는 발전기 한 대와 식수 한 탱크, 저장된 음식물, 한 번에 16명이 잠을 잘 수 있는 숙박시설 등이 있었다. 그리고 천장에 있는 접점으로부터 전화선들이 주렁주렁 늘어져 있고, 길다란 테이블 위에 전화기들이 가득한 토끼굴 같은 방들이 있었다. 이 전화기들은 정부에서 특별 관리하는 네트워크의 일부로써, 브리티시 텔레콤에서 소유하고 운영하는 민간 전화 네트워크와는 전혀 별개의 것이다.

벙커에 있는 방 하나에는 냉장고 크기의 초록색 상자가 하나 있었다. 리버풀 근교의 세인트 헬렌에 있는 레인포드 안보 시스템에서 제작된 전화 교환장비로, 전자(電磁) 진동에도 손상받지 않도록 고안된 것이다. 1메가톤급 핵무기가 지상에서 폭발하게 되면 1,000억 줄(일과 에너지의 SI 단위=1,000만에르그)에 해당하는 에너지가 방출될 것이기 때문에, 특히 교환장비는 아주 견고하게 만들어야만 했다. 1줄의 극히 일부분만으로도 대부분의 현대식 전자장비들에게 충분히 손상을 입힐 수 있을 것이다. 1줄이면 전화나 병원의 생명 유지 시스템들을 무용지물로 만들기에 충분하다. 중국의 핵폭탄이 떨어진 지점으로부터 반경 10~20킬로미터 내에서는 모든 전기 및 전자장비에 대한 폭넓고 무차별적인 손상이 예상된다. 켄트의 지방정

부에서 런던에 있는 내각 산하의 비상위원회와 통신할 수 있는 능력
은, 레인포드 안보 시스템의 전화 교환기의 보호능력이 실전에서 얼
마나 훌륭하게 작동할 것인가 하는데 전적으로 달려 있다고 하겠다.

주의회와 비상위원회의 선임 직원들이 비상본부로 호출되었을
때, 그러니까 오전 9시가 막 지났을 즈음에야 그들은 자신들이 그
곳에 왜 모였는지를 알게 되었다. 오전 7시부터 BBC와 민영 방송국
들이 앞을 다투어 중국의 핵위협에 대한 뉴스를 계속 방송하고 있었
다. BBC가 라디오와 텔레비전 프로그램을 통해 '핵공격시의 행동지
침'에 대해 방송하기로 한 10시가 아직 멀었는데도, 많은 켄트 시민
들은 중국의 위협이 실제로 일어날 것으로 판단하고 남동쪽으로 피
난을 가기 시작했다. 도로들은 갑자기 체증을 일으키기 시작했는
데, 특히 포크스톤을 경유하여 도버로 가는 M20 고속도로와 램스게
이트를 경유하여 도버로 가는 주요 고속도로들이 더욱 심했다. 런던
의 외곽 순환도로로서, 게트윅 공항과 히드로 공항으로 연결되는 M25
고속도로와 연결된 보다 빠른 A급 도로들도 상황은 마찬가지였다.
포크스톤에서 채널 터널로 들어가는 입구나 램스게이트나 도버 그리
고 포크스톤에서 해협을 건널 수 있는 페리 선착장으로 통하는 입구
에 설치된 검문소들도 피난민들로 북새통을 이루었다.

비상위원회에서 제일 먼저 내려야 할 결정은 대규모로 일어나고
있는 개인들의 대피소동—그리고 이에 수반하여 발생할 수 있는 도
로상의 무질서와 혼란—을 과연 허용해야 하느냐 아니면 민간인들
을 모두 각자의 집에 돌아가도록 할 것인가 하는 문제였다. 경고를
주기에 시기상 적절하다는 이점이 한 가지 있다면, 아직 대다수의
봉급쟁이들이 일터로 출발하지 않았을 시간이기 때문에 가족들이 흩
어지지 않았다는 점이다.

그러나 어느 정도는 사람들의 앞선 행동이 의사결정의 방향을 유

도하기도 했다. 개별 대피소동은 이미 일어나고 있으며, 경찰과 주의회 간에도 열띤 토론이 벌어지고 있었다. 켄트 주의 경찰국장 대변인은 경찰이 상황을 통제할 능력을 갖고 있으며, 비상시에 사용할 수 있도록 도로를 비워 둘 수 있다고 말했다. 그러나 주의회의 비상계획 담당관은 이에 동의하지 않았다. 주당국에서 개인의 안전을 보장하지 못하는 상황이라면, 경찰도 피난하려는 사람들의 행위를 방해해서는 안 되고 따라서 도로가 개방되어 있도록 해야 한다는 것이었다. 뿐만 아니라, 비상시에 대비한 강제 법규나 규정이 없는 상황에서는 경찰이 도로를 폐쇄한다거나 혹은 사람들의 행동을 제한하도록 강요하는 것이 합법적인가 하는 문제가 있으며, 이는 지극히 회의적이라고 판단하고 있었다.

어쨌거나 주정부에서는 지방 라디오를 통해 주민들에게 지속적인 홍보를 했다. 폭탄이 터졌을 경우, 차 안이나 길거리에 있는 것보다는 각자의 집에 대피소를 적절하게 만들어서 그 안에 있는 것이 한결 안전하다는 것이었다. 주지사가 지하 벙커로 내려와서 비상계획 담당관과 자리를 같이 했다. 그리고 그 둘은 라디오 대담 프로에 같이 참여하기로 결정했다. 집 안에 있는 것이 얼마만큼 유리한가 하는 점을 토론하려는 것이었다.

비록 수천 명의 사람들이 각자 차를 몰고 M25 고속도로를 타기 위해 무작정 북쪽으로 달리거나 혹은 프랑스로 갈 기회를 포착하려고 해안으로 가고 있었지만, 더 많은 사람들은 집은 머무르기로 결정했거나 아니면 떠날 수 있는 적당한 방법을 찾지 못하고 있었다. 후자에 속하는 사람들은 집이 없는 사람이나 고령자들이었다. 위험에 처한 사람들이 어떤 사람인지를 확인하고 행방을 확인하며, 그리고 집이 없는 사람들을 모아 적당한 거주지에 수용할 수 있는 사회복지 정책을 즉각적으로 실시해야 한다는 결정이 이루어졌다.

어느 누구도 토론하기를 원하지 않았지만 피치 못할 주제는 마지막에야 거론되었다. 국민 보건. 6,000만 국민을 가진 국가로서, 정부는 핵공격으로부터 살아 남는 데 필요한 의료정책들을 기초로 한 세비 지출을 예산에 편성하고 있지 않았다. 따라서 켄트 주는 자신들이 보유한 지방 재원으로만 꾸려 나가야 했다.

핵폭발로 민간인들이 입게 되는 재앙 중 하나는 갑상선 종양을 들 수 있다. 실제로 이런 질병이 원자력 발전소 등에서 생겼던 이유는, 핵사고로 인해 방출된 방사능 요오드가 근로자들의 갑상선에 침투했기 때문이었다. 갑상선 종양을 방지할 수 있는 한 가지 방법은 칼륨 요오드를 투여하는 것이다. 이 물질이 갑상선으로 파고 들어가서 신체 내를 순환하고 있는 방사성 동위원소들을 몰아내기 때문이다. 켄트의 남쪽 해안에 있는 던저니스 핵발전소에 비축된 칼륨 요오드가 있긴 했지만, 주 전체가 처하게 될 비상사태를 감당할 만큼의 양이라고는 할 수 없었다. 병원들도 만일의 사태에 대비하라는 경고를 받았지만, 그들은 나름대로의 비상사태 대처방안이 없었다.

그러나 서리 지방의 서튼에 있는 로얄 마스덴 병원은 핵사고에 대비한 준비를 갖추고 있었다. 그곳에서는 '폐 세척'이라고 알려진 치료방법을 제공하고 있는데, 방사성 미진을 흡입한 환자의 허파를 세척하는 한편 산소화된 혈액을 새로 공급하는 것이었다. 어쨌든 폐 세척은 복잡하고 시간을 요하는 과정이다. 그리고 로얄 마스덴은 중국의 핵폭탄으로 인해 예상되는 사상자들 중에서 극히 일부만을 수용할 수 있을 뿐이었다.

로얄 턴브릿지 웰스, 켄트

현지시간 : 2001년 2월 22일 목요일 10 : 00

두 아이의 아버지인 에릭 월리스는 거실에 앉아서 창문을 통해 세인트 존스 로(路)를 내다보고 있었다. 북쪽으로는 턴브릿지나 세븐오크스 로(路) 그리고 남쪽으로는 루이스와 이스트 그린스테드로 이어지는 그 길은 평상시에도 매우 분주한 거리였다. 그러나 그날 목요일 아침에는 도로의 양 차선이 모두 범퍼가 맞닿을 정도로 차들이 가득 차서 주차장을 방불케 했다.

월리스는 부인 캐시와 대피문제를 심각하게 상의했지만, 결국은 그냥 머물러 있기로 결정을 했다. '만약 폭탄이 직접 우리에게 떨어지기로 되어 있다면, 우리가 어딜 가든 다를 게 없다'고 그가 말했었다. 그는 또 턴브릿지 웰스의 남동쪽에 있는 곳은 어디를 막론하고 목표물로는 부적절하다는 생각을 하고 있었다……. 현재로서는 런던이 가장 그럴 듯한 목표물이었다. 어떤 경우든 그는 요행을 바라며 승산 없는 내기는 하지 않는 사람이었다.

월리스가 영국의 남동부가 중국이 감행할 핵공격의 목표가 될 것이라는 라디오 방송을 듣는 동안, 텔레비전이 켜지고 채널은 BBC 1로 맞추어졌다. 부인이 켠 것이었다.

아나운서가 차분한 목소리로 가장 큰 생명의 위협은 감마 방사선이라고 설명했다. 어떤 주택들은 다른 주택들에 비해 감마 방사선으로부터 더 잘 방어해 준다. 이동주택인 트레일러는 실제로 방사선을 전혀 저지하지 못하므로 거의 무용지물에 가깝다. 현대식 주택들의 상당 부분도 별로 나을 것이 없다. 핵공격 때 숨어 있기 가장 좋은 주거지는 벽돌로 지은 3층짜리 아파트의 지하실이다.

아나운서는 계속 말했다. 내무부의 한 연구서('건물의 방호 능력', 내무부 과학조언기구, 1981년 런던 발행)는 그런 지하실이나 지하 대피소에 거주하는 사람이 감마 방사선에 오염될 확률은 외부에 있는 것에 비해 300 분의 1 정도밖에 되지 않는다는 사실을 지적하고 있었다. 일반적으로 지하실이나 지하 대피소가 숨기에 가장 좋은 장소인 까닭은 방사능이 들어오는 통로인 지붕에서 가장 멀리 떨어져 있기 때문이다. 그리고 흙은 방사선을 막는 훌륭한 방패이기 때문이었다. 아무튼 에릭 윌리스와 가족들은 지하실이 없는 2층짜리 튜더풍의 집에서 살고 있었다. 창문만을 밀폐한 상태에서는 별도의 방비책을 강구하지 않는 한 감마 방사선의 80퍼센트 이상이 집 안을 통과할 것이다.

그들이 집에 그대로 머물기로 결정하고 난 뒤, 캐시는 곧 턴브릿지 웰스에 있는 상점을 향해 출발했다. 그녀는 가족용 생존용품들을 취합하는 책임을 맡았다. 그녀는 시내 중심가를 향해 세인트 존스 로(路)를 따라 내려갔다. 도로에는 자동차들이 빽빽하게 들어차 있었다. 모든 차들이 사람과 물건으로 가득 채워져 있었다. 그녀는 줄지어 선 자동차들을 지나쳤다. 어떤 차도 걷고 있는 그녀를 추월할 정도로 빨리 달리지 못했다.

그녀는 그로스버너 로(路)로 가야 했지만, 테스코는 문이 닫혀 있었다. 군중이 입구 주위에 모여 있었다. 그녀는 언제나 테스코에서 쇼핑을 했었지만, 오늘은 다른 곳으로 가야 할 것이다. 집에서 가장 가까웠을 뿐 아니라 점원들도 그녀를 알고 있었기 때문에 사실 거의 테스코만 이용했었다.

그로스버너 로는 칼버리 로가 두 길과 만나는 지점에서부터 마운트 플레전트 로(路)로 이름이 바뀐다. 칼버리 로는 보행자 산책로였으며, 조금만 아래로 내려가면 마크 앤 스펜서가 나타난다. 상점 문을 열긴 했지만, 성난 군중이 흥분한 벌떼처럼 입구에 몰려들어 아수라장을 연출하고 있었다. 다른 사람들이 새치기를 했다고 주장하며 악을 써대는 일단의 사람들을 5명의 경찰이 제지하느라 애를 먹고 있었다. 캐시가 경찰 한 명에게 물어 보았다. 그러자 철도역을 지나 내려가면 세이프웨이가 있는데, 문을 열었을 것이라고 했다. 그래서 그녀는 그리로 가보기로 했다. 마운트 플레전트 로를 지배하는 듯한 1930년대에 지은 부자연스럽고 보기 흉한 시청 건물을 지나던 그녀는 포드 트랜지트 밴에 가득 타고 있던 부랑자들이 그 안으로 들어가는 광경을 목격했다.

세이프웨이도 다른 슈퍼마켓들처럼 북적거리고 떠들썩하기는 마찬가지였다. 어쩔 수 없이 캐시도 줄을 섰지만, 말은 거의 하지 않았다. 그녀가 알고 있는 것이라고는 자신에게도 사야 할 물품 목록이 있다는 것이며, 그것들을 가지고 집으로 돌아가야 한다는 것이었다. 다만 그것들을 들고 20분이나 걸어야 한다는 사실이 죽을 정도로 두려웠지만 말이다. 에릭은 네 식구가 14일간 버틸 수 있을 정도로 충분한 식량이 있어야 한다고 말했다. 오전 10시부터 BBC 방송에서는 구입해야 할 품목에 대한 조언을 하고 있었다. 정부의 조언에 따르면, 설탕, 잼과 당분이 있는 다른 식품들, 곡물로 된 식품, 비스킷, 소고기나 돼지고기, 채소, 과일 그리고 과일 쥬스가 있어야 한다는 것이었다. 그녀는 또 휴대용 라디오에 사용할 건전지와 진통제, 반창고와 붕대, 소독약, 뚜껑이 있는 양동이 세 개 그리고 쓰레기 봉투 등도 사야만 했다.

그녀가 도착해 보니, 집은 마치 폭탄을 맞은 것 같았다. 에릭이 문들을 뜯어내고 정원에서 흙을 퍼다가 쓰레기 봉투마다 가득 담아 놓았다. 그는 이미 창문의 유리창들도 모두 흰 페인트로 색칠을 했으며, 가구들을 창문 앞으로 옮겨 놓았다.

월리스네 아래층 방은 집 전체를 차지할 정도로 컸다. 그들은 그 방을 미닫이문을 이용하여 두 개로 나누어 앞쪽에 있는 절반을 거실로 그리고 뒤쪽을 식당으로 사용하고 있었다. 식당 뒤에는 부엌이 있었고, 그 뒤로 정원이 연결되어 있었다. 월리스는 가족의 실내 대피소를 식당에다 만들었다. 그 방이 부엌과 맞붙은 쪽의 벽을 따라서 이층의 방에서 떼어낸 문짝 네 개를 받쳐 놓았다. 이것들은 '기대어 짓는' 식으로 배열되었으며, 각목을 길이로 받쳐서 바닥에 안정되게 고정시켰다.

10시 이후로 BBC에서 반복적으로 보여 주는 필름에 의하면, 다음 해야 할 일은 기대어 놓은 문짝들 사이에 단열장치를 하는 것이었다. 이 작업은 흙을 담은 쓰레기 봉투들을 차곡차곡 쌓아 놓음으로써 가장 효율적으로 처리되었다. 그는 흙푸대를 기대어 짓는 식을 이용하여 부엌에도 흙더미를 쌓았다. 점심 시간까지 그가 쌓은 흙푸대는 전부 50개 이상이나 되었다. 기대어 지은 그 속으로 들어가는 입구가 문제였지만, 두 개의 낡은 녹차 상자로 해결했다. 그는 각 상자에 흙을 가득 채웠다. 그는 상자들 위에 나무판자를 올려 놓고는 판자 위에 다시 흙이 든 푸대를 쌓았다. 그가 작업을 마쳤을 때, 정원에는 별로 남아 있는 것이 없었다.

대피소를 만든 월리스는 그것을 둘러싼 방의 안전에 신경쓰기 시작했다. 그는 단단한 목재로 만들어진 두 개의 이중문을 닫았다. 식당에는 유리창이 하나밖에 없었다. 그는 그 유리창도 흰색 페인트로 칠했다. 만약에 폭탄이 바로 켄트에 떨어진다면 유리창들도 부서질 수밖에 없겠지만, 아무튼 어느 정도는 빛을 차단토록 해야 할 것이다. 그런 뒤 창문에 흙푸대를 쌓기 시작했다. 작업을 끝마친 뒤, 그는 푸대들을 가리기 위해 마분지들을 옮겼다. 오랜 기다림을 시작하기 전, 그가 마지막으로 한 작업은 임시 화장실을 만드는 것이었다. BBC의 충고에 의하면, 식탁의 의자들을 치우고 안에 쓰레기 봉투를 내피로 넣은 양동이를 놓으라는 것이었다. 캐시가 산 뚜껑이 있는 세 개의 양동이는 이제 쓰일 데가 생긴 것이다.

월리스 가(家)는 이제서야 기다림을 시작할 수 있게 되었다. 그들은 대피소 밖에 앉아서 BBC 방송을 시청했다. TV가 끝나면 대피소로 들어가야 한다는 것을 그들도 짐작하고 있었다.

DRAGON STRIKE

THE MILLENNIUM WAR

남중국해

현지시간 : 2001년 2월 22일 목요일 19 : 00
G M T : 2001년 2월 22일 목요일 11 : 00

시 해리어와 머린은 하루 종일 남중국해를 순찰하면서 중국 선박들을 발견하는 즉시 무조건 기총소사를 한다든가 격침시켰다. 이들 배에는 대잠수함용 스팅레이 어뢰나 수중 폭뢰와 함께 사이드와인더 미사일, 선박 공격용으로 특별히 설계된 미국제 공대지(空對地) AS-16 킥백 미사일을 탑재하고 있었다. 그들은 '밍' 잠수함 한 척과 유칸급 상륙용 주정(LST) 한 척도 격파했다. 보고에 의하면, 이 상륙정에는 200명 정도의 군인들이 탑승하고 있었으며 대부분이 익사했다고 한다.

어둠이 내리기 직전, 또 다른 '로미오' 한 척이 어뢰를 발사했다. 이번에는 호주 해군의 프리깃함 〈파라마타〉호의 뱃머리 근방에 명중하고 말았다. 장교 한 명과 선원 5명이 목숨을 잃었다. 피해는 감당할 수 있는 정도였지만, 프리깃함의 전투 기능은 마비되었다. 선장은 그 배를 교전수역 밖으로 빼냈다. 전투함대의 사령관은 호주 해군의 〈란킨〉호로 하여금 〈파라마타〉호를 호위하도록 했다. 5시간 뒤, 어뢰를 발사했던 것으로 믿어지는 '로미오' 잠수함을 영국 해군의 〈트라이엄프〉호가 격침시켰다.

〈아크 로얄〉호의 선장은 일기에 이렇게 쓰고 있었다.

'밤에는 공격이 더욱 심해질 것으로 예상된다. 이상스럽게도 바다에는 아무 것도 없었다. 〈몬트로스〉호가 수리 중이었기 때문에, 우리는 절반 정도의 속력으로 항해했다. 그날 따라 달빛도 거의 없었다. 우리는 제2차 세계대전 때 그랬던 것처럼 잠망경으로 열심히 주위를 살폈다. 나는 그들이 가만히 엎드려서 우리를 기다리고 있을 것이라고 생각했다. 어쩌면 우리가 얼마나 배짱이 좋은지 시험하기 위해 발사를 하지 않고 있는지도 몰랐다. 우리의 항진 속도와 방향은 아무래도 일관성을 잃고 있었다. 우리의 임무는 치열한 각축이 벌어지고 있는 이 바다에서 아군의 존재를 지속적으로 유지하는 것이었다.

그러나 사실은 영국이나 중국의 군인들이 왜 그처럼 황폐하고 버려진 외딴 섬에서 죽어야만 하는 것인지 그 이유를 이해할 수가 없다. 나만큼은 절대로 뒤로 후퇴하여 그 위험한 길로 들어서지 말아야겠다고 스스로에게 다짐을 했다. 물러서는 것은 곧 죽음을 의미했다. 영국인들이 세계 여러 지역의 전쟁에 참여하면서 오래 전부터 자주 인용했던 정당성은 이미 우리를 저버렸으며, 기껏해야 그들을 또다시 빈곤으로 몰아넣거나 종족 간의 살상을 초래했을 뿐이다. 이러저러한 전투에 참가한 경력은 이력서에 쓰기 좋다고? 아마도 스프랏틀리 군도를 되찾기 위해 2001년 2월 22일에 벌인 해군의 전투라면 우리의 경력에도 도움이 될 것이다.'

중국 남해함대 해군사령부 잔지양

현지시간 : 2001년 2월 22일 목요일 21 : 00
G M T : 2001년 2월 22일 목요일 13 : 00

베트남 군의 임무는 미사일 발사능력을 파괴하여 중국의 공격을 원천봉쇄하는 것이었다. 목표를 완수하려면 베트남 군 자신들의 공군이 산산 조각나는 아픔도 감수해야만 할 것이다. 사상자는 상당히 많을 것이다. 세계의 신문들은 그것을 자살행위였다고 말할 것이다. 그러나 그렇지는 않다. 그 방법이야말로 베트남이 가장 최근의 전쟁에서 사용했던 방법이며, 그렇게 해서 승리를 거두었던 것이다. 목표물은 국경선을 따라 300킬로미터나 길게 배치된 중국군과 대포들, 중무장된 진지들, 유린과 하이난도에 있는 SU-27 전투기 기지, 보다 가까이 사냐에 있는 잠수함 기지 등이었다. 그리고 중국 남해함대 본부가 있는 잔지양 해군기지에 대한 보복 출격도 임무에 포함되었다. 드래곤 스트라이크를 위한 이 전방 전투사령부는 루이초우 반도의 동쪽에 있었는데, 이 반도가 남중국해와 통킹 만을 구분 짓는 경계선 역할을 하고 있었다.

공격자들도 중국 해군의 소중한 자산들이 항구에 정박되어 있으리라고는 기대하지 않았다. 그것들은 남중국해의 해저에 있거나 미국, 영국, 일본의 통제가 미치지 않는 대양의 어느 한 부분을 정찰하고 있을 것이다. 아니다. 그들의 목표는 애초부터 부두의 북쪽에 있는 임시 연료저장소와 소위 '러시아 군들의 숙소'로 알려진 막사였다. 이 막사는 부두의 동쪽에 낮게 지은 건물들로 이루어져 있는데, 러시아에서 파견되어 온 기술고문들—그리고 그들의 가족들—과 장비들의 보금자리였다.

비행기들은 밤을 이용하여 피난처인 캄보디아와 라오스로부터 출발하여 하노이 근교에 있는 군용 활주로로 집결했다. 잔지양에 대한 공격 임무가 12대의 MIG-21 전투기로 이루어진 비행대의 조종사들에게 주어졌다. 그들은 고도 45미터로 정(正)동쪽을 향했는데, 그 정도로 낮은 고도라면 절대로 중국군의 레이더에 발각되지 않을 것이다. 그러나 그들이 목적지에 도착하는 즉시 중국군도 즉각적으로 SU-27기를 출격시킬 것으로 예상되기 때문에, MIG기들로서도 만반의 대응책을 갖고 있어야만 했다. 밤의 장막이 도움이 되었다. 베트남의 조종사들은 중국 조종사들에 비해 한결 경험이 풍부했다. 중국군은 기껏해야 대낮의 임무를 수행을 하는 데 그나마 부족한 훈련시간 모두를 할애했을 것이다.

베트남측이 전투계획을 성공적으로 수행하자면, 편대를 두 개의 팀으로 나눌 필요가 있었다. 첫째 팀인 5대는 연료시설부터 없애 버릴 것이다. 그로 인한 화재는 물론 계산된 것이지만, 러시아 인들의 숙소를 공격하려는 두 번째 팀의 임무수행에도 크게 도움이 될 것이다. MIG-21기들이 섬에 도착한 것은 21시 14분이었다. 그들의 도착과 거의 동시에 해군기지로부터 해안선을 따라 커튼처럼 연속적으로 고정 설치된 대공포들이 기지개를 켜기 시작했다. 그러나 그것은 조준사격이 아니었기 때문에 전투기들은 무사히 통과했다. 불과 몇 분 안에 SU-27기 편대가 그들을 환영하기 위해 출격했다. MIG기들이 연료시설에 아직 폭격을 시작하기 전이었다. 그러나 바로 이 대목에서 베트남 군은 자신들의 용기를 마음껏 과시했다. 뿐만 아니라 그들은 밤에도 볼 수 있는 야간 명시(明視) 안경을 착용하고 있었으나, 중국군은 그런 게 없었다. 밤에 비행한다는 것은 아무리 좋은 조건이라 해도 피가 마르는 일일 수밖에 없다. 그런데 급강하나 급상승을 한다거나 혹은 회전을 하면서 동시에 옆으로 급선회를 해야 하는 상황이라면, 어느 쪽이 하늘이고 땅인지 분간하는 일조차 결코 쉽지 않다. 그날 밤 중국군 조종사 두 명은 방향감각을 잃은데다 지상으로부터의 통신도 놓치는 바람에 싸워 보지도 못한 채 언덕을 들이받고 목숨을 잃었다. MIG기들이 다른 3대의 SU-27기마저 격추시켰지만, MIG기 한 대도 그 전에 한 방 맞고 말았다.

그들은 야간 안경을 통해 목표물을 확인하고는 폭탄을 투하하기 시작했다. 유조선들이 부두와 가까운 곳에 넓은 범위로 산개한 채 닻을 내리고 있었다. 그러나 열 척의 거대한 유조선 중에서 단 한 척만 제대로 명중시킬 수 있다면, 나머지 배들도 연쇄적으로 불이 붙게 될 것이다. 제일 먼저 폭격을 시도했던 MIG-21기는 레이더 유도장치로 정확하게 조준된 지상공격이 우박처럼 퍼붓는 바람에 정통으로 한 방 맞고 공중에서 폭파되었다. 두 번째 MIG기도 심하게 당했지만, 조종사가 탈출할 시간적인 여유는 있었다. 유조선 한 척을 정확하게 명중시키는 데 성공한 것은 세 번째 MIG기였다. 순간적으로 불기둥이 150미터 높이까지 치솟아 올랐다. 그리고는 주위에 있는 유조선들에도 불이 붙기 시작했다. 도처에서 엄청난 폭발이 꼬리를 물고 일어났다. 화염의 장벽을 배경으로 피납되었던 〈뉴월드〉호의 실루엣이 보였다. 남아 있는 MIG기 4대가 그들에게 주어진 다른 임무를 완수하려고 기수를 돌렸다.

유조선의 공격에 소요된 시간은 5분도 채 되지 않았을 것이지만,

러시아 기술자나 과학자들이 대피를 하기에는 충분할 정도로 긴 시간이었다. 막사에는 단 한 명의 기술자나 과학자도 없었다. 각각 공중 폭발용 고성능 폭탄 한 개와 공대지 미사일 약간, 기관포를 탑재하고 있던 MIG기들이 폭격을 시작하기 위해 대오를 갖추었다. SU-27기 한 대가 곧장 그들을 향해 날아오더니, 공대공 미사일 2발을 발사했다. MIG기 편대의 대장이 미처 좌석의 사출(射出) 단추를 누를 여가도 없이 미사일에 맞고 말았다. 살아 남은 3명의 조종사는 폭탄을 계획대로 투하할 수 있었다. 레이저 유도 인공지능 폭탄은 아니었지만, 그들이 목표하는 바에는 부응해 주었다. 러시아 군의 숙소는 쓰레기로 변했다. 85명의 러시아 인들이 목숨을 잃었는데, 대부분이 여성과 아이들이었다. 두 개의 목표 모두 성공적으로 폭격했으나 베트남 공군의 MIG기는 5대만이 무사히 귀환했다.

유린 공군기지는 황폐화되었다. 가용할 수 있는 중국 전투기들은 모두 남중국해 지역에 배치되었거나 잔지양을 방어하고 있었다. 베트남은 그들이 보유한 소수의 SU-27기 편대를 중국 본토에 있는 드래곤 스트라이크 전진기지를 목표로 출격시켰다. 그들은 대공포화 사이를 헤집고 낮고 빠르게 비행하여 활주로를 망가뜨리고 관제탑을 폭파하며 공중급유기인 IL-76기 3대와 레이더 시설을 폭격했다. 회항하게 될 중국 비행기들은 하이커우(海口)에 있는 민간공항으로 항로를 수정해야만 할 것이다. 그러나 그곳에는 엔지니어들은 물론 군수품이 없기 때문에 또다시 공습을 받게 된다면 저항할 방법이 없었다. 베트남 군이 두 개의 또 다른 목표를 공격하는 동안, 유린에 대한 베트남의 공습으로 중국 전투기들의 전투능력은 원천봉쇄되고 무력화되었다. 유린 공격을 마친 뒤 곧장 위로 올라간 베트남 조종사들은 사냐 잠수함기지를 공격했다. 그들은 로켓포와 기관포로 일단 통신부터 두절시킨 뒤에 작은 목표들을 상대로 일련의 사격을 시작

했다. 로미오급 잠수함 한 척이 격파되어 침몰했다. 다른 한 척이
또 맞았다. 아무런 사상자도 없이 임무를 완수한 편대는 왔을 때처
럼 재빠르게 그 자리를 벗어나 국경선을 넘어 하노이로 귀환했다.

그와 거의 같은 시각, 34대의 베트남 전투기와 폭격기, 공격기들
이 국경에 있는 중국군 기지를 공격했다. 베트남 전쟁 때 미국이 융
단폭격을 가했던 것을 방불케 하는 장면이 베트남 군에 의해 연출되
고 있었던 것이다. 중국의 포병들과 군인들이 숨어 있는 정글을 향
해 빗질하듯 퍼부어대는 폭탄들이 베트남과 중국 간의 길고 긴 국경
선을 낮처럼 훤하게 밝혔다. 중국의 대포들이 그곳에 집결한 수만
명의 군인들을 방어하기 위해 황급히 일어선 것은 두 번째 폭격이 시
작되었을 때였다. 베트남 군이 대공화기들을 파괴하기 전에 그들도
두 번째 시도에서 전투기 12대를 잃는 불상사를 당했다. 그리고 세
번째 공격에서 또다시 5대를 잃었지만, 이제는 대공포도 별로 남아
있지 않았다. 군인들이 앞을 다투어 도망치려는 통에 중국군의 진지
는 아수라장이 되었다. 명령이나 규율, 질서 모두가 실종되었다. 중
국측에서는 600명이 죽거나 부상을 당했다고 발표했다. 그러나 군사
위성이 보내온 사진으로 확인된 사상자 수는 적어도 4,000명이 넘을
것으로 추정되었다.

중국의 군사위원회에서는 적 공군이 완전히 제거되었다고 선포했
었기 때문에, 모든 관심은 베트남으로 침투한 지상 침투 병력에 쏠
려 있었다. 기습공격을 받았다고는 하지만, 그들이 심한 타격을 입
게 된 것은 공격에 실린 힘이나 정확성 때문이었다. 공중 폭발탄과
산탄형 폭탄이 철저히 무장된 차량들을 제외하고는 외부에 노출된
모든 인명과 장비에 심한 손상을 입혔다. 왕 주석도 어쩔 수 없이 베
트남에 대한 공격을 일단 중단하라고 지시했다.

CNN 스튜디오, 애틀랜타

현지시간 : 2001년 2월 22일 목요일 08 : 30
G M T : 2001년 2월 22일 목요일 13 : 30

"우리나라에서도 사람들이 민방위 훈련을 심각하게 받아들였던 적이 있긴 합니다. 얼마나 오래 되었는지는 오직 신만이 아시겠지만, 모르긴 해도 최소한 25년은 넘을 것입니다. 대부분의 사람들이 민방위 훈련을 어리석은 짓이라고 인식하고 있습니다. 더구나 그들이 무엇으로부터 보호를 받고자 하는지를 생각하면 더욱 그렇습니다."

방송은 시카고의 미시건 대학으로부터 생중계로 진행되고 있었다. 굵고 낮은 바리톤 목소리의 주인공은 61세의 에드워드 스톤으로 '원자력 과학자 회보'의 노련한 편집인이었다. 바로 전날, 잡지에 실린 가상의 원자력 시계의 바늘은 0시 19분 전에서 자정 1분 전으로 옮겨졌다. 1960년대 쿠바와 소련의 핵위기 상황과 정확하게 같은 위치였다. 이 시계상의 자정은 대학살의 시각을 의미했다.

"도시인들도 대피호를 이용하여 어느 정도는 낙진을 피할 수 있습니다." 스톤의 말이 계속 이어지고 있었다. "섬광을 보는 순간 책상이나 테이블 밑으로 몸을 숨기는 단순한 방법이나 밖에 나와 있을 때 나무 뒤, 배수구 안으로 몸을 숨김으로써 조금은 피해 정도를 줄일 수 있습니다. 그러나 희박하다 하더라도 미국에 대해 십여 개의 핵무기를 사용할 가능성이 있다는 것이 문제이며, 그런 상황이라면 모든 것이 완전히 달라집니다. 소련과 미국이 당시에 계획했던 그런 전면적인 핵전쟁이 실제로 일어난다면, 상호 수천 개의 핵무기가 교환될 것입니다. 조금이라도 상식이 있는 사람이라면, 그런 식의 맹공격을 피하기 위해 민방위 훈련을 한다는 것은 참으로 우스꽝스러운 일이라는 사실을 충분히 짐작할 것입니다. 만약 도시에 핵폭탄이 터진다면, 모두가 질식사하거나 타 버리거나 아니면 폭발로 인해 즉사하게 될 것입니다. 거대한 불기둥이 산소를 모두 태워 버릴 것이기 때문에 숨을 쉴 수가 없게 됩니다. 그리고 낙진만 해도 2주일 이상 그대로 남아 있게 될 것입니다. 사태가 어떻게 호전되건 간에 당신이 대피소에서 기적처럼 벌떡 일어나 가게로 가서 우유를 사서 마시며 정상적인 생활을 재개할 수 있는 그런 상황은 기대하기 어렵습니다. 일은 그런 식으로 일어나지 않습니다.”

앵커가 일리노이즈 주방위군 소속의 데이비드 브랙크니 대령을 향해 돌아섰다. 휘하에 1만명의 병력을 거느린 그는 군대식으로 딱딱하고 절도 있게 말했다.

“핵공격에 대처하는 문제에 관한 한, 정상적인 군사훈련을 받은 어떠한 군부대도 그런 위협에 적절히 반응할 수는 없습니다. 군부대의 능력에는 한계가 있을 것입니다. 안전한 장소를 제공한다거나 대피하거나 혹은 무너진 구조물들을 재건축하는 일은 우리가 도와 줄 수도 있습니다. 군인들이 유지하고 있는 것은 매우 낮은 수준의 대비책밖에 없습니다. 그러나 우리 모두가 일상적인 행동과 훈련을 통해 그런 상황에 대처할 수도 있을 것입니다.”

“대처한다구요? 좋습니다, 대령.” 앵커가 집요하게 물고 늘어졌다. “그렇지만 그런 대응책이 얼마나 효과적입니까? 대령의 부하들은 핵공격에 대비하여 훈련을 받았습니까?”

“천만에요. 우리 방위군은 지난 수년 동안 핵전쟁에 대비한 훈련을 단 한 번도 받아 본 적이 없습니다. 거기에는 그럴 만한 세 가지 이유가 있습니다. 첫째는 주민들에게 불필요하게 겁을 주고 싶지 않았기 때문이며, 두 번째는 모의 핵공격 훈련을 하는 데 비용이 많이 든다는 것입니다. 그리고 세 번째이자 가장 중요한 이유는, 냉전시대에는 핵공격에 대비하는 행위 그 자체가 상대에게는 적대적인 행위로 간주되었습니다.”

앵커가 그의 말을 잘랐다. “당신은 지금 미국이 이런 상황에 대해 완벽하리만치 준비가 안 되어 있다고 말했습니다. 에드워드 스톤, 그게 사실입니까?”

“우리는 다른 재앙에 대비했던 것과 동일한 방법으로 핵공격에 반응할 수 있습니다. 1950년대와 1960년대에는 동서 양쪽 진영 간의 무기경쟁이 제어할 수 없을 정도로 치열했었습니다. 1970년대에 우리는 SALT1과 ABM 조약으로 그런 경쟁을 진정시키려 했습니다. 핵심 아이디어는 핵균형 개념을 수용하는 것이었습니다. 언제나 상대방을 앞서려고 노력하는 대신, 양측이 거의 대등한 힘을 갖기로 합의하고 현 상황을 인정하는 것입니다. 설혹 상대방이 불시에 선제공격을 가해 온다고 하더라도 양측 모두 상대방을 효과적으로 파괴할 수 있는 능력을 갖추고 있도록 한 것이지요. 그러한 ‘상호 간의 확실한 파멸’이 가능하도록 하기 위해서는 어느 편에서도 자국의 국민들이나 군인들을 절대로 보호할 수 없어야 하며 또 그런 사실을 쌍방 간에 알고 있어야 합니다. 그런 견지에서 보면, 진정으로 공격적인 민방위 훈련계획은 상대방에 대한 도발행위인 것입니다. 만약에 한 편에서 크고 깊은 대피호를 파고 거기에 실제로 모든 생존시설을 갖추고 정말로 진지하게 자국의 국민들을 보호하려는 준비를 시작한다고 가정합시다. 그러면 그런 행위가 상대에게는 도발적인 행위로밖에는 보이지 않을 것입니다. 그들이 무언가 다른 계획을 세우고 있다는 간접적인 증거가 될 테니까 말입니다."

화면은 바뀌어 종려나무가 줄지어 선 캘리포니아 주의 수도인 사크라멘토 거리를 생중계로 보여 주고 있었다. 비상작전부에서 나온 델리아 머피는 방송이 시작되기를 기다리고 있었다. 그녀의 비상작전부가 최근 수년 동안 발생했던 지진이나 산사태, 홍수, 산업 폐기물 유출, 인종폭동 및 기타 재난에 어떻게 대응해 왔는가를 앵커는 상세히 설명했다. 그러나 핵공격은 없었다.

"오늘까지는 그 문제가 우리의 마음을 무겁게 압박했던 적은 전혀 없었습니다." 하고 호프우드가 말했다. "1950년대와 60년대만 해도 우리에게 방공대피소가 있었습니다만, 지금은 모두 방치되어 있습니다. 카운티 내에 있는 대피소들 중에서 비상식품이나 구급품이 저장된 곳은 하나도 없습니다. 핵미사일이라도 하나 떨어진다면 많은 사람들이 그 즉시 죽게 될 것입니다. 그런 상황에 대해서는 아무런 준비도 되어 있지 않습니다. 60년대에는 이 대피소들마다 크래커와 사탕, 구급물품들이 저장되어 있었습니다. 그러나 1984년에 우리는 재고품을 모두 제3세계 국가에게 팔았습니다. 사람들이 마지막으로 핵전쟁의 위협을 느꼈던 것은 1991년에 있었던 걸프전 때였습니다. 사람들이 내게 가장 가까운 대피소가 어디에 있느냐고 물었습니다. 나는 그들에게 농담으로 대답할 수밖에 없었습니다. 맥도널드로 가 보라고 했습니다. 맥도널드에서는 식품을 지하실에 저장하니까 말입니다."

"당신이 있는 곳에서는 혹시 공포의 징후가 나타나고 있지 않습니까, 캐롤?" 앵커가 물었다.

"약간의 약탈사건이 있었습니다. 그러나 대부분의 사람들은 정부의 발표를 듣고 가족들을 돌보면서 침착성을 잃지 않았습니다. ”

“방금 연방 비상관리국으로부터 회신을 받았습니다. ” 앵커가 말했다. “그 사람들은 우리 모두가 일어나지 않기를 희망하고 있는 무언가에 대비하느라 오늘 하루 종일 바빴다고 합니다만, 우리 모두가 불과 몇 분 전에 발견한 사실들을 재확인했을 뿐입니다. 핵으로 인한 대학살에 대비하여 미국민들을 돌볼 수 있는 연방 발의권이나 훈련 프로그램들은 예산부족을 이유로 중단되었습니다. 어느 누구도 그런 일이 일어나리라고는 생각지 않았던 것입니다.

에드워드 스톤, 당신에게 말씀드리겠습니다. 지금은 다 알려진 비밀정보이기는 하지만, 국가 정보협의회 의장인 리차드 쿠퍼가 발행한 정보 서류에서 그가 한 말을 인용하겠습니다. ‘중국은 러시아와는 달리 ICBM 부대를 새로운 미사일들로 보강할 계획을 세우고 있습니다. 배치된 미사일의 숫자를 늘리겠다는 것입니다. 미래에 예상 가능한 개선책은 이동식 ICBM을 포함시키는 것입니다. ’ 그리고 그는 이렇게 말했습니다. ‘중국의 많은 장거리 시스템들은 아마도 미국을 겨냥하고 있을 것입니다. ’ 에드워드 스톤, 우리가 이런 일이 일어나리라는 것을 알고 있었다면, 왜 진작에 아무런 준비를 하지 못했던 것입니까 ? ”

“우리가 중국의 의도나 결심을 잘못 판단한 것만큼은 명백합니다. 이틀 전까지만 해도 괴팍한 사람들을 제외하고는 중국인들이 CONUS에게 정말로 미사일 공격을 감행하리라고 믿는 사람은 한 사람도 없었습니다. ”

“잠깐만 ! CONUS라니요 ? ”

“미국 대륙(CONTINENTAL UNITED STATES)을 뜻합니다. 중국이 서부해안의 한두 도시를 칠 수 있는 능력이 있다는 사실은 알고 있었습니다. 시카고나 워싱턴은 공격할 수 없을지 모르지만, 반면에 캘리포니아에는 정말 심각한 타격을 줄 수 있을 것입니다. 그래서 우리가 중국인들에 대해 신경을 쓰게 되는 것입니다. 우리가 그들과 전쟁을 할 수는 없습니다. 샌프란시스코나 L. A를 잃게 된다면 어떤 대통령이 좋아하겠습니까? 전쟁 억지력이 필요한 것이 바로 그런 이유 때문인 것입니다. 중국에 대한 우리의 정책은 일견 산산 조각난 것처럼 보입니다. 그러나 그것은 일종의 건설적인 변화입니다. 중국은 지극히 소수의 핵무기를 보유하고 있을 뿐입니다. 기껏해야 400~500개의 미사일이 있을 정도입니다. 미국은 2만개 이상의 미사일을 갖고 있습니다. 그러나 만약 당신이 내게 우리의 정보 정책에서 잘못된 점을 지적하라고 한다면, 이를테면 이라크, 이란, 리비아, 북한 같은 일부 깡패국가들에게 지나칠 정도로 높은 비중을 두고 있었다는 것을 들겠습니다. 그리고 중국이 적어도 군사적으로는 중립국이기를 항상 기대했었습니다. 그런데 그렇질 않습니다."

"제가 한 마디 부연하겠습니다." 브랙크니 대령이 말했다. "핵공격이 있으면 적어도 수백만 명의 부상자가 발생하게 될 것입니다. 적절한 의료혜택이나 치료를 즉각적으로 받아야 하겠지만, 결코 그런 혜택을 받지 못할 것입니다. 나라 전체에 중환자 집중치료 병상의 수는 불과 수백 개밖에는 되지 않습니다. 핵폭발로 인해 발생하게 될 끔찍하게 많은 화상이나 방사능 희생자들의 유입도 미처 감당하지 못할 정도입니다. 지금 이 자리에서 말씀드립니다만, 만약 중국과 미국의 지도자들이 현재의 교착상태를 평화적으로 풀지 못한다면, 일리노이즈의 주방위군도 어찌할 방법이 없을 것입니다. 우리는 생존자들이 죽은 사람들을 부러워하는 그런 상황을 향해 치닫고 있습니다."

월스트리트, 뉴욕

현지시간 : 2001년 2월 22일 목요일 08 : 45
G M T : 2001년 2월 22일 목요일 13 : 45

월스트리트에는 몇 시간 전의 런던의 시티(금융가)처럼 으스스한 공허감이 만연하고 있었다. 굳이 일을 하겠다고 직장에 나온 사람들은 거의 없었다. 뉴욕의 지하철 시스템은 중단되었으며, 그랜드 센트럴 역에서 맨해튼 그리고 맨해튼으로 출퇴근하는 교외 주택지인 뉴저지와 코네티컷을 연결하는 기차도 마찬가지였다.

일을 하겠다고 간신히 사무실에 출근한 트레이더들은 금융시장이 완전히 마비된 것을 직접 확인했을 뿐이었다. 영국은행이 런던에 근거를 둔 주요 상업은행들과 연계하여, 시티의 환시장에서는 외환거래를 중단하겠다고 발표했었다. 다만 이미 거래하여 화요일과 금요일에 돌아오게 될 결제를 위해서는 특단의 조치가 있을 것이라고 말했다. 은행에서는 아무런 설명도 없이 세계를 움켜쥐고 있는 위기상황은 곧 진정될 것이며, 다가오는 월요일까지는 정상적인 영업을 재개할 수 있을 것이라는 '희망적인' 발표를 했다.

이와 유사한 어떠한 상황도 세계의 금융 당국들을 곤혹스럽게 만든 적은 일찍이 없었다. 현대의 외환시장은 그런 상황에 대처하거나 대비할 아무런 방책도 갖고 있지 않았다. 1980년대부터 미국과 일본 그리고 유럽의 은행들로 구성된 집단이 외환시장의 거래를 거의 독점하다시피 해 왔으며, 하루 24시간 계속해서 장이 열리도록 시스템을 구축했었다. 실제로 이루어진 모든 거래에 대한—소위 '북(BOOK)'이라고 알려진—전자기록은 도쿄에서 런던으로 그리고 런던에서 뉴욕으로, 뉴욕에서 또 다시 도쿄로 전달된다. 도쿄에서는 이 순환과정이 재차 시작된다. 어느 누구도 그 시계가 멈추리라고는 상상조차 해 보지 못했을 것이다. 극소수의 딜러들이 우여곡절 끝에 런던의 사무실에 도착하여 다른 시장의 거래내역이 담긴 '북'을 받아보았으나, 그들이 확신을 갖고 트레이드할 만한 자료가 아니었다. 얼마 뒤, 영국 중앙은행에서는 성명을 발표했다.

'동아시아에서 발생한 전대미문의 사건으로 인해, 중앙은행에서는 주요 은행들, 금 거래상(去來商) 그리고 어음 할인점 등과 협의를 거친 끝에 다음과 같은 조치를 취하기로 결정했습니다. 런던 시장에서 열리는 외환시장의 모든 거래는 별도의 통지가 있을 때까지 일시 정지합니다. 이번의 결정으로 어려움에 처하게 될 런던의 어떤 은행에 대해서도 중앙은행이 보조를 할 것입니다. 당 은행에서는 현재의 위기가 하루속히 해결되기를 바라며, 금융시장을 안정시키기 위해서는 다른 나라들의 금융당국과 최대한의 협조를 아끼지 않을 것입니다.'

미국의 연방 중앙은행의 하부기관인 뉴욕의 연방준비은행에서도 뉴욕 시장의 개장과 거의 동시에 비슷한 성명서를 발표했다. 공개조작을 담당하는 중앙은행의 이런 성명서에는 약간의 법적 구속력밖에 없음에도 뉴욕 연방준비이사회에서 할 수 있는 일은 하나도 없었다. 그러나 그것은 어디까지나 추측일 뿐이었다. 연방 준비이사회에서도 런던과 마찬가지로 양측 당사자가 상호 위험을 감수하기로 합의하고 가격을 직접 결정하는 거래행위까지 막을 방법은 없었다. 그러나 이렇다 할 전문적인 시장이 없는 관계로 '북'은 런던에서 중단되었으며, 거래의 중단을 촉구하는 연방준비이사회의 조치는 단지 학구적인 시도일 뿐이었다.

중난하이, 베이징

현지시간 : 2001년 2월 22일 목요일 22 : 00
G M T : 2001년 2월 22일 목요일 14 : 00

　제이미 송이 탄 메르세데스 벤츠는 넓은 도로를 벗어나 중난하이의 동쪽 문으로 들어갔다. 이중문의 양편에는 인민해방군 병사가 경비를 서고 있었으며, 송이 탄 차가 속도를 줄이자 차렷자세를 취했다. 문 건너편의 도로는 눈에 뜨일 정도로 좁아지고 있었고, 메르세데스 벤츠는 달팽이처럼 서서히 전진했다. 나지막한 콘크리트 건물들은 지도자들이 중요한 회합을 위해 모인 화려하게 장식된 별관 건물들과 어깨를 나란히 하고 있었다. 운전사가 제이미 송을 내려놓은 곳은 19세기 말에 세워진 바로 그 별관의 계단이었다.

　그는 차에서 내렸다. 공기는 차고 건조했다. 하루 종일 음울한 회색빛 분위기를 만들던 달이 구름을 뚫고 얼굴을 내밀려 씨름을 하고 있었다. 그는 차 밖에 서서 다리를 쭉 폈다. 별관 너머에는 나무들이 조그만 숲을 이루고 있었으며, 그 뒤로는 중하이(中海) 호수가 있었다. 별관으로 들어가는 입구는 나무틀에 커다란 유리를 끼워 넣은 미닫이문이 달려 있었는데, 첫인상부터 별로 호감이 가지 않게 생겼다. 그리고 그 문을 넘어선 바로 뒤의 공간도 역시 인상적이지 않기는 마찬가지였다. 나무와 유리가 더 많았지만, 이번의 유리창들은 황록색 커튼으로 가려져 있었다. 송 장관은 이 곳을 지나 지정된 방으로 안내되었다. 대형 테이블 주위에는 열 대여섯 개 정도의 안락의자들이 U자를 그리며 놓여 있었다.

왕 주석과 인민해방군의 고위장성들 그리고 정보기관의 장들이 벌써부터 그를 기다리고 있었다. 외무장관은 주석을 마주보는 테이블의 끝자리에 앉았다. 주석의 양옆으로는 해군과 공군사령관이 배석해 있었다. 왕펑은 중국의 오랜 핵정책을 인용함으로써 회의를 시작했다.

"1964년부터 우리의 목표는 제한적이긴 하지만 전략적인 핵무기를 보유하는 것이었습니다. 세계에서 헤게모니를 잡으려고 호시탐탐하는 것보다 공격적인 초강대국으로부터 자신을 보호할 수 있는 방패를 갖고자 했습니다. 오늘, 우리의 정책이 시험대에 올랐습니다. 불행하게도 미국은 재래식 해군전투에서 우리를 쳐부술 수 있다는 능력을 과시하는 방법을 선택했습니다. 만약 우리가 핵에 의존하지 않는다면, 남중국해에 있는 영토를 빼앗기게 될 것입니다. 이 자리에 있는 동무 여러분들도 그런 일은 결코 용납할 수 없는 상황이라는 사실에 동의하리라 믿습니다."

말을 마친 왕 주석은 잠시 뜸을 들이다가 군사적인 측면의 판단을 물었다.

인민해방군의 선임 장군이 중국은 500개 이상의 핵탄두를 보유하고 있다고 대답했다. 대략 120개의 미사일은 지상에 배치되어 있었다. 일부는 동굴에 숨겨져 있는데, 유사시에는 밤의 장막을 이용하여 발사장소로 운송될 수 있다. 120대의 비행기를 이용하여 250개의 탄두를 추가로 발사할 수 있다. 그러나 비행기를 이용하는 것들은 베트남이나 대만을 상대할 때만 효과가 있을 뿐이다. 어쩌면 중간에 격추되지 않고 일본까지 도달할 수도 있을지도 모르지만 이는 다분히 모험적이었다.

중국의 주요 강점은 잠수함에 있었다. 현재 두 척의 잠수함이 미국 본토를 핵무기로 공격할 수 있는 거리에 배치되어 있으나 적에게 발각되었다는 징후는 아직 나타나지 않고 있다. 신형 킬로급 디젤-전기 연료용 공격 잠수함 한 척이 현재 캘리포니아 해안에서 좀 떨어진 바닷속에 숨어 있다. 1996년 대만 사건이 있기 전까지는 그 잠수함의 취역 예정일을 2001년 정도로 잡고 있었다. 그러나 계획이 변경되었으며, 러시아의 루빈 설계국에서도 협조하기로 동의했었다. 잠수함은 200킬로톤 핵탄두를 장착한 러시아제 해저 발사 크루즈 미사일을 탑재하고 있는데, 사정거리가 거의 3,000킬로미터나 되기 때문에 충분히 미국을 강타할 수 있었다. 가장 멀리까지 미칠 수 있는 미국의 도시들은 미니애나폴리스, 캔사스 시티, 리틀 록, 그리고 휴스톤 등이다. 목표 예정지로는 덴버, 솔트 레이크 시티, 페닉스 등을 잡고 있었다.

왕 주석은 왜 군사시설들은 공격하지 않느냐고 물었다. 그러자 장군은 핵탄두의 숫자가 제한되어 있기 때문에 사람들이 몰려 사는 거주지를 공격하여 미국 전역에 공포심을 심어 주는 것이 훨씬 더 효과적일 것이라고 대답했다.

"미국 자체가 하나의 군사기계이기 때문에 그것을 통째로 파괴할 수는 없습니다. 그러나 국가는 자국의 국민들에 의해 파괴될 수 있습니다. 미국인들은 벌써부터 겁을 집어먹고 있으며, 일부 지역에서는 약탈이 시작되었습니다."

"그렇다면 L.A나 샌프란시스코는 왜 공격하지 않습니까? 상징적인 효과가 훨씬 더 큰 도시들인데 말이오." 왕 주석이 계속 물었다.

"그곳에는 중국 교포들이 많기 때문입니다. 그들의 마음을 붙잡아

둘 필요가 있습니다. 다른 아시아계 이민자들도 그렇고요. 그들은
우리나라에 투자할 수 있는 상당한 경제력을 갖고 있으며, 미국 내
에서도 강력한 정치세력이 될 수 있습니다.”

왕이 고개를 끄덕였다. 장군은 계속 말했다.

“그리고 태평양 동쪽에 있는 해안에서 3,000킬로미터 떨어진 곳에
는 최신형 샤급 전략 미사일 잠수함이 있습니다. 우리가 제물로 바
친 샤급 잠수함 한 척은 사정거리가 2,700킬로미터밖에 되지 않는 JL1
ICBM을 탑재하고 있었습니다. 그러나 이 최신형은 JL2로 무장하고
있는데, 이것은 8,000킬로미터까지 비행할 수 있습니다. 이 말이 뜻
하는 것은 우리가 손만 뻗으면 워싱턴도 파괴할 수 있다는 것입니
다, 주석 동무. 미국인들은 우리 잠수함이 그렇게 가까이 있으리라
고는 꿈도 꾸지 못하고 있을 것입니다. 잠수함을 몇 주일 전에 칭다
오(靑島)의 남해함대 본부를 출발하자마자, 미국 쪽으로 가는 화물
선 한 척을 줄곧 따라갔습니다. 그렇기 때문에 그 행적을 탐지하는
것은 거의 불가능했을 것입니다.”

“우리 잠수함의 위치에 대해 공표를 할 예정이십니까?” 제이미
송이 물었다.

“미국인들은 우리나라를 두고 설명할 때 좀 모자란 나라라고 말합
니다.” 왕 주석이 말했다. “핵공격을 하겠다고 위협하면, 우리가 쉽
게 항복할 것이라고 믿고 있습니다. 그들은 우리를 이란이나 이라
크, 리비아처럼 구제불능이고 통제가 불가능한 나라들과는 다르게
대하고 있습니다. 우리가 만약 브래들리 대통령에게 중국이 쉽게 겁
먹지 않는다는 것을 확신시켜 줄 수 있다면, 다시 말해서 19세기나
20세기의 중국과 달리 주권을 수호하기 위해서는 국가의 멸망까지도
두려워하지 않는다는 것을 알려 줄 수 있다면, 우리는 전쟁에서 승
리할 수 있을 것입니다. 그렇기 때문에 잠수함 한 척의 위치를 선언

함으로써 두 강대국이 함께 멸망하는 길을 피할 수 있을 것으로 확신
합니다. 그러나 나머지 한 척에 대해서는 비밀을 털어놓지 않을 것
입니다. 미국이 고집불통으로 나올 때, 중국만이 유일한 희생자가
되지 않을 것이라는 점을 미국인들에게 확신시켜 주기 위한 것입니
다. 나는 도시 하나쯤은 언제라도 파괴할 준비를 하고 있습니다. 물
론 그렇게 한다고 해서 어느 편이건 도움이 되지 않는다는 것은 잘
알지만 말입니다. 송 동지, 당신은 바로 이런 메시지를 오버할트 씨
에게 전해야 하는 것입니다. "

크레센트 시티, 캘리포니아

현지시간 : 2001년 2월 22일 목요일 06 : 00
G M T : 2001년 2월 22일 목요일 14 : 00

중국의 킬로급 잠수함의 무선 송신 마스트가 트롤러선의 미국인 선장에게 발견되었다. 이 어선은 캘리포니아 주 크레센트 시티의 해안으로부터 25킬로미터 정도 떨어진 곳에서 조업을 하고 있었다. 잠수함이 라디오 메시지를 수신하기 위해 잠망경 깊이까지 갑자기 부상했기 때문에, 두 배는 거의 충돌할 뻔했다. 선장은 즉시 해안경비대에 경고를 보냈다. 그러자 경비대에서는 크레센트 시티에 있는 쾌속정 한 척 보내는 한편, 125킬로미터나 떨어진 험볼트 만으로부터 헬리콥터 한 대를 파견토록 했다.

그러나 킬로급 잠수함은 그들이 현장에 도착하기 전에 이미 바닷속 깊이 잠수했다. 음파 탐지병이 해안선을 따라 바다밑에 깔아 놓은 마이크에서 나는 소리를 감시했으나, 잠수함에서 나는 것으로 추정되는 음향신호를 잡아내는 데는 실패했다. 북쪽 해안을 순찰하던 미해군의 로스앤젤레스급 공격 잠수함 〈애쉬빌〉호와 〈제퍼슨 시티〉호가 의문의 잠수함을 찾기 위해 기수를 돌렸다. 그러나 중국 잠수함은 바다 자체가 갖고 있는 배경음보다도 한결 더 조용한 것 같았다. 미해군 함장은 킬로급 중국 잠수함으로부터의 반사를 기대하며 고성능 수중 음파를 전송했지만, 그 때문에 자신의 위치를 적에게 노출하는 결과를 낳았을 뿐이었다. 그들은 아무 것도 찾아내지 못했다. 헬리콥터에서도 여러 유형의 자동 전파발신 부표를 떨어뜨렸다. 감시 선박들은 혹시라도 중국 잠수함을 발견할 수 있지 않을까 하는 희망으로 그물을 치듯 길게 연결된 줄에 수중 청음기들을 달아서 넓게 전개시켰다.

잠수함은 바다의 어둠 속을 헤치고 은밀하게 이동하는 보이지 않는 적이었다. 현대전에서는 지극히 치명적인 것이란 없는 법이다. 멀리 1980년대에 그랬던 것처럼 미국방성에서는 미국의 최첨단 국가방위 시스템이 잠수함 한 척으로 인해 쓸모 없는 고철덩이로 변할 수 있다는 엄연한 증거에 직면하고 있었다.

태평양에서 있었던 미국과 일본의 해상전투에서 7척의 잠수함이 3척의 항공모함을 추적했던 적이 있었다. 대 잠수함 전투 감시체제가 지속적으로 작동되는 상황에서도 항공모함 2척과 8척의 다양한 전함들이 격침되었는데 반해, 피격된 적군의 잠수함은 고작 4척밖에 되지 않았다. 해군에서 어떻게 해야 효과적으로 잠수함 공격을 방어할 수 있느냐 하는 논쟁은 결코 쉽게 결론이 날 성질의 것이 아니다. 점점 더 조용해지는 잠수함의 위협에 어떻게 대처해야 하는가 하는 점에 대해 초현대적인 계획안들이 제시되고 있다. 미국의 국방에서 가장 많은 예산을 점유하고 있는 중요한 항목이라고 할 항공모함이 특히 잠수함에게 상당히 취약하다는 사실이 입증된 마당에, 항공모함 함대에 그토록 높은 비중을 두는 것이 과연 합당한가 하는 의문도 제기되고 있다. 국방비 배정상의 우선순위에서도 의견이 불일치하고 있는데, 특히 과학자들조차 실현 가능성이 없다고 믿는 스타워즈 우주 방어 시스템에 대해서는 더욱 그랬다.

잠수함 탐지기법도 음향에만 주로 의존하던 방법으로부터 탈피하려는 시도를 하고 있다. 특수 레이더가 위성을 통해서 테스트되고 있는데, 해면상의 이상한 점을 인식하여 이를 마치 서명을 비교하듯 컴퓨터로 생성해 놓은 이미지 원안과 비교하는 것이다. 잠수함들이 있는 곳에서는 수면상 파고나 파도의 거친 정도에 아주 미세하나마 변화가 있게 된다. 주위의 바닷물 온도도 역시 변할 것이며, 해양 유기체들의 생체 리듬도 방해를 받을 것이다. 또 잠수함이 이동하게 되면, 마치 달리는 자동차 뒤에 먼지가 날리는 것처럼 미세한 입자들을 뒤로 남기게 된다. 그것은 해면 위에서 배가 만드는 항적(航跡)보다 훨씬 더 길겠지만, 발견하기는 더욱 어려울 것이다.

디젤 잠수함을 보낼 것인가 아니면 핵잠수함을 보낼 것인가를 놓고 중국 해군 내에서도 격렬한 논쟁이 있었다. 논쟁의 결말은 남중국해 전투에서 저기술의 '로미오'와 '밍' 잠수함 전략을 선호했던 사람들의 승리로 끝났다. 그들은 NATO 방위를 강조하고 있는 미국 해군들이 받은 해상훈련으로는 '킬로'가 노리고 있는 유형의 위협에 대처할 수 없을 것이라고 믿었다.

CNN 스튜디오, 애틀랜타

현지시간 : 2001년 2월 22일 목요일 10 : 00
G M T : 2001년 2월 22일 목요일 15 : 00

약탈과 살인, 방화 그리고 폭도들에 대한 보고가 미국 전역으로부터 올라왔다. 로스앤젤레스, 뉴올린즈, 워싱턴, 뉴욕, 시카고, 달라스 그리고 미국 중부의 농촌에 있는 특파원들도 사람들이 생존을 위한 이기적인 공포 속에서 저지른 어둡고 피비린내 나는 비슷비슷한 이야기를 하고 있었다.

수천 가구에 도둑이 들었다. 초기에는 경찰들이 조직폭력배들의 싸움으로 알고 비난했었다. 그러나 얼마 지나지 않아서 점잖은 중류층 가족들도 역시 훔친 식품들을 차에 가득 싣고 돌아다니기 시작했다. 그들은 스스로 무장을 했으며, 얻고자 하는 물품을 취하기 위해 다른 사람들을 죽이는 일도 서슴치 않았다. 오전의 중반쯤에 이르자, 슈퍼마켓 체인들도 모두 문을 걸어 잠갔다. 직원과 그 가족들은 위기상황이 가라앉을 때까지 상점 안에서 머물도록 허용되었다.

멤피스에서는 약탈자들이 픽업 트럭을 후진시켜서 식당에 갖다 댔다. 42세의 주인이 그들을 제지하려 했지만, 약탈자가 발사한 엽총 두 발로 가슴에 구멍이 나고 말았다. 또 다른 도시에서는 한 슈퍼마켓이 셔터를 내리기 시작했을 때, 수백 명이 쇄도하는 바람에 문을 닫지 못했다. 승용차 두 대가 가게 전면의 유리창을 부수고 들어가 셔터가 내려오지 못하도록 쐐기 역할을 했다. 군중은 가게로 몰려들어 청과물이나 통조림을 가리지 않고 들고 온 가방과 상자, 트롤리 등에 마구 실었다. 직원들은 창고 문을 안에서 잠그고 숨었다.

약탈이 널리 만연되자, 화염병은 물론 심지어 수류탄이나 화염 방사기 같은 잔인한 수단까지 동원되었다. 뉴올리언즈에서는 열다섯 명이 지하 술집에 갇혀 죽음을 당했는데, 화염병이 층계 밑으로 떨어져 불이 났기 때문이었다. 로스앤젤레스에서는 도시의 상당 부분이 경찰과 총격전까지 벌였던 조직적인 약탈자들에 의해 점령되었다. 오토바이를 탄 무장 깡패들이 비버리 힐즈의 로데오 드라이브를 황폐화시켰다. 그런 뒤, 장갑차들과 군용 헬리콥터들의 지원을 받는 주방위군이 고압 방수포(放水砲)를 설치해 놓고 지키는 근교의 부자 촌으로 이동해 갔다.

대부분 미국 도시의 상황은 점점 더 악화되고 있었다. 앰뷸런스와 소방차의 사이렌 소리, 총 소리가 하늘을 가득 메웠다. 상황이 가장 험악한 지역 중에는 차이나타운도 포함되었다. 군중이 단지 자신들의 분노를 폭발시키기 위해 차이나타운을 공격했던 것이다. 자신들의 가족도 전쟁 때문에 위협을 받고 있는, 이미 업무가 과중해진 경찰이나 주방위군은 이 소수민족의 공동사회를 보호해 줄 아무런 방법도 발견하지 못했다. 시카고에서는 이스트 레이크 식당의 부부 소유주가 문에다 영어로 이렇게 써서 걸어 놓았다. '주저 말고 들어와서 마음대로 드십시오.' 그들은 자신들의 할아버지와 할머니가 50년 전에 상하이에서 그랬던 것처럼 가방을 챙겨 뒷문으로 도망쳤다. 시카고나 다른 많은 도시의 중국인들 대부분은 재산을 보호하려는 생각을 한다거나 결백을 주장하려고 하지 않았다. 그들은 미국의 인종차별을 익히 체험으로 알고 있었다. 그들은 또 중국의 지도자들이 얼마나 단호하게 이제 자신들의 조국이 된 미국을 파괴하려고 호시탐탐 기회를 노려 왔는지 잘 알고 있었다. 수천 명이 놀랄 만한 참을성으로 평생 피땀을 흘려 이룩한 재산을 그날 모두 포기해야만 했다. 대부분의 중국인들은 유럽이나 남아메리카 영사관 밖에 줄을 서서 정치적인 탄압으로 인한 피난민임을 주장하는 신세가 되었다. 샌프란시스코에서는 브라질 영사관 앞에서 줄을 서 있다가 차를 타고 지나가며 총을 쏘아대는 폭도들에게 7명이 목숨을 잃었다.

시카고의 이스트 레이크에는 직경 일곱 블록 이내에 적어도 20개의 아시아계 식당과 상점이 있었다. 그런 건물의 주위에는 남쪽으로 몇 블록 떨어진 지역을 장악하고 있던 뒷골목의 깡패들이 검은색 스프레이로 자신들의 영역임을 표시해 놓았다. 베트남이나 한국인들은 중국인들에 비해 피해의 정도가 좀 덜했다. 불량배들이 마을로 들어서자, 그들은 잔인할 정도로 사납게 자신들을 방어했다. 미국인들은 이 광경을 지켜보면서, 이들 두 나라 사람들이 참혹한 전쟁을 겪으면서도 끝까지 살아 남아 또다시 경제적 발전을 누리게 된 이유를 충분히 깨달을 수 있을 것 같았다. 이들 아시아인들은 지휘계통이 엉망인 흑인 젊은이들을 매복한 곳으로 유인했다. 그런 다음에는 덩치 큰 그들과 맨주먹으로 싸웠다. 치명적인 발차기와 수도로 그들을 완전히 때려눕혔다.

12살밖에 되지 않는 어린 폭력배들까지 목숨을 잃게 한 피비린내 나는 총격전이 끝난 뒤, 베트남 인들은 자신들의 슈퍼마켓을 공격했던 깡패들의 본거지가 있는 남쪽으로 쳐들어갔다. 그리고 그들이 모여 있는 술집을 공격했다. 동료들의 엄호사격을 받으면서 베트남 인 한 명이 휘발유통 두 개를 유리창 밖에 뿌리고 수류탄을 던졌다. 그런 다음 비틀거리며 밖으로 뛰쳐 나오는 생존자들에게 총격을 가한 뒤 일사불란하게 물러갔다. 한 텔레비전 시사 해설가는 수만 명의 애국적인 중국인들이 공산당의 지령으로 미국의 거리에서 봉기한 것이 아닌가 하고 추측했다.

음식이 풍부한 시골에서는 사람들이 자발적으로 자위대를 결성했다. 총기나 화약상점에 사람들이 쇄도했다. 농장들은 자급자족하는 방책(防柵)으로 변했다. 와이오밍의 한 보안관은 이렇게 말했다.

"아직 법을 어기는 사람은 거의 없는 듯합니다. 그러나 12시간 전에 비해 엄청나게 많은 총들이 주위에서 돌아다니고 있습니다."

자동차 판매상들은 사륜구동 자동차나 트럭, 스테이션 왜건 등의 차종이 거의 매진되었다고 말했다.

"어떤 사람들은 자루나 가방에 돈을 가득 넣어 가지고 와서는 자동차를 산 다음 그 자리에서 몰고 나갑니다." 캔사스 시티의 한 딜러의 말이었다. "그들은 현금을 집어 주고는 우리가 돈을 다 셀 때까지 기다리지도 않았습니다. 물론 그들이 제대로 지불하지 않았다는 뜻은 아닙니다. 아니 때로는 너무 많이 주었습니다. 핵전쟁이란, 실제로 일어나지만 않는다면 장사를 위해서는 아주 고마운 일입니다."

주지사들이 출연한 다음, 마지막으로 대통령이 전국 방송에 출연하여 국민들의 진정을 촉구했다. 그러나 대통령이 화면에 나타났다는 이유만으로도 공포가 더욱 가중되는 것 같았다.

차이나 월드 호텔, 베이징

현지시간 : 2001년 2월 22일 목요일 23 : 00
G M T : 2001년 2월 22일 목요일 15 : 00

링컨 컨티넨탈의 운전사는 차이나 월드 호텔(中國 大飯店)로 가기 위해 외교구역의 뒷길을 달리고 있었다. 대사관에서 호라이즌 층에 한 스위트 룸을 예약해 놓았던 것이다.

반쯤 타다 만 허수아비들이 길거리에 버려져 있었다. 많은 학생들이 들고 다니던 군사 신문인 '해방군 신문'이 거리에 어지럽게 흩날리고 있었다. 대사관 벽에 풀로 붙여 놓은 포스터들은 왕 주석의 영광을 노래하고 있었다. 짧은 여행이긴 했지만, 그들이 본 자동차는 겨우 3대밖에 되지 않았다. 모두 외국인 승객을 태운 택시들이었다. 자전거 길도 텅 비어 있었다. 이들 도로도 역시 당에 의해 징발을 당했기 때문이었다. 이 구역의 도로들은 내국인에게는 통행이 제한되어 있었다. 어느 누구도 감히 그 길을 이용하는 모험을 하지는 않을 것이다. 베이징의 이 구역에는 침묵이 무겁게 깔려 있었다. 제국주의에 대항하여 갑작스럽게 수시간 동안 전투가 지속되다가 또 그렇게 갑자기 끝나 버린 이 구역은 중국에서도 불온한 기질을 제거해 버린 부분이었다. 차는 곧 환하게 불을 밝히고 있는, 번화한 중국 세계 무역 콤플렉스로 들어섰다. 붉은 코트를 걸친 도어맨이 오버할트를 안으로 인도했다.

입구 오른쪽에서 실내 오케스트라가 연주하는 음악이 잔잔하게 로비 안을 감돌았다. 그의 왼편에 있는 어둠침침한 술집에서는 필리핀 악사들이 연주하는 로큰롤 장단이 흘러 나왔다. 호텔 직원이 엘리베이터 앞에서 그를 기다리고 있었다. 안쪽에 있는 카페트에는 '좋은 목요일이 되십시오'라고 쓰여 있었다. 21층에서는 제이미 송의 호위병이 그를 맞이하여, 복도 끝에 있는 스위트 룸으로 안내했다. 외무장관이 미니 바에서 보드카에 토닉을 섞어 혼자서 마시며 이미 그곳에서 기다리고 있었다.

"리스, 이렇게 또 보게 되어 정말 반갑소." 그가 영어로 말했다.

"나도 마찬가지요, 제이미." 오버할트가 짧게 대꾸했다.

송은 보좌관에게 밖으로 나가라고 지시했다. 그 방에서 나오는 모든 말들은 녹음되어 호텔 바로 뒤에 있는 국가안전부 소속의 감시초소에서 번역된 다음, 중난하이의 중앙위원회로 곧장 보고되리라는 사실을 오버할트는 잘 알고 있었다. 그러나 오버할트는 이런 모든 것이 오히려 유리한 점이 될 수 있다고 믿었다. 그가 말했다.

"수요일에 당신의 전화를 받은 뒤, 나는 대통령과 협의를 했었소. 내가 오늘 여기 오게 된 것도 실은 대통령이 강력하게 권했기 때문이오. 당신네 시위자들이 우리에게서 시간을 앗아가 버렸을 뿐 아니라 핵교전의 위험수위를 한층 높였다는 점을 지적하고자 합니다."

외무장관은 무표정한 얼굴로 오버할트를 똑바로 쳐다보았다.

"자연 발생적으로 반제국주의 감정을 폭발시킨 인민들에 대해 당으로서는 아무런 조치도 취할 수 없는 입장입니다. 그 점만은 양해를 해 주시오."

오버할트는 그의 말을 무시하고, 화제를 드래곤 스트라이크 근처로 끌고 갔다.

　"아무튼 난 지금 여기 와 있습니다. 이 위기, 당신네가 조장한 이 위기상황은 이미 걷잡을 수 없게 되었습니다. 그렇기 때문에 단도직입적으로 핵심부터 말하겠습니다. 오늘 아침 일찍 당신에게 말했듯이, 우리나라의 미사일들은 언제라도 중국을 향해 발사할 수 있도록 만반의 준비를 하고 있습니다. 나는 미국 대통령으로부터 당신에게 이런 말을 전하도록 권한을 위임받았습니다. 만약 중국이 미사일을 단 한 개라도 발사한다면, 미국은 즉각적으로 보복공격을 감행할 것입니다. 만약에라든가 그러나 따위의 말은 통하지 않아요. 우리가 말하는 것은 단지 베이징만을 대상으로 하는 게 아닙니다. 다롄, 칭다오, 상하이, 우한, 쳉두 등을 모두 의미합니다. 당신네 주요 도시들은 모두 방사능 쓰레기로 변하게 될 것입니다. 당신네 기간시설들 또한 부서진 콘크리트나 휘어진 고철 덩어리로 변할 것이며 당신네 나라는 더 이상 국가로서 존속할 수 없게 될 것입니다."

　제이미 송이 그의 말을 가로막았다.

　"리스, 잠깐만! 진정하시라구요. 누가 핵전쟁을 하겠다는 얘기라도 했습니까?"

　인민해방군이 전쟁의 위험수위를 얼마나 높게 올려놓았는지, 이 친구가 정말로 모르고 있단 말인가? 오버할트로서는 단언할 수 없는 노릇이었다.

　"당신네들은 지상 기지에 있는 ICBM을 하시라도 발사할 수 있도록 준비해 놓고 있습니다. 당신들은 절대로 선제공격을 하지 않겠다던 정책을 포기했습니다. 당신네 해군들은 지금도 학살당하고 있습니다. 만약 우리가 하고자 한다면, 그나마 남아 있는 당신네 공군력마저도 완벽하게 말살시킬 수도 있습니다. 그런 사태가 일어난다면, 인민해방군은 전세계의 웃음거리가 되겠지요. 공산당도 무너지고 말 것입니다. 독재주의적 국가의 틀 안에서 경제적인 초강대국이 되고자 하는 당신네들의 꿈은 결코 이루어지지 않을 것입니다. 그게 당신이 원하는 것인가요, 제이미? 중국이 패배하는 것 말이오. 소련이 그랬던 것처럼요? 그게 당신의 목적인가요?"

"중국이 또다시 노예가 되는 그런 모욕적인 사태는 절대로 일어나지 않을 것이오." 제이미 송이 잠시 뜸을 들인 뒤 말했다. "우리는 상당히 오랜 문화를 갖고 있어요. 당신네가 우리나라 전체에 폭탄을 퍼부을 수 있을지도 모르지요. 그러나 우리는 곧 다시 일어설 것입니다. 비록 천 년이 걸린다 하더라도 말이오. 그러나 우리가 당신네 도시의 한 근교를 당신이 말했듯이 소위 방사능 쓰레기로 만들어 버린다면, 미국 내에서는 무슨 일이 벌어질까요?"

"그런 상황은 우리가 충분히 감당할 수 있을 것입니다."

"감당한다구요? 텔레비전을 보시오. 당신네 나라가 직접 위협을 받고 있다고 느끼자, 미국인들이 공포를 어떻게 받아들이는지 잘 보시란 말입니다. 우리는 그런 일을 수도 없이 많이 겪었지요."

오버할트는 대답하지 않았다.

"당신은 왜 우리를 로스앤젤레스에 있는 아프리카계 미국인들과 비교하질 않소?" 제이미 송이 물었다. "그들은 트럭을 몰고 다니며 아무데나 대고 무차별 사격을 가하는가 하면, 또 총격을 받기도 하면서 온통 아수라장을 만들었소. 열두셋밖에 되지 않은 어린아이들이 자동소총에 갈가리 찢겼소. 그런데도 그들은 아직도 그 짓을 하고 있어요. 모두 죽음을 예상하고 있기 때문이오. 그런 것이 폭력배들의 삶이니까요. 미국 시민들이 밖으로 뛰쳐 나와 스스로를 파멸시키고 있지만, 중국은 절대로 그러지 않는다는 사실을 이해하는 것이 당신에게는 왜 그토록 불가능하단 말입니까?"

"난 이런 식의 대화를 하고 싶지 않아요, 제이미. 신물이 난다구요. " 오버할트가 말했다. "우리는 많은 시간과 돈 그리고 우정을 당신네 나라에 퍼부었소. 당신들이 진실로 현대화를 원하고 개혁하고자 원한다고 믿었기 때문이지요. 그러나 이것만은 말해 두고 싶소. 절대로 잘못 판단하지 말라고요. 미국이나 우리 보잉은 결국 살아남을 것이오. 인도는 진작부터 당신들로 하여금 돈을 찾아 뛰도록 만들었습니다. 남아메리카도 급속하게 성장하고 있고요. 러시아와 동유럽 국가들은 우리의 기술과 건축술을 얻기 위해 줄을 서고 있는 실정입니다. 개발도상국가들이 희생자임을 자처하며 동정표를 얻어 이득을 보는 그런 시대는 지나갔습니다. 중국보다는 진출하기에 한결 더 쉬운 큰 시장들도 많습니다. 자신들의 조국을 진정으로 발전시키려는 계획을 갖고 있는 민주적인 지도자들도 있습니다. 중국은 더 이상 특별한 나라가 아닙니다. 당신이 만약 우리의 호응을 얻지 못한다면, 유럽연합으로부터도 호응을 얻지 못하게 될 것입니다. 보잉이 만약 보따리를 싼다면, 에어버스도 떠날 것입니다. 당신이 포드나 크라이슬러를 내쫓으면, 시트로엥이나 메르세데스 벤츠도 역시 보따리를 쌀 것입니다. 당신들이 만약 AT&T나 모토롤라를 추방한다면, 스웨덴의 노키아나 독일의 지멘스도 잃게 될 것입니다. 손해를 본 것이 설혹 있다 하더라도 우리 모두는 포기하고 그냥 떠날 것입니다. 당신들이 지금 핵공격으로 위협하고 있는 그 사람들은 세계에서 기간시설의 건설에 관한 한 최고의 권위자들입니다. "

제이미 송은 자리에서 일어나 창가로 걸어갔다.

"나는 고위층을 대신하여 우리 해군의 샤급 핵미사일 잠수함이 태평양에서 대기하고 있다는 사실을 당신에게 전하도록 지시를 받았습니다. 신형 대륙간 탄도 미사일 JL2 2기를 탑재하고 말입니다. 현재 그 배가 있는 장소에서 워싱턴을 공격하는 것은 아주 쉽습니다. "

"그 전에 우리가 격침시켜 버릴 것입니다. " 오버할트가 잘라 말했다.

 "당신네들은 JL1을 탑재하고 있는 구형 샤급 잠수함을 격침시켰습니다. 샤 407호의 함장은 발사명령만을 기다리고 있습니다. 나는 중난하이로 돌아가서 이 회합내용을 보고해야 합니다. 그 동안 당신은 귀국 대사관에 있는 안전한 전화를 이용하여 브래들리 대통령과 대화를 나누시지요. 그런 뒤, 약 두 시간쯤 뒤에 여기서 다시 만나도록 합시다. 괜찮겠지요? 브래들리 대통령에게 우리가 이 자리에서 다시 회합을 갖기 전까지는 미사일의 발사를 연기하겠다는 말도 전해 주시오. 이 말만큼은 믿어도 좋소."

 두 남자는 함께 엘리베이터를 타고 밑으로 내려갔다. 시간은 벌써 자정에 가까워지고 있었다. 그들이 호텔 앞마당에 서 있는 동안, 베이징의 밤무대가 마치 아무 것도 걱정할 일이 없다는 듯이 화려하게 펼쳐지고 있었다. 리무진이 다가왔다. 그들은 영원한 평화의 거리라는 장안가(長安街)에서 들려오는 차량들의 경적 소리를 들었다. 고가도로 교각 밑에서 집 없는 부랑자들이 몸을 녹이기 위해 피워 놓은 불에서 나오는 연기가 가로등 불빛을 받고 환하게 드러나 있었다. 참으로 얄궂은 것은, 오버할트의 귀에 들리는 악단의 연주가 엘튼 존이 부른 '로켓맨'이란 곡을 아주 형편없이 편곡한 것이라는 점이었다.

 "이보시게, 리스." 제이미 송이 말했다. "미국이 흥분하여 난장판을 만들고 있는데도, 우리 중국은 보시다시피 이렇게 평온합니다. 우리에게는 우리 국민과 문화를 제어할 수 힘이 있어요. 브래들리 대통령께 과연 미국인들의 꿈을 제어할 수 있는지 물어 보는 게 어떻겠소?"

백악관, 워싱턴, DC

현지시간 : 2001년 2월 22일 목요일 12 : 00
G M T : 2001년 2월 22일 목요일 17 : 00

브래들리 대통령은 대사관으로부터 걸려온 전화를 통해 리스 오버할트와 직접 통화를 한 뒤, 남중국해에 있는 연합군들에게 일방적으로 사격을 중지하도록 지시를 내렸다. 정찰기를 제외한 모든 비행기들은 기지에 머무르도록 했다. 상대로부터 사격을 받기 전에는 어떠한 무기의 발사도 금지했다. 국가 안전 담당 보좌관인 마틴 웨인스타인은 중국인들이 허세를 부리는 것이 틀림없다고 말했다. 그러나 미국이 감당하기에는 너무 큰 위험이었다. "우리는 핵공격으로부터 2시간 정도의 여유가 있는 것으로 간주해야 합니다." 그가 말했다.

처음 몇 분 동안, 태평양에 배치된 중국측의 잠수함 숫자 때문에 혼미한 상황이 연출되었다. 군 정보기관에서는 크레센트 시티와 가까운 캘리포니아 해안 바깥 바다에 킬로급 공격 잠수함과 거의 동일한 선박을 확인했다. 그러나 현재 위치는 알려지지 않았다. 미해군의 〈애쉬빌〉호나 〈제퍼슨 시티〉호가 몇 시간 내에 그것의 위치를 추적할 수 있는 확률은 아주 높지만 말이다. 그것이 어선에게 목격되었을 시점에 제이미 송은 리스 오버할트와 차이나 월드 호텔에 있었다. 따라서 그 잠수함의 발각 소식을 제이미 송은 아마 모르고 있을 것이다. 그는 전술적 미사일을 탑재한 샤급 잠수함을 완전히 상이한 유형의 잠수함이라고 주장했으며, 아직도 수천 킬로미터 떨어진 태평양 속에 숨어 있다고 말했었다.

"이 모든 상황들은 절대적으로 명확하게 짚고 넘어갈 필요가 있습니다." 대통령이 말했다. "우리는 두 척의 잠수함에 의해 위협을 받고 있습니다. 중국인들도 한 척에 대해서는 공표를 했습니다만, 우리는 다른 한 척이 더 있다는 사실을 알고 있습니다. 현재로서는 미국 시민을 공격하기 위해 핵폭탄을 발사하지는 않을 것입니다. 그 이외에도 다른 잠수함들이 또 있을까요?"

"그렇지는 않으리라고 생각합니다, 각하. 그러나 알 수 없는 노릇입니다. 그들은 미국의 어느 한 도시를 선택할 수 있지만, 우리로서는 아무런 방어대책을 세울 수가 없습니다. 우리는 미사일이 발사대에 올려지는 순간, 그 사실을 정확하게 포착할 수 있습니다. 그러나 그것이 목표지점을 강타하는 데는 불과 몇 분밖에 걸리지 않습니다." 아놀드 쿠너트가 말했다. "따라서 우리가 그것을 사전에 막을 수 있는 가능성은 지극히 희박합니다."

"그러나 그런 사태가 발생하지 못하도록 하기 위해서는 우리가 남중국해에 대한 권리를 포기해야 하지 않습니까?"

"바로 그렇습니다, 각하."

"혹은 우리가 워싱턴이나 다른 도시 몇 개를 희생하고 대신에 중국을 지구상에서 완전히 쓸어버리는 것은 어떨까요? 얼마나 죽으면 될까……. 100만명 아니 200만명쯤? 여러분, 당면한 고민거리는 모든 세계적인 문제에서 우리의 지도력을 유지하기 위해 과연 그 정도의 생명을 희생할 가치가 있느냐 하는 점입니다."

베이징 대학

현지시간 : 2001년 2월 23일 금요일 01 : 00
G M T : 2001년 2월 22일 목요일 17 : 00

전날 밤에 일어났던 일련의 사건들이 학생들에 의해 시간대별로 연대기로 작성되어 인터넷에 올려지고 있었다. 국가에서 운영하는 공식적인 언론에서는 미국과 일본의 침략을 비난하고 있었지만, 어디에서도 임박한 핵위협에 대한 언급은 전혀 없었다.

드래곤 스트라이크 작전이 시작된 이래, 학생들은 정세 변화에 대한 의견을 나누기 위해 비공식적인 모임을 갖고 있었다. 신공산주의 운동을 이끌고 있는 열두 명의 젊은 남녀로 구성된 고도로 비밀스러운 집단에서는 정부의 태도 변화를 강요하기 위해 어느 단계까지 위기상황을 이끌어 올려야 하는가를 논의했다. BBC 방송에 주파수를 맞춘 단파 라디오가 창문틀 위에 놓여 있었는데, 수신상태가 좋지 않았기 때문에 안테나는 창문 밖에 걸어 놓았다.

그 집단의 지도자인 21살의 경제학도는 사회운동을 하는 데는 지켜야 할 두 가지 의무가 있다고 믿었다. 그는 마오쩌둥, 마하트마 간디, 넬슨 만델라를 포함한 명단을 거론하면서, 중국이 승리를 쟁취하기 위해서는 자신들의 자유와 어쩌면 목숨까지 희생할 준비가 되어 있어야 한다고 주장했다.

그러나 현실의 상황을 감안할 때, 시위를 벌이기에는 적합한 시기가 아니었다. 미국이 핵폭탄을 발사할지도 모르는 시점에, 동족들에게 스스로를 보호하도록 경고하는 것이 신공산주의자들의 의무였다. 지난 몇 시간 동안 인터넷을 통해 상하이, 광저우(廣州), 홍콩, 타이페이, 란저우(蘭州)와 다른 주요 도시에 있는 조직의 지부에 메시지가 전달되었다. 홍콩과 대만에 있는 비밀 라디오 방송국에서도 방송을 시작할 준비가 되어 있었다. 라사(拉薩)와 상하이에 있는 다른 지부에서도 역시 송신장치를 설치하고 있다고 했다. 조직의 각 지부에서는 핵공격에서 살아 남은 생존자들이 취해야 할 행동요령을 포스터로 작성하여 거리에 붙였다. 학생들은 인테넷에서 핵 관련 웹사이트를 통째로 전송 받아서 인쇄한 다음 이를 복사했다. 베이징 지부의 지도자는 30분 뒤에 중국 전역의 신공산주의자들이 성명서를 발표할 것이라고 말했다. 차들이 대학 캠퍼스 밖에서 대기하고 있었으며, 포스터가 주택지역으로 배포될 것이다. 그 다음에는 휴대용 확성기를 들고 골목골목을 다니면서 사람들에게 경고를 할 것이다. 지도자는 이것이 어떤 형태로든 정치적인 행동이 되어서는 안 된다는 점을 재차 강조했다. 목적은 인명을 구하는 것이었다. 따라서 톈안먼 광장 내나 혹은 그 주위에는 어떤 포스터도 붙이지 않도록 했다. 그 외에도 민감한 지역은 피하도록 했으며, 그런 지역에서는 확성기를 사용하지 않기로 했다.

모임이 해산하자마자, 공안요원들이 기숙사로 쳐들어가서 학생들을 체포하고 라디오와 컴퓨터 장비들을 몰수했다. 지도자는 몸싸움을 벌이며 요원의 손아귀에서 벗어나 도망치기 위해 복도를 따라 달렸다. 그는 등 뒤에서 쏜 총을 맞고 그 자리에서 즉사했다. 공안요원들은 대학 정문에서 300미터 떨어진 도로의 양쪽에 주차해 놓은 승용차 3대를 포위하고 덮쳤다. 운전사 두 명이 체포되었다. 세 번째 운전사는 속력을 내어 도망쳤지만, 처음 만난 네거리에서 자동소총 세례를 받아야만 했다. 폭스바겐 산타나는 전복되면서 가로등을 들이받았다. 운전사는 죽었다. 그 광경을 지켜본 약간 명의 목격자들도 모두 체포되었다.

중국의 거대한 정보기관이 수개월째 계속해서 신공산주의자들의 활동을 감시해 왔었던 것이 틀림없었다. 학생들이 움직임을 시작하려는 기미를 보이자, 그제서야 덮치기로 결정했던 것이다. 최소한 18명의 사람들이 피격되었는데, 샤먼(厦門)에서 1명, 우한(武漢)에서 2명, 란저우에서 3명, 광둥에서 1명, 청두(成都)에서 3명, 라사에서 5명 그리고 상하이에서 3명이 죽었다. 경찰이 라디오 송신이 이루어지고 있는 방으로 뛰어들어 학생들에게 무차별적으로 총을 쏘았던 것이다. 라디오 방송이 채 끝나기도 전에 기관총 소리를 들은 청취자들도 있었다. 홍콩에 있는 신공산주의자들의 라디오 방송국은 경찰이 찾아내기까지 12분 동안 방송할 수 있었다. 타이베이에서 수신한 라디오 신호는 혼선이 되어 잘 들리지 않았다.

캘리포니아 해안, 태평양

현지시간 : 2001년 2월 22일 목요일 09 : 30
G M T : 2001년 2월 22일 목요일 17 : 30

　미해군의 공격 잠수함 〈애쉬빌〉호의 함장은 처음 목격지점으로부터 남쪽으로 10킬로미터 떨어진 곳에서 중국의 킬로급 잠수함의 것이 거의 확실하다고 추정되는 음향을 잡았다고 보고했다. 그가 받은 지시는 잠수함을 계속 추적하되, 아직 잠정적으로 휴전상태에 있으므로 격침시키려는 노력 따위는 하지 말라는 것이었다. 그는 초장파(超長波) 무선을 추적하면서 자신의 잠수함을 중국 잠수함 뒤에 위치시키고 조용히 기다리도록 했다. 해저에 설치해 놓은 마이크로폰에서도 같은 신호를 잡아냈다. AWACS 조기 경보기 한 대도 그 잠수함을 추적하는 임무를 받았다. 그것이 움직이면서 낸 흔적을 위성사진에서도 보여 주고 있었다.

　〈애쉬빌〉호의 함장은 참을성 있게 기다렸다. 중국 잠수함에서 흘러나오는 기계적인 소리들을 수집하여 분석한 수중 음파 탐지병들은 크루즈 미사일을 옮기는 발사절차는 아직 시작되지 않았다고 보고했다. 발사를 위해서는 튜브 식으로 된 어뢰실의 문을 열어야 하는데, 아직 그런 기미는 탐지되지 않고 있었다.

브리핑

미국은 어떻게 핵공격으로부터
살아 남을 계획을 세우고 있는가

　민간인들을 보호하려는 노력은 벌써 수십 년 전에 중지됐다. 그러나 국가의 지도자들이나 가족들, 국가의 중요 서류 등을 안전한 곳으로 대피시키려는 계획은 여전히 발효 중이었다. 그리고 대통령과 국회의원을 비롯한 정부의 주요 인사들에게는 피할 만한 핵대피소가 따로 준비되어 있었다.

　'타임'지의 네 쪽짜리 특집에서는 대통령을 핵폭발의 위험으로부터 구출할 목적으로 1950년대에 처음으로 작성된 계획의 원본을 정부에서 부활시켜야 한다고 주장했다. 잡지의 기사에 의하면, 미션 전초기지에는 헬리콥터 한 대가 항상 대기하고 있었다. 조종사들은 핵폭발로 인한 섬광으로부터 눈을 보호하기 위해 짙은 차광경(遮光鏡)을 휴대하고 있었으며, 방사능을 차단하기 위해 9킬로그램이나 나가는 무거운 보호복을 입고 있었다. 또한 헬리콥터에는 대통령과 그의 직계가족을 위한 방사능 제거장비와 방사능 보호복이 비치되어 있었다. 심지어는 먼저 폭탄이 떨어졌을 경우에 대비하여 백악관 직원들을 파편 조각들 속에서 파낼 수 있는 장비도 준비하고 있었다.

헬리콥터는 대서양 해안 밖에 떠 있는 지나칠 정도로 최신 장비로 보강된 미해군 통신선 〈노스햄턴〉호로 비행해 가거나 산을 움푹 파서 만든 여러 개의 착륙장 중 한 곳으로 갈 것이다. 1990년대부터 핵방호에 대해 폭넓게 기술해 온 '타임'지는 아직도 사용할 수 있는 유일한 시설은 웨더 산에 있는 대피소라고 추측했다. 수도로부터 80킬로미터나 떨어져 있는 벙커였다.

'타임'은 정확했다. 웨더 산을 깎아서 만든 지하대피소는 자그마치 43년이나 된 오래된 인공동굴이었다. 공식적으로 그것은 한 번도 존재한 적이 없었으며, 단지 연방 비상관리국에서 운영하는 특수시설이라고만 알려져 있었다. 그 동굴은 나무들이 빽빽하게 들어찬 산등성이를 파서 만든 것으로, 체인으로 연결된 3미터 높이의 울타리로 둘러싸여 있었다. 울타리 꼭대기에는 여섯 겹으로 꼰 철조망이 얹혀 있었고, 그 울타리 안에는 잘 다듬어진 잔디밭과 안테나, 초단파 중계 시스템들로 가득 찬 건물들이 있었다. 단단한 암벽 표면은 2.5~3미터짜리 철제 볼트로 보강되어 있었다. 그 밑에는 1만 8,500 입방미터나 되는 거대한 재난조정시설이 있는데, 터널의 입구에는 웬만한 폭발에도 견딜 수 있는 철제문이 달려 있었다. 사무실들도 철제와 콘크리트로 보강되어 있었으며, 식수는 지하연못에 저장되어 있었다. 그곳에는 거대한 컴퓨터 네트워크와 텔레비전, 전국을 상대로 연설할 수 있는 라디오 방송실이 설치되어 있었다. 그리고 병원과 몇 주일 동안 계속해서 충분한 식량을 제공할 수 있는 식당, 발전소, 기숙사 등이 있었다.

정부의 최고위층 관리들은 특별한 카드를 지참하고 있었는데, 위급한 비상대피 순간에 순서를 결정하기 위한 것이었다. 그들 중에는 내각의 장관들과 정부 각 부처의 우두머리나 제2인자들도 포함되어 있었다. 대통령과 장관들, 대법원의 법관들을 위해서는 개인적으로 별도의 숙소가 마련되어 있었다. 공무원들이 방사능 오염 정도를 검사할 것이며, 방사능에 노출된 사람들은 약품처리를 한 비누와 샤워로 방사능을 제거하게 된다. 그들이 입고 있던 옷들은 태워질 것이다. 그들에게는 아래위가 연결된 군용 작업복이 지급될 것이다. 그리고 전기 골프 카가 부상한 사람들을 병원으로 실어 나를 것이다.

그와 동시에 의회는 화이트 유황온천 지역에 있는 그린 브라이어 웨스트 버지니아 휴양지로 피난을 갈 것이다. 호텔 구역의 지하에 건설된, 웨더 산과 거의 동일한 장비를 설치한 이 대피소에는 '프로젝트 그리크 섬'이라는 암호명이 붙어 있었다. 단지 보다 덜 호화스러울 뿐, 핵공격이 발생한 후 60일 동안 의회로서 기능하게 될 것이다. 이런 준비를 하는 목적은 어떤 상황 하에서도 민주주의가 무너지지 않고 군사독재에 무릎을 꿇지 않도록 하기 위함이었다. 18동의 기숙사에는 1,000개의 2층 침대와 공동 화장실, 그리고 형무소에 있을 만한 모든 시설들이 준비되어 있었다.

'그들이 냉전시대부터 마음 속으로 그려 왔고 아마 오늘도 상상하고 있을 상황은 핵전쟁으로 발생할 혼란뿐 아니라, 계엄령을 선포하고 식량을 배급하며 검열을 강화하는 것 외에도 많은 시민의 기본권을 제한함으로써 미국이 암흑 속으로 빠져드는 그런 상황일 것입니다. 우리가 알고 있는 사회의 종말을 의미하는 것입니다.'

정부가 논평을 배제하겠다는 정책을 계속 유지하는 동안, 핵으로 인한 대학살로부터 선조들의 유산을 어떻게 구할 것인지에 대한 기존의 계획들이 논의되었다. 독립선언문이나 헌법, 권리장전 등의 원본이 백악관에서 일곱 블록 떨어진 곳에 있는 국립 기록보관소로부터 웨더 산으로 공수될 것이다. 만약 시간적으로 여유가 좀 있다면, 구텐베르그 성서와 게티스버그 연설문를 비롯하여 제임스 메디슨이나 토마스 제퍼슨, 조지 메이슨 등의 저서들도 트럭에 실려 그리로

이송될 것이다. 국립미술관은 가치를 기준으로 하지 않고 캔버스의 크기에 의해 작품들을 선별할 것이다. 레오나르도 다 빈치의 '지네브라 드 벤치'나 라파엘의 '알바 마돈나' 그리고 그림엽서 크기밖에 되지 않는 로저 반 데르 웨이덴의 '성 조지와 드래곤' 등도 포함될 것이다. 그것들은 가벼운 금속 컨테이너 속에 포장될 것인데, 용기 안의 습도를 안정적으로 유지하기 위해 특수 화학품을 봉지에 담아 같이 넣을 것이다.

　연방준비은행 이사회에서는 나름대로 별도의 준비를 할 것이다. 그들은 핵공격을 받은 미국에 자금을 공급할 수 있을 만큼 충분한 현금을 보관하려고 1만 3,000입방미터 크기의 대피소를 유지하고 있었다. 폴리에틸렌 포장지에 쌓인 다량의 현찰이 나무 팔레트 위에 질서정연하게 쌓여 있으며, 이것들을 운반하는 데 필요한 포크리프트가 대기하고 있었다. 스탠다드 오일의 고위 경영자 한 명은 뉴욕의 허드슨 강 근처 지하 100미터에 있는 비상작전본부로 불려갔다. 그들의 임무는 연료공급이 확실히 지속되도록 하는 것이었다. 농산부에서는 식량 배급 프로그램을 발표했는데, 생존자들에게 하루에 2,000~2,500칼로리를 그리고 일 주일에 우유 7파인트와 계란 6개를 제공하기로 했다는 내용이었다.

　정부 관리들에게 작전이 시작되었음을 알리기 위한 암호가 주어졌다. 'FLASH'였다.

워싱턴, DC

현지시간 : 2001년 2월 22일 목요일 13 : 00
G M T : 2001년 2월 22일 목요일 18 : 00

미국의 모든 도시에서 방위군이 소집되었다. 대통령이 국가적 비상사태를 선포했던 것이다. 가장 극렬한 폭동이 바로 미국의 심장부인 워싱턴에서 일어났다. 각 텔레비전 방송에서 대통령과 각료들, 고위 관료들이 웨더 산으로 공수되는 것에 대해 회의를 표명하기 시작하면서부터 루머가 퍼졌기 때문이었다.

"우리는 대통령을 위한 안전대책을 논의한 적이 없습니다." 백악관 대변인이 말했다. 해군에서 의사당과 백악관 주위에 경계선을 설치했다. 미국의 지도자들도 중난하이에 있는 적들과 마찬가지로 유권자들에게 얼굴을 보여 주기가 두려워서 황폐한 지하 터널과 철로를 왔다갔다했다. 소문에 의하면, 의회의 의원들도 400킬로미터 떨어진 호화스러운 한 호텔 지하에 설치된 그린브라이어 대피소로 갈 준비를 하고 있다고 한다.

"우리로서는 이 시설들이 아직도 사용 가능한 것인지에 대해 확인할 수도 부인할 수도 없는 실정입니다." 한 대변인이 말했다. 해군 병사 한 명이 군중 속의 저격자가 쏜 총에 목을 맞고 죽었다. 로켓

추진 소화탄이 해군들의 머리 위로 날아가 의회 건물의 창문을 깨고 들어갔다. 헬리콥터들이 최루탄으로 군중을 해산시켰다. 군인들이 고압 방수포와 고무 총알로 무장하고 나타났다.

핵참사라는 유령을 군중으로부터 완전히 떼어낼 수는 없었다. 임박한 핵공격에 대한 공포가 미국 전역을 휩쓸었으며, 어떻게 대처해야 할지 모르기는 일반 대중이나 관리들이나 마찬가지였다. 누구에게나 보호해야 할 가족과 돌봐야 할 아이들이 있고 사야 할 물품들이 있었다. 폭력배들이 약탈을 감행하며 많은 다른 부분들을 통치했다. 많은 사람들이 시골을 더욱 안전한 장소로 판단했으며 차를 몰고 그리로 향했다. 도로는 차들로 가득 차서 주차장을 방불케 했으며 여기저기서 싸움이 벌어졌다. 대중교통 수단들은 정지되었다. 항공회사에서도 정해진 스케줄을 포기했으며, 남쪽으로는 남아메리카 그리고 북으로는 캐나다로만 운항했다.

신문들은 핵참사에서 살아 남을 수 있는 행동요령을 실은 호외를 내고 있었다. 현재 모든 프로그램을 드래곤 스트라이크 위기에 초점을 맞추어 운영하고 있는 텔레비전 뉴스 방송국에서는 포장용 식품이나 비상용 구명대 광고로 상업광고가 집중되고 있는 동안, 중국의 핵위협을 집중적으로 다루고 있었다. '뉴욕 타임스'에서 실시한 여론조사에 의하면, 정부에서 핵미사일 공격에 대한 방어능력을 갖고 있어야 한다고 믿고 있는 미국인이 64퍼센트나 되었다. '워싱턴 포스트'에서는 두 발의 중국 미사일로 200만명의 미국인이 죽고, 부상자의 수는 20만명에 달할 것으로 예측했다. 그 신문에서는 소련으로부터의 위협이 지속되던 시기의 자료들과 비교하고 있었는데, 그 시절에 사망자는 대략 2,000만명이었고 부상자는 500만명이었다고 했다. 550킬로톤 폭탄 한 발은 직경 5.6킬로미터 내의 모든 사람을 살상하고 건물들을 파괴시킬 수 있을 정도의 위력을 갖고 있었다. 게

다가 화재로 인한 피해지역은 규모상으로 두 배는 될 것이며, 그 지역에서는 주민의 절반 정도가 죽고 나머지 절반은 부상을 입게 될 것이다.

외무부의 자료들을 인용하고 있는 CNN 베이징 지국이 '샤'급 잠수함 한 척이 태평양에 있다고 선언한 중국의 발표를 처음으로 보도했다. 이 발표 때문에 워싱턴으로부터 대피소까지 헬리콥터로 20분쯤 소요될 것이라는 점을 지적하고 있던 웨더 산에 대한 토론이 중단되었다. 잠수함의 미사일이 워싱턴까지 도착하는 데는 발사 후 10분 내지 15분이 걸릴 것이다.

대통령의 가족들을 대피시키는 임무를 맡았던 은퇴한 헬리콥터 조종사 한 명이 ABC 뉴스와 인터뷰를 했다.

"수년 동안 우리는 언제나 전면적인 핵공격에 대처할 수 있는 것처럼 행동해 왔습니다. 심지어 정부의 최고위층까지도 미국이 수메가톤급 핵폭탄의 공격 아래 놓인다는 것이 과연 어떤 것인지 전혀 감조차 잡지 못하고 있었습니다. 우리는 구석기시대로 되돌아가게 될 것입니다. 상상할 수도 없는 일이지요."

브래들리 대통령이 백악관에 내각의 실력자 그룹을 모아 놓고 이렇게 말했다.

"미국 시민들은 겁에 질려 있습니다. 그들은 자칫 이성을 잃을 수도 있습니다. 공격이 일단 시작되면, 우리는 통제가 전혀 불가능할 정도로 공포에 질려 있는 미친 사람들을 다룰 준비를 해야 합니다."

실내에는 무거운 침묵이 흘렀다. 한 구조대원이 텔레비전 인터뷰에서 언급했던 말들이 한동안 회의장을 지배하고 있었다. 그는 이렇게 말했다.

"내가 사람들에게 도울 수 있다고 말한다는 것은 여간 부끄러운 노릇이 아닙니다. 이미 그럴 상황은 지났습니다. 나로서는 시스템이 완벽하게 준비되어 있으니 걱정하지 말라는 말로 사람들에게 확신을 심어 줄 수 없는 입장입니다. 내 마음 아주 깊고 깊은 곳, 깊은 밤의 어둠 속에서는 나 스스로도 무사할 수 있을까 하는 의구심을 갖고 있기 때문입니다."

뒤이어 웨더 산 대피소의 전(前) 소장이 인터뷰에 응했다.

"그 시설이 브래들리 대통령과 각료들을 수용할 준비가 되어 있는지 여부를 말씀드릴 수는 없습니다. 그것은 법을 어기는 일이니까요. 다만 소비에트 연방이 붕괴된 이후에 우리나라가 견지했던 정책에 대해서는 그 빌어먹을 문들을 아직도 닫지 않고 있다는 말만을 할 수 있을 뿐입니다. '오직 죽은 자만이 전쟁의 종말을 볼 수 있을 뿐'이라고 말했던 플라톤의 말을 기억하시기 바랍니다."

차이나 월드 호텔, 베이징

현지시간 : 2001년 2월 23일 금요일 02 : 00
G M T : 2001년 2월 22일 목요일 18 : 00

"브래들리 대통령은 무력충돌을 종식시키기 위해 제시된 국제적인 조건들을 중국이 수락할 수 있는지 물었습니다." 그들 둘이 차이나 월드 호텔의 스위트 룸에서 다시 만났을 때, 리스 오버할트가 이렇게 말문을 열었다. "또한 대통령께서는 우리가 이 혼란을 해결하기 위해 노력하는 동안, 연합군에 의해 남중국해에서 일방적으로 휴전이 이루어졌다는 점을 귀하도 인정하기를 원하고 있습니다. 그와 동시에 영국과 미국의 트라이던트 잠수함들도 언제든지 발사할 준비를 하고 있습니다. 우리는 오키나와와 괌에 B2 스텔스 폭격기를 갖고 있으며, 평화유지군과 대륙간 탄도 미사일 격납고도 준비되어 있습니다. 이들 상자에 맞는 쌍둥이 열쇠를 각 발사기지에 있는 장교 둘이 나누어 보관하고 있는데, 대통령이 일단 명령만 내리면 언제라도 사용할 준비를 하고 있습니다."

제이미 송은 그의 서류가방에서 종이 한 장을 꺼내어 커피 테이블 위에 올려 놓았다. 그는 종이에 적힌 글을 읽었다.

"왕 주석께서는 미국이 남중국해에서 군사력을 철수한다는 보장

아래, 우리도 일시적으로 핵무기의 활동을 중지시키겠다고 하셨습니다. 귀국이 그렇게만 해 준다면, 우리는 모든 민간 선박들에게 자유로운 통행을 보장할 것이며, 일본 해군의 순찰도 제한적으로 허용할 것입니다. 어느 정도 기간의 냉각기를 거친 뒤에는 미국이나 연합군의 전함들도 사례별로 이 지역의 통행이 허용될 것입니다. 이를테면 홍콩이나 상하이를 방문한다거나 영국인들이 또다시 브루나이로 가기를 원한다면 말입니다. 스프랏틀리와 파라셀 군도에 대해 국제법적인 지역분쟁이 있다는 사실을 인정해야 합니다. 그리고 그 문제의 해결은 이 지역에서 스스로 해결하도록 내버려 두어야 합니다." 여기서 그는 고개를 들고 다시 말했다.

"리스, 우리가 말하고자 하는 요지는 아시아의 문제는 아시아 사람들에게 맡기라는 것입니다. 당신들의 존재가 더 이상 필요치 않은 곳에서 물러서라는 것이며, 수천 명의 미국인들이 목숨을 잃게 될 이 지역의 전쟁에 다시는 관여하지 않기를 바라는 바입니다. 귀국 대사와 나는 오늘밤 양해각서에 서명을 하고자 합니다. 향후 수개월 내에 양국의 관료들에 의해 보다 상세한 서류작업이 뒤따를 것입니다. 그런 뒤에는 양국 수반 차원의 상호 방문이 있을 것이며, 모든 것이 정상으로 되돌아갈 것입니다. 또한 왕 주석께서는 무역은 조금도 영향을 받지 않으리라는 점을 개인적으로 보장하겠다고 하셨습니다. 우리나라의 경제발전을 위해서는 귀국의 기술과 투자가 필요하다는 사실을 우리도 이해하고 있습니다. 귀국 대통령께서도 우리에게 베풀었던 무역 특혜를 그대로 유지시켜 주셨으면 하고 희망하는 바입니다."

리스 오버할트는 브래들리 대통령과 통화를 하기 위해 대사관으로 돌아갔다. 중국은 미국이 결정을 내릴 수 있도록 3시간의 여유를 더 주었다.

백악관, 워싱턴, DC

현지시간 : 2001년 2월 22일 목요일 15 : 00

G M T : 2001년 2월 22일 목요일 20 : 00

하와이에서 SIGINT 보고가 들어왔다. 그들은 한 주파수에서 암호화된 신호를 잡아냈으며, 분석가들은 이를 칭다오 해군기지와 '샤' 잠수함 간에 교환된 것으로 추정하고 있었다. 비행기가 발진하여 잠수함을 찾아 나섰다. 잠수함이 있을 것으로 추정되는 지역으로부터 가장 가까이 있는 미군 잠수함까지는 대략 250해리쯤이었다. 대통령은 중국 잠수함을 찾는 것이 볏짚 속에서 바늘을 찾는 것과 마찬가지라고 말했다.

영국의 수상이 전화를 걸어서 군사적인 지원을 계속하겠다는 의사를 재확인했다. 그는 또 미국의 민간사회가 붕괴되고 있는 점에 대해 위로의 말을 전했다. 영국으로서는 이전에 도시가 공습받았던 경험이 있었기 때문에 비교적 질서가 잘 유지되고 있다는 것이 다행이었다. 그리고 수상은 홍콩에서 신문과 라디오, 텔레비전 방송국이 모두 폐쇄된 점에 대해 우려를 표명했다. '사우스차이나 모닝 포스트'의 편집인은 감옥행 신세가 되었다. BBC와 CNN 양 방송국에서는 수많은 사람들이 정부의 전복을 기도한 용의자로 붙잡혔다고 보도했다. 국회도 잠시 문을 닫았으며, 의장이 긴급조치를 선포했다.

일본의 수상도 브래들리 대통령에게 전화를 걸어서, 미국과 중국 어느 나라도 승리할 수 없는 대규모 전쟁만큼은 피해야 한다며 일단 물러서라고 조언했다. 남중국해가 국제적인 무역항로로서 자유롭게 유지되는 한, 중국이 그 지역에 대한 주권을 주장한다 하더라도 일본은 이를 수용할 수 있다고 말했다. 그렇지만, 그 지역에서 핵전쟁을 벌이는 것은 전혀 별개의 문제라고 했다. 독일의 수상도 전쟁으로 해서 얻을 수 있는 것은 아무 것도 없음을 강조했다.

프랑스 대통령은 자국군에게 별도의 지시가 있을 때까지 당분간 해산토록 지시했다고 말했다. 그로서는 중국과 핵무기를 교환할 의사는 추호도 없었던 것이다. 국방장관인 매트 콜린스는 베트남 국경에서 또다시 대규모 병력이동에 대한 보고가 확인되었다고 말했다. 광저우나 쿤밍(昆明) 같은 군사지역은 아직도 전쟁지역으로 선포되어 있었다. 위성사진에는 포병들이 국경의 전방 진지로부터 후방으로 한 발 물러선 것이 나타났다. 그러나 베트남이 중국의 공격으로부터 안전하다고 확신할 수는 없었다. 가장 강력한 대포들 중 일부는 하노이에서 150킬로미터 떨어진 평샹에 집결해 있었다. 분석가들은 하노이의 외곽을 폭격할 수 있는 M11 미사일의 발사가 임박했음을 보여 주는 사진들을 붙잡고 아직도 씨름하고 있었다. 하이난도(海南島)에 M9의 준비가 완료된 흔적이 역력했다. 사정거리가 600킬로미터인 점을 고려할 때, 미사일들은 베트남의 다낭이나 휴까지 공격할 수 있을 것이다. 인도 수상도 역시 전화를 했는데, 티벳 전역에서 폭동이 일어났다는 보고를 받았다고 했다.

티벳의 도시인 라사(拉薩), 시가체, 기양체에서 군인들이 사격을 개시했다. 수백 명이 목숨을 잃었다. 인도는 탈출을 기도하는 티벳인들을 위해 피난민 캠프를 설치했다. 국경을 보강하기 위해 군인들이 공수되어 왔다.

백악관 기자실에서는 백악관을 떠나지 않겠다는 확약을 대통령에게 종용했다. 주방위군이나 해군은 대통령이 피난가게 되면 여태까지와는 비교할 수 없을 정도로 위험한 폭동이 일어날 것으로 예견했다. 멕시코 국경경찰들은 턱슨 남쪽에 있는 티주아나와 노게일즈로 피난하려는 미국인들에게 발포했다. 다른 국경검문소에서도 마찬가지 문제가 발생하고 있었다. 캐나다는 문을 활짝 열고 사람들로 하여금 차를 몰고 입국토록 허용했다. 오히려 교통체증을 일으키지 않도록 북쪽을 향해 계속 달리라고 말할 정도였다.

리스 오버할트가 대통령과 통화하는 동안, 후지안 해안에서 얼마 떨어지지 않은 페이칸이라는 대만 섬에 중국이 침략했다는 보고가 처음으로 입수되었다. 20분 뒤에는 보다 방위체제가 잘 갖추어진 정착촌인 마추가 함락되었다. 그런 확인이 입수된 지 5분도 채 안 되어 브래들리 대통령이 〈애쉬빌〉호에 명령하여 캘리포니아 해안 먼바다에 숨어 있는 중국의 '샤'급 잠수함을 격침시키라고 했다. 리스 오버할트는 아직도 도청이 없는 안전한 전화선에 매달려 있었다. 국방장관, 국가 안전 보좌관, 합참의장 그리고 국무장관 등이 다자간 전화회의에 참가했다. 리스 오버할트는 미국을 아시아의 문제에서 배제시키고자 하는 중국의 정책에 대해 설명했다.

"자, 여러분, 좋은 의견이 있으면 말씀들 해 보시오." 대통령이 말했다.

"대통령 각하." 국방장관이 말했다. "수백만 명에 달하는 우리 시민들을 핵공격의 희생자가 되도록 방치하겠다는 생각을 어떻게 할 수 있겠습니까? 저는 중국인들이 우리에게 그럴 듯한 홍정을 제시하고 있다고 생각하며, 우리는 주저하지 말고 이 기회를 두 손으로 움켜잡아야 한다고 생각합니다. 우리가 해상 전투까지 하겠다고 결

심을 하게 된 배경은 중국인들이 남중국해를 장악하고 있기 때문이
결코 아닙니다. 〈페렐리우〉호를 그들이 격침시켰기 때문입니다. 〈페
렐리우〉호의 임무는 인질로 잡혀 있는 석유 근로자들을 구출하는 것
이었습니다. 한 시간쯤 전에 제가 받은 보고에 의하면, 잡혀 있던
사람들은 모두 일본 해군에 의해 구출되어 안전하게 그들 배에 승선
했다고 합니다. 일본 정부에게 고맙다는 인사를 할까 하는데, 대통
령 각하께서도 일차 인사를 하는 게 좋을 것 같습니다. 우리의 동맹
국인 일본은 세계적인 강대국으로 부상했습니다. 따라서 그들에게
아시아의 지도자로서 책임을 자신 있게 맡겨도 될 것이라고 생각합
니다. 무역항로가 보장된다면, 굳이 핵전쟁의 위험을 감수할 하등의
이유가 없는 것 아닙니까? 인명의 손실은 제쳐 두더라도 세계경제
가 수십 년은 후퇴하게 될 것입니다. 동맹국이나 권력에도 이동이
있을 것이며, 그 모든 것이 다시 자리잡기까지는 몇 년이 걸릴지 모
릅니다. 미국만 하더라도 내부적으로 정신적인 대격변을 겪게 될 것
이며, 그로부터 완전히 회복되기까지는 여러 세대가 지나야 할 것입
니다. 텔레비전에서 하는 말을 들어보십시오. 우리는 근 30년 전에
당했던 베트남 전쟁에서의 패배로 얻은 상처를 아직도 핥고 있습니
다. 그러나 그 전쟁을 치르면서 우리 땅에는 단 한 개의 폭탄도 떨어
지지 않았습니다. 핵공격으로 인한 외상을 치유하는 데 얼마나 긴
세월이 걸리겠습니까? 아직 단 한 발의 미사일도 발사되지 않았음
에도, 중국인들은 우리나라를 약탈과 폭동의 대혼란 속으로 빠트렸
습니다. 저는 양해각서에 서명할 것을 강력하게 주장하는 바입니
다. 대기 중인 미사일들을 일단 해제시키고, 월스트리트를 다시 열
고, 미국이 다시 정상적인 생활로 돌아오도록 해야만 합니다. 합당
한 조건이 제시되었다고 생각합니다. 이 각서로 하여 우리가 아시아
로부터 쫓겨나는 것처럼 보이지는 않을 것입니다. 사실도 그렇지 않

고요. 우리는 아시아와 유럽의 구세주로 나타나게 될 것입니다.”

기자실에서 걸려온 전화가 회의를 잠시 중단시켰다. 대통령은 자신이나 보좌관들은 백악관으로부터 절대로 대피하지 않을 것이라는 성명서를 발표하라고 대변인에게 지시했다. 그렇지만 핵대피시설의 준비상황에 대해서는 자세한 내용을 언급하지 않도록 했다. 의사당이 있는 캐피털 힐에서는 의원들이 제각기 집으로 가려고 의사당을 떠나고 있었다. 상세한 보안사항은 누설하지 않았지만, 그들 중 몇몇은 인터뷰를 청하는 기자들에게 가족들을 함께 데려가지 않고는 어디에도 갈 수 없는 것 아니냐고 말했다. 그런데 가족들까지 다 수용할 수 있는 시설은 어디에도 없었다. 백악관이나 의사당 건물은 모두 사실상 시위 군중에게 포위되어 있었다. 경비원들은 헬리콥터가 비행할 때 위험할 수도 있다고 경고했다. 군중 속에 함께 숨어 있는 특수요원들의 보고에 의하면, 사람들이 개인화기뿐 아니라 비행기를 격추시킬 수도 있는 고성능 자동소총까지 갖고 있었다.

래리 질크레스트 국무장관은 다른 쪽 입장에서 변론했다. “지금은 쉬운 선택을 취할 시기가 아니라고 생각합니다. 총부리의 위협에 굴복하여 중국이라는 동굴 속으로 숨을 수는 없습니다. 다른 비민주주의 국가들도 미국을 종이 호랑이쯤으로 간주하게 될 것입니다. 만약에 중국이 우리의 체면을 무참하게 짓밟아 버리는 데 성공한다면, 세계적인 문제 발생시 이를 단속할 만한 능력과 의지를 가진 민주주의 국가는 하나도 없게 될 것입니다. 억제될 줄 모르는 중국의 욕심이 대만을 침략하게 될 것입니다. 아니, 벌써 시작했습니다. 그들은 또 한국과 인도차이나까지 지배하려고 들 것입니다. 아시아에 있는 화교들의 경제적 공동체가 중국을 지원하게 될 것이며, 우리의 영향력은 크게 손상을 입게 될 것입니다. 최종적인 결과는 국제적인 혼란입니다, 대통령 각하. 비단 힘의 균형뿐만이 아니라 경제, 그리고 앞으로 발발하게 될 수십 건의 작은 전쟁에 의해서 혼란이 생기게 됩니다. 작은 전쟁은 어쩔 수 없이 보다 큰 분쟁으로 이어질 것이며, 아마도 중동이나 유럽에서 먼저 시작될 것입니다. 그렇게 되면, 제1차 세계대전이나 제2차 세계대전, 한국전쟁, 베트남 전쟁, 걸프전 그리고 보스니아 내전 등에서 그랬던 것처럼 우리도 역시 끌려 들어갈 수밖에 없습니다. 이 토론이 단지 분쟁을 회피하기 위한 선택안을 결정하고자 하는 것이라면, 우리는 꿈나라에서 살고 있는 것입니다. 사람들이 죽고 도시들도 파괴될 것입니다. 최선의 선택은 처음부터 끝까지 분쟁의 주도권을 잃지 않는 것이며, 궁극적으로는 승자로서 군림하는 것입니다. 만약 우리가 그렇게 한다면, 아니 그렇게 해야지만 여러 세대 후의 후손들을 위해 미국의 평화와 안전을 확보할 수 있게 될 것입니다. 그러나 만약 그렇게 하지 않는다면, 아마도 핵을 보유하고 있는 중국이나 이란, 인도나 러시아 등의 다른 동맹국들로부터 위협을 받게 될 것이고, 다른 사람들이 혹은 어쩌면 우리들이 5년 뒤에 이 방에 이렇게 또다시 모여야 할 것입니다. 재래식 전쟁에서도 어려움을 겪었었는데, 다음에 나타날 적은 보다 뛰어난 성능의 미사일과 더 큰 전함을 갖고 있을 것입니다. 우리가 승리할 수 없기 때문입니까, 대통령 각하? 아니면 미국인들의 영혼이 이제는 싸움을 하기에 너무 나약하기 때문인가요?"

"마티." 대통령이 국가 안전 보좌관을 똑바로 쳐다보며 말했다. "우리가 만약 한 발 물러선다면 중국도 타협할 것이라는 무슨 확실한 증거라도 있는 거요? 그리고 얼마간의 시간이 흐른 뒤에 우리가 합리적으로 대할 수 있는, 보다 개혁적인 의지를 갖고 있는 지도자 집단들로부터 건설적인 약속을 받아낼 수 있을 것 같소?"

"저는 가능하리라고 믿습니다. 다만, 거기까지 가는 동안에 얼마나 더 많은 혼란을 겪어야 할지 모를 뿐입니다. 1990년대에 미국의 정책이었던 건설적인 약속이 지금 우리가 처한 이 상황을 유도했습니다. 우리가 그들과 타협을 하고 그 정책을 계속 고수한다면, 결과는 어느 쪽으로도 나타날 수 있을 것입니다. 중국이 드래곤 스트라이크를 시작한 데는 세 가지 이유가 있습니다. 첫째는 남중국해에 매장돼 있는 석유와 가스에 대한 소유권 주장입니다. 중국이 국제 석유시장에 지나치게 의존하지 않기 위한 조치인 것입니다. 두 번째는 중국 내에서 공산당의 세력을 강화하고자 하는 것입니다. 세 번째는 중국이 피할 수 없는 역사의 흐름으로 보는 그 길을 따르고자 하는 것입니다. 세계에서 가장 위대하고 오래된 문명국으로서의 역할을 되찾는 것이지요.”

“그들이 원하는 것이 바로 그거란 말이오, 마티? 아니면 남들이 그렇게 인식하고 있는 것인가요?”

“후자라면 그들이 더 만족스러워 하겠지요. 대통령 각하, 만약 오늘 핵충돌을 막고자 한다면, 우리가 물러서면 됩니다. 향후 100년간 미래의 틀을 만들고자 한다면, 우리는 어느 쪽이라도 할 수 있습니다. 만약 중국으로 하여금 향후 20년 혹은 30년 동안 규칙을 지키도록 강제하고자 한다면, 우리가 먼저 핵공격을 시작하면 됩니다. 대통령 각하, 제 본능적인 감정으로는 이렇습니다. 무역의 힘은 그대로 유지하되, 미래에 중국의 지도자가 될 보다 국제적인 감각이 있고 젊은 지도자들을 지원하는 것이 최선이라고 생각합니다.”

그 때, 마우이에 있는 SIGINT 기지와 대양 감시 위성 시스템을 통해 또 다른 정보가 입수되었다. ‘샤’급 잠수함이 확실한 것으로 판단되는 물체에 대한 것이었으며, 샌디에고 외항에서 순찰 중이던 미 해군 로스엔젤레스급 공격 잠수함인 〈시카고〉호가 그 물체를 추적 중에 있다는 것이었다. 수중 음파 탐지병들이 그 잠수함에서 발사장치의 움직임을 감지했으며, 이는 중국이 핵탄두 미사일의 발사를 준비하고 있다는 거의 확실한 증거였다. 펜타곤의 분석가들은 하얼빈 근처에 있는 발사기지에서 이동식 미사일 한 대를 발견했다. DF-32 미사일을 운송하는 것으로 보이는 대형 차량 한 대가 그곳에 도착했는데, 역시 발사준비를 완료하고 있었다. 백악관의 기자실에서 다시 전화를 걸어 대통령에게 현재 전국에 걸쳐 정부 건물에 몰려드는 군중을 해산시킬 수 있는 어떠한 조치라도 취하라고 종용했다. 인명과 재산의 엄청난 손실로 때문에 정부가 통제력을 잃는 것은 오직 시간 상의 문제로 보였다.

30분 이내에 모든 라디오와 텔레비전 채널은 브래들리 대통령의 성명이 있을 것이니 대기하라는 방송을 내보내고 있었다. 헬리콥터도 군중의 머리 위를 떠돌면서 확성기로 메시지를 방송했다.

"집으로 돌아가십시오. 대통령께서 대국민 성명서를 발표할 예정입니다. 집에 돌아가서 메시지를 기다리십시오."

몇 명은 돌아갔다. 그러나 다소 조용해지긴 했지만, 대부분은 그대로 머물러 있었다. 워싱턴과 뉴욕에서는 사람들이 거의 살을 에는 듯한 추운 날씨에도 개의치 않고 이동식 텔레비전 주위에 몰려들었다. 그러나 그들은 백악관 주위에 인(人)의 장벽으로 경계선을 치고 있었다. 캘리포니아에서는 군중이 흩어졌다. 사람들은 공공 건물의 주위에 있는 잔디밭과 공원에 몰려 앉아 있었다. 별로 큰 폭동을 일으키지 않았던 보다 작은 마을에서는 정부 당국에서 확성장치를 가설하거나 공원에 커다란 스크린을 설치했다. 대륙간 탄도 미사일 격납고의 장교에게는 즉각적으로 발사할 수 있는 만반의 준비를 갖추라는 지시가 떨어졌다. 연합군의 트라이던트 미사일 탑재 잠수함에 승선하고 있는 함장과 부함장에게는 각자가 소지하고 있는 쌍둥이 열쇠를 준비하고 다음 명령을 기다리라는 지시가 떨어졌다.

DRAGON STRIKE

THE MILLENNIUM WAR

백악관, 워싱턴, DC

현지시간 : 2001년 2월 22일 목요일 16 : 00
G M T : 2001년 2월 22일 목요일 21 : 00

브래들리는 대통령 집무실에서 서성대고 있었다. 그는 갑자기 걸음을 멈추고 모여 있는 보좌관들을 향해 돌아서서 말했다. 17시 30분으로 예정되어 있는 대국민 성명에서 정말로 그의 중대 결정을 선언하겠다는 것이었다. 오버할트도 성명서가 발표될 때까지 기다리라는 말을 중국 외무장관에게 전하라는 대통령의 지시를 받았다. 그는 이번의 위기를 겪으면서 보좌관들이 보여 준 지지와 도움에 감사하다는 인사를 했다.

"국가는 여러분들에게 신세를 지고 있습니다."

이례적인 무거운 침묵이 집무실을 짓누르고 있었다. 대통령은 초현실적인 거의 신비에 가까운 초연함을 연출했다. 그가 결심을 굳힌 것도 바로 그 때였다. 그는 생각을 정리해야 하겠으니 모두 밖으로 나가 달라고 말했다. 대통령이 마지막까지 남아 있던 웨인스타인을 한 곁으로 끌고 갔다. 방송을 시작하기 5분 전, 중국 잠수함들에 대한 최신 정보를 필요로 한다고 말했던 것이다. 대통령 집무실에 카메라를 설치하기 위해 기술자들이 도착했다.

"친애하는 미국 시민 여러분. 여러분들 앞에 보다 즐거운 상황에서 나타났으면 좋았으리라는 생각을 해 봅니다. 그러나 애석하게도 우리 국경선으로부터 멀리 떨어진 곳에서 벌어진 사건들이 그렇게 하지 못하도록 하고 있습니다.

국민 여러분도 모두 잘 알고 있는 바대로, 중국 정부는 지난 토요일 베트남에 대해 정당한 이유 없이 공격을 감행했습니다. 그리고 동시에 남중국해를 점령했습니다. 이런 비합법적인 행위는 사흘 뒤에 미해군의 〈페렐리우〉호를 격침시키는 만행으로 이어졌습니다. 남중국해의 석유 시추선에서 일하던 근로자들을 구출하려는 인도주의적인 사명을 수행하던 미해군의 선박을 말입니다. 그 때 이후로 우리는 우여곡절 끝에 아슬아슬한 핵전쟁의 고비에 이르게 되었습니다. 그리고 실제로도 지난 며칠 동안 중국 잠수함들이 미국을 공격하기 위해 준비하고 있었습니다. 한 척은 이미 캘리포니아 해안까지 접근해 있습니다. 신파조로 말하고 싶은 마음은 없습니다만, 이 잠수함들은 최고의 임전태세를 갖추고 있다고 들었습니다. 중국의 국가 주석이 그렇게 지시만 한다면, 우리의 수도는 수분 내에 잿더미가 되고 말 수도 있습니다. 나는 왕 주석에게 경고했습니다. 그가 만약 그런 지시를 내린다면, 우리도 보복으로 중국의 중요한 도시 모두를 파괴할 수밖에 없다고 말입니다.

현재 우리는 무엇을 필요로 하고 있습니까? 국민 여러분에게 말씀드립니다만, 내 보좌관들도 의견이 둘로 갈렸습니다. 일부는 어떠한 대가를 치르더라도 반드시 싸워야 한다고 말했습니다. 지금 중국에게 항복을 하는 것은 큰 실수라고 했습니다. 중국은 모든 보잘것없는 독재자들에게 신호를 보낼 것입니다. 몇 명의 미국인을 죽이기만 하면, 미국은 스스로 무너질 것이라고 말입니다. 이것은 상당히 설득력 있는 주장이었습니다. 이것은 우리가 1945년 파시즘과 1989

년 공산주의에 대해 역사적인 승리를 거두었던 이래로, 우리와 동맹
국들이 이루고자 꿈꾸어 왔던 그런 세계의 본질을 건드리는 문제입
니다. 이 위대한 두 전쟁에서 우리가 얻은 교훈이 있다면, 만약 용
기를 갖고 굳건히 일어선다면 쓰러지는 쪽은 바로 깡패들이라는 사
실이었습니다. 민주주의나 자유 그리고 자유시장은 승리해 왔습니
다. 사악한 제국들이 주저앉았습니다.

그렇지만 다른 견해도 물론 있습니다. 이 주장은, 우리가 휩쓸린
분쟁이 단지 지역적인 중요성밖에 없다는 사실에 근거하고 있습니
다. 중국에 걸린 우리의 이해관계는, '판매 유효기간'이 훨씬 지났
는데도 권력에 매달려 있는 겁쟁이이고 편집광적인 지도자들에 대한
염려보다 한결 더 크다는 것입니다. 우리의 대기업들이 중국에 뿌리
를 내리고 있으며, 정치적인 변화에도 중요한 촉매 역할을 하고 있
습니다. 우리의 지역적인 역할은, 문제가 되는 곳이면 어디에서든
세계 경찰로서 의지를 시행하기보다는 정직한 브로커라는 위치를 고
수할 때 가장 잘 어울립니다. 지난 며칠 사이의 사건들이 잘 보여 주
고 있듯이, 우리에게는 할 일이 참으로 많습니다.

그러나 내게 주어진 임무는 경합하고 있는 두 주장 사이에서 중재
를 서는 일이 아닙니다. 내 임무는 신의 가호 아래 현명하게 통치하
는 것입니다. 국민 여러분께서 그런 임무를 수행하라고 나를 지난
십일월에 선출했던 것으로 알고 있습니다. 그것은 바로 지난달에 있
었던 취임연설에서 내가 국민 여러분께 맹세했던 것이기도 합니다.
나는 당시에 우리나라가 직면한 불확실성에 대해 경고를 했었고, 목
적의 일사불란함과 비전의 명확함이 필요하다는 점을 강조했었습니
다. 통치를 한다는 것은 선택하는 것입니다. 나의 선택은 평화를 위
한 것이어야 합니다. 나는 오늘밤 일본 서쪽에 있는 모든 미군들에
게 즉각적인 소집을 명령하고자 합니다. 아무튼 우리가 전쟁터를 떠

나고자 하는 것은 아닙니다. 그것은 미국식 방법이 아닙니다. 그저 항복하기 위해 우리가 핵전쟁의 낭떠러지까지 이렇게 애써 달려온 것은 아닙니다.

나는 중국이 모든 적대행위를—정말 '모든' 적대행위를—중단한다는 조건 아래 미군을 철수시키겠다고 왕 주석에게 말했습니다. 지난 며칠 동안, 중국은 베트남에 공격을 감행했을 뿐 아니라 대만 정부가 합법적으로 소유하고 있었던 타이완 해협의 섬들을 강점했습니다. 나는 중국에 전화를 걸어서 그 섬들을 적법하고 합법적인 정부에게 반환하라고 요청했습니다. 나는 또 왕 주석에게 그 지역의 주권에 대한 중국의 주장을 국제 중재위원회에 회부하라고 말했습니다. 국제적인 선박들의 남중국해에 대한 자유로운 접근을 확실하게 보장해 준다면, 나로서도 미국이 굳이 반대할 이유를 찾을 수가 없을 것입니다. 우리도 그런 보장책이 곧 확인되리라는 것만큼은 확신하고 있습니다. 중국 정부는 일본 해군 전함이 상선들을 호위하는 데 동의했습니다.

만약 중국이 우리의 조건에 동의한다면, 핵전쟁의 진정한 위험은 피할 수가 있을 것입니다. 그렇게만 될 수 있다면, 우리는 하느님께 감사를 드려야 할 것입니다. 왜냐하면, 지금은 허황하게 승리주의에 젖을 때가 아니기 때문입니다. 일찍이 있었던 국제적인 위기상황의 말기에 흐루시초프가 말한 바 있듯이, 그들은 누가 이기고 누가 졌는지에 대해 토론을 했지만 결국 인간의 이성이 승리한 것이며 인류가 승리한 것일 뿐입니다."

중난하이, 베이징

현지시간 : 2001년 2월 24일 토요일 05 : 30
G M T : 2001년 2월 23일 금요일 21 : 30

왕펑 주석은 긴급히 회의를 소집했다. 참석한 사람은 제이미 송과 장사나 정치에 수완이 뛰어난 군인으로 그냥 멀티테크놀로지라고만 알려진 인민해방군의 막대한 재정적 산업적 자산을 총괄하고 있는 자오 장군, 그리고 보안을 책임진 공산당 정치국 요원 장지 등이었다. 왕 주석은 상당히 격앙되어 있었다. 불과 일 주일 전에 자신이 설정한 국가가 가야 할 길에 대해 의문을 제기했던 '어떤 사람들'의 이름을 계속해서 언급하고 있었다. 그는 쉽사리 감정을 드러내는 사람이 아니었다. 전혀 그답지 않은 감정의 폭발은 그가 지금 감내하고 있는 중압감이 얼마나 큰지를 강조하고 있었다.

그가 브래들리 대통령과 전화 통화를 마친 것은 겨우 두어 시간 전이었다. 그것은 핵폭탄의 교환을 방지하고 드래곤 스트라이크를 효과적으로 끝맺게 하는, 양측의 통역이 단어마다 심사숙고했던 그런 대화였다. 그럼에도 그는 기분이 고양되기는커녕 언짢고 한풀 꺾인 느낌이었다.

"그래서 우리가 얻은 것이 뭐지?" 그가 수사학적으로 물었다.

"예상 밖의 엄청난 재정적 성공입니다." 자오 장군이 말했다. "원유와 외환시장에서 번 돈으로 해군을 재건할 수 있습니다."

"그게 정말인가?" 왕 주석이 따지듯 물었다.

"사실입니다, 주석 동무. 제가 자세히 설명 드려도 되겠습니까?" 그러나 아무도 그를 저지하지 않았다. 그는 계속 말했다. "우선 제가 이 자리에서 말씀드리는 내용은 절대로 밖으로 새어 나가서는 안 된다는 점을 다짐하고자 합니다. 지금까지 이 작전을 알고 있는 사람은 단 세 명뿐입니다. 간략하게 말해서, 멀티테크놀로지는 드래곤 스트라이크에 대한 사전 정보를 십분 활용했던 것입니다. 물론 인민해방군에게 돈을 벌어 주기 위한 것이지요. 우리는 베트남에 대한 공격을 항상 미리 알고 있었으며, 남중국해에 대한 가압류 선언이 비교적 비싼 값으로 거래되리라는 것도 알고 있었습니다. 물론 중요한 자본 자산의 손실이 뒤따른다는 것도요. 그리고 주석께서는 약간의 현명한 투자로 그런 우발적인 사고에 대비하는 것이 분별 있는 처사라고 생각하셨습니다.

멀티테크놀로지는 원유에서 상당한 수익을 올려서 현재까지 이익은 총 16억달러 상당입니다. 이 자금은 일시적으로 미국 재무성 채권시장에 만기가 짧은 T-BILL로 바꾸어 대기시켰습니다. 우리가 체결시킨 가장 큰 단일거래는 싱가포르에서 수요일에 있었던 6억달러짜리였습니다. 그것은 싱가포르 선물거래소에 예약해 놓았던 특수거래로, 우리 대리인이 3만 계약분의 원유 선물계약을 배럴당 45달러에 청산한 것입니다. 우리는 당초에 매수했던 4월물 16만 계약 중에서 8만 계약분을 런던 선물시장에서 화요일에 팔았는데, 그 때 이익이 6억달러가 넘습니다. 그리고도 아직 5만 계약분을 갖고 있습니다. 처음 시장에 들어갔을 때 배럴당 25달러였던 점을 감안한다면, 이 5만 계약분은 장부상 10억달러의 이익을 현금화시킬 수 있다는

의미인 것입니다. 우리는 가능한 한 조속한 기회에 그렇게 하려고
합니다. 또한 엔화에서도 상당한 실적을 올렸습니다. 런던과 도쿄에
서 한 번의 거래로 4억 6,600만달러의 순이익을 챙겼으니까요. 한
마디로 멀티테크놀로지는 현금으로 20억달러를 벌었으며, 추가로
10억달러 상당의 이익이 런던의 원유 선물시장에 아직도 잠겨 있습
니다. 주석 동무, 최종적인 목표는 멀티테크놀로지가 보유하고 있던
자금을 두 배로 늘이는 것입니다. 그 정도의 돈이면, 모든 장비와
기계들을 완벽하게 갖춘 항공모함이라도 장만할 수도 있으며, 남는
돈으로 최신형 잠수함도 몇 척 더 살 수 있을 것입니다."

송 장관과 장 정치국 요원으로부터 놀라움의 탄성이 흘러나왔다.
왕 주석의 얼굴이 환하게 밝아졌다. 자오 장군으로부터 처음 시작할
때부터 지속적으로 보고를 받아오긴 했지만, 이렇게까지 성공적일
줄은 꿈에도 생각지 못하고 있었던 것이다. 한때 사업가였던 송 장
관은 자오 장군에게 가볍게 목례하며 그의 능숙한 거래에 경의를 표
했다. 자기가 들은 소식에 깜짝 놀랐던 장도 곧 평정을 되찾고 몇 가
지 좋은 소식이 있다고 말했다.

"동무들……" 장이 입을 열었다. "우리는 반혁명적인 소위 신공산
주의자들을 소탕했습니다. 이 사람들은 우리에게 성가신 가시 같은
존재였습니다. 그렇지만, 경찰들의 일사불란한 작전으로 500명 이상
을 체포할 수 있었습니다. 그 중 일부가 석방되었으나 계속해서 엄
중한 감시를 받게 될 것입니다. 203명은 공식적으로 기소될 것이
며, 7년에서 20년 사이의 징역을 받게 될 것입니다. 지금까지 심문
한 바에 의하면, 주모자들 중에서 8명 정도는 도망치는 데 성공한
것으로 추정됩니다. 베트남 국경으로 도주한 것으로 보입니다만, 조
만간 체포되리라고 확신합니다. 우리의 성공을 생각해 보십시오, 주
석 동무. 수년간에 걸쳐 이룩해 놓은 반체제집단이 불과 한 시간도

못 되는 짧은 순간에 철저하게 분쇄되었습니다. 이것은 어느 누구도 우리로부터 빼앗아 가지 못할 감명 깊은 업적입니다.”

“그렇군요, 그건 정말 특별히 기분 좋은 일입니다. 그래, 당신은 어떻습니까, 동무?” 그는 송 장관을 돌아보며 말했다.

“죄송합니다만, 저도 좋은 소식 말고는 드릴 말씀이 없습니다.” 주석의 고조된 기분에 화답하기 위해 그가 야릇한 미소를 지어 보이며 말했다. “우리는 지역의 강대국에서 미국에 도전할 만한 능력을 갖춘 세계의 강대국으로 변모했습니다. 세계 무대를 미국이 지배하도록 내버려 둔 채, 고르바초프의 통치 아래에 있던 소련이 몰락한 이래로, 이렇게 급격하게 권력의 질서가 재편되는 것을 세계는 일찍이 본 적이 없었을 것입니다. 중국이 드디어 무대에 등장한 것입니다. 핵무기의 교환도 감수한다는 과감한 전략적 대비가 우리에게 상석(上席)을 마련해 준 것입니다. 우리가 세계를 변화시켰습니다.

남중국해에 대한 권리주장에 대해 동남아시아 대부분 국가들의 적극적인 묵인을 받아낸 것도 우리가 얻은 중요한 승리입니다. 체면을 생각해서 적당히 약간의 시차를 둔 뒤, 서방측의 동의도 곧 뒤따를 것입니다. 대만으로 향한 우리의 길도 활짝 열려 있습니다. 일본이 문제입니다만, 우리가 이겨내지 못할 정도의 장애물은 아닙니다. 결국, 일본도 미국과 마찬가지로 자신들이 보호해야 할 경제적인 이권을 중국이 쥐고 있다는 점을 인정할 것입니다. 이제는 안심하고 잠을 푹 잘 수 있을 것입니다. 적어도 더 나빠지지는 않았습니다.”

왕 주석은 제이미 송의 말을 들으며 손가락 사이로 연필을 돌리면서 뒤로 기대앉아 고개를 끄덕거렸다. 마침내 그가 입을 열었다.

“그렇지만 베트남 인들은 어떻게 된 겁니까? 어떻게 그런 짓을 할 수 있습니까?” 그가 주먹으로 테이블을 힘껏 내리쳤다.

톈안먼 광장, 베이징

현지시간 : 2001년 3월 4일 일요일 07 : 30
G M T : 2001년 3월 3일 토요일 23 : 30

갓 내린 눈이 하얗게 덮인 톈안먼 광장에서 한 병사가 오성홍기(五星紅旗)를 게양하고 있었다. 곧이어 새빨간 유니폼을 입은 어린이들이 왕 주석의 사진이 그려진 깃발을 들고 속속 도착했다. 광장의 각 모퉁이에서는 여러 개의 연들이 한 줄에 묶인 채 날리고 있었으며, 옷에는 드래곤 스트라이크 전쟁을 상징하는 그림들이 그려져 있었다. 중국 역사박물관 밖에는 전투와 파괴장면을 담은 필름이 대형 스크린에 비쳐지고 있었다. 전투에 참여했던 육군, 공군, 해군 병사들이 중대, 대대별로 그리고 선박별로 질서정연하게 줄을 서서 마오쩌둥의 대영묘에 참배하면서 경의를 표했다. 그런 뒤 그들은 광장의 제일 남쪽 끝에서부터 시작하여 한 줄 한 줄 광장을 가득 메우며, 각기 정해진 위치에 자리를 잡았다. 대륙간 탄도 미사일 JL2와 DF32들이 장안가(長安街)를 따라 내려와 얼마 전 한 달도 안 된 그때 그랬던 것처럼 톈안먼을 바라보는 곳에서 행렬을 멈추었다.

광장 구석구석을 진눈깨비와 공해가 어우러진 안개가 자욱하게 메우고 있었다. 한쪽 끝에서 다른 쪽 끝에 있는 사람이나 건물을 제대로 식별하기 불가능할 정도로 시계는 불량했다. 그러나 안개로 흐려진 어슴푸레한 분위기가 음악과 공산주의 지도자들의 연설을 더욱 특별한 느낌이 들도록 만들었다. 안개의 소용돌이 속에서 박수 갈채가 폭발했다. 북부 베트남의 잃어버린 영토는 쿤밍(昆明)과 광저우(廣州) 교전지역에 있는 영광스럽고 용감한 군인들에 의해 되찾게 될 것이며, 동해함대와 인민해방군 공군, 해군에서 파견된 병사들과 난징(南京)의 군대들이 기존에 그 지역을 점령하고 있는 대만의 국수주의 세력들을 용맹스럽게 몰아내고 조국과 재결합시킬 것이다. 일본, 영국, 프랑스 그리고 미국 정부가 중국이 취약하고 부패한 국가였던 식민지시대에 저질렀던 잔악한 행위에 대해 왕 주석에게 용서를 빌 것이며, 남해에 대한 중국의 주권이 세계 모든 국가들에 의해 인정을 받게 될 것이라는 말을 전 국민에게 했던 것이다. 왕펑 주석은 중국 역사상 가장 위대하고 영광스러운 지도자였다.

'앞으로는 중국이 외세에 의해 치욕과 굴욕을 당하는 일은 결코 없을 것이다. 우리 조국은 이제 지구상에서 가장 강력한 국가이다.' 인민일보는 일면 논설에서 이렇게 썼다.

중국 국가 주석이 내성(內城) 문 위에 나타났다. 그의 양쪽으로 드래곤 스트라이크 전쟁을 지휘했던 장군들이 엄호하듯 배석했다. 자오 장군과 제이미 송 장관도 공산당 정치국의 다른 상임위원들과 함께 그 자리에 있었다. 국제적인 내빈들 중에는 이란 대통령, 러시아의 수상, 중앙아시아의 타지키스탄, 키르기즈스탄, 카자흐스탄 공화국의 지도자가 포함되어 있었다. 일본 대사는 본국과의 협의차 도쿄에 가 있게 된 것을 다행스럽게 생각하고 있었다. 서방의 외교관들은 모두 냉전시대를 떠올린다는 이유로 이의를 제기하며 의식 참가를 거절했다.

타이완 해협

현지시간 : 2001년 3월 15일 목요일 07 : 15
G M T : 2001년 3월 14일 수요일 23 : 15

공격은 여명이 밝으면서부터 시작되었다. SU-27기 12대가 저공비행으로 대만의 북동쪽 해안에 침투했다. 그들 뒤에는 A-7 경공격(輕攻擊) 폭격기 6대가 따르고 있었다. 그들은 처음 탄슈이 강의 어귀에 있는 해안도시인 탄슈이를 지나쳤지만 아무런 저항도 받지 않았다. A-7기들은 C-802 대함(對艦) 미사일을 탑재하고 있었다.

그들이 첫번째 폭격을 시작하자, 대만의 쳉쿵급 프리깃함 〈팬 카오〉호와 라파엣급 프리깃함 〈우 창〉호에 승선하고 있던 선원들은 숨을 곳을 찾아 분주하게 날뛰었다. 그러나 피하기에는 너무 늦었다. 불과 몇 초 내에 미사일들이 배를 강타하면서, 뜨겁게 과열된 파편과 폭발하는 군수품들이 사방으로 날아다녔다. 배의 잔해가 탄슈이 주위의 물을 온통 화염으로 휩싸이게 했다. 검고 짙은 연기가 소용돌이치며 하늘로 올라갔다. 부상자들과 죽어 가는 사람들의 비명은 마침내 공습경보 사이렌 소리에 묻히고 말았다.

사이렌 소리가 울리기 시작한 것은, A-7기들이 두 번째 공습을 위해 다시 돌아왔을 때였다. 그들의 목표물은 두 번째 라파엣급 프리

깃함 〈쿤밍〉호였다. 그러나 그 배의 선원들은, 비록 몇 초에 불과했
지만, 스스로를 방어하고 공습에 대비할 수 있는 절대절명의 시간을
확보할 수 있었다. 그들은 8중 발사대를 이용하여 한 무더기의 함대
공 미사일을 발사할 수 있었으며, 3대의 적기를 격추시켰다. 그와
동시에 중국의 조종사들은 뱃머리에 장착한 미국제 팔랑스 무기 시
스템으로부터 뿜어져 나오는, 하늘을 가득 메운 우라늄 폭탄들 사이
를 비행하고 있다는 것을 깨달았다. 1분에 4,000발의 포탄을 퍼부어
A-7기 2대를 격추하고, 그들이 발사했던 공대함 미사일들이 프리깃
함을 맞추기 전에 공중폭발했다.

수상 관저, 도쿄

현지시간 : 2001년 3월 15일 목요일 08 : 30
G M T : 2001년 3월 14일 수요일 23 : 30

개인비서가 들어왔을 때, 히야시는 간장을 뿌린 오징어 회와 쌀밥을 들면서 조간을 훑어보고 있었다.

"식사를 방해해서 죄송합니다, 각하. 그렇지만 이시하라 국방장관 말씀이 각하께서 이것을 보고 싶어하실 것이라고 해서……."

히야시는 두 쪽짜리 서류를 무표정하게 읽었다. 센가쿠 군도의 청음초소가 그날 아침 7시에 중국군들의 통신을 어떻게 가로채어 도청했는지를 설명한 것이다. 일본은 베이징 정부가 타이오유-타이 군도라고 부르는 센가쿠 군도를 드래곤 스트라이크 발발 14일 이내에 완전한 인원과 무기를 갖춘 군사기지로 격상시켰다.

그들이 중간에서 가로챈 신호들은 인민해방군이 그들의 공군과 해군에게 대만 북부에 대한 침공에 가담하라는 명령을 내리는 것이었다. 읽기를 마친 히야시는 한 동안 가만히 앉아서 생각에 잠겼다. 그는 내각의 자위(自衛) 소위원회를 9시에 소집하라고 지시했다.

"그리고 몬로 대사에게 전화해서 각료회의를 마친 뒤 곧바로 대통령과 통화를 하고 싶다고 전해 주시오. 이상이오."

베이징

현지시간 : 2001년 3월 15일 목요일 07 : 30
G M T : 2001년 3월 14일 수요일 23 : 30

신화사 통신은 대만 침략을 보도하고 있긴 했지만, 대만을 '해방시킨다'는 표현을 쓰고 있었다. 중국 인민들은 역사적으로 재통합의 열망을 갖고 있었다고 말하면서, 대만의 군인들에게 공산주의로 전향하라고 요구했다. 인민해방군에 가담하는 병력들은 대만 군대에서 그들이 갖고 있던 계급을 그대로 인정해 주겠다고 방송했다. 신화사 통신은 계속 이렇게 말했다.

"중국 정부가 추구하는 것은 오직 재통합일 뿐 보복은 절대로 아닙니다. 통합만 되면, 현재 미해결인 모든 문제점들도 해결될 것입니다. 그리고 대만은 대만 사람들이 계속 통치하게 될 것입니다. 국제적인 조직의 일원으로서 대만이 누리던 위상은 그대로 유지될 것입니다. 중앙의 인민 정부는 오직 평화와 하나의 중국을 추구할 뿐입니다."

또한 신화사 통신은 왕펑 주석의 성명서도 전하고 있었다. 그것은 미국에게 중국의 국내문제에 쓸데없이 간섭하지 말라는 은근한 경고였다. '만약 누군가가 타이완 해협에서 힘을 과시하고자 한다면, 그

것은 사태 해결에 전혀 도움이 되지 않을 뿐 아니라 오히려 더욱 복
잡하게 만들 뿐'이라고 그가 말했다. 신화사 통신은 왕 주석에게 미
해군의 전함이 대만과 중국 본토 사이의 폭 200킬로미터의 수로에
진입했을 경우에 중국이 어떻게 대응해야 하는가에 대한 경고를 하
고 있었다. '만약 누군가가 중국을 상대로 하여 힘으로 위협한다
면, 이는 과거의 경험이 잘 보여 주고 있듯이 전혀 좋은 결과를 얻지
못할 것입니다.'

수상 관저, 도쿄

현지시간 : 2001년 3월 15일 목요일 09 : 00
G M T : 2001년 3월 14일 수요일 24 : 00

히야시가 일부 각료들로 구성된 소위원회를 소집한 회의실에는 이제 낯익은 얼굴들로 가득 차 있었다. 국방성의 이시하라가 수상의 오른쪽에 앉았다. 그의 왼쪽에는 외무성의 기무라가 앉아 있었다. 대장성과 통산성 장관인 와다와 나이토가 그 다음에 앉았으며, 국방 정보국 국장인 오가와 장군이 그 뒤를 이었다.

"자, 오가와 장군, 당신은 어떻게 평가하고 있습니까?" 수상이 먼저 물었다.

"아침 7시에 가로챈 통신의 내용과 바로 그 뒤에 출격시킨 AWACS 로부터 입수한 정보에 근거하여 현재 우리가 말할 수 있는 것은, 중국인들이 북부 대만에 대해 두 번의 장거리 공격을 감행한 것이 확실하다는 것입니다. 그들은 대만의 북서쪽 끝에 있는 탄슈이와 해안을 따라 남쪽으로 한껏 더 내려간 신츄에 상륙했습니다. 우리의 평가에 의하면, 그들이 지나치게 깊숙이 침투한 것이 아닌가 합니다. 대만의 방위는 아주 훌륭하며, 대만군은 최신 혹은 최신에 거의 가까운 미국과 유럽산 장비들을 보유하고 있습니다.

대만에는 활동적인 현역 군인만 42만 5,000명이 있으며, 육군(28만 9,000명), 해군(6만 8,000명) 그리고 공군(6만 8,000명)으로 적절히 나누어져 있습니다. 어쨌든 방위의 기본개념은 미국과 긴밀한 유대관계를 유지하는 것입니다. 미국과 대만의 군사적 유대관계는 베이징이 그들 둘 사이에 쐐기를 박고자 했음에도 상당히 견고하게 유지되고 있습니다. 워싱턴은 프리깃함이나 F-16 전투기, 공격형 헬리콥터, 조기 경보기, 상륙정, 대함 미사일, 대 잠수함 전투 장비 그리고 탄도 미사일 방어장비 같은 현대식 무기들을 대만에 팔거나 혹은 임대했습니다. 한 소식통에 의하면, '대부분의 무기들은 해상 침략을 격퇴시키거나 해상봉쇄를 방해하는 데 적합하다'고 합니다. 만약 중국이 교두보를 마련하는 데 성공한다 하더라도 격렬한 저항에 직면하게 될 것입니다. 대만은 최소한 300대 이상의 탱크를 보유하고 있으며, 적어도 그 중 반 이상이 북동쪽에 배치되어 있습니다. 22척의 구축함과 11척의 프리깃함, 4척의 잠수함을 배치하고 있는 대만은 바다에서도 중국에 대항하여 완강한 방어체제를 구축할 수 있을 것입니다."

수상이 소리 안 나게 조용히 이빨 사이로 공기를 획 들이마셨다. 오가와 장군은 그 때가 바로 멈춰야 할 시점이라는 사실을 익히 알고 있었다. 히야시가 보고에 대해 고맙다고 치하하자, 오가와는 자리에서 일어나 밖으로 나갔다. 히야시는 다시 기무라 외무성 장관 쪽으로 돌아섰다.

"기무라 외상, 그들이 왜 이런 짓을 저질렀다고 생각하시오?" 그가 물었다. "우리의 해군은 남중국해를 통과하는 상선을 처음으로 완벽하게 호위했습니다. 이제 타이완 해협은 사실상 차단되었습니다. 그것은 그리 심각한 문제는 아니라는 장관의 말은 인정합니다만, 중국이 저지른 이러한 행위가 우리의 센가쿠 군도에도 어떤 영향을 미치지 않을까 걱정되는데 ?"

"거기에는 두 가지 의문이 있습니다, 수상 각하. 첫 번째 의문이자 정직한 대답은 우리도 모른다는 것입니다. 아무튼 이 공격은 대만의 정치적 군사적 상황을 오판한 데서 비롯하고 있다고 생각합니다. 근인(近因)은 대만의 신당 지도자들이 발표했던 몇몇 성명서인 것처럼 보입니다. 신당은 1994년에 창립되었는데, 국민당(KMT)에서 떨어져 나간 하나의 분파였습니다. 신당은 항상 본토와의 재결합을 선호해 왔으며, KMT가 국내적으로나 국제적으로 모두 대만의 독자적인 위상을 추구하는 정책을 이끌어 왔기 때문에 그 동안 상당히 실망하고 있었습니다.

신당의 대변인은 드래곤 스트라이크 교전 시에 중국을 대신하여 특별히 호전적인 발언을 했습니다. 심지어 그들 중 일부는 통합된 중국의 모습을 세계에 드러내기 위해 대만이 본토와 결합해야 하는 것이 아니냐는 제안도 했습니다. 교전이 절정에 달했던 시기인 2월 22일, 타이베이에서 열렸던 한 회합에 신츄 소재의 군병력들을 지휘하는 옌 치차이 장군도 포함된 상당수의 중요한 장군들이 신당의 고위직들과 함께 참석한 바 있었습니다. 옌 장군의 보좌관인 홍추린 대령이 다음 날인 2월 23일에 베이징으로 갔습니다. 그가 베이징에서 무슨 짓을 했는지 모르겠지만, 정보에 의하면 그는 중난하이와 대만 문제 사무국을 방문했다고 합니다.

수상께서도 알고 계시겠지만, 대만에서 발생하는 사건들을 충분히 파악하고 있는 베이징 정부는 옌 장군을 자기네 편으로 믿었을 것이며, 대만의 군대가 뿌리 깊게 분열되어 있다는 믿음을 근거로 행동해 왔다고 추정됩니다. 또한 우리는 신츄에 상륙한 군인들은 이름뿐인 상징적인 병력에 불과하며, 본격적인 침략의 선봉장이 될 의도는 추호도 없었다고 믿고 있습니다. 저는 이에 대한 추가적인 증거로서 신화사 통신의 초기 긴급 속보를 제시합니다. 대만의 지도자들을 목표로 한 강경노선의 웅변이 빠져 있다는 것이 금방 눈에 들어옵니다.

국제적으로 센가쿠 군도에 대한 우리의 입장은 중국의 주장을 액면 그대로 심각하게 받아들이고 있지는 않습니다. 중국인들은 이 군도를 타이오유-타이라고 부르며 자신들의 공식적인 지도에 포함시키고 있습니다. 과거에도 이 지역에서 사소한 충돌이 일어났던 적이 있긴 합니다. 이 군도를 되찾고자 하는 중국인들의 무력시위를 완전히 일축해 버릴 수는 없습니다. 특히나 최근의 위기상황을 맞고 있는 마당에 국가적인 재결합을 근거로 한 움직임이 있을 때는 더욱 그렇습니다. 우리는 부단히 경계할 필요가 있습니다. 우리 해군은 남중국해를 경유하는 상선들만을 호송할 것이 아니라 센가쿠 군도가 있는 동중국해의 해역에서도 호송을 게을리 하지 말아야 합니다."

히야시는 침묵을 지키고 있었다.

"나는 지난주와 그 전에도 미국과의 관계를 어떻게 정립해야 하는지에 대한 문제에 정신을 완전히 빼앗기고 있었습니다. 기무라 외상, 우리는 불과 이틀 전에 이 문제를 토론했었어요. 미국의 몬로 대사는 나를 만날 때마다 워싱턴을 방문하라고 잔소리를 늘어놓았지만, 어쩌면 최근의 소동이 유용한 것으로 판명될 수도 있습니다. 이와 같은 시기에는 일본도 친구가 필요합니다. 이 회합이 끝나는 즉시 브래들리 대통령에게 전화를 하고자 합니다."

백악관, 워싱턴, DC

현지시간 : 2001년 3월 14일 수요일 21 : 00
G M T : 2001년 3월 15일 목요일 02 : 00

브래들리 대통령은 시카고 방문을 마치고 막 돌아온 참이었다. 브래들리는 지난 여름에 발생했던 이 도시의 끔찍한 폭동을 진정시켰던 적이 있어서 시카고에 대해서는 정통한 편이었다. 그리고 그 과정에서 실시된 여론조사에서도 필연적으로 고무될 만한 결과를 얻었다. 그는 도시의 남쪽에 있는 빈민가를 방문했으며, 시민 지도자들과 지역의 대표들을 만나 대화를 나누었다. 대통령의 대변인은 1992년 로드니 킹 폭동 때 조지 부시 전(前) 대통령이 L. A로 직접 날아가서 도심의 질서를 바로잡기 위해 연방정부가 지원하겠다고 약속을 했던 이래로, 그의 연설이 도시개혁에 대한 대통령의 성명서 중에서 가장 중요한 것이었다고 발표했다. 국가 안보 보좌관인 마틴 웨인스타인이 대만에 대한 중국의 공격 뉴스를 갖고 들어왔을 때, 대통령은 다른 보좌관들과 함께 있었다.

웨인스타인이 대통령에게 상황을 설명하면서 말했다. "이번에야말로 그들이 호적수를 만난 것 같습니다." 또 그는 히야시 수상으로부터 전화가 올 테니 대기하시라고 말했다. "그도 방황을 마치고 집으로 돌아올 준비가 된 것 같습니다.”

“이 게임을 어떻게 풀었으면 좋겠소, 마티? 내 말은, 왕 주석이 여기서 노리는 것이 무엇인가 하는 겁니다. 그는 3주일 전에 내게 전화해서 자신들이 강점한 군도를 대만에게 돌려주겠다고 했었소. 그런데 지금은 대만인들을 상대로 엉뚱한 모험을 감행하고 있지 않소. 대만이 아시아에서 가장 위험하고 세련된 병기창고 중 하나라는 사실을 모르고 있단 말이오? 나는 미국 국민들에게 명예롭게 전쟁터를 떠나겠다고 약속을 했어요. 그런데 그 친구가 나를 바보 취급하고 있단 말이오!”

“대통령 각하, 각하의 분석은 언제나처럼 너무 예민하십니다.” 웨인스타인이 말했다. “그렇지만 이 점만큼은 고려해야 합니다. 우리 생각도 그렇고 일본인들도 동의한 바지만, 왕이 이런 공격을 감행한 이면에는 대만인들이 절대로 반격을 가하지 않으리라는 믿음이 있었기 때문입니다. 그의 판단 착오라는 것이 증명되었습니다. 중국 본토의 승리는 어느 모로 보더라도 가능성이 없어 보입니다. 대만인들은 화력을 잘 갖추고 있으며, 무엇보다도 공산주의자들을 증오합니다. 왕 주석이 각하에게 한 약속을 어겼다는 점은 사실입니다. 그렇지만, 우리는 한 발 뒤로 물러나 있는 게 좋다는 것이 제 의견입니다. 우리가 직접적으로 관여하는 것은 바람직하지 않습니다. 다만 대만인들이 필요로 하는 장비나 군사고문은 제공해야 합니다.”

웨인스타인이 보고를 마치자, 대통령의 비서가 들어와서 일본 수상으로부터 전화가 왔다고 말했다.

“노비, 잘 지내셨습니까?” 브래들리 대통령은 예의 친밀한 인사로 시작했다. “나는 일본에 있는 친구들로부터 걸려 오는 전화를 받으면 항상 즐겁습니다. 아무리 늦은 시간이라도 말입니다.”

“너무 친절하신 말씀입니다, 대통령 각하.” 히야시가 대꾸했다.

“제가 전화한 것은, 각하도 알고 계시겠지만, 대만 상황에 대해 말씀드리기 위해서…….”

“그럼요, 그렇고 말고요. 나도 알고 있습니다. 당신은 사태를 어떻게 파악하고 있습니까? 중국인들이 물러설까요?”

“그럴 리는 없을 것입니다. 우리 추측대로라면 중국인들은 기껏해야 24시간을 못 넘길 것입니다. 우리 생각에는 그들이 잘못된 정보 때문에 잘못된 판단을 하고 있으며, 그래서 정도가 좀 지나쳤던 것이 아닌가 합니다.”

“우리도 그렇게 평가하고 있어요, 노비. 어쨌거나 베이징도 불편해 할 수밖에 없을 테니 그 점을 이용할 수 있을 것입니다. 도쿄에 있는 몬로 대사가 귀하에게 일차 워싱턴을 방문하라고 했다는데, 당신이 오신다면 우리로서는 무척이나 반길 일입니다.”

“나도 양국 간의 관계를 재정립할 필요가 있다고 생각합니다. 물론, 일본이 또다시 과거와 같은 종속적인 위상을 취한다는 것은 논외일 것입니다. 아무튼 동아시아의 안정은 미국과 일본이 함께 나서야만 확보될 수 있으리라고 믿습니다. 우리들의 관계가 부지 중에 표류하게 되었다는 각하의 말씀은 절대적으로 옳습니다. 나로서도 워싱턴에 갈 수 있다면 무엇보다 반가운 일이 될 것입니다. 그렇게 되면, 우리측 국가들에게는 강렬한 신호가 될 것이며, 동남아시아 국가들에게도 폭넓게 환영받을 처사임이 분명합니다. 물론, 베이징은 아니겠지만 말입니다.”

브래들리가 웃었다. “그렇고 말고요. 노비, 맞는 말입니다. 우리의 이 새로운 유대관계를 대만에 대한 중국의 침략을 비난하는 공동성명서를 발표하는 것으로 시작하면 어떻겠습니까? 거기다가 수상께서 워싱턴을 방문할 것이라는 내용까지 덧붙이고 말이오.”

“아주 훌륭한 생각이십니다, 짐.”

타이완 해협

현지시간 : 2001년 3월 15일 목요일 13 : 00
G M T : 2001년 3월 15일 목요일 05 : 00

공습을 알리는 사이렌 소리가 인적이 끊긴 황폐한 타이베이의 거리를 헤매며 울부짖고 있었다. 하늘은 치명적이고 위태로운 공중곡예에 몰두한 전투기들로 가득 찬 것 같았다. 중국 본토에서 적외선 유도 및 레이더 자동 추적장치가 부착된 공대공 미사일을 탑재한 SU-27기들을 출격시켰다. 이에 대응하기 위해 대만에서 띄운 F-16기들은 AIM-9 사이드와인더 공대공 미사일뿐만 아니라 최신형 레이더와 함께 AIM-7 스패로우 레이더 유도 미사일을 탑재하고 있었다. 대만의 조종사들은 본토의 상대들보다 훨씬 더 많은 훈련비행을 했지만, 드래곤 스트라이크 덕분에 중국군도 어느 정도 실전으로 단련된 셈이었다.

초기의 승리는 SU-27기들에게 돌아갔다. 꽁무니로 따라붙는 적의 공격을 피하기 위해 F-16기 조종사 한 명이 수직으로 급상승했다. 그러면서 급우회전하며 접근하고 있는 레이더 유도 미사일을 혼란시키기 위해 레이더 교란용 금속편 용기 두 개의 내용물을 모두 방출했다. 그러나 불행스럽게도 에너지가 떨어진 그는 너무 일찍 금속편을 발사했기 때문에 미사일은 다시 목표물을 찾아내어 F-16을 향해 정면 돌진했다. 비행기의 파편들이 타이베이의 북동쪽 외곽에 있는, 국립 왕실박물관를 방어하는 요새가 있는 산 위에 어지럽게 흩어졌다.

그러나 F-16기들에게도 전성기가 있었다. 전세계의 텔레비전에 생중계된 공중전에서 F-16기의 조종사 한 명이 SU-27기 한 대를 격추시켰다. 그것은 고전적인 일 대 일 공중전이었으며, 따라서 보다 큰 미사일 연축기(連軸機)를 갖고 있는 SU-27기가 이기도록 되어 있었다. 그러나 대만의 조종사들이 한결 자기 비행기에 대해 잘 알고 있었으며 또 익숙했다.

공중전은 대통령 관저가 있는 타이베이의 남동쪽 상공에서부터 시작됐다. 양측 비행기의 레이더 미사일들은 이미 모두 발사되었으며, 적외선 자동 유도장치가 남아 있었다. F-16이 당면한 문제점은 어떻게 SU-27기와 치명적인 무기로부터 벗어나느냐 하는 것이었다. 각 비행기는 상대를 쏠 수 있는 위치를 확보하기 위해 최대한의 중력 가속도를 내면서 소용돌이치고 있었다. 인간적인 요소가 가장 중요하다는 사실이 입증되었다. 대만의 조종사는 내중력복(耐重力服)을 입고 있을 뿐 아니라 높은 가속도에서 느껴지는 호흡장애를 부분적으로 해소할 수 있는 압력 호흡장치도 갖고 있었다. 이 장치는 정상적인 호흡과정을 역행시키는 것으로, 폐 속에 있는 산소를 의식적으로 내뿜도록 하면 단지 입을 벌리고 있는 것만으로도 압력이 자동적으로 폐 속에 공기가 주입되도록 한 것이다. 그는 이런 노력을 규칙적으로 했다. 그렇게 하면 적보다도 높은 가속도를 내더라도 조작능력을 유지할 수 있기 때문이었다. 덕분에 그는 상대방이 추적을 뿌리치기 위해 급격히 방향을 바꿀 때마다 놓치지 않고 꽁무니에 붙을 수 있었다. 적기가 사격권 내에 들어오자, 그는 적외선 미사일을 발사했다. 레이더에 의한 자동추적은 그의 헤드폰 속에서 으르렁거리는 소리로 알 수 있었다. 이 미사일은 SU-27기가 뿜어내는 불꽃에 유인되었으며, 조종사는 도망치기 위해 선회하면서 속도를 줄이는 과오를 범했다. F-16기는 그 순간을 놓치지 않고 완벽한 사격위치에서 적기를 향해 추가로 두 발의 미사일을 연속적으로 발사했다. 적기가 순간적으로 조준판 한가운데로 들어왔던 것이다. 첫발이 적기의 한쪽 엔진에 명중했는데, 탄두가 터지면서 나머지 엔진까지 동시에 폭발하고 말았다. 두 번째 미사일은 약간 늦었기 때문에 불덩어리 속에서 터지고 말았다.

중국 본토의 공격이 시작되었던 전투 초기, 대만군은 기습공격에 눌려 기를 펴지 못했다. 그러나 첫날 점심때가 되자 형세가 완전히 역전되어, 상황은 대만측에 결정적으로 유리하게 돌아갔다. 남서쪽으로 50킬로미터 떨어진 곳에서는 반도체와 컴퓨터를 생산하는 주요 도시인 신츄 근처의 해안으로 상륙한 5,000명의 중국 원정군들은 현지 수비대의 열렬한 환영을 기대하고 있었다. 수비대의 작전 사령관인 장군이 베이징을 지지하는 것으로 생각했기 때문에, 자신들을 해방군으로 받아들이리라고 믿었던 것이다.

그러나 베이징의 정보가 얼마나 엉터리였는지를 깨닫는 데는 그리 오랜 시간이 필요하지 않았다. 그들은 대만의 수비대로부터 격렬한 저항을 받았다. 전투는 백병전으로 치달았으며, 대만군이 그 방면에서는 월등하게 뛰어났다. 그들은 도시의 외곽에서 본토인들을 제압했다. 중국인들의 계산은 참으로 어처구니없을 정도로 터무니없었다. 탱크나 다른 차량들을 상륙시킬 수 없었기 때문에, 그들은 손에 든 개인화기로만 스스로를 방어해야 했다. 오전이 거의 끝나갈 무렵에는 5,000명의 중국군이 거의 절반 이하로 줄어들고 말았다. 다른 말로 표현하면, 그야말로 대단한 살상극이었다. 대부분이 길을 잃었는데, 많은 사람들이 도로 표지판을 제대로 읽지 못했기 때문이었다. 그들이 본토에서 자라며 배운 중국 글자들은 약어로 된 것들인데, 대만의 표지판들은 고전적인 한자로 적혀 있었다. 살아 남은 2,000여 명의 군인들은 곧 질서를 잃었으며, 학교나 병원, 사찰처럼 숨을 수 있는 곳이면 어디서나 구덩이를 파고 그 안에 숨었다. 소단위의 군인들이 항복했다는 보고도 약간 있었다.

그러나 신화사 통신은 이런 모든 보고들에 대해 정오 뉴스를 통해 시끌벅적하게 사실이 아니라며 부인했다. 항복에 대한 보고서들이 미국이나 대만을 지지하는 그들의 추종자들 사이에 널리 퍼졌다. 아무리 신화사에서 호들갑을 떨며 부인을 하더라도 중국측의 작전이 애초 계획과는 전혀 다른 방향으로 전개되고 있다는 사실만큼은 감출 수가 없었다. 전면적인 퇴각의 전주곡처럼 보이는 것들 중에는 중국인들이 '대만의 분리주의자들에게 한 수 가르쳐 주었다'는 보도가 있었다. 그들은 만약 섬나라의 지도자들이 재결합에 대한 중국 인민들의 열망에 긍정적으로 대응하지 않는다면, '보다 엄중한 대책'이 뒤따를 것이라고 경고했다.

백악관 잔디밭, 워싱턴, DC

현지시간 : 2001년 4월 30일 월요일 11 : 30
G M T : 2001년 4월 30일 월요일 16 : 30

햇살이 따사로운 워싱턴의 화창한 봄날 아침이었다. 포토맥 강가를 따라 병풍처럼 줄지어 선 벚나무에는 꽃들이 만발했다. 노부로 히야시 수상은 브래들리 대통령과 회담하기 전에 가타야마 대사와 함께 즉흥적인 하나미(꽃구경)를 즐기고 있었다. 텔레비전에 비춰지는 이런 광경은 아주 보기 좋은 것이었다. 수주일 동안 브래들리와의 워싱턴 정상회담을 주도해 오면서 언론을 이용하는 실질적인 지식을 얻은 히야시 수상은 일본과 미국 간의 따뜻한 연대감을 강조하곤 했다.

기자 한 명이 "핵폭탄은 어떻게 된 겁니까?" 하고 큰 소리로 물었다. 히야시는 눈조차 깜박이지 않고 그를 돌아보며 이렇게 말했다. "극단적인 상황은 극단적인 대책을 유발하는 법입니다. 우리나라의 의도는 핵무기를 사용하겠다는 것보다는 다분히 능력을 과시하기 위한 것이었습니다. 우리는 아직도 핵무기의 사용에 대해 반대하는 입장입니다."

연설대는 다소 작아 보였지만 적당한 크기의 연단 위에 두 개가 나란히 설치되어 있었다. 브래들리 대통령은 기분이 아주 좋아 보였으며, 히야시 수상과 함께 연단 위로 올라가면서 기자들에게 농담을 건네기도 했다.

"자유세계의 방어는 제2차 세계대전이 끝난 뒤부터 미국이 짊어진 하나의 의무입니다. 그리고 이 의무에 대해 우리는 결코 가볍게 생각한 적이 없습니다. 동맹국들도 마찬가지입니다. 동아시아에서 발생한 최근의 사태는 우리의 임무, 즉 세계의 자유를 보존하며 경제적으로 활기 넘치게 만드는 임무에 온 신경을 집중하도록 만들고 있습니다. 지난 사흘간 일본의 히야시 수상은 손님으로 이곳에 와 있습니다. 우리는 여러 번 만나 시간을 같이 했으며, 장래에 우리가 가야 할 길에 대해 의견을 같이 했습니다.

오늘 아침에 히야시 수상과 내가 우리의 공동무역에 대해 상호 보호를 다짐하는 새로운 합의서에 서명했다는 사실을 발표하면서, 나는 무한한 기쁨을 느꼈습니다. 상원에서 이 조약을 신속하게 재가해 주기를 희망하고 있습니다만, 중국이 취한 더욱 더 호전적인 자세에 대해 양국 정부의 우려 또한 반영하고 있습니다. 이 조약은 미국과 일본의 공동 관심지역이 위협받을 시에는 상호 이익을 방어하기 위해 신속하고도 단호하게 행동할 것임을 동아시아의 누구에게나 명확하게 경고하고 있습니다. 우리는 세계의 주목을 받고 있으며, 이제 더 이상 외롭지 않습니다. 나는 최근에 동남아시아 국가의 지도자들로부터 많은 전화를 받았는데, 대부분이 중국의 호전성에 대해 우려를 표명하는 내용들이었습니다. 우리는 중국인들과 싸우는 것이 아니라 그들을 억압하려는 소수의 사람들과 싸우는 것입니다. 오늘 이 자리에서 여러분에게 분명하게 약속하지만, 우리는 우리의 결정이 성공을 거두는 데 결코 인색하지 않을 것입니다."

동중국해

현지시간 : 2001년 5월 1일 화요일 08 : 00
G M T : 2001년 4월 30일 월요일 24 : 00

일본 구축함 〈키리시마〉호는 정기적인 순찰 중이었다. 초대형 유조선을 호위하기도 하고, 센가쿠를 경유하여 요코하마로 향하는 컨테이너 선박들의 통행을 정리하기도 했다.

고요하던 이른 아침의 정적이 전투태세를 알리는 경적 소리로 산산이 부서졌다. 작전실에서 수중 음파 탐지기를 감시하고 있던 수병이 중국 해군의 킬로급 잠수함이 분명한 것으로 판단되는 음향신호를 포착했던 것이다. 선장은 모든 배에 전투태세를 명하면서, 대 잠수함 어뢰를 발사할 준비를 하라고 지시했다. 킬로급 잠수함은 선두 쪽의 문을 열고 있었는데, 어뢰 발사를 준비하고 있는 것처럼 보였다.

그 이후

중국과 일본은 제이미 송이 일본에 있는 그의 상대역과 직접 통화함으로써 동아시아에서 더 이상의 유혈전쟁을 피할 수 있었다. 중국과 일본의 합동군이 타이유 군도의 다른 구역을 점령했다. 그러나 상황은 여전히 불안정한 상태였다. 그 지역에 주둔하고 있는 유엔 감시단의 제안을 양측 정부는 거절했다. 미국과 중국 간의 무너진 울타리를 고치려는 노력의 첫 단계는 보잉의 항공기를 중국인들이 대량 주문함으로써 시작됐다. 미국의 전함 한 척이 상하이를 방문했다. 그러나 양국 정부는 핵전략 협정을 맺게 되었다. 이는 냉전시대에 소련과 맺었던 것과 같은 성질의 것으로, 어느 일방이 핵을 사용할 때는 양국이 확실하게 파멸하도록 하자는 내용이었다. 왕 주석은 인민들의 환호 속에 새로운 키잡이로서 거듭 태어났으며, 자신이 마오쩌둥과 덩샤오핑의 후계자로 부족함이 없다고 큰 소리로 주장했다. 그는 국제시장을 교묘하게 조작하여 챙긴 이익을 중국의 군대를 재건하고 합리화하는 데 할당하여, 특히 해군력을 시현(示顯)한다거나 미사일의 배치에 주안점을 두고 현대적인 최첨단 전투력을 갖추는 데 주력했다. 제이미 송은 정계에서 은퇴하여 다시 기업체로 돌아갔다. 그는 자신의 회사인 뉴차이나 컴퓨터 회사를 상하이 주식시장에 상장했다. 송은 미국을 뻔질나게 왕래하면서 보잉에 있는 친구 오버할트를 만나거나 혹은 이따금씩이긴 하지만 브래들리 대통령을 만나곤 했다. 브래들리 대통령은 2004년에 있었던 총선에서 당선되어 연임에 성공했다. 그는 많은 여론조사에서 가장 위대한 미국 대통령 중 한 명으로 환영받았다. 그는 축소를 지향하던 미국 군사정책의 방향을 바꾸었으며, 미국의 위상을 세계에서 가장 강력한 나라로 변모시킬 수 있도록 하는 예산을 확보하는 데 성공했다. 신공산주의당은 중국 공안당국에 의해 철저하게 사냥 당했다. 체포된 11명의 주도자들은 13년에서 20년의 구금형을 선고받았다. 무기를 휴대한 것으로 고발된 두 명은 뒷머리에 총알 한 방씩을 맞고 즉결처분을 당했다. 홍콩에서 체포된 5명은 즉시 중국과의 국경선으로 호송되어, 한결 더 엄격한 선고를 받고 혹독한 감옥생활을 하게 되었다. 중국의 이해 관계자들에 의해 관리되는 언론이나 홍콩의 입법부로부터는 아무런 이의가 없었다. 마찬가지로, 대만 정부 역시 군대나 정계에 숨어 있는 친(親)공산주의 분자들을 모두 색출하여 가차없이 숙청했다. 신당은 괴멸되었다. 베트남은 중국과의 전쟁을 자신들의 승리라고 선언했다. 프랑스의 도움은 공식적인 발표에서는 전혀 언급되지 않았다. 프랑스 기업들은 베트남 정부가 추진하는 도로와 철도, 항만설비의 현대화 공사에서 계약을 따냈다. 롱손에서의 두 번째 전투 승리일을 국경일로 지정하여 기념하게 되었다. 한국은 공식적으로 남북통일이 발표되었던 2003년까지 북한을 식민지 형태로 통치했다. 그 사이에 남한의 기업들은 북한에 많은 투자를 했으며 기간시설을 건설했다. 잘 훈련된 고급 노동력이 있었고 임금 또한 저렴했다. 2001년 11월까지 한반도에 주둔해 있던 미군이 완전히 철수했다.

극동지역은 여전히 태평양 전쟁의 발화점으로 남아 있다. 그 지역에 있는 모든 국가들은 다음 번에는 한결 더 준비가 잘 된 상태에서 전쟁을 맞이해야겠다고 다짐하고 있었다.

●

역자

●

종합상사 해외 주재원 생활을 거쳐
현재 전문 번역가로 활동 중이다.
「분노의 풍차」(고려원),「NBA 신화」(한국경제 신문사)
등을 번역했다.

●

드래곤 스트라이크
: 밀레니엄 전쟁

●

지은이 / 험프리 헉슬리, 사이먼 홀버튼
옮긴이 / 박병우
펴낸이 / 박용정
펴낸곳 / 한국경제신문사
등록 / 제2-315(1967. 5. 15)
제1판 1쇄 인쇄 / 1997년 8월 10일
제1판 1쇄 발행 / 1997년 8월 15일
주소 / 서울특별시 중구 중림동 441
대표전화 / 360-4114
직통 / 313-8293 · 312-0063
FAX / 360-4599

●

* 파본이나 잘못된 책은 바꿔 드립니다.
ISBN 89-475-5036-1

●

값 8,500원

20세기를 움직인 思想家들

기 소르망 著
姜偉錫 譯
〈신국판 / 426면 / 8,000원〉

20세기 사상계에 결정적인 영향을 끼친 사람들은 과연 누구인가? 프랑스의 저명한 경제학자이자 사회학자인 기 소르망이 29명의 생존해 있는 현대 최고의 사상가들과 직접 인터뷰를 통해 그들 자신이 선택한 분야에 전생애를 바친 사상과 사색의 놀라운 통찰을 기록·정리한 「살아있는 도서관」.

資本主義 종말과 새 世紀

기 소르망 著
金廷銀 譯
〈양장 / 628면 / 13,000원〉

세계적인 석학인 저자는 자본주의 체제를 위협하는 것은 「도덕적 불만」과 「자본주의에 대한 몰이해」라고 주장하고 러시아·중국·독일·인도 등 20여개국의 자본주의의 현재 모습을 생생히 그리고 있다. 또한 현재의 자본주의의 위기를 극복하기 위한 구체적인 실천방안에 대해서도 통찰하고 있다. 방대한 분량인데도 르포형식이어서 전혀 지루하지 않다.

未來企業

피터 드러커 著
高柄國 譯
〈양장 / 416면 / 9,500원〉

우리 시대의 가장 뛰어난 사회·경영학자이자 미래학자인 드러커의 「변혁시대 기업생존전략 연구서!」 이 책은 세계경제가 빠르게 바뀌어 감에 따라 기업의 새로운 생존 경영전략 모델, 즉 기업이 살아남기 위한 5가지 변화조건을 예리하게 분석·고찰했다. 특히 사회·경제학 시각에서 세계경제 흐름을 통찰한 力著.

자본주의 이후의 사회

피터 드러커 著
李在奎 譯
〈양장 / 328면 / 7,000원〉

사회주의권의 급격한 몰락 이후 탈냉전 분위기가 고조되고 있는 시점에서 향후 세계 변화가 주요 관심사로 떠오르고 있다. 저자는 이 책에서 향후 세계는 자본주의적 시장구조와 기구는 그대로 존속되겠지만 주권국가의 통제력은 약화되고 전문지식을 갖춘 지식경영자 중심의 글로벌화 사회가 될 것으로 예측하고 있다.

미래의 결단

피터 드러커 著
이 재 규 譯
〈양장 / 408면 / 9,000원〉

현대 경영학의 대부, 피터 드러커는 이 책에서 「스스로를 다시 생각함으로써 회생할 수 있다」고 전제하고 기업의 5가지 치명적 실수, 가족기업을 경영하는 규칙, 대통령을 위한 6가지 규칙, 새로운 국제시장의 개발, 3가지 종류의 팀조직, 오늘날 경영자들이 필요로 하는 정보 등 바람직한 미래를 실현하기 위한 방안을 제시했다. 21세기를 위한 새롭고 시의적절한 경영지침서.

비영리단체의 경영

피터 드러커 著
현 영 하 譯
〈신국판 / 406면 / 8,000원〉

선진국에서는 학교, 자선단체 등 비영리단체의 경영혁신이 선풍을 일으키고 있다. 이 책은 필자가 교수생활을 하면서 비영리단체에서 봉사했던 경험을 바탕으로 조직관리, 예산 등 경영전반에 대한 문제점을 심도있게 분석하고 개선방안을 제시했다. 전문가들과의 대담을 통해 경영의 효율성을 높이기 위한 여러가지 방안이 눈길을 끈다.

트러스트

프랜시스 후쿠야마 著
구 승 회 譯
〈양장 / 500면 / 12,000원〉

한 나라의 경제는 규모만으로는 설명될 수 없고 문화적 요인이 중요하다. 이 문화적 요인이 사회적 자본이며 가장 중요한 덕목이 바로 신뢰다. 저자는 이 책에서 개인주의, 가족주의에 기반을 둔 저신뢰 사회의 특성을 혹독하게 비판하면서 건강한 사회가 되려면 공동체적 연대와 결속의 기술을 터득해야 하며 신뢰는 경제와 사회, 문화를 아우르는 놀라운 가치라고 강조한다.

코피티션

배리 J. 네일버프·아담 M. 브란덴버거 著
김 광 전 譯
〈양장 / 384면 / 9,000원〉

비즈니스 게임은 끊임없이 변하므로 전략도 당연히 변해야 한다. 경쟁(competition)과 협력(cooperation)에 관한 과거의 법칙들을 넘어서서 양자의 장점을 결합한 코피티션 전략은 기존의 비즈니스 게임을 혁신할 혁명적인 신사고다. 저자들은 게임 자체를 변화시켜서 이득을 최대화하는 방법을 보여주는 5가지 요소(전략의 PARTS)의 비즈니스 전략을 체계적으로 제시했다.

지구의 변경지대

로버트 케이플런 著
황 건 譯
〈양장 / 582면 / 12,000원〉

베일에 가려져 있던 서아프리카에서 중동을 거쳐 러시아의 외곽 지대인 중앙아시아, 중국, 인도를 거쳐 캄보디아, 태국, 베트남에 이르는 대장정을 끝내고 저자가 내린 결론은 한마디로 암울하다는 것이다. 이 책은 저자가 새로운 분쟁지역으로 떠오르고 있는 지구 곳곳을 다니면서 문제점을 지적하고 혼란에 빠진 이들에게도 따뜻한 시선을 보내자고 제안하고 있다.

회사인간의 흥망

앤소니 샘슨 著
이 재 규 譯
〈양장 / 490면 / 9,800원〉

이 책은 17세기 동인도회사에서 현재의 마이크로소프트사에 이르기까지 기업의 변화과정과 직장인들의 문화변천사를 통해 회사인간이란 무엇인가를 규명했다. 생생한 인물묘사와 인터뷰, 사례를 곁들이면서 전혀 도전받을 일이 없을 듯이 보였던 「기업관료들」이 어떻게 레이더스, 모험기업가, 일본의 경쟁자들, 컴퓨터, 여자회사인간들에 의해 차례차례 공격당했는가를 밝히고 있다.

금융시장 예측

김 성 우 著
〈양장 / 452면 / 12,000원〉

적자생존의 법칙이 예외없이 적용되는 주식, 금리, 상품 등의 현물시장은 물론 선물 및 옵션 등의 파생상품시장에서도 생존할 수 있는 방법을 다양하게 제시하고 있다. 20여년간 외환시장 등 다양한 시장에서 딜러, 투자가, 분석가로 활동하며 풍부한 현장경험을 가지고 있는 저자가 시장상황에 따른 기술적 지표의 요령과 심리적 동요의 극복방안을 현장 사례 중심으로 상세히 설명하고 있다.

21세기 중국

박 정 동 編著
〈양장 / 362면 / 9,000원〉

지금까지 사회주의를 고수하면서 경제개혁과 개방을 주도해온 덩샤오핑이 사망함에 따라 곳곳에서 그 기반이 흔들리는 조짐이 나타나고 있다. 그의 체제를 이어받은 장쩌민 체제는 안정과 성장을 지속시켜 나갈 수 있을까. 과연 중국은 어떻게 변할 것인가. 아시아의 안정과 발전을 저해하는 군사대국으로 비화할 가능성이 큰 중국의 현재와 미래를 철저히 진단한 중국탐구서.

팝 인터내셔널리즘

폴 크루그먼 著
김 광 전 譯
〈신국판 / 276면 / 7,000원〉

산업위축과 실업증가, 실질소득 향상의 둔화를 비롯해 소득격차의 확대, 산업시설의 유출 등 선진 경제가 지닌 문제점을 상세히 분석하고 그 원인이 개발도상국과의 교역에 있는 것이 아니라 선진국의 산업구조 변화와 기술발전에 있다고 밝히고 있다. 레스터 서로에 필적하는 20세기 최고의 40대 경제학자인 저자가 지적하는 개도국 성장 비결은 우리에게 시사하는 바가 크다.

2020년

해미시 맥레이 著
金 光 田 譯
〈양장 / 408면 / 9,000원〉

다양한 인종만큼이나 상이한 정치·경제체제와 독특한 문화양식을 지니고 있는 세계 각국은 저마다의 주무기를 앞세워 미래를 설계하고 있다. 경제평론가인 저자는 앞으로 국가경쟁력을 결정짓는 요인은 기술이 아니라 문화라고 강조한다. 현재 세계 각국이 처해 있는 상황을 바탕으로 치밀하게 전망한 2020년경의 세계 각국의 모습에서 우리의 진로는 어떻게 모색해야 할 것인가?

제 4 물결

허먼 메이너드 2세
수전 E. 머턴스 共著
韓 榮 煥 譯
〈양장·4×6판 / 240면 / 5,000원〉

21세기의 범세계적 기업을 위한 낙관적 비전을 제시하고 있는 이 책은 한마디로 앨빈 토플러의 《제3물결》을 넘어 장기적 미래의 비전에 집중하고 있다. 지금 우리가 공업화를 상징하는 「제2물결」에서 탈공업화적인 「제3물결」로 전이하고 있지만, 머지 않은 곳에서 새로운 차원의 「제4물결」이 밀려오고 있다고 진단하고 있다.

株式市場 흐름 읽는 법

浦上邦雄 著
朴承源 譯
〈신국판 / 200면 / 4,000원〉

언뜻 보기에 무질서하고 예측이 불가능해 보이는 주식시장도 장기적으로 보면 특정한 네 개의 국면을 반복하고 있다는 것을 알 수 있다. 이 책은 이 네 개의 국면이 어떤 요인에 의해 순환되고 각각의 국면에서 어떤 종목이 활약하는가를 숙지할 수 있는 안목을 제시해주고 주식투자시 리스크를 피하는 방법에 대해서도 설명하고 있다.

장사꾼으로 거듭나는 사무라이 혼

金亨澈 著
〈신국판 / 372면 / 7,000원〉

일본의 자민당 정권이 붕괴된 이후 연립정권이 난립하고 고베 대지진, 증권스캔들, 옴 진리교 사건 등이 일어난 격동기에 필자가 주일특파원으로 취재하며 느낌을 쓴 현장 르포다. 기자의 눈을 통해「기모노 속에 감춰진 진짜 일본」을 만난다.

유머人生 1~5

韓國經濟新聞社 出版部 編
〈4×6판 / 244면 / 4,500원〉

많은 독자들이 1980년 12월부터 본지에 연재되고 있는「海外유머」를 책으로 출판했으면 어떨지, 그런 계획은 없는지 물어왔다. 이 책은 독자들의 그러한 성원에 보답하자는 취지로 출판되었으며 우스갯소리 가운데서 인생의 묘미도 느끼고 영어공부도 할 수 있게끔 어려운 단어나 語句에는 주석을 달아 독자들의 이해를 돕고자 노력했다.

물류! 지금은 물류시대

한 상 원 著
〈신국판 / 256면 / 6,000원〉

생산과 판매로 이윤을 얻는 시대는 이미 지났다. 21세기는 물류로 승부하는 시대다. 제3의 이익원, 기업이윤의 숨은 보고라고 일컬어지는 물류의 영역은 인간생활의 전부라고 해도 과언이 아니다. 수송, 포장, 하역, 보관, 폐기물 처리, 정보통신은 물론, 기업이면 기업, 가정이면 가정 어디에나 필요한 것이 물류다. 잘 모르던 물류, 이 책 한권으로 쉽게 만날 수 있다.

보험이 뭐길래

송 재 조 著
〈양장 / 4×6판 / 218면 / 6,000원〉

보험은 정말 어렵다. 수입보험료 기준으로 세계 6위라는 외형적 성장에도 불구하고 그 기능과 필요성은 제대로 알려지지 않고 있다. 국민소득 1만달러 시대, 이제 보험은 생활필수품이다. 보험없이는 개인의 사회생활은 물론 기업이나 국가경영도 순조로울 수 없는 시대가 된 것이다. 전문기자 송재조의 보험이야기는 보험종사자는 물론, 현대인이라면 필수적으로 읽어야 할 책이다.

사장님, 원가를 아십니까

鄭明煥 著
〈신국판 / 220면 / 5,000원〉

원가의 개념을 정확히 이해하지 못하고 경영한 결과 장부상으로는 흑자임에도 결손이 나는 등 어려움을 겪는 경우가 흔히 있다. 이 책은 경영자는 물론 회계와 기획담당자를 포함한 기업 관계자들에게 원가의식과 관리회계의 개념을 심어준다는 취지에서 원가에 관련된 제반사항을 소설식으로 알기쉽게 다룬 力著.

프로 영업인이 되는 길

시라이 기요시 著
朱明甲 譯
〈신국판 / 240면 / 5,000원〉

번번히 뛰어난 실적으로 동료들의 부러움을 사는 사람이 있다. 이런 사람은 흡사 영업의 귀재, 타고난 영업인처럼 보인다. 그러나 잘 나가는 영업사원과 그렇지 못한 영업사원의 차이는 반드시 있게 마련. 이 책은 결코 평탄하지만은 않은 영업의 세계에 입문하거나 프로로 거듭나기를 바라는 영업사원들이 갖춰야 할 지식에서부터 각양각색의 고객을 다루는 방법까지 100가지 성공비결을 공개하고 있다.

성공적인 점포경영 33選(97년판)

류 광 선 著
〈신국판 / 368면 / 8,000원〉

5,000만원 정도의 소자본으로, 심지어 무자본으로도 사업을 시작할 수 있는 아이디어를 담았다. 저자가 현장을 발로 뛰면서 바로 개업하기에 유망한 33개 업종을 선별, 입지선정부터 개업절차·경영 비법까지 최신 노하우를 총집결시켰다. 경영지침이나 사업의 성패진단법은 물론 직접 점포를 운영하는 사람들의 현장 목소리를 담아 차별화를 꾀했다.

마케팅 박사의 마케팅 여행

채 수 명 著
〈신국판 / 356면 / 7,500원〉

오랫동안 학계와 산업현장에서 활발한 경영 컨설팅 활동을 해온 저자가 마케팅에 관한 혁신적 이론과 사례 그리고 실천방안을 체계적으로 정리했다. 또 최첨단 기술혁신을 바탕으로 한 실용적이고 감성적인 제품 디자인, 과학적 경영과 선진 마케팅기법을 응축시킨 차별화 전략과 문화지향적 마케팅 기법 38가지를 소개해 초일류기업이 되기 위한 원대한 비전을 제시했다.

부동산 경매를 잡아라

전 철 著

〈신국판 / 248면 / 6,500원〉

법원경매든 성업공사 공매든 경매는 이제 누구나 쉽게 배우고 참여할 수 있게 되었다. 경매물건에 대한 마음가짐을 얼마나 유연하고 객관적인 자세로 평가할 수 있으냐가 성공의 지름길이다. 이 책은 부동산 경매에 대한 전반적인 원리를 누구나 알기쉽게 배울 수 있도록 설명했다. 특히 실전사례중심으로 실패없는 부동산 경매 방법을 체계적으로 정리한 실전 가이드다.

임대주택을 잡아라

최 문 섭 著

〈신국판 / 230면 / 6,500원〉

최근 다양한 부동산개발 유형이 쏟아져 나오고 있지만 자신이 소유하고 있는 땅에 가장 어울리면서 수익을 많이 올릴 수 있는 방법을 찾는 것은 쉬운 일이 아니다. 이 책은 자신이 소유하고 있는 땅의 위치, 교통 여건, 주변 생활환경 등을 따져 본 후 높은 수익을 올리고 미래 발전 가능성이 있는 최적방안을 여러 사례별로 제시, 임대주택으로 투자에 성공하는 방법을 담고 있다.

中國을 넘어야 한국이 산다

崔 弼 圭 著

〈신국판 / 260면 / 5,000원〉

최근들어 한국 기업의 중국 진출이 러시를 이루고 있으나 중국의 문화와 관습을 정확하게 이해하지 못한데서 많은 어려움에 부딪치고 있다. 이런 시점에서 쓰여진 이 책은 중국인들의 상술을 예리하게 파헤치고 있으며 한국 기업이 중국 현지에서 맞닥뜨리는 여러 사안들에 관해 심도 있게 분석하고 대안을 제시하고 있다.

중소기업인

이 치 구 著

〈양장 / 284면 / 7,000원〉

중소기업은 국가경제의 초석이라 할 수 있다. 이 책은 온갖 난관을 극복하면서 기업을 성공적으로 경영해온 중소기업 경영자 40명의 기업운영 성공사례를 소개하고 있다. 중소기업 전문기자인 저자는 이 책을 통해 우리 중소기업 경영자들의 불굴의 의지와 기업성공 노하우를 제공함으로써 경영일선에 있거나 창업하려고 하는 이들에게 지침서로 읽히길 원한다고 적고 있다.

일본 쪼개보기

황 인 영 著

〈신국판 / 336면 / 7,500원〉

일본이 거론하고 있는 독도문제나 잇따른 우익 망언에 대해 논리적이고 설득력 있게 대응해야 한다. 이 책은 일본의 본질을 이해하기 위해 한일관계의 역사적 배경을 추적하면서 그들의 독특한 문화와 사고방식, 행동양식을 105가지의 짧은 얘기로 분석하고 있다. 저자는 이 책에서 역사적으로 형성된 일본 특유의 무사도 정신과 장인정신, 직업 세습풍토의 배경과 그 실체를 벗기고 있다.

돈 굴러들어오는 장사성공의 비결

가라쓰 하지메 著

양 병 준 外 譯

〈신국판 / 288면 / 7,000원〉

이 책은 소매점에서 개인 손님을 응대하는 요령에서부터 각 기업체의 세일즈맨들이 회사를 상대로 할 때의 영업요령에 이르기까지 장사성공의 비결을 소개한 실용서다. 저자는 이 책을 통해 불황 속에서도 살아 남는 법, 팔리는 물건 만들기, 장사거리 및 판로찾기와 더불어 앞으로 일본이 맞이하게 될 국제화, 고령화, 환경문제에 대처하는 자세 등을 제시하고 있다.

사장님을 위한 5분 경제

손 정 식 著

〈신국판 / 388면 / 8,500원〉

경영일선에 있는 경영자가 매일매일 직면하는 경제·경영현상에 대해 기본적인 원리를 설명한 이 책은 경제현상을 올바로 이해하여 기업경영의 이론적 토대를 튼튼히 하는데 보탬이 되는 경제상식들만 모았다. 가격관리와 비용관리에서부터 기업전략, 경쟁과 윤리, 기업과 금융, 국제무역과 국제금융에 이르기까지 꼭 알고 있어야 할 경제원리들을 강의하듯 풀어서 설명했다.

대기업을 이기는 벤처비즈니스

마키노 노보루·강동우 著

유 세 준 譯

〈신국판 / 212면 / 5,500원〉

첨단 기술력과 재빠른 정보수집력을 갖춘 모험심 강한 중소기업이 대기업보다 훨씬 더 유연하게 시장상황에 대처하고 있으며 성공해 가고 있다. 마이크로소프트, 인텔 등이 그 예다. 이 책은 재편되고 있는 경제구조 속에서 앞서 나가고 있는 일본 벤처기업들의 사례와 실리콘밸리의 성공전략을 살펴보고 틈새시장을 공략하는 요령과 아이디어, 국제적 제휴전략 등을 다루고 있다.

NBA 신화

필 잭슨·휴 델리헌티 著
박 병 우 譯
〈신국판 / 270면 / 7,000원〉

시카고 불스 감독이 쓴 이 책에는 농구 역사상 가장 창조적인 선수로 인정받고 있는 마이클 조던이나 스코티 피펜, 토니 쿠코치 그리고 다른 선수들 얘기로 가득 차 있으며 그들이 깨끗한 마음으로 경기할 수 있도록 어떻게 지휘했는지 그 비결을 밝히고 있다. 농구를 사랑하는 사람이라면 꼭 읽어야 할 책이며 젊은이라면 반드시 귀기울여야 할 흥미로운 인간정신의 잠재력이 가득 담겨 있다.

시간이동

스테판 레트샤픈 著
형 선 호 譯
〈신국판 / 380면 / 9,000원〉

사람들에게 있어서 시간은 객관적인 것이 아니라 주관적인 것이다. 이 책에서 저자는 시간에 대한 사고방식을 바꿈으로써 자신의 인생에 대한 통제를 되찾을 수 있다고 강조한다. 그 과정을 통해 우리는 인생을 최대한 즐길 수 있으며 많은 시간을 우리 자신과 가족과 함께 더 한층 고양된 삶의 의미를 느낄 수 있다. 이 책은 명상서로서 자신의 삶을 컨트롤하는 방법을 제시한다.

사이버스페이스 전쟁

마크 슬로카 著
김 일 환 譯
〈양장 / 230면 / 7,000원〉

컴퓨터를 켜기만 하면 다른 세계가 열린다. 정보의 바다, 전기적인 신호로 이루어진 모니터 속의 세상, 바로 이 가상의 세계로 인간의 생활이 점점 더 옮겨가고 있다. 이 책의 저자는 직접 인터넷에 들어가 네티즌을 만나고 컴퓨터 잡지의 편집자들과의 토론을 통해 디지털혁명 뒤, 정보고속도로의 끝에 어떤 세상이 펼쳐질지 날카롭게 조망하고 있다.

안자(상·중·하)

미야기타니 마사미쓰 著
신봉승·김하중 譯
〈양장 / 4×6판 / 384면 내외 / 각권 6,500원〉

열국의 제후들이 대륙의 패권을 놓고 싸우는 춘추 시대를 배경으로 격동의 역사를 헤쳐나가는 명재상 안자의 일대기를 그리고 있다. 난세 속에서도 안자는 충(忠)과 의(義)를 지키며 정도(正道)만을 걷는다. 국가 경영의 참다운 모습, 인간관계의 원형을 보여주는 그의 독특한 철학을 통해 당시의 시대정신과 사회상을 조명한다.

大商(상·하)

정 종 명 장편소설
〈신국판 / 상권 348면, 하권 336면 / 각권 6,000원〉

간신 유자광에게 핍박받고 공신 박원종의 비호를 받으면서 혁신정치의 풍운아 조광조에게 도전했던 조선 제일의 巨商 서용근의 일대기를 그리고 있다. 천부적인 장사꾼 기질과 처세술로 조선의 상권을 한손에 거머쥐고 정치권과도 밀착, 정권을 좌지우지했던 서용근의 파란만장한 생애가 흥미진진하게 펼쳐진다. 가공인물 서용근이 보여주는 일련의 정치행각이 특히 흥미롭다.

창궁의 묘성(上·中·下)

아사다 지로 장편소설
이 주 영 譯
〈신국판 / 380면 내외 / 각권 6,500원〉

하늘보다 더 깊고 푸른 창궁(蒼穹), 그 한가운데 빛나는 숙명의 별 묘성(昴星)에 소망을 얹고 그 운명을 개척하는 청조말 풍운의 인물들의 권력과 야망을 그린 대하장편소설. 묘성을 수호성으로 태어난 가난한 말똥주이 소년 춘아는 천하의 보배를 손에 넣는다는 점쟁이의 거짓예언을 믿고 스스로 환관이 되어 천하의 여걸 서태후 자희의 측근이 되어 권력의 정점에 오른다.

인터넷 너쯤이야

김 장 호 著
〈국배판 변형 / 388면 / 15,000원(CD-ROM, 별책부록 포함)〉

인터넷에 접속하는 방법을 쉽고 간결하게 정리한 이 책은 어렵게 접속하고도 그 방대한 정보 때문에 엄두를 내지 못하고 제대로 사용하지 못하는 초보자들을 위해 쓰여졌다. 접속 후 하루에 한가지씩 1주일만에 접속에서부터 정보사냥, 인터넷으로 국제전화 거는 법, 자료 가져오는 법, 인터넷 채팅으로 이상형 만나는 법 등 인터넷을 배우는 방법을 소개했다.

PC통신과 인터넷에서 정보검색·정보관리

김 성 수 著
〈4×6배판 / 392면 / 12,000원(CD-ROM 포함)〉

그동안 안내서만 범람하던 컴퓨터 통신 출판시장에 PC통신과 인터넷에서 정확하고 빠르게 정보를 찾고 관리하는 방법을 자세히 소개하고 있다. 이 책은 이론적인 지식보다는 활용하는 방법을 중심으로 실생활에서 제대로 사용하는 요령을 다루고 있다. 부록 CD-ROM에는 마이크로소프트 인터넷 익스플로러 등 PC통신과 인터넷에서 정보를 찾기 위한 도구들이 실려 있다.